ro
ro
ro

ro
ro
ro

jojo moyes

Eine Handvoll Worte

ROMAN

Aus dem Englischen
von Marion Balkenhol

ROWOHLT
TASCHENBUCH VERLAG

Die Originalausgabe erschien 2010 unter dem Titel
«The Last Letter from Your Lover» bei Hodder & Stoughton /
An Hachette UK Company.

Die deutsche Erstausgabe erschien 2012 in der
Verlagsgruppe Weltbild GmbH, Steinerne Furt, Augsburg.

7. Auflage März 2026
Neuausgabe
Veröffentlicht im Rowohlt Taschenbuch Verlag, Rowohlt Verlag GmbH,
Kirchenallee 19, 20099 Hamburg, Juni 2023

Covergestaltung SO YEAH DESIGN, Gabi Braun
Coverabbildung Silke Schmidt
Satz aus der DTL Dorian bei Pinkuin Satz und Datentechnik, Berlin
Druck und Bindung CPI books GmbH, Leck
ISBN 978-3-499-01243-3

Kontaktadresse nach EU-Produktsicherheitsverordnung:
produktsicherheit@rowohlt.de

MIX
Papier | Fördert gute Waldnutzung
FSC® C083411
www.fsc.org

Für Charles, der alles mit einer Notiz
auf einem Stück Papier in Gang setzte

Herzlichen Glückwunsch zum Geburtstag! Anbei dein Geburtstagsgeschenk, das dir hoffentlich gefällt ...

Heute denke ich besonders an dich ... weil ich zu dem Schluss gekommen bin, dass ich nicht in dich verliebt bin, obwohl ich dich liebe. Ich habe nicht das Gefühl, dass du der von Gott für mich Ausersehene bist. Trotzdem hoffe ich sehr, dass dir mein Geschenk gefällt und du einen wunderschönen Geburtstag hast.

Frau an Mann, per Brief

PROLOG

Bis später x

Ellie Haworth hat ihre Freunde in der dichtgedrängten Menge entdeckt und bahnt sich einen Weg durch die Bar. Sie stellt die Tasche neben ihren Füßen ab und legt ihr Handy auf den Tisch. Die anderen sind schon ziemlich angeheitert – man merkt es an ihren lauten Stimmen, den ausholenden Armbewegungen, dem kreischenden Gelächter und den leeren Flaschen auf dem Tisch.

«Zu spät.» Nicky streckt ihr das Handgelenk mit der Armbanduhr entgegen und droht mit dem Zeigefinger. «Lass mich raten. Du musstest noch einen Artikel zu Ende schreiben!»

«Interview mit der betrogenen Ehefrau eines Abgeordneten. Tut mir leid. Es war für die Ausgabe morgen», sagt Ellie, lässt sich auf einen freien Stuhl fallen und schenkt sich aus einer angebrochenen Weinflasche ein Glas ein. Sie schiebt ihr Handy über den Tisch. «Okay. Das Unwort des Abends: ‹später›.»

«Später?»

«Als Schlussformel. Bedeutet das, er meldet sich morgen oder heute noch? Oder ist es nur so eine grässliche Floskel, die eigentlich überhaupt nichts zu sagen hat?»

Nicky schaut auf das leuchtende Display. «Da steht ‹Bis später› und ein ‹x›. Das ist wie ‹Gute Nacht›. Ich würde sagen, es heißt morgen.»

«Auf jeden Fall morgen», sagt Corinne. «‹Später› heißt immer morgen.» Sie hält kurz inne. «Es könnte auch übermorgen bedeuten.»

«Jedenfalls klingt es sehr unverbindlich.»

«Unverbindlich?»

«Das könnte man auch dem Postboten schreiben.»

«Du würdest deinem Postboten einen Kuss schicken?»

Nicky grinst. «Kann schon sein. Er sieht toll aus.»

Corinne betrachtet die Nachricht auf dem Display. «Das ist nicht gerade fair. Es könnte doch einfach nur heißen, dass er in Eile war und noch etwas anderes vorhatte.»

«Ja. Mit seiner Frau zum Beispiel.»

Ellie wirft Douglas einen warnenden Blick zu.

«Was denn?», verteidigt er sich. «Ich meine ja bloß: Seid ihr nicht über den Punkt hinaus, an dem du stundenlang eine SMS dechiffrieren musst?»

Ellie kippt ihren Wein herunter und beugt sich dann über den Tisch. «Okay. Ich brauche noch was zu trinken, wenn ich mir jetzt Vorträge anhören muss.»

«Wenn du mit jemandem so vertraut bist, dass du in seinem Büro Sex mit ihm hast, dann solltest du ihn doch bitten können klarzustellen, wann ihr euch zum Kaffee trefft.»

«Was steht denn sonst noch in der SMS? Und sag mir jetzt bitte nicht, es geht um Sex in seinem Büro.»

Ellie schaut auf ihr Handy und scrollt durch die Textnachricht. «‹Schwierig, von zu Hause anzurufen. Dublin nächste Woche, Planung aber noch nicht sicher. Bis später x.›»

«Er hält sich alles offen», sagt Douglas.

«Außer die genaue Planung ist wirklich noch nicht sicher.»

«Dann hätte er gesagt ‹Rufe aus Dublin an›. Oder auch ‹Ich fliege mit dir nach Dublin›.»

«Nimmt er seine Frau mit?»

«Macht er nie. Das ist eine Geschäftsreise.»

«Vielleicht nimmt er eine andere mit», murmelt Douglas in sein Bierglas.

Nicky schüttelt nachdenklich den Kopf. «Mein Gott, war das Leben nicht einfacher, als die Männer dich noch anrufen und mit dir sprechen mussten? Da konnte man wenigstens am Klang ihrer Stimme erkennen, woran man war.»

«Ja», schnaubt Corinne. «Und man konnte stundenlang zu Hause neben dem Telefon sitzen und darauf warten, dass sie anrufen.»

«Oh, all die Abende, die ich damit zugebracht habe …»

«… das Freizeichen zu prüfen …»

«… und dann den Hörer aufzuknallen für den Fall, dass er genau in diesem Augenblick doch anruft.»

Ellie hört sie lachen und weiß, dass ihre Scherze einen wahren Kern haben, denn insgeheim wartet auch sie darauf, dass das Display plötzlich aufleuchtet, weil jemand anruft. Aber dieser Anruf wird in Anbetracht der späten Uhrzeit und des Umstands, dass es gerade «schwierig zu Hause» ist, nicht kommen.

Douglas begleitet sie heim. Er ist der Einzige von ihnen, der mit jemandem zusammenlebt, doch Lena, seine Freundin, macht als Pressesprecherin in einem Technologieunternehmen Karriere und ist abends oft bis zehn oder elf im Büro. Lena hat nichts dagegen, wenn er mit seinen alten Freundinnen ausgeht – sie hat ihn ein paarmal begleitet, aber für sie ist es schwer, die Wand aus Insiderwitzen und Anspielungen zu durchbrechen, die sich in fünfzehn Jahren Freundschaft aufgebaut hat; meistens lässt sie ihn deshalb allein kommen.

«Und was gibt es bei dir Neues?» Ellie stupst ihn an, während sie einem Einkaufswagen ausweichen, den jemand auf dem Bürgersteig vergessen hat. «Du hast überhaupt nichts von dir erzählt. Es sei denn, ich habe alles verpasst.»

«Nicht viel», sagt er und zögert. Er schiebt die Hände in die Hosentaschen. «Na ja, eigentlich stimmt das nicht ganz. Ähem … Lena will ein Kind.»

Ellie schaut zu ihm auf. «Wow.»

«Und ich auch», fügt er hastig hinzu. «Wir sprechen seit Ewigkeiten darüber, aber jetzt haben wir entschieden, dass wir es auch gleich hinter uns bringen können, der perfekte Zeitpunkt kommt eh nie.»

«Du alter Romantiker.»

«Ich … freue mich darauf … ehrlich. Lena wird ihren Job behalten, und ich werde mich zu Hause um das Kind kümmern. Vorausgesetzt natürlich, dass alles gutgeht und …»

Ellie versucht, ihrer Stimme einen neutralen Klang zu geben. «Und das möchtest du auch so?»

«Ja. Mir gefällt mein Job ohnehin nicht. Schon seit Jahren nicht mehr. Sie verdient ein Vermögen. Ich glaube, es wird ganz nett, den ganzen Tag mit einem Kind herumzuhängen.»

«Elternschaft ist ein bisschen mehr als nur herumhängen …», beginnt sie.

«Das weiß ich. Vorsicht … auf dem Bürgersteig.» Sacht steuert er sie um einen Hundehaufen herum. «Aber ich bin dazu bereit. Ich muss nicht jeden Abend in den Pub. Ich freue mich auf die nächste Phase meines Lebens. Das soll nicht heißen, dass ich nicht gern mit euch ausgehe, aber manchmal habe ich mich schon gefragt, ob wir nicht alle … verstehst du … ein bisschen erwachsener werden sollten.»

«O nein!» Ellie gibt ihm einen Klaps auf den Arm. «Du bist zur dunklen Seite übergewechselt.»

«Na ja, mir geht es mit meinem Job nicht so wie dir. Dir bedeutet er alles, oder?»

«Fast alles», gesteht sie.

Schweigend gehen sie weiter, lauschen den Sirenen in der Ferne, zuschlagenden Autotüren und anderen gedämpften Geräuschen der Stadt. Ellie gefällt dieser Teil des Abends, das Gefühl von Freundschaft; für einen Augenblick spielt es keine Rolle, wie ungeklärt die Dinge sonst in ihrem Leben sind. Sie hat einen schönen Abend im Pub hinter sich und wird zu ihrer gemütlichen Wohnung gebracht. Sie ist gesund. Sie hat eine Kreditkarte, Pläne fürs Wochenende, und sie ist die Einzige unter ihren Freundinnen, die noch kein graues Haar auf ihrem Kopf entdeckt hat. Das Leben ist schön.

«Denkst du jemals an sie?», fragt Douglas.

«An wen?»

«Johns Frau. Glaubst du, sie weiß es?»

Schon ist Ellies Glücksgefühl verschwunden. «Das weiß ich nicht.» Und als Douglas schweigt, fügt sie hinzu: «Ich bin mir sicher, wenn ich an ihrer Stelle wäre, wüsste ich es. Er sagt, die Kinder sind ihr wichtiger als er. Ich rede mir ein, sie ist im Grunde ihres Herzens froh, dass sie sich um ihn keine Gedanken machen muss. Darum, ihn glücklich zu machen, verstehst du?»

«Das ist jetzt aber Wunschdenken.»

«Kann sein. Aber wenn ich ganz ehrlich bin, dann lautet die Antwort nein. Ich denke nicht an sie, und ich fühle mich nicht schuldig. Weil ich glaube, es wäre nicht passiert, wenn sie glücklich miteinander gewesen wären oder … verstehst du … verbunden.»

«Ihr Frauen habt wirklich merkwürdige Ansichten über Männer.»

«Also denkst du, er ist glücklich mit ihr?» Sie sieht ihn forschend an.

«Das weiß ich nicht. Aber ich glaube nicht, dass er unglücklich mit seiner Frau sein muss, um mit dir zu schlafen.»

Die Stimmung ist umgeschlagen, vielleicht lässt Ellie deshalb seinen Arm los. «Du hältst mich für einen schlechten Menschen. Oder ihn.»

Jetzt ist es ausgesprochen. Dass dieser Gedanke ausgerechnet von Douglas kam, dem unvoreingenommensten unter ihren Freunden, versetzt ihr einen Stich.

«Ich halte niemanden für schlecht. Ich denke nur an Lena und daran, was es für sie bedeuten würde, mein Kind zu bekommen und dann von mir betrogen zu werden, nur weil sie sich dafür entschieden hat, meinem Kind die Aufmerksamkeit zu schenken, die ich für mich beanspruche …»

«Also hältst du ihn doch für einen schlechten Menschen.»

Douglas schüttelt den Kopf. «Es ist bloß …» Er bleibt stehen und schaut in den Abendhimmel, bevor er antwortet. «Du solltest vorsichtig sein, Ellie. All diese Versuche, zu interpretieren, was er meint, was er will, das ist doch bescheuert. Du verschwendest deine Zeit. Meiner Erfahrung nach ist es im Grunde ganz einfach. Jemand mag dich, du magst ihn, ihr werdet ein Paar, und damit hat es sich auch schon.»

«Du lebst in einem schönen Universum, Doug. Schade nur, dass es mit dem echten Leben nichts zu tun hat.»

«Okay, lass uns das Thema wechseln. Blöde Idee, so was nach ein paar Drinks anzusprechen.»

«Nein.» Ihr Ton wird schärfer. «In vino veritas und so. Alles in Ordnung. Wenigstens weiß ich jetzt, was du wirklich denkst. Und von hier aus kann ich allein weitergehen. Grüß Lena von mir.» Die letzten beiden Straßen bis zu ihrem Haus legt sie im Laufschritt zurück, ohne sich noch einmal nach ihrem alten Freund umzudrehen.

Die *Nation* wird Kiste für Kiste eingepackt, um in das moderne, verglaste Gebäude an einem neu bebauten Kai im Osten der Stadt umzuziehen. Das alte Büro ist von Woche zu Woche leerer geworden: Wo sich einst Presseerklärungen, Akten und archivierte Zeitungsausschnitte türmten, sind nur noch abgeräumte Schreibtische, unerwartet glänzende Kunststoffoberflächen, dem kalten Schein der Neonröhren ausgesetzt. Andenken an vergangene Reportagen sind ans Tageslicht gekommen wie archäologische Beutestücke bei einer Ausgrabung, Flaggen von königlichen Jubiläen, verbeulte Metallhelme aus fernen Kriegen und gerahmte Urkunden für längst vergessene Auszeichnungen. Überall liegen Kabel herum, Teile des Teppichs wurden herausgerissen, große Löcher in die Decken geschlagen, was theatralische Auftritte von Gesundheits- und Sicherheitsexperten und unzählige Besucher mit Klemmbrettern unterm Arm nach sich gezogen hat. Die Bereiche Werbung, Kleinanzeigen und Sport sind schon an den Compass Quay umgesiedelt worden. Das Samstagsmagazin und das Ressort Wirtschaft & Finanzen bereiten sich auf ihren Umzug in den nächsten Wochen vor. Die Abteilung für Reportagen, für die Ellie arbeitet, wird dann zusammen mit den Nachrichten folgen, und zwar in einer so sorgfältig geplanten Aktion, dass die Samstagsausgabe noch in den alten Büros an der Turner Street entstehen wird, die Montagsausgabe aber wie durch Zauberei schon an der neuen Adresse.

Das Gebäude, in dem die Zeitung fast hundert Jahre untergebracht war, sei nicht mehr zweckdienlich, hat es geheißen. Der Geschäftsleitung zufolge spiegelt es die dynamische, stromlinienförmige Natur moderner Nachrichtenerfassung nicht wider. Es hat wohl zu viele Stellen, an denen man sich verstecken kann, bemerken die Journalisten schlecht gelaunt, während sie von ihren Plätzen gepflückt werden wie Napfschnecken, die sich hartnäckig an einen durchlöcherten Stängel klammern.

«Wir sollten es feiern», ruft Melissa, die Chefin von Ellies Ressort, aus ihrem fast leeren Büro. Sie trägt ein weinrotes Seidenkleid. An Ellie würde es aussehen wie das Nachthemd ihrer Großmutter; bei Melissa sieht es nach dem aus, was es ist – Haute Couture.

«Den Umzug?» Ellie wirft einen Blick auf ihr Handy, das stumm geschaltet neben ihr liegt. Die Kollegen um sie herum schweigen, die Notizblöcke auf den Knien.

«Ja. Gestern Abend habe ich mit einem der Archivare gesprochen. Er sagte, es gibt jede Menge Akten, in die jahrelang niemand einen Blick geworfen hat. Ich möchte etwas von früher auf den Frauenseiten bringen, etwas von vor fünfzig Jahren. Wie hat sich das Lebensgefühl seither verändert, die Mode, das, womit Frauen sich beschäftigen? Wir machen eine Gegenüberstellung: damals und heute.» Melissa schlägt eine Mappe auf und zieht verschiedene Fotokopien im A3-Format heraus. Sie spricht mit der Selbstsicherheit eines Menschen, der es gewohnt ist, dass man ihm zuhört. «Zum Beispiel aus unserem Kummerkasten: *Was kann ich nur tun, damit meine Frau sich schicker anzieht und attraktiver zurechtmacht? Mein Einkommen beträgt 1500 Pfund jährlich, und ich fange gerade an, mich in einem Handelsunternehmen hochzuarbeiten. Ich werde sehr oft von Kunden eingeladen, aber in den letzten Wochen musste ich ihnen stets absagen, weil meine Frau, ehrlich gesagt, unmöglich aussieht.*»

Rundum wird leise gelacht.

«Ich habe versucht, es ihr schonend beizubringen, aber sie sagt, sie mache sich nichts aus Mode oder Schmuck oder Make-up. Offen gestanden, sieht sie nicht aus wie die Frau eines erfolgreichen Mannes – aber genau das wünsche ich mir von ihr.»

John hat Ellie einmal erzählt, seine Frau habe nach der Geburt der Kinder das Interesse an ihrem äußeren Erscheinungsbild verloren. Er wechselte das Thema, kaum dass er es angeschnitten hatte, als hätte er das Gefühl, seine Worte wären ein noch größerer Betrug als mit einer anderen Frau zu schlafen. Ellie ärgerte sich über diesen Anflug von ritterlicher Loyalität, doch gleichzeitig bewunderte sie ihn ein wenig dafür.

Aber es hat ihre Phantasie angeregt. Sie hat seine Frau vor sich gesehen: Schlampig gekleidet in einem fleckigen Nachthemd, ein kleines Kind an sich gedrückt, steht sie da und mäkelt an ihm herum. Am liebsten hätte Ellie ihm gesagt, sie würde ihn nie so behandeln.

«Diese Fragen könnte man auch einer modernen Kummerkastentante stellen.» Rupert, Redakteur des Samstagsmagazins, beugt sich vor und späht auf die anderen Fotokopien.

«Da bin ich mir nicht so sicher. Hör mal, wie die Antwort lautet: *Vielleicht ist Ihrer Frau nicht klar, dass sie Teil Ihrer Außenwirkung ist. Falls sie überhaupt über so etwas nachdenkt, sagt sie sich womöglich, dass sie als verheiratete Frau sicher und zufrieden ist, warum sollte sie sich also Mühe geben?*»

«Ah», sagt Rupert. «Der sichere Hafen der Ehe.»

«Ich habe die Erfahrung gemacht, dass so etwas bei einem jungen unverheirateten Mädchen, das sich verliebt, genauso rasch geschehen kann wie bei einer Frau, die sich in einer langjährigen Ehe eingerichtet hat. Gerade noch sieht sie aus wie aus dem Ei gepellt, kämpft heroisch um eine schmale Taille und gerade sitzende Nähte und ist sorgsam mit Parfüm bestäubt. Und dann muss nur irgendein Mann ‹Ich liebe dich› zu ihr sagen, und schon wird aus dem reizenden Mädchen eine zufriedene Schlampe.»

Einen Moment ertönt höfliches, anerkennendes Gelächter im Büro.

«Na, Mädels, wofür entscheidet ihr euch? Der heroische Kampf um die schlanke Taille oder die zufriedene Schlampe?»

«Ich glaube, ich habe vor kurzem einen Film mit diesem Titel gesehen», sagt Rupert. Sein Lächeln verschwindet, als er merkt, dass das Gelächter verstummt ist.

«Mit diesem Material können wir viel anfangen.» Melissa deutet auf die Mappe. «Ellie, kannst du heute Nachmittag ein bisschen recherchieren? Vielleicht findest du noch was. Wir blicken vierzig, fünfzig Jahre zurück. Hundert wären zu viel. Der Chefredakteur möchte, dass wir die Vergangenheit in einer Weise beleuchten, die unsere Leser anspricht.»

«Ich soll das Archiv durchforsten?»

«Ist das ein Problem?»

Nicht, wenn man gern in dunklen, mit schimmelndem Papier vollgestopften Kellern sitzt, welche von geistesgestörten Typen mit stalinistischer Denkweise bewacht werden, die offensichtlich seit dreißig Jahren kein Tageslicht mehr gesehen haben. «Ganz und gar nicht», verkündet Ellie strahlend. «Ich bin sicher, dass ich etwas finden werde.»

«Hol dir ein paar Praktikanten, die dich unterstützen, wenn du willst. Ich habe gehört, in der Moderedaktion sind wieder zwei.»

Bei dem Gedanken, den neuesten Trupp von Anna-Wintour-Verschnitten in die Untiefen der Zeitung hinabzuschicken, huscht ein Ausdruck boshafter Befriedigung über das Gesicht ihrer Chefin, doch Ellie bemerkt ihn nicht, sie hat nur einen Gedanken: *Mist, da unten hat mein Handy keinen Empfang.*

«Ach, übrigens, Ellie, wo warst du heute Morgen?»

«Wie?»

«Heute Morgen. Ich wollte, dass du den Artikel über Kinder und Trauerbewältigung umschreibst. Niemand wusste, wo du warst.»

«Ich habe ein Interview geführt.»

«Mit wem?»

Ein Experte für Körpersprache, denkt Ellie, hätte Melissas gleichmütiges Lächeln zu Recht als Zähnefletschen gedeutet.

«Mit einem Anwalt. Ein Informant. Ich hatte gehofft, etwas über Sexismus in Kanzleien herauszufinden.»

«Sexismus in the City. Klingt nicht sehr originell. Sieh zu, dass du morgen rechtzeitig an deinem Schreibtisch sitzt. Spekulative Interviews sind deine Privatsache. Ja?»

«Okay.»

«Gut. Ich möchte eine Doppelseite für die erste Ausgabe, die am Compass Quay erscheint. Etwas in der Richtung *Plus ça change.*» Sie kritzelt etwas in ihr ledergebundenes Notizbuch. «Freizeitbeschäftigungen, Alltagsprobleme, Werbeanzeigen … Bring mir noch heute Nachmittag ein paar Seiten, und wir schauen, was wir daraus machen können.»

«Wird erledigt.» Ellie lächelt am professionellsten von allen, als sie hinter den anderen das Büro verlässt.

Den heutigen Tag habe ich in einem neuzeitlichen Äquivalent des Fegefeuers verbracht, tippt sie und hält inne, um einen Schluck Wein zu trinken. Im Zeitungsarchiv. Sei froh, dass du dir nur Sachen ausdenkst.

Er hat ihr über seinen Hotmail-Account eine Nachricht geschickt. Er nennt sich Bürohengst; ein Scherz zwischen ihnen. Sie verschränkt die Beine unter ihrem Stuhl, wartet und versucht, den Computer kraft ihres Willens dazu zu zwingen, ihr eine Antwort zu schicken.

Du bist eine schreckliche Barbarin. Ich liebe Archive, lautet dann die Nachricht auf dem Bildschirm. Erinnere mich daran, dass ich dich bei unserem nächsten heißen Date mit in die British Newspaper Library nehme.

Sie grinst. Du weißt, wie man eine Frau glücklich macht.

Ich gebe mir die größte Mühe.

Der einzige halbwegs freundliche Archivar hat mir einen Riesenstapel lose Blätter gegeben. Nicht gerade eine spannende Bettlektüre.

Aus Angst, das könnte zu sarkastisch klingen, setzt sie ein Smiley an den Schluss und flucht, als ihr einfällt, dass John einmal einen Essay für die *Literary Review* geschrieben hat, in dem es darum ging, dass Smileys Sinnbild für alles seien, was mit der modernen Kommunikation nicht stimmt.

Das war ein ironisches Smiley, fügt sie hinzu und beißt sich in die Faust.

Moment. Telefon. Auf dem Bildschirm regt sich nichts mehr.

Telefon. Seine Frau? Er sei in einem Hotelzimmer in Dublin, mit Blick über das Wasser, hat er gesagt. *Dir würde es gefallen.* Was sollte sie dazu sagen? *Dann nimm mich nächstes Mal mit?* Zu anspruchsvoll. *Da bin ich mir sicher?* Klingt fast sarkastisch. *Ja*, hat sie schließlich geantwortet und dabei einen langen, ungehörten Seufzer ausgestoßen.

Ihre Freundinnen sagen, sie sei selbst schuld. Dem kann sie ausnahmsweise nicht widersprechen.

Sie hat ihn auf einem Literaturfestival in Suffolk kennengelernt. Sie hatte den Auftrag, dort einen Thrillerautor zu interviewen, der ein Vermögen verdient, seit er seine eher literarischen Ambitionen aufgegeben hat. Sein Name ist John Armour, und seine Hauptfigur, Dan Hobson, wirkt fast wie eine Karikatur altmodischer männlicher Eigenschaften. Sie hat ihn beim Lunch interviewt und eine fade Verteidigung des Genres erwartet, vielleicht ein wenig Nörgelei über das Verlagswesen – sie fand es bisher immer ziemlich ermüdend, Schriftsteller zu interviewen. Sie hatte mit einem dicklichen Mann mittleren Alters gerechnet. Doch der große, sonnengebräunte Mann, der sich dann vom Tisch erhob, um ihr die Hand zu schütteln, war schlank und sommersprossig und glich eher einem südafrikanischen Farmer als einem Buchautor. Er war witzig, charmant, selbstironisch und aufmerksam. Er drehte das Interview um, stellte ihr Fragen zu ihrer Person und legte ihr dann seine Theorien über den Ursprung von Sprache dar und darüber, dass Kommunikation immer kraftloser und hässlicher zu werden drohe.

Als der Kaffee kam, merkte sie, dass sie fast vierzig Minuten lang nichts notiert hatte.

«Aber mögen Sie nicht auch den Klang?», fragte sie, als sie das Restaurant verließen und zum Veranstaltungsort zurückgingen. Das Jahr neigte sich dem Ende zu, und die Wintersonne war bereits hinter den Gebäuden der ruhiger werdenden Hauptstraße untergegangen. Sie hatte zu viel getrunken und den Punkt erreicht, an dem sie nicht mehr nachdachte, bevor sie sprach. Sie hatte das Restaurant nicht verlassen wollen.

«Den Klang wovon?»

«Spanisch. Und vor allem Italienisch. Ich bin mir sicher, dass mir nur deshalb die italienischen Opern so gut gefallen und ich die deutschen nicht ausstehen kann. Diese vielen harten, gutturalen Laute.» Er dachte darüber nach, und sein Schweigen machte sie nervös. Sie stammelte: «Ich weiß, es ist furchtbar altmodisch, aber ich liebe Puccini. Mir gefallen die Gefühlswallungen, das gerollte R, das Stakkato der Worte …» Sie verstummte, als sie merkte, wie lächerlich hochtrabend sie sich anhörte.

Er blieb in einem Hauseingang stehen, blickte sich kurz um und wandte sich dann wieder ihr zu. «Ich mag keine Opern», sagte er. Dabei sah er sie direkt an. Als wollte er sie herausfordern. Tief in ihrem Inneren spürte sie, wie etwas nachgab. O Gott, dachte sie.

«Ellie», sagte er, nachdem sie fast eine Minute dort gestanden hatten. Zum ersten Mal sprach er sie mit ihrem Vornamen an. «Ellie, ich muss noch etwas aus meinem Hotelzimmer holen, bevor ich zum Festival zurückgehe. Möchtest du vielleicht mitkommen?»

Noch bevor er die Zimmertür hinter ihnen zumachte, fielen sie übereinander her, pressten sich aneinander, küssten sich gierig, während ihre Hände der drängenden, fieberhaften Choreographie des Ausziehens folgten.

Danach hat sie ihr Verhalten staunend als eine Art Aussetzer betrachtet. Hunderte Male hat sie die Szene vor ihrem geistigen Auge noch einmal ablaufen lassen, hat dabei die Bedeutung, das überwältigende Gefühl ausgeblendet und sich nur noch an Einzelheiten erinnert. Ihre Unterwäsche, unangemessen alltäglich, über einen Hosenbügler geworfen; wie sie danach auf dem Boden lagen unter der bunt gemusterten Hotelbettdecke und wahnsinnig kicherten; wie er später fröhlich und mit unangebrachtem Charme seinen Schlüssel bei der Empfangsdame abgab.

Zwei Tage später rief er an, als bei ihr die Euphorie jenes Tages gerade in ein vages Gefühl von Enttäuschung überging.

«Du weißt, dass ich verheiratet bin», sagte er. «Du liest ja meine Artikel.»

Ich habe alles gelesen, was ich bei Google über dich finden konnte, dachte sie.

«Ich war noch nie … untreu. Ich kann noch immer nicht ganz in Worte fassen, was passiert ist.»

Sie zuckte zusammen. «Ich gebe der Quiche die Schuld», scherzte sie.

«Irgendwas bewirkst du in mir, Ellie Haworth. Ich habe achtundvierzig Stunden lang kein Wort geschrieben.» Er machte eine Pause. «Du lässt mich vergessen, was ich sagen will.»

Dann bin ich verloren, dachte sie, denn in dem Augenblick, als sie seine Nähe gespürt hatte, seinen Mund auf ihrem, da hatte sie – trotz allem, was sie zuvor zum Thema verheiratete Männer gesagt hatte, trotz allem, was sie zuvor für richtig hielt – gewusst, dass es um sie geschehen sein würde, wenn er auch nur im Geringsten anerkannte, was zwischen ihnen passiert war.

Ein Jahr danach hatte sie noch immer nicht begonnen, nach einem Ausweg zu suchen.

Fast eine Dreiviertelstunde später ist er wieder online. In der Zwischenzeit ist sie aufgestanden, hat sich noch einen Drink gemacht, ist ziellos in der Wohnung herumgelaufen, hat ihre Haut im Badezimmerspiegel unter die Lupe genommen, dann verstreute Socken eingesammelt und in den Wäschekorb gesteckt. Sie hört das «Ping» einer neuen Nachricht und lässt sich auf ihren Stuhl fallen.

Tut mir leid. Sollte nicht so lange dauern. Hoffe, morgen reden zu können.

Keine Anrufe auf dem Handy, hat er gesagt. Handyrechnungen listen die einzelnen Verbindungen auf.

Bist du jetzt im Hotel?, tippt sie rasch. Ich könnte dich in deinem Zimmer anrufen. Das gesprochene Wort ist ein Luxus, eine seltene Gelegenheit. Aber, Gott, sie muss unbedingt seine Stimme hören.

Muss zu einem Dinner, meine Schöne. Tut mir leid – bin schon spät dran. Bis später x

Und weg ist er.

Sie starrt auf den leeren Bildschirm. Inzwischen wird er mit langen Schritten das Hotelfoyer durchqueren, die Empfangsdamen bezaubern und in einen Wagen steigen, der ihm von der Festivalleitung zur Verfügung gestellt wird. Heute Abend wird er beim Dinner eine Rede aus dem Stegreif halten und dann wie üblich der witzige, leicht schwermütige Gesprächspartner für alle sein, die so glücklich sind, mit ihm an einem Tisch zu sitzen. Er wird da draußen sein und sein Leben genießen, während sie das ihre anscheinend dauerhaft zum Stillstand gebracht hat.

Was zum Teufel macht sie da?

«Was zum Teufel mache ich da?», sagt sie laut und schaltet den Computer aus. Sie schreit ihren Frust an die Schlafzimmerdecke und wirft sich auf ihr großes, leeres Bett. Sie kann ihre Freundinnen nicht anrufen: Sie haben diese Gespräche schon zu oft über sich ergehen lassen, und sie kann sich denken, wie ihre Antwort lauten wird – wie sie nur lauten *kann.* Was Doug ihr gesagt hat, war schmerzhaft. Aber sie selbst würde jedem ihrer Freunde dasselbe sagen.

Sie setzt sich aufs Sofa und schaltet den Fernseher ein. Schließlich wirft sie einen Blick auf den Papierstapel neben sich, hievt ihn auf ihren Schoß und verflucht dabei Melissa. Ein Stapel Vermischtes, hat der Archivar gesagt, Artikel, die kein Datum tragen und keiner Kategorie zuzuordnen sind – «Ich habe keine Zeit, sie alle durchzusehen. Wir haben so viele Stapel wie diesen.» Er war der einzige Archivar da unten, der jünger als fünfzig war. Flüchtig hat sie sich gefragt, warum er ihr bisher noch nie aufgefallen ist.

«Schauen Sie, ob Sie davon irgendetwas gebrauchen können.» Er hat sich verschwörerisch vorgebeugt. «Und was Sie nicht wollen, werfen Sie einfach weg, aber sagen Sie nichts dem Chef. Wir sind mittlerweile an einem Punkt, an dem wir es uns nicht mehr leisten können, jedes einzelne Blatt Papier zu überprüfen.»

Bald wird ihr klar, was er gemeint hat: Da sind einige Theaterrezensionen, die Passagierliste eines Kreuzfahrtschiffs, ein paar Speisekarten von diversen Festessen der Redaktion. Sie überfliegt sie und wirft hin und wieder einen Blick auf den Fernseher.

Es ist nichts dabei, das Melissa begeistern wird.

Jetzt blättert sie in einem Stapel, der nach Krankenakten aussieht. Ausschließlich Lungenkrankheiten, stellt sie abwesend fest. Hat irgendetwas mit Bergbau zu tun. Sie will den ganzen Kram schon in den Mülleimer werfen, als ihr Blick auf einen hellblauen Zipfel fällt. Sie zieht mit Zeigefinger und Daumen daran und bringt einen handbeschriebenen Umschlag zum Vorschein. Er ist geöffnet worden, und der Brief darin trägt das Datum 4. Oktober 1960.

Meine einzige, wahre Liebe,

was ich gesagt habe, war auch so gemeint. Ich bin zu dem Schluss gekommen, dass der einzige Weg nach vorn darin besteht, dass einer von uns eine kühne Entscheidung trifft.

Ich bin nicht so stark wie du. Als ich dir zum ersten Mal begegnet bin, hielt ich dich für zerbrechlich, für jemanden, den ich beschützen muss. Jetzt ist mir klar, dass ich mich getäuscht habe. Du bist stärker als ich, kannst ein Leben mit dieser Liebe ertragen, die wir niemals ausleben dürfen.

Ich bitte dich, mich nicht wegen meiner Schwäche zu verurteilen. Ich kann das alles nur an einem Ort aushalten, an dem ich dich nie sehen werde, nie von der Möglichkeit gequält werde, dich mit ihm zu sehen. Ich muss irgendwo sein, wo es unumgänglich ist, dass ich dich in jeder Minute, jeder Stunde aus meinen Gedanken vertreibe. Das wird hier nie passieren.

Ich werde die Stelle annehmen. Am Freitagabend werde ich um 7:15 Uhr am Bahnhof Paddington sein, Gleis 4, und nichts auf der Welt würde mich glücklicher machen, als wenn du den Mut fändest, mit mir zu gehen.

Wenn du nicht kommst, werde ich wissen, dass das, was wir füreinander empfinden, nicht ganz ausreicht. Ich will dir keinen Vorwurf machen, Liebling. Ich weiß, die letzten Wochen haben dich unerträglich unter Druck gesetzt, und ich spüre diese Belastung deutlich. Ich verabscheue den Gedanken, ich könnte dich unglücklich machen.

Ich werde ab Viertel vor sieben auf dem Bahnsteig warten. Du sollst wissen, dass du mein Herz, meine Hoffnungen in deinen Händen hältst.

B

Ellie liest den Brief ein zweites Mal und stellt fest, dass ihre Augen sich unerklärlicherweise mit Tränen füllen. Sie kann den Blick nicht von der großen, geschwungenen Handschrift lösen; die Dringlichkeit der Worte berührt sie, auch wenn sie über vierzig Jahre verborgen waren. Sie dreht das Blatt um und sucht auf dem Umschlag nach Hinweisen. Der Brief ist adressiert an Postfach 13, London. Das könnte ein Mann oder eine Frau sein. Wie hast du dich entschieden, Postfach 13?, fragt sie im Stillen.

Dann steht sie auf, steckt den Brief vorsichtig wieder in den Umschlag und geht an ihren Computer. Sie öffnet die Mailbox und klickt auf «aktualisieren». Nichts seit der Nachricht, die sie um 19:45 Uhr erhalten hat.

Muss zu einem Dinner, meine Schöne. Tut mir leid – bin schon spät dran. Bis später x

Teil eins

Ich kann das alles nur an einem Ort aushalten, an dem ich dich nie sehen werde, nie von der Möglichkeit gequält werde, dich mit ihm zu sehen. Ich muss irgendwo sein, wo es unumgänglich ist, dass ich dich in jeder Minute, jeder Stunde aus meinen Gedanken vertreibe. Das wird hier nie passieren.

Ich werde die Stelle annehmen. Am Freitagabend werde ich um 7:15 Uhr am Bahnhof Paddington sein, Gleis 4, und nichts auf der Welt würde mich glücklicher machen, als wenn du den Mut fändest, mit mir zu gehen.

Mann an Frau, per Brief

KAPITEL 1

1960

Sie wacht auf.»

Ein schleifendes Geräusch, ein Stuhl wurde über den Boden gezogen, dann das helle Klicken von Ringen auf einer Vorhangstange. Zwei leise Stimmen.

«Ich hole Mr. Hargreaves.»

Während des kurzen Schweigens, das folgte, wurde sie sich langsam einer anderen Geräuschebene bewusst – Stimmen, durch die Entfernung gedämpft, ein vorbeifahrendes Auto: Eigenartig, es schien ein ganzes Stück unter ihr zu sein. Sie lag da und nahm alles in sich auf, ließ es Gestalt annehmen, ordnete ein Geräusch nach dem anderen seiner Quelle zu.

Plötzlich bemerkte sie den Schmerz. Er arbeitete sich in kleinen Etappen hoch: zunächst ihr Arm, ein scharfes Brennen vom Ellbogen bis zur Schulter, dann ihr Kopf, dumpf, unbarmherzig. Der Rest ihres Körpers tat so weh, wie zu dem Zeitpunkt, als sie …

Als sie …?

«Er kommt sofort. Wir sollen die Gardinen schließen.»

Ihr Mund war trocken. Sie presste die Lippen aufeinander

und schluckte unter Schmerzen. Sie wollte um Wasser bitten, doch die Worte kamen einfach nicht. Sie öffnete die Augen einen Spaltbreit. Zwei undeutliche Schemen bewegten sich um sie herum. Jedes Mal, wenn sie glaubte, herausgefunden zu haben, was sie waren, bewegten sie sich wieder. Blau. Sie waren blau.

«Du weißt, wer gerade unten eingeliefert wurde, ja?»

Eine der Stimmen wurde leiser. «Eddie Cochranes Freundin. Die den Autounfall überlebt hat. Sie hat Songs für ihn geschrieben. Vielmehr im Gedenken an ihn.»

«Sie wird nicht so gut sein, wie er war, jede Wette.»

«Den ganzen Morgen hat sie Zeitungsleute bei sich gehabt. Die Oberschwester ist mit ihrem Latein am Ende.»

Sie konnte nicht verstehen, was sie sagten. Der Schmerz in ihrem Kopf war zu einem pochenden Geräusch geworden und wurde noch intensiver, bis sie nur noch die Augen schließen und darauf warten konnte, dass es aufhörte oder sie das Bewusstsein verlor. Dann kam das Weiß, brach über sie herein wie eine Woge. Dankbar stieß sie leise den Atem aus und ließ sich von ihm umfangen.

«Sind Sie wach, Liebes? Sie haben Besuch.»

Sie nahm eine flackernde Reflexion über ihr wahr, ein Trugbild, das sich schnell bewegte, hierhin und dorthin. Plötzlich erinnerte sie sich an ihre erste Armbanduhr, wie sie das Sonnenlicht mit dem Glasgehäuse an die Decke des Spielzimmers reflektiert und hin und her bewegt hatte, bis ihr kleiner Hund anfing zu bellen.

Da war das Blau wieder. Sie sah, wie es sich bewegte, begleitet von dem schleifenden Geräusch. Dann war eine Hand an ihrem Arm, ein kurzer, schmerzhafter Stich, bei dem sie aufschrie.

«Ein bisschen vorsichtiger mit dieser Seite, Schwester», schalt die Stimme. «Das hat sie gespürt.»

«Tut mir sehr leid, Mr. Hargreaves.»

«Der Arm muss noch einmal operiert werden. Wir haben ihn an mehreren Stellen genagelt, aber er ist noch nicht in Ordnung.»

Am Fußende ihres Bettes ragte eine dunkle Gestalt auf. Sie bot ihre ganze Willenskraft auf, um die Gestalt zu fixieren, doch wie bei den blauen Formen wollte es ihr nicht gelingen, und so ließ sie die Augen wieder zufallen.

«Sie können sich zu ihr setzen, wenn Sie wollen. Mit ihr sprechen. Sie kann Sie hören.»

«Wie sehen ihre … anderen Verletzungen aus?»

«Es wird Narben geben, fürchte ich. Besonders am Arm. Und sie hat einen heftigen Schlag auf den Kopf bekommen, daher kann es eine Weile dauern, bis sie wieder die Alte ist. Aber in Anbetracht der Schwere des Unfalls können wir wohl sagen, dass sie einigermaßen glimpflich davongekommen ist.»

Kurzes Schweigen.

«Ja.»

Jemand hatte eine Schüssel mit Obst neben sie gestellt. Sie hatte die Augen wieder geöffnet und richtete ihren Blick darauf, bis Form und Farbe sich verfestigt hatten und sie zufrieden begriff, dass sie erkannte, was es war. Weintrauben, dachte sie. Und noch einmal wälzte sie das Wort stumm in ihrem Kopf: *Weintrauben*. Das erschien ihr wichtig, als würde es sie in dieser neuen Realität verankern.

Dann waren die Trauben so schnell wieder verschwunden, wie sie gekommen waren, ausgelöscht von der dunklen, blauen Masse, die sich neben ihr niedergelassen hatte. Als diese näher an sie heranrückte, nahm sie schwachen Tabakgeruch wahr. Die Stimme, die dann ertönte, war zögernd, vielleicht sogar ein wenig verlegen. «Jennifer? Jennifer? Kannst du mich hören?»

Die Worte waren so laut, seltsam aufdringlich.

«Jenny, Liebes, ich bin's.»

Sie fragte sich, ob man ihr noch einmal einen Blick auf die Weintrauben gewähren würde. Es erschien ihr notwendig, sie noch einmal zu sehen; kräftig, purpurrot, fest. Vertraut.

«Sind Sie sicher, dass sie mich hören kann?»

«Ziemlich, aber mag sein, dass sie die Kommunikation noch zu sehr erschöpft.»

Sie vernahm ein Murmeln, das sie nicht zu deuten wusste. Vielleicht hatte sie auch einfach nur den Versuch aufgegeben. Nichts schien klar. «Können … Sie …», flüsterte sie.

«Aber ihr Verstand ist nicht zu Schaden gekommen? Bei dem Unfall? Sie wissen sicher, dass es keine bleibenden …?»

«Wie gesagt, ihr Kopf hat einen ordentlichen Stoß abbekommen, aber medizinisch gesehen gibt es keinen Grund zur Sorge.» Papier raschelte. «Kein Bruch. Keine Hirnschwellung. Aber man kann das nicht immer vorhersehen, und jeder Patient reagiert anders. Sie müssen daher einfach ein wenig …»

«Bitte …» Ihre Stimme war ein kaum hörbares Murmeln.

«Mr. Hargreaves! Ich glaube, sie versucht tatsächlich zu sprechen.»

«… ich möchte …»

Ein verschwommenes Gesicht kam zu ihr herab. «Ja?»

«… sehen …» Die Weintrauben sehen, darum bettelte sie. Ich möchte einfach noch einmal die Weintrauben sehen.

«Sie möchte ihren Gatten sehen!» Die Schwester sprang auf. «Ich glaube, sie möchte ihren Gatten sehen.»

Es wurde still, dann beugte sich jemand zu ihr. «Ich bin hier, Liebes. Alles ist … alles ist in Ordnung.»

Der Körper zog sich zurück, und sie hörte, wie eine Hand ihm auf die Schulter klopfte. «Sehen Sie? Sie kommt schon wieder zu sich.» Wieder eine Männerstimme. «Schwester? Bitten Sie doch die Oberschwester, etwas zu essen für heute Abend zu organisieren. Nichts allzu Gehaltvolles. Etwas Leichtes, was gut zu schlucken ist … Vielleicht könnten Sie uns auch eine Tasse Tee bringen.» Sie vernahm Schritte, leise Stimmen, die sich neben ihr unterhielten. *Gatte?*, war ihr letzter Gedanke, bevor das weiße Licht sie wieder umfing.

Später, als man ihr sagte, wie lange sie im Krankenhaus gewesen war, konnte sie es kaum glauben. Die Zeit schien ihr zerstückelt, unbeherrschbar, kam und ging in chaotischen Klümpchen. Dienstag, Frühstückszeit. Jetzt war Mittwoch, Mittagessen. Offensichtlich hatte sie achtzehn Stunden geschlafen – das wurde missbilligend festgestellt, als wäre es unhöflich, so lange abwesend zu sein. Dann war Freitag. Wieder einmal.

Manchmal war es dunkel, wenn sie wach wurde. Dann schob sie den Kopf auf dem gestärkten weißen Kissen ein wenig höher und beobachtete die beruhigenden Bewegungen der Nachtwache; das leise Schlurfen der Schwestern, die auf den Fluren auf und ab liefen, hin und wieder ein gemurmeltes Gespräch zwischen einer der Schwestern und einem Patienten. Wenn sie wolle, könne sie an den Abenden fernsehen, sagten ihr die Schwestern. Ihr Mann zahle die Privatbehandlung – sie könne fast alles haben, was sie wolle. Sie sagte stets nein, danke. Auch ohne das unablässige Geplapper aus dem Kasten in der Ecke war sie durch die beunruhigende Informationsflut schon verwirrt genug.

Als die Wachperioden länger wurden und an Häufigkeit zunahmen, wurden ihr die Gesichter der anderen Frauen auf der Station langsam vertraut. Die ältere Frau zu ihrer Rechten, deren pechschwarze Haare mit viel Haarspray makellos zu einer starren Skulptur auf ihrem Kopf hochgesteckt waren: Ihre Gesichtszüge drückten unablässig milde, überraschte Enttäuschung aus. Sie hatte offensichtlich in einem Film mitgespielt, als sie jung war, und ließ sich dazu herab, jeder neuen Schwester davon zu berichten. Sie hatte eine Kommandostimme und bekam nur selten Besuch. Und da war die füllige junge Frau auf der gegenüberliegenden Seite, die in den frühen Morgenstunden leise weinte. Eine forsche ältere Frau – womöglich das Kindermädchen? – brachte jeden Abend für eine Stunde kleine Kinder zu ihr. Die beiden Jungen kletterten auf das Bett und klammerten sich an sie, bis die Kinderfrau ihnen sagte, sie sollten wieder herunterkommen, aus Angst, sie könnten ihrer Mutter «Schaden zufügen».

Die Schwestern nannten ihr die Namen der anderen Frauen, hin und wieder auch ihren eigenen, aber sie konnte sie nicht behalten. Sie vermutete, dass sie deswegen von ihr enttäuscht waren.

Ihr Gatte, wie ihn alle bezeichneten, kam an den meisten Abenden. Er trug einen gutgeschnittenen Anzug aus dunkelblauem oder grauem Wollstoff, drückte ihr einen flüchtigen Kuss auf die Wange und setzte sich für gewöhnlich ans Fußende ihres Bettes. Fürsorglich sprach er über Belanglosigkeiten, fragte, wie ihr das Essen schmecke oder ob er ihr irgendetwas anderes schicken solle. Hin und wieder las er einfach nur eine Zeitung.

Er war ein gutaussehender Mann, vielleicht zehn Jahre älter als sie, mit hoher, gewölbter Stirn und ernstem Blick. Tief im Innern wusste sie, dass er wohl derjenige war, der zu sein er behauptete, dass sie tatsächlich mit ihm verheiratet war, aber es war verblüffend, nichts zu empfinden, obwohl alle ganz offensichtlich eine andere Reaktion von ihr erwarteten. Manchmal starrte sie ihn an, wenn er gerade nicht hinschaute, und wartete auf einen Anflug von Vertrautheit. Manchmal, wenn sie wach wurde, stellte sie fest, dass er dort saß, die Zeitung auf dem Schoß, und sie betrachtete, als ginge es ihm ähnlich.

Mr. Hargreaves, der Arzt, kam täglich, überprüfte ihre Krankenblätter, fragte, ob sie ihm den Tag, die Uhrzeit, ihren Namen nennen könne. Inzwischen konnte sie ihm die richtigen Antworten geben. Sie brachte es sogar fertig, ihm zu sagen, dass der Premierminister Mr. Macmillan hieß und wie alt sie war, siebenundzwanzig. Sie hatte jedoch Schwierigkeiten mit den Schlagzeilen in der Zeitung, mit Ereignissen, die stattgefunden hatten, bevor sie hier eingeliefert worden war. «Das wird schon wieder», sagte er dann und tätschelte ihr die Hand. «Versuchen Sie nicht, es zu erzwingen.»

Dann war da noch ihre Mutter, die kleine Geschenke mitbrachte, Seife, gutes Shampoo, Zeitschriften, als ob all das den richtigen Anstoß geben könnte, dass sie wieder zu der Person wurde, die sie offensichtlich einmal gewesen war. «Wir haben uns solche Sorgen gemacht, Jenny, Liebes», sagte sie und legte ihr eine kühle Hand an den Kopf. Es fühlte sich gut an. Nicht vertraut, aber gut. Gelegentlich begann ihre Mutter einen Satz und murmelte dann: «Ich darf dich nicht mit Fragen erschöpfen. Alles wird wiederkommen. Die Ärzte sagen das. Also musst du dich nicht sorgen.»

Sie sei nicht besorgt, wollte Jenny ihr sagen. In ihrer kleinen Seifenblase war es friedlich. Sie spürte nur eine vage Traurigkeit, dass sie nicht die sein konnte, die alle in ihr sahen. An diesem Punkt wurden ihre Gedanken dann zu verworren, und sie schlief unweigerlich wieder ein.

Schließlich wurde sie nach Hause entlassen, an einem Morgen, an dem es so kalt war, dass sich die Rauchfahnen über der Stadt wie kahles Geäst am hellblauen Winterhimmel abzeichneten. Inzwischen konnte sie hin und wieder durch die Station gehen und Zeitschriften mit den anderen Patienten austauschen, die mit den Schwestern plauderten und gelegentlich Radio hörten, wenn sie Lust dazu hatten. Ihr Arm war ein zweites Mal operiert worden und verheilte gut, wie man ihr sagte, obwohl die lange rote Narbe dort, wo sie die Platte eingesetzt hatten, sehr empfindlich war, und Jenny versuchte, sie unter einem langen Ärmel zu verbergen. Ihre Augen hatte man einem Test unterzogen, ihr Gehör war untersucht worden, ihre Haut war an den unzähligen, durch Glassplitter verursachten Schnittwunden verheilt. Die Prellungen waren verblasst, und die gebrochene Rippe und das Schlüsselbein waren so gut zusammengewachsen, dass sie im Liegen schmerzfrei die Position wechseln konnte.

Im Grunde genommen, behaupteten sie, sehe sie wieder aus «wie die Alte», als würde sie sich daran erinnern, wer das war, wenn man es nur oft genug wiederholte. Ihre Mutter durchwühlte unterdessen Stapel von Schwarzweißfotos, um Jennifer ihr altes Leben wieder in Erinnerung zu bringen.

Sie erfuhr, dass sie seit vier Jahren verheiratet war. Kinder gab es keine – aus dem Tonfall ihrer Mutter schloss sie, dass alle ein wenig enttäuscht darüber waren. Sie wohnte in einem sehr schicken Haus in einem sehr guten Stadtteil Londons, mit Haushälterin und Chauffeur, und jede Menge junger Damen leckten sich offensichtlich die Finger danach, nur halb so viel zu haben wie sie. Obwohl ihr Mann ein hohes Tier im Bergbau und oft unterwegs war, ging seine Hingabe an sie so weit, dass er seit dem Unfall mehrere *sehr wichtige* Geschäftsreisen verschoben hatte. Die Hochachtung, mit der das Krankenhauspersonal über ihn sprach, bewies ihr, dass er tatsächlich recht wichtig war, und sie vermutete, dass sie infolgedessen ebenfalls einen gewissen Respekt erwarten konnte, auch wenn ihr das widersinnig vorkam.

Niemand hatte darüber gesprochen, wie sie hierhergekommen war, aber einmal hatte sie einen verstohlenen Blick auf die Notizen des Arztes geworfen und wusste daher, dass sie einen

Autounfall gehabt hatte. Als sie ihre Mutter danach gefragt hatte, war diese rot angelaufen, hatte ihre dicke kleine Hand auf Jennifers gelegt und sie gedrängt: «Denk nicht darüber nach, Liebes. Es war alles … furchtbar aufregend.» Ihre Augen hatten sich mit Tränen gefüllt, und da Jennifer sie nicht aus der Fassung bringen wollte, hatte sie das Thema fallenlassen.

Ein geschwätziges Mädchen mit einer aufwendigen Frisur in leuchtendem Orange war aus einer anderen Abteilung des Krankenhauses gekommen, um Jennifer die Haare zu schneiden. Danach, so sagte ihr die junge Frau, würde sie sich viel besser fühlen. Jennifer hatte am Hinterkopf Haare verloren – sie waren abrasiert worden, um eine Wunde nähen zu können –, und die junge Frau verkündete, sie wäre großartig darin, solche Wunden zu verbergen.

Eine gute Stunde später hielt sie triumphierend einen Spiegel hoch. Jennifer betrachtete die Frau, die ihr daraus entgegenstarrte. Ziemlich hübsch, dachte sie mit einer Art distanzierter Befriedigung. Zerschrammt, ein wenig blass, aber es ist ein annehmbares Gesicht. Mein Gesicht, verbesserte sie sich selbst.

«Haben Sie Ihre Kosmetika griffbereit?», fragte die Friseurin. «Ich könnte Sie schminken, falls Ihr Arm noch zu sehr weh tut. Ein bisschen Lippenstift tut jedem Gesicht gut, Madam.»

Jennifer starrte weiter in den Spiegel. «Meinen Sie?»

«O ja. Eine hübsche Frau wie Sie. Ich kann es sehr dezent machen … aber danach werden Ihre Wangen schimmern. Warten Sie, ich gehe mal eben runter und hole meinen Kosmetikkoffer. Ich habe ein paar herrliche Farben aus Paris bekommen und einen Charles-of-the-Ritz-Lippenstift, der ist wie für Sie geschaffen.»

«Sie sehen einfach reizend aus! Es ist immer ein gutes Zeichen, wenn eine Dame anfängt, wieder Make-up zu tragen», sagte Mr. Hargreaves kurz darauf, als er seine Runde drehte. «Und, freuen wir uns darauf, nach Hause zu kommen?»

«Ja, danke», antwortete sie höflich. Sie hatte keine Ahnung, wie sie ihm beibringen sollte, dass sie nicht wusste, was dieses Zuhause war.

Einen Moment lang betrachtete er ihr Gesicht, vielleicht versuchte er abzuschätzen, wie groß ihre Verunsicherung war. Dann setzte er sich auf die Bettkante und legte ihr eine Hand auf die Schulter. «Ich verstehe, das alles muss ein wenig befremdlich wirken, Sie sind noch nicht ganz wieder Sie selbst, aber seien Sie nicht allzu beunruhigt, wenn vieles noch unklar ist. Nach einer Kopfverletzung kommt es häufig zu einer Amnesie. Sie haben eine Familie, die Sie unterstützt, und ich bin sicher, sobald Sie von vertrauten Dingen umgeben sind, Ihre alten Gewohnheiten wieder aufnehmen, Freunde treffen, einkaufen gehen und Ähnliches, werden Sie feststellen, dass alles wieder an seinen Platz rückt.»

Sie nickte folgsam. Sie hatte schnell herausgefunden, dass alle damit glücklicher waren.

«Ich würde Sie gern in einer Woche wiedersehen, damit ich die Heilung Ihres Arms überprüfen kann. Sie werden Physiotherapie brauchen, um ihn wieder voll einsatzfähig zu bekommen. Die Hauptsache ist aber, dass Sie sich einfach Ruhe gönnen und sich nicht allzu viele Sorgen machen. Verstehen Sie?»

Er war schon im Begriff zu gehen. Was hätte sie noch sagen können?

Ihr Mann holte sie am Abend ab. Die Schwestern hatten sich im Empfangsbereich aufgestellt, um sich von ihr zu verabschieden, makellos sauber in ihren gestärkten Schwesternschürzen. Sie war noch immer eigenartig schwach und unsicher auf den Beinen und nahm dankbar den Arm, den er ihr anbot.

«Vielen Dank für die Fürsorge, die Sie meiner Frau haben zukommen lassen. Schicken Sie die Rechnung bitte an mein Büro», sagte er zu der Oberschwester.

«Es war uns ein Vergnügen», erwiderte diese, schüttelte ihm die Hand und strahlte Jennifer an. «Es ist schön, Sie wieder gesund und munter zu sehen. Sie sehen wunderbar aus, Mrs. Stirling.»

«Mir geht es … viel besser. Danke.» Sie trug einen langen Kaschmir-Mantel und einen dazu passenden Pillbox-Hut. Er hatte ihr drei Kombinationen schicken lassen. Sie hatte sich für die unauffälligste entschieden; sie wollte keine Aufmerksamkeit auf sich ziehen.

Sie blickten auf, als Mr. Hargreaves den Kopf aus seinem Büro streckte. «Meine Sekretärin sagt, draußen stehen ein paar Zeitungsreporter – die wollen das Cochrane-Mädchen sehen. Vielleicht möchten Sie lieber den Hintereingang nehmen, um den Trubel zu vermeiden.»

«Das wäre vorzuziehen. Würden Sie bitte meinen Fahrer auf die andere Seite schicken?»

Nach Wochen in der Wärme der Station war die Luft draußen erschreckend kalt. Sie hatte Mühe, mit ihm Schritt zu halten, ihr Atem kam in kurzen Stößen, dann saß sie auf der Rückbank eines großen schwarzen Wagens, versunken in riesigen Ledersitzen, und die Türen fielen mit einem satten Klacken ins Schloss. Leise schnurrend fädelte sich der Wagen in den Londoner Verkehr ein.

Sie sah aus dem Fenster, betrachtete die Zeitungsleute, die auf der Vordertreppe standen, und die Fotografen, die ihre Objektive einstellten. In den Straßen Londons drängten sich die Menschen, sie eilten vorüber, die Mantelkragen gegen den

Wind hochgeschlagen, die Männer hatten ihre Hüte tief in die Stirn gezogen.

«Wer ist das Cochrane-Mädchen?», fragte sie und wandte sich ihm zu.

Er sprach gerade leise mit dem Fahrer. «Wer?»

«Das Cochrane-Mädchen. Mr. Hargreaves hat von ihr gesprochen.»

«Ich glaube, sie war die Freundin eines populären Sängers. Sie waren in einen Autounfall verwickelt, bevor …»

«Alle haben über sie gesprochen. Die Schwestern im Krankenhaus.»

Anscheinend hatte er das Interesse verloren. «Ich setze Mrs. Stirling zu Hause ab, und sobald sie sich eingerichtet hat, fahre ich ins Büro», teilte er dem Chauffeur mit.

«Was ist ihm zugestoßen?», fragte sie.

«Wem?»

«Cochrane, dem Sänger.»

Ihr Gatte schaute sie an, als würde er etwas abwägen. «Er ist gestorben», sagte er. Dann wandte er sich wieder an seinen Fahrer.

Langsam ging sie die Stufen zu dem weißen Haus mit Stuckfassade hinauf, und als sie oben ankam, öffnete sich die Tür wie durch Zauberhand. Der Fahrer stellte ihren Koffer vorsichtig in der Diele ab und zog sich zurück. Ihr Gatte, hinter ihr, nickte einer Frau zu, die dort stand, offenbar um sie zu empfangen. Sie war schon älter, hatte das dunkle Haar zu einem festen Knoten im Nacken zusammengebunden und trug ein marineblaues Kostüm. «Willkommen zu Hause, Madam», sagte sie und streckte eine Hand aus. Ihr Lächeln war echt, und sie sprach mit deutlichem Akzent. «Wir sind ja so froh, dass es Ihnen wieder gutgeht.»

«Danke», erwiderte Jenny. Am liebsten hätte sie die Frau mit Namen angeredet, aber es war ihr unangenehm, danach zu fragen.

Die Frau nahm ihnen die Mäntel ab und verschwand damit durch den Flur.

«Bist du müde?» Er neigte den Kopf, um ihr Gesicht zu betrachten.

«Nein, ist schon gut.» Sie schaute sich im Haus um und wünschte, sie könnte ihre Bestürzung verbergen, denn ihr war, als hätte sie es nie zuvor gesehen.

«Ich muss jetzt wieder ins Büro. Kommst du mit Mrs. Cordoza allein zurecht?»

Cordoza. Das klang nicht ganz fremd. Eine Anwandlung von Dankbarkeit überkam sie. *Mrs. Cordoza.* «Ja, danke. Mach dir um mich bitte keine Sorgen.»

«Ich werde um sieben wieder hier sein ... wenn du sicher bist, dass es dir gutgeht ...» Offensichtlich hatte er es eilig fortzukommen. Er beugte sich zu ihr herunter, küsste sie auf die Wange und war nach einem kurzen Zögern verschwunden.

Sie stand in der Diele, hörte, wie sich seine Schritte auf der Treppe draußen entfernten, dann das leise Brummen des Motors, als sein Wagen abfuhr. Plötzlich kam ihr das Haus wie eine Höhle vor.

Sie berührte die seidige Tapete, nahm den glänzenden Parkettboden wahr, die schwindelerregend hohe Decke. Mit präzisen, überlegten Bewegungen zog sie ihre Handschuhe aus. Dann beugte sie sich vor, um die Fotos auf dem Dielentischchen näher zu betrachten. Das größte war ein Hochzeitsfoto in verziertem, auf Hochglanz poliertem Silberrahmen. Darauf war sie zu sehen in einem enganliegenden weißen Kleid, das Gesicht halb verdeckt von einem weißen Tüllschleier, ihr Ehemann mit breitem Lächeln an ihrer Seite. Ich habe ihn tatsächlich geheiratet, dachte sie. Und dann: Ich sehe so glücklich aus.

Sie fuhr zusammen. Mrs. Cordoza war zurückgekommen und stand mit verschränkten Händen vor ihr. «Ich habe mich gefragt, ob ich Ihnen vielleicht eine Tasse Tee bringen soll. Ich habe im Wohnzimmer den Kamin für sie angezündet.»

«Das wäre ...» Jennifer warf einen Blick durch den Flur auf die verschiedenen Türen. Dann schaute sie erneut auf das Foto. Es dauerte einen Moment, bis sie wieder etwas sagte. «Mrs. Cordoza ... würde es Ihnen etwas ausmachen, wenn ich mich bei Ihnen unterhake? Nur bis ich sitze. Ich bin noch etwas unsicher auf den Beinen.»

Später konnte sie nicht genau sagen, warum sie nicht wollte, dass die Frau merkte, wie wenig ihr vom Grundriss ihres eigenen Hauses in Erinnerung war. Sie hatte einfach das Gefühl, wenn sie die Erinnerung vortäuschte und alle ihr glaubten, würde sich die gespielte Rolle am Ende als Wahrheit herausstellen.

Die Haushälterin hatte das Abendessen zubereitet: einen Auflauf aus Kartoffeln und Prinzessbohnen. Sie habe ihn im Backofen stehen lassen, sagte sie. Jennifer musste auf ihren Mann warten, bevor sie etwas auf den Tisch stellen konnte: Ihr rechter Arm war noch schwach, und sie hatte Angst, den schweren gusseisernen Topf fallen zu lassen.

Sie hatte die Stunde, in der sie allein war, damit verbracht, durch das geräumige Haus zu schlendern, sich damit vertraut zu machen. Sie hatte Schränke geöffnet und Fotos betrachtet. *Mein Haus*, sagte sie sich immer wieder. *Meine Sachen. Mein Mann.* Ein- oder zweimal schaltete sie ihre Gedanken aus und ließ sich von ihren Füßen dorthin tragen, wo sie ein Bad oder ein Arbeitszimmer vermutete, und stellte dankbar fest, dass ein Teil von ihr dieses Haus noch kannte. Sie betrachtete die Bücher im

Wohnzimmer und bemerkte mit leiser Befriedigung, dass sie, obwohl ihr hier so vieles fremd war, den Inhalt von den meisten im Kopf hatte.

Am längsten hielt sie sich in ihrem Schlafzimmer auf. Mrs. Cordoza hatte ihren Koffer ausgepackt und alles eingeräumt. Zwei Einbauschränke enthielten eine große Anzahl akkurat gestapelter Kleidung. Alles passte ihr perfekt, selbst die abgetragensten Schuhe. Ihre Haarbürste, Parfüms und Puder standen aufgereiht auf einer Frisierkommode. Die Düfte waren ihr angenehm vertraut. Die Farben der Kosmetika passten zu ihr: Coty, Chanel, Elizabeth Arden, Dorothy Gray – ihr Spiegel war umgeben von einem kleinen Bataillon kostspieliger Cremes und Salben.

Sie zog eine Schublade auf, hielt Schichten aus Chiffon hoch, Büstenhalter und andere Miederware aus Seide und Spitze. Ich bin eine Frau, die auf ihr Äußeres Wert legt, stellte sie fest. Sie setzte sich, starrte sich im dreiteiligen Spiegel an und begann, sich die Haare in langen, gleichmäßigen Strichen zu bürsten. Solche Dinge tue ich, sagte sie sich mehrmals.

Immer, wenn sie von Fremdheit überwältigt wurde, beschäftigte sie sich mit kleinen Aufgaben: Sie ordnete die Handtücher in dem Gästebadezimmer im Erdgeschoss neu oder holte Teller und Gläser heraus.

Er kam kurz vor sieben Uhr wieder zurück. Sie wartete in der Diele auf ihn, hatte ihr Make-up aufgefrischt und Nacken und Schultern mit einem leichten Parfüm besprüht. Sie sah ihm an, dass ihm dieser Anschein von Normalität gefiel. Sie nahm ihm den Mantel ab, hängte ihn an die Garderobe und fragte, ob er etwas trinken wolle.

«Das wäre wunderbar. Danke», sagte er.

Sie zögerte, die Hand an eine Karaffe gelegt.

Er drehte sich um und bemerkte ihre Unsicherheit. «Ja,

das ist es, Liebling. Whisky. Zwei Fingerbreit, mit Eis. Danke.»

Beim Abendessen saß er rechts von ihr an dem riesigen, polierten Mahagonitisch, der zum großen Teil leer und ungedeckt war. Sie verteilte das dampfende Essen auf Teller, und er stellte sie an die Plätze. Das ist mein Leben, dachte sie plötzlich, während sie seine Handbewegungen beobachtete. Das machen wir an den Abenden.

«Ich dachte, wir könnten am Samstag die Moncrieffs zum Essen einladen. Fühlst du dich dazu gut genug?»

Sie nahm einen kleinen Happen von ihrer Gabel. «Ich glaube, schon.»

«Gut.» Er nickte. «Unsere Freunde haben immer wieder nach dir gefragt. Sie möchten gern sehen, dass du … wieder ganz die Alte bist.»

Sie brachte ein Lächeln zustande. «Das wird … nett werden.»

«Ich dachte, wir unternehmen ein, zwei Wochen nicht zu viel. Erst, wenn dir danach ist.»

«Ja.»

«Das hier schmeckt sehr gut. Hast du es gekocht?»

«Nein. Mrs. Cordoza.»

«Aha.»

Schweigend aßen sie weiter. Sie trank Wasser – Mr. Hargreaves hatte von stärkeren Getränken abgeraten –, aber sie beneidete ihren Mann um das vor ihm stehende Glas. Der Alkohol hätte das beunruhigende Gefühl von Fremdheit vielleicht verschleiert, ihm die Schärfe genommen.

«Und wie läuft es in … deinem Büro?»

Er hatte den Kopf gesenkt. «Ganz gut. In den kommenden Wochen muss ich die Bergwerke besuchen, aber ich möchte sichergehen, dass du zurechtkommst, bevor ich fahre. Du hast natürlich Mrs. Cordoza, die dir hilft.»

Der Gedanke, allein zu sein, erleichterte sie ein wenig. «Ich bin mir sicher, dass ich es schaffe.»

«Und danach, dachte ich, könnten wir für ein paar Wochen an die Riviera fahren. Ich habe dort geschäftlich zu tun, und du könntest die Sonne genießen. Mr. Hargreaves meinte, sie würde deine … die Narben …» Er verstummte.

«Die Riviera», wiederholte sie. Plötzlich die Vision einer Küste im Mondschein. Gelächter. Das Klirren von Gläsern. Sie schloss die Augen und brachte all ihre Willenskraft auf, um das flüchtige Bild deutlicher werden zu lassen.

«Ich dachte, wir fahren diesmal mit dem Wagen hin, nur wir beide.»

Das Bild war verschwunden. Sie vernahm ihren Pulsschlag in den Ohren. Bleib ruhig, sagte sie sich. Alles kommt wieder. Mr. Hargreaves hat es gesagt.

«Du scheinst dort immer glücklich zu sein. Vielleicht ein wenig glücklicher als hier in London.» Er sah sie an und wandte dann den Blick ab.

Da war es wieder, das Gefühl, dass sie einer Prüfung unterzogen wurde. Sie zwang sich, zu kauen und zu schlucken. «Wie du meinst.»

Schweigen senkte sich über den Raum, man hörte nur noch das langsame Kratzen seines Bestecks auf dem Teller, ein erdrückendes Geräusch. Das Essen erschien ihr mit einem Mal nicht zu bewältigen. «Ich bin doch müder, als ich dachte. Würde es dir sehr viel ausmachen, wenn ich nach oben gehe?»

Er stand auf, als sie sich erhob. «Ich hätte Mrs. Cordoza sagen sollen, dass ein Abendessen in der Küche reicht. Soll ich dir hinaufhelfen?»

«Bitte, mach dir keine Umstände.» Sie schlug den ihr dargebotenen Arm aus. «Ich bin nur ein bisschen erschöpft. Morgen geht es mir bestimmt besser.»

Um Viertel vor zehn hörte sie, wie er ins Zimmer kam. Sie hatte im Bett gelegen und bewusst die Laken um sich herum wahrgenommen, das Mondlicht, das durch die langen Vorhänge drang, die fernen Geräusche des Verkehrs, die Taxis, die anhielten, um ihre Kunden abzusetzen, einen höflichen Gruß von jemandem, der einen Hund ausführte. Sie hatte ganz still gelegen und darauf gewartet, dass etwas einrastete, dass die Leichtigkeit, mit der sie sich physisch wieder in ihre Umgebung eingepasst hatte, allmählich zu ihrem Geist vordrang.

Dann war die Tür aufgegangen.

Er machte das Licht nicht an. Sie vernahm das Klappern von Holzbügeln, als er sein Jackett aufhängte, das leise Geräusch, als er die Schuhe von den Füßen streifte. Und plötzlich erstarrte sie. Ihr Mann – dieser Fremde – würde in ihr Bett kommen. Sie hatte sich so sehr darauf konzentriert, jeden einzelnen Augenblick zu überstehen, dass sie das nicht in Betracht gezogen hatte. Sie hatte damit gerechnet, dass er im Gästezimmer übernachten würde.

Sie biss sich auf die Lippe, die Augen fest geschlossen, und zwang sich, langsam zu atmen und so zu tun, als schliefe sie. Sie hörte, wie er im Bad verschwand, das Rauschen des Wasserhahns, heftiges Zähneputzen und kurzes Gurgeln. Auf bloßen Füßen tappte er über den Teppich und glitt dann unter die Decke, woraufhin die Matratze einsank und das Bettgestell protestierend knarrte. Eine Minute blieb er reglos liegen, und sie zwang sich, ihre gleichmäßigen Atemzüge beizubehalten. *Oh, bitte, noch nicht*, beschwor sie ihn still. *Ich kenne dich kaum.*

«Jenny?», fragte er.

Sie spürte seine Hand auf ihrer Hüfte und bemühte sich, nicht zusammenzufahren.

Er bewegte sie zaghaft. «Jenny?»

Sie stieß absichtlich einen langen Atemzug aus, um das

unschuldige Vergessen des Tiefschlafs vorzutäuschen. Seine Hand hielt inne, und dann sank er, ebenfalls seufzend, schwer auf sein Kissen.

Ich wünschte, ich könnte der Mensch sein, der dich rettet, aber das wird einfach nicht passieren … Ich werde dich nicht anrufen, nachdem du diesen Brief erhalten hast, denn das könnte dich aus der Fassung bringen, und es wäre nicht die richtige Erinnerung an dich, wenn ich dich weinen hörte, denn ich habe dich in anderthalb Jahren kein einziges Mal weinen sehen, und so eine Freundin hatte ich noch nie.

Mann an Frau, per Brief

KAPITEL 2

Moira Parker betrachtete den grimmigen Gesichtsausdruck ihres Chefs, der entschlossenen Schrittes ihr Büro durchquerte und auf sein eigenes zusteuerte, und sie dachte, dass es wahrscheinlich gut war, dass Mr. Arbuthnot, für halb drei angesagt, sich verspätete. Die letzte Besprechung war offensichtlich nicht gut gelaufen.

Sie stand auf, strich ihren Rock glatt und nahm ihm seinen Mantel ab, der auf dem kurzen Weg von seinem Wagen zum Büro nass geworden war. Sie stellte den Schirm in den Schirmständer und ließ sich dann etwas mehr Zeit als sonst, um den Mantel sorgfältig auf den Bügel zu hängen. Sie arbeitete inzwischen lange genug für ihn, um beurteilen zu können, wann er ein paar Minuten für sich benötigte.

Sie schenkte ihm eine Tasse Tee ein – nachmittags trank er immer eine Tasse Tee, morgens zwei Tassen Kaffee –, sammelte mit wenigen routinierten Handgriffen ihre Unterlagen zusammen, klopfte an seine Tür und ging hinein. «Ich nehme an, Mr. Arbuthnot wurde im Verkehr aufgehalten. Auf der Marylebone Road ist offensichtlich ein gewaltiger Stau.»

Er las die Briefe, die sie zur Unterschrift auf seinen Schreibtisch gelegt hatte. Augenscheinlich zufrieden, nahm er seinen

Füller aus der Brusttasche und unterzeichnete mit kurzen, zackigen Bewegungen. Sie stellte ihm den Tee auf den Schreibtisch und nahm die Briefe an sich. «Ich habe die Tickets für Ihren Flug nach Südafrika gebucht und dafür gesorgt, dass Sie am Flughafen abgeholt werden.»

«Das ist am fünfzehnten?»

«Ja. Wenn Sie die Reiseunterlagen durchsehen wollen, bringe ich sie Ihnen. Hier sind die Verkaufszahlen der letzten Woche. Die aktuellen Lohnsummen sind in diesem Ordner hier. Und da ich nicht sicher war, ob Sie nach der Besprechung beim Autohersteller Zeit für ein Lunch haben würden, habe ich mir erlaubt, Ihnen ein paar Sandwichs zu bestellen. Ich hoffe, das ist Ihnen recht.»

«Sehr nett, Moira. Danke.»

«Möchten Sie sie jetzt? Zum Tee?»

Er nickte und lächelte sie kurz an. Moira gab sich die größte Mühe, nicht rot zu werden. Sie wusste, dass die anderen Sekretärinnen sich über sie lustig machten, weil sie ihrem Chef gegenüber eine Aufmerksamkeit an den Tag legte, die ihre Kolleginnen für übertrieben hielten, ganz zu schweigen von ihrer pedantisch akkuraten Kleidung und ihrer ein wenig steifen Art. Aber er war ein Mann, der gern alles ordentlich haben wollte, und sie hatte das immer verstanden. Diese albernen Mädchen, die ihre Nasen in Zeitschriften steckten und stundenlang in der Damentoilette tratschten, verstanden nicht, welche Freude es bereitete, seine Arbeit gut zu machen. Sie begriffen nicht, wie befriedigend es war, *unersetzlich* zu sein.

Sie zögerte kurz und holte dann den letzten Brief aus ihren Unterlagen. «Die zweite Post ist gekommen. Ich dachte, Sie sollten sich das hier ansehen. Wieder einer von diesen Briefen über die Männer in Rochdale.»

Er runzelte die Stirn, und das kleine Lächeln, das sein Gesicht erhellt hatte, erstarb. Er las den Brief zweimal. «Hat den sonst noch jemand gesehen?»

«Nein, Sir.»

«Legen Sie ihn zu den anderen.» Er schob ihn ihr zu. «Diese Sache macht nur Ärger. Dahinter stecken die Gewerkschaften. Mit denen will ich nichts zu tun haben.»

Wortlos nahm sie den Brief entgegen und machte Anstalten zu gehen, drehte sich aber noch einmal um. «Und wie geht es Ihrer Frau, wenn ich fragen darf? Wahrscheinlich ist sie froh, wieder zu Hause zu sein.»

«Es geht ihr gut, danke. Sie ist schon fast wieder wie früher», sagte er. «Zu Hause zu sein ist eine große Hilfe für sie.»

Sie schluckte. «Freut mich sehr, das zu hören.»

Er war mit seinen Gedanken bereits woanders – er überflog die Verkaufszahlen, die sie ihm dagelassen hatte. Lächelnd wie immer drückte Moira Parker ihre Unterlagen an sich und marschierte hinaus.

Alte Freunde, hatte er gesagt. Keine große Herausforderung. Zwei Freundinnen waren ihr inzwischen schon ein wenig vertraut, sie hatten Jennifer im Krankenhaus besucht und dann noch einmal, als sie wieder zu Hause war. Yvonne Moncrieff, eine hochgewachsene, dunkelhaarige Frau Anfang dreißig, war ihre Freundin, seit sie am Medway Square direkte Nachbarn geworden waren. Sie hatte eine trockene, sarkastische Art, ganz anders als die andere Freundin, Violet, die Yvonne schon seit Schulzeiten kannte und den beißenden Humor und die scherzhaften Sticheleien der anderen beiden offenbar nur pflichtschuldig über sich ergehen ließ.

Jennifer hatte anfangs Mühe, die Anspielungen auf gemeinsame Erlebnisse zu verstehen, und die Namen, die sie nannten, hatten für sie keine Bedeutung, aber sie hatte sich in ihrer Gesellschaft wohl gefühlt. Sie lernte, ihrer intuitiven Reaktion auf Menschen zu vertrauen: Erinnerungen konnten auch mit dem Herzen eingeordnet werden, nicht nur mit dem Verstand.

«Ich wünschte, *ich* könnte mein Gedächtnis verlieren», sagte Yvonne, als Jennifer ihr gestand, wie eigenartig sie sich gefühlt hatte, als sie im Krankenhaus aufgewacht war. «Ich würde dem Sonnenuntergang entgegenlaufen. Als Erstes würde ich vergessen, dass ich Francis geheiratet habe.» Sie war kurz vorbeigekommen, um Jennifer zu versichern, dass alles in Ordnung sei. Es sollte eine «ruhige» Abendgesellschaft werden, doch im Lauf des Nachmittags war Jennifer so nervös geworden, dass sie sich wie gelähmt fühlte.

«Ich weiß nicht, warum du so ausflippst, Schätzchen. Deine Dinnerpartys sind legendär.» Yvonne saß auf der Bettkante, während Jennifer ein Kleid nach dem anderen anprobierte.

«Ja. Aber für was?» Sie versuchte, ihren Busen in einem Kleid zurechtzurücken. Anscheinend hatte sie im Krankenhaus abgenommen, denn das Oberteil schlug reizlose Falten.

Yvonne lachte. «Oh, entspann dich. Du musst gar nichts tun, Jenny. Die fabelhafte Mrs. C wird dir alle Ehre machen. Das Haus sieht wunderbar aus. Du siehst wunderbar aus. Zumindest, wenn du endlich etwas anziehst.» Sie streifte ihre Schuhe ab und schwang ihre langen Beine elegant aufs Bett. «Deine Freude daran, Gastgeberin zu spielen, konnte ich nie nachvollziehen. Versteh mich nicht falsch, ich gehe wirklich gern auf Partys, aber diese ganze Organisiererei …» Sie betrachtete prüfend ihre Fingernägel. «Partys sind dazu da, besucht zu werden, nicht, um sie auszurichten. Das hat meine Mutter gesagt, und es gilt noch immer. Ich kaufe mir gern das eine oder andere neue Kleid, aber Canapés und Tischpläne? Igitt.»

Jennifer zupfte an ihrem Ausschnitt, bis er richtig saß, und starrte auf ihr Spiegelbild, drehte sich nach links und nach rechts. Sie streckte einen Arm aus. Die Narbe war geschwollen und immer noch leuchtend rosa. «Meinst du, ich sollte lieber lange Ärmel tragen?»

Yvonne richtete sich auf und betrachtete sie. «Tut es weh?»

«Der ganze Arm schmerzt, und der Arzt hat mir Tabletten gegeben. Ich habe mich nur gefragt, ob die Narbe nicht ein bisschen …»

«Stört?» Yvonne rümpfte die Nase. «Wahrscheinlich bist du mit langen Ärmeln besser bedient, Schätzchen. Nur bis sie ein wenig verblasst. Und es ist so kalt.»

Jennifer war verblüfft über das schonungslose Urteil ihrer Freundin, aber nicht gekränkt. Seit ihrer Heimkehr war es das erste ehrliche Wort, das jemand zu ihr gesagt hatte.

Sie zog das Kleid aus, ging an ihren Schrank und suchte so lange, bis sie ein Futteralkleid aus Rohseide fand. Sie nahm es von der Stange und musterte es. Es war so auffällig. Seit sie wieder zu Hause war, wollte sie sich in Tweedstoffen verbergen, in dezenten Grau- und Brauntönen, aber diese mit Schmuck besetzten Kleider sprangen sie förmlich an. «Ist es das?», fragte sie.

«Was?»

Jennifer holte tief Luft. «Was ich immer getragen habe? Habe ich so ausgesehen?» Sie hielt das Kleid vor sich.

Yvonne zündete sich eine Zigarette an, während sie Jennifers Gesicht betrachtete. «Soll das heißen, dass du dich wirklich an nichts erinnerst?»

Jennifer setzte sich auf den Hocker vor ihrer Frisierkommode. «An fast nichts», gab sie zu. «Ich weiß schon, dass ich dich kenne. So wie ich ihn kenne. Ich kann es hier fühlen.» Sie tippte sich an die Brust. «Aber es ist … es gibt riesige Lücken. Ich weiß nicht mehr, wie es mir mit meinem Leben ging. Ich weiß nicht, wie ich mich den anderen gegenüber verhalten soll. Ich weiß nicht …» Sie biss sich auf die Lippe. «… wer ich bin.» Plötzlich stiegen ihr Tränen in die Augen. Sie zog eine Schublade auf, dann eine andere und suchte nach einem Taschentuch.

Yvonne wartete einen Augenblick. Dann stand sie auf, kam zu ihr herüber und setzte sich auf den niedrigen Hocker neben ihr. «Schon gut, Schätzchen, ich kläre dich auf. Du bist reizend und lustig und voller *joie de vivre*. Du hast das perfekte Leben, einen reichen, gutaussehenden Mann, der dich anhimmelt, und einen Kleiderschrank, für den jede andere Frau sterben würde. Deine Frisur sitzt immer perfekt. Du hast eine Wespentaille. Bei jedem gesellschaftlichen Anlass stehst du im Mittelpunkt, und unsere Ehemänner sind alle in dich verliebt.»

«Ach, sei nicht albern.»

«Das bin ich nicht. Francis betet dich an. Immer wenn er dein verschmitztes Lächeln sieht, deine blonden Haare, dann sehe ich ihm an, dass er sich fragt, warum um alles in der Welt er diese schlaksige, verschrobene alte Jüdin geheiratet hat. Was Bill betrifft …»

«Bill?»

«Violets Mann. Bevor du geheiratet hast, ist er dir wie ein Schoßhund gefolgt. Nur gut, dass er sich so vor deinem Mann fürchtet, sonst wäre er schon vor Jahren mit dir auf und davon.»

Jennifer wischte sich mit einem Taschentuch über die Augen. «Du bist sehr lieb zu mir.»

«Ganz und gar nicht. Wenn du nicht so nett wärst, müsste ich dich umlegen lassen. Aber du hast Glück. Ich mag dich.»

Sie saßen noch eine Weile zusammen. Jennifer rieb mit dem Zeh über einen Fleck auf dem Teppich. «Warum habe ich keine Kinder?»

Yvonne nahm einen langen Zug von ihrer Zigarette. Sie warf einen Blick auf Jennifer und zog die Augenbrauen hoch. «Beim letzten Mal, als wir darüber sprachen, hast du gesagt, um Kinder zu bekommen, sei es normalerweise ratsam, dass sich Mann und Frau eine Zeitlang auf demselben Kontinent befänden. Er ist furchtbar oft unterwegs, dein Mann.» Sie grinste und blies einen perfekten Rauchring aus. «Auch darum habe ich dich immer entsetzlich beneidet.»

Als Jennifer widerstrebend kicherte, fuhr sie fort: «Oh, es wird alles gut werden, Schätzchen. Du solltest tun, was dieser lächerlich teure Arzt gesagt hat, und dir keine Sorgen mehr machen. In ein, zwei Wochen wirst du wahrscheinlich einen Heureka-Moment erleben und dich an alles erinnern – an deinen widerlich schnarchenden Ehemann, die neuesten Konjunkturdaten, die schwindelerregende Rechnung bei Harvey Nichols. Unterdessen genieße deine Unschuld, solange sie anhält.»

«Vermutlich hast du recht.»

«Und da wir gerade dabei sind, ich finde, du solltest das rosafarbene Kleid tragen. Du hast eine Kette aus Bergkristall, die fabelhaft dazu passt. Der Smaragd tut dir keinen Gefallen. Damit sieht dein Busen aus wie zwei schlaffe Ballons.»

«Oh, du bist mir eine wahre Freundin!», sagte Jennifer, und die beiden lachten.

Die Tür war zugeschlagen, er hatte seine Aktentasche auf den Dielenboden fallen lassen und auf seinem Mantel und seiner Haut die kühle Luft von draußen mit hereingebracht. Er nahm seinen Schal ab, begrüßte Yvonne und entschuldigte sich für seine Verspätung. «Besprechung mit der Buchhaltung. Du weißt ja, dass diese Geldleute kein Ende finden.»

«Oh, du solltest mal sehen, wie es ist, wenn sie zusammenkommen, Larry. Diese Gespräche langweilen mich zu Tode. Francis und ich sind seit fünf Jahren verheiratet, und ich könnte dir noch immer nicht den Unterschied zwischen Soll und Haben erklären.» Yvonne schaute auf ihre Uhr. «Er dürfte gleich hier sein. Zweifellos mit einer Zahlenkolonne im Schlepptau, über die er seinen Zauberstab schwingt.»

Er wandte sich seiner Frau zu. «Du siehst hinreißend aus, Jenny.»

«Nicht wahr? Deine Frau putzt sich immer ziemlich gut heraus.»

«Ja. Ja, wirklich. Na gut.» Er fuhr sich mit der Hand übers Kinn. «Wenn ihr mich jetzt bitte entschuldigen wollt, ich mache mich eben ein bisschen frisch, bevor die restlichen Gäste eintreffen. Es wird wieder schneien – ich habe den Wetterbericht im Radio gehört.»

«Wir trinken einen Schluck, während wir auf dich warten», rief Yvonne ihm hinterher.

Als die Haustür ein zweites Mal geöffnet wurde, waren Jennifers Nerven von einem starken Cocktail wie betäubt. *Alles wird gut*, sagte sie sich immer wieder. Yvonne würde ihr zur Seite springen, wenn sie Gefahr lief, sich zu blamieren. Diese Leute waren ihre Freunde. Sie würden nicht darauf lauern, dass sie ins Straucheln geriet. Das hier war ein weiterer Schritt, den sie gehen musste, um ihr früheres Selbst wiederzuerlangen.

«Jenny. Vielen Dank für die Einladung.» Violet Fairclough umarmte sie, ihr fülliges Gesicht verschwand fast unter einem Turban. Sie löste die Nadeln, mit denen er befestigt war, und reichte ihn ihr zusammen mit ihrem Mantel. Sie trug ein weit ausgeschnittenes Seidenkleid, das sich wie ein aufgeblähter Fallschirm über ihre üppigen Konturen spannte. Um Violets Taille zu umfassen, so würde Yvonne später anmerken, wären sämtliche Hände eines kleinen Infanteriecorps erforderlich.

«Jennifer. Ein Bild der Anmut, wie immer.» Ein großer, rothaariger Mann beugte sich vor, um sie zu küssen.

Jennifer war verwundert über dieses ungleiche Paar. Sie erinnerte sich überhaupt nicht an den Mann und fand es beinahe lustig, dass er mit der kleinen Violet verheiratet sein sollte. Sie wandte den Blick von ihm und fing sich wieder. «Kommt doch rein», sagte sie. «Mein Mann wird gleich unten sein. Ich hole euch inzwischen etwas zu trinken.»

«‹Mein Mann›? Heute Abend sind wir aber schrecklich förmlich!» Bill lachte.

«Na ja …» Jennifer stockte, «… da es so lange her ist, seit ich euch alle gesehen habe …»

«Scheusal. Du musst nett zu Jenny sein.» Yvonne begrüßte ihn mit einem Kuss auf die Wange. «Sie ist noch immer sehr zerbrechlich. Sie sollte sich eigentlich oben hinlegen, während die Herren ihr Trauben schälen. Aber sie besteht auf Martinis.»

«*Das* ist die Jenny, die wir kennen und lieben.» Bills anerkennendes Lächeln ruhte so lange auf ihr, dass Jennifer mehrfach zu Violet blickte, um zu sehen, ob sie gekränkt war. Ihr schien es nichts auszumachen: Sie kramte in ihrer Handtasche. «Ich habe der neuen Kinderfrau eure Telefonnummer gegeben», sagte sie und schaute auf. «Ich hoffe, das stört dich nicht. Diese Frau ist absolut nicht zu gebrauchen. Ich rechne fest damit, dass sie hier anruft und behauptet, sie könne Fredericks Schlafanzughose nicht finden, oder so etwas.»

Jennifer ertappte Bill dabei, wie er die Augen verdrehte, und merkte bestürzt, dass ihr diese Geste vertraut war.

Sie saßen zu acht um den Tisch, ihr Mann und Francis jeweils vor Kopf. Yvonne, Dominic, der ein ziemlich hohes Tier in der königlichen Leibgarde war, und Jennifer saßen an der Fensterseite, Violet, Bill und Anne, Dominics Frau, ihnen gegenüber. Anne war fröhlich, lachte mit gutmütigem Augenzwinkern lauthals über die Witze der Männer – eine Frau, die sich in ihrer Haut wohl fühlte.

Jennifer stellte fest, dass sie ihre Gäste beim Essen beobachtete, alles, was sie zueinander sagten, genau analysierte. Sie suchte nach Hinweisen auf ihr bisheriges Leben. Bill, bemerkte sie, schaute seine Frau kaum an und sprach überhaupt nicht mit ihr. Violet schien das nicht aufzufallen, und Jennifer fragte sich, ob sie seine Gleichgültigkeit tatsächlich nicht bemerkte oder ob sie ihre Beschämung nur stoisch überspielte.

Obwohl Yvonne sich ständig scherzhaft über Francis beklagte, ließ sie ihn nicht aus den Augen. Sie machte sich über ihn lustig, während sie ihn herausfordernd anlächelte. So gehen sie miteinander um, dachte Jennifer. Sie möchte ihm nicht zeigen, wie viel er ihr bedeutet.

«Ich wünschte, ich hätte mein Geld in Kühlschränke investiert», sagte Francis gerade. «In der Zeitung stand heute Morgen, dass dieses Jahr schätzungsweise eine Million davon in Großbritannien verkauft wird. Eine Million! Vor fünf Jahren waren es noch … hundertsiebzigtausend.»

«In Amerika müssen es zehnmal so viele sein. Ich habe gehört, dass die Leute sie alle zwei Jahre austauschen.» Violet spießte ein Stück Fisch auf ihre Gabel. «Und sie sind riesig – doppelt so groß wie unsere. Könnt ihr euch das vorstellen?»

«In Amerika ist alles größer. Zumindest wollen sie uns das gern weismachen.»

«Einschließlich der Egos, nach denen zu urteilen, auf die ich bisher gestoßen bin.» Dominic erhob die Stimme. «Was ein unerträglicher Besserwisser ist, wisst ihr erst, wenn ihr einen Ami-General kennengelernt habt.»

Anne lachte. «Der arme Dom war ein bisschen verstimmt, als ihm einer erklären wollte, wie er seinen eigenen Wagen zu fahren hat.»

«*Sag mal, eure Wohnungen sind aber ziemlich klein*», sagte Dominic mit amerikanischem Akzent. «*Diese Autos sind ziemlich klein. Eure Benzinrationen sind ziemlich klein* … Die hätten mal erleben sollen, wie das damals mit der Rationierung war. Natürlich haben die keine Ahnung …»

«Dom wollte sich einen Spaß mit ihm erlauben und hat sich den Morris Minor meiner Mutter ausgeliehen. Hat den Ami-General damit abgeholt. Ihr hättet sein Gesicht sehen sollen.»

«*Das ist hier Standard, Kamerad*, habe ich zu ihm gesagt. *Für einen Besuch bei Würdenträgern benutzen wir den Vauxhall Velox. Darin hat man zehn Zentimeter mehr Beinfreiheit*. Er musste sich förmlich zusammenfalten, damit er hineinpasste.»

«Ich habe mich ausgeschüttet vor Lachen», sagte Anne. «Ich weiß nicht, warum Dom dafür keinen Ärger bekommen hat.»

«Wie läuft das Geschäft, Larry? Wie ich hörte, brichst du in ungefähr einer Woche wieder nach Südafrika auf.»

Jennifer beobachtete, wie ihr Mann sich auf seinem Stuhl zurücklehnte.

«Gut. Sehr gut sogar. Ich habe gerade einen Vertrag mit einer Motorenfirma abgeschlossen, die Bremsbeläge anfertigen soll.» Er legte Messer und Gabel nebeneinander auf seinen Teller.

«Was genau machst du eigentlich? Ich bin mir nie ganz sicher, was dieses neumodische Mineral ist, das du verwendest.»

«Jetzt tu nicht so, als würde dich das interessieren, Violet», sagte Bill. «Violet interessiert sich nur selten für etwas, das nicht rosa oder hellblau ist und ‹Mama› ruft.»

«Vielleicht, liebster Bill, heißt das einfach, dass sie zu Hause nicht genügend Anregung bekommt», erwiderte Yvonne, und die Männer lachten laut.

Laurence Stirling hatte sich an Violet gewandt. «Eigentlich ist es überhaupt kein neues Mineral», erklärte er. «Es existiert schon seit der Römerzeit. Habt ihr die Römer in der Schule durchgenommen?»

«Klar. Ich kann mich jetzt natürlich nicht mehr an alles erinnern.» Ihr Lachen klang schrill.

Laurence senkte die Stimme, und alle am Tisch verstummten, damit sie ihn besser verstehen konnten. «Nun, Plinius der Ältere hat einmal beobachtet und beschrieben, wie in einer Festhalle ein Stück Stoff ins Feuer geworfen und wenige Minuten später wieder herausgeholt wurde, ohne dass es den geringsten Schaden genommen hatte. Manche glaubten an Hexerei, er aber wusste, dass es ein außergewöhnliches Naturphänomen war.» Er zog einen Stift aus seiner Tasche, beugte sich vor und kritzelte etwas auf seine Damastserviette. Er schob sie ihr hin, damit sie es besser sehen konnte. «Der Name Chrysotil, die gebräuchlichste Form, ist abgeleitet von dem griechischen Wort *chrysos*, was Gold bedeutet, und von *tilos*, die Faser. Schon damals erkannte man, dass dieses Mineral einen enormen Wert hat. Alles, was ich tue – das heißt, was meine Firma tut –, ist, es abzubauen und für unterschiedliche Zwecke zu verarbeiten.»

«Du löschst Feuer.»

«Ja.» Gedankenverloren betrachtete er seine Hände. «Oder ich sorge dafür, dass sie gar nicht erst ausbrechen.» Alle schwiegen für einen Moment. Er schaute zu Jennifer, dann wandte er den Blick ab.

«Und woher kommt jetzt das große Geld, alter Junge? Doch nicht vom Handel mit feuerfesten Tischdecken?»

«Autoteile.» Er lehnte sich auf seinem Stuhl zurück, und alle im Raum schienen sich mit ihm zu entspannen. «Es heißt, dass in zehn Jahren die meisten Haushalte in Großbritannien ein Auto haben werden. Das bedeutet jede Menge Bremsbeläge. Und wir sind auch mit den Eisenbahn- und Fluggesellschaften im Gespräch. Doch die Verwendung von weißem Asbest ist quasi unbegrenzt: zum Beispiel beim Bau von landwirtschaftlichen Gebäuden, für Dächer, als Dämmstoff. Bald wird es überall vorhanden sein.»

«Das Wundermineral schlechthin.»

Wenn er mit seinen Freunden über seine Geschäfte sprach, war er locker, ganz anders, als wenn sie mit ihm allein war, dachte Jennifer. Auch für ihn musste es eigenartig gewesen sein, sie so schwer verletzt zu erleben, und auch jetzt musste es schwierig sein, damit umzugehen, dass sie immer noch nicht wieder sie selbst war. Sie dachte daran, wie Yvonne sie am Nachmittag beschrieben hatte: hübsch, selbstsicher, lebenslustig. Vermisste er diese Frau? Vielleicht merkte er, dass sie ihn beobachtete, denn er drehte den Kopf und fing ihren Blick auf. Sie lächelte, und kurz darauf lächelte er zurück.

«Das hab ich gesehen. Komm schon, Larry. Du darfst jetzt nicht nach deiner Frau schmachten.» Bill füllte ihre Gläser nach.

«Natürlich darf er nach seiner Frau schmachten», protestierte Francis, «bei all dem, was ihr zugestoßen ist. Wie geht es dir jetzt, Jenny? Du siehst fabelhaft aus.»

«Gut, danke.»

«Ich denke, sie macht ihre Sache richtig gut. Eine Dinnerparty zu veranstalten, nachdem sie erst – wie lange? – etwa eine Woche aus dem Krankenhaus heraus ist.»

«Wenn Jenny keine Dinnerparty gegeben hätte, würde ich denken, da stimmt etwas nicht – und nicht nur mit ihr, sondern mit der ganzen verdammten Welt.» Bill trank einen großen Schluck Wein.

«Wir haben uns entsetzliche Sorgen gemacht. Ich hoffe, du hast meine Blumen bekommen», warf Anne ein.

Dominic legte seine Serviette auf den Tisch. «Weißt du noch irgendetwas von dem Unfall, Jenny?»

«Ich nehme an, daran will sie jetzt lieber nicht erinnert werden, wenn es dir nichts ausmacht.» Laurence stand auf, um eine weitere Weinflasche von der Anrichte zu holen.

«Selbstverständlich.» Dominic hob entschuldigend die Hand. «Das war gedankenlos von mir.»

Jennifer begann die Teller einzusammeln. «Mir geht es gut. Ehrlich. Nur habe ich euch nicht viel zu erzählen. Ich weiß überhaupt nichts mehr.»

«Vielleicht ist es besser so», stellte Dominic fest.

Yvonne zündete sich eine Zigarette an. «Nun, je eher du für die Bremsbeläge sämtlicher Fahrzeuge verantwortlich bist, lieber Larry, desto sicherer werden wir alle sein.»

«Und desto reicher wird er sein.» Francis lachte.

«Oh, liebster Francis, müssen wir wirklich bei jeder Unterhaltung am Ende auf Geld zu sprechen kommen?»

«Ja», antworteten Francis und Bill wie aus einem Mund.

Jennifer hörte ihr Gelächter, als sie den Stapel schmutziger Teller nahm und in die Küche trug.

«Na, das lief doch gut, oder?»

Sie saß vor ihrer Frisierkommode und nahm vorsichtig ihre Ohrringe heraus. Sie sah ihn im Spiegel, als er ins Schlafzimmer kam und die Krawatte löste. Er streifte seine Schuhe ab und ging ins Bad, ließ dabei die Tür offen. «Ja», sagte sie. «Ich denke, schon.»

«Das Essen war wunderbar.»

«Oh, das kann ich mir nicht als Verdienst anrechnen», sagte sie. «Mrs. Cordoza hat alles organisiert.»

«Aber du hast das Menü geplant.»

Ihm nicht zu widersprechen war einfacher. Jenny legte die Ohrringe sorgfältig in eine Schachtel. Sie hörte, wie Wasser in das Waschbecken eingelassen wurde. «Ich bin froh, dass es dir gefallen hat.» Sie stand auf, schälte sich mühsam aus dem Kleid, hängte es auf und begann, sich die Strümpfe auszuziehen.

Sie hatte gerade den einen abgelegt, als sie aufblickte und ihren Mann im Türrahmen stehen sah. Er betrachtete ihre Beine. «Du hast heute Abend sehr schön ausgesehen», sagte er ruhig.

Sie blinzelte heftig und rollte den zweiten Strumpf herunter. Sie griff hinter sich, um ihren Hüfthalter zu öffnen, mit einem Mal befangen. Ihr linker Arm war noch immer nutzlos – zu schwach, um damit bis zum Rücken zu gelangen. Sie hielt den Kopf gesenkt, als sie Laurence auf sich zukommen hörte. Sein Oberkörper war nackt, aber er trug noch seine Anzughose. Er stellte sich hinter sie, schob ihre Hände fort und übernahm die Aufgabe. Er war so nah, dass sie seinen Atem auf ihrem Rücken spürte, während er die Haken löste.

«Sehr schön», wiederholte er.

Sie schloss die Augen. Das ist mein Mann, sagte sie sich. Er betet mich an. Das sagen alle. Wir sind glücklich miteinander. Seine Finger fuhren leicht über ihre rechte Schulter, seine Lippen berührten ihren Nacken. «Bist du sehr müde?», murmelte er.

Sie wusste, das war ihre Chance. Er war ein Gentleman. Wenn sie seine Frage bejahte, würde er einen Schritt zurücktreten und sie in Ruhe lassen. Aber sie waren verheiratet. *Verheiratet.* Dieser Tatsache musste sie sich irgendwann stellen. Und wer weiß? Wenn er ihr weniger fremd wäre, würde sie das ihrem früheren Selbst vielleicht ein Stück näher bringen.

Sie drehte sich um und ließ sich umarmen. Sie konnte ihm nicht ins Gesicht sehen, ihn nicht küssen. «Nein … wenn du es nicht bist», flüsterte sie an seiner Brust.

Sie spürte seine Haut an ihrer, hielt die Augen fest geschlossen und wartete auf ein Gefühl der Vertrautheit, vielleicht sogar von Verlangen. Seit vier Jahren waren sie verheiratet. Wie oft mussten sie das getan haben? Und seit ihrer Rückkehr war er so geduldig gewesen.

Er streichelte sie, kühner jetzt, und öffnete ihren Büstenhalter. Sie hielt die Augen geschlossen, war sich ihres Äußeren bewusst. «Können wir vielleicht das Licht ausmachen?», schlug sie vor. «Ich möchte nicht … an meinen Arm denken. Wie er aussieht.»

«Natürlich. Ich hätte selbst daran denken sollen.»

Sie hörte das Klicken des Lichtschalters. Aber nicht der Arm störte Jennifer, vielmehr wollte sie ihren Mann nicht anschauen. Und sie mochte seinen Blicken nicht ausgesetzt sein, unter denen sie sich verletzlich fühlte. Dann lagen sie im Bett, er küsste ihren Hals, seine Hände waren drängend. Er lag auf ihr, drückte sie herunter, und sie schlang ihm die Arme um den Hals, unsicher, was sie tun sollte, da jegliche Gefühle, auf die sie gehofft hatte, ausblieben. Was ist mit mir passiert?, dachte sie. Wie habe ich mich immer verhalten?

«Ist alles in Ordnung?», raunte er. «Oder tue ich dir weh?»

«Nein», erwiderte sie, «ganz und gar nicht.»

Er küsste ihre Brüste, wobei ihm ein leises, wonniges Stöhnen entfuhr. «Zieh sie aus», sagte er und zupfte an ihrer Unterhose. Er verlagerte sein Gewicht, damit sie sich das Höschen herunterziehen und dann mit den Füßen abstreifen konnte. Sie war entblößt. Vielleicht, wenn wir … wollte sie sagen, doch er schob bereits ihre Beine auseinander und versuchte unbeholfen, in sie einzudringen. *Ich bin nicht bereit*, dachte sie, aber das konnte sie nicht sagen: Es wäre jetzt nicht richtig gewesen. Er war wie in einer anderen Welt, verzweifelt, verlangend.

Sie verzog das Gesicht, winkelte die Beine an und versuchte, sich nicht zu verkrampfen. Dann war er in ihr, und sie kaute im Dunkeln auf der Innenseite ihrer Wange, versuchte, den Schmerz zu ignorieren und die Tatsache, dass sie nichts spürte außer dem verzweifelten Wunsch, es möge vorbei und er aus ihr heraus sein. Seine Bewegungen wurden schneller und drängender, sein Gewicht erdrückte sie, sein Gesicht lag heiß und feucht an ihrer Schulter. Und dann war es zu Ende, mit einem kleinen Aufschrei von ihm, der eine Verletzlichkeit erkennen ließ, die er in keinem anderen Teil seines Lebens zeigte, und sie spürte eine klebrige Nässe zwischen ihren Schenkeln.

Sie hatte so fest auf die Innenseite ihrer Wange gebissen, dass sie Blut schmeckte.

Er rollte sich von ihr, noch immer schwer atmend. «Danke», sagte er in die Dunkelheit hinein.

Sie war froh, dass er nicht sah, wie sie ins Leere blickte, die Decke bis ans Kinn gezogen. «Schon in Ordnung», sagte sie leise.

Sie hatte entdeckt, dass man Erinnerungen tatsächlich an anderer Stelle als im Verstand ablegen konnte.

Glückliche Tage sind mir nicht vergönnt …
Es liegt nicht an dir, es liegt an mir.

Mann an Frau, per Postkarte

KAPITEL 3

Ein Porträt. Von einem Industriellen.» Don Franklins Bauch drohte das Hemd über seinem Hosenbund zu sprengen. Die Hemdknöpfe spannten sich und gaben den Blick auf ein Dreieck aus blasser, behaarter Haut über dem Gürtel frei. Der Leiter der Nachrichtenredaktion lehnte sich auf seinem Stuhl zurück und schob seine Brille über die Stirn. «Das ist die Bedingung des Chefredakteurs, O'Hare. Er will einen vierseitigen Artikel über das Wundermineral als Gegenleistung für Werbeanzeigen.»

«Was zum Teufel weiß ich denn schon über Bergbau und Fabriken? Ich bin Auslandskorrespondent, verdammt noch mal.»

«Du warst», korrigierte Don ihn. «Wir können dich nicht wieder rausschicken, Anthony, das weißt du doch. Und ich brauche jemanden, der seinen Job gut macht. Du kannst hier nicht einfach rumsitzen und nichts tun.»

Anthony ließ sich in den Sessel auf der anderen Seite des Schreibtischs fallen und holte eine Zigarette hervor.

Durch die Glaswand des Büros beobachtete er, wie der junge Nachwuchsreporter Phipps frustriert drei Seiten aus seiner Schreibmaschine riss und sie mit zwei Seiten Kohlepapier dazwischen wieder einspannte.

«Du hast so was schon mal gemacht, das weiß ich. Du kannst deinen ganzen Charme spielen lassen.»

«Es ist also nicht einmal ein Porträt. Eher eine Lobeshymne.»

«Er hat seinen Firmensitz teilweise im Kongo. Du kennst dich doch mit dem Land aus.»

«Ich kenne die Sorte Männer, denen Minen im Kongo gehören.»

Don streckte die Hand nach einer Zigarette aus. Anthony reichte sie ihm und gab ihm Feuer. «Es ist nicht alles schlecht daran», sagte Don.

«Nein?»

«Du darfst den Typen in seiner Sommerresidenz in Südfrankreich interviewen. An der Riviera. Ein paar Tage in der Sonne, den einen oder anderen Hummer auf Spesen, vielleicht einen kurzen Blick auf Brigitte Bardot … Du solltest mir dankbar sein.»

«Schick Peterson. Der liebt solchen Kram.»

«Peterson berichtet über den Kindermörder von Norwich.»

«Dann eben Murfett. Der ist ein Schleimer.»

«Murfett ist unterwegs nach Ghana, um über die Unruhen in Ashanti zu berichten.»

«Der?» Anthony konnte es nicht fassen. «Er war nicht einmal fähig, über zwei Schuljungen zu berichten, die sich in einer Telefonzelle geprügelt haben. Wie zum Teufel soll er Ghana schaffen?» Er senkte die Stimme. «Schick mich wieder hin, Don.»

«Nein.»

«Ich könnte halb wahnsinnig sein, Alkoholiker, und in einer verdammten Anstalt stecken und würde immer noch einen besseren Job machen als Murfett, und das weißt du.»

«Dein Problem ist, dass du nicht begreifst, wann man dir einen Gefallen tut, O'Hare.» Don beugte sich vor und senkte die Stimme. «Hör zu – lass einfach die Nörgelei und hör mir zu. Als du aus Afrika zurückgekommen bist, gab es in der Chefetage viel Gerede», er deutete auf die Büroräume des Chefredakteurs. «Man hat überlegt, ob man dich entlassen sollte. Dieser Vorfall ... Die haben sich Sorgen um dich gemacht, Mann. Trotzdem, du hast dir – weiß Gott, wie du das angestellt hast – eine Menge Freunde hier gemacht, darunter ein paar ziemlich einflussreiche. Die haben dir zugutegehalten, was du alles durchgemacht hast, und dafür gesorgt, dass du deinen Job behältst. Sogar als du ...», er machte eine unbestimmte Handbewegung, «... du weißt schon.»

Anthony verzog keine Miene.

«Wie auch immer. Man will nicht, dass du etwas machst, was dich zu sehr ... unter Druck setzt. Also reiß dich zusammen, fahr rüber nach Frankreich und sei dankbar, dass du einen Auftrag bekommen hast, bei dem ab und zu ein Dinner in den verdammten Hügeln von Monte Carlo für dich herausspringt. Wer weiß? Vielleicht eroberst du ja sogar ein Filmsternchen?»

Langes Schweigen folgte.

Als Anthony sich nicht angemessen beeindruckt zeigte, drückte Don seine Zigarette aus. «Du willst es wirklich nicht machen.»

«Nein, Don. Das weißt du genau. Wenn ich mit so etwas erst einmal anfange, ist es nur noch ein kleiner Schritt bis zu den Klatschspalten.»

«Herrgott. Du hast einen Dickschädel, O'Hare.» Er nahm ein bedrucktes Blatt Papier von seinem Schreibtisch. «Na schön, dann habe ich hier etwas für dich: Vivien Leigh begibt sich über den Atlantik. Sie wird vor dem Theater campen, in dem Olivier auftritt. Offensichtlich will er nicht mit ihr sprechen, und sie hat den Klatschreportern erzählt, dass sie nicht weiß, warum. Wie wäre es, wenn du versuchst herauszufinden, ob sie sich scheiden lassen? Vielleicht gelingt dir ja auch eine hübsche Beschreibung ihres Outfits, wenn du schon mal dabei bist.»

Für einen Augenblick sagte keiner von beiden etwas. Auf der anderen Seite der Glaswand riss Phipps erneut drei Seiten heraus, schlug sich an die Stirn und formte mit den Lippen Kraftausdrücke.

Anthony drückte seine Zigarette aus und warf seinem Chef einen düsteren Blick zu. «Ich gehe packen», sagte er.

Schwerreiche Leute hatten etwas an sich, dachte Anthony, als er sich für das Dinner umzog, was ihn immer wieder dazu verleitete, gegen sie zu sticheln. Vielleicht war es die selbstverständliche Sicherheit von Männern, denen nur selten widersprochen wurde; die Großspurigkeit der Menschen, deren höchst banale Ansichten von allen so verdammt ernst genommen wurden.

Zunächst hatte er Laurence Stirling weniger abstoßend gefunden, als er erwartet hatte; der Mann war zuvorkommend gewesen, seine Antworten waren überlegt, seine Ansichten über seine Arbeiter ziemlich aufgeklärt. Doch im Lauf des Tages wurde Anthony klar, dass er zu den Männern gehörte, denen Kontrolle über alles ging. Er sprach *zu* Menschen, statt *mit* ihnen. Er interessierte sich nicht für Dinge, die außerhalb seiner eigenen Kreise stattfanden. Er war ein Langweiler, aber so reich und erfolgreich, dass er nicht versuchen musste, irgendetwas anderes zu sein.

Anthony bürstete sein Jackett aus und fragte sich, warum er die Einladung zu diesem Dinner angenommen hatte. Stirling hatte sie am Ende des Interviews ausgesprochen, und er war so überrumpelt gewesen, dass er zugegeben hatte, niemanden in Antibes zu kennen und dass er nichts vorhatte, außer eine Kleinigkeit im Hotel zu sich zu nehmen. Jetzt vermutete er, dass Stirling ihn eingeladen hatte, damit er etwas Schmeichelhaftes über ihn schrieb. Noch während er zögerte anzunehmen, hatte Stirling seinen Fahrer bereits angewiesen, ihn um halb acht vom Hôtel Cap abzuholen. «Sie würden das Haus nicht finden», sagte er. «Es ist von der Straße aus nicht gut zu sehen.»

Natürlich, hatte Anthony gedacht. Stirling wirkte nicht gerade so, als würde er zufällige Begegnungen schätzen.

Der Pförtner des Hotels war schlagartig hellwach, als er die Limousine draußen stehen sah. Plötzlich beeilte er sich, Anthony die Türen zu öffnen, und setzte das Lächeln auf, das er zuvor hatte vermissen lassen.

Anthony beachtete ihn nicht. Er begrüßte den Fahrer und nahm auf dem Vordersitz Platz – was, wie er später merkte, dem Fahrer einiges Unbehagen bereitete, aber hinten auf der Rückbank wäre er sich wie ein Hochstapler vorgekommen. Er kurbelte sein Fenster herunter und ließ sich die warme Mittelmeerbrise über die Haut streichen, während das Fahrzeug über Küstenstraßen fuhr, die nach Rosmarin und Thymian dufteten. Sein Blick wanderte zu den purpurfarbenen Hügeln hinauf. Er hatte sich so an die exotischere Landschaft von Afrika gewöhnt, dass er ganz vergessen hatte, wie schön es in manchen Teilen Europas war.

Er unterhielt sich zwanglos – fragte den Fahrer nach der Gegend, wollte wissen, für wen er sonst noch gearbeitet hatte, wie das Leben in diesem Teil des Landes für einen gewöhnlichen Mann war. Er konnte nicht anders: Wissen war alles. Einige seiner besten Artikel hatte er den Fahrern und anderen Bediensteten mächtiger Männer zu verdanken.

«Ist Mr. Stirling ein guter Chef?», fragte er.

Der Fahrer warf ihm einen raschen Seitenblick zu, wirkte plötzlich weniger entspannt. «Ja», sagte er in einem Ton, der deutlich machte, dass die Unterhaltung damit beendet war.

«Freut mich zu hören», erwiderte Anthony und gab dem

Mann ein großzügiges Trinkgeld, als sie vor einem riesigen weißen Haus hielten. Während er dem Wagen nachschaute, der hinter dem Haus wahrscheinlich in einer Garage verschwand, fühlte er leises Bedauern. Ein Sandwich und ein Kartenspiel mit dem Fahrer hätte er einer höflichen Plauderei mit den langweiligen Reichen der Riviera vorgezogen.

Das Haus aus dem achtzehnten Jahrhundert unterschied sich nicht von den Domizilen anderer wohlhabender Männer. Es war viel zu groß und makellos, die gepflegte Fassade ließ auf umfangreiches Personal schließen. Die Kiesauffahrt war breit und gesäumt von erhöhten Plattenwegen, aus deren Ritzen kein Unkraut aufzutauchen wagte. Die eleganten Fenster glänzten zwischen den lackierten Fensterläden. Eine geschwungene Steintreppe führte Besucher in eine große Eingangshalle, in der bereits die Stimmen der anderen Gäste widerhallten. Hier und da standen Sockel mit riesigen Blumengebinden. Anthony ging langsam die Stufen hinauf und spürte, dass der Stein noch warm von der Sonnenhitze des Tages war.

Außer ihm waren noch sieben weitere Gäste zum Dinner geladen: die Moncrieffs, Freunde der Stirlings aus London – die Frau musterte ihn unverhohlen mit abschätzendem Blick –, der örtliche Bürgermeister, Monsieur Lafayette, mit seiner Frau und ihrer Tochter, einer schlanken Brünetten mit stark geschminkten Augen, die ihn herausfordernd anblickten; und das etwas ältere Ehepaar Demarcier, das offensichtlich in der benachbarten Villa wohnte. Stirlings Frau war eine adrette, hübsche Blondine, Typ Grace Kelly; solche Frauen hatten eher wenig Interessantes zu sagen, da sie schon ihr Leben lang allein für ihr Aussehen bewundert wurden. Er hoffte, den Platz neben Mrs. Moncrieff zu bekommen. Dass sie ihn leicht herablassend betrachtet hatte, störte ihn nicht. Sie wäre eine Herausforderung.

«Und Sie arbeiten für eine Zeitung, Mr. O'Hare?» Die ältere Französin schaute zu ihm auf.

«Ja. In England.» Ein Kellner tauchte mit einem Getränketablett neben ihm auf. «Haben Sie etwas Alkoholfreies? Mineralwasser vielleicht?» Der Mann nickte und verschwand.

«Für welche Zeitung?», fragte sie.

«Die *Nation*.»

«*Nation*», wiederholte sie, offensichtlich bestürzt. «Von der habe ich noch nichts gehört. Die *Times* ist mir bekannt. Das ist die beste Zeitung, nicht wahr?»

«Mir ist zu Ohren gekommen, dass viele Leute dieser Ansicht sind.» O Gott, dachte er. Bitte, lass das Essen gut sein.

Das silberne Tablett tauchte mit einem großen Glas eisgekühltem Mineralwasser neben ihm auf. Anthony hielt den Blick abgewandt von dem leuchtenden Kir Royal, den die anderen tranken. Stattdessen probierte er sein Schulfranzösisch an der Tochter des Bürgermeisters aus, die in perfektem Englisch mit charmantem französischem Akzent antwortete. Zu jung, dachte er, als er das Stirnrunzeln des Bürgermeisters bemerkte.

Er war erfreut, dass er schließlich den Platz neben Yvonne Moncrieff zugewiesen bekam. Sie war höflich, unterhaltsam – und ihm gegenüber völlig immun. Verflucht seien die glücklich Verheirateten. Jennifer Stirling saß zu seiner Rechten, wandte ihm den Rücken zu und war in eine Unterhaltung vertieft.

«Verbringen Sie viel Zeit hier in Frankreich, Mr. O'Hare?» Francis Moncrieff war genau wie seine Frau hochgewachsen und schlank.

«Nein.»

«Sie sind für gewöhnlich eher an die Stadt London gebunden?»

«Nein. Über die berichte ich gar nicht.»

«Sind Sie kein Wirtschaftsjournalist?»

«Ich bin Auslandskorrespondent. Ich berichte über … Unruhen im Ausland.»

«Die Larry verursacht.» Moncrieff lachte. «Worüber schreiben Sie denn so?»

«Oh, Krieg, Hungersnot, Krankheit. Allerlei Erheiterndes.»

«Ich glaube nicht, dass daran etwas Erheiterndes ist.» Die ältere Französin nippte an ihrem Wein.

«Letztes Jahr habe ich über die Krise im Kongo berichtet.»

«Lumumba ist ein Unruhestifter», schaltete Stirling sich ein, «und die Belgier sind feige Narren, wenn sie glauben, das Land würde ohne sie nicht untergehen.»

«Sie glauben also, man kann den Afrikanern nicht zutrauen, ihre eigenen Angelegenheiten zu regeln?»

«Lumumba war vor kurzem noch ein barfüßiger Dschungelpostbote. Im ganzen Kongo gibt es keinen Farbigen mit Berufsausbildung.» Er zündete sich eine Zigarre an und blies eine Rauchwolke aus. «Wie sollen sie denn die Banken führen, wenn die Belgier fort sind, oder die Krankenhäuser? Das Land wird zu einem Kriegsgebiet. Meine Minen liegen an der Grenze zwischen Rhodesien und dem Kongo, und ich musste bereits zusätzliche Sicherheitskräfte einstellen. Aus Rhodesien – den Kongolesen kann man nicht mehr trauen.»

Kurzes Schweigen trat ein. In Anthonys Kiefer begann ein Muskel hartnäckig zu zucken.

Stirling schnippte die Asche von seiner Zigarre. «Und, Mr. O'Hare, wo im Kongo waren Sie denn?»

«Hauptsächlich in Léopoldville. Brazzaville.»

«Dann wissen Sie ja, dass die kongolesische Armee nicht zu beherrschen ist.»

«Ich weiß, dass Unabhängigkeit für jedes Land eine Zeit der Prüfung ist. Und ich weiß, dass man viele Menschenleben hätte retten können, wenn Generalleutnant Janssens sich diplomatischer verhalten hätte.»

Stirling starrte ihn durch den Zigarrenrauch hinweg an. Anthony spürte, dass er neu bewertet wurde. «Also haben Sie sich auch in den Kult um Lumumba hineinziehen lassen. Noch so ein naiver Liberaler?» Sein Lächeln war eiskalt.

«Man kann sich nur schwer vorstellen, dass die Bedingungen für viele Afrikaner noch schlimmer werden könnten.»

«Dann sind wir unterschiedlicher Meinung», entgegnete Stirling. «Ich glaube, dass es Menschen gibt, für die Freiheit ein gefährliches Geschenk ist.»

Schweigen legte sich über den Raum. Madame Lafayette hob nervös die Hand, um ihre Frisur in Ordnung zu bringen.

«Nun, ich kann nicht sagen, dass ich etwas darüber weiß», stellte Jennifer Stirling fest und breitete sorgfältig eine Serviette über ihren Schoß.

«Es ist zu niederschmetternd», stimmte Yvonne Moncrieff ihr zu. «Manchmal kann ich morgens einfach nicht in die Zeitung schauen. Francis liest den Sport- und den Lokalteil, und ich halte mich an meine Zeitschriften. Oft werden die Nachrichten gar nicht gelesen.»

«Meine Frau hält alles, was nicht in der *Vogue* steht, überhaupt nicht für richtige Nachrichten», bemerkte Moncrieff.

Die Spannung ließ nach. Die Unterhaltung kam wieder in Gang, und die Kellner füllten die Gläser nach. Die Männer sprachen über die Börse und die Entwicklungen an der Riviera – den Zustrom der Camper, der das ältere Ehepaar dazu bewegte, sich über die «Verrohung der Sitten» zu beklagen, die endlosen Bauarbeiten, und über die furchtbaren Neuzugänge im British Bridge Club.

«Darüber würde ich mir keine allzu großen Sorgen machen», sagte Moncrieff. «Die Strandhütten in Monte Carlo kosten dieses Jahr fünfzig Pfund die Woche. Das kann sich ohnehin nur eine erlesene Klientel leisten.»

«Ich habe gehört, Elsa Maxwell hat vorgeschlagen, die Kieselsteine mit Schaumgummi zu bedecken, damit man bequemer über den Strand laufen kann.»

«Solche Probleme möchte ich haben», murmelte Anthony leise. Er wollte gehen, doch das war zu diesem Punkt der Speisefolge unmöglich. Er fühlte sich, als hätte man ihn in eine Parallelwelt geworfen. Wie konnten sie so gleichgültig gegenüber dem Chaos, dem Schrecken in Afrika sein, wenn ihr Reichtum doch offensichtlich darauf aufbaute?

Nach kurzem Zögern winkte er einen Kellner herbei und bat um ein Glas Wein. Niemandem am Tisch schien es aufzufallen.

«Dann ... werden Sie also wunderbare Dinge über meinen Mann schreiben, nicht wahr?» Mrs. Stirling blickte auf seine Manschetten. Man hatte den zweiten Gang, eine Platte mit frischen Meeresfrüchten, gebracht, und Mrs. Stirling wandte sich ihm zu. Er rückte seine Serviette zurecht. «Das weiß ich nicht. Sollte ich? Ist er denn wunderbar?»

«Er ist ein leuchtendes Beispiel für solides kaufmännisches Gebaren, wie unser guter Freund, Mr. Moncrieff, zu sagen pflegt. Seine Fabriken sind nach den neuesten Maßstäben gebaut. Sein Umsatz steigt von Jahr zu Jahr.»

«Danach habe ich nicht gefragt.»

«Nicht?»

«Ich habe Sie gefragt, ob er wunderbar ist.» Er wusste, dass er streitsüchtig war, doch der Alkohol hatte ihn aufgeweckt.

«Ich glaube nicht, dass Sie *mich* das fragen sollten, Mr. O'Hare. Eine Ehefrau kann in solchen Dingen wohl kaum unparteiisch sein.»

«Oh, nach meiner Erfahrung gibt es niemanden, der auf brutalere Weise unparteiisch sein kann als eine Ehefrau.»

«Fahren Sie fort.»

«Wer sonst kennt schon nach wenigen Ehewochen alle Fehler des Ehemannes und kann sie akribisch genau benennen?»

«Das klingt, als hätten Sie eine schrecklich grausame Frau. Ich glaube, ich würde sie mögen.»

«Sie ist eigentlich eine enorm kluge Frau.» Er beobachtete, wie Jennifer Stirling sich eine Garnele in den Mund steckte.

«Tatsächlich?»

«Ja. So klug immerhin, dass sie mich vor Jahren verlassen hat.»

Sie reichte ihm die Mayonnaise. Als er sie nicht entgegennahm, gab sie einen Löffel davon auf seinen Tellerrand. «Heißt das, Sie waren nicht besonders wunderbar, Mr. O'Hare?»

«In der Ehe? Nein. Vermutlich nicht. In jeder anderen Hinsicht bin ich natürlich beispiellos. Und bitte, nennen Sie mich Anthony.» Es war, als hätte er sich die Manieriertheit der Dinnergesellschaft angeeignet, ihre achtlos arrogante Art zu sprechen.

«Dann, Anthony, bin ich mir sicher, dass Sie und mein Mann wunderbar miteinander auskommen werden. Er hat ein ähnliches Bild von sich selbst.» Ihr Blick ruhte auf Stirling, dann kehrte er zu Anthony zurück und verweilte gerade so lange auf ihm, dass ihm der Gedanke kam, sie sei möglicherweise doch nicht so langweilig, wie er angenommen hatte.

Während des Hauptgerichts – Roastbeef mit Sahnesoße und Waldpilzen – fand er heraus, dass Jennifer Stirling, geborene Verrinder, seit vier Jahren verheiratet war. Sie lebte hauptsächlich in London, und ihr Mann unternahm zahlreiche Geschäftsreisen ins Ausland zu seinen Minen. An der Riviera verbrachten sie die Wintermonate, einen Teil des Sommers und hin und wieder ein paar Tage, wenn die Londoner Gesellschaft sie anödete. Hier herrsche eine eingeschworene Clique, sagte sie und musterte dabei die Frau des Bürgermeisters ihr gegenüber. Dauerhaft würde man es hier im Goldfischglas auch nicht aushalten.

Alles, was sie ihm erzählte, hätte eigentlich nur bestätigen müssen, dass sie nichts weiter war als die typische verwöhnte Ehefrau eines reichen Mannes. Er bemerkte jedoch auch andere Dinge: dass Jennifer Stirling wohl etwas gelangweilt war, klüger, als ihre Stellung es von ihr verlangte, und dass sie noch nicht erkannt hatte, was diese Kombination innerhalb von ein, zwei Jahren mit ihr anstellen würde. Vorläufig deutete lediglich eine gewisse Traurigkeit in ihren Augen darauf hin. Sie war in einem nie endenden, aber bedeutungslosen gesellschaftlichen Strudel gefangen.

Sie hatte keine Kinder. «Ich habe gehört, dass zwei Menschen eine Weile im selben Land sein müssen, um eins zu bekommen.» Als sie das sagte, fragte er sich, ob sie ihm damit eine Botschaft sandte. Aber sie wirkte arglos, schien eher belustigt über ihre Lage als enttäuscht. «Haben Sie Kinder, Anthony?», forschte sie nach.

«Ich – ich habe anscheinend einen schlechten Einfluss auf meinen Sohn. Er lebt bei meiner Exfrau, die sehr bemüht ist, dafür zu sorgen, dass ich ihn nicht verderbe.» Sobald er das gesagt hatte, wurde ihm klar, dass er betrunken war. In nüchternem Zustand hätte er Phillip nie erwähnt.

Diesmal sah er etwas Ernstes hinter ihrem Lächeln, als fragte sie sich, ob sie ihn bedauern sollte. Bitte nicht, flehte er sie stumm an. Um seine Verlegenheit zu verbergen, schenkte er sich noch ein Glas Wein ein. «Schon gut. Er –»

«In welcher Hinsicht könnten Sie einen schlechten Einfluss haben, Mr. O'Hare?», fragte Mariette, die Tochter des Bürgermeisters, quer über den Tisch hinweg.

«Zum Beispiel, Mademoiselle, scheine ich bestechlich zu

sein», sagte er. «Hätte ich nicht bereits zuvor beschlossen, einen äußerst schmeichelhaften Artikel über Mr. Stirling zu schreiben, hätten mich das Essen und die Gesellschaft hier am Tisch sicher dazu verleitet.» Er hielt kurz inne. «Was wäre nötig, um Sie zu bestechen, Mrs. Moncrieff?» Sie schien ihm die Person zu sein, der er am ehesten eine solche Frage stellen durfte.

«Oh, sehr wenig. Aber niemand hat sich bisher genug Mühe gegeben», erwiderte sie.

«So ein Blödsinn», sagte ihr Mann liebevoll. «Ich habe Monate gebraucht, um dich rumzukriegen.»

«Nun, du musstest mich kaufen, Schatz. Im Gegensatz zu unserem Mr. O'Hare hat es dir an gutem Aussehen und Charme gefehlt.» Sie warf ihm eine Kusshand zu. «Jenny hingegen ist absolut unbestechlich. Sieht sie nicht aus wie das Gute in Person?»

«Keine Menschenseele ist unbestechlich, wenn nur der Preis stimmt», sagte Moncrieff. «Nicht einmal unsere liebe Jenny.»

«Nein, Francis. Monsieur Lafayette ist unser wahres Vorbild an Integrität», sagte Jennifer mit schalkhaft zuckenden Mundwinkeln. Sie wirkte allmählich etwas angetrunken. «Schließlich gibt es so etwas wie Korruption in der französischen Politik gar nicht.»

«Liebling, ich glaube nicht, dass es dir zusteht, über französische Politik zu sprechen», unterbrach Laurence Stirling sie.

Anthony bemerkte, wie ihr leichte Röte in die Wangen stieg.

«Ich habe doch nur gesagt –»

«Lass es lieber», bemerkte er leichthin. Sie blinzelte und schaute auf ihren Teller.

Betretenes Schweigen.

«Ich glaube, Sie haben recht, Madame», sagte Monsieur Lafayette galant zu Jennifer und stellte sein Glas ab. «Allerdings könnte ich ihnen verraten, was für ein unehrlicher Halunke mein Rivale im Rathaus ist … wenn der Preis stimmt, versteht sich.»

Höfliches Gelächter ertönte. Unter dem Tisch drückte Mariette ihren Fuß an Anthonys. Jennifer Stirling wies leise die Bediensteten an, die Teller abzuräumen. Die Moncrieffs waren in eine Unterhaltung vertieft.

Mein Gott, dachte er. Was mache ich bloß bei diesen Leuten? Das ist nicht meine Welt. Laurence Stirling redete eindringlich auf seinen Nachbarn ein. Ein Narr, dachte Anthony, wobei er sich durchaus bewusst war, dass dieser Ausdruck vermutlich eher auf ihn zutraf, mit seiner zerrütteten Familie, seiner schwindenden Karriere, seinem Geldmangel. Die Erwähnung seines Sohnes, dass Jennifer Stirling so von ihrem Mann gedemütigt worden war und der Alkohol hatten dafür gesorgt, dass seine Laune sich noch verschlechtert hatte. Da gab es nur eins: Er bedeutete dem Kellner, ihm nachzuschenken.

Die Demarciers gingen um kurz nach elf, die Lafayettes ein paar Minuten danach – Ratsversammlung am nächsten Morgen, erklärte der Bürgermeister. «Wir fangen früher an als ihr Engländer.» Er verabschiedete sich reihum mit Handschlag auf der großen Veranda, auf die sie sich für Kaffee und Cognac zurückgezogen hatten. «Ich werde Ihren Artikel mit Interesse lesen, Monsieur O'Hare. Es war mir ein Vergnügen.»

«Ganz meinerseits. Glauben Sie mir», Anthony schwankte, als er aufstand, «noch nie hat mich Kommunalpolitik mehr interessiert.» Inzwischen war er betrunken. Die Worte entschlüpften ihm, bevor ihm klar war, was er sagen wollte, und er blinzelte, wohl wissend, dass er keine Kontrolle darüber hatte, wie sie aufgenommen wurden. Er hatte fast keine Ahnung, worüber er in der letzten Stunde gesprochen hatte. Der Bürgermeister schaute Anthony einen Moment lang direkt in die Augen. Dann ließ er seine Hand los und wandte sich ab.

«Papa, ich bleibe noch hier, wenn es dir recht ist. Ich bin mir sicher, einer dieser freundlichen Herren wird mich bald nach Hause bringen.» Mariette schaute Anthony vielsagend an, der übertrieben nickte.

«Womöglich brauche ich *Ihre* Hilfe, Mademoiselle. Ich habe nicht die leiseste Ahnung, wo ich bin», sagte er.

Jennifer Stirling küsste die Lafayettes zum Abschied auf die Wange. «Ich werde dafür sorgen, dass sie unversehrt nach Hause kommt. Vielen Dank, dass Sie gekommen sind.» Sie sagte etwas auf Französisch, das er nicht mitbekam.

Der Abend war kühl geworden, was Anthony jedoch kaum spürte. Er vernahm das Rauschen der Wellen, die weit unten ans Ufer schlugen, das Klirren von Gläsern, schnappte Bruchstücke eines Gesprächs zwischen Moncrieff und Stirling über Börsen und Investitionsmöglichkeiten im Ausland auf, schenkte dem aber nur wenig Beachtung, während er den ausgezeichneten Cognac trank, den ihm jemand in die Hand gedrückt hatte. Er war daran gewöhnt, in einem fremden Land allein zu sein, fühlte sich in seiner eigenen Gesellschaft wohl, doch an diesem Abend war er aus dem Gleichgewicht geraten und gereizt.

Er warf einen Blick auf die drei Frauen, die beiden brünetten und die blonde. Jennifer Stirling streckte eine Hand aus, vielleicht um ein neues Schmuckstück zu präsentieren. Die anderen beiden murmelten etwas, dann lachten sie. Mariette schaute immer wieder zu ihm herüber und lächelte. Verschwörerisch? Siebzehn, warnte er sich. Zu jung.

Er hörte das Zirpen von Grillen, das Gelächter der Frauen, Jazzmusik aus dem Haus. Er schloss die Augen, schlug sie wieder auf und schaute auf seine Armbanduhr. Irgendwie war eine Stunde vergangen. Er hatte das unangenehme Gefühl, dass er vielleicht eingenickt war. Wie auch immer, es war an der Zeit, zu gehen. «Ich glaube», sagte er zu den Männern, während er sich aus seinem Sessel hievte, «ich sollte lieber zurück in mein Hotel.»

Laurence Stirling erhob sich. Er rauchte eine riesengroße Zigarre. «Ich werde meinen Fahrer rufen.» Er wandte sich zum Haus.

«Nein, nein», protestierte Anthony. «Die frische Luft wird mir guttun. Vielen Dank für einen … einen sehr interessanten Abend.»

«Rufen Sie morgen in meinem Büro an, falls Sie weitere Informationen brauchen. Ich werde bis Mittag dort sein. Dann fliege ich nach Afrika. Möchten Sie nicht mitkommen und die Minenarbeiter vor Ort treffen? Wir können einen erfahrenen Afrikakenner immer gebrauchen …»

«Ein anderes Mal», erwiderte Anthony.

Stirling schüttelte ihm die Hand, ein kurzer, fester Händedruck. Moncrieff schloss sich ihm an und tippte sich dann in stummem Salut mit einem Finger an die Stirn.

Anthony wandte sich ab und ging zum Gartentor. Der Pfad war von kleinen Laternen in den Blumenbeeten erleuchtet. In der Ferne sah er die Lichter von Schiffen in der Schwärze des Meeres. Die Meeresbrise wehte gedämpfte Stimmen von der Veranda zu ihm.

«Interessanter Typ», sagte Moncrieff gerade in einem Ton, der nahelegte, dass er das Gegenteil meinte.

«Besser als ein selbstzufriedener Lackaffe», murmelte Anthony.

«Mr. O'Hare? Hätten Sie etwas dagegen, wenn ich mitkomme?»

Unsicher drehte er sich um. Mariette stand hinter ihm, eine kleine Handtasche an sich gedrückt, einen Pullover um die

Schultern gelegt. «Ich kenne den Weg in die Stadt – es gibt einen Bergpfad, den wir nehmen können. Ich befürchte, allein werden Sie sich verlaufen.»

Er stolperte auf dem sandigen Weg. Mariette hakte sich mit ihrem schlanken braunen Arm bei ihm unter. «Zum Glück scheint der Mond. Wenigstens können wir unsere Füße sehen», sagte sie.

Sie gingen ein Stück schweigend nebeneinanderher; Anthony vernahm das Schlurfen seiner Schuhe über den Boden, hin und wieder entfuhr ihm ein Keuchen, wenn er sich in Lavendelbüschen verfing. Trotz des lauen Abends und des Mädchens an seinem Arm hatte er Heimweh nach etwas, das er nicht benennen konnte.

«Sie sind so still, Mr. O'Hare. Sind Sie sicher, dass Sie nicht wieder einschlafen?»

Ausgelassenes Gelächter drang vom Haus zu ihnen herüber.

«Sagen Sie, gefallen Ihnen solche Abende?», fragte er.

Sie zuckte mit den Schultern. «Es ist ein schönes Haus.»

«*Ein schönes Haus.* Ist das etwa Ihr wichtigstes Kriterium für einen angenehmen Abend, Mademoiselle?»

Sie zog eine Augenbraue hoch, offensichtlich ließ sie sich von seiner spitzen Bemerkung nicht stören. «Nennen Sie mich Mariette, bitte. Gehe ich recht in der Annahme, dass Sie sich nicht amüsiert haben?»

«Solche Menschen», verkündete er, wohl wissend, dass er betrunken und streitlustig war, «bringen mich dazu, dass ich mir am liebsten einen Revolver in den Mund stecken und abdrücken würde.»

Sie kicherte, und er, ermutigt von ihrer offenen Komplizenschaft, erwärmte sich für das Thema: «Die Männer sprechen nur darüber, wer was besitzt. Die Frauen können nicht über ihren verdammten Schmuck hinausschauen. Sie haben das Geld, die Möglichkeit, alles zu tun, alles zu sehen, doch niemand hat eine Meinung über das, was außerhalb ihrer eigenen, beschränkten kleinen Welt geschieht.» Er stolperte erneut, und Mariette packte seinen Arm fester.

«Ich hätte heute Abend besser mit den Bettlern vor dem Hôtel Cap sprechen sollen. Aber zweifellos haben Leute wie Stirling sie beseitigen und irgendwo anders hinschaffen lassen, wo sie nicht so ins Auge fallen …»

«Und ich dachte, Sie würden Madame Stirling mögen», hänselte sie ihn. «Jeder zweite Mann an der Riviera ist in sie verliebt. Wie es scheint.»

«Verwöhnte reiche Ehefrau. Solche findet man in jeder Stadt, Mademois– Mariette. Hübsch anzusehen, aber keinen eigenen Gedanken im Kopf.»

Er setzte seine Tirade noch eine Weile fort, bis er bemerkte, dass das Mädchen stehen geblieben war. Er spürte eine Veränderung, schaute sich um und erkannte Jennifer Stirling ein paar Schritte hinter sich auf dem Pfad. Sie hielt sein Leinenjackett in den Händen, ihr blondes Haar schimmerte silbern im Mondlicht.

«Sie haben das hier vergessen», sagte sie und streckte die Hand aus. Ihr Gesichtsausdruck war starr, ihre Augen glitzerten im blauen Licht.

Er ging auf sie zu und nahm das Jackett entgegen.

Ihre Stimme klang schneidend in der Stille der Nacht. «Tut mir leid, dass wir Sie so enttäuscht haben, Mr. O'Hare. Dass unser Lebensstil Sie derart gekränkt hat. Vielleicht hätten wir Ihre Anerkennung gefunden, wenn wir dunkelhäutig und verarmt wären.»

«Ach verdammt», sagte er und schluckte. «Es tut mir leid. Ich bin – ich bin ziemlich betrunken.»

«Ganz offensichtlich. Ich möchte Sie bitten, Laurence in Ihrem Artikel nicht anzugreifen, ganz gleich, was Sie persönlich von mir und meinem verwöhnten Leben halten.» Sie machte sich wieder auf den Weg zurück den Berg hinauf.

Als er ihr schuldbewusst nachsah und dabei innerlich fluchte, trug die Brise ihren letzten Satz zu ihm herüber: «Und wenn Sie das nächste Mal eingeladen werden und die Gefahr besteht, dass Sie die Gesellschaft solcher Langweiler erdulden müssen, wäre es vielleicht besser, die Einladung einfach abzulehnen.»

Du würdest nicht zulassen, dass ich deine Hand halte, nicht einmal deinen kleinen Finger, meine kleine Pfirsichblüte.

Mann an Frau, per Brief

KAPITEL 4

Ich fange jetzt mit dem Staubsaugen an, Madam, wenn es Sie nicht stört.»

Sie hatte die Schritte auf der Treppe gehört und setzte sich auf.

Mrs. Cordoza blieb mit dem Staubsauger in der Hand im Türrahmen stehen. «Oh! All Ihre Sachen … Ich wusste nicht, dass Sie diesen Raum aufräumen. Soll ich Ihnen helfen?»

Jennifer fuhr sich über die Stirn und warf einen prüfenden Blick auf den Inhalt ihres Kleiderschranks, der rings um sie herum auf dem Boden verstreut lag. «Nein, danke, Mrs. Cordoza. Machen Sie nur. Ich ordne bloß meine Sachen neu, damit ich sie besser finden kann.»

Die Haushälterin war unsicher. «Wie Sie wünschen. Wenn ich fertig bin, gehe ich einkaufen. Ich habe etwas Aufschnitt in den Kühlschrank gelegt. Sie haben ja gesagt, Sie möchten nichts Schweres zu Mittag essen.»

«Das reicht völlig. Vielen Dank.»

Dann war sie wieder allein, das dumpfe Dröhnen des Staubsaugers entfernte sich auf dem Flur. Jennifer richtete sich auf und öffnete den Deckel der nächsten Schuhschachtel. Das tat sie schon seit Tagen, Frühjahrsputz mitten im Winter, in den anderen Räumen mit Hilfe von Mrs. Cordoza. Sie hatte Regale und Schränke ausgeräumt, alles überprüft, wieder eingeräumt und mit beängstigender Effizienz Ordnung geschaffen, hatte dadurch ihren Habseligkeiten ihren Stempel aufgedrückt, und auch diesem Haus, das sich einfach nicht wie ihr eigenes anfühlen wollte.

Zuerst hatte sie sich damit nur ablenken wollen; sie mochte nicht mehr darüber nachdenken, wie sie sich fühlte: als ob sie eine Rolle spielte, die ihr alle anderen zugeteilt hatten. Aber mittlerweile war das Aufräumen zu einer Möglichkeit geworden, sich in diesem Zuhause zu verankern, herauszufinden, wer sie war, wer sie früher gewesen war. Sie hatte Briefe entdeckt, Fotoalben aus ihrer Kindheit, einige der Bilder zeigten sie als Kind mit Pferdeschwanz auf einem dicken weißen Pony. Sie entzifferte ihre sorgfältige, aber ungelenke Schülerhandschrift, las die Scherze in ihren alten Briefen und erkannte erleichtert, dass sie sich an vieles erinnern konnte. Sie hatte begonnen, die Kluft zu erfassen zwischen dem, was sie gewesen war – ein lebhaftes, geliebtes, vielleicht sogar verwöhntes Geschöpf –, und der Frau, in deren Körper sie jetzt steckte.

Sie wusste fast alles über sich, was zu wissen möglich war, doch das allgegenwärtige Gefühl der Entwurzelung blieb bestehen, das Empfinden, in ein falsches Leben geworfen worden zu sein.

«Oh, Schätzchen, das geht allen so.» Yvonne hatte ihr mitfühlend auf die Schulter geklopft, als Jennifer am Abend zuvor nach zwei Martinis das Thema angeschnitten hatte. «Ich kann dir gar nicht sagen, wie oft ich schon aufgewacht bin, meinen anmutig schnarchenden, stinkenden, verkaterten Ehemann angesehen habe und dachte: Wie um alles in der Welt bin ich hier gelandet?»

Jennifer hatte versucht zu lachen. Niemand wollte ihr Geplapper hören. Sie hatte keine andere Wahl, als sich damit abzufinden. Am Tag nach der Dinnerparty war sie, verängstigt und aufgebracht, allein ins Krankenhaus gefahren und hatte um ein Gespräch mit Mr. Hargreaves gebeten. Er hatte sie sofort in sein Büro geführt – weniger ein Zeichen von Pflichtgefühl, vermutete sie, als vielmehr von professioneller Höflichkeit gegenüber der Ehefrau eines ausgesprochen wohlhabenden Mannes. Seine Antwort war zwar weniger leichtfertig als Yvonnes, hatte ihr aber im Wesentlichen dasselbe vermittelt. «Ein Schlag auf den Kopf kann einen auf alle möglichen Arten beeinträchtigen», sagte er und drückte seine Zigarette aus. «Manche Menschen haben Schwierigkeiten, sich zu konzentrieren, andere brechen zu unpassenden Gelegenheiten in Tränen aus oder stellen fest, dass sie über lange Zeit wütend sind. Ich hatte männliche Patienten, die ungewöhnlich brutal wurden. Depressionen sind keine seltene Reaktion auf das, was Sie durchgemacht haben.»

«Es ist aber mehr als das, Mr. Hargreaves. Ich hatte wirklich gehofft, ich würde mich inzwischen wieder mehr ... wie ich selbst fühlen.»

«Und das ist nicht so?»

«Alles erscheint mir falsch. Deplatziert.» Sie lachte kurz und unsicher auf. «Manchmal fürchte ich, ich werde verrückt.»

Er nickte, als hätte er das schon oft gehört. «Die Zeit heilt wirklich alle Wunden, Jennifer. Ich weiß, das ist eine schreckliche Phrase, aber sie trifft zu. Grübeln Sie nicht darüber nach, was sie empfinden sollten. Es kann sein, dass Sie sich noch eine Zeitlang eigenartig fühlen – fehl am Platz, wie Sie es ausdrücken. Vorerst werde ich Ihnen Tabletten verschreiben, die helfen. Versuchen Sie einfach, sich nicht so viele Gedanken zu machen.»

Er kritzelte bereits etwas. Sie wartete einen Augenblick,

nahm das Rezept entgegen und stand auf. *Versuchen Sie einfach, sich nicht so viele Gedanken zu machen.*

Eine Stunde nachdem sie wieder zu Hause war, hatte sie mit dem Aussortieren begonnen. Sie besaß ein Ankleidezimmer voller Kleidung. Sie hatte ein Schmuckkästchen aus Walnussholz, das vier wertvolle, mit Edelsteinen besetzte Ringe enthielt, und eine Schachtel voller Modeschmuck. Ihr gehörten zwölf Hüte, neun Paar Handschuhe und achtzehn Paar Schuhe, stellte sie fest, als sie den letzten Karton auf den Stapel stellte. Sie hatte alle beschriftet – *niedrige Absätze, weinrot*, und *Abend, grüne Seide.* Sie hatte jeden einzelnen Schuh in die Hand genommen und versucht, sich zu erinnern, wann sie ihn zuvor getragen hatte. Ein paarmal war ihr ein flüchtiges Bild gekommen: Ihre Füße, in grüne Seide gekleidet, stiegen aus einem Taxi – ein Theaterbesuch? –, aber diese Visionen waren enttäuschend schnell wieder vergangen, verschwunden, bevor sie sie festhalten konnte.

Versuchen Sie einfach, sich nicht so viele Gedanken zu machen.

Sie legte gerade das letzte Paar Schuhe zurück in die Schachtel, als sie das Taschenbuch entdeckte, einen billigen historischen Liebesroman, der zwischen dem Seidenpapier und der Seitenwand des Kartons steckte. Sie betrachtete das Titelblatt und wunderte sich, warum sie sich nicht an die Handlung erinnern konnte, wie es ihr bei vielen Büchern in den Regalen gelungen war.

Vielleicht habe ich den Roman gekauft und mich dagegen entschieden, ihn zu lesen, dachte sie und blätterte durch die ersten Seiten. Er sah ziemlich reißerisch aus. Sie würde am Abend ein bisschen quer lesen und ihn dann vielleicht Mrs. Cordoza geben, wenn er ihr nicht gefiel. Sie legte ihn auf den Nachttisch und klopfte den Staub von ihrem Rock. Jetzt hatte sie Dringenderes zu tun, zum Beispiel dieses Chaos zu beseitigen und herauszufinden, was um alles in der Welt sie am Abend anziehen sollte.

Zwei Briefe trafen mit der späten Post ein. Es könnte fast ein und derselbe Brief sein, dachte Moira, als sie die Schreiben las, dieselben Symptome, dieselben Beschwerden. Sie kamen aus derselben Fabrik, in der beide Männer vor fast zwei Jahrzehnten zu arbeiten begonnen hatten. Vielleicht steckten tatsächlich die Gewerkschaften dahinter, wie ihr Chef sagte. Es war ein wenig lästig, dass sie diese Schreiben, die vor einigen Jahren nur gelegentlich eingetroffen waren, nun regelmäßig in der Post fand.

Sie blickte auf, sah, dass er vom Lunch zurückkam, und fragte sich, was sie ihm sagen sollte. Er schüttelte Mr. Welford die Hand, beide lächelten zufrieden, was auf eine erfolgreiche Besprechung hindeutete. Nach kurzem Zögern schob sie beide Briefe vom Tisch in ihre oberste Schublade. Sie würde sie zu den anderen legen. Es hatte keinen Sinn, ihn zu beunruhigen. Schließlich wusste sie, was er dazu sagen würde. Sie ließ den Blick einen Moment auf ihm ruhen, während er Mr. Welford vom Besprechungszimmer zu den Aufzügen begleitete, und erinnerte sich an ihre Unterhaltung am Morgen. Sie waren nur zu zweit im Büro gewesen. Die anderen Sekretärinnen tauchten nur selten vor neun Uhr auf, sie aber kam regelmäßig eine Stunde früher, um die Kaffeemaschine einzuschalten, seine Unterlagen zurechtzulegen, nach Telegrammen zu schauen, die über Nacht gekommen waren, und dafür zu sorgen, dass sein Büro in Ordnung war, wenn er es betrat. Das war ihre Aufgabe. Im Übrigen nahm sie ihr Frühstück lieber an ihrem Schreibtisch ein: Das war irgendwie nicht so einsam wie zu Hause, jetzt, wo ihre Mutter gestorben war.

Er hatte sie noch im Gehen mit halb erhobener Hand in sein

Büro gewinkt. Er wusste, dass sie die Geste bemerken würde: Sie war stets mit einem Auge bei ihm, für den Fall, dass er etwas benötigte. Sie hatte ihren Rock glattgestrichen und war rasch hineingegangen in Erwartung eines Diktats, einer Bitte um Zahlen, doch stattdessen hatte er den Raum durchquert und leise die Tür hinter ihr zugemacht. Sie hatte versucht, den Schauer der Erregung zu unterdrücken. Noch nie hatte er die Tür hinter ihr geschlossen, in fünf Jahren nicht. Unbewusst hatte sie mit einer Hand ihre Frisur gerichtet.

Er hatte die Stimme gesenkt und war einen Schritt auf sie zu getreten. «Moira, die Angelegenheit, über die wir vor ein paar Wochen gesprochen haben ...»

Sie hatte ihn angestarrt, wie gelähmt durch seine Nähe, die unerwartete Wendung der Ereignisse. Sie hatte den Kopf geschüttelt – ein wenig dümmlich, dachte sie später.

«Die Angelegenheit, über die wir gesprochen haben» – seine Stimme hatte ungeduldig geklungen – «nach dem Unfall meiner Frau. Von der ich dachte, ich sollte sie nachprüfen. Es gab doch nicht etwa ...»

Sie hatte sich gefangen und nestelte nervös an ihrem Kragen. «Oh. Oh, nein, Sir. Ich bin zweimal hingegangen, wie Sie es wünschten. Und nein. Da war nichts.» Sie hatte einen Augenblick gewartet und dann hinzugefügt: «Überhaupt nichts. Ich bin ziemlich sicher.»

Er hatte genickt, als fühlte er sich bestätigt. Dann hatte er ihr ein freundliches Lächeln geschenkt, was nur selten vorkam. «Danke, Moira. Sie wissen, wie sehr ich Sie schätze, nicht wahr?»

Sie spürte ein freudiges Prickeln.

Er war zur Tür gegangen und hatte sie wieder geöffnet. «Ihre Diskretion war schon immer eine Ihrer bewundernswertesten Eigenschaften.»

Sie hatte schlucken müssen, bevor sie antwortete. «Ich ... Sie können sich immer auf mich verlassen. Das wissen Sie.»

«Was ist los mit dir, Moira?», hatte eine der Schreibdamen später in der Damentoilette gefragt. Sie hatte bemerkt, dass Moira vor sich hin summte. Sie hatte sorgfältig ihre Lippen nachgezogen und ein paar Tröpfchen Parfüm aufgelegt. «Du siehst so zufrieden aus.»

«Vielleicht hat Mario aus der Poststelle sie endlich rumgekriegt.» Unschönes Gegacker war daraufhin aus der Kabine zu hören gewesen.

«Wenn du deiner Arbeit nur halb so viel Aufmerksamkeit schenken würdest wie albernem Klatsch und Tratsch, Phyllis, könntest du tatsächlich weiterkommen», hatte sie gesagt und war gegangen. Doch auch das Kichern und Pfeifen hinter ihr hatten ihre Freude nicht dämpfen können.

Rings um den Platz war bereits Weihnachtsbeleuchtung aufgehängt worden, große tulpenförmige Lampen. Sie waren zwischen den viktorianischen Laternenpfosten drapiert und in Spiralen um die Bäume gewunden, die den kleinen Park säumten.

«Jedes Jahr früher», bemerkte Mrs. Cordoza und wandte sich von dem großen Erkerfenster im Wohnzimmer ab, als Jennifer hereinkam. Sie hatte gerade die Vorhänge zuziehen wollen. «Wir haben noch nicht einmal Dezember.»

«Aber es sieht sehr hübsch aus.» Jennifer legte einen Ohrring an. «Mrs. Cordoza, würde es Ihnen etwas ausmachen, mir diesen Knopf im Nacken zu schließen? Ich komme nicht dran.» Ihrem Arm ging es besser, aber er war noch immer nicht so beweglich, dass sie sich ohne Hilfe anziehen konnte.

Die ältere Frau zog den Kragen zusammen, steckte den mit dunkelblauer Seide bezogenen Knopf in die Öse, trat zurück und wartete darauf, dass Jennifer sich umdrehte. «Das Kleid hat Ihnen schon immer wunderbar gestanden», stellte sie fest.

Jennifer hatte sich an solche Augenblicke gewöhnt, in denen sie sich zusammenreißen musste, um nicht zu fragen: «Tatsächlich? Wann denn?» Sie vermochte diesen Impuls inzwischen gut zu verbergen und die Außenwelt davon zu überzeugen, dass sie wusste, wohin sie gehörte.

«Ich kann mich gar nicht mehr daran erinnern, wann ich es zuletzt getragen habe», sagte sie.

«Zu Ihrem Geburtstagsdinner. Sie sind in ein Restaurant in Chelsea gegangen.»

Jennifer hoffte auf eine Erinnerung. Aber nichts geschah. «Stimmt», sagte sie und setzte schnell ein Lächeln auf, «und es war ein schöner Abend.»

«Gibt es heute Abend einen besonderen Anlass, Madam?»

Jennifer warf einen prüfenden Blick in den Spiegel über dem Kaminsims. Ihre blonden Haare fielen in weichen Wellen herab, ihre Augen waren kunstvoll mit Lidstift betont. «Oh, nein, ich glaube nicht. Die Moncrieffs wollen mit uns ausgehen. Dinner und Tanz. Das Übliche.»

«Ich bleibe eine Stunde länger, wenn es Ihnen nichts ausmacht. Da ist noch Wäsche, die gestärkt werden muss.»

«Wir bezahlen Sie doch für die Überstunden?» Jennifer hatte gesprochen, ohne nachzudenken.

«O ja», erwiderte Mrs. Cordoza. «Sie und Ihr Mann sind immer sehr großzügig.»

Laurence – in Gedanken war er noch immer nicht Larry für sie, ganz gleich, wie ihn die anderen nannten – konnte nicht früher von der Arbeit fort, daher hatte sie gesagt, sie werde mit dem Taxi zu seinem Büro kommen, damit sie von dort gemeinsam fahren könnten. Er hatte ein wenig gezögert, aber sie hatte darauf bestanden. In den letzten beiden Wochen hatte sie versucht, sich öfter zu zwingen, das Haus zu verlassen, um ihre Unabhängigkeit wiederzuerlangen.

Sie war einkaufen gewesen, einmal mit Mrs. Cordoza, einmal allein, und war langsam die Kensington High Street auf und ab gegangen, ohne sich von den vielen Menschen, dem ständigen Lärm und Gedränge überwältigen zu lassen. Vor zwei Tagen hatte sie sich in einem Kaufhaus eine Stola gekauft, nicht weil sie unbedingt eine gewollt oder gebraucht hätte, sondern damit sie in dem Bewusstsein nach Hause zurückkehren konnte, etwas geschafft zu haben.

«Kann ich Ihnen damit helfen, Madam?»

Die Haushälterin hielt einen weiten Mantel aus saphirblauem Brokat hoch, damit Jennifer hineinschlüpfen konnte. Das Futter bestand aus Seide, der Brokatstoff fühlte sich angenehm schwer an. Sie drehte sich um, während sie ihn anzog, und rückte den Kragen zurecht. «Was machen Sie? Wenn Sie hier fertig sind?»

Die Haushälterin blinzelte ein wenig betroffen. «Was ich mache?»

«Ich meine, wohin gehen Sie?»

«Nach Hause», erwiderte sie.

«Zu … Ihrer Familie?» Ich verbringe so viel Zeit mit dieser Frau, dachte sie. Und ich weiß nichts über sie.

«Meine Familie lebt in Südafrika. Meine Töchter sind erwachsen. Ich habe zwei Enkelkinder.»

«Natürlich. Bitte entschuldigen Sie, aber ich kann mich immer noch nicht so gut erinnern, wie ich sollte. Ich weiß nicht, was Sie über Ihren Mann erzählt haben.»

Die Frau schaute zu Boden. «Er ist vor fast acht Jahren gestorben, Madam.» Als Jennifer nichts sagte, fügte sie hinzu: «Er war Betriebsleiter der Mine in Transvaal. Ihr Mann hat mir diesen Job besorgt, damit ich meine Familie weiterhin unterstützen kann.»

Jennifer hatte das Gefühl, als wäre sie beim Herumschnüffeln ertappt worden. «Das tut mir so leid. Wie gesagt, mein Gedächtnis ist im Moment etwas unzuverlässig. Bitte, glauben Sie nicht, dass ...»

Mrs. Cordoza schüttelte den Kopf.

Jennifer war rot geworden. «Ich bin sicher, unter normalen Umständen hätte ich –»

«Bitte, Madam. Ich kann doch sehen ... dass Sie noch nicht ganz Sie selbst sind.»

Sie standen einander gegenüber, und die ältere Frau wirkte eingeschüchtert durch die ungewohnte Vertrautheit.

Aber Jennifer ging es ganz anders. «Mrs. Cordoza», sagte Jennifer, «finden Sie, dass ich seit meinem Unfall sehr verändert bin?» Sie beobachtete, wie die Frau ihr einen kurzen, prüfenden Blick zuwarf, bevor sie antwortete. «Mrs. Cordoza?»

«Ein bisschen vielleicht.»

«Können Sie mir sagen, inwiefern?»

Die Haushälterin wirkte verlegen, und Jennifer sah ihr an, dass sie sich davor fürchtete, ehrlich zu antworten. Aber jetzt konnte sie nicht mehr aufhören. «Bitte. Es gibt keine richtige oder falsche Antwort, das versichere ich Ihnen. Ich habe nur ... Alles ist ein bisschen seltsam, seit ... Ich hätte gern eine genauere Vorstellung davon, wie es einmal war.»

Die Frau hatte die Hände vor der Brust verschränkt. «Vielleicht sind Sie ruhiger. Ein bisschen weniger ... gesellig.»

«Würden Sie sagen, ich war vorher glücklicher?»

«Madam, bitte ...» Die ältere Frau nestelte an ihrem Halstuch. «Ich möchte nicht – ich sollte wirklich gehen. Die Wäsche kann bis morgen warten, wenn es Ihnen nichts ausmacht.»

Bevor Jennifer noch etwas sagen konnte, war die Haushälterin verschwunden.

Das Beachcomber im Mayfair Hotel war eins der beliebtesten Restaurants in der Gegend. Als Jennifer es betrat, ihr Mann dicht hinter ihr, wurde ihr auch klar, warum: Mitten im kühlen London befand sie sich plötzlich in einem Strandparadies. Die kreisförmige Bar war mit Bambus verkleidet, ebenso die Decke. Der Boden bestand aus Strandroggen, während von den Dachbalken Fischernetze und Bojen herabhingen. Aus den Lautsprechern, die in künstlichen Felswänden verborgen waren, tönte Hulamusik, kaum hörbar durch den allgemeinen Trubel eines Freitagabends. Ein Gemälde mit blauem Himmel und endlosen weißen Sandstränden bedeckte fast eine ganze Wand, und die übergroße Büste einer Frau, die wohl einmal den Bug eines Schiffes geziert hatte, ragte über die Bar. Hier entdeckten sie Bill, der gerade versuchte, seinen Hut über eine der holzgeschnitzten Brüste zu hängen.

«Jennifer … Yvonne … darf ich euch Ethel Merman vorstellen?» Er nahm seinen Hut wieder in die Hand und winkte ihnen damit zu.

«Pass auf», flüsterte Yvonne, als sie aufstand, um sie zu begrüßen. «Violet musste zu Hause bleiben, und Bill hat schon ordentlich getankt.»

Laurence ließ Jennifers Arm los, als man sie zu ihren Plätzen führte. Yvonne setzte sich ihr gegenüber und winkte dann mit einer eleganten Handbewegung Anne und Dominic herbei, die gerade eingetroffen waren. Bill, am anderen Tischende, hatte Jennifers Hand ergriffen und geküsst, als sie an ihm vorbeiging.

«Oh, du bist ein richtiges Ekel, Bill, ehrlich.» Francis schüttelte den Kopf. «Ich werde Violet einen Wagen schicken, wenn du nicht aufpasst.»

«Warum ist Violet zu Hause geblieben?» Jennifer ließ sich vom Kellner den Stuhl unter dem Tisch hervorziehen.

«Eins der Kinder ist krank, und sie bringt es nicht fertig, die

Kinderfrau mit ihm allein zu lassen.» Yvonne gelang es, mit nur einer elegant hochgezogenen Augenbraue auszudrücken, was sie von dieser Entscheidung hielt.

«Weil die Kinder *immer an erster Stelle stehen*», ahmte Bill Violet nach. Er zwinkerte Jennifer zu. «Am besten, ihr bleibt, wie ihr seid, Ladys. Wir Männer brauchen alle Fürsorge, die wir bekommen können.»

«Sollen wir uns etwas zu trinken bestellen? Was ist denn hier gut?»

«Ich nehme einen *Mai Tai*», sagte Anne.

«Und ich einen *Royal Pineapple*», meldete sich Yvonne mit einem Blick in die Getränkekarte, auf der eine Frau im Bastrock abgebildet war.

«Was möchtest du, Larry? Lass mich raten. Einen *Bali Hai Scorpion*. Etwas mit einem Stachel am Schwanz?» Bill hatte sich die Getränkekarte geschnappt.

«Klingt ekelhaft. Ich nehme einen Whisky.»

«Dann lass mich etwas für die reizende Jennifer aussuchen. Jenny, Schätzchen, wie wär's mit einem *Hidden Pearl*? Oder einem *Hula Girl's Downfall*? Möchtest du den?»

Jennifer lachte. «Wenn du meinst, Bill.»

«Und ich bestelle mir einen *Suffering Bastard*, weil ich einer bin», sagte er fröhlich. «Gut. Wann tanzen wir?»

Nachdem sie ein paar Gläser getrunken hatten, kam das Essen: Koteletts vom polynesischen Schwein, Krabben in Mandelsoße und Pfeffersteaks. Jennifer, die nach den starken Cocktails rasch beschwipst war, stellte fest, dass sie ihr Essen kaum anrühren konnte. Im Raum war es lauter geworden; eine Band spielte in der Ecke, Paare begaben sich auf die Tanzfläche, und an den Tischen wetteiferte man darum, die anderen zu übertönen. Das Licht wurde gedimmt, die Tischlampen aus buntem Glas verbreiteten einen flackernden rotgoldenen Schein. Sie ließ den Blick über ihre Freunde schweifen. Bill schaute immer wieder zu ihr herüber, schien um ihre Anerkennung zu heischen. Yvonne hatte einen Arm auf Francis' Schulter gelegt, während sie etwas erzählte. Anne hörte auf, ihren vielfarbigen Drink aus einem Strohhalm zu saugen, und lachte laut auf. Wieder schlich sich dieses Gefühl ein, unaufhaltsam wie die Flut: dass sie woanders sein sollte. Sie fühlte sich wie in einer Glaskugel, weit weg von allen um sie herum – und sie hatte Heimweh, erkannte sie bestürzt. *Ich habe zu viel getrunken*, schalt sie sich. *Dummes Mädchen.* Sie begegnete dem Blick ihres Mannes und lächelte ihn an in der Hoffnung, man möge ihr nicht ansehen, wie unbehaglich sie sich fühlte. Er erwiderte ihr Lächeln nicht. Ich bin zu durchschaubar, dachte sie traurig.

«Was feiern wir eigentlich?», fragte Laurence, an Francis gewandt.

«Brauchen wir einen Grund, um uns zu amüsieren?», sagte Bill. Er trank inzwischen mit einem langen, gestreiften Strohhalm aus Yvonnes Glas. Anscheinend bemerkte sie es nicht.

«Wir haben ein paar Neuigkeiten, nicht wahr, Liebling?», verkündete Francis.

Yvonne lehnte sich auf ihrem Stuhl zurück, griff in ihre Handtasche und zündete sich eine Zigarette an. «Auf jeden Fall.»

«Wir wollten euch – unsere besten Freunde – heute Abend hier versammeln, um euch vor allen anderen mitzuteilen, dass ...» Francis schaute seine Frau an, «... wir in ungefähr sechs Monaten einen kleinen Moncrieff haben werden.»

Kurzes Schweigen trat ein. Anne riss die Augen auf. «Ihr bekommt ein Kind?»

«Kaufen werden wir es jedenfalls nicht.» Yvonne verzog amüsiert den stark geschminkten Mund. Anne war schon aufgesprungen und kam um den Tisch herum, um ihre Freundin zu umarmen. «Oh, das ist großartig.»

Wie von einem automatischen Impuls angetrieben, stand Jennifer auf und ging um den Tisch herum. Sie beugte sich vor, um Yvonne zu küssen. «Das sind wundervolle Neuigkeiten», sagte sie und war sich nicht sicher, warum sie sich plötzlich fühlte, als wäre sie noch mehr aus dem Gleichgewicht geraten. «Herzlichen Glückwunsch.»

«Ich hätte es dir schon früher gesagt», Yvonne legte eine Hand auf ihre, «aber ich dachte, ich sollte warten, bis du wieder ...»

«Bis ich wieder mehr ich selbst bin. Ja.» Jennifer richtete sich auf. «Aber es ist wirklich phantastisch. Ich freue mich so für dich.»

«Jetzt seid ihr an der Reihe.» Bill deutete auf Laurence und sie. Sein Kragen stand offen, seine Krawatte war gelockert. «Nur ihr zwei seid noch übrig. Komm schon, Larry, hopp, hopp! Du darfst dich nicht blamieren.»

Jennifer kehrte an ihren Platz zurück und wurde rot. Sie hoffte, dass es in der schwachen Beleuchtung nicht auffiel.

«Alles zu seiner Zeit, Bill», schaltete Francis sich ruhig ein. «Wir haben Jahre gebraucht, um dahin zu kommen. Am besten, man hat vorher seinen Spaß.»

«Ach was? Das sollte *Spaß* sein?», fragte Yvonne.

Alle brachen in Gelächter aus.

«Stimmt. Wir haben keine Eile.»

Jennifer beobachtete, wie ihr Mann eine Zigarre aus seiner Innentasche zog und das Ende sorgfältig abschnitt. «Absolut nicht», bekräftigte sie.

Sie fuhren im Taxi nach Hause. Auf dem vereisten Bürgersteig stand Yvonne und winkte ihnen nach, Francis hatte seinen Arm beschützend um ihre Schultern gelegt. Dominic und Anne waren kurz vorher gegangen, und Bill brachte anscheinend ein paar Passanten ein Ständchen.

«Yvonnes Neuigkeiten sind ganz wunderbar, oder?», sagte sie.

«Findest du?»

«Nun ja. Du nicht?»

Er schaute aus dem Fenster. Die Straßen der Stadt waren beinahe schwarz, bis auf eine Laterne hier und da. «Ja», erwiderte er. «Ein Kind ist eine wunderbare Neuigkeit.»

«Bill war schrecklich betrunken.» Sie holte ihre Puderdose aus der Handtasche und betrachtete prüfend ihr Spiegelbild. Endlich überraschte es sie nicht mehr.

«Bill», sagte ihr Mann und starrte noch immer auf die Straße, «ist ein Narr.»

Etwas in seiner Stimme alarmierte sie. Sie schloss ihre Handtasche und faltete die Hände im Schoß, mühsam nach Worten suchend. «Hast du … Was hast du gedacht, als du es gehört hast?»

Er wandte sich ihr zu. Eine Gesichtshälfte war von der Straßenbeleuchtung erhellt, die andere lag im Dunkeln.

«Das von Yvonne, meine ich. Du hast nicht viel gesagt. Im Restaurant.»

«Ich dachte», erwiderte er, und unendliche Traurigkeit schwang in seinen Worten mit, «was für ein glücklicher Mistkerl Francis Moncrieff doch ist.»

Auf der kurzen Heimfahrt sagten sie nichts mehr. Als sie zu Hause ankamen, bezahlte er den Taxifahrer, während sie vorsichtig die mit Splitt bestreuten Stufen zur Haustür hinaufstieg. Das Licht war an und warf einen blassgelben Schein auf den Schnee. Ihr Haus war das einzige an dem stillen Platz, das noch beleuchtet war. Er war betrunken, stellte sie fest, als sie beobachtete, wie er mit schweren, unbeholfenen Schritten die Treppe hinaufging. Sie versuchte kurz zu überschlagen, wie viele Gläser Whisky er gehabt hatte, aber es gelang ihr nicht.

Sie war in ihre eigenen Gedanken vertieft gewesen, hatte sich gefragt, wie die anderen sie sahen, war damit beschäftigt gewesen, *normal* zu wirken.

«Soll ich dir noch etwas zu trinken holen?», fragte sie, als sie die Tür öffnete. In der Diele hallten ihre Schritte wider. «Ich könnte einen Tee machen, wenn du willst.»

«Nein», sagte er und ließ seinen Mantel auf den Stuhl fallen. «Ich möchte ins Bett.»

«Also, ich glaube, ich werde –»

«Und ich hätte gern, dass du mitkommst.»

Das war es also. Sie hängte ihren Mantel sorgfältig in den Dielenschrank und ging hinter ihm die Treppe hinauf ins Schlafzimmer. Plötzlich wünschte sie sich, sie hätte mehr getrunken. Sie wünschte, sie könnten so unbekümmert sein wie Dominic und Anne, die einander auf der Straße kichernd in den Armen gelegen hatten. Ihr Mann jedoch, das wusste sie inzwischen, war keiner, der herumalberte.

Auf dem Wecker war es Viertel vor zwei. Laurence schälte sich aus seiner Kleidung und ließ sie in einem Haufen auf dem Boden liegen. Er wirkte auf einmal völlig erschöpft, dachte sie, und die leise Hoffnung keimte in ihr auf, dass er einfach nur einschlafen würde. Sie streifte die Schuhe ab und merkte, dass sie nicht imstande war, den Knopf am Kragen ihres Kleides zu öffnen.

«Laurence?»

«Was ist?»

«Würdest du mir bitte …?» Sie drehte ihm den Rücken zu und versuchte, nicht zurückzuschrecken, als seine Finger umständlich an dem Stoff zerrten. Sein Atem roch streng nach Whisky und bitterem Tabakrauch. Er zog, erwischte ein paar Haare in ihrem Nacken, woraufhin sie zusammenzuckte. «Mist», sagte er, «ich habe ihn abgerissen.»

Sie streifte das Kleid von ihren Schultern, und er drückte ihr den Knopf in die Hand. «Macht nichts», sagte sie, darum bemüht, es ihm wirklich nicht übelzunehmen. «Ich bin sicher, Mrs. Cordoza wird das nähen können.»

Sie wollte ihr Kleid schon aufhängen, als er ihren Arm festhielt. «Lass doch», sagte Laurence. Er betrachtete sie, nickte leicht, die Augenlider halb geschlossen. Er senkte den Kopf, umfasste ihr Gesicht mit beiden Händen und küsste sie. Jennifer machte die Augen zu, während seine Hände über ihren Hals und die Schultern wanderten. Sie gerieten ins Wanken, als er das Gleichgewicht verlor. Dann zog er sie auf das Bett, bedeckte ihre Brüste mit seinen großen Händen und schob sich mit seinem ganzen Gewicht über sie. Jennifer erwiderte seine Küsse höflich und versuchte, sich ihren Widerwillen gegen seinen Atem nicht anmerken zu lassen. «Jenny», flüsterte er und atmete schneller, «Jenny …» Wenigstens würde es nicht allzu lange dauern.

Sie wurde sich bewusst, dass er aufgehört hatte, und schlug die Augen auf. Er starrte sie an. «Was ist los?», fragte er mit belegter Stimme.

«Nichts.»

«Du siehst aus, als würde ich dir etwas Furchtbares antun. Ist es das, was du fühlst?»

Er war betrunken, doch sein Gesichtsausdruck verriet noch etwas anderes, eine Bitterkeit, die sie nicht einzuordnen wusste.

«Tut mir leid, Liebling. Den Eindruck wollte ich nicht erwecken.» Sie stützte sich auf die Ellbogen. «Ich bin wahrscheinlich nur müde.» Sie streckte die Hand nach ihm aus.

«Aha. Müde.»

Sie setzten sich nebeneinander. Er fuhr sich mit der Hand durch die Haare, man merkte ihm die Enttäuschung deutlich an. Sie war überwältigt von Schuldgefühlen und, zu ihrer Schande, von Erleichterung. Als das Schweigen unerträglich wurde, ergriff sie seine Hand. «Laurence … meinst du, mit mir ist alles in Ordnung?»

«In Ordnung? Was soll das heißen?»

Ein Kloß bildete sich in ihrem Hals. Er war ihr Ehemann: Da sollte sie doch imstande sein, sich ihm anzuvertrauen? Sie dachte kurz daran, wie Yvonne sich auf Francis gestützt hatte, die Blicke, die sie ständig wechselten und die von Hunderten anderer Unterhaltungen zeugten, bei denen niemand sonst zugegen war. Sie dachte an Dominic und Anne, die lachend zu ihrem Taxi gegangen waren. «Laurence …»

«Larry!», brach es aus ihm heraus. «Du sagst Larry zu mir. Ich kapiere nicht, wieso du dich daran nicht erinnerst.»

Sie schlug die Hände vors Gesicht. «Larry, entschuldige. Es ist nur, ich … ich komme mir noch immer so fremd vor.»

«Fremd?»

Sie fuhr zusammen. «Als würde etwas fehlen. Ich habe das Gefühl, als gäbe es ein Puzzle, bei dem mir ein paar Teile fehlen. Klingt das sehr albern?» Bitte, beruhige mich, flehte sie im Stillen. Nimm mich in die Arme. Sag mir, dass ich albern bin, dass mir alles wieder einfallen wird. Sag mir, dass Hargreaves recht hatte und dieses scheußliche Gefühl vorbeigehen wird. Lieb mich ein bisschen. Halt mich fest, bis ich spüre, dass es genau das ist, was ich von dir brauche. *Versteh* mich einfach.

Doch als sie aufschaute, ruhte sein Blick auf seinen Schuhen, die ein Stück von ihm entfernt auf dem Teppich standen. Sein Schweigen, begriff sie allmählich, war kein fragendes. Es drückte nicht aus, dass er versuchte, etwas herauszufinden, sondern war ein Hinweis auf etwas Dunkleres: kaum unterdrückte Wut.

Seine Stimme war ruhig und eiskalt, als er langsam sagte: «Was, glaubst du, fehlt dir im Leben, Jennifer?»

«Nichts», sagte sie hastig. «Gar nichts. Ich bin absolut glücklich. Ich …» Sie stand auf und ging ins Bad. «Es ist nichts. Wie Mr. Hargreaves schon sagte, es geht bald vorbei. Bald bin ich wieder ganz die Alte.»

Als sie aufwachte, war er schon fort, und Mrs. Cordoza klopfte leise an die Tür. Jennifer schlug die Augen auf und spürte einen dumpfen Schmerz, als sie den Kopf bewegte.

«Madam? Soll ich Ihnen eine Tasse Kaffee bringen?»

«Das wäre sehr nett. Vielen Dank», krächzte sie.

Langsam richtete sie sich auf und blinzelte ins helle Licht. Es war Viertel vor zehn. Draußen hörte sie ein Motorengeräusch, das dumpfe Schaben eines Schneeschiebers und zankende Spatzen auf den Bäumen. Die Kleidungsstücke, die sie am Vorabend über das ganze Schlafzimmer verteilt hatten, waren fortgeräumt worden. Sie lehnte sich an die Kissen und ließ die Ereignisse der Nacht langsam in ihr Bewusstsein vordringen.

Er hatte sich von ihr abgewandt, als sie ins Bett zurückgekehrt war, sein breiter, kräftiger Rücken ein unüberbrückbares Hindernis. Sie hatte Erleichterung verspürt, aber auch Verwirrung. Jetzt machte sich melancholische Mattigkeit breit. Ich muss es besser machen, dachte sie. Ich werde aufhören, über meine Gefühle zu sprechen. Ich werde netter zu ihm sein. Großzügig. Gestern Abend habe ich ihn verletzt, und daran hat es gelegen.

Versuchen Sie einfach, sich nicht so viele Gedanken zu machen.

Mrs. Cordoza klopfte an die Tür. Sie brachte Kaffee und zwei dünne Scheiben Toast auf einem Tablett herein. «Ich dachte, Sie haben vielleicht Hunger.»

«Oh, das ist sehr freundlich von Ihnen. Tut mir leid, ich sollte schon seit Stunden auf sein.»

«Ich setze es hier ab.» Sie stellte das Tablett vorsichtig auf die Bettdecke und die Kaffeetasse auf Jennifers Nachttisch.

«Ich bleibe erst einmal unten, damit ich Sie nicht störe.» Sie warf einen kurzen Blick auf Jennifers entblößten Arm, auf dem die Narbe gut zu sehen war, und wandte sich ab.

Sie verließ das Zimmer, und Jennifer entdeckte das Buch, den Liebesroman, den sie hatte lesen oder verschenken wollen. Sie würde zuerst ihren Kaffee trinken und das Buch danach mit hinunternehmen. Es wäre gut, zwischen ihr und Mrs. Cordoza alles wieder ins Lot zu bringen nach ihrem eigenartigen Gespräch am Abend zuvor.

Jennifer nippte an ihrem Kaffee, nahm das Taschenbuch zur Hand und blätterte darin. An diesem Morgen konnte sie kaum geradeaus blicken, geschweige denn lesen. Ein Stück Papier fiel heraus. Jennifer legte das Buch auf den Nachttisch und faltete das Papier langsam auseinander. Sie begann zu lesen.

Liebste,

ich konnte dich nicht dazu bringen, mir zuzuhören, als du so eilig fortgegangen bist. Aber du sollst wissen, dass ich dich nicht abgewiesen habe. Du warst so weit von der Wahrheit entfernt, dass ich es kaum ertragen kann.

Und das ist die Wahrheit: Du wärst nicht die erste verheiratete Frau, mit der ich geschlafen habe. Du kennst meine persönlichen Verhältnisse; um ehrlich zu sein, diese Beziehungen haben zu mir gepasst. Ich wollte niemandem nahestehen. Als wir uns zum ersten Mal begegneten, redete ich mir ein, dass es mit dir nicht anders sein würde.

Aber als du am Samstag in mein Zimmer kamst, hast du in deinem Kleid so wunderbar ausgesehen. Und dann hast du mich gebeten, dir den Knopf im Nacken zu öffnen. Und in dem Augenblick, als meine Finger auf deine Haut trafen, wurde mir klar, dass es für uns beide eine Katastrophe wäre, wenn ich mit dir schlafen würde. Du, meine Liebste, hast keine Ahnung, wie du dich fühlen würdest, wenn du ein falsches Spiel treiben müsstest. Du bist ein ehrliches, entzückendes Geschöpf. Auch wenn du es jetzt nicht spürst: Ein anständiger Mensch zu sein, kann Freude bereiten. Ich möchte nicht dafür verantwortlich sein, dir diese Eigenschaft genommen zu haben.

Und ich? In dem Moment, als du zu mir aufgeschaut hast, wusste ich, dass ich verloren wäre, wenn wir es tun würden. Ich wäre nicht imstande, dich genauso beiseitezuschieben, wie ich es mit den anderen getan habe. Ich könnte Laurence nicht freundlich zunicken, wenn wir uns in einem Restaurant begegnen. Ich wäre nie mit nur einem Teil von dir zufrieden. Ich habe mir etwas vorgemacht, als ich anders dachte. Aus diesem Grund, meine Liebste, habe ich den verdammten Knopf in deinem Nacken wieder zugemacht. Und deshalb habe ich in den letzten beiden Nächten wach gelegen und mich dafür gehasst, einmal im Leben anständig gewesen zu sein.

Verzeih mir.

B

Jennifer saß in ihrem Bett und starrte auf das eine Wort, das ihr ins Auge gesprungen war. Laurence.

Laurence.

Das konnte nur eins bedeuten.

Der Brief war an sie gerichtet.

Ich will nicht, dass es dir schlechtgeht, aber ich schäme mich sehr für das, was zwischen uns geschehen ist. Das hätte nicht passieren dürfen. Um allen Beteiligten gegenüber fair zu sein, glaube ich, dass wir uns nicht mehr sehen sollten.

(Verheirateter) Mann an Frau, per E-Mail

KAPITEL 5

Anthony O'Hare wachte in Brazzaville auf. Er starrte auf den Ventilator, der sich träge über seinem Kopf drehte, und nahm das Sonnenlicht, das durch die Fensterläden drang, kaum wahr. Er fragte sich kurz, ob er diesmal sterben würde. Sein Kopf steckte in einem Schraubstock, und Pfeile stachen ihm in die Schläfen. Seine Nieren fühlten sich an, als hätte jemand am Abend zuvor mit Begeisterung darauf eingehämmert. Sein Mund war trocken, und ihm war schlecht. Eine leichte Panik überkam ihn. War er angeschossen worden? In eine Schlägerei geraten? Er schloss die Augen, wartete auf die Geräusche der Straße draußen, die Rufe der Essensverkäufer, das allgegenwärtige Brummen der Radios, das immer ertönte, wenn Menschen sich versammelten, beieinanderhockten und versuchten herauszufinden, wo die nächsten Unruhen ausbrechen würden. Keine Kugel. Es war Gelbfieber. Diesmal würde es das Ende für ihn sein. Aber noch während er das dachte, wurde ihm klar, dass die üblichen kongolesischen Geräusche fehlten: kein Geschrei aus einem offenen Fenster, keine Musik aus einer Bar. Und auch kein Geruch von *kwanga* in Bananenblättern. Keine Schüsse. Keine Rufe in Lingala oder Swahili. Stille. Fernes Möwengeschrei.

Nicht Kongo. Frankreich. Er war in Frankreich.

Er verspürte einen Anflug von Dankbarkeit, bis der Schmerz eindeutig wurde. Der Arzt hatte ihn gewarnt, dass es schlimmer sein würde, wenn er wieder trank, registrierte er in irgendeinem Teil seines Gehirns, der noch logisch denken konnte. Mr. Robertson wäre erfreut zu erfahren, wie zutreffend seine Einschätzung gewesen war.

Als er sich endlich zutraute, aufzustehen, ohne sich übergeben zu müssen, schwang er die Beine über die Bettkante und ging vorsichtig zum Fenster, wobei er sich des Geruchs nach abgestandenem Schweiß und der leeren Flaschen auf dem Tisch durchaus bewusst war: Zeugen der langen Nacht, die hinter ihm lag. Er zog den Vorhang einen Spaltbreit auf und sah die glitzernde Bucht unter sich, in blassgoldenes Licht getaucht. Die roten Dächer auf den Hügeln bestanden aus Terrakottaziegeln, nicht aus dem rostfarben angestrichenen Blech der Bungalows im Kongo, und die Bewohner waren gesunde, glückliche Menschen, die am Meer entlangschlenderten und miteinander plauderten. Weiße Menschen. Wohlhabende Menschen.

Er blinzelte. Diese Szene war makellos, idyllisch. Er ließ den Vorhang wieder los, taumelte ins Bad, übergab sich und umfasste dabei die Toilettenschüssel. Er fühlte sich furchtbar. Als er wieder stehen konnte, stieg er unsicher in die Dusche und sackte gegen die Wand, ließ das warme Wasser zwanzig Minuten lang über sich laufen und wünschte, es könnte fortspülen, was er durchmachte.

Komm schon, reiß dich zusammen.

Er zog sich an und bestellte beim Zimmerservice Kaffee. Als er sich etwas stabiler fühlte, setzte er sich an den Schreibtisch. Es war fast Viertel vor elf. Er musste sein Manuskript in die Post geben, das Porträt, an dem er am Nachmittag zuvor gearbeitet hatte. Er betrachtete seine hingekritzelten Notizen, und dann fiel ihm ein, wie der Abend zu Ende gegangen war. Die Erinnerung kam zögernd zurück: Mariette, die vor dem Hotel zu ihm aufgeschaut hatte und geküsst werden wollte. Seine entschiedene Weigerung. Noch immer flüsterte eine kleine Stimme in ihm, was für ein Narr er doch sei: Das Mädchen war begehrenswert und wäre leicht zu haben gewesen. Aber nun konnte er wenigstens auf eine Sache stolz sein, die er am Vorabend getan hatte.

Oh, verflucht. Jennifer Stirling, die ihm kühl und verletzt sein Jackett gereicht hatte. Sie hatte seine gedankenlose, rüde Schimpftirade über sie alle mit angehört. Was hatte er über sie gesagt? *Verwöhnte reiche Ehefrau … keinen eigenen Gedanken im Kopf.* Er schloss die Augen. Kriegsgebiete, dachte er, waren einfacher. Sicherer. In Kriegsgebieten wusste man immer, wer der Feind war.

Der Kaffee kam. Er holte tief Luft und goss sich eine Tasse ein. Er hob den Telefonhörer und bat die Vermittlerin matt, ihn mit London zu verbinden.

Mrs. Stirling,

ich bin ein ungehobeltes Scheusal. Gern würde ich Erschöpfung oder eine ungewöhnliche Reaktion auf Meeresfrüchte vorschieben, aber ich fürchte, es war eine Kombination aus Alkohol, den ich nicht zu mir nehmen sollte, und dem cholerischen Temperament eines Mannes, dessen soziale Umgangsformen zu wünschen übriglassen. Es gibt nichts, was Sie über mich sagen könnten, das ich mir nicht schon selbst – in meinen etwas nüchterneren Stunden – vorgeworfen hätte.

Bitte erlauben Sie mir, mich zu entschuldigen. Wenn ich Sie und Mr. Stirling zum Lunch einladen dürfte, bevor ich nach London zurückkehre, würde ich es gerne wiedergutmachen.

Ihr beschämter

Anthony O'Hare

PS: Ich füge eine Kopie des Artikels bei, den ich nach London geschickt habe, um Ihnen zu zeigen, dass ich mich wenigstens in dieser Hinsicht ehrenhaft verhalten habe.

Anthony faltete den Brief und steckte ihn in einen Umschlag, den er verschloss. Schon möglich, dass er immer noch nicht ganz nüchtern war: Er konnte sich nicht erinnern, jemals in einem Brief so ehrlich gewesen zu sein.

In diesem Moment fiel ihm ein, dass er keine Adresse hatte, an die er den Brief schicken könnte. Leise fluchte er über seine eigene Dummheit. Am Abend zuvor hatte Stirlings Fahrer ihn abgeholt, und an den Rückweg konnte er sich kaum erinnern, bis auf seine diversen Peinlichkeiten.

Am Empfang des Hotels erhielt er keine große Hilfe. *Stirling?* Der Portier schüttelte den Kopf.

«Kennen Sie ihn? Reicher Mann. Wichtig», sagte Anthony. Sein Mund war noch immer staubtrocken.

«Monsieur», erwiderte der Portier matt, «hier ist jeder reich und wichtig.»

Der Nachmittag war lau, die Sonne hell, die Luft flirrte beinahe unter dem klaren Himmel. Anthony setzte sich in Bewegung und verfolgte die Strecke zurück, die der Wagen am Abend zuvor gefahren war. Die Fahrt hatte knapp zehn Minuten gedauert; wie schwer konnte es sein, das Haus wiederzufinden? Er würde den Brief vor die Tür legen und wieder gehen. Er wollte gar nicht daran denken, was er machen würde, wenn er in die Stadt zurückkam: Seitdem er an seine lange Beziehung zum Alkohol erinnert worden war, pulsierte sein Körper in leisem, perversem Verlangen. Bier, drängte er. Whisky. Seine Nieren schmerzten, und er zitterte noch immer ein bisschen. Der Spaziergang, sagte er sich und nickte zwei lächelnden Frauen mit Sonnenhüten zu, würde ihm guttun.

Der Himmel über Antibes war strahlend blau, die Strände übersät von Urlaubern, die sich auf dem weißen Sand aalten. Er wusste noch, dass es an diesem Kreisverkehr nach links ging, und sah, dass die Straße, an der vereinzelt Villen standen, in die Berge führte. Hier war er hergekommen. Die Sonne brannte ihm gnadenlos auf den Nacken und drang auch durch seinen Hut. Er zog sein Jackett aus und warf es sich über die Schulter.

In den Bergen hinter der Stadt lief dann etwas falsch. Er war links abgebogen an einer Kirche, die ihm irgendwie bekannt vorkam, und weiter bergauf gegangen. Die Kiefern und Palmen wurden seltener und blieben dann ganz aus, ließen ihn ohne Schatten zurück, die Hitze strahlte von den bleichen Felsen und vom Asphalt ab.

Er spürte, wie seine Haut sich spannte, und wusste, dass sie am Abend verbrannt und wund sein würde.

Hin und wieder kam ein Auto vorbei und schickte einen Kieselregen in den immer tiefer werdenden Abgrund. Am Abend zuvor war ihm die Fahrt so kurz vorgekommen, beschleunigt durch den Duft der wilden Kräuter, die kühle Abendbrise. Jetzt erstreckten sich die Meilensteine vor ihm bis ins Endlose, und seine Zuversicht ließ nach. Er musste sich wohl oder übel eingestehen, dass er sich verlaufen hatte.

Don Franklin hätte seinen Spaß daran, dachte er, während er stehen blieb, um sich mit einem Taschentuch über die Stirn zu wischen. Anthony konnte von einem Ende Afrikas ans andere reisen, Grenzen überqueren, doch hier stand er nun und hatte sich auf einem zehnminütigen Spaziergang über einen Millionärsspielplatz verirrt. Er trat beiseite, um einen weiteren Wagen vorbeizulassen, und blinzelte dann ins Licht, als dieser mit leisem Bremsgeräusch anhielt. Mit aufheulendem Motor setzte er zu ihm zurück.

Yvonne Moncrieff, die Sonnenbrille auf den Kopf geschoben, lehnte sich aus einem Daimler SP 250. «Sind Sie verrückt?», sagte sie fröhlich. «Hier oben werden Sie gegrillt.»

Er spähte an ihr vorbei und sah Jennifer Stirling am Lenkrad. Sie sah ihn an, die Augen hinter einer überdimensionierten Sonnenbrille verborgen. Ihr Haar war zusammengebunden, ihre Miene undurchdringlich.

«Guten Tag», sagte er und zog den Hut. Plötzlich wurde er sich bewusst, dass sein zerknittertes Hemd verschwitzt war und auch sein Gesicht vor Schweiß glänzte.

«Was um alles in der Welt treiben Sie hier, Mr. O'Hare?», fragte Jennifer. «Sind Sie auf der Jagd nach einer heißen Geschichte?»

Er nahm sein Leinenjackett von der Schulter, griff in die Tasche und hielt ihr den Brief hin. «Ich ... ich wollte Ihnen den hier geben.»

«Was ist das?»

«Eine Entschuldigung.»

«Eine Entschuldigung?»

«Für mein unmögliches Verhalten gestern Abend.»

Sie machte keine Anstalten, den Brief entgegenzunehmen.

«Jennifer, soll ich?» Yvonne Moncrieff warf ihr einen Blick zu, offensichtlich irritiert.

«Nein. Können Sie ihn laut vorlesen, Mr. O'Hare?», sagte sie.

«Jennifer!»

«Wenn Mr. O'Hare ihn geschrieben hat, dann bin ich mir sicher, dass er auch in der Lage ist, die Worte auszusprechen.» Sie verzog keine Miene hinter der Sonnenbrille.

Er stand eine Weile da, schaute hinter sich auf die leere Straße und hinab auf das ausgedörrte Dorf. «Ich würde wirklich lieber –»

«Dann ist es keine echte Entschuldigung, oder, Mr. O'Hare?», sagte sie süßlich. «Ein paar Wörter hinkritzeln kann schließlich jeder.»

Yvonne Moncrieff schaute auf ihre Hände und schüttelte den Kopf. Jennifers Sonnenbrille war noch immer auf ihn gerichtet, sein Spiegelbild auf den dunklen Gläsern zu sehen.

Er öffnete den Brief, zog das Blatt Papier heraus und las ihr nach kurzem Zögern den Inhalt vor. Seine Stimme klang auf dem Berg unnatürlich laut. Er kam zum Schluss und steckte den Brief wieder in seine Tasche. In der Stille, die nur vom leisen Brummen des Motors gestört wurde, fühlte er sich eigenartig verlegen.

«Mein Mann», sagte Jennifer schließlich, «ist nach Afrika gereist. Er ist heute Mittag aufgebrochen.»

«Dann wäre ich entzückt, wenn ich Sie und Mrs. Moncrieff zum Lunch einladen könnte.» Er schaute auf seine Armbanduhr. «Es wäre allerdings ein spätes Lunch.»

«Nicht mich, mein Lieber. Francis möchte, dass ich mir eine Yacht mit ihm anschaue. Männer brauchen wohl ihre Träume, habe ich zu ihm gesagt.»

«Wir nehmen Sie mit zurück in die Stadt, Mr. O'Hare», sagte Jennifer und deutete mit einem Kopfnicken auf den schmalen Rücksitz. «Ich möchte nicht dafür verantwortlich sein, wenn der *ehrenhafteste* Korrespondent der *Nation* außer einer Alkoholvergiftung auch noch einen Sonnenstich erleidet.»

Sie wartete, bis Yvonne ausgestiegen war und den Sitz nach vorn geklappt hatte, damit Anthony in den Wagen klettern konnte, dann kramte sie im Handschuhfach. «Hier», sagte sie und warf ihm ein Taschentuch zu. «Wissen Sie eigentlich, dass Sie in die komplett falsche Richtung gelaufen sind? Wir wohnen da drüben.» Sie zeigte auf einen von Bäumen bewachsenen Berg in der Ferne. Ihre Mundwinkel zuckten, ein Zeichen für ihn, dass sie ihm vielleicht verzeihen würde, und die beiden Frauen brachen in lautes Gelächter aus. Zutiefst erleichtert, setzte Anthony O'Hare sich seinen Hut wieder auf, und sie fuhren in flottem Tempo über die schmale Straße zurück in die Stadt.

Der Wagen blieb im Stau stecken, sobald sie Yvonne am Hôtel St. Georges abgesetzt hatten. «Und benehmt euch», hatte sie zum Abschied noch gerufen. Sie sagte es, stellte er fest, mit der fröhlichen Unbekümmertheit einer Frau, die wusste, dass alles andere ohnehin nicht in Frage kam.

Als sie nur noch zu zweit waren, veränderte sich die Stimmung. Jennifer Stirling war still geworden, anscheinend beanspruchte die Straße vor ihr ihre ganze Aufmerksamkeit, was zuvor noch nicht der Fall gewesen war. Er warf einen verstohlenen Blick auf ihre leicht gebräunten Arme, ihr Profil, während sie nach vorn auf die lange Reihe von Rücklichtern schaute. Er fragte sich kurz, ob sie wütender auf ihn war, als es den Anschein gehabt hatte.

«Wie lange wird Ihr Mann denn in Afrika bleiben?», fragte er, um das Schweigen zu brechen.

«Wahrscheinlich eine Woche. Er bleibt selten länger.» Sie sah kurz aus dem Seitenfenster, offenbar um herauszufinden, was den Verkehrsstau verursachte.

«Eine ziemlich lange Reise für einen so kurzen Aufenthalt.»

«Sie müssen es ja wissen, Mr. O'Hare.»

«Ich?»

Sie zog eine Augenbraue hoch. «Sie wissen doch alles über Afrika. Das haben Sie gestern Abend gesagt.»

«*Alles?*»

«Sie wussten zumindest, dass die meisten Männer, die dort Geschäfte machen, Ganoven sind.»

«Das habe ich gesagt?»

«Zu Monsieur Lafayette.»

Anthony sank tiefer in seinen Sitz. «Mrs. Stirling –», setzte er an.

«Oh, keine Sorge. Laurence hat es nicht gehört. Francis allerdings, aber der hat dort nur wenig zu tun und hat es daher nicht allzu persönlich genommen.»

Die Autos setzten sich wieder in Bewegung.

«Lassen Sie sich von mir zum Lunch einladen», sagte er. «Bitte. Ich hätte gern die Gelegenheit, und wenn es nur für eine halbe Stunde ist, Ihnen zu zeigen, dass ich kein kompletter Mistkerl bin.»

«Sie glauben also, Sie könnten mich so schnell umstimmen?» Wieder dieses Lächeln.

«Ich versuche es, wenn Sie einverstanden sind. Zeigen Sie mir, wohin wir gehen können.»

Der Kellner brachte ihr ein großes Glas Limonade. Sie trank einen Schluck, lehnte sich dann auf ihrem Stuhl zurück und schaute über das Meer.

«Wundervolle Aussicht», bemerkte er.

«Ja», stimmte sie zu. Ihr Haar fiel in seidigen blonden Wellen herab, die bis kurz über ihre Schultern reichten. Eigentlich war sie nicht sein Typ. Er mochte Frauen, die weniger der konventionellen Vorstellung von Schönheit entsprachen, mit einem Hauch von etwas Dunklerem. Frauen, deren Reize weniger offensichtlich waren. «Trinken Sie nichts?»

Er schaute auf sein Glas. «Ich sollte eigentlich nicht.»

«Befehl der Ehefrau?»

«Exfrau», korrigierte er. «Und nein, des Arztes.»

«Also fanden Sie den gestrigen Abend tatsächlich unerträglich.»

Er zuckte mit den Schultern. «Ich verbringe nicht viel Zeit in der feinen Gesellschaft.»

«Ein Tourist wider Willen.»

«Ich gebe zu, bewaffnete Konflikte finde ich weniger abschreckend.»

Sie lächelte. «Also sind Sie William Boot», sagte sie. «Völlig ahnungslos im Kriegsgebiet der feinen Gesellschaft an der Riviera.»

«Boot ...» Bei der Erwähnung von Evelyn Waughs glückloser Romanfigur musste er zum ersten Mal an diesem Tag wirklich lächeln. «Sie hätten das Recht, weit Schlimmeres über mich zu sagen.»

Eine Frau betrat das Restaurant, einen knopfäugigen Hund an den üppigen Busen gedrückt. Sie ging mit matter Entschlossenheit zwischen den Tischen hindurch, als könnte sie sich nicht erlauben, sich auf etwas anderes als ihr Ziel zu konzentrieren. Als sie sich nicht weit von ihnen an einen freien Tisch setzte, seufzte sie erleichtert auf. Sie setzte den Hund auf den Boden, wo er mit eingezogenem Schwanz zitternd stehen blieb.

«Also, Mrs. Stirling –»

«Jennifer.»

«Jennifer. Erzählen Sie mir etwas über sich», forderte er sie auf und beugte sich vor.

«Sie wollten mir etwas erzählen. Vielmehr zeigen.»

«Was?»

«Dass Sie kein kompletter Mistkerl sind. Wenn ich mich recht entsinne, haben Sie sich eine halbe Stunde gegeben.»

«Ah. Und wie viel Zeit bleibt mir noch?»

Sie schaute auf ihre Armbanduhr. «Ungefähr neun Minuten.»

«Und wie habe ich mich bisher gemacht?»

«Sie können unmöglich von mir erwarten, dass ich jetzt schon ein Urteil fälle.»

Dann schwiegen sie; er, weil er ausnahmsweise einmal nicht

wusste, was er sagen sollte, sie, weil sie womöglich Ihre Wortwahl bereute. Anthony O'Hare dachte an die letzte Frau, mit der er etwas angefangen hatte, die Frau seines Zahnarztes, eine Rothaarige, deren Haut so durchscheinend war, dass er gezögert hatte, allzu genau hinzusehen, aus Angst, er könnte erkennen, was darunterlag. Die dauerhafte Gleichgültigkeit ihres Mannes hatte sie fertiggemacht. Anthony hatte vermutet, dass ihre Empfänglichkeit für seine Avancen wohl eher ein Racheakt gewesen war als irgendetwas anderes.

«Was machen Sie so den ganzen Tag, Jennifer?»

«Ich habe Angst, Ihnen das zu sagen.»

Er zog eine Augenbraue hoch.

«Ich mache so wenig, was einen Wert hat, dass ich befürchte, Sie werden es zutiefst missbilligen.» Die Art, wie sie das sagte, zeigte ihm, dass sie ganz und gar keine Angst hatte.

«Sie führen zwei Häuser.»

«Nein. Wir haben Personal. Und Mrs. Cordoza in London ist viel besser darin, den Haushalt zu führen, als ich.»

«Womit verbringen Sie denn nun Ihre Zeit?»

«Ich gebe Cocktailpartys, Abendgesellschaften. Ich verschönere Dinge. Ich bin schmückendes Beiwerk.»

«Das machen Sie sehr gut.»

«Oh, da spricht der Experte. Es erfordert ganz besondere Fähigkeiten, verstehen Sie.»

Er hätte sie den ganzen Tag lang anschauen können. Wie ihre Oberlippe ein wenig nach oben gewölbt war, dort, wo sie die weiche Haut unter der Nase berührte. Dieser Teil des Gesichts hatte einen Namen, und er war sicher, wenn er nur lange genug hinsah, würde er ihm wieder einfallen.

«Ich habe getan, wozu ich erzogen wurde. Ich habe mir einen reichen Mann geangelt und mache ihn glücklich.»

Das Lächeln geriet ins Wanken. Ein Mann ohne seine Erfahrung hätte es vielleicht übersehen, ein leichtes Zucken im Augenwinkel, der Hinweis auf etwas, das komplizierter war, als die Oberfläche vermuten ließ.

«Ich werde mir tatsächlich einen Drink bestellen», sagte sie. «Würde es Ihnen sehr viel ausmachen?»

«Sie sollen auf jeden Fall einen Drink bekommen. Ich werde ihn *par procuration* genießen.»

«*Par procuration*», wiederholte sie und gab dem Kellner ein Handzeichen. Sie bestellte einen Martini mit viel Eis.

Ein Entspannungsgetränk, dachte er: Sie war nicht darauf aus, etwas zu verbergen, sich dem Alkohol zu ergeben. Er war ein wenig enttäuscht. «Vielleicht beruhigt es Sie zu hören», sagte er leichthin, «dass ich nichts anderes kann als arbeiten.»

«Oh, das glaube ich», erwiderte sie. «Männer finden es leichter zu arbeiten, als sich mit etwas anderem zu beschäftigen.»

«Etwas anderem?»

«Mit der Unordnung des Alltags. Mit Menschen, die sich nicht so verhalten, wie man es gern hätte, und die etwas empfinden, das einem nicht recht ist. Bei der Arbeit kann man Ergebnisse erzielen, Herr über sein Reich sein. Die Leute tun, was man sagt.»

«Nicht in meiner Welt.» Er lachte.

«Aber Sie können eine Geschichte schreiben und sie am nächsten Tag an den Zeitungskiosken sehen. Erfüllt Sie das nicht mit Stolz?»

«Das war einmal. Nach einer Weile lässt es nach. Ich glaube, ich habe schon seit einiger Zeit nichts mehr getan, worauf ich stolz sein könnte. Alles, was ich schreibe, ist kurzlebig. Das Einwickelpapier von morgen.»

«Ach? Warum arbeiten Sie dann so viel?»

Er schluckte und versuchte, das Bild seines Sohnes zu verdrängen. Plötzlich wünschte er sich sehnlichst einen Drink. Er zwang sich zu einem Lächeln. «Aus den Gründen, die Sie genannt haben. Es ist so viel leichter, als sich mit etwas anderem zu beschäftigen.»

Ihre Blicke trafen sich, und in diesem unbedachten Moment erstarb ihr Lächeln. Sie errötete leicht und rührte langsam mit einem Cocktailstäbchen in ihrem Drink. «*Par procuration*», sagte sie gedankenverloren. «Sie werden mir erklären müssen, was das bedeutet, Anthony.»

Die Art, wie sie seinen Namen aussprach, rief eine gewisse Vertrautheit hervor. Darin lag ein Versprechen, die Aussicht auf eine Wiederholung irgendwann in der Zukunft.

«Es bedeutet ...» Anthonys Mund war trocken geworden. «Es bedeutet, sich am Glück von jemand anderem zu erfreuen.»

Nachdem sie ihn am Hotel abgesetzt hatte, legte er sich aufs Bett und starrte fast eine Stunde lang an die Decke. Dann ging er hinunter an den Empfang, bat um eine Postkarte und schrieb ein paar Zeilen an seinen Sohn, wobei er sich fragte, ob Clarissa sie wohl an ihn weiterreichen würde.

Als er in sein Zimmer zurückkehrte, war eine Nachricht unter der Tür hindurchgeschoben worden:

> Lieber Boot,
>
> obwohl ich noch nicht überzeugt bin, dass Sie kein Mistkerl sind, bin ich bereit, Ihnen noch eine Chance zu geben. Meine Pläne für den heutigen Abend haben sich zerschlagen. Ich werde im Hôtel des Calypsos in der Rue St. Jacques zu Abend essen und würde mich über Gesellschaft freuen, 20 Uhr.

Er las den Text zweimal, lief dann nach unten und schrieb ein Telegramm an Don:

Letztes Telegramm hinfällig STOP Bleibe für Serie über High Society der Riviera STOP Inklusive Modetipps STOP

Er grinste, faltete das Blatt zusammen und gab es ab, wobei er sich das Gesicht seines Chefs vorstellte, wenn dieser das Telegramm las. Dann kümmerte er sich darum, herauszufinden, wie er seinen Anzug bis zum Abend gereinigt bekam.

An diesem Abend war Anthony O'Hare äußerst charmant. Er war so, wie er am Tag zuvor hätte sein sollen. So, wie er vielleicht hätte sein sollen, als er verheiratet war. Er war witzig, zuvorkommend, galant. Sie war noch nie im Kongo gewesen – ihr Mann sagte, das sei nichts für «jemanden wie dich» –, und vielleicht weil er das ständige Bedürfnis hatte, Stirling zu widersprechen, beschloss Anthony, in ihr den Wunsch zu wecken, das Land zu lieben. Er schilderte ihr die eleganten, von Bäumen gesäumten Straßen von Léopoldville und sprach über die belgischen Siedler, die mit einem immensen Kostenaufwand ihre gesamte Nahrung, tiefgefroren und in Dosen, importierten, anstatt etwas von einem der reichhaltigsten Nahrungsmittelangebote der Welt zu probieren. Er erzählte ihr von dem Schock der europäischen Bewohner, als ein Aufstand in der Garnison von Léopoldville sie gezwungen hatte, in die relative Sicherheit von Stanleyville zu fliehen.

Er wollte sich ihr gegenüber von seiner besten Seite zeigen. Sie sollte ihn mit Bewunderung ansehen, statt mit diesem Ausdruck von Mitleid und Irritation. Etwas Eigenartiges geschah: Während er den charmanten, optimistischen Fremden mimte, stellte er fest, dass er für kurze Zeit auch zu dieser Person wurde. Er dachte an seine Mutter: «Lächle», hatte sie immer zu ihm gesagt, als er noch ein Junge war. Sie hatte behauptet, das würde ihn glücklicher machen. Er hatte ihr nicht geglaubt.

Jennifer ihrerseits war unbeschwert. Sie hörte mehr zu, als selbst etwas zu sagen, so wie man es von Damen der Gesellschaft erwartete, und wenn sie über seine Worte lachte, ertappte er sich dabei, dass er sich noch mehr anstrengte, eifrig darauf bedacht, sie erneut zum Lachen zu bringen. Befriedigt stellte er fest, dass sie bewundernde Blicke auf sich zogen – *dieses fröhliche Paar an Tisch sechzehn.* Eigenartigerweise machte es ihr nichts aus, mit einem Mann gesehen zu werden, der nicht ihr Ehemann war. Vielleicht funktioniert die feine Gesellschaft an der Riviera so, dachte er. Ein endloses gesellschaftliches Duett mit den Ehemännern und Ehefrauen anderer Leute. Er mochte nicht an die andere Möglichkeit denken: dass man einen Mann seiner gesellschaftlichen Stellung schlicht nicht als Bedrohung ansah.

Kurz nach dem Hauptgang trat ein Mann im Maßanzug an ihren Tisch. Er küsste Jennifer auf beide Wangen und erwartete dann, dass er vorgestellt wurde. «Richard, mein Lieber, das ist Mr. Boot», sagte sie mit unschuldigem Augenaufschlag. «Er schreibt an einem Artikel über Larry für die Zeitungen in England. Ich versorge ihn mit Einzelheiten und versuche ihm zu zeigen, dass Industrielle und ihre Frauen nicht gänzlich langweilig sind.»

«Ich glaube nicht, dass dir jemand nachsagen könnte, du seist langweilig, Jenny.» Er schüttelte Anthony die Hand. «Richard Case.»

«Anthony … äh … Boot. Soweit ich feststellen kann, ist die feine Gesellschaft der Riviera absolut nicht langweilig. Mr. und Mrs. Stirling waren wunderbare Gastgeber», sagte er, fest entschlossen, diplomatisch zu sein.

«Vielleicht wird Mr. Boot auch etwas über dich schreiben. Richard gehört das Hotel oben auf dem Berg. Das mit der großartigen Aussicht. Er ist der absolute Mittelpunkt der Gesellschaft hier.»

«Vielleicht können wir Sie bei Ihrem nächsten Besuch bei uns begrüßen, Mr. Boot», sagte der Mann.

«Das würde mir sehr gefallen, aber ich muss abwarten, ob Mr. Stirling gefällt, was ich geschrieben habe. Davon hängt ab, ob ich noch einmal kommen darf», erwiderte er. Sie hatten beide darauf geachtet, Laurence wiederholt zu erwähnen, dachte er später, wie um ihn unsichtbar zwischen sich zu halten.

Jennifer schien an diesem Abend zu glühen. Sie strahlte vibrierende Energie aus, die vermutlich nur er wahrnehmen konnte. Habe ich diese Wirkung auf dich?, fragte er sie stumm, als er sie beim Essen beobachtete. Oder ist es nur die Erleichterung, einmal nicht dem strengen Auge deines Mannes ausgesetzt zu sein? Ihm fiel ein, wie Stirling sie am Abend zuvor gedemütigt hatte, und fragte sie nach ihrer Meinung über die Wirtschaft, über Mr. Macmillan, die königliche Hochzeit, und ließ nicht zu, dass sie sich seinem eigenen Urteil anschloss. Sie war sich der Welt jenseits ihrer eigenen nicht sehr bewusst, hatte aber scharfsinnige Gedanken zur Natur des Menschen und war immerhin so an dem interessiert, was er zu sagen hatte, dass ihre Gesellschaft schmeichelhaft für ihn war. Kurz dachte er an Clarissa, an ihre bitteren Bemerkungen über die Menschen in ihrer Umgebung, an ihre Bereitschaft, in den kleinsten Gesten anderer Geringschätzigkeit zu sehen. Seit Jahren hatte er keinen Abend mehr so genossen.

«Ich sollte bald aufbrechen», sagte sie mit einem Blick auf ihre Armbanduhr. Der Kaffee war serviert worden, begleitet von einem kleinen Silberteller mit perfekt arrangierten Petits Fours.

Er legte seine Serviette auf den Tisch, Enttäuschung machte sich in ihm breit. «Das können Sie nicht tun», sagte er und fügte hastig hinzu: «Ich bin mir immer noch nicht sicher, ob ich Ihre Meinung über mich widerlegt habe.»

«Wirklich nicht? Na dann.» Sie drehte den Kopf und sah Richard Case mit Freunden an der Bar. Er schaute schnell weg, als hätte er sie beobachtet.

Jennifer betrachtete Anthonys Gesicht. Wenn sie ihn geprüft hatte, dann hatte er anscheinend bestanden. Sie beugte sich vor und senkte die Stimme. «Können Sie rudern?»

«Ob ich *rudern* kann?»

Sie gingen hinunter zum Hafen. Dort spähte sie über das Wasser, als ob sie sich nicht zutrauen würde, das Boot zu erkennen, ohne den Namen genau zu überprüfen, und zeigte schließlich auf ein kleines Dingi. Er kletterte hinein und reichte ihr die Hand, damit sie ihm gegenüber Platz nehmen konnte. Die Brise war warm, die Lichter der Hummerfänger blinkten friedlich in der pechschwarzen Dunkelheit.

«Wohin soll es denn gehen?» Er zog sein Jackett aus, legte es auf den Sitz neben sich und nahm die Ruder auf.

«Oh, rudern Sie einfach los. Ich sage Bescheid, wenn wir da sind.»

Er ruderte langsam, lauschte auf die Wellen, die an das kleine Dingi schlugen. Sie saß ihm gegenüber, die Stola locker um ihre Schultern drapiert. Sie hatte sich von ihm abgewandt, um besser sehen zu können, wohin sie ihn führte.

Anthonys Gedanken waren zum Stillstand gekommen. Unter normalen Umständen hätte er strategische Überlegungen angestellt, den besten Zeitpunkt abgeschätzt, um sie zu verführen, erregt von der Aussicht auf die bevorstehende Nacht. Aber obwohl er mit dieser Frau allein war, obwohl sie ihn auf ein Boot mitten auf dem dunklen Meer eingeladen hatte, hatte er keine Ahnung, wie der Abend weitergehen würde.

«Da», sagte sie. «Das ist es.»

«Ein Boot, haben Sie gesagt.» Er starrte auf die riesige, schnittige weiße Yacht.

«Ein ziemlich großes Boot», gab sie zu. «Ich mache mir eigentlich nicht so viel aus Yachtfahrten. Ich komme nur zweimal im Jahr an Bord.»

Sie machten das Dingi fest und kletterten auf die Yacht. Sie bat ihn, auf der gepolsterten Bank Platz zu nehmen, und tauchte ein paar Minuten später wieder aus der Kabine auf. Sie hatte die Schuhe ausgezogen, stellte er fest und versuchte, nicht auf ihre unglaublich kleinen Füße zu starren. «Ich habe Ihnen einen alkoholfreien Cocktail gemacht», sagte sie und reichte ihm ein Glas. «Ich war mir nicht sicher, ob Sie noch mehr Mineralwasser ertragen würden.»

Selbst so weit draußen im Hafen war es warm, und die Wellen waren so sanft, dass die Yacht sich kaum bewegte. Hinter Jennifer sah er die Lichter des Hafens, hin und wieder ein Auto, das über die Küstenstraße fuhr. Er dachte an den Kongo und fühlte sich wie jemand, der aus der Hölle in einen Himmel gehoben wurde, den er sich kaum hätte vorstellen können.

Sie hatte sich noch einen Martini eingeschenkt und zog auf der Bank ihm gegenüber ihre Füße hoch.

«Also», sagte er, «wie haben Sie Ihren Mann kennengelernt?»

«Meinen Mann? Arbeiten wir noch?»

«Nein. Ich bin nur neugierig.»

«Worauf?»

«Darauf, wie er …» Er dachte einen Moment nach. «Mich interessiert, wie Menschen zueinanderfinden.»

«Wir haben uns auf einem Ball kennengelernt. Er spendete Geld für verwundete Soldaten. Er saß an meinem Tisch, lud mich zum Abendessen ein, und damit hatte es sich.»

«Das war alles?»

«Es war sehr direkt. Nach ein paar Monaten hielt er um meine Hand an, und ich war einverstanden.»

«Sie waren sehr jung.»

«Zweiundzwanzig. Meine Eltern waren begeistert.»

«Weil er reich war?»

«Weil sie ihn für eine angemessene Partie hielten. Er war verlässlich, und er hatte einen guten Ruf.»

«Und so etwas ist Ihnen wichtig?»

«Ist das nicht allen wichtig?» Sie nestelte an ihrem Rocksaum und strich ihn glatt. «Jetzt stelle ich die Fragen. Wie lange waren Sie verheiratet, Boot?»

«Drei Jahre.»

«Nicht sehr lange.»

«Ich merkte ziemlich bald, dass wir einen Fehler gemacht hatten.»

«Und sie hatte nichts dagegen, dass Sie sich von ihr scheiden ließen?»

«Sie hat die Scheidung eingereicht.» Jennifer betrachtete ihn, und er sah ihr an, dass sie über die Gründe nachdachte, die seine Frau gehabt haben könnte. «Ich war kein treuer Ehemann», fügte er hinzu, wobei er sich nicht sicher war, warum er ihr das sagte.

«Sie müssen Ihren Sohn vermissen.»

«Ja», erwiderte er. «Manchmal frage ich mich, ob ich das alles getan hätte, wenn ich gewusst hätte, wie sehr.»

«Ist das der Grund, warum Sie trinken?»

Er brachte ein sprödes Lächeln zustande. «Versuchen Sie nicht, mir zu helfen, Mrs. Stirling. Viel zu viele wohlmeinende Frauen haben mich schon als ihr Hobby betrachtet.»

Sie schaute auf ihr Glas. «Wer hat gesagt, dass ich Ihnen helfen will?»

«Sie haben so etwas ... Wohltätiges an sich. Das macht mich nervös.»

«Man kann Traurigkeit nicht verbergen.»

«Und woher wissen Sie das?»

«Ich bin nicht naiv. Niemand kann alles haben. Das weiß ich ebenso gut wie Sie.»

«Ihr Mann hat alles bekommen.»

«Es ist nett von Ihnen, das zu sagen.»

«Ich meine es nicht nett.»

Ihre Blicke trafen sich, dann schaute sie zum Ufer hinüber. Die Stimmung war beinahe aggressiv, als wären sie im Stillen wütend aufeinander. Weit weg von den Zwängen des wirklichen Lebens am Ufer hatte sich etwas zwischen ihnen gelockert. *Ich will sie haben*, dachte er und war fast beruhigt, dass er etwas so Gewöhnliches empfinden konnte.

«Mit wie vielen verheirateten Frauen haben Sie geschlafen?» Ihre Stimme zerschnitt die Stille.

Beinahe hätte er sich an seinem Getränk verschluckt. «Wahrscheinlich ist es einfacher, wenn ich sage, dass ich nur mit wenigen geschlafen habe, die nicht verheiratet waren.»

Sie dachte darüber nach. «Sind wir verheirateten Frauen sicherer für Sie?»

«Ja.»

«Und warum schlafen all diese Frauen mit Ihnen?»

«Das weiß ich nicht. Vielleicht, weil sie unglücklich sind.»

«Und Sie machen sie glücklich?»

«Für kurze Zeit vermutlich.»

«Macht Sie das nicht zu einem Gigolo?» Wieder dieses Lächeln, das ihre Mundwinkel umspielte.

«Nein, das macht mich nur zu jemandem, der gern mit verheirateten Frauen schläft.»

Diesmal ging ihm das Schweigen unter die Haut. Er hätte es gebrochen, hätte er auch nur die leiseste Ahnung gehabt, was er sagen sollte.

«Ich werde nicht mit Ihnen schlafen, Mr. O'Hare.»

Er wiederholte die Worte zweimal in seinem Kopf, bis er sicher war, was sie da gesagt hatte. Er trank noch einen Schluck aus seinem Glas und fing sich wieder. «Das ist auch gut so.»

«Tatsächlich?»

«Nein.» Er zwang sich zu einem Lächeln. «Ist es nicht. Aber es muss wohl so sein.»

«Ich bin nicht unglücklich genug, um mit Ihnen zu schlafen.»

Herrgott, wenn sie ihn ansah, war ihm, als könnte sie alles sehen. Er wusste nicht genau, ob ihm das gefiel.

«Ich habe nicht einmal einen anderen Mann geküsst, seit ich verheiratet bin.»

«Das ist bewundernswert.»

«Sie glauben mir nicht.»

«Doch. Es ist selten.»

«Jetzt halten Sie mich wirklich für entsetzlich langweilig.» Sie stand auf und ging zur Brücke, wo sie sich zu ihm umdrehte. «Verlieben sich Ihre verheirateten Frauen in Sie?»

«Ein bisschen.»

«Sind sie traurig, wenn Sie sie verlassen?»

«Woher wollen Sie wissen, dass nicht sie es sind, die mich verlassen?»

Sie wartete.

«Was die Frage betrifft, ob sie sich verlieben», fügte er schließlich hinzu. «Normalerweise spreche ich hinterher nicht mit ihnen.»

«Sie beachten sie nicht?»

«Nein. Ich bin oft im Ausland. Ich neige dazu, nicht lange an einem Ort zu sein. Und im Übrigen haben sie ihre Männer, ihr Leben … Ich glaube nicht, dass auch nur eine von ihnen jemals vorhatte, ihren Mann zu verlassen. Ich war nur … eine Zerstreuung.»

«Haben Sie eine von ihnen geliebt?»

«Nein.»

«Haben Sie Ihre Frau geliebt?»

«Das dachte ich. Jetzt bin ich mir nicht mehr sicher.»

«Haben Sie überhaupt jemals einen Menschen geliebt?»

«Meinen Sohn.»

«Wie alt ist er?»

«Acht. Sie würden eine gute Journalistin abgeben.»

«Sie können es wirklich kaum ertragen, dass ich nichts Nützliches tue, nicht wahr?» Sie brach in lautes Gelächter aus.

«Ich glaube, an das Leben, das Sie führen, sind Sie verschwendet.»

«Ach ja? Und was soll ich Ihrer Meinung nach stattdessen tun?» Sie trat ein paar Schritte auf ihn zu. Er sah, wie das Mondlicht auf ihre blasse Haut schien, den blauen Schatten in ihrer Halsbeuge. Sie kam noch einen Schritt näher und senkte die Stimme, obwohl niemand in der Nähe war. «Was haben Sie noch zu mir gesagt, Anthony? *Versuchen Sie nicht, mir zu helfen.*»

«Warum sollte ich? Sie haben ja gesagt, dass Sie nicht unglücklich sind.» Ihm stockte der Atem. Sie war jetzt so nah, ihr Blick suchte den seinen. Er fühlte sich betrunken, seine Sinne schärften sich, als würde sich jeder Teil von ihr erbarmungslos in sein Bewusstsein einprägen. Er atmete ihren Duft ein, etwas Blumiges, Orientalisches.

«Ich glaube», sagte sie bedächtig, «dass Sie alles, was Sie heute Abend zu mir gesagt haben, auch zu jeder anderen Ihrer verheirateten Frauen sagen würden.»

«Da irren Sie sich», erwiderte er. Aber er wusste, dass sie recht hatte. Er musste an sich halten, um sich nicht auf diesen Mund zu stürzen und ihn unter dem seinen zu begraben. Er war noch nie im Leben erregter gewesen.

«Ich denke», sagte sie, «dass Sie und ich einander furchtbar unglücklich machen könnten.»

Und während sie es aussprach, schien etwas in ihm zu kippen, als wäre es besiegt. «Ich glaube», sagte er langsam, «dass mir das sehr gefallen würde.»

Ich bleibe in Griechenland und komme nicht nach London zurück, denn du jagst mir Angst ein, wenn auch auf eine gute Art und Weise.

Mann an Frau, per Postkarte

KAPITEL 6

Die Frauen klopften wieder. Sie konnte sie von ihrem Schlafzimmerfenster aus gerade noch sehen: Die eine dunkel, die andere mit unnatürlich rotem Haar, saßen sie an einem Fenster im Erdgeschoss des Hauses an der Ecke. Wenn ein Mann vorbeiging, pochten sie an die Scheibe und winkten und lächelten, wenn er unklug genug war aufzuschauen.

Sie brachten Laurence zur Weißglut. Anfang des Jahres war ein Urteil vom Obersten Gerichtshof ergangen, in dem der Richter solche Frauen verwarnt hatte. Laurence sagte, dass sie sich öffentlich anboten, so unauffällig es auch sein mochte, verderbe die Gegend. Er konnte nicht verstehen, warum niemand etwas dagegen unternahm, wenn sie doch gegen das Gesetz verstießen.

Jennifer hatte nichts gegen sie. In ihren Augen waren sie wie Gefangene hinter Glas. Einmal hatte sie ihnen sogar zugewinkt, aber die Frauen hatten sie nur verständnislos angeschaut, und sie hatte sich beeilt, weiterzugehen.

Davon abgesehen hatte ihr Alltag eine neue Routine angenommen. Sie stand mit Laurence zusammen auf, machte ihm Kaffee und Toast und holte die Zeitung, während er sich rasierte und anzog. Häufig war sie schon vor ihm auf den Beinen, kämmte und schminkte sich, damit sie, wenn sie im Morgenmantel in der Küche hantierte, einen ordentlichen und erfreulichen Anblick bot, falls er einmal von seiner Zeitung aufschaute, was selten vorkam. Es war leichter, den Tag zu beginnen, wenn er nicht gereizt seufzte.

Er erhob sich dann vom Tisch, ließ sich von ihr in den Mantel helfen, und für gewöhnlich klopfte sein Fahrer kurz nach acht diskret an die Haustür. Sie winkte ihm nach, bis der Wagen um die Ecke bog.

Etwa zehn Minuten später kam Mrs. Cordoza, und während die ältere Frau ihnen eine Kanne Tee machte und dabei vielleicht eine Bemerkung über die Kälte fallen ließ, ging sie die vorbereitete Liste mit allem durch, was an dem Tag zu tun war. An erster Stelle, noch vor den üblichen Aufgaben wie Staubsaugen, Staubwischen und Waschen stand häufig eine Näharbeit: ein Manschettenknopf hatte sich von Laurence' Hemd gelöst, oder Schuhe mussten geputzt werden. Vielleicht sollte Mrs. Cordoza auch den Wäscheschrank durchsehen und neu falten, was darin war, oder das Edelstahl-Kochgeschirr polieren, wozu sie dann am mit Zeitungspapier ausgelegten Küchentisch saß und nebenbei Radio hörte.

Jennifer nahm inzwischen ein Bad und zog sich an. Möglicherweise schaute sie nebenan bei Yvonne auf einen Kaffee vorbei, führte ihre Mutter zu einem leichten Lunch aus oder rief sich ein Taxi, mit dem sie in die Innenstadt fuhr, um ein paar Weihnachtseinkäufe zu erledigen.

Sie sorgte dafür, dass sie immer am frühen Nachmittag wieder zu Hause war. Für Mrs. Cordoza hatte sie dann meist einen besonderen Auftrag: eine Fahrt mit dem Bus, um Vorhangstoff zu kaufen; die Suche nach einer seltenen Sorte Fisch, die Laurence sich gewünscht hatte. Einmal gab sie der Haushälterin einen Nachmittag frei. Auf diese Weise verschaffte sie sich selbst eine oder zwei Stunden allein im Haus, Zeit, um nach weiteren Briefen zu suchen.

In den beiden Wochen, die vergangen waren, seit Jennifer den ersten gefunden hatte, war sie auf zwei andere gestoßen. Auch diese waren an ein Postfach geschickt worden, aber offensichtlich für sie bestimmt. Dieselbe Handschrift, dieselbe leidenschaftliche, ehrliche Ausdrucksweise. Die Worte lösten tief in ihrem Innern ein Echo aus. Die geschilderten Ereignisse, an die sie sich zwar nicht erinnern konnte, hatten doch einen Nachklang wie die Vibrationen einer großen Glocke, die schon längst zu läuten aufgehört hat.

Alle Briefe waren nur mit «B» unterschrieben. Jennifer hatte sie immer wieder gelesen, bis sich die Wörter in ihre Seele geprägt hatten.

Liebste,

es ist vier Uhr morgens. Ich kann nicht schlafen, da ich weiß, dass er heute Abend zu dir zurückkommt. Es macht mich wahnsinnig, aber ich liege hier und stelle mir vor, wie er bei dir ist. Er hat das Recht, dich zu berühren, dich in den Armen zu halten, und ich würde alles dafür tun, an seiner Stelle zu sein.

Du warst so wütend auf mich, als du mich im Alberto's beim Trinken erwischt hast. Du hast es als Schwäche bezeichnet, und ich fürchte, meine Antwort war unverzeihlich. Männer verletzen sich selbst, wenn sie um sich schlagen, und so grausam und dumm meine Worte gewesen sind, ich glaube, du weißt, dass deine Worte mich mehr getroffen haben. Felipe hat mir danach gesagt, ich sei ein Narr, und er hatte recht.

Ich schreibe dir das, weil du wissen sollst, dass ich mich bessern werde. Ha! Ich kann kaum glauben, dass ich ein solches Klischee von mir gebe. Aber es stimmt. Du weckst in mir den Wunsch, ein besserer Mensch zu werden. Stundenlang habe ich hier gesessen und die Whiskyflasche angestarrt, und dann, vor knapp fünf Minuten, bin ich schließlich aufgestanden und habe das ganze verdammte Zeug in den Ausguss geschüttet. Ich werde mich bessern für dich, Liebling. Ich will ein gutes Leben führen und wünsche mir, dass du stolz auf mich bist. Wenn uns nur Stunden, Minuten zusammen erlaubt sind, möchte ich jede einzelne glasklar im Gedächtnis behalten, damit ich mich in Augenblicken wie diesem, wenn meine Seele sich schwarz anfühlt, daran erinnern kann.

Nimm ihn zu dir, wenn es sein muss, meine Liebste, aber liebe ihn nicht. Bitte, liebe ihn nicht.

Dein selbstsüchtiger

B

Ihre Augen hatten sich bei diesen letzten Zeilen mit Tränen gefüllt. *Liebe ihn nicht. Bitte, liebe ihn nicht.* Alles war ihr jetzt ein wenig klarer geworden: Sie hatte sich nicht erklären können, warum sie zwischen sich und Laurence eine solche Distanz spürte. Es lag daran, dass sie sich in einen anderen verliebt hatte. Die Briefe waren leidenschaftlich: Dieser Mann hatte sich ihr in einer Weise geöffnet, wie Laurence es niemals könnte. Wenn sie seine Nachrichten las, kribbelte ihre Haut, ihr Herz raste. *Sie erkannte diese Worte.* Trotzdem klafften große Lücken zwischen ihnen.

Fragen über Fragen schwirrten ihr durch den Kopf. Hatte die Affäre längere Zeit bestanden? Oder erst seit kurzem? Hatte sie mit diesem Mann geschlafen? Fühlte sich der körperliche Kontakt mit ihrem Mann deshalb so falsch an?

Und die größte Frage von allen: Wer war dieser Liebhaber?

Sie hatte die drei Briefe akribisch durchgesehen und nach Hinweisen gesucht. Ihr fiel niemand in ihrem Bekanntenkreis ein, dessen Name mit B anfing, bis auf Bill, und der Buchhalter ihres Mannes, Bernard. Aber sie wusste ohne den leisesten

Zweifel, dass sie sich in ihn niemals verliebt hätte. Hatte B sie im Krankenhaus besucht, an den Tagen, als sie nicht bei Bewusstsein war, als sie alles nur verschwommen wahrgenommen hatte? Beobachtete er sie nun von ferne? Wartete er darauf, dass sie Kontakt mit ihm aufnahm? Er existierte irgendwo. Er hatte die Lösung für alles.

Tag für Tag versuchte sie, sich den Weg zu ihrem früheren Selbst vorzustellen: zu dieser Frau voller Geheimnisse. Wo würde die Jennifer von früher Briefe verstecken? Wo waren die Hinweise auf ihre andere, geheime Existenz? Zwei Briefe hatte sie in Büchern gefunden, ein weiterer war sorgfältig in einen zusammengelegten Strumpf gefaltet. Alle waren an Stellen versteckt, an denen ihr Mann niemals suchen würde. Ich war klug, dachte sie. Und dann der etwas unangenehmere Gedanke: Ich habe ein doppeltes Spiel gespielt.

«Mutter», fragte sie, als sie einmal um die Mittagszeit bei einem Sandwich in der obersten Etage von John Lewis saßen, «wer war am Steuer, als ich meinen Unfall hatte?»

Ihre Mutter hatte sie mit einem scharfen Blick bedacht. Das Restaurant war voller Gäste, die mit Einkaufstüten und schweren Mänteln beladen waren, der Speiseraum erfüllt von Stimmengewirr und Geschirrklappern.

Sie schaute sich um, bevor sie sich wieder an Jennifer wandte, als wäre die Frage beinahe subversiv. «Liebes, müssen wir das wirklich noch einmal durchgehen?»

Jennifer nippte an ihrem Tee. «Ich weiß so wenig darüber, was passiert ist. Es würde mir helfen, wenn ich die Puzzleteile zusammenfügen könnte.»

«Du bist beinahe ums Leben gekommen. Daran will ich wirklich nicht denken.»

«Aber was ist passiert? Bin ich gefahren?»

Ihre Mutter schaute auf ihren Teller. «Ich weiß es nicht mehr.»

«Und wenn ich es nicht war, was ist mit dem Fahrer passiert? Wenn ich verletzt wurde, dann muss ihm auch etwas zugestoßen sein.»

«Das weiß ich nicht. Wie auch? Ich vermute, der Fahrer war nicht schwer verletzt. Wenn er behandelt werden musste, bin ich sicher, dass Laurence es bezahlt hat.»

Jennifer dachte an den Fahrer, der sie vom Krankenhaus abgeholt hatte: ein erschöpft wirkender Mann Mitte sechzig mit gestutztem Schnurrbart und schütterem Haar. Er hatte nicht so ausgesehen, als habe er ein großes Trauma erlitten – oder als hätte er ihr Geliebter sein können.

Ihre Mutter schob die Reste ihres Sandwichs beiseite. «Warum fragst du nicht Laurence?»

«Das werde ich.» Aber sie wusste, sie würde es nicht tun. «Er will nicht, dass ich zu viel darüber nachdenke.»

«Tja, ich bin mir sicher, da hat er recht, Liebes. Vielleicht solltest du dich an seinen Rat halten.»

«Weißt du, wohin ich gefahren bin?»

Die ältere Frau war nervös, ein wenig gereizt wegen dieser Befragung. «Ich habe keine Ahnung. Wahrscheinlich einkaufen. Hör zu, es ist irgendwo in der Nähe der Marylebone Road passiert. Ich glaube, du bist mit einem Bus zusammengestoßen. Oder ein Bus hat dich angefahren. Das war alles so schrecklich, Jenny, Liebes, wir konnten nur daran denken, dass es dir wieder besser gehen sollte.» Ihre Lippen wurden schmal, ein Zeichen für Jennifer, dass die Unterhaltung beendet war.

Am anderen Ende des Raumes schaute eine in einen dunkelgrünen Mantel gehüllte Frau einem Mann in die Augen, der mit einem Finger über ihr Gesicht strich. Noch während Jennifer hinsah, nahm die Frau seine Fingerspitze zwischen die Lippen.

Die beiläufige Vertrautheit dieser Geste durchfuhr sie wie ein Stromschlag. Niemand sonst schien das Paar bemerkt zu haben.

Mrs. Verrinder tupfte sich mit einer Serviette über den Mund. «Was spielt es schon für eine Rolle, Liebes? Autounfälle passieren nun mal. Je mehr Autos es gibt, umso gefährlicher ist es. Ich glaube, nicht einmal die Hälfte der Leute auf den Straßen kann fahren. Nicht so, wie dein Vater es konnte. Er war ein vorsichtiger Fahrer.»

Jennifer hörte nicht zu.

«Wie auch immer, du bist jetzt wieder gesund, oder?»

«Mir geht es gut.» Jennifer schenkte ihrer Mutter ein strahlendes Lächeln. «Alles in Ordnung.»

Wenn sie jetzt abends mit Laurence ausging, zum Essen oder auf einen Drink, ertappte sie sich dabei, dass sie ihren Freundes- und Bekanntenkreis mit neuen Augen betrachtete. Wenn ein Mann sie ungebührlich lange in Augenschein nahm, war sie nicht imstande, ihren Blick abzuwenden. War *er* es? Hatte seine freundliche Begrüßung eine Bedeutung? War das ein wissendes Lächeln?

Drei Männer kamen in Frage, wenn man die Möglichkeit berücksichtigte, dass B nur ein Spitzname war. Zum einen Jack Amory, der Geschäftsführer einer Firma für Autoteile, der ledig war und ihr stets demonstrativ die Hand küsste, wenn sie sich trafen. Allerdings zwinkerte er dabei immer Laurence zu, und sie war sich nicht sicher, ob er sich mit ihnen beiden nur einen Spaß erlaubte.

Zum anderen war da Reggie Carpenter, Yvonnes Cousin, der manchmal ihre Tischrunde ergänzte. Er war dunkelhaarig, mit müden, aber humorvollen Augen und jünger, als sie sich ihren Briefschreiber vorstellte, aber er war charmant und witzig und sorgte stets dafür, dass er neben ihr saß, wenn Laurence nicht anwesend war.

Schließlich war da noch Bill, natürlich. Bill, der Witze erzählte, als buhlte er damit nur um ihre Anerkennung, der lachend verkündete, dass er sie anhimmelte, selbst wenn Violet dabei war. Er hegte auf jeden Fall Gefühle für sie. Aber konnte es sein, dass sie einmal etwas für ihn empfunden hatte?

Sie begann, mehr auf ihr äußeres Erscheinungsbild zu achten. Sie ging regelmäßig zum Friseur, kaufte neue Kleider und wurde mitteilsamer, «mehr die Alte», wie Yvonne zufrieden bemerkte. In den Wochen nach dem Unfall hatte sie sich stets hinter ihren Freundinnen versteckt, doch jetzt stellte sie Fragen, höflich, aber bestimmt, auf der Suche nach einem Hinweis. Hin und wieder streute sie Andeutungen in die Gespräche ein, erkundigte sich, ob jemand einen Whisky haben wollte, und suchte dann die Gesichter der Männer nach einem Funken des Wiedererkennens ab. Doch Laurence war immer in ihrer Nähe, und sie vermutete, dass, selbst wenn einer von ihnen ihre Andeutungen verstand, er nicht darauf reagieren konnte.

Falls ihrem Mann die besondere Intensität ihrer Unterhaltungen mit den Freunden aufgefallen war, sprach er es nicht an. Er kommentierte nur wenig. Seit dem Abend, als sie sich gestritten hatten, war er ihr körperlich nicht mehr nahegekommen. Er war höflich, aber distanziert. Er saß abends lange in seinem Arbeitszimmer und war oft schon aufgestanden und aus dem Haus, wenn sie morgens aufwachte. Ein paarmal ging sie am Gästezimmer vorbei und sah das zerdrückte Bettzeug, was darauf hindeutete, dass er wieder eine Nacht allein verbracht hatte; ein stummer Vorwurf. Sie wusste, dass es ihr damit eigentlich schlechter gehen sollte, doch sie wünschte sich immer mehr die Freiheit, sich in ihre eigene Parallelwelt zurückzuziehen, in der sie ihre rätselhafte, leidenschaftliche Liebesgeschichte zurückverfolgte, sich selbst durch die Augen des Mannes sehen konnte, der sie angebetet hatte.

B war noch irgendwo da draußen, sagte sie sich. Er wartete.

«Die sind zu unterschreiben, und auf dem Aktenschrank liegen mehrere Geschenke, die heute Morgen eingetroffen sind. Von Citroën ist eine Kiste Champagner gekommen, ein Spezialitätenkorb von den Zementleuten in Peterborough und eine Schachtel Pralinen von Ihren Steuerberatern. Ich weiß, Sie mögen keine Süßigkeiten, daher habe ich mich gefragt, ob ich sie vielleicht im Büro herumreichen soll. Elsie Machzynski hat eine besondere Schwäche für Schokolade.»

Er schaute kaum auf. «Machen Sie das.» Moira erkannte, dass Mr. Stirlings Gedanken weit von Weihnachtsgeschenken entfernt waren.

«Und ich hoffe, es macht Ihnen nichts aus, aber ich habe mir die Freiheit genommen, die Weihnachtsfeier zu organisieren. Sie haben ja entschieden, dass wir sie lieber hier als in einem Restaurant abhalten sollen, jetzt, da die Firma so viel größer ist, daher habe ich einen Partyservice beauftragt, ein kleines Buffet aufzubauen.»

«Gut. Wann soll die Feier stattfinden?»

«Am 23. nach Feierabend. Das ist der Freitag, bevor wir schließen.»

«Ja.»

Warum wirkte er nur so geistesabwesend? So unglücklich? Das Geschäft lief so gut wie nie. Ihre Produkte waren gefragt. Trotz der von den Zeitungen angekündigten Kreditkrise hatte *Acme Mineral and Mining* eine der gesündesten Bilanzen im ganzen Land vorzuweisen. Es waren keine beunruhigenden Briefe mehr eingetroffen, und die vom letzten Monat ruhten in ihrer obersten Schublade, ihr Chef hatte sie noch nicht zu Gesicht bekommen.

«Ich dachte auch, Sie würden vielleicht gern –»

Plötzlich blickte er auf, als er draußen ein Geräusch vernahm, und Moira drehte sich verblüfft in die Richtung, in die er schaute. Da war sie, kam durch das Büro, ihre Haare makellos gewellt, einen kleinen roten Pillbox-Hut auf dem Kopf, im Farbton genau passend zu den Schuhen. Was machte sie hier? Sie schaute sich um, als suchte sie jemanden, und dann trat Mr. Stevens aus der Buchhaltung zu ihr und begrüßte sie. Sie plauderten kurz miteinander, bevor sie den Blick hoben und durch das Büro zu ihr und Mr. Stirling sahen. Mrs. Stirling hob grüßend eine Hand.

Moira tastete unwillkürlich nach ihrer Frisur. Manchen Frauen gelang es, immer so auszusehen, als wären sie einer Modezeitschrift entstiegen, und Jennifer Stirling gehörte dazu. Moira machte es nichts aus: Sie hatte es immer vorgezogen, ihre Energie auf die Arbeit, auf substanziellere Leistungen zu konzentrieren. Aber wenn diese Frau ins Büro kam, die Haut glühend von der Kälte draußen, glitzernde Diamantstecker in den Ohren, dann fiel es schwer, sich im Vergleich zu ihr nicht ein bisschen fade vorzukommen. Sie war wie ein perfekt eingepacktes Weihnachtspaket, eine schillernde Christbaumkugel.

«Mrs. Stirling», sagte Moira höflich.

«Hallo», erwiderte sie.

«Was für eine schöne Überraschung.» Mr. Stirling stand auf, um sie zu begrüßen, ziemlich unbeholfen, aber insgeheim vermutlich erfreut. Wie ein unbeliebter Schüler, dem es gelungen war, die Aufmerksamkeit der Schulschönheit auf sich zu ziehen.

«Soll ich gehen?» Moira, die zwischen ihnen stand, war verlegen. «Ich habe noch Akten abzulegen …»

«Oh, wegen mir nicht. Ich bleibe nicht lange.» Sie wandte sich wieder an ihren Mann. «Ich kam gerade vorbei und wollte mich nur erkundigen, ob es bei dir heute Abend spät wird. Wenn ja, schaue ich noch bei den Harrisons vorbei. Sie machen Glühwein.»

«Ich … Ja, tu das. Ich kann dich ja dort treffen, wenn ich früher Schluss mache.»

«Das wäre schön», sagte sie. Sie verströmte einen Hauch Nina Ricci. Moira hatte das Parfüm in der Woche zuvor bei D.H. Evans ausprobiert, hatte es jedoch etwas zu teuer gefunden. Jetzt bereute sie, es nicht gekauft zu haben.

«Ich werde versuchen, nicht zu spät zu kommen.»

Mrs. Stirling schien es nicht eilig zu haben. Sie stand vor ihrem Mann, interessierte sich aber offenbar mehr dafür, das Büro und die Männer an ihren Schreibtischen zu betrachten. Sie ließ ihren Blick konzentriert über alles wandern. Als hätte sie es nie zuvor gesehen.

«Es ist eine Weile her, dass du hier warst», bemerkte er.

«Ja», erwiderte sie. «Kann schon sein.»

Ein kurzes Schweigen trat ein.

«Oh», sagte sie unvermittelt. «Wie heißen deine Fahrer?»

Er runzelte die Stirn. «Meine Fahrer?»

Sie zuckte leicht mit den Schultern. «Ich dachte, vielleicht möchtest du, dass ich jedem eine Kleinigkeit zu Weihnachten besorge.»

Er war offensichtlich verblüfft. «Weihnachtsgeschenke? Nun, Eric ist am längsten bei mir. Normalerweise kaufe ich ihm eine Flasche Whisky. Schon seit zwanzig Jahren, glaube ich. Simon springt hin und wieder ein. Er ist abstinent, daher stecke ich etwas mehr in seine letzte Lohntüte. Darum musst *du* dir keine Sorgen machen.»

Mrs. Stirling schien eigenartig enttäuscht. «Na ja, ich würde gern helfen. Ich kaufe den Whisky», sagte sie schließlich und drückte ihre Handtasche an sich.

«Das ist sehr … aufmerksam von dir», sagte er.

Sie ließ ihren Blick durch das Büro schweifen und schaute ihn dann wieder an. «Wie auch immer, ich kann mir vorstellen, dass du schrecklich viel zu tun hast. Wie gesagt, ich dachte, ich komme mal vorbei. Schön, Sie zu sehen … äh …» Ihr Lächeln geriet ins Wanken.

Moira fühlte sich von der gedankenlosen Missachtung der Frau getroffen. Wie oft waren sie sich in den vergangenen fünf Jahren begegnet? Und sie schaffte es noch nicht einmal, sich an ihren Namen zu erinnern.

«Moira», half Mr. Stirling aus, als das Schweigen unangenehm wurde.

«Ja. Moira. Natürlich. Schön, Sie wiederzusehen.»

«Ich bin gleich wieder da.» Mr. Stirling dirigierte seine Frau zur Tür. Moira sah zu, wie sie ein paar Worte wechselten, und dann war sie fort, nachdem sie noch einmal kurz mit der behandschuhten Hand gewinkt hatte.

Die Sekretärin holte tief Luft und versuchte, es ihr nicht übel zu nehmen. Mr. Stirling stand reglos da, als seine Frau das Gebäude verließ.

Noch bevor sie sich bewusst wurde, was sie tat, verließ Moira das Büro und eilte an ihren Schreibtisch. Sie zog einen Schlüssel aus ihrer Tasche und öffnete die abgeschlossene Schublade, wühlte sich durch verschiedene Briefe, bis sie gefunden hatte, was sie suchte. Sie war noch vor Mr. Stirling wieder in seinem Büro.

Er machte die Tür hinter sich zu, warf einen Blick durch die Glaswand, als rechnete er damit, dass seine Frau zurückkam. Er wirkte weicher, etwas entspannter. «Also», sagte er und setzte sich, «Sie haben die Weihnachtsfeier erwähnt. Sie haben etwas geplant.» Ein kleines Lächeln umspielte seine Lippen.

Moira fiel das Atmen schwer. Sie musste schlucken, bevor sie normal sprechen konnte. «Eigentlich, Mr. Stirling, ist da noch etwas anderes.»

Er hatte einen Brief herausgezogen, den er unterschreiben wollte. «Ach so. Worum geht's?»

«Das hier ist vor zwei Tagen gekommen.» Sie reichte ihm den handbeschriebenen Briefumschlag. «In das Postfach, das Sie erwähnten.» Als er nichts sagte, fügte sie hinzu: «Ich habe es im Auge behalten, wie Sie es wünschten.»

Er starrte auf den Brief, dann schaute er zu ihr auf, und die Farbe wich so rasch aus seinem Gesicht, dass sie schon dachte, er würde ohnmächtig. «Sind Sie sicher? Das kann nicht stimmen.»

«Aber –»

«Sie müssen die falsche Nummer haben.»

«Ich kann Ihnen versichern, dass ich das richtige Postfach hatte, Nummer dreizehn. Ich habe Mrs. Stirlings Namen benutzt, so wie Sie es … vorgeschlagen hatten.»

Er riss den Brief auf, beugte sich über den Schreibtisch und las die wenigen Zeilen. Sie blieb auf der anderen Seite stehen, um nicht neugierig zu erscheinen. Die Atmosphäre im Raum hatte sich aufgeladen. Sie fürchtete sich bereits vor dem, was sie getan hatte.

Als er aufblickte, schien er um Jahre gealtert zu sein. Er räusperte sich, zerknüllte das Blatt mit einer Hand und warf es mit Nachdruck in den Papierkorb unter seinem Schreibtisch. Seine Miene war finster. «Der muss auf dem Postweg verloren gegangen sein. Niemand darf etwas davon erfahren. Haben Sie verstanden?»

Sie trat einen Schritt zurück. «Ja, Mr. Stirling, natürlich.»

«Kündigen Sie das Postfach.»

«Jetzt gleich? Ich muss noch den Revisionsbericht –»

«Heute Nachmittag. Tun Sie, was immer Sie tun müssen. Aber kündigen Sie es. Haben Sie verstanden?»

«Ja, Mr. Stirling.» Sie klemmte sich ihren Aktenordner unter den Arm und verließ sein Büro. Dann nahm sie ihre Handtasche und den Mantel, um zur Post zu gehen.

Jennifer hatte vorgehabt, nach Hause zu fahren. Sie war erschöpft, der Ausflug ins Büro war erfolglos gewesen, und es hatte angefangen zu regnen. Fußgänger liefen über den Bürgersteig, die Mantelkragen hochgeschlagen, die Köpfe gesenkt. Doch als sie auf den Stufen vor dem Bürogebäude ihres Mannes gestanden hatte, war ihr klar geworden, dass sie nicht in das stille Haus zurückkehren konnte.

Sie rief ein Taxi, winkte, bis sie das gelbe Licht auf sich zukommen sah. Sie stieg ein und klopfte die Regentropfen von ihrem roten Mantel. «Kennen Sie ein Lokal namens Alberto's?», fragte sie, als der Fahrer sich zur Trennscheibe beugte.

«In welchem Teil Londons ist es denn?»

«Tut mir leid, ich habe keine Ahnung. Ich hatte gehofft, Sie wüssten es.»

«In Mayfair gibt es einen Club Alberto's. Dorthin kann ich Sie fahren, aber ich bin nicht sicher, ob die geöffnet haben.»

«Gut», sagte sie und lehnte sich in ihrem Sitz zurück.

Sie brauchten nur eine Viertelstunde bis dorthin. Das Taxi fuhr vor, und der Fahrer zeigte auf die andere Straßenseite. «Das ist das einzige Alberto's, das ich kenne», sagte er. «Bin mir nicht sicher, ob es Ihre Kragenweite ist, Ma'am.»

Sie wischte mit dem Ärmel über das Fenster und spähte hinaus. Eisengeländer umgaben einen Kellereingang, die unteren Treppenstufen waren nicht zu sehen. Ein mitgenommenes

Schild trug den Namen, und zwei heruntergekommene Eiben in Töpfen standen zu beiden Seiten der Tür. «Das ist es?»

«Meinen Sie, es ist das Richtige?»

Sie brachte ein Lächeln zustande. «Na ja, das werde ich gleich feststellen.»

Sie zahlte und blieb dann allein im Nieselregen auf dem Bürgersteig zurück. Die Tür des Lokals stand halb offen, gehalten von einem Mülleimer. Als sie hineinging, nahm sie den Geruch von Alkohol, abgestandenem Zigarettenrauch, Schweiß und Parfüm wahr. Sie wartete, bis sich ihre Augen an die schwache Beleuchtung gewöhnt hatten. Die Garderobe war leer und unbesetzt, eine Bierflasche und ein Schlüsselbund lagen auf dem dazugehörigen Tresen. Sie ging durch den schmalen Flur und schob eine Flügeltür auf. Dahinter befand sich ein großer, leerer Raum, Stühle waren vor einer kleinen Bühne auf runde Tische gestellt. Eine alte Frau zerrte dazwischen einen Staubsauger hin und her und murmelte gelegentlich vor sich hin, offensichtlich missbilligend. Die Bar nahm die Länge einer ganzen Wand ein. Hinter dem Tresen stand rauchend eine Frau und sprach mit einem Mann, der die beleuchteten Regale mit Flaschen füllte. «Moment», sagte die Frau, als sie Jennifer erblickte. «Kann ich Ihnen helfen?»

Jennifer spürte den Blick der Frau auf sich. Er war nicht unbedingt freundlich. «Haben Sie geöffnet?»

«Sieht es so aus?»

Sie hielt ihre Tasche an den Bauch gedrückt, plötzlich unsicher. «Verzeihung. Dann komme ich ein andermal wieder.»

«Zu wem wollen Sie denn, Lady?», fragte der Mann und richtete sich auf. Er hatte dunkles, nach hinten gekämmtes Haar und bleiche, aufgedunsene Haut, die von zu viel Alkohol und zu wenig frischer Luft zeugte.

Sie schaute ihn durchdringend an und versuchte herauszufinden, ob das, was sie spürte, ein Funke des Wiedererkennens war. «Haben Sie … Haben Sie mich schon einmal hier gesehen?», fragte sie.

Er wirkte leicht amüsiert. «Nicht, wenn Sie es nicht wollen.»

Die Frau legte den Kopf schief. «Wir haben hier ein sehr schlechtes Gedächtnis für Gesichter.»

Jennifer ging ein paar Schritte auf die Bar zu. «Kennen Sie jemanden, der Felipe heißt?»

«Wer sind Sie?», wollte die Frau wissen.

«Ich … das spielt keine Rolle.»

«Warum wollen Sie zu Felipe?» Ihre Mienen waren hart geworden.

«Wir haben einen gemeinsamen Freund», erklärte sie.

«Dann sollte Ihr Freund Ihnen gesagt haben, dass es schwer werden dürfte, Felipe aufzutreiben.»

Sie biss sich auf die Lippe und fragte sich, wie viel sie erzählen durfte. «Ich habe nicht sehr oft mit ihm –»

«Er ist tot, Lady.»

«Wie bitte?»

«Felipe. Er ist tot. Das Lokal hat eine neue Geschäftsführung. Wir haben hier unten schon alle möglichen Leute gehabt, die behaupteten, er schulde ihnen dies und das, und ich kann Ihnen gleich sagen, dass Sie von mir nichts kriegen werden.»

«Ich bin nicht hier, um –»

«Wenn Sie mir nicht Felipes Unterschrift auf einem Schuldschein zeigen können, dann bekommen Sie gar nichts.» Jetzt nahm die Frau ihre Kleidung, ihren Schmuck genau in Augenschein und grinste, als hätte sie gerade herausgefunden, warum Jennifer hier war. «Seine Familie, also auch seine *Frau*, bekommt, was von seinem Vermögen übrig ist», sagte sie böse.

«Ich hatte nichts mit Mr. Felipe persönlich zu tun. Mein herzliches Beileid», sagte Jennifer steif. So schnell sie konnte, verließ sie den Club und stieg die Treppe hinauf ins graue Tageslicht.

Moira kramte in den Schachteln mit der Dekoration, bis sie gefunden hatte, was sie suchte. Jede Bürotür verzierte sie mit Weihnachtsschmuck. Fast eine halbe Stunde saß sie an ihrem Schreibtisch und steckte die Papiergirlanden wieder zusammen, die im Laufe des Jahres auseinandergefallen waren, und befestigte sie dann über den Schreibtischen. An die Wand pinnte sie ein paar Schnüre, an die Grußkarten von Geschäftspartnern gehängt wurden. Über den Deckenlampen drapierte sie schimmernde Folienstreifen und sorgte dafür, dass sie nicht so nah an die Glühbirnen kamen, dass sie ein Brandrisiko darstellten.

Der Himmel draußen war dunkel geworden, die Straßenlaternen gingen an. Allmählich verließen die Beschäftigten von *Acme Mineral and Mining* das Gebäude, ungefähr in derselben Reihenfolge wie immer: Phyllis und Elsie, die Schreibdamen, gingen stets als Erste um Punkt fünf Uhr, obwohl sie diesen Sinn für rigorose Pünktlichkeit nicht an den Tag legten, wenn es um den Arbeitsantritt ging. Dann folgte David Moreton aus der Buchhaltung, und kurz darauf Stevens, der sich in der Kneipe an der Ecke noch mit ein paar Whiskys stärken würde, bevor er sich auf den Heimweg machte. Der Rest ging in kleinen Gruppen, man hüllte sich in Schals und Mäntel, die Männer nahmen ihre Sachen von den Garderobenständern in der Ecke, ein paar winkten Moira zum Abschied, wenn sie an Mr. Stirlings Büro vorbeikamen. Felicity Harewood, zuständig für die Lohnbuchhaltung, wohnte nur eine Haltestelle von Moira entfernt in Streatham, hatte aber noch nie vorgeschlagen, sie sollten mit demselben Bus fahren. Als Felicity im Mai ihre Stelle angetreten hatte, dachte Moira noch, dass es nett wäre, auf dem Heimweg mit jemandem plaudern und Rezepte austauschen zu können. Doch Felicity ging jeden Abend, ohne sich auch nur einmal umzudrehen. Bei der einzigen Gelegenheit, als Moira und sie einmal im selben Bus saßen, hatte sie ihre Nase auf der ganzen Strecke in einen Roman gesteckt, obwohl sie genau wusste, dass Moira nur zwei Reihen hinter ihr saß.

Mr. Stirling ging um Viertel vor sieben. Er war am Nachmittag größtenteils zerstreut und ungeduldig gewesen, hatte den Fabrikdirektor angerufen, um ihn wegen der vielen Krankmeldungen anzufahren, und eine Besprechung abgesagt, die er für vier Uhr angesetzt hatte. Als sie von der Post zurückgekommen war, hatte er sie angeschaut, als wollte er sich vergewissern, ob sie seinem Wunsch entsprochen hatte, und sich dann wieder seiner Arbeit gewidmet.

Moira zog die beiden freien Tische an den Rand des Raumes. Sie breitete festliche Tischtücher darüber und befestigte etwas Lametta an den Ecken. In zehn Tagen würde hier das Buffet aufgebaut werden; bis dahin konnte man darauf die Geschenke der Geschäftspartner lagern und den Platz für den Weihnachtsbriefkasten nutzen, über den sich die Belegschaft gegenseitig Festtagsgrüße schicken sollte.

Gegen acht Uhr hatte Moira es geschafft. Sie betrachtete das leere Büro, das dank ihrer Arbeit festlich glitzerte, strich sich den Rock glatt und stellte sich vor, wie erfreut alle am nächsten Morgen sein würden.

Sie wurde nicht dafür bezahlt, aber die kleinen Gesten, die Extras, waren ausschlaggebend. Die anderen Sekretärinnen begriffen einfach nicht, dass die Aufgabe einer persönlichen Assistentin nicht nur darin bestand, die Korrespondenz zu erledigen und dafür zu sorgen, dass die Aktenablage in Ordnung war. Ihre Rolle war viel umfangreicher. Man musste nicht nur dafür sorgen, dass im Büro alles glattlief, sondern auch dafür, dass die Menschen darin sich wie … na ja, wie eine Familie fühlten. Ein

Weihnachtsbriefkasten und ein bisschen Dekoration machten ein Büro zu einem Ort, an den man gern kam.

Der kleine Weihnachtsbaum sah hübsch aus in der Ecke, in die sie ihn gestellt hatte. Was für einen Sinn hätte er zu Hause gehabt, jetzt, da außer ihr niemand mehr da war, um ihn anzuschauen? Hier konnten sich viele Menschen daran erfreuen. Und falls jemand zufällig eine Bemerkung über den sehr hübschen Engel auf der Spitze machte oder über die schönen Kugeln mit den Eiskristallen, würde sie vielleicht beiläufig erzählen – so als hätte sie sich gerade erst wieder daran erinnert –, dass es die Lieblingskugeln ihrer Mutter gewesen waren.

Moira zog ihren Mantel an. Sie sammelte ihre Habseligkeiten ein, band sich ihren Schal um und legte Füllhalter und Bleistift ordentlich auf den Schreibtisch, bereit für den nächsten Morgen. Sie ging zu Mr. Stirlings Büro, um abzuschließen, die Schlüssel schon in der Hand, aber dann, nach einem kurzen Blick zur Tür, schlüpfte sie rasch in den Raum und griff in den Papierkorb unter seinem Schreibtisch.

Sie brauchte nicht lange, um den zerknüllten handgeschriebenen Brief zu finden. Ohne zu zögern nahm sie ihn an sich, und nachdem sie ein weiteres Mal durch die Glasscheibe geschaut hatte, um sicherzugehen, dass sie noch allein war, glättete sie das Papier und begann zu lesen.

Sie stand ganz still.

Dann las sie ihn noch einmal.

Draußen schlug es acht. Aufgeschreckt von dem Klang der Glocke verließ Moira das Büro von Mr. Stirling, stellte seinen Papierkorb für die Putzfrauen nach draußen und schloss die Tür ab. Den Brief legte sie zuunterst in ihre Schreibtischschublade, verschloss sie und ließ den Schlüssel in ihre Tasche gleiten.

Ausnahmsweise schien die Busfahrt nach Streatham wie im Flug zu vergehen. Moira Parker hatte über vieles nachzudenken.

Ich weiß zu schätzen, was du gesagt hast. Aber ich hoffe, wenn du diesen Brief liest, erkennst du den Großmut (sic) meiner Reue und meines Kummers darüber, wie ich dich behandelt habe, und über den Weg, den ich gewählt habe … Meine Beziehung mit M ist dem Untergang geweiht, war es von Anfang an. Ich wünschte, es hätte keine drei Jahre gedauert, bis ich erkannt habe, dass das, was als Urlaubsromanze begann, genau das hätte bleiben sollen.

Mann an Frau, per Brief

KAPITEL 7

Sie trafen sich jeden Tag, saßen auf Sonnenterrassen von Cafés oder fuhren in Jennifers kleinem Daimler in die ausgedörrten Berge, um spontan irgendwo zu essen. Sie erzählte ihm, wie sie in Hampshire und Eaton Place aufgewachsen war, von den Ponys, dem Internat, der kleinen, bequemen Welt, in der ihr Leben bis zu ihrer Hochzeit stattgefunden hatte. Sie erzählte ihm, sie habe sich schon mit zwölf Jahren wie erstickt gefühlt und gewusst, dass sie einen größeren Rahmen brauchte, und niemals hätte sie vermutet, dass die Welt an der Riviera ebenso beengend und überwacht war wie die, die sie zurückgelassen hatte.

Sie erzählte ihm von einem Jungen im Ort, in den sie sich mit fünfzehn verliebt hatte, und dass ihr Vater sie mit seinem Gürtel verprügelt hatte, als er davon erfuhr.

«Weil du verliebt warst?» Sie hatte ihm die Geschichte leichthin erzählt, und er versuchte zu verbergen, wie sehr sie ihn verstörte.

«Weil ich in den falschen Jungen verliebt war. Oh, ich glaube, ich war schwierig. Sie sagten, ich hätte die ganze Familie in Verruf gebracht. Ich hätte keine Moral, und wenn ich nicht aufpasste, würde mich kein anständiger Mann heiraten wollen.»

Sie lachte bitter. «Dass mein Vater über Jahre hinweg eine Geliebte hatte, war natürlich etwas ganz anderes.»

«Und dann kam Laurence.»

Sie lächelte ironisch. «Ja. Was hatte ich doch für ein Glück!»

Sie sprachen miteinander wie Menschen, die zufälligen Reisebekanntschaften ihre größten Geheimnisse verraten: Es herrschte eine Vertrautheit, die auf der unausgesprochenen Übereinkunft beruhte, dass sie sich später nicht wieder begegnen würden. Er erzählte ihr von seiner dreijährigen Tätigkeit als Afrikakorrespondent für die *Nation*, dass er sich zunächst über die Möglichkeit gefreut hatte, seiner gescheiterten Ehe zu entkommen, jedoch nicht darauf vorbereitet gewesen war, was es bedeutete, all die Grausamkeiten mit ansehen zu müssen: Der Schritt des Kongo in die Unabhängigkeit hatte für Tausende den Tod bedeutet. Er hatte Abend für Abend im Club für Auslandskorrespondenten in Léopoldville verbracht und sich mit Whisky oder, noch schlimmer, mit Palmwein betäubt, bis die Kombination aus dem Entsetzen über das, was er gesehen hatte, und dem Gelbfieber ihn beinahe erledigt hätte. «Ich hatte so etwas wie einen Zusammenbruch», sagte er in dem Versuch, ihren leichten Tonfall zu übernehmen, «obwohl natürlich niemand so unhöflich ist, das auszusprechen. Sie machen das Gelbfieber dafür verantwortlich und drängen mich, nicht wieder zurückzugehen.»

«Armer Boot.»

«Ja. Ich Ärmster. Besonders, weil das alles meiner Exfrau noch einen Grund mehr verschafft hat, mir den Kontakt zu meinem Sohn zu verbieten.»

«Und ich dachte schon, es sei diese Bagatelle mit den dauernden Seitensprüngen.» Sie legte eine Hand auf die seine. «Verzeih. Das war nur ein Scherz. Ich wollte das nicht ins Lächerliche ziehen.»

«Langweile ich dich?»

«Im Gegenteil. Ich bin nicht oft mit einem Mann zusammen, der wirklich mit mir sprechen will.»

In ihrer Gesellschaft trank er keinen Alkohol und vermisste es auch nicht. Die Herausforderung, die sie darstellte, war ein ausreichender Ersatz für Alkohol, und im Übrigen hatte er sich gern unter Kontrolle, wenn er mit ihr zusammen war. Während er seit seiner Rückkehr aus Afrika nur wenig gesprochen hatte – aus Angst davor, zu viel von sich preiszugeben, Schwäche zu zeigen –, stellte er nun fest, dass er reden wollte. Ihm gefiel, wie sie ihn dabei beobachtete, als könnte nichts von dem, was er sagte, ihre grundlegende Meinung über ihn verändern, als würde nichts von dem, was er gestand, später als Beweis gegen ihn verwendet werden.

«Was passiert mit ehemaligen Kriegskorrespondenten, wenn sie die Probleme leid sind?», fragte sie.

«Sie werden in den Ruhestand geschickt, sitzen in dunklen Ecken der Redaktion und langweilen alle mit Erzählungen über ihre ruhmreichen Tage», sagte er. «Oder sie bleiben draußen im Feld, bis sie getötet werden.»

«Und zu welcher Kategorie gehörst du?»

«Das weiß ich nicht.» Er schaute zu ihr auf. «Ich bin die Probleme noch nicht leid.»

Er gab sich dem sanften Rhythmus der Riviera hin: die ausgedehnten Mittagessen, die viele Zeit an der frischen Luft, das endlose Plaudern mit Menschen, die man kaum kannte. Er hatte sich angewöhnt, am frühen Morgen lange Spaziergänge zu unternehmen, nachdem er die Nacht über wie ein Stein geschlafen hatte, genoss die Seeluft, die Freundlichkeit von Menschen, die weder verkatert noch unausgeschlafen waren. Er war so entspannt wie schon seit vielen Jahren nicht mehr. Er wies die Telegramme von Don zurück, der mit ernsthaften

Konsequenzen drohte, falls er nicht bald etwas Brauchbares einreichen würde.

«Hat dir das Porträt nicht gefallen?», hatte er gefragt.

«Doch, aber es wurde im Wirtschaftsteil vom letzten Dienstag veröffentlicht, und die Buchhaltung will wissen, warum du vier Tage später noch immer Spesenabrechnungen einreichst.»

Sie nahm ihn mit nach Monte Carlo, lenkte den Wagen um die schwindelerregenden Kurven der Bergstraßen, während er ihre schlanken, starken Hände am Lenkrad beobachtete und sich vorstellte, wie er jeden einzelnen Finger andächtig in den Mund nahm. Sie führte ihn in ein Casino und gab ihm das Gefühl Gott zu sein, als er für seine paar Pfund einen beträchtlichen Gewinn beim Roulette einstrich. Sie aß Muscheln in einem Restaurant am Meer, pflückte sie behutsam, aber erbarmungslos aus ihren Schalen, und es verschlug ihm die Sprache. Sie war so gründlich in sein Bewusstsein eingetaucht, hatte jeden klaren Gedanken verscheucht, dass er nur noch an sie denken konnte, was ihm nicht einmal etwas ausmachte. In den Stunden, die er allein verbrachte, ging er im Geist eine Million Möglichkeiten durch, wie es mit ihnen weitergehen könnte, und er staunte darüber, wie lange es her war, dass ihn eine Frau derart beschäftigt hatte.

Es lag daran, dass sie so ungewöhnlich war, vollkommen unerreichbar. Er hätte schon vor Tagen aufgeben sollen. Doch sein Puls beschleunigte sich jedes Mal, wenn wieder eine Nachricht unter seiner Tür durchgeschoben wurde, mit der Frage, ob er einen Aperitif mit ihr trinken – oder vielleicht rasch nach Menton fahren wolle?

Was konnte es schaden? Er war dreißig und konnte sich nicht erinnern, wann er zuletzt so oft gelacht hatte. Warum sollte er nicht für kurze Zeit diese Unbeschwertheit genießen, die für andere Menschen selbstverständlich war? Das alles war so weit von seinem normalen Leben entfernt, dass es unwirklich schien.

Am Freitagabend erhielt er das Telegramm, in dem stand, womit er schon seit Tagen gerechnet hatte: Sein Zug nach Hause war für den nächsten Tag gebucht, und man erwartete ihn am Montag im Büro der *Nation*. Als er es las, überkam ihn eine gewisse Erleichterung: Diese Sache mit Jennifer Stirling war inzwischen eigenartig verwirrend geworden. Normalerweise hätte er nie so viel Zeit und Energie für eine Frau verschwendet, ohne sicher zu sein, wohin das Ganze führte. Der Gedanke, sie nicht wiederzusehen, war verstörend, doch ein Teil von ihm wollte auch in die alte Routine zurück, wiederentdecken, wer er eigentlich war.

Er zog seinen Koffer von der Ablage und legte ihn auf sein Bett. Er wollte packen, und dann würde er ihr eine Nachricht schicken, sich für die gemeinsame Zeit bedanken und vorschlagen, sie solle ihn anrufen, falls sie sich einmal in London mit ihm zum Lunch treffen wolle. Wenn sie sich entschied, dort Kontakt mit ihm aufzunehmen, weit entfernt vom Zauber dieses Ortes, würde sie vielleicht wie alle anderen werden, eine angenehme körperliche Abwechslung.

Als er gerade seine Schuhe in den Koffer legte, rief der Concierge an: Eine Frau warte am Empfang auf ihn.

«Blonde Haare?»

«Ja, Sir.»

«Würden Sie sie ans Telefon bitten?»

Er vernahm einen kurzen Redeschwall auf Französisch, dann ihre Stimme, ein wenig atemlos, unsicher. «Ich bin's, Jennifer. Ich wollte nur fragen ... ob wir rasch etwas zusammen trinken können.»

«Ja, sehr gern, aber ich bin noch nicht ganz fertig. Möchtest du raufkommen und warten?»

Er räumte schnell sein Zimmer auf, trat verstreute Gegenstände unter das Bett. Er spannte wieder eine Seite in die

Schreibmaschine, als hätte er gerade an einem Artikel gearbeitet. Er zog ein sauberes Hemd an, obwohl er keine Zeit hatte, es zuzuknöpfen. Als er ein leises Klopfen vernahm, machte er die Tür auf. «Was für eine schöne Überraschung», sagte er. «Ich habe gerade noch etwas zu Ende geschrieben, aber komm doch rein.»

Verlegen stand sie im Flur. Als sie seine nackte Brust erblickte, schaute sie zur Seite. «Soll ich lieber unten warten?»

«Nein. Bitte. Es dauert nur ein paar Minuten.»

Sie trat ein und ging in die Mitte des Raumes. Sie trug ein blassgoldenes, ärmelloses Kleid mit kleinem Stehkragen. Ihre Schultern waren leicht gerötet an den Stellen, an denen die Sonne sie bei der Fahrt erreicht hatte. Die offenen Haare fielen ihr auf die Schultern, ein wenig vom Wind zerzaust, als wäre sie in Eile gewesen.

Ihr Blick erfasste das Bett, übersät mit Notizblöcken, den fast gepackten Koffer. Die plötzliche Nähe ließ sie beide kurz verstummen. Jennifer fing sich als Erste. «Willst du mir nichts zu trinken anbieten?»

«Entschuldige. Wie unaufmerksam von mir.» Er rief unten an, um einen Gin Tonic zu bestellen, der kurz darauf gebracht wurde. «Wohin gehen wir?»

«Gehen?»

«Habe ich noch Zeit, mich zu rasieren?» Er ging ins Bad.

«Natürlich.»

Das hatte er absichtlich getan, dachte er hinterher, um ein Stück Vertrautheit zu erzwingen. Er sah besser aus: Die gelbliche, krankhafte Blässe war verschwunden, die Falten der Anstrengung um seine Augen schienen ausgebügelt. Er ließ das warme Wasser laufen und beobachtete sie im Badezimmerspiegel, während er seine Haut einschäumte.

Sie war unruhig, in Gedanken versunken. Als das Rasiermesser über seine Haut schabte, ging sie auf und ab wie ein rastloses Tier. «Ist alles in Ordnung?», rief er, während er das Messer abspülte.

«Ja.» Sie hatte schon die Hälfte des Gin Tonic getrunken und goss sich noch ein Glas ein.

Er rasierte sich zu Ende, trocknete sich das Gesicht ab und trug ein wenig von dem Rasierwasser auf, das er in der *pharmacie* gekauft hatte. Es roch scharf, mit einem Hauch von Zitrone und Rosmarin. Er knöpfte sich das Hemd zu und schaute in den Spiegel, um den Kragen zu richten. Er mochte diesen Moment, in dem Verlangen und die Aussicht auf Erfüllung sich einander näherten. Ein eigenartiges Triumphgefühl überkam ihn. Er trat aus dem Bad und stellte fest, dass sie auf dem Balkon stand. Der Himmel wurde dunkler, die Lichter am Ufer leuchteten, während die Dämmerung herabsank. Sie hielt ihr Glas in einer Hand, den anderen Arm hatte sie ein wenig abwehrend über ihre Taille gelegt. Er kam einen Schritt näher.

«Ich habe vergessen dir zu sagen, wie schön du bist», bemerkte er. «Diese Farbe gefällt mir an dir. Sie ist –»

«Larry kommt morgen zurück.»

Sie trat vom Balkon zurück und stellte sich vor ihn. «Heute Nachmittag habe ich das Telegramm bekommen. Am Dienstag fliegen wir nach London.»

«Verstehe», sagte er und betrachtete die winzigen blonden Härchen auf ihrem Arm. Die Brise, die vom Meer kam, hob sie an und glättete sie wieder.

Als er aufschaute, begegnete er ihrem Blick. «Ich bin nicht unglücklich», sagte sie.

«Das weiß ich.»

Sie betrachtete ihn genau, einen ernsten Zug um den reizenden Mund. Sie biss sich auf die Lippe und wandte ihm den Rücken zu. Sie stand sehr still. «Der obere Knopf», sagte sie.

«Wie bitte?»

«Den bekomme ich nicht auf.»

Irgendetwas in ihm fing Feuer. Es erfüllte ihn beinahe mit Erleichterung, dass es nun passieren würde, dass die Frau, von der er geträumt hatte, die er nachts in seinem Bett vor sich gesehen hatte, am Ende doch ihm gehören sollte. Ihre Distanziertheit, ihr Widerstand waren fast zu viel gewesen für ihn. Er wollte die Erlösung, wollte den Schmerz ständig unerfüllten Verlangens gelindert wissen.

Er nahm ihr das Glas ab, und sie fuhr mit der Hand in ihr Haar, hob es im Nacken an. Er kam der stummen Aufforderung nach. Seine sonst so sicheren Finger hantierten ungeschickt, fühlten sich dick und plump an. Er beobachtete wie aus weiter Ferne, wie sie mit dem seidenbezogenen Knopf kämpften, und als er ihn losließ, merkte er, dass seine Hände zitterten. Er hielt inne und betrachtete ihren Nacken, der jetzt entblößt war und leicht nach vorn gebeugt, wie zu einem Bittgebet. Er wollte seinen Mund darauf drücken, schmeckte bereits die helle, leicht sommersprossige Haut. Sein Daumen blieb zart dort liegen, und er schwelgte in Vorfreude auf das, was kommen würde. Sie stieß so leise die Luft aus, dass er es eher spürte als hörte. Und etwas in ihm hielt inne.

Er schaute auf den goldenen Flaum auf ihrer Haut, auf die schlanken Finger, die noch immer ihr Haar hochhielten. Und er begriff mit entsetzlicher Gewissheit, was passieren würde.

Anthony O'Hare schloss seine Augen und knöpfte ihr Kleid dann mit äußerster Behutsamkeit wieder zu. Er trat einen kleinen Schritt zurück.

Sie zögerte, als versuchte sie, sich klar zu werden, was er getan hatte, nahm vielleicht zur Kenntnis, dass er sie nicht mehr berührte.

Dann drehte sie sich um, die Hand im Nacken, und erkannte,

was geschehen war. Sie schaute ihn an, und ihr zunächst fragendes Gesicht lief rot an.

«Es tut mir leid», fing er an, «aber ich … ich kann nicht.»

«Oh …» Sie fuhr zusammen und legte die Hand auf den Mund. «Oh, Gott.»

«Nein. Du verstehst das nicht, Jennifer. Es ist nichts, was –»

Sie schob sich an ihm vorbei und schnappte sich ihre Handtasche. Dann, ehe er noch etwas sagen konnte, hatte sie schon die Tür aufgerissen und rannte den Flur hinunter.

«Jennifer!», rief er. «Jennifer! Lass es mich doch erklären!» Doch sie war bereits fort.

Der französische Zug zockelte durch die verdorrte Landschaft nach Lyon, als wäre er entschlossen, ihm möglichst viel Zeit zu gewähren, um über alles nachzudenken, was er falsch verstanden hatte, und über alles, was er nicht hätte ändern können, selbst wenn er es gewollt hätte. In jeder Stunde dachte er ein paarmal daran, sich einen großen Whisky aus dem Speisewagen kommen zu lassen; er beobachtete die Kellner, die sich geschickt durch den Waggon bewegten und Gläser auf silbernen Tabletts balancierten, und wusste, dass er nur einen Finger heben musste, um diesen Trost zu bekommen. Hinterher hätte er nicht sagen können, was ihn davon abgehalten hatte.

In der Nacht machte er es sich auf dem Liegesitz bequem, den der Schaffner gelangweilt für ihn ausgezogen hatte. Während der Zug weiter durch die Dunkelheit rumpelte, knipste er seine Nachttischlampe an und nahm ein Taschenbuch zur Hand, das er im Hotel gefunden hatte, liegen gelassen von einem früheren Reisenden. Er las dieselbe Seite ein paarmal, nahm nichts auf und warf das Buch schließlich angewidert fort. Er hatte eine französische Zeitung, aber der Raum war so beengt, dass er sie nicht richtig aufschlagen konnte, und die Schrift war für das schwache Licht zu klein. Er döste ein, wurde wach, und während England näher rückte, legte sich seine Zukunft wie eine große schwarze Wolke über ihn.

Endlich, als der Morgen dämmerte, griff er nach Stift und Papier. Er hatte noch nie einer Frau einen Brief geschrieben, außer kurze Dankesworte an seine Mutter für kleine Geschenke, die sie ihm geschickt hatte, oder Mitteilungen an Clarissa über finanzielle Angelegenheiten und seine kurze Entschuldigung an Jennifer nach dem ersten Abend. Jetzt, von einer schmerzlichen Melancholie verzehrt, von dem gekränkten Ausdruck in Jennifers Augen verfolgt, befreit durch die Vorstellung, sie vielleicht nie wiederzusehen, schrieb er ohne jede Zurückhaltung, in dem einzigen Wunsch, sich zu erklären:

Liebste,

ich konnte dich nicht dazu bringen, mir zuzuhören, als du so eilig fortgegangen bist. Aber du sollst wissen, dass ich dich nicht abgewiesen habe. Du warst so weit von der Wahrheit entfernt, dass ich es kaum ertragen kann.

Und das ist die Wahrheit: Du wärst nicht die erste verheiratete Frau, mit der ich geschlafen habe. Du kennst meine persönlichen Verhältnisse; um ehrlich zu sein, diese Beziehungen haben zu mir gepasst. Ich wollte niemandem nahestehen. Als wir uns zum ersten Mal begegneten, redete ich mir ein, dass es mit dir nicht anders sein würde …

… Aus diesem Grund, meine Liebste, habe ich den verdammten Knopf in deinem Nacken wieder zugemacht. Und deshalb habe ich in den letzten beiden Nächten wach gelegen und mich dafür gehasst, einmal im Leben anständig gewesen zu sein.

Verzeih mir.

B

Er faltete den Brief sorgfältig zusammen und steckte ihn in seine Brusttasche. Dann schlief er endlich ein.

Don drückte seine Zigarette aus und betrachtete das mit Schreibmaschine getippte Blatt, während der junge Mann, der verlegen neben seinem Schreibtisch stand, von einem Fuß auf den anderen trat. «Sie haben Bigamie nicht richtig geschrieben. Da ist ein m zu viel.» Er führte seinen Bleistift kampflustig über weitere drei Reihen. «Und diese Einleitung ist schrecklich. Sie haben hier einen Mann, der drei Frauen mit Namen Hilda geheiratet hat, alle leben keine zwei Meilen voneinander entfernt. Die Geschichte ist ein Geschenk. Aber so, wie Sie es geschrieben haben, würde ich lieber einen Parlamentsbeschluss über die städtische Kanalisation lesen.»

«Tut mir leid, Mr. Franklin.»

«Sparen Sie sich die Entschuldigung. Machen Sie es richtig. Das sollte auf eine der ersten Seiten, und es ist schon zwanzig vor vier. Was zum Teufel ist los mit Ihnen? ‹Bigammie›! Sie sollten sich ein Beispiel an O'Hare hier nehmen. Er verbringt so viel Zeit in Afrika, dass wir gar nicht mehr wissen, wie es um seine Rechtschreibung bestellt ist.» Er warf dem jungen Mann das Blatt Papier hin, der eilig danach griff und auf schnellstem Wege das Büro verließ.

«Und», zog Don ihn auf, «wo ist nun mein verdammter Leitartikel *Geheimnisse der Reichen und Schönen an der Riviera*?»

«Er kommt», log Anthony.

«Dann beeilst du dich lieber. Ich habe eine halbe Seite am Samstag für ihn frei gehalten. Hast du dich gut amüsiert?»

«Es war nett.»

Don legte den Kopf schräg. «Ja. Sieht so aus. Wie auch immer. Ich habe gute Neuigkeiten.»

Die Fenster seines Büros waren derart mit Nikotin verschmiert, dass jeder, der versehentlich daran entlangstreifte, einen gelben Ärmel bekam. Anthony starrte durch den goldenen Schleier nach draußen. Zwei Tage war er nun mit dem Brief in der Tasche herumgelaufen und hatte versucht herauszufinden, wie er ihn zu ihr bekam. Er sah immer wieder ihr Gesicht vor sich, den entsetzten Ausdruck, als ihr dämmerte, dass sie sich furchtbar getäuscht haben musste.

«Tony?»

«Ja.»

«Ich habe gute Neuigkeiten für dich.»

«Ach so, ja.»

«Ich habe mit der Auslandsredaktion gesprochen, und sie wollen jemanden nach Bagdad schicken. Den Mann aus der polnischen Botschaft unter die Lupe nehmen, der behauptet, eine Art Superagent zu sein. Hartes Nachrichtengeschäft, mein Junge. Genau dein Fall. Damit bist du für ein, zwei Wochen raus aus dem Büro.»

«Ich kann jetzt nicht gehen.»

«Brauchst noch einen Tag oder zwei?»

«Ich muss ein paar persönliche Angelegenheiten klären.»

«Soll ich den Algeriern sagen, dass sie mit der Waffenruhe noch ein bisschen warten sollen? Weil sie deinen häuslichen Angelegenheiten in die Quere kommt? Willst du mich verarschen, O'Hare?»

«Dann schick einen anderen. Tut mir leid, Don.»

Das metronomische Klicken von Dons Kugelschreiber geriet zunehmend aus dem Takt. «Das verstehe ich nicht. Du hängst die ganze Zeit im Büro herum und meckerst, du müsstest raus, um ‹richtige› Nachrichten zu schreiben, also gebe ich dir eine Geschichte, für die Peterson morden würde, und jetzt willst du doch lieber Schreibtischkrieger sein.»

«Wie gesagt, es tut mir leid.»

Don stand auf und schloss die Tür. Dann kam er wieder an seinen Platz. «Tony, es ist eine gute Story. Du *brauchst* diese Story. Du musst denen zeigen, dass sie sich auf dich verlassen können.» Er musterte ihn. «Hast du deinen Biss verloren? Willst du mir weismachen, dass du weiterhin über dieses seichte Zeug berichten willst?»

«Nein. Ich bin nur … Gib mir noch ein bis zwei Tage.»

Don lehnte sich zurück, zündete sich eine Zigarette an und inhalierte geräuschvoll. «Du meine Güte, es geht um eine Frau.»

Anthony sagte nichts.

«Also habe ich recht. Du hast eine Frau kennengelernt. Was ist los? Kannst du jetzt nirgendwohin, bis du sie rumgekriegt hast?»

«Sie ist verheiratet.»

«Seit wann ist das ein Hindernis für dich?»

«Sie ist … Es ist die Ehefrau von Stirling.»

«Na und?»

«Und sie ist zu gut.»

«Für ihn? Sag bloß.»

«Für mich. Ich weiß nicht, was ich machen soll.»

Don verdrehte die Augen.

«Ein Anflug von schlechtem Gewissen, wie? Ich habe mich schon gewundert, warum du so verdammt schlecht aussiehst.» Er schüttelte den Kopf und sprach, als säße jemand anderes mit ihm in dem kleinen Raum. «Ich fasse es nicht. O'Hare, ausgerechnet.» Er legte seinen Stift auf den Schreibtisch. «Schön. Ich sage dir, was du tun wirst. Triff dich mit ihr, tu, was du tun musst, schaff es dir vom Hals. Dann setzt du dich in das Flugzeug, das morgen Mittag startet. Ich werde der Redaktion mitteilen, dass du heute Abend abgereist bist. Wie klingt das? Und schreib mir ein paar verdammt anständige Storys.»

«‹Schaff es dir vom Hals›? Du alter Romantiker.»

«Hast du einen hübscheren Ausdruck?»

Anthony spürte den Brief in seiner Tasche. «Ich bin dir was schuldig», sagte er.

«Du bist mir eine ganze Menge schuldig», grummelte Don.

Stirlings Adresse herauszufinden war nicht schwer gewesen. Er hatte in seinem Büro im *Who's Who* nachgeschaut, und da stand sie, am Ende des entsprechenden Eintrags unter «verh. m.: Jennifer Louisa Verrinder, geb. 1934». Am Dienstagabend war er nach der Arbeit nach Fitzrovia gefahren und hatte den Wagen ein paar Häuser von dem weißen Stuckgebäude entfernt abgestellt.

Die Regency-Villa im Stil John Nashs wirkte mit ihren Säulen auf beiden Seiten des Eingangsportals wie eine der teuren Arztpraxen in der Harley Street. Er blieb im Wagen sitzen und fragte sich, was Jennifer wohl hinter den Gardinen machte. Er stellte sich vor, dass sie mit einer Zeitschrift dort saß, vielleicht mit leerem Blick in den Raum starrte und an einen verlorenen Augenblick in einem Hotelzimmer in Frankreich dachte. Gegen halb sieben verließ eine Frau mittleren Alters das Haus, zog den Mantel enger um sich und schaute auf, als wollte sie nachsehen, ob es regnete. Sie streifte eine wasserdichte Haube über ihr Haar und eilte die Straße entlang. Die Vorhänge wurden von einer unsichtbaren Hand zugezogen, und der milde Abend wich der Nacht, er aber saß in seinem Hillman und starrte auf das Haus mit der Nummer zweiunddreißig.

Er war fast eingenickt, als die Haustür aufging. Während er sich auf dem Sitz nach oben schob, trat sie ins Freie. Es war kurz vor neun. Sie trug ein ärmelloses weißes Kleid, eine kleine Stola über den Schultern und ging vorsichtig die Stufen hinunter, als traue sie ihren Beinen nicht. Dann war Stirling hinter ihr und sagte etwas, das Anthony nicht hören konnte, und Jennifer nickte. Sie stiegen in einen großen schwarzen Wagen. Als er losfuhr, ließ Anthony den Motor an und schwenkte mit etwas Abstand hinter ihnen auf die Straße ein.

Sie brauchten nicht lange. Der Fahrer hielt vor der Tür eines Casinos in Mayfair und ließ sie aussteigen. Sie zog ihr Kleid zurecht, ging hinein und nahm dabei die Stola ab.

Anthony wartete, bis Stirling ihr gefolgt war, und stellte seinen Hillman hinter dem schwarzen Wagen ab. «Parken Sie den für mich, ja?», bat er den ungläubigen Türsteher, warf ihm die Schlüssel zu und drückte ihm eine Zehn-Shilling-Note in die Hand.

«Sir? Kann ich Ihren Mitgliedsausweis sehen?» Er hastete bereits durch die Lobby, als ein livrierter Casinomitarbeiter ihn anhielt. «Sir? Ihr Mitgliedsausweis?»

Die Stirlings betraten gerade den Aufzug. «Ich muss mit jemandem sprechen. Nur zwei Minuten.»

«Sir, ich fürchte, ich kann Sie nicht ohne –»

Anthony griff in die Tasche und zog alles heraus, was er hatte – Brieftasche, Haustürschlüssel, Pass – und ließ es dem Mann in die geöffneten Hände fallen. «Nehmen Sie das – alles. Ich verspreche, in zwei Minuten bin ich wieder hier.» Und während der Mann ihm mit offenem Mund hinterherstarrte, schlüpfte Anthony im letzten Augenblick, bevor die Türen sich schlossen, in den Aufzug.

Stirling stand auf der rechten Seite. Anthony zog den Hut weit ins Gesicht, schob sich an ihm vorbei, und als er sicher war, dass Stirling ihn nicht erkannt hatte, drängte er sich nach hinten, bis er mit dem Rücken an der Wand stand.

Alle schauten zur Tür. Stirling vor ihm sprach mit jemandem, den er offensichtlich kannte. Anthony hörte, wie er etwas über Börsen murmelte, eine Kreditflaute, die leisen Entgegnungen des anderen Mannes. Sein Herz klopfte heftig, Schweiß rann ihm über den Rücken. Sie hielt ihre Tasche vor sich zwischen den behandschuhten Händen, ihre Miene war gleichmütig, und nur eine verirrte blonde Strähne, die sich aus dem Haarknoten gelöst hatte, schien zu bestätigen, dass sie aus Fleisch und Blut und keine himmlische Erscheinung war.

«Erster Stock.»

Die Türen gingen auf, zwei Personen stiegen aus, ein Mann kam herein. Der Abend war warm, und in der Enge des Aufzugs war sich Anthony der Körper um ihn äußerst bewusst, nahm den Geruch von Parfüm, Haarfestiger und Haargel wahr, der in der stickigen Luft hing, spürte den leichten Windstoß, als die Tür sich schloss.

Er hob den Kopf ein wenig und betrachtete Jennifer. Sie stand knapp einen Fußbreit von ihm entfernt, so nah, dass er ihren Duft und jede winzige Sommersprosse auf ihren Schultern wahrnahm. Er starrte so lange zu ihr hin, bis sie den Kopf leicht drehte – und ihn erkannte. Sie riss die Augen weit auf, ihre Wangen röteten sich. Ihr Mann war noch immer ins Gespräch vertieft.

Sie schaute zu Boden, dann sah sie wieder zu Anthony auf. Die Art, wie sich ihre Brust hob und senkte, zeigte ihm, wie sehr er sie erschreckt hatte. Ihre Blicke hielten einander fest, und in diesen wenigen, stillen Augenblicken sagte er ihr alles. Er sagte ihr, sie sei das Erstaunlichste, das ihm je begegnet sei. Er sagte ihr, sie verfolge ihn in seinen wachen Stunden, jedes Gefühl, jede Erfahrung, die er bisher in seinem Leben gemacht hatte, sei schal und unbedeutend im Vergleich dazu.

Er sagte ihr, dass er sie liebte.

«Zweiter Stock.»

Sie blinzelte, und sie gingen einen Schritt auseinander, als ein Mann aus dem hinteren Bereich sich entschuldigte, zwischen sie trat und den Aufzug verließ. Als die Lücke sich hinter ihm schloss, griff Anthony in seine Tasche und holte den Brief hervor. Er trat einen Schritt nach rechts und hielt ihn ihr hinter dem Abendjackett eines Mannes hin, der in diesem Moment hustete und ihnen damit einen kleinen Schrecken einjagte. Laurence schüttelte den Kopf über eine Bemerkung seines Gesprächspartners. Die beiden Männer lachten trocken. Einen Augenblick lang dachte Anthony, sie würde den Brief nicht annehmen, doch dann schoss ihre Hand unmerklich vor, und schon verschwand der Umschlag in ihrer Handtasche.

«Dritter Stock», sagte der Liftboy. «Restaurant.»

Alle außer Anthony traten vor. Stirling warf einen Blick nach rechts, offenbar fiel ihm die Anwesenheit seiner Frau wieder ein, und er streckte eine Hand nach ihr aus. Keine Geste der Zärtlichkeit, wie Anthony feststellte, sondern um sie anzutreiben. Die Tür schloss sich hinter ihr, und er blieb allein zurück, während der Aufzug sich wieder in Bewegung setzte und der Liftboy das Erdgeschoss ankündigte.

Anthony hatte kaum mit einer Antwort gerechnet. Er hatte sich nicht einmal die Mühe gemacht, nach seiner Post zu schauen, bis er, schon spät, das Haus verließ und zwei Briefe auf der Fußmatte fand.

Halb ging, halb rannte er über den heißen, überfüllten Bürgersteig, der Koffer schlug ihm gegen die Beine. Er musste um halb drei in Heathrow sein und wusste nicht, wie er es rechtzeitig schaffen sollte. Der Anblick ihrer Handschrift hatte ihm einen kleinen Schock versetzt, dem Panik folgte, denn es war bereits zehn vor zwölf, und er war am entgegengesetzten Ende Londons.

Postman's Park. Zwölf Uhr.

Natürlich war kein Taxi zu bekommen. Er war unterwegs irgendwo in die U-Bahn gestiegen und hatte dann den Rest im Laufschritt zurückgelegt. Sein ordentlich gebügeltes Hemd klebte ihm jetzt am Körper; die Haare hingen ihm in die verschwitzte Stirn. «Verzeihung», brummte er, als eine Frau in hochhackigen Sandalen schimpfte, weil sie gezwungen war, ihm aus dem Weg zu gehen. «*Verzeihung.*» Ein Bus hielt an, stieß purpurroten Qualm aus, und Anthony hörte, wie der Fahrer das Signal zur Weiterfahrt gab. Er zögerte, als die Fahrgäste auf den Bürgersteig strömten, schnappte nach Luft und schaute auf seine Armbanduhr. Es war schon Viertel nach zwölf. Durchaus möglich, dass sie ihn bereits aufgegeben hatte.

Was zum Teufel machte er da? Wenn er seinen Flug verpasste, würde Don persönlich dafür sorgen, dass er die nächsten zehn Jahre für die Rubrik *Goldene Hochzeiten und andere Jahrestage* zuständig war. Man würde es als ein weiteres Beispiel dafür betrachten, dass er mit dem Job überfordert war, ein Grund mehr, die nächste gute Story Murfett oder Phipps zu geben.

Keuchend rannte er durch die King Edward Street, und dann war er in einer winzigen Oase des Friedens mitten in der Stadt. Postman's Park war ein kleiner Garten, geschaffen von einem viktorianischen Wohltäter, um das Leben alltäglicher Helden zu würdigen. Schwer atmend näherte er sich dem Zentrum des Parks.

Alles um ihn herum war blau, ein Gewimmel aus Blau, das sich langsam bewegte. Bei genauerem Hinschauen erkannte er Briefträger in ihren blauen Uniformen, einige gingen spazieren, andere lagen im Gras, ein paar standen vor den polierten Gedenktafeln und lasen die Inschriften. Befreit von ihren Postsäcken, genossen die Londoner Briefträger in ihren Hemdsärmeln die Mittagssonne, plauderten, aßen Sandwichs, entspannten sich im Schatten unter den Bäumen.

Sein Atem hatte sich normalisiert. Er ließ den Koffer fallen und angelte nach einem Taschentuch, tupfte sich die Stirn ab und drehte sich dann langsam im Kreis. Er suchte den Park nach einem smaragdgrünen, mit Schmuck besetzten Kleid ab, dem Aufblitzen von blassgoldenem Haar, das sie von der Menge abheben würde.

Sie war nicht da.

Er schaute auf seine Armbanduhr. Zwanzig nach zwölf. Sie war gekommen und wieder gegangen. Vielleicht hatte sie ihre Meinung geändert. Vielleicht hatte Stirling den verflixten Brief gefunden. Da fiel ihm der zweite Brief ein, der von Clarissa, den er in die Tasche gesteckt hatte, als er von zu Hause aufgebrochen war. Er zog ihn heraus und las ihn rasch durch. Er konnte nie ihre Handschrift sehen, ohne ihre gepresste, enttäuschte Stimme im Kopf zu hören oder ihre ordentlichen Blusen vor Augen zu haben, die immer bis oben zugeknöpft waren, wenn sie ihn traf, als könnte es ihm einen Vorteil verschaffen, wenn er einen Blick auf ihre Haut erhaschte.

Lieber Anthony,

hiermit teile ich dir aus reiner Höflichkeit mit, dass ich heiraten werde.

Flüchtig verspürte er einen Stich der Eifersucht, dass Clarissa mit einem anderen glücklich werden könnte. Er hatte gedacht, das wäre ihr mit niemandem möglich.

Ich habe einen anständigen Mann kennengelernt, der einige Textilläden besitzt, und er ist bereit, mich und Phillip aufzunehmen. Er sagt, er wird ihn behandeln wie seinen eigenen Sohn. Die Hochzeit wird im September sein. Es fällt mir schwer, dieses Thema anzuschneiden, aber du solltest dir einmal Gedanken darüber machen, wie viel Kontakt du mit dem Jungen noch haben willst. Ich möchte, dass er in einer normalen Familie aufwächst, und es ist anzunehmen, dass es ihm durch fortgesetzten, unregelmäßigen Umgang mit dir schwerer fallen wird, zur Ruhe zu kommen.

Bitte lass dir das durch den Kopf gehen und gib mir Bescheid, wie du darüber denkst.

Wir werden keine weitere finanzielle Hilfe von dir in Anspruch nehmen, da Edgar für uns sorgen kann. Unsere neue Anschrift füge ich unten bei.

Mit freundlichen Grüßen,

Clarissa

Er las den Brief zwei Mal, aber er musste ihn noch ein drittes Mal lesen, um zu begreifen, was sie vorschlug: Phillip, sein Junge, sollte von einem ehrenwerten Textilkaufmann aufgezogen werden, frei vom «fortgesetzten, unregelmäßigen Umgang» mit seinem Vater. Plötzlich hatte er das dringende Bedürfnis nach Alkohol, und sein Blick fiel auf eine Kneipe jenseits des Parktors.

«Oh, mein Gott», sagte er laut, ließ den Kopf sinken und stützte die Hände auf seine Knie. So vornübergebeugt stand er eine Minute lang da und versuchte, seine Gedanken zu sammeln, seinen Puls wieder auf eine normale Frequenz zu bringen. Dann richtete er sich stöhnend auf.

Sie stand direkt vor ihm. Sie trug ein weißes Kleid, bedruckt mit großen roten Rosen, und eine riesige Sonnenbrille, die sie sich nun ins Haar schob. Ihr Anblick allein ließ ihn tief aufseufzen.

«Ich kann nicht bleiben», fing er an, als er seine Stimme wiederfand. «Ich muss nach Bagdad fliegen. Mein Flieger geht in … ich habe keine Ahnung, wie …»

Sie war so schön, überstrahlte die Blumen in ihren Beeten,

verwirrte die Briefträger, die ihre Unterhaltungen unterbrochen hatten, um sie anzuschauen.

«Ich kann nicht …» Er schüttelte den Kopf. «In Briefen kann ich alles ausdrücken. Aber wenn ich dich dann sehe, dann –»

«Anthony», sagte sie, als müsste sie sich versichern, dass er es war.

«Ich bin in etwa zwei Wochen zurück», sagte er. «Wenn du mich dann sehen willst, werde ich es erklären können. Es gibt so viel –»

Doch sie war vorgetreten, hatte sein Gesicht zwischen ihre behandschuhten Hände genommen und ihn zu sich gezogen. Nach kurzem Zögern trafen ihre Lippen auf seine, ihr Mund war warm, weich und dennoch erstaunlich fordernd. Anthony vergaß den Flug. Er vergaß den Park und sein verlorenes Kind und seine Exfrau. Er vergaß die Story, von der sein Chef glaubte, er müsste sich um sie reißen. Er vergaß, dass Emotionen seiner Erfahrung nach gefährlicher waren als Munition. Er überließ sich ganz Jennifers Forderung: sich ihr zu schenken, aus freien Stücken.

«Anthony», hatte sie gesagt, und mit diesem einen Wort hatte sie ihm nicht nur sich selbst, sondern auch eine neue, verbesserte Version seiner Zukunft geschenkt.

Es ist aus und vorbei.

Frau an Jeanette Winterson, per SMS

KAPITEL 8

Wieder einmal redete er nicht mit ihr. Dafür, dass er ein so verschlossener Mann war, konnten Laurence Stirlings Launen extrem wechselhaft sein. Jennifer betrachtete ihren Gatten schweigend beim Frühstück, während er seine Zeitung las. Obwohl sie vor ihm unten gewesen war und ihm das Frühstück so zubereitet hatte, wie er es mochte, war ihm in den dreiunddreißig Minuten, seit er sie an diesem Morgen zum ersten Mal erblickt hatte, kein einziges Wort über die Lippen gekommen.

Sie schaute auf ihren Morgenmantel herab, prüfte ihre Frisur. Alles war in Ordnung. Ihre Narbe, von der sie wusste, dass sie ihn anwiderte, war vom Ärmel bedeckt. *Was hatte sie getan?* Hätte sie für ihn aufbleiben sollen? Er war am Abend zuvor so spät nach Hause gekommen, dass sie nur kurz vom Geräusch der Haustür aufgewacht war. Hatte sie im Schlaf gesprochen?

Die Uhr tickte melancholisch auf acht Uhr zu, übertönt nur vom gelegentlichen Rascheln der Zeitung, wenn Laurence eine Seite umschlug. Sie hörte Schritte auf der Vordertreppe, das kurze Klappern, als der Briefträger die Post durch den Briefschlitz warf, dann die hohe Stimme eines quengelnden Kindes, das draußen vorbeiging.

Sie versuchte, eine Bemerkung über den Schnee zu machen, über eine Schlagzeile zu den steigenden Heizölkosten, doch Laurence seufzte nur gereizt, und sie verstummte.

Mein Geliebter würde mich nicht so behandeln, sagte sie ihm in Gedanken und strich Butter auf eine Scheibe Toast. Er würde lächeln, meine Taille berühren, wenn er in der Küche an mir vorbeikäme. Wahrscheinlich würden sie nicht einmal in der Küche frühstücken: Er würde ein Tablett mit Köstlichkeiten hinauf ans Bett bringen, ihr Kaffee reichen, wenn sie erwachte; sie würden fröhliche, krümelige Küsse austauschen. In einem der Briefe hatte er geschrieben:

Wenn du isst, dann gibst du dich vollkommen dieser Erfahrung hin. Ich habe dich bei jenem ersten Abendessen beobachtet und mir gewünscht, du würdest mir dieselbe Aufmerksamkeit zukommen lassen.

Laurence' Stimme durchbrach ihren Tagtraum. «Heute Abend gibt es vor der Weihnachtsfeier in der Firma einen Umtrunk bei den Moncrieffs. Denkst du daran?»

«Ja.» Sie blickte nicht auf.

«Ich werde so gegen halb sieben wieder hier sein. Francis rechnet dann mit uns.» Sie spürte, wie sein Blick auf ihr verweilte, als warte er auf eine Reaktion, aber jetzt wollte sie ihm nicht mehr antworten. Dann war er fort und ließ Jennifer in einem stillen Haus zurück, mit Träumen von einem imaginären Frühstück, das diesem hier bei weitem vorzuziehen war.

Erinnerst du dich an diesen ersten Abend? Ich war so ein Narr, und das hast du gewusst. Und du warst ungeheuer charmant, liebste J, selbst angesichts meines furchtbaren Verhaltens.

An dem Abend war ich so wütend. Jetzt glaube ich, dass ich schon damals in dich verliebt war, aber wir Männer sind so kolossal unfähig zu sehen, was direkt vor unserer Nase ist. Es war leichter, mein Unbehagen als etwas völlig anderes abzutun.

Sie hatte inzwischen sieben Briefe aus ihren Verstecken im ganzen Haus ausgegraben; sieben Briefe, die ihr die Liebe offenbarten, die sie kennengelernt hatte, den Menschen, der durch diese Liebe aus ihr geworden war. In diesen handgeschriebenen Zeilen sah sie sich auf vielfältige Weise widergespiegelt: impulsiv, leidenschaftlich, mit hitzigem Temperament, aber auch bereit, schnell wieder zu vergeben.

Er war offenbar das genaue Gegenteil von ihr. Er forderte sie heraus, sprach offen aus, was er dachte. Er war ein scharfer Beobachter – von ihr, von seiner Umgebung. Er hielt nichts verborgen. Anscheinend war sie die erste Frau, die er jemals wirklich geliebt hatte. Sie fragte sich, ob er auch der erste Mann war, den sie wirklich geliebt hatte.

Wenn du mich mit deinen unergründlichen, fast irisierenden Augen angeschaut hast, habe ich mich stets gefragt, was du bloß in mir siehst. Jetzt weiß ich, dass das eine falsche Auffassung von Liebe ist. Du und ich könnten gar nicht anders, als uns zu lieben, so wie die Erde nicht aufhören könnte, die Sonne zu umkreisen.

Obwohl nicht alle Briefe ein Datum trugen, konnte man sie einigermaßen chronologisch ordnen: Dieser war kurz nach ihrer ersten Begegnung eingetroffen, ein anderer nach irgendeinem Streit, ein dritter nach einer leidenschaftlichen Versöhnung. Er hatte gewollt, dass sie Laurence verließ. In einigen Briefen bat er sie darum. Offensichtlich hatte sie widerstanden. Warum? Sie dachte jetzt an den kalten Mann in der Küche, das erdrückende Schweigen in ihrem Zuhause. *Warum bin ich nicht gegangen?*

Wie besessen las sie die sieben Briefe, durchforstete sie nach Hinweisen, versuchte herauszufinden, wer dieser Mann war. Der letzte Brief war im September abgeschickt worden, nur wenige Wochen vor ihrem Unfall. Warum hatte er keinen Kontakt aufgenommen? Ganz offensichtlich hatten sie weder jemals miteinander telefoniert noch einen besonderen Treffpunkt gehabt. Als sie feststellte, dass einige Briefe an ein Postfach geschickt worden waren, war sie zur Post gegangen, um herauszufinden, ob es noch weitere gab. Doch das Postfach war neu zugeteilt worden, und für sie waren keine Briefe hinterlegt.

Mittlerweile war sie davon überzeugt, dass er sich ihr zu erkennen geben würde. Wie konnte der Mann, der diese Briefe geschrieben hatte, der Mann, der so intensive Gefühle für sie hegte, nur dasitzen und warten? Sie glaubte nicht mehr, dass es Bill sein könnte; obwohl sie es durchaus für möglich hielt, einmal etwas für ihn empfunden zu haben, lag ihr der Gedanke, Violet zu hintergehen, fern, auch wenn das auf ihn vielleicht nicht zutraf. Blieben also noch Jack Amory und Reggie Carpenter. Und Jack Amory hatte gerade seine Verlobung mit einer gewissen Miss Victoria Nelson aus Camberley, Surrey, bekannt gegeben.

Mrs. Cordoza betrat den Raum, als Jennifer sich gerade fertig frisiert hatte. «Würden Sie bitte dafür sorgen, dass mein mitternachtsblaues Seidenkleid für heute Abend gebügelt ist?», bat Jennifer. Sie hielt eine Diamantkette an ihren blassen Hals. Er liebte ihren Hals:

Ich konnte ihn nie ansehen, ohne deinen Nacken küssen zu wollen.

«Ich habe es dort auf das Bett gelegt.»

Mrs. Cordoza ging an ihr vorbei und hielt es hoch. «Ich bügle es gleich, Mrs. Stirling», sagte sie.

Reggie Carpenter flirtete. Dafür gab es kein anderes Wort. Yvonnes Cousin lehnte sich an Jennys Stuhl, den Blick auf ihren Mund gerichtet, der schalkhaft zuckte, als hätten sie einen Scherz ausgetauscht, den nur sie beide verstanden.

Yvonne beobachtete sie, während sie Francis, der nicht weit von ihnen entfernt saß, einen Drink brachte. Sie beugte sich zu ihm, um ihrem Mann ins Ohr zu flüstern: «Kannst du Reggie nicht mit rüber zu den Männern nehmen? Er sitzt förmlich auf Jennifers Schoß, seitdem sie hier ist.»

«Das habe ich versucht, Liebling, aber ich hätte körperliche Gewalt anwenden müssen.»

«Dann schnapp dir Maureen. Sie sieht aus, als würde sie gleich in Tränen ausbrechen.»

Von dem Augenblick an, da sie den Stirlings die Tür aufgemacht hatte – Jennifer in einem Nerzmantel und offenbar angetrunken, er mit grimmiger Miene –, hatte sie ein Gefühl gehabt, als stehe etwas Furchtbares bevor. Die Stimmung zwischen den beiden war angespannt, und dann hatten Jennifer und Reggie sich in einer Weise aneinandergehängt, die schlichtweg empörend war.

«Ich wünschte wirklich, die Leute würden ihre Streitigkeiten in ihren eigenen vier Wänden austragen», murmelte sie.

«Ich werde Larry einen großen Whisky geben. Dann taut er vielleicht auf. Wahrscheinlich hatte er einen schlechten Tag im Büro.» Francis stand auf, strich ihr über den Ellbogen und ließ sie stehen.

Die Cocktailwürstchen waren kaum angerührt worden. Seufzend nahm Yvonne eine Platte mit Häppchen, um sie herumzureichen.

«Greif zu, Maureen.»

Reggies einundzwanzigjährige Freundin bekam kaum mit, dass Yvonne etwas gesagt hatte. Makellos in ihrem rostfarbenen Wollkleid, saß sie steif auf einem Esszimmerstuhl und warf finstere Blicke auf die beiden zu ihrer Rechten, die sie nicht zu beachten schienen. Jennifer lehnte sich in ihrem Sessel zurück, während Reggie auf dessen Armlehne hockte. Er flüsterte ihr etwas zu, und sie brachen in schallendes Gelächter aus.

«Reggie?», sagte Maureen. «Hast du nicht gesagt, wir gehen in die Stadt und treffen uns mit den anderen?»

«Oh, die können warten», sagte er herablassend.

«Sie wollten uns im Green Rooms treffen, Bär. Um halb acht, hast du gesagt.»

«Bär?» Jenny war das Lachen vergangen, und sie starrte Reggie an.

«Sein Spitzname», klärte Yvonne sie auf und bot ihr die Platte an. «Er war ein ausgesprochen haariges Baby. Meine Tante hat erzählt, sie habe zuerst gedacht, sie hätte einem Bären das Leben geschenkt.»

«Bär», wiederholte Jenny.

«Jawohl. Ich bin unwiderstehlich. Weich. Und erst dann glücklich, wenn ich ins Bett gesteckt werde …» Er zog eine Augenbraue hoch und beugte sich näher zu ihr.

«Reggie, kann ich kurz mit dir sprechen?»

«Nicht, wenn du diese Miene aufsetzt, Cousine. Yvonne glaubt, ich flirte mit dir, Jenny.»

«Das ist schon keine Glaubensfrage mehr», sagte Maureen kühl.

«Ach, komm schon, Mo. Sei kein Spielverderber.» Seine Stimme war zwar noch immer scherzend, hatte aber einen gereizten Unterton. «Ich hatte schon so lange keine Gelegenheit mehr, mit Jenny zu reden. Wir haben einfach nur einiges aufzuholen.»

«Ist es wirklich so lange gewesen?», fragte Jennifer unschuldig.

«Oh ja, eine halbe Ewigkeit …», erwiderte er eifrig.

Yvonne sah, wie dem Mädchen die Gesichtszüge entglitten. «Maureen, Schätzchen, würdest du mir helfen, neue Drinks zu machen? Weiß der Himmel, wohin mein nutzloser Gatte verschwunden ist.»

«Da drüben ist er doch. Er –»

«Komm schon, Maureen. Hier entlang.»

Das Mädchen folgte ihr ins Esszimmer und nahm die Flasche Crème de Menthe entgegen, die Yvonne ihr reichte. Sie kochte vor Wut. «Was bildet sich diese Frau eigentlich ein? Sie ist schließlich verheiratet, oder etwa nicht?»

«Jennifer ist bloß … Ach, sie denkt sich nichts dabei.»

«Sie nimmt ihn vollkommen in Anspruch! Sieh sie dir nur an! Wie würde es ihr wohl gefallen, wenn ich ihren Mann so anhimmeln würde?»

Yvonne warf einen Blick ins Wohnzimmer, wo Larry saß und Francis nur mit halbem Ohr zuhörte. Sein Gesicht war eine Maske kaum verhohlener Missbilligung. Jennifer würde es wahrscheinlich nicht bemerken, dachte sie.

«Ich weiß, sie ist deine Freundin, Yvonne, aber für mich ist sie ein absolutes Miststück.»

«Maureen, mir ist klar, dass Reggie sich danebenbenimmt, aber du kannst nicht so über meine Freundin sprechen. Du hast ja keine Ahnung, was sie in letzter Zeit durchgemacht hat. Jetzt gib mir bitte die Flasche, ja?»

«Und was muss ich wegen ihr durchmachen? Es ist demütigend. Jeder weiß, dass ich mit Reggie zusammen bin, und sie wickelt ihn um den Finger.»

«Jennifer hatte einen entsetzlichen Autounfall. Sie ist noch nicht lange aus dem Krankenhaus heraus. Wie gesagt, sie lässt sich nur ein wenig gehen.»

«Das kann man wohl sagen.»

«Mo …»

«Sie ist betrunken. Und sie ist *uralt.* Wie alt wird sie sein? Siebenundzwanzig? Achtundzwanzig? Mein Reggie ist mindestens drei Jahre jünger als sie.»

Yvonne holte tief Luft. Sie zündete sich eine Zigarette an, reichte der jungen Frau eine andere und zog die Flügeltür hinter ihr zu. «Mo …»

«Sie ist eine Diebin. Sie versucht, ihn mir wegzunehmen. Ich kann das sehen, im Gegensatz zu dir.»

Yvonne senkte die Stimme. «Du musst verstehen, Mo, Schätzchen, Flirt ist nicht gleich Flirt. Reggie und Jenny amüsieren sich da drüben blendend, aber keiner von beiden würde je an Betrug denken. Sie flirten, ja, aber sie tun es in einem Raum voller Menschen und versuchen nicht, es zu verbergen. Wenn sie es auch nur im Entferntesten ernst meinten, glaubst du wirklich, sie würde sich in Anwesenheit von Larry so verhalten?» Das klang überzeugend, sogar in ihren eigenen Ohren. «Schätzchen, wenn du älter bist, wirst du verstehen, dass ein kleiner Flirt unter Freunden zum Leben gehört.» Sie steckte sich einen Cashewkern in den Mund. «Das ist eins der Trostpflaster, wenn man jahrelang mit ein und demselben Mann verheiratet sein muss.»

Die junge Frau schaute finster drein, beruhigte sich aber ein wenig. «Vermutlich hast du recht», sagte sie. «Aber ich finde nach wie vor, dass eine Lady sich nicht so verhalten sollte.» Sie öffnete die Tür und kehrte wieder ins Wohnzimmer zurück. Yvonne atmete tief durch und folgte ihr.

Die Cocktails flossen, während die Unterhaltung lauter und lebhafter wurde. Francis ging wieder ins Esszimmer und mixte noch mehr Snowballs, während Yvonne eifrig Kirschen auf Cocktailspieße schob, um die Drinks zu dekorieren. Mittlerweile vertrug sie höchstens zwei alkoholische Getränke, daher hatte sie sich heute nur ein Mixgetränk mit Blue Curaçao genehmigt und beschränkte sich danach auf Orangensaft. Der Champagner floss in Strömen. Francis schaltete die Musik aus, in der Hoffnung, dass man den Fingerzeig verstehen und aufbrechen würde, doch Bill und Reggie schalteten sie wieder ein und versuchten, alle zum Tanzen zu überreden. Einmal hatten beide Männer Jennifers Hände ergriffen und tanzten um sie herum. Während Francis sich mit den Drinks beschäftigte, setzte Yvonne sich neben Laurence. Sie hatte sich geschworen, ihm ein Lächeln abzuringen.

Er sagte nichts, trank aber einen großen Schluck aus seinem Glas, schaute zu seiner Frau hinüber und wandte den Blick wieder ab. «Sie macht sich zum Narren», murmelte er, als er das Schweigen zwischen ihnen nicht mehr aushielt.

Sie macht dich zum Narren, dachte Yvonne. «Sie ist nur ausgelassen. Es war eine seltsame Zeit für sie, Larry. Sie ist … sie versucht, sich zu amüsieren.»

Als sie zu ihm aufblickte, sah er sie durchdringend an. Yvonne war unbehaglich zumute. «Hat der Arzt nicht gesagt, es könne sein, dass sie nicht mehr ganz sie selbst ist?», fügte sie hinzu. Das hatte er ihr erzählt, als Jennifer noch im Krankenhaus lag – damals, als er noch mit anderen Menschen sprach.

Er trank noch einen Schluck, ohne den Blick von ihr zu lösen. «Du hast es gewusst, nicht wahr?»

«Was?»

Er sah sie forschend an.

«Was habe ich gewusst, Larry?»

Francis hatte eine Rumba aufgelegt. Hinter ihnen versuchte Bill, Jennifer zum Tanzen aufzufordern, und sie flehte ihn an, damit aufzuhören.

Laurence leerte sein Glas. «Nichts.»

Sie beugte sich vor und legte eine Hand auf seine. «Für euch beide war es hart. Ich bin mir sicher, ihr braucht ein wenig Zeit, um –» Jennifers Lachen unterbrach sie. Reggie hatte eine Schnittblume zwischen die Zähne genommen und riss sie mit zu einem spontanen Tango.

Laurence schüttelte Yvonnes Hand sanft ab, als Bill sich atemlos neben ihnen auf einen Stuhl fallen ließ. «Dieser Reggie treibt es ein wenig zu wild, oder? Yvonne, solltest du nicht ein Machtwort sprechen?»

Sie wagte nicht, Laurence anzuschauen, doch als er sprach, war seine Stimme ruhig. «Keine Sorge, Yvonne», sagte er, den Blick in weite Ferne gerichtet. «Ich kümmere mich darum.»

Kurz vor halb neun fand sie Jennifer im Badezimmer. Sie frischte gerade ihr Make-up auf. Ihr Blick glitt zu Yvonne und richtete sich dann wieder auf ihr Spiegelbild. Ihre Haut war gerötet, sie sah beinahe ein wenig fiebrig aus. «Möchtest du Kaffee?», fragte Yvonne.

«Kaffee?»

«Bevor ihr zu Larrys Betriebsfeier fahrt.»

«Ich glaube», sagte Jennifer und zog ihre Lippen mit erstaunlich ruhiger Hand nach, «für den Rummel werde ich eher noch einen starken Drink brauchen.»

«Was machst du da?»

«Ich schminke mir die Lippen, wonach sieht es denn –»

«Mit meinem Cousin. Du übertreibst es.» Das hatte schärfer geklungen als beabsichtigt, doch Jennifer schien es nicht zu bemerken.

«Wann sind wir das letzte Mal mit Reggie ausgegangen?»

«Wie?»

«Wann waren wir das letzte Mal mit ihm aus?»

«Ich habe keine Ahnung. Vielleicht, als er im Sommer mit uns nach Frankreich gekommen ist.»

«Was trinkt er, wenn er keine Cocktails trinkt?»

Yvonne atmete tief durch, um sich zu beruhigen. «Jenny, Schätzchen, meinst du nicht, du solltest dich etwas zusammenreißen?»

«Was?»

«Die Sache mit Reggie. Du regst Larry auf.»

«Oh, er schert sich nicht die Bohne um das, was ich tue», sagte sie herablassend. «Was trinkt Reggie? Du musst es mir sagen. Es ist furchtbar wichtig.»

«Das weiß ich nicht. Whisky. Jenny, ist zu Hause alles in Ordnung? Mit dir und Larry?»

«Ich weiß nicht, was du meinst.»

«Es geht mich vielleicht nichts an, aber Larry scheint wirklich sehr unglücklich zu sein.»

«Larry?»

«Ja. Ich würde nicht zu leichtfertig mit seinen Gefühlen umgehen, Schätzchen.»

Jenny wandte sich ihr zu. «Mit seinen Gefühlen? Meinst du, er schert sich einen Dreck darum, was ich durchgemacht habe?»

«Jenny, ich –»

«Niemandem könnte es gleichgültiger sein als Larry. Ich soll einfach nur so weitermachen, den Mund halten und die perfekte Ehefrau spielen.»

«Aber wenn du meine Meinung hören willst –»

«Nein, das will ich nicht. Kümmere dich einfach um deine eigenen Angelegenheiten, Yvonne. Wirklich.»

Beide Frauen standen reglos da. Die Luft um sie herum schien zu vibrieren.

Yvonne spürte Ärger in sich aufsteigen. «Weißt du, Jennifer, nur weil du jeden Mann in diesem Haus haben kannst, bedeutet das noch lange nicht, dass du ihn dir auch nehmen musst.» Ihre Stimme war kalt.

«Was?»

Yvonne machte sich an den Handtüchern zu schaffen. «Oh, diese Hilflose-kleine-Prinzessin-Masche hat sich langsam abgenutzt. Wir wissen, dass du schön bist, Jennifer, okay? Wir wissen, dass unsere Ehemänner dich alle lieben. Nimm einfach zur Abwechslung mal Rücksicht auf die Gefühle anderer.»

Sie starrten sich an. «Das denkst du von mir? Dass ich mich wie eine *Prinzessin* aufführe?»

«Nein. Ich denke, dass du dich wie ein Miststück aufführst.»

Jennifers Augen weiteten sich. Sie öffnete den Mund, als wollte sie etwas sagen, machte ihn dann aber wieder zu, steckte ihren Lippenstift in die Hülle, straffte die Schultern und funkelte Yvonne wütend an. Dann ging sie hinaus.

Yvonne setzte sich auf den Klodeckel und putzte sich die Nase. Sie blickte zur Badezimmertür, in der Hoffnung, sie würde wieder aufgehen, und als das nicht geschah, verließ sie der Mut, und sie stützte den Kopf in die Hände.

Kurz darauf hörte sie Francis' Stimme. «Ist alles in Ordnung mit dir, Liebling? Ich habe mich gewundert, wo du bleibst.»

Als sie aufschaute und er den Ausdruck in ihren Augen sah, kniete er rasch nieder und ergriff ihre Hände. «Alles klar? Liegt es an dem Baby? Soll ich irgendetwas tun?»

Sie schauderte heftig und ließ zu, dass er ihre Hände in seine nahm. So verharrten sie eine Weile, lauschten der Musik und dem Geplauder von unten, dann ertönte Jennifers schrilles Gelächter. Francis griff in seine Tasche und zündete seiner Frau eine Zigarette an.

«Danke.» Sie inhalierte tief. Schließlich blickte sie mit ernsten Augen zu ihm auf. «Versprich mir, dass wir glücklich sein werden, auch wenn das Baby da ist, Liebling.»

«Was ist denn –»

«Versprich es mir einfach.»

«Hey, du weißt doch, dass ich das nicht kann», erwiderte er und streichelte ihr über die Wange. «Ich war immer so stolz darauf, wie ich dich unterdrücke und unglücklich mache.»

Unwillkürlich musste sie lächeln. «Schuft.»

«Ich gebe mir die größte Mühe.» Er erhob sich und strich seine Hose glatt. «Hör zu. Ich kann mir vorstellen, dass du erschöpft bist. Ich sehe zu, dass ich die Gäste loswerde, und dann können wir beide ins Bett gehen. Was sagst du dazu?»

«Manchmal», sagte sie liebevoll, während er ihr auf die Beine half, «bist du doch gar kein so schlechter Fang.»

Die Luft war kalt und die Straße fast menschenleer. Der Alkohol hatte sie aufgewärmt; sie war betrunken, und ihr war schwindelig.

«Sieht nicht so aus, als ob wir hier ein Taxi bekommen», sagte Reggie fröhlich und schlug seinen Mantelkragen hoch. «Was habt ihr denn noch vor?» Sein Atem bildete Wolken in der Nachtluft.

«Larry hat einen Fahrer.» Ihr Mann stand neben ihnen am Bordstein und schaute angestrengt die Straße hinunter. «Nur sieht es so aus, als wäre er verschwunden.» Das fand sie plötzlich sehr lustig, und sie hatte Mühe, ein Kichern zu unterdrücken.

«Ich habe ihm heute Abend freigegeben», murmelte Laurence. «Ich werde fahren. Bleib hier, dann hole ich die Wagenschlüssel.» Er ging die Treppe zu ihrem Haus hinauf.

Jennifer zog ihren Mantel fest um sich. Sie konnte nicht aufhören, Reggie anzustarren. Er war es. *Bär*. Es musste so sein. Er war den ganzen Abend nicht von ihrer Seite gewichen. Sie war sich sicher, dass viele seiner Bemerkungen versteckte Hinweise enthalten hatten. *Ich hatte schon so lange keine Gelegenheit mehr, mit Jenny zu reden.* Er hatte es auf eine ganz besondere Art gesagt. Sie konnte es sich nicht eingebildet haben. Er trank Whisky.

Bär. In ihrem Kopf drehte sich alles. Sie hatte zu viel getrunken, aber es machte ihr nichts aus. Sie brauchte Gewissheit.

«Wir werden uns furchtbar verspäten», klagte Reggies Freundin, und Reggie warf Jennifer einen verschwörerischen Blick zu.

Er schaute auf seine Uhr. «Ach, wir haben sie wahrscheinlich schon verpasst. Die werden inzwischen zum Essen gegangen sein.»

«Und was machen wir?»

«Wer weiß?» Er zuckte mit den Schultern.

«Warst du schon einmal in Alberto's Club?», fragte Jennifer plötzlich.

Reggies Lächeln war ein wenig durchtrieben. «Das wissen Sie doch, Mrs. Stirling.»

«Tatsächlich?» Ihr Herz pochte. Sie wunderte sich, dass es sonst niemand hörte.

«Ich glaube, ich habe dich gesehen, als ich zuletzt dort war.» Er sah sie herausfordernd an, beinahe ein wenig boshaft.

«Na, das war ja ein Abend heute», sagte Maureen gereizt, die Hände tief in die Manteltaschen gesteckt. Sie funkelte Jennifer an, als gäbe sie ihr die Schuld.

Oh, wärst du bloß nicht hier, dachte Jennifer, und ihr Puls raste. «Kommt doch mit», sagte sie unvermittelt.

«Was?»

«Zu Laurence' Feier. Sie ist bestimmt todlangweilig, aber ich bin mir sicher, ihr könntet die Party ein bisschen aufmischen. Ihr beide. Es gibt jede Menge zu trinken», fügte sie hinzu.

Reggie war entzückt. «Wir sind dabei», sagte er.

«Und ich habe dazu wohl nichts zu sagen?» Maureen stand der Unmut ins Gesicht geschrieben.

«Komm schon, Mo. Das wird lustig. Sonst sitzen nur wir zwei in irgendeinem öden Restaurant.»

Maureen war ihre Verzweiflung anzusehen, und Jennifer überkam ein leises Schuldgefühl, aber sie verdrängte es. Sie musste einfach Gewissheit haben. «Laurence?», rief sie. «Laurence, Liebling? Reggie und Maureen kommen noch mit. Ist das nicht großartig?»

Laurence stand zögernd auf der obersten Stufe, die Schlüssel in der Hand. Sein Blick ging von einem zum anderen. «Wunderbar», sagte er, kam gefasst die Treppe herunter und öffnete die hintere Tür des großen schwarzen Wagens.

Jennifer hatte die Stimmung bei der Weihnachtsfeier von *Acme Mineral and Mining* anscheinend unterschätzt. Vielleicht hatte es an der Dekoration gelegen, oder an den reichlich vorhandenen Speisen und Getränken, oder auch daran, dass der Chef erst so spät kam, doch als sie eintrafen, war die Party in vollem Gang. Jemand hatte ein tragbares Grammophon mitgebracht, das Licht war gedämpft, und die Schreibtische waren beiseitegeschoben worden, um eine Tanzfläche zu schaffen, auf der schon jede Menge Leute zu den Klängen von Connie Francis den Shimmy tanzten.

«Larry! Du hast uns ja gar nicht gesagt, dass deine Angestellten solche Beatniks sind!», rief Reggie begeistert aus.

Jennifer ließ Laurence an der Tür stehen, von wo aus er die Szene beobachtete, während sie sich in das Gedränge der Tanzenden schob. Seine Gefühle standen ihm ins Gesicht geschrieben: Seinen Arbeitsplatz, sein Reich, seine Zuflucht erkannte er nicht wieder, seine Belegschaft war seiner Kontrolle entzogen, und er verabscheute das Ganze. Sie sah, wie seine Sekretärin sich von ihrem Stuhl erhob, auf dem sie wahrscheinlich schon den ganzen Abend gesessen hatte, und etwas zu ihm sagte. Er nickte und versuchte zu lächeln.

«Drinks!», rief Jennifer, die so weit wie möglich von ihm fortkommen wollte. «Kämpf dich durch, Reggie! Wir wollen uns betrinken!»

Vage wurde sie sich einiger überraschter Blicke bewusst, als sie an den Angestellten ihres Mannes vorbeiging. Viele hatten ihre Krawatten gelockert, die Gesichter waren von Alkohol und Tanz gerötet. Sie schauten von ihr zu Laurence hinüber.

«Hallo, Mrs. Stirling.»

Sie erkannte den Buchhalter, der zwei Wochen zuvor im Büro mit ihr gesprochen hatte, und schenkte ihm ein Lächeln. Sein Gesicht glänzte von Schweiß, und er hatte den Arm um ein kicherndes Mädchen mit Partyhütchen gelegt. «Ah, hallo! Können Sie uns bitte zeigen, wo die Getränke sind?»

«Da drüben. Neben dem Schreibzimmer.»

Ein großer Bottich Punsch war aufgestellt worden. Pappbecher wurden gefüllt und über die Köpfe hinweggereicht. Reggie gab ihr einen, den sie in einem Zug leerte, und sie lachte, als das unerwartet starke Getränk sie zum Husten brachte. Dann tanzte sie, verloren in einem Meer von Körpern, nahm vage Reggies Lächeln wahr, dessen Hand hin und wieder ihre Taille berührte. Sie spürte den Blick von Laurence, der sich dann widerstrebend in ein Gespräch mit einem der älteren, nüchterneren Männer verwickeln ließ. Sie wollte nicht in seiner Nähe sein. Sie wünschte, er würde nach Hause gehen und sie hier weitertanzen lassen. Maureen sah sie nicht mehr. Womöglich war die junge Frau gegangen. Alles verschwamm vor ihren Augen, die Zeit zog sich in die Länge, wurde elastisch. Sie hatte Spaß. Ihr war warm, sie hob die Arme über den Kopf, ließ sich von der Musik treiben, ignorierte die neugierigen Blicke der anderen Frauen. Reggie wirbelte sie herum, und sie lachte ausgelassen. Gott, was fühlte sie sich lebendig! Hier gehörte sie hin. Zum ersten Mal fühlte sie sich nicht fremd in einer Welt, von der alle anderen hartnäckig behaupteten, es sei die ihre.

Reggie berührte ihre Hand, und es war wie ein Stromschlag. Seine Blicke waren vielsagend, sein Lächeln wissend. *Bär*. Er gab ihr mit Lippenbewegungen etwas zu verstehen.

«Was?» Sie schob sich eine verschwitzte Locke aus dem Gesicht.

«Es ist heiß. Ich brauche noch etwas zu trinken.»

Seine Hand an ihrer Taille ließ sie erschaudern. Sie ging dicht hinter ihm her, verdeckt durch die Körper ringsum. Als sie einen Blick hinter sich warf, um nach Laurence zu sehen, war er verschwunden. Wahrscheinlich in sein Büro, dachte sie. Dort brannte Licht. Laurence würde das alles widerwärtig finden. Ihr Ehemann verabscheute Spaß jeglicher Art. Manchmal hatte sie sich in den vergangenen Wochen gefragt, ob er sogar sie verabscheute.

Reggie drückte ihr den nächsten Pappbecher in die Hand. «Luft», rief er. «Ich brauche Luft.»

Und dann waren sie in der Lobby, wo es kühl und still war, nur sie beide, ganz allein. Die Geräusche der Party wurden leiser, als sich die Tür hinter ihnen schloss.

«Hier», sagte er und steuerte sie am Aufzug vorbei zu einem Notausgang. «Komm, wir gehen auf die Feuertreppe hinaus.» Er drückte die Türklinke hinunter, und dann waren sie draußen in der kühlen Nachtluft, und Jennifer tat einen tiefen Atemzug. Unter ihnen sah sie die Straße, die Bremslichter der Autos.

«Ich bin pitschnass!» Er zog an seinem Hemd. «Und ich habe absolut keine Ahnung, wo ich mein Jackett gelassen habe.»

Sie ertappte sich dabei, dass sie seinen Körper anstarrte, der sich inzwischen deutlich abzeichnete unter dem feuchten Stoff, und sie zwang sich, wegzuschauen. «Es macht Spaß», murmelte sie.

«Das kannst du wohl sagen. Ich habe den alten Larry gar nicht tanzen sehen.»

«Er tanzt nicht», sagte sie und fragte sich, warum sie das mit solcher Gewissheit behaupten konnte. «Nie.»

Sie schwiegen eine Weile und schauten in die Dunkelheit hinaus. In der Ferne vernahmen sie Verkehrslärm, hinter sich die gedämpften Geräusche der Party. Sie fühlte sich wie aufgeladen, atemlos vor Erwartung.

«Hier.» Reggie zog ein Päckchen Zigaretten aus seiner Tasche und zündete eine für sie an.

«Ich rauche ni…» Sie stockte. Woher wollte sie das wissen? Womöglich hatte sie Hunderte geraucht. «Danke», sagte sie. Behutsam nahm Jennifer die Zigarette zwischen zwei Finger, inhalierte und hustete.

Reggie lachte.

«Tut mir leid», sagte sie lächelnd. «Anscheinend bin ich in dieser Hinsicht ein hoffnungsloser Fall.»

«Rauch ruhig weiter. Es wird dich leichtsinnig machen.»

«Das bin ich schon.» Sie spürte, wie sie errötete.

«Das macht meine Gesellschaft, jede Wette», sagte er grinsend und kam einen Schritt näher. «Ich habe mich schon gefragt, wann ich dich allein für mich haben würde.» Er berührte die Innenseite ihres Handgelenks. «Ziemlich schwer, immer Geheimsprache zu sprechen, wenn alle Welt dabei ist.»

Sie fragte sich, ob sie ihn richtig verstanden hatte. «Ja», sagte sie, als sie sprechen konnte, und ihre Stimme klang erleichtert. «Gott, ich wollte vorhin schon etwas sagen. Es war so schwer. Ich erkläre es dir später, aber es hat eine Zeit gegeben … Oh, halt mich fest. Halt mich, Bär. Halt mich.»

«Aber gern.»

Er trat noch einen Schritt vor, legte die Arme um sie und zog sie an sich. Sie sagte nichts, versuchte nur aufzunehmen, wie sie sich in seinen Armen fühlte. Er näherte sein Gesicht dem ihren, und sie schloss die Augen, bereit, atmete seinen männlichen Duft ein, spürte, wie erstaunlich schmal seine Brust war, wollte sich fallen lassen. Oh, ich habe doch so lange auf dich gewartet, teilte sie ihm stumm mit und hob ihr Gesicht.

Seine Lippen trafen auf ihre, und im ersten Augenblick erregte sie die Berührung. Doch sein Kuss wurde grob, fordernd. Seine Zähne kratzten an ihren, seine Zunge zwängte sich in ihren Mund, und sie musste sich zurückziehen.

Das schien ihn nicht zu kümmern. Seine Hände glitten über ihr Gesäß, und er zog sie fest an sich. Sein Blick war voller Begierde. «Sollen wir ein Hotelzimmer suchen? Oder … hier?»

Sie starrte ihn an. Er muss es sein, sagte sie sich. Alles sprach dafür. Aber wie konnte sich B so – so anders anfühlen als das, was in seinen Briefen stand?

«Was ist los?», fragte er, als er ihre Verwirrung bemerkte. «Ist dir kalt? Oder willst du kein Hotel? Zu riskant?»

«Ich –»

Das alles war falsch. Sie zog sich aus seiner Umarmung zurück. «Tut mir leid. Ich glaube nicht …»

«Du willst es hier nicht tun?»

Sie runzelte die Stirn. Dann schaute sie zu ihm auf. «Reggie, weißt du, was ‹irisierend› bedeutet?»

«Iri– was?»

Sie schloss die Augen und machte sie dann wieder auf. «Ich muss gehen», murmelte sie. Plötzlich war sie entsetzlich nüchtern.

«Aber du gehst doch gerne mal fremd. Du magst doch das Abenteuer.»

«Ich mag *was?*»

«Na ja, ich bin wohl kaum der Erste, oder?»

Sie blinzelte. «Das verstehe ich nicht.»

«Oh, spiel doch nicht die Unschuldige, Jennifer. Ich habe

dich gesehen, weißt du noch? Mit deinem anderen Mann. Beim Alberto's. Es war offensichtlich. Ich habe gleich verstanden, was du mir sagen wolltest, als du dich vorhin vor allen anderen darauf bezogen hast.»

«Mein anderer Mann?»

Er zog an seiner Zigarette und trat sie dann abrupt mit dem Absatz aus.

«So willst du dich also herauswinden, wie? Was ist los? Kann ich ihm nicht das Wasser reichen, bloß weil ich ein dummes Wort nicht verstanden habe?»

«Was für ein Mann?» Sie hatte ihn am Ärmel gepackt, konnte sich nicht zurückhalten. «Von wem sprichst du?»

Er schüttelte sie wütend ab. «Spielst du Spielchen mit mir?»

«Nein», protestierte sie. «Ich muss einfach wissen, mit wem du mich gesehen hast.»

«Herrgott! Ich wusste, ich hätte mit Mo gehen sollen, als ich die Gelegenheit hatte. Wenigstens weiß *sie* mich zu schätzen. Sie ist keine, die einen Mann anmacht und dann fallen lässt», stieß er zornig hervor.

Plötzlich fiel ein Lichtschein auf sein gerötetes und wutverzerrtes Gesicht. Jennifer wirbelte herum und sah Laurence in der Feuertür stehen. Er beobachtete das hellerleuchtete Schauspiel von seiner Frau und dem Mann, der jetzt von ihr zurückwich. Reggie huschte mit gesenktem Kopf an Laurence vorbei in das Gebäude und wischte sich dabei über den Mund.

Sie stand wie erstarrt da. «Laurence, es ist nicht, was du –»

«Geh rein», befahl er.

«Ich habe nur –»

«Geh rein. Sofort.» Seine Stimme war leise, offenbar ruhig. Nach kurzem Zögern trat sie ins Treppenhaus. Sie ging auf die Tür zu, bereit, sich wieder unter die Partygäste zu mischen, noch immer zitternd vor Verwirrung und Schock, doch als sie am Aufzug vorbeikamen, packte er sie am Handgelenk und drehte sie zu sich herum.

Sie schaute auf seine Hand herab, dann in sein Gesicht.

«Bilde dir nur nicht ein, du könntest mich demütigen, Jennifer», sagte er leise.

«Lass mich los!»

«Das meine ich ernst. Ich bin kein Narr, den du –»

«Lass mich los! Du tust mir weh!» Sie versuchte sich von ihm loszumachen.

«Hör zu.» Ein Muskel zuckte an seinem Unterkiefer. «*Ich lasse es nicht zu.* Verstehst du mich? *Ich lasse es nicht zu.*» Er hatte die Zähne zusammengebissen. In seiner Stimme lag sehr viel Wut.

«Laurence!»

«Larry! *Du sagst Larry zu mir!*», schrie er sie an und hob die Faust. Die Tür ging auf, und der Mann aus der Buchhaltung trat heraus. Er lachte, den Arm um die junge Frau von vorhin gelegt. Als er sie sah, verschwand sein Lächeln. «Äh … Wir wollten nur ein bisschen Luft schnappen, Sir», sagte er verlegen.

In dem Augenblick ließ Laurence ihr Handgelenk los, und Jennifer nutzte die Gelegenheit, schob sich an dem Paar vorbei und lief die Treppe hinunter.

Es gibt so vieles an dir, was ich liebe, aber es gibt auch Dinge, die ich hasse. Ich finde, du solltest wissen, dass ich jetzt mehr und mehr an die Dinge denke, die mich an dir stören.

Wie du damals den Hummer getötet hast.

Wie du in die Hände geklatscht und die Kühe angeschrien hast, um sie von der Straße zu vertreiben. Warum konnten wir nicht einfach warten, bis sie weg waren? Wir hätten auch ein andermal ins Kino gehen können ...

Die Art, wie du Gemüse zerkleinerst.

Deine ständige Negativität.

Drei Farbschichten habe ich gebraucht, um die Stelle zu übermalen, an der du deine Telefonnummer mit Rotstift an meiner Wand hinterlassen hast. Ich weiß, ich war sowieso gerade dabei zu renovieren, aber es war solch eine Farbverschwendung.

Mann an Frau, per Brief

KAPITEL 9

Anthony saß auf einem Barhocker, in der Hand eine leere Kaffeetasse, und beobachtete die Treppe zur Straße, um nicht den Augenblick zu verpassen, in dem zwei lange schlanke Beine dort herabsteigen würden. Ab und zu kamen Paare die Treppe herunter, kommentierten lauthals die ungewöhnliche Sommerhitze oder ihren riesigen Durst und gingen an Sherrie, der gelangweilten Garderobiere, vorbei, die auf ihrem Hocker saß und ein Taschenbuch las. Er schaute prüfend in ihre Gesichter und drehte sich dann wieder zur Bar.

Es war Viertel nach sieben. Sechs Uhr dreißig hatte sie in ihrem Brief geschrieben. Er zog ihn noch einmal aus der Tasche, strich ihn glatt und betrachtete die schwungvolle Handschrift, die bestätigte, dass sie kommen würde. *In Liebe, J.*

Fünf Wochen lang hatten sie Briefe ausgetauscht, seine gingen an die Poststelle in der Langley Street, in der sie ein Postfach mit der Nummer 13 eingerichtet hatte – eine Nummer, wie die Postbeamtin versichert hatte, die sonst niemand wollte. Sie hatten sich nur fünf oder sechs Mal gesehen, ihre Begegnungen waren eher kurz, zu kurz, und beschränkten sich auf die wenigen Gelegenheiten, die entweder sein oder Laurence' Terminkalender erlaubten.

Doch alles, was er ihr nicht persönlich sagen konnte, hatte er schriftlich ausgedrückt. Er schrieb fast jeden Tag, und er sagte ihr alles, ohne Scham oder Verlegenheit. Es war, als wäre ein Damm gebrochen. Er erzählte ihr, wie sehr er sie vermisste, von seinem Leben im Ausland und dass er sich bisher stets rastlos gefühlt hatte, als wollte er einem Gespräch lauschen, das zwar gerade noch in Hörweite war, aber nie genau dort stattfand, wo er sich aufhielt.

Er offenbarte ihr seine Fehler – Egoismus, Sturheit, häufige Gleichgültigkeit. Aber sie sei der Grund, warum er begonnen habe, diese Schwächen zu bekämpfen. Er schrieb ihr immer wieder, dass er sie liebte, und spürte eine tiefe Befriedigung darüber, diese Worte schwarz auf weiß vor sich zu sehen.

Im Gegensatz dazu waren ihre Briefe kurz und sachlich. *Triff mich dort*, hieß es darin. Oder *Nicht um diese Zeit, eine halbe Stunde später*. Oder schlicht *Ja, ich auch*. Zunächst hatte er befürchtet, die Kürze könnte bedeuten, dass sie nur wenig für ihn empfand, und er hatte Schwierigkeiten gehabt, den Menschen, den er aus ihren gemeinsamen Treffen kannte – vertraut, liebevoll, humorvoll, um sein Wohl besorgt –, mit ihren geschriebenen Worten in Einklang zu bringen.

Als sie eines Abends erst sehr spät erschienen war – wie er nachher herausfand, war Laurence früher nach Hause gekommen und sie hatte sich eine kranke Freundin ausdenken müssen, um überhaupt fortzukommen –, hatte sie ihn betrunken und mürrisch an der Bar vorgefunden.

«Nett von dir, dass du vorbeikommst», hatte er sarkastisch bemerkt und ihr zugeprostet. Er hatte in den zwei Stunden Wartezeit vier doppelte Whiskys getrunken.

Sie hatte ihren Schal abgenommen, einen Martini bestellt und gleich wieder abbestellt.

«Bleibst du nicht hier?»

«Ich will dich in diesem Zustand nicht sehen.»

Er hatte sie wegen all der Dinge beschimpft, die er seiner Meinung nach zu selten von ihr bekam – Zeit, geschriebene Worte, an denen er sich festhalten konnte –, ohne darauf zu achten, dass Felipe, der Besitzer des Clubs, ihm eine Hand auf den Arm gelegt hatte, um ihn zu beschwichtigen. Seine Gefühle jagten ihm Angst ein, und er wollte ihr dafür weh tun. «Was ist los? Fürchtest du, etwas niederzuschreiben, das als Beweis gegen dich verwendet werden könnte?»

Als er diese Worte aussprach, hasste er sich selbst, er wusste, dass er gemein war und genau der bemitleidenswerte Mensch, den er unbedingt vor ihr hatte verbergen wollen.

Jennifer hatte auf dem Absatz kehrtgemacht und war rasch die Treppe hinaufgestiegen, hatte seine gebrüllte Entschuldigung ignoriert, seine Aufforderung, zurückzukommen.

Am nächsten Morgen hatte er eine Nachricht mit einem einzigen Wort im Postfach hinterlassen, und zwei lange, von Schuldgefühlen geprägte Tage später erhielt er einen Brief.

Boot. Ich bringe meine Gefühle nicht leicht zu Papier. Ich gebe sie überhaupt nicht gern preis. Du bist in dem Geschäft mit den Worten zu Hause, und ich liebe jedes einzelne, das du mir schreibst. Aber beurteile meine Gefühle nicht danach, ob ich auf die gleiche Weise reagiere.

Ich fürchte, wenn ich versuchen würde, so zu schreiben wie du, wärst du sehr enttäuscht. Wie ich dir bereits einmal gesagt habe, ist meine Meinung selten gefragt – schon gar nicht bei etwas so Wichtigem –, und ich finde es nicht leicht, sie freiwillig zu äußern. Vertraue darauf, dass ich hier bin. Vertraue mir aufgrund meiner Handlungen, meiner Zuneigung. Das ist meine Währung.

Deine

J

Vor Scham und Erleichterung hatte er geweint, als er das las. Später vermutete er, dass sie auch deshalb nicht so frei über ihre Gefühle sprach, weil sie noch immer die Demütigung in jenem Hotelzimmer mit sich herumtrug. Er hatte versucht, ihr zu erklären, warum er nicht mit ihr geschlafen hatte, aber er befürchtete, dass sie ihm dennoch nicht ganz glaubte, dass sie mehr für ihn war als nur eine Affäre.

«Kommt sie nicht?» Felipe setzte sich neben ihn. Der Club hatte sich inzwischen gefüllt. An den Tischen wurde geplaudert, ein Pianist spielte in der Ecke, und in einer halben Stunde würde Felipe zu seiner Trompete greifen. Über ihren Köpfen drehte sich der Ventilator, der die dicke Luft kaum in Bewegung brachte. «Du wirst dich doch nicht wieder volllaufen lassen?»

«Das ist Kaffee.»

«Du solltest lieber vorsichtig sein, Tony.»

«Ich habe dir doch gesagt, es ist Kaffee.»

«Es geht nicht darum. Eines Tages wirst du dich auf die falsche Frau einlassen. Eines Tages wird dich ein Ehemann erledigen.»

Anthony hob die Hand und bestellte noch einen Kaffee. «Ich fühle mich geschmeichelt, Felipe, dass dir mein Wohl so sehr am Herzen liegt, aber erstens war ich bei der Wahl meiner Partnerinnen immer sehr vorsichtig.» Er grinste. «Glaub mir, du musst schon ein gewisses Vertrauen in deine Fähigkeit zur Diskretion haben, um einen Zahnarzt mit einem Bohrer auf deine Zähne loszulassen, nachdem du eine knappe Stunde zuvor seine Frau … äh … unterhalten hast.»

Felipe musste lachen. «Du bist schamlos, Mann.»

«Ganz und gar nicht. Weil es zweitens keine verheirateten Frauen mehr geben wird.»

«Nur noch alleinstehende, wie?»

«Nein. Keine Frauen mehr. Sie ist die Eine.»

«Die Hundert und Eine, meinst du wohl.» Felipe brach in Gelächter aus. «Als Nächstes willst du mir noch weismachen, dass du angefangen hast, die Bibel zu lesen.»

Die Ironie war: Je mehr er schrieb, und je mehr er bemüht war, sie von seinen Gefühlen zu überzeugen, umso größer war anscheinend ihr Verdacht, dass die Worte bedeutungslos waren, dass sie ihm zu leicht aus der Feder flossen. Sie hatte ihn mehrfach deshalb aufgezogen – aber er hatte den Ernst dahinter gespürt.

Sie und Felipe sahen in ihm dasselbe: jemanden, der zu wahrer Liebe nicht fähig war. Einen Mann, der das Unerreichbare nur so lange begehrte, bis er es bekam.

«Eines Tages, Felipe, mein Freund, werde ich dich noch überraschen.»

«Tony, du sitzt hier schon lange genug herum, es gibt keine Überraschungen mehr. Und, sieh nur, wenn man vom Teufel spricht. Da kommt dein Geburtstagsgeschenk. Noch dazu so hübsch verpackt.»

Anthony blickte auf und sah ein Paar smaragdgrüner Schuhe die Stufen herabsteigen. Sie ging langsam, eine Hand am Geländer, so wie beim ersten Mal, als er sie die Treppe vor ihrem Haus hatte herunterkommen sehen. Sie wurde Zentimeter um Zentimeter sichtbar, bis ihr Gesicht, gerötet und etwas nass vom Regen, direkt vor ihm war. Bei ihrem Anblick stockte ihm kurz der Atem.

«Es tut mir so leid», sagte sie und küsste ihn auf die Wange. Ein warmer Hauch von Parfüm traf ihn, ihre feuchten Wangen benetzten die seinen. Sie drückte sanft seine Hand. «Es war … schwer, herzukommen. Können wir uns irgendwohin setzen?»

Felipe führte sie in eine Nische, und sie versuchte, ihr Haar zu glätten.

«Ich dachte schon, du kommst gar nicht», sagte er, nachdem Felipe ihr einen Martini gebracht hatte.

«Laurence' Mutter kam wieder einmal unerwartet zu Besuch. Sie findet kein Ende. Ich saß da, goss Tee ein und dachte, ich müsste schreien.»

«Wo ist er?» Er streckte unter dem Tisch eine Hand aus und umfasste ihre. Wie gut sich das anfühlte!

«Reist nach Paris. Er trifft jemanden von Citroën wegen Bremsbelägen oder so.»

«Wenn du meine Frau wärst», sagte Anthony, «würde ich dich keine Minute allein lassen.»

«Ich wette, das sagst du allen Frauen.»

«Lass», sagte er. «Das mag ich nicht.»

«Oh, du kannst nicht so tun, als hättest du nicht all deine guten Sprüche zuerst an anderen Frauen ausprobiert. Ich kenne dich, Boot. Du hast es mir erzählt, weißt du noch?»

Er seufzte. «Das hat man nun von seiner Ehrlichkeit. Kein Wunder, dass ich früher nie Lust hatte, es damit zu versuchen.» Sie rutschte ein Stück näher, ihre Beine berührten seine, und er entspannte sich. Sie trank ihren Martini, dann einen zweiten, und dort, in der gemütlichen Nische, mit ihr an seiner Seite, genoss er das flüchtige Gefühl, sie gehöre ihm. Die Band begann zu spielen, Felipe an der Trompete, und während sie zuschaute, ihr Gesicht von Kerzenlicht und Freude erhellt, beobachtete Anthony sie insgeheim und wusste mit absoluter Sicherheit, dass sie die einzige Frau war, die ihm dieses Gefühl geben konnte.

«Tanzen?»

Andere Paare waren bereits auf der Tanzfläche, wiegten sich in beinahe vollständiger Dunkelheit zur Musik. Er hielt sie in den Armen, atmete den Geruch ihres Haars ein, spürte, wie sich ihr Körper an seinen schmiegte, gab sich der Vorstellung hin, dass es nur sie beide gäbe, die Musik und ihre weiche Haut.

«Jenny?»

«Ja?»

«Küss mich.»

Jeder Kuss seit dem ersten im Postman's Park hatte im Verborgenen stattgefunden: in seinem Wagen, in einer ruhigen Vorortstraße, im Nebenraum eines Restaurants. Er sah schon den Protest, der sich auf ihren Lippen formte. *Hier? Vor all den Leuten?* Er wartete darauf, dass sie sagen würde, das Risiko sei zu groß. Aber vielleicht bemerkte sie etwas in seinem Ausdruck. Ihr Gesicht wurde weich, wie immer, wenn es nur wenige Millimeter von seinem entfernt war, und sie hob die Hand an seine Wange und küsste ihn, ein zärtlicher, leidenschaftlicher Kuss.

«Du machst mich glücklich, weißt du das?», sagte sie leise und bestätigte ihm damit, dass sie es vorher nicht gewesen war. Sie verschränkte die Finger mit seinen; besitzergreifend, sicher. «Ich kann nicht behaupten, dass die Situation mich glücklich macht, aber du tust es.»

«Dann verlass ihn.» Die Worte waren ausgesprochen, noch ehe er wusste, was er sagte.

«Was?»

«Verlass ihn. Komm und lebe mit mir. Man hat mir eine Versetzung angeboten. Wir könnten einfach verschwinden.»

«Nicht.»

«Was nicht?»

«Sag so etwas nicht. Du weißt, es ist unmöglich.»

«Warum?», fragte er. Anthony vernahm den fordernden Ton in seiner Stimme. «Warum geht es nicht?»

«Wir – wir kennen uns doch eigentlich überhaupt nicht.»

«Doch. Und das weißt du.»

Er senkte den Kopf und küsste sie noch einmal. Diesmal zögerte sie ein wenig, er zog sie an sich, legte die Hand an ihren Rücken und spürte, wie sie sich seinen Körperformen anpasste.

Die Musik trat in den Hintergrund, er hob ihr mit einer Hand die Haare aus dem Nacken, spürte die Feuchtigkeit darunter und hielt inne. Sie hatte die Augen geschlossen, ihr Kopf war etwas zur Seite geneigt, ihre Lippen waren ganz leicht geöffnet.

Sie schlug die blauen Augen auf, blickte tief in seine, und dann lächelte sie, ein impulsives Lächeln, das ihre eigene Sehnsucht offenbarte. Wie oft sah ein Mann ein solches Lächeln? Kein Ausdruck von bloßer Zuneigung, Duldung oder gar Verpflichtung. *Ja, gut, mein Lieber, wenn du wirklich willst.* Jennifer Stirling wollte ihn. Sie wollte ihn genauso, wie er sie wollte. «Mir ist entsetzlich heiß», sagte sie, ohne den Blick von ihm abzuwenden.

«Dann sollten wir an die frische Luft gehen.» Er nahm sie an der Hand und führte sie durch die Menge der Tanzenden. Er bemerkte, dass sie lachte, und fühlte, wie sie nach seinem Hemd griff. Sie kamen in den vergleichsweise leeren Flur, wo er ihr Lachen mit Küssen erstickte. Er vergrub seine Finger in ihrem Haar, spürte ihren warmen Mund auf seinen Lippen. Sie erwiderte seinen Kuss mit zunehmender Leidenschaft, zögerte auch nicht, als sie Schritte auf dem Flur hörten. Ihre Hände glitten unter sein Hemd, und die Berührung ihrer Finger bewirkte, dass er kurz die Macht über seine Gedanken verlor. Was tun? Was tun? Ihre Küsse wurden intensiver, drängender. Er wusste, dass er explodieren würde, wenn er sie nicht nähme. Er brach ab, umfasste ihr Gesicht mit beiden Händen, sah ihre Augen, dunkel vor Verlangen. Das war seine Antwort.

Er schaute nach rechts. Sherrie war noch immer in ihr Buch vertieft, in der stickigen Augusthitze war die Garderobe überflüssig. Sie schien sie gar nicht zu bemerken, so sehr war sie schon an das Küssen und Fummeln der Liebespaare um sie herum gewöhnt. «Sherrie», sagte er und zog eine Zehn-Shilling-Note aus der Tasche, «wie wär's mit einer Pause?»

Sie zog eine Augenbraue hoch, nahm das Geld und glitt von ihrem Hocker. «Zehn Minuten», sagte sie nur. Dann folgte Jennifer ihm kichernd in die Garderobe, atemlos, als er den Vorhang so weit wie möglich vor die dunkle Nische zog.

Hier war die Dunkelheit sanft und absolut, der Geruch nach Tausenden von Mänteln hing in der Luft. Eng umschlungen taumelten sie ans Ende der Mantelstange, rings um ihre Köpfe stießen die Drahtbügel zusammen wie leise nachklingende Schlagzeugbecken. Er konnte Jennifer in der Dunkelheit nicht erkennen, doch dann war sie direkt vor ihm, mit dem Rücken an der Wand, ihre Lippen auf seinen, drängender jetzt, und sie flüsterte seinen Namen.

Ein Teil von ihm wusste schon in diesem Augenblick, dass sie sein Verderben sein würde. «Sag mir, dass ich aufhören soll», flüsterte er, eine Hand an ihrer Brust, schwer atmend. Es wäre die einzige Möglichkeit, das hier noch aufzuhalten. «Sag mir, dass ich aufhören soll.» Sie schüttelte nur stumm den Kopf. «O Gott», murmelte er. Es gab kein Zurück mehr, ihr Atem kam stoßweise, sie schlang ein Bein um ihn. Er fuhr mit den Händen unter ihr Kleid, die Handflächen glitten über die Seide und Spitze ihrer Unterwäsche. Er spürte ihre Finger in seinem Haar, eine Hand griff nach seiner Hose, und ein Teil von ihm war leicht schockiert, als habe er erwartet, dass ihr Gefühl für Anstand eine solche Gier ausschloss.

Die Zeit schien stehenzubleiben, sie bewegten sich wie in einem luftleeren Raum, ihr Atem vermischte sich. Stoffe wurden zur Seite geschoben. Beine wurden feucht; er hatte seine gespreizt, um ihr Gewicht zu tragen. Und dann – o Gott – war er in ihr, und einen Moment lang setzte alles aus: Jennifers Atem, ihre Bewegungen, sein Herz. Wahrscheinlich auch die Welt. Er spürte ihren offenen Mund auf seinem, hörte, wie sie einatmete. Und dann bewegten sie sich, und er war eins mit ihr, konnte nur noch sie fühlen, war taub gegenüber den klappernden Bügeln, der gedämpften Musik auf der anderen Seite der Wand, dem leisen Ausruf, als jemand im Flur einen Freund begrüßte. Nur er und Jennifer existierten, bewegten sich langsam, dann schneller, ihr Griff wurde fester, das Lachen war verstummt, seine Lippen auf ihrer Haut, ihr Atem in seinem Ohr. Er spürte die zunehmende Kraft ihrer Bewegungen, spürte, wie sie in einen fernen Teil ihrer selbst verschwand. Der letzte Rest seines Verstandes sagte ihm, dass sie keinen Laut von sich geben durfte. Und als er hörte, wie sich der Schrei in ihrer Kehle ankündigte, während sie den Kopf nach hinten bog, hielt er ihn mit seinem Mund auf, fing den Laut ab, nahm ihre Lust in sich auf, so bestimmt, dass sie zu seiner eigenen wurde.

Par procuration.

Dann gerieten sie ins Taumeln, seine Beine verkrampften sich, als er sie herabließ, und sie pressten sich aneinander, hielten sich fest, er spürte die Tränen auf ihren Wangen, während sie erschauderte, matt in seinen Armen. Danach wusste er nicht mehr, was er ihr in diesem Moment gesagt hatte. *Ich liebe dich. Ich liebe dich. Lass mich nie im Stich. Du bist so schön.* Er erinnerte sich daran, dass er ihr zärtlich die Tränen von den Augen gewischt hatte, und an ihre geflüsterten Beschwichtigungen, das zaghafte Lächeln, ihre Küsse, ihre Küsse, ihre Küsse.

Wie vom fernen Ende eines Tunnels vernahmen sie Sherries demonstratives Hüsteln. Jennifer glättete ihre Kleidung, ließ sich von ihm den Rock glatt streichen, und er spürte den Druck ihrer Hand, als sie ihn die paar Schritte zurück ins Licht führte, in die wirkliche Welt, seine Beine waren schwach, sein Atem ging noch nicht gleichmäßig, und er bereute schon, den dunklen Himmel hinter sich lassen zu müssen.

«Fünfzehn Minuten», sagte Sherrie, als sie auf den Flur hinaustraten. Jennifers Kleid war ordentlich, nur die flach gedrückten Haare an ihrem Hinterkopf zeugten davon, was geschehen war.

«Wenn du es sagst.» Er steckte ihr noch einen Geldschein zu.

Jennifer drehte sich zu ihm um, das Gesicht noch immer gerötet. «Mein Schuh!», rief sie aus und hielt einen bestrumpften Fuß hoch. Sie brach in Gelächter aus und hielt sich eine Hand vor den Mund. Er war erleichtert über ihr Lachen – er hatte befürchtet, sie könnte plötzlich nachdenklich oder reumütig sein.

«Ich hole ihn», sagte er und ging geduckt wieder hinein.

«Da soll noch einer sagen, es gibt keine Kavaliere mehr», murmelte Sherrie vor sich hin.

Er tastete im Dunkeln nach dem smaragdgrünen Seidenschuh und fuhr sich mit der freien Hand durch die Haare, vielleicht sahen sie ebenso verräterisch aus wie ihre. Er glaubte, den Sex noch zu riechen, der moschusartige Geruch hatte sich inzwischen mit einem Hauch Parfüm vermischt. So etwas hatte er noch nie gefühlt. Einen Augenblick lang schloss er die Augen und beschwor das Gefühl von ihr herauf, das Gefühl von …

«Ach, hallo, Mrs. Stirling!»

Er entdeckte den Schuh unter einem umgedrehten Stuhl und hörte Jennifers Stimme, eine kurze, leise Unterhaltung.

Als er auftauchte, sah er einen jungen Mann an der Garderobe stehen. Eine Zigarette klemmte in seinem Mundwinkel, und er hatte einen Arm um eine dunkelhaarige junge Frau gelegt, die begeistert zur Musik wippte.

«Wie geht's, Reggie?» Jennifer streckte eine Hand aus, die er kurz drückte.

Der Blick des jungen Mannes fiel auf Anthony. «Mir geht's gut. Und wo ist Mr. Stirling?»

Sie zögerte kaum. «Laurence ist auf einer Geschäftsreise.

Das hier ist Anthony, ein Freund von uns. Er war so nett, mich heute Abend auszuführen.»

Eine Hand wurde ihm hingehalten. «Sehr erfreut.»

Anthonys Lächeln fühlte sich wie eine Grimasse an.

Reggie stand einfach da, betrachtete Jennifers Frisur, die leicht geröteten Wangen, und etwas unangenehm Wissendes schlich sich in seinen Blick. Mit einem Kopfnicken deutete er auf ihre Füße. «Sieht so aus, als würde … dir ein Schuh fehlen.»

«Meine Tanzschuhe. Ich habe sie abgegeben und zwei unterschiedliche Schuhe zurückbekommen. Dumm von mir.» Ihre Stimme war ruhig, ohne jedes Stocken.

Anthony hielt den Schuh hoch. «Hab ihn gefunden», sagte er. «Ich habe deine Straßenschuhe wieder unter den Mantel gestellt.» Sherrie saß reglos neben ihm, hatte die Nase wieder in ihr Buch gesteckt.

Reggie grinste und genoss die Situation sichtlich. Anthony fragte sich flüchtig, ob er darauf wartete, dass sie ihn zu einem Drink einluden oder ihn aufforderten, sich ihnen anzuschließen, doch er würde den Teufel tun.

Zum Glück zog Reggies Begleitung ihn am Arm. «Komm schon, Reggie. Da drüben ist Mel.»

«Die Pflicht ruft.» Reggie winkte ihnen zu und schlängelte sich zwischen den Tischen hindurch. «Viel Spaß beim … Tanzen.»

«Verdammt», sagte sie kaum hörbar. «Verdammt. Verdammt. Verdammt.»

Er führte sie zurück in den Hauptraum. «Komm, wir trinken etwas.»

Als sie zurück in ihre Nische schlüpften, war der gerade einmal zehn Minuten zurückliegende Glücksrausch bereits eine ferne Erinnerung. Anthony hatte den jungen Mann auf Anhieb nicht leiden können – aber für diesen Verlust hätte er ihn ohrfeigen können.

Sie leerte ihren Martini in einem Zug. Unter anderen Umständen hätte er es amüsant gefunden. Jetzt aber war es ein Zeichen für ihre Angst.

«Hör auf, dir Sorgen zu machen», sagte er. «Du kannst nichts machen.»

«Aber was ist, wenn er es erzählt …»

«Dann verlass Laurence. Ganz einfach.»

«Anthony …»

«Du kannst nicht zu ihm zurück, Jenny. Jetzt nicht mehr. Du weißt es.»

Sie holte eine Puderdose hervor und rieb an der Wimperntusche unter ihren Augen. Offensichtlich unzufrieden mit dem Ergebnis, klappte Jennifer die Dose wieder zu.

«Jenny?»

«Überleg mal, worum du mich da bittest. Ich würde alles verlieren. Meine Familie … alles, was mein Leben ausmacht. Ich wäre erledigt.»

«Aber du hättest mich. Ich würde dich glücklich machen. Du hast es gesagt.»

«Für Frauen ist das anders. Ich wäre –»

«Wir würden heiraten.»

«Glaubst du wirklich, Laurence würde sich je von mir scheiden lassen? Glaubst du, er würde mich gehen lassen?» Ihr Gesicht hatte sich verdüstert.

«Ich weiß, dass er nicht der Richtige für dich ist. Ich bin es.» Als sie nichts erwiderte, fuhr er fort: «Bist du glücklich mit ihm? Willst du dieses Leben haben? Als Gefangene im goldenen Käfig?»

«Ich bin keine Gefangene. Sei nicht albern.»

«Du siehst es nur nicht.»

«Nein. So willst *du* es sehen. Larry ist kein schlechter Mann.»

«Du siehst es noch nicht, Jenny, aber du wirst mit ihm immer unglücklicher werden.»

«Jetzt bist du auch noch ein Wahrsager?»

«Er wird dich erdrücken, alles auslöschen, was dich ausmacht. Jennifer, der Mann ist ein Narr, ein gefährlicher Narr, und du bist zu blind, es zu erkennen.»

Mit einem Ruck wandte sie sich ihm zu. «Wie kannst du es wagen? Was fällt dir eigentlich ein?»

Er sah die Tränen in ihren Augen, und sein Zorn erlosch. Er holte ein Taschentuch heraus und wollte ihr schon die Augen abwischen, aber sie hielt seine Hand auf. «Lass», murmelte sie. «Reggie könnte uns beobachten.»

«Verzeih. Bitte, weine nicht.»

Schweigend starrten sie auf die Tanzfläche.

«Es ist nur so schwer», flüsterte sie. «Ich dachte, ich wäre glücklich. Mein Leben war in Ordnung. Und dann kamst du, und nichts … nichts ergibt mehr einen Sinn. Alles, was ich geplant hatte – Häuser, Kinder, Urlaube –, will ich jetzt nicht mehr. Ich schlafe nicht. Ich esse nicht. Die ganze Zeit denke ich an dich. Ich weiß, ich werde nicht aufhören können, *daran* zu denken.» Sie deutete auf die Garderobe. «Aber der Gedanke, ihn tatsächlich zu verlassen, das ist, als würde ich in einen Abgrund schauen.»

«In einen Abgrund?»

Sie schnäuzte sich. «Dich zu lieben hätte einen hohen Preis. Meine Eltern würden mich enterben. Ich würde nichts mitbringen. Und ich kann nichts, Anthony. Ich tauge zu nichts anderem, als so zu leben, wie ich es jetzt tue. Wenn ich nun nicht einmal den Haushalt für dich führen kann?»

«Meinst du, das macht mir etwas aus?»

«Mit der Zeit schon. Eine verwöhnte Ehefrau. So hast du mich am Anfang genannt, und du hattest recht. Ich kann Männer dazu bringen, mich zu lieben, aber sonst kann ich nichts.»

Ihre Unterlippe zitterte. Wütend über sich selbst, wünschte er sich, er hätte nie so über sie gesprochen. Schweigend und in Gedanken versunken, schauten sie Felipe zu, wie er spielte.

«Man hat mir einen Job angeboten», sagte er schließlich. «In New York, als Berichterstatter bei den Vereinten Nationen.»

Sie schaute ihn an. «Du gehst fort?»

«Jahrelang war mein Leben ein einziges Chaos. Als ich in Afrika war, bin ich fast draufgegangen. Als ich zu Hause war, konnte ich es kaum erwarten, wieder dorthin zurückzukehren. Ich kam nie zur Ruhe, wurde nie das Gefühl los, dass ich irgendwo anders sein und etwas anderes tun sollte.» Er nahm ihre Hand. «Und dann habe ich dich kennengelernt. Plötzlich sehe ich eine Zukunft vor mir. Endlich sehe ich den Sinn darin, stehen zu bleiben, mir ein Leben an einem einzigen Ort aufzubauen. Ich möchte einfach nur mit dir zusammen sein.»

«*Ich kann nicht.* Du verstehst das nicht.»

«Was?»

«Ich habe Angst.»

«Davor, was er tun würde?» Wut kam in ihm auf. «Glaubst du, ich habe Angst vor ihm? Glaubst du, ich könnte dich nicht beschützen?»

«Nein. Nicht vor ihm. Bitte, sprich leiser.»

«Vor diesen lächerlichen Leuten, mit denen du deine Zeit verbringst? Ist dir deren Meinung wirklich so wichtig? Das sind hohle, dumme Menschen mit –»

«Hör auf damit! Vor denen habe ich keine Angst!»

«Wovor denn dann?»

«Ich habe Angst vor dir.»

Er versuchte verzweifelt, sie zu verstehen. «Aber ich würde dir doch nie –»

«Ich habe Angst vor dem, was ich für dich empfinde. Ich habe Angst davor, jemanden so sehr zu lieben.» Ihr brach die Stimme. Sie faltete ihre Cocktailserviette und drehte sie zwischen ihren schlanken Fingern. «Ich liebe ihn, aber nicht auf diese Art. Ich habe ihn gemocht, und ich habe ihn verachtet, die meiste Zeit lebten wir einigermaßen gut nebeneinanderher, ich habe mich eingerichtet, und ich weiß, dass ich so leben kann. Verstehst du? Ich weiß, dass ich für den Rest meines Lebens so weitermachen kann, und es wäre gar nicht mal schlimm. Vielen Frauen geht es schlechter.»

«Und was ist mit mir?»

Sie schwieg daraufhin so lange, dass er die Frage beinahe wiederholt hätte. «Wenn ich zulasse, dass ich dich liebe, wird es mich verzehren. Außer dir gäbe es nichts. Ich hätte ständig Angst, du könntest deine Meinung ändern. Und wenn du es tätest, würde es mich umbringen.»

Anthony ergriff ihre Hände, hob sie an seine Lippen, ohne auf ihren leisen Protest zu achten. Er küsste ihr die Fingerspitzen. Er wollte ihre ganze Person in sich aufnehmen. Er wollte sich um sie schlingen und sie nie wieder loslassen. «Jennifer, ich liebe dich», sagte er. «Und das wird nie aufhören. Vor dir habe ich noch nie jemanden geliebt, und nach dir wird es auch niemanden geben.»

«Das sagst du jetzt», erwiderte sie.

«Weil es stimmt.» Er schüttelte den Kopf. «Ich weiß nicht, was du noch von mir hören willst.»

«Nichts. Du hast alles gesagt. Ich habe sie alle auf Papier, deine wunderbaren Worte.» Sie entzog ihm die Hand und griff nach ihrem Martini. «Aber das macht es nicht leichter.»

Sie hatte ihr Bein zurückgezogen. Die fehlende Berührung

empfand er als Schmerz. «Was willst du damit sagen?» Er hatte Mühe, seine Stimme unter Kontrolle zu halten. «Du liebst mich, aber für uns besteht keine Hoffnung?»

Kaum merklich verzog sie das Gesicht. «Anthony, ich glaube, wir beide wissen …» Sie führte den Satz nicht zu Ende.

Das war nicht nötig.

Arthur James wird nicht mehr als «in einer Beziehung» geführt.

Mann an Frau, per Facebook – Name geändert

KAPITEL 10

Sie hatte gesehen, wie Mrs. Stirling die Weihnachtsfeier verließ und Mr. Stirling immer unruhiger wurde, bis er seinen Whisky heruntergestürzt hatte und hinter ihnen her ins Treppenhaus gestürmt war. Vor Aufregung beinahe zitternd, hatte sie ihm schon folgen wollen, um zu sehen, was passierte, doch Moira Parker besaß genug Selbstbeherrschung, um zu bleiben, wo sie war. Sonst war anscheinend niemandem aufgefallen, dass er gegangen war.

Schließlich war er zurückgekommen. Sie beobachtete ihn über die Köpfe der anderen hinweg, vollkommen allein stand er da. Sein Gesicht verriet wenig, dennoch bemerkte sie eine Anspannung in seinen Zügen, die selbst sie noch nie zuvor an ihm gesehen hatte.

Was war da draußen geschehen? Was hatte Jennifer Stirling mit diesem jungen Mann gemacht?

Eine beinahe unanständige Genugtuung machte sich in ihr breit und ließ ihre Phantasie blühen. Vielleicht hatte er seine Frau als die selbstsüchtige Kreatur erleben müssen, die sie war. Moira wusste, dass ein paar Worte im Büro genügen würden, um diese Frau ins Gerede zu bringen. Aber, dachte sie mit plötzlicher Melancholie, das würde bedeuten, dass Mr. Stirling auch mit hineingezogen wurde, und die Vorstellung, dass dieser tapfere, würdevolle, stoische Mann Opfer von oberflächlichem Klatsch und Tratsch werden könnte, machte ihr das Herz schwer. Wie konnte sie ihn an dem einzigen Ort demütigen, an dem er über allen zu stehen hatte?

Hilflos stand Moira auf der anderen Seite des Raums und wagte nicht, ihren Chef zu trösten, war aber gleichzeitig so weit von der ausgelassenen Feier ihrer Kollegen und Kolleginnen entfernt, als wäre sie ganz woanders. Sie sah, wie er an die provisorische Bar ging und mit einer Grimasse einen Pappbecher entgegennahm, in dem vermutlich Whisky war. Er leerte ihn in einem Zug und verlangte noch einen. Nach einem dritten nickte er den Umstehenden zu und ging in sein Büro.

Moira bahnte sich einen Weg durch das Gedränge. Es war Viertel vor elf. Die Musik hatte aufgehört, und die Ersten brachen nach Hause auf. Diejenigen, die nicht gingen, zogen sich zunehmend an Plätze zurück, an denen sie unbeobachtet waren. Hinter dem Mantelständer küsste Stevens die Rothaarige aus dem Schreibzimmer, als könnte niemand sie sehen. Der Rock der jungen Frau war halb die Oberschenkel hinaufgerutscht, und seine dicklichen Finger zupften an den fleischfarbenen Strumpfhaltern, die jetzt zu sehen waren. Moira stellte fest, dass der Junge aus der Poststelle nicht zurückgekommen war, nachdem er Elsie Machzynski zu einem Taxi gebracht hatte, und sie überlegte, was sie später zu Elsie sagen könnte, um sie wissenzulassen, dass sie es mitbekommen hatte, wenn schon niemand sonst. Waren denn alle außer ihr von Fleischeslust besessen? Waren die förmlichen Begrüßungen, die höflichen Gespräche im Alltag bloß eine Tarnung für eine ausschweifende Natur, die ihr fehlte?

«Wir gehen in den Cat's Eye Club. Hast du Lust mitzukommen, Moira? Dich ein bisschen gehenzulassen?»

«Oh, die kommt nicht mit», sagte Felicity Harewood in derart herablassendem Ton, dass Moira einen Moment lang darüber nachdachte, sie alle zu überraschen und zu sagen: «Ja, ich würde tatsächlich gern mitkommen.» Aber in Mr. Stirlings Büro brannte noch Licht. Moira tat, was jede andere verantwortungsbewusste persönliche Assistentin eines Geschäftsführers getan hätte. Sie blieb da, um aufzuräumen.

Es war schon fast ein Uhr, als sie damit fertig war. Sie hatte nicht alles allein gemacht: Die Neue aus der Buchhaltung hielt ihr eine Mülltüte auf, während sie die leeren Flaschen hineinwarf, und der Verkaufsleiter, ein großgewachsener Südafrikaner, half ihr beim Einsammeln der Pappbecher. Schließlich war nur noch Moira übrig, scheuerte an hartnäckigen Flecken auf dem Linoleum und benutzte Kehrblech und Besen, um die Chips und Erdnüsse aufzufegen, die zwischen die Fliesen getreten worden waren. Die Schreibtische konnten die Männer nach Weihnachten zurückstellen. Bis auf ein paar flatternde Luftschlangen sah alles fast wieder ordnungsgemäß aus.

Sie warf einen Blick auf den ramponierten Weihnachtsbaum, dessen Dekoration zerbrochen war oder fehlte, und auf den kleinen Briefkasten, der ziemlich eingedrückt wirkte, nachdem sich jemand daraufgesetzt hatte. Sie war froh, dass ihre Mutter nicht mehr mit ansehen musste, wie achtlos man mit ihren Kugeln umgegangen war.

Sie war gerade dabei, die letzte einzupacken, als sie Mr. Stirling erblickte. Er saß auf seinem Lederstuhl, den Kopf in die Hände gestützt. Auf dem Tisch neben dem Eingang standen die übriggebliebenen Getränke, und sie goss ihm spontan zwei Fingerbreit Whisky ein. Sie durchquerte das Büro und klopfte an seiner Tür. Er trug noch immer seine Krawatte. Förmlich, selbst zu dieser Stunde.

«Ich habe bloß aufgeräumt», sagte sie, als er sie anstarrte. Plötzlich war sie verlegen.

Er schaute aus dem Fenster, und ihr wurde klar, dass er sich ihrer Anwesenheit nicht bewusst gewesen war.

«Sehr freundlich von Ihnen, Moira», sagte er leise. «Vielen Dank.» Er nahm den Whisky entgegen und trank, diesmal langsam.

Moira bemerkte das eingefallene Gesicht ihres Chefs, das Zittern seiner Hände. Sie stand an der Schreibtischecke und war sich ausnahmsweise einmal sicher, dass sie das Recht hatte, einfach nur da zu sein. Auf seinem Schreibtisch lagen in ordentlichen Stapeln die Briefe, die sie ihm am Nachmittag zur Unterschrift hingelegt hatte. Das schien eine Ewigkeit her zu sein.

«Möchten Sie noch einen?», fragte sie, als er ausgetrunken hatte.

«Ich fürchte, ich hatte schon reichlich.» Ein paar Augenblicke lang sagte niemand etwas. «Was soll ich bloß machen, Moira?» Er schüttelte den Kopf, als befände er sich mitten in einem inneren Streitgespräch, das sie nicht hören konnte. «Ich gebe ihr alles. *Alles*. Ihr hat nie etwas gefehlt.»

Seine Stimme war stockend und gebrochen.

«Es heißt jetzt immer, alles verändert sich. Dass die Frauen etwas Neues wollen … Der Himmel weiß, was. Warum muss sich denn alles verändern?»

«Nicht alle Frauen», sagte sie ruhig. «Es gibt sehr viele, für die es etwas Wunderbares wäre, einen Mann zu haben, der für sie sorgt, um den sie sich kümmern und dem sie ein Zuhause einrichten könnten.»

«Glauben Sie?» Seine Augen waren vor Erschöpfung rot gerändert.

«Oh, ich weiß es. Ein Mann, für den man einen Drink zubereiten kann, wenn er nach Hause kommt, für den man kochen und den man ein bisschen umsorgen kann. Ich … das wäre wunderschön.» Sie wurde rot.

«Aber wenn das so ist, warum …» Er seufzte.

«Mr. Stirling», sagte sie unvermittelt, «Sie sind ein großartiger Chef. Ein großartiger Mann. Wirklich.» Sie fuhr fort. «Ihre Frau kann von Glück sagen, dass sie Sie hat. Das muss sie doch wissen. Und Sie verdienen nicht … Sie haben nicht verdient, dass …» Sie verstummte und wusste, dass sie gegen eine unausgesprochene Abmachung verstieß. «Es tut mir leid», sagte sie, als sich das Schweigen nach ihren Worten unangenehm in die Länge zog. «Mr. Stirling, ich wollte mir nicht anmaßen …»

«Ist es falsch», bemerkte er so leise, dass sie zunächst nicht sicher war, was er sagte, «wenn ein Mann gehalten werden will? Ist er dann kein richtiger Mann mehr?»

Sie spürte Tränen in ihren Augen brennen … und etwas anderes, viel tiefer in ihr, wie ein scharfer Schmerz. Sie trat ein wenig näher zu ihm und legte ihm leicht einen Arm um die Schultern. Oh, ihn zu spüren! Groß und breit, sein Jackett sah so gut an ihm aus. Sie wusste, dass sie ihr Leben lang immer wieder an diesen Augenblick denken würde. Die Freiheit, ihn berühren zu dürfen … Sie wurde beinahe ohnmächtig vor Freude.

Als er nichts unternahm, um sie aufzuhalten, beugte sie sich ein Stück vor, hielt die Luft an und legte den Kopf auf seine Schulter. Eine Geste des Trostes, der Solidarität. So würde es sich anfühlen, dachte sie glücklich. Ganz kurz wünschte sie sich, jemand würde ein Foto davon machen, wie sie sich so vertraut aneinanderschmiegten. Dann hob er den Kopf, und sie war plötzlich besorgt – und beschämt.

«Tut mir leid – ich hole Ihnen …» Sie richtete sich auf, brachte die Worte kaum über ihre Lippen. Aber seine Hand lag auf ihrer. Warm. Nah. «Moira», sagte er, die Augen halb geschlossen, seine Stimme heiser vor Verzweiflung und Verlangen. Er berührte ihr Gesicht und zog es entschlossen zu sich herunter. Ein Laut kam ihr über die Lippen, schockiert und entzückt zugleich, und sie erwiderte seinen Kuss. Er war erst der zweite Mann, den sie küsste, und dieses Ereignis – verstärkt durch jahrelange unerwiderte Sehnsucht – übertraf alles bisher Erlebte. Ein kleines Feuerwerk explodierte in ihr, während ihr Puls raste und das Herz ihr förmlich aus der Brust springen wollte.

Sie spürte, wie er sie auf den Schreibtisch sinken ließ, hörte seine flüsternde Stimme, dunkel und drängend, fühlte seine Hände an ihrem Kragen, ihren Brüsten, seinen Atem warm an ihrem Schlüsselbein. Unerfahren, wie sie war, wusste sie kaum, wohin mit ihren Händen, ihren Gliedmaßen, ertappte sich aber dabei, wie sie sich an ihn klammerte, wollte ihm gefallen, war verloren in diesen neuen Empfindungen. *Ich bete dich an*, sagte sie ihm im Stillen. *Nimm dir, was du willst.*

Doch selbst als sie sich dem Gefühl hingab, wusste Moira, dass ein Teil von ihr bei klarem Verstand bleiben musste, damit sie sich erinnern konnte. Auch als er sie umschlang, in sie eindrang – ihr Rock war bis an die Hüften hochgeschoben, das Tintenfass auf dem Schreibtisch bohrte sich unangenehm in ihre Schulter –, wusste sie, dass sie keine Konkurrenz für Jennifer Stirling war. Die Jennifers dieser Welt würden immer der Hauptgewinn sein, und Frauen wie sie konnten das niemals erreichen. Doch Moira Parker hatte einen Vorteil: Sie war dankbarer als Jennifer Stirling, als all jene, die immer alles bekommen hatten. Und sie wusste, dass sogar eine kurze Nacht das Kostbarste überhaupt sein konnte, und wenn das hier das entscheidende Erlebnis ihres Liebeslebens sein sollte, dann musste sie es sicher in ihrer Erinnerung ablegen. Wenn es dann vorbei war, konnte sie es an den endlosen Abenden, an denen sie wieder allein war, noch einmal durchleben.

Als er nach Hause kam, saß sie in dem großen Wohnzimmer, das zur Straße hinausging. Sie trug einen himbeerfarbenen, weiten Tweedmantel und einen Hut, ihre schwarze Lacktasche und die dazu passenden Handschuhe ordentlich auf ihrem Schoß. Sie hörte, wie sein Wagen vorfuhr, sah, wie die Lichter draußen ausgingen, und stand auf. Sie schob den Vorhang ein Stück zurück und beobachtete, wie er im Auto sitzen blieb und seinen Gedanken nachhing.

Sie warf einen Blick hinter sich auf ihren Koffer und trat vom Fenster zurück.

Er kam herein und ließ seinen Überzieher auf den Stuhl in der Diele fallen. Sie hörte, wie sein Schlüssel in die Schale fiel, die sie eigens dafür auf dem Tisch stehen hatten, und vernahm das Scheppern eines umfallenden Gegenstandes. Das Hochzeitsbild? Er zögerte einen Augenblick vor der Wohnzimmertür, dann machte er sie auf und stand vor ihr.

«Ich denke, ich sollte gehen.»

Sein Blick wanderte zu dem gepackten Koffer, es war der, den sie benutzt hatte, als sie vor Wochen das Krankenhaus verlassen hatte.

«Du denkst, du solltest gehen.»

Sie holte tief Luft. Sprach die Worte aus, die sie in den letzten beiden Stunden geprobt hatte. «Wir sind nicht glücklich. Wir wissen es beide.»

Er ging an ihr vorbei zum Barschrank und goss sich einen dreifachen Whisky ein. Sie fragte sich, wie viel er wohl getrunken hatte, seit sie nach Hause zurückgekehrt war. Er nahm das Glas mit zu einem Sessel und setzte sich schwerfällig. Dann hob er den Kopf und blickte sie ein paar Minuten lang stumm an. Sie kämpfte gegen ihre Nervosität.

«Also …», sagte er. «Hast du etwas anderes im Sinn? Etwas, das dich glücklicher machen könnte?» Sein Tonfall war sarkastisch, unangenehm; der Alkohol hatte etwas in ihm entfesselt. Aber sie hatte keine Angst. Sie wusste, dass er nicht ihre Zukunft war.

Sie starrten sich an wie Gegner in einer Schlacht.

«Du weißt es, nicht wahr?», fragte sie.

Er trank einen Schluck Whisky, den Blick unverwandt auf ihr Gesicht gerichtet. «Was weiß ich, Jennifer?»

Sie atmete tief durch. «Dass ich einen anderen liebe. Und dass es nicht Reggie Carpenter ist. Dass er es nie war.» Bei diesen Worten nestelte sie an ihrer Handtasche. «Das habe ich heute Abend herausgefunden. Reggie war ein Fehler, eine Ablenkung von der Wahrheit. Aber du bist schon die ganze Zeit so wütend auf mich. Seit ich aus dem Krankenhaus entlassen wurde. Weil du ebenso gut wie ich weißt, dass ein anderer mich liebt und keine Angst hat, es mir zu sagen. Deshalb sollte ich nicht zu viele Fragen stellen. Deshalb war meine Mutter – wie alle anderen auch – so sehr darauf bedacht, dass ich einfach nur nach vorne schaue. Du wolltest nicht, dass ich mich erinnere. Von Anfang an nicht.»

Sie rechnete fast damit, dass er vor Wut explodierte. Stattdessen nickte er. Dann prostete er ihr mit erhobenem Glas zu. «Und … dein Liebhaber, wann kommt er?» Er schaute auf seine Armbanduhr, dann auf ihr Gepäck. «Ich nehme an, er holt dich ab.»

«Er …» Sie musste schlucken. «Ich … So ist es nicht.»

«Also triffst du ihn irgendwo.»

Er war so ruhig. Als würde er die Situation beinahe genießen.

«Irgendwann, ja.»

«Irgendwann», wiederholte er. «Wieso die Verzögerung?»

«Ich … ich weiß nicht, wo er ist.»

«Du weißt nicht, wo er ist.» Laurence trank sein Glas leer. Mühsam erhob er sich und schenkte sich noch einen Drink ein.

«Ich kann mich nicht erinnern, und das weißt du. Mir fallen wieder Dinge ein, aber ich kann sie noch nicht wirklich einordnen. Was ich jedoch weiß, ist, dass das hier», sie deutete mit einer ausholenden Geste auf den Raum, «sich aus irgendeinem Grund falsch anfühlt. Und zwar deshalb, weil ich einen anderen liebe. Es tut mir sehr leid, aber ich muss gehen. Das ist das Richtige. Für uns beide.»

Er nickte. «Darf ich fragen, was dieser Herr – dein Liebhaber – hat, was ich nicht habe?»

Die Straßenlaterne vor dem Fenster flackerte.

«Das weiß ich nicht», gab sie zu. «Ich weiß nur, dass ich ihn liebe. Und dass er mich liebt.»

«Ach ja, tatsächlich? Und was weißt du noch? Wo er wohnt? Wie er sein Geld verdient? Wie er dich unterhalten soll, mit deinem ausgefallenen Geschmack? Wird er dir neue Kleider kaufen? Dir eine Haushälterin ermöglichen? Schmuck?»

«Das alles ist mir nicht wichtig.»

«Das war dir aber immer wichtig.»

«Ich bin jetzt anders. Ich weiß, dass er mich liebt, und nur das spielt eine Rolle. Du kannst mich verspotten, wenn du willst, Laurence, aber du weißt nicht –»

Er sprang auf, und sie wich zurück. «Oh, ich weiß alles über deinen Liebhaber, Jenny», brüllte er. Laurence zog einen zerknitterten Umschlag aus seiner Innentasche und fuchtelte damit vor ihrem Gesicht herum. «Willst du wirklich wissen, was mit dir passiert ist? Willst du wirklich wissen, wo dein Liebhaber ist?» Speicheltropfen flogen, und sein Blick war tödlich.

Sie erstarrte, ihr Atem stockte.

«Du verlässt mich nicht zum ersten Mal. O nein. Ich weiß das, so wie ich von ihm weiß, weil ich nach dem Unfall diesen Brief in deiner Tasche fand.»

Sie sah die vertraute Handschrift auf dem Umschlag und konnte den Blick nicht davon losreißen.

«Der ist von ihm. Darin bittet er dich, ihn zu treffen. Er will mit dir durchbrennen. Nur ihr beide. Fort von mir. Um gemeinsam ein neues Leben anzufangen.» Er verzog das Gesicht zu einer Grimasse, teils vor Wut, teils vor Kummer. «Fällt es dir jetzt wieder ein, Liebling?» Er drängte ihr den Umschlag auf, den sie mit zitternden Händen nahm. Sie öffnete ihn und las:

> *Meine einzige, wahre Liebe,*
>
> *was ich gesagt habe, war auch so gemeint. Ich bin zu dem Schluss gekommen, dass der einzige Weg nach vorn darin besteht, dass einer von uns eine kühne Entscheidung trifft ...*
>
> *Ich werde die Stelle annehmen. Am Freitagabend werde ich um 7:15 Uhr am Bahnhof Paddington sein, Gleis 4 ...*

«Klingelt's, Jenny?»

«Ja», flüsterte sie. Blitzartig tauchten Bilder vor ihrem inneren Auge auf. Dunkles Haar. Ein zerknautschtes Leinenjackett. Ein kleiner Park mit Männern in Blau.

Boot.

«Ja, du kennst ihn? Ja, es fällt dir alles wieder ein?»

«Ja, es kommt wieder ...» Sie sah ihn beinahe vor sich. Er war ihr jetzt ganz nah.

«Offensichtlich nicht alles.»

«Was soll das –»

«Er ist tot, Jennifer. Er ist in dem Wagen ums Leben gekommen. Du hast diesen Unfall überlebt, und dein Liebhaber ist gestorben. Noch am Unfallort, laut Polizeiangaben. Also wartet da draußen niemand auf dich. Niemand steht am Bahnhof Paddington. Da ist niemand mehr, an den du dich erinnern kannst, verdammt.»

Der Raum begann sich um sie zu drehen. Sie hörte ihn sprechen, doch die Worte wollten keinen Sinn ergeben. «Nein», sagte sie mit bebender Stimme.

«Oh, ich fürchte doch. Ich kann die Zeitungsberichte heraussuchen, wenn du wirklich einen Beweis haben willst. Wir – deine Eltern und ich – haben deinen Namen aus der Öffentlichkeit herausgehalten – aus naheliegenden Gründen. Aber man hat über seinen Tod berichtet.»

«Nein.» Sie stieß ihn von sich, schlug immer wieder gegen seine Brust. *Nein, nein, nein.* Sie wollte nicht hören, was er da sagte.

«Er ist am Unfallort gestorben.»

«Hör auf! Hör auf, das zu sagen!» Sie warf sich auf ihn, wild, unkontrolliert, schreiend. Sie vernahm ihre eigene Stimme wie aus weiter Ferne, war sich vage bewusst, dass ihre Fäuste auf sein Gesicht, auf seine Brust trafen, und dann packten seine starken Hände ihre Handgelenke und hielten sie so fest, dass sie sich nicht mehr bewegen konnte.

Er war unnachgiebig. Was er gesagt hatte, unveränderlich.

Tot.

Sie sank auf den Stuhl, und schließlich ließ er sie los. Sie hatte das Gefühl, geschrumpft zu sein, als hätte der Raum sich ausgedehnt und sie verschluckt. *Meine einzige, wahre Liebe.* Ihr Kopf sank nach vorn, sie konnte nur den Fußboden sehen, Tränen liefen ihr übers Gesicht und tropften auf den kostbaren Teppich.

Nach einer ganzen Weile schaute sie zu ihm auf. Seine Augen waren geschlossen, als wäre die Szene zu unerfreulich für ihn, um sie sich anzusehen. «Wenn du es gewusst hast …», setzte sie an. «Ich meine, als dir klar wurde, dass ich anfange, mich wieder zu erinnern, warum … warum hast du mir nicht die Wahrheit gesagt?»

Er war nicht mehr wütend. Er setzte sich auf den Stuhl ihr gegenüber, plötzlich niedergeschlagen. «Weil ich hoffte … Als ich gemerkt habe, dass du dich an nichts mehr erinnerst, hatte ich die Hoffnung, wir könnten es hinter uns lassen. Ich dachte, wir könnten einfach so weitermachen, als wäre das alles nicht passiert.»

Meine einzige, wahre Liebe.

Sie konnte nirgendwohin. Boot war tot. Er war die ganze Zeit tot gewesen. Sie kam sich dumm vor, beraubt, als hätte sie sich das Ganze in einem Anfall mädchenhaften Überschwangs eingebildet.

«Und», Laurence' Stimme durchbrach das Schweigen, «ich wollte nicht, dass du dich schuldig fühlst, weil dieser Mann ohne dich vielleicht noch am Leben wäre.»

Und da war er. Ein so starker Schmerz, dass sie sich wie durchbohrt fühlte.

«Was immer du von mir denkst, Jennifer, ich habe wirklich geglaubt, dass du so glücklicher wärst.»

Zeit verging. Später konnte sie nicht mehr sagen, ob es Stunden oder Minuten gewesen waren. Nach einer Weile stand Laurence auf. Er goss sich noch einen Whisky ein und kippte ihn hinunter wie Wasser. Dann stellte er sein Glas ordentlich auf das Silbertablett.

«Und was passiert jetzt?», fragte sie dumpf.

«Ich gehe zu Bett. Ich bin wirklich sehr müde.» Er drehte sich um und ging zur Tür. «Ich schlage vor, du machst es genauso.»

Nachdem er fort war, blieb sie noch sitzen. Sie hörte, wie er mit schweren Schritten über die Dielen im oberen Stock ging, das Quietschen des Bettgestells. Er war im großen Schlafzimmer. Ihrem Zimmer.

Sie las den Brief noch einmal. Las von einer Zukunft, die nicht ihre sein würde. Einer Liebe, ohne die sie nicht hatte leben können. Sie las die Worte des Mannes, der sie mehr geliebt hatte, als er vermitteln konnte, ein Mann, für dessen Tod sie verantwortlich war, ohne es zu wollen. Schließlich sah sie sein Gesicht vor sich: aufgeregt, voller Hoffnung, voller Liebe.

Jennifer Stirling sank zu Boden, rollte sich ein, den Brief an die Brust gedrückt, und begann leise zu weinen.

Lieber J … ich weiß, ich war eine blöde Kuh, und es tut mir leid. Ich weiß, du kommst morgen nach Hause, aber ich werde nicht da sein, um dich zu sehen. David und ich heiraten in ***, und ich werde dich nicht mehr treffen. Im Grunde meines Herzens liebe ich dich, aber David liebe ich noch mehr. Mach's gut, G xxx

Frau an Mann, per Brief

KAPITEL 11

Er sah sie durch das halb beschlagene Fenster des Cafés. Sein Sohn saß an dem Tisch direkt am Fenster und ließ die Beine baumeln, während er die Speisekarte las. Anthony blieb auf dem Bürgersteig stehen, registrierte die länger gewordenen Gliedmaßen, den Verlust der rundlichen Züge, die seinen Sohn kindlich hatten aussehen lassen. Er konnte schon den Mann entdecken, der er einmal sein würde. Anthonys Herz zog sich zusammen. Er nahm das Geschenk unter den Arm und ging hinein.

Das Café hatte Clarissa ausgesucht, ein großes, betriebsames Lokal, in dem die Kellnerinnen altmodische Uniformen und weiße Schürzen trugen. Sie hatte es ein «Teehaus» genannt, als machte sie das Wort «Café» verlegen.

«Phillip?»

«Daddy?»

Er blieb neben dem Tisch stehen und nahm erfreut das Lächeln des Jungen zur Kenntnis, als er ihn erblickte.

«Clarissa», fügte er hinzu.

Sie war nicht mehr so wütend, dachte er sofort. In den letzten Jahren war ihr Gesichtsausdruck immer angespannt gewesen, sodass er sich stets schuldig gefühlt hatte, wenn sie sich trafen.

Jetzt schaute sie ihn mit einer gewissen Neugier an, wie man ein Tier mustert, das plötzlich zubeißen könnte: forschend und distanziert.

«Du siehst sehr gut aus», sagte er.

«Danke.»

«Und du bist gewachsen», sagte er zu seinem Sohn. «Ich glaube, du bist in zwei Monaten mindestens fünfzehn Zentimeter größer geworden.»

«Drei Monate waren es. Und das ist in dem Alter so üblich.» Clarissa verzog missbilligend den Mund, eine Grimasse, die er nur zu gut kannte. Dabei musste er kurz an Jennifers Lippen denken. Er glaubte nicht, dass sie ihren Mund je derart verzogen hatte; vielleicht ermöglichte ihre Physiognomie das gar nicht.

«Und du … geht's dir gut?», fragte sie, schenkte ihm eine Tasse Tee ein und schob sie ihm hin.

«Danke, sehr gut. Ich habe viel gearbeitet.»

«Wie immer.»

«Ja, und was ist mit dir, Phillip? Wie läuft es in der Schule?»

Sein Sohn verbarg sein Gesicht hinter der Speisekarte.

«Antworte deinem Vater.»

«Gut.»

«Prima. Und deine Noten?»

«Ich habe sein Zeugnis mitgebracht. Ich dachte, du möchtest es dir ansehen.» Sie kramte in ihrer Handtasche und reichte es ihm.

Anthony las es und bemerkte mit unerwartetem Stolz die wiederholten Hinweise auf Phillips «anständigen Charakter», sein «ehrliches Bemühen».

«Er ist Kapitän der Fußballmannschaft.» Sie konnte ihre Zufriedenheit nicht ganz verbergen.

«Das hast du gut gemacht.» Er klopfte seinem Sohn auf die Schulter.

«Er macht jeden Abend seine Hausaufgaben. Dafür sorge ich.»

Phillip sah ihn nicht an. Hatte Edgar bereits die Lücke gefüllt, die Anthony fürchtete, in Phillips Leben gerissen zu haben? Spielte er Kricket mit ihm? Las er ihm Geschichten vor? Anthonys Stimmung trübte sich, und er trank einen Schluck Tee, um sich zu fangen. Er rief eine Kellnerin herbei und bestellte Kuchen. «Die größten Stücke, die Sie haben. Wir haben etwas zu feiern», erklärte er.

«Dann hat er keinen Appetit mehr auf das Abendessen», sagte Clarissa.

«Ist doch nur ein Mal.»

Sie wandte sich ab, als müsste sie sich eine Bemerkung verkneifen.

Der Lärm im Café nahm zu. Die Kuchenstücke wurden auf einer silbernen Etagere präsentiert. Sein Sohn blickte sehnsüchtig darauf, und Anthony forderte ihn auf, zuzugreifen.

«Man hat mir einen neuen Job angeboten», erzählte er, als das Schweigen zu erdrückend wurde.

«Bei der *Nation*?»

«Ja, aber in New York. Unser Mann bei den Vereinten Nationen geht in Rente, und sie haben mich gefragt, ob ich seine Stelle für ein Jahr übernehmen will. Dazu gehört auch eine Wohnung, direkt im Zentrum der Stadt.» Er hatte es kaum geglaubt, als Don es ihm gesagt hatte. Es zeige, dass man ihm vertraue, hatte Don erklärt. Wenn er seine Sache gut machte, wer weiß? Nächstes Jahr um diese Zeit würde er vielleicht schon wieder unterwegs sein.

«Sehr schön.» Sie nahm ein kleines Stück Sahnetorte und legte es auf ihren Teller.

«Es war eine kleine Überraschung, aber es ist eine Chance.»

«Nun ja, du bist ja immer gern gereist.»

«Das ist nicht mit Reisen verbunden. Ich werde in der Stadt arbeiten.»

Er war beinahe erleichtert gewesen, als Don das erwähnt hatte. Jetzt würde es sich entscheiden. Er hatte eine bessere Stelle, was bedeutete, dass Jennifer auch mitkommen und ein neues Leben mit ihm anfangen konnte … und obwohl er versuchte, nicht daran zu denken, wusste er, dass es auch ein Fluchtweg für ihn war, falls sie Nein sagte. London war bereits untrennbar mit ihr verbunden: Überall gab es Orte, die ihn an sie und ihre gemeinsame Zeit erinnerten.

«Wie auch immer, ich werde ein paarmal im Jahr herkommen, und ich weiß, was du gesagt hast, aber ich würde gern Briefe schreiben.»

«Ich weiß nicht …»

«Ich möchte Phillip ein bisschen über mein Leben da drüben erzählen. Vielleicht könnte er mich sogar besuchen kommen, wenn er ein wenig älter ist.»

«Edgar findet, dass es für uns alle besser ist, wenn wir alles so klar wie möglich halten. Er mag keine … Störungen.»

«Edgar ist nicht Phillips Vater.»

«Er ist ein besserer Vater, als du es je warst.»

Sie funkelten sich wütend an.

Phillips Kuchen lag unangerührt auf seinem Teller, der Junge hatte die Hände unter seine Oberschenkel geklemmt.

«Lass uns nicht jetzt darüber diskutieren. Phillip hat doch morgen Geburtstag.» Er versuchte, fröhlich zu klingen. «Ich nehme an, du willst dein Geschenk sehen, oder?»

Sein Sohn sagte nichts. Gott, dachte Anthony. Was tun wir ihm nur an? Er griff unter den Tisch und zog das große, rechteckige Paket hervor. «Du kannst es bis zu dem großen Tag aufheben, wenn du willst, aber deine Mutter hat mir erzählt, dass du – dass ihr alle morgen ausgeht, daher dachte ich, du hättest es lieber jetzt.»

Phillip nahm das Geschenk entgegen und warf seiner Mutter einen unsicheren Blick zu.

«Du kannst es ruhig aufmachen, denn morgen wirst du nicht viel Zeit haben», forderte sie ihn auf und versuchte zu lächeln. «Wenn ihr mich kurz entschuldigt, ich muss mir die Nase pudern.» Sie stand auf, und Anthony sah ihr nach, wie sie zwischen den Tischen hindurchging, während er sich fragte, ob dieser Wortwechsel sie ebenso entmutigt hatte wie ihn. Vielleicht war sie auf dem Weg zu einem öffentlichen Fernsprecher, um Edgar anzurufen und sich zu beklagen, wie unverschämt ihr Exmann war.

«Nur zu», sagte er zu dem Jungen. «Mach es auf.»

Ohne den wachsamen Blick seiner Mutter wurde Phillip etwas lebhafter. Er riss an dem braunen Papier und hielt ehrfürchtig inne, als er sah, was es verborgen hatte.

«Das ist eine Hornby», sagte Anthony. «Die beste Modelleisenbahn, die zu haben ist. Und das ist eine Dampflok. *Flying Scotsman.* Hast du schon davon gehört?»

Phillip nickte.

«Es sind auch noch Gleise dabei, ein kleiner Bahnhof und ein paar Figuren. Die sind in diesem Beutel hier. Meinst du, du kannst sie aufbauen?»

«Ich werde Edgar bitten, mir zu helfen.»

Das war wie ein heftiger Tritt in die Rippen. Anthony zwang sich, den Schmerz zu überspielen. Schließlich konnte der Junge nichts dafür.

«Ja», sagte er gepresst. «Ich bin mir sicher, das wird er tun.»

Sie schwiegen eine Weile. Dann streckte Phillip die Hand aus, schnappte sich sein Kuchenstück und verschlang es gierig und zufrieden. Anschließend suchte er sich noch eins aus, ein Schokoladentörtchen, und zwinkerte seinem Vater verschwörerisch zu, bevor er es dem ersten folgen ließ.

«Freust du dich trotzdem noch, deinen alten Dad zu sehen?»

Phillip beugte sich zu ihm hinüber und legte den Kopf an Anthonys Brust. Anthony schlang die Arme um ihn und drückte ihn fest an sich, atmete den Geruch seines Haars ein, spürte die instinktive Anziehung, die er mühsam zu ignorieren versuchte.

«Geht es dir jetzt besser?», fragte der Junge, als er sich zurückzog. Anthony bemerkte, dass ihm ein Schneidezahn fehlte.

«Wie bitte?»

«Mutter hat gesagt, du wärst nicht du selbst gewesen und hättest deshalb nicht geschrieben.»

«Mir geht es besser, ja.»

«Was ist passiert?»

«Es ... sind sehr unerfreuliche Dinge passiert, als ich in Afrika war. Dinge, die mich aus der Fassung gebracht haben. Ich wurde krank, und dann war ich ziemlich dumm und habe zu viel getrunken.»

«Das war wirklich ziemlich dumm.»

«Ja, wirklich. Ich werde es nicht wieder tun.»

Clarissa kam wieder an den Tisch. Erschrocken stellte er fest, dass ihre Nase gerötet war, die Augen rot gerändert. Er versuchte, ein Lächeln aufzusetzen, das matt erwidert wurde.

«Sein Geschenk gefällt ihm», sagte Anthony.

«Du meine Güte, das ist ja ein großes Geschenk.» Sie warf einen Blick auf die glänzende Lok, auf das glückliche Gesicht ihres Kindes, und fügte hinzu: «Ich hoffe, du hast Danke gesagt, Phillip.»

Anthony legte ein Stück Kuchen auf einen Teller und reichte es ihr, dann nahm er sich selbst eins, und sie saßen beisammen, als wären sie eine ganz gewöhnliche, heile Familie.

«Lass mich ihm schreiben», sagte Anthony nach einem kurzen Schweigen.

«Ich versuche, ein neues Leben anzufangen, Anthony», flüsterte sie. «Ganz von vorn anzufangen.» Sie flehte ihn beinahe an.

«Es sind doch nur *Briefe.*»

Sie starrten sich über die Tischplatte hinweg an. Ihr Sohn drehte an den Rädern seiner neuen Lok und summte zufrieden vor sich hin.

«Ein Brief. Wie störend kann der schon sein?»

Jennifer schlug die Zeitung auf, die Laurence liegen gelassen hatte, glättete sie auf dem Küchentisch und blätterte eine Seite um. Ihr Mann war durch die offene Tür noch zu sehen, er prüfte sein Aussehen im Garderobenspiegel, rückte seine Krawatte gerade.

«Vergiss nicht das Dinner bei Henley heute Abend. Die Ehefrauen sind mit eingeladen, also solltest du vielleicht anfangen, dir zu überlegen, was du anziehst.»

Als sie nicht reagierte, fragte er: «Jennifer? Heute Abend. Und es wird in einem Festzelt stattfinden.»

«Ich bin sicher, dass ein ganzer Tag noch genug Zeit bietet, um ein Kleid auszusuchen», erwiderte sie.

Jetzt stand er im Türrahmen. Er runzelte die Stirn. «Was tust du da?»

«Ich lese die Zeitung.»

«Das ist wohl kaum etwas für dich, oder? Sind deine Zeitschriften noch nicht gekommen?»

«Ich dachte nur, ich könnte mich ein wenig informieren. Schauen, was in der Welt so passiert.»

«Ich glaube, da ist nichts dabei, was dich betrifft.»

Sie sah zu Mrs. Cordoza hinüber, die so tat, als höre sie nicht zu, während sie das Geschirr spülte.

«Ich habe», sagte sie mit Bedacht, «etwas über den Lady-Chatterley-Prozess gelesen. Der ist tatsächlich ziemlich interessant.»

Sie spürte sein Unbehagen mehr, als sie es sah – ihr Blick war noch immer auf die Zeitung gerichtet. «Ich verstehe wirklich nicht, warum alle Welt so ein Theater darum macht. Ist doch nur ein Buch. Soweit ich weiß, ist es bloß eine Liebesgeschichte zwischen zwei Menschen.»

«Tja, du weißt eben nicht sehr viel, oder? Es ist eine Sauerei. Moncrieff hat es gelesen und gesagt, es sei subversiv.»

Mrs. Cordoza schrubbte mit Feuereifer eine Pfanne. Sie summte inzwischen fast unhörbar vor sich hin. Draußen frischte der Wind auf und trieb ein paar fuchsrote Blätter am Küchenfenster vorbei.

«Wir sollten uns über solche Dinge selbst eine Meinung bilden dürfen. Wir sind schließlich alle erwachsen. Wer meint, das Buch könnte ihn beleidigen, muss es ja nicht lesen.»

«Wie auch immer. Aber tu heute Abend bloß nicht deine halbgare Meinung über solche Angelegenheiten kund, ja? Die Leute dort wollen nicht hören, wie eine Frau sich über Dinge auslässt, von denen sie keine Ahnung hat.»

Jennifer atmete tief ein, bevor sie antwortete. «Na gut, vielleicht frage ich mal Francis, ob er mir sein Exemplar leiht. Dann bekomme ich vielleicht eine Ahnung, wovon ich rede. Wie würde dir das gefallen?» Ihr Unterkiefer war angespannt.

Laurence' Tonfall war abschätzig. Er griff nach seiner Aktentasche. «Seit einigen Tagen bist du nur noch streitlustig. Ich hoffe, du kannst dich heute Abend etwas mäßigen. Wenn die Lektüre der Zeitung solchen Einfluss auf dich hat, sollte ich sie mir direkt ins Büro kommen lassen.»

Sie erhob sich nicht von ihrem Stuhl, um ihn wie sonst auf die Wange zu küssen. Sie biss sich auf die Lippe und starrte in die

Zeitung, bis das Geräusch der sich schließenden Haustür ihr sagte, dass ihr Mann ins Büro gegangen war.

Seit drei Tagen hatte sie kaum geschlafen oder gegessen. In den meisten Nächten lag sie bis in die frühen Morgenstunden wach und wartete darauf, dass irgendetwas geschah. Die ganze Zeit war sie im Stillen wütend auf Laurence; sie sah ihn plötzlich mit Anthonys Augen und stellte fest, dass sie seinem vernichtenden Urteil beipflichtete. Dann wieder hasste sie Anthony, weil er dafür gesorgt hatte, dass sie so über ihren Mann dachte, und war umso wütender, da sie es ihm nicht sagen konnte. Nachts erinnerte sie sich an Anthonys Hände auf ihrem Körper, an seinen Mund, sah sich selbst Dinge mit ihm tun, die ihr im Licht des Morgens die Schamesröte ins Gesicht trieben. Einmal, als sie ihre Verwirrung unbedingt unterdrücken und sich wieder ihrem Mann annähern wollte, weckte sie Laurence, schlang ein Bein über ihn und küsste ihn wach. Er aber war entsetzt gewesen, hatte sie gefragt, was um alles in der Welt in sie gefahren sei, und sie sogar von sich gestoßen. Er hatte ihr den Rücken zugewandt und es ihr überlassen, stille Tränen der Demütigung ins Kissen zu weinen.

In jenen Stunden, in denen sie vor Verlangen und Schuldgefühlen wach lag, wälzte sie endlos ihre Möglichkeiten: Sie könnte einfach gehen, mit der Schuld, dem materiellen Verlust und dem Zorn ihrer Familie irgendwie leben. Sie könnte eine Affäre haben, eine Ebene finden, auf der sie und Anthony existieren konnten, parallel zu ihrem normalen Leben. Das hatte bestimmt nicht nur Lady Chatterley getan. In ihren gesellschaftlichen Kreisen gab es reichlich Geschichten darüber, wer mit wem etwas hatte. Sie könnte die Beziehung abbrechen und eine gute Ehefrau sein. Wenn ihre Ehe nicht funktionierte, dann war es ihre Schuld, weil sie sich nicht genug Mühe gegeben hatte.

Und man konnte so etwas ändern: Alle Frauenmagazine sagten das. Sie könnte etwas freundlicher sein, ein wenig liebevoller, sich noch schöner präsentieren. Sie könnte aufhören, wie ihre Mutter es ausdrücken würde, nach den Kirschen in Nachbars Garten zu schielen.

Sie hatte den Anfang der Schlange erreicht. «Geht das noch mit der Nachmittagspost weg? Und könnten Sie in meinem Postfach nachsehen? Stirling, Nummer dreizehn.»

Seit dem Abend im Alberto's war sie nicht mehr hier gewesen, da sie sich eingeredet hatte, es wäre am besten so. Die Sache – sie wagte nicht, daran als eine Affäre zu denken – hatte sich überhitzt. Sie mussten sie ein wenig abkühlen lassen, damit sie klarer denken konnten. Doch nach dem unangenehmen Wortwechsel mit ihrem Mann am Morgen war ihr Entschluss ins Wanken geraten. Sie hatte den Brief eilig an ihrem kleinen Schreibtisch im Wohnzimmer geschrieben, während Mrs. Cordoza Staub gesaugt hatte. Sie hatte Anthony angefleht, sie zu verstehen. Sie wusste nicht, was sie tun sollte: Sie wollte ihn nicht verletzen … aber sie konnte es nicht ertragen, ohne ihn zu sein:

> *Ich bin verheiratet. Wenn ein Mann seine Ehe aufgibt, ist das eine Sache, aber was bedeutet das für eine Frau? Im Moment kann ich in deinen Augen nichts Falsches tun. Du siehst in allem, was ich mache, nur das Beste. Ich weiß, es wird der Tag kommen, an dem sich das ändert. Ich möchte nicht, dass du in mir das Gleiche siehst, was du an allen anderen verachtest.*

Was sie geschrieben hatte, war wirr, die Gedanken ungeordnet, ihre Schrift unleserlich.

Die Postbeamtin nahm den Brief entgegen und kam mit einem anderen zurück.

Ihr Herz setzte noch immer aus, wenn sie seine Handschrift

sah. Seine Worte waren so schön aneinandergereiht, dass sie auswendig ganze Passagen rezitieren konnte, wie Poesie. Voller Ungeduld machte sie den Brief noch am Schalter auf und trat ein Stück zur Seite, um dem Nächsten in der Schlange Platz zu machen. Diesmal jedoch waren die Worte ein wenig anders.

Falls überhaupt jemand die absolute Reglosigkeit der blonden Frau im blauen Mantel bemerkte, und wie sie eine Hand ausstreckte, um sich am Schalter festzuhalten, als sie den Brief zu Ende gelesen hatte, war er vermutlich zu sehr mit seinen eigenen Paketen und Formularen beschäftigt, um sich weiter darum zu kümmern. Doch die Veränderung in ihrer Haltung war verblüffend. Sie blieb noch eine Weile stehen, bevor sie den Brief mit zitternder Hand in ihre Handtasche steckte und dann langsam, ein wenig unsicher, hinaus in den Sonnenschein trat.

Den ganzen Nachmittag wanderte sie durch die Straßen Londons. Unfähig, nach Hause zurückzukehren, wartete sie darauf, dass ihre Gedanken in dem Gedränge auf den Bürgersteigen klarer wurden. Stunden später, als sie zur Haustür hereinkam, stand Mrs. Cordoza in der Diele, zwei Kleider über dem Arm.

«Sie haben mir nicht gesagt, welches Sie zum Dinner heute Abend anziehen wollen, Mrs. Stirling. Ich habe diese beiden gebügelt, falls Sie eins davon für passend halten.» Die Sonne durchflutete die Diele mit dem pfirsichfarbenen Licht des Spätsommers. Als Jennifer die Tür hinter sich schloss, kehrte wieder graue Düsternis ein.

«Vielen Dank.» Sie ging an der Haushälterin vorbei in Richtung Küche. Die Uhr zeigte kurz vor fünf. Packte er gerade?

Jennifers Hand schloss sich um den Brief in ihrer Tasche. Sie hatte ihn drei Mal gelesen. Sie prüfte das Datum: Er meinte tatsächlich den heutigen Abend. Wie konnte er so etwas derart schnell entscheiden? Wie konnte er das überhaupt tun? Sie verfluchte sich, den Brief nicht früher abgeholt und sich damit der Zeit beraubt zu haben, in der sie ihn hätte anflehen können, es sich noch einmal zu überlegen.

> Ich bin nicht so stark wie du. Als ich dir zum ersten Mal begegnet bin, hielt ich dich für zerbrechlich, für jemanden, den ich beschützen muss. Jetzt ist mir klar, dass ich mich getäuscht habe. Du bist stärker als ich, kannst ein Leben mit dieser Liebe ertragen, die wir niemals ausleben dürfen.
>
> Ich bitte dich, mich nicht wegen meiner Schwäche zu verurteilen. Ich kann das alles nur an einem Ort aushalten, an dem ich dich nie sehen werde, nie von der Möglichkeit gequält werde, dich mit ihm zu sehen. Ich muss irgendwo sein, wo es unumgänglich ist, dass ich dich in jeder Minute, jeder Stunde aus meinen Gedanken vertreibe. Das wird hier nie passieren.

Sie war wütend auf ihn, weil er sie zum Handeln zwang. Im nächsten Moment packte sie schreckliche Angst, dass er wirklich weggehen könnte. Was, wenn sie ihn nie wiedersehen würde? Wie konnte sie in diesem Leben bleiben, nach dem flüchtigen Blick auf die Alternative, die er ihr gezeigt hatte?

> Ich werde die Stelle annehmen. Am Freitagabend werde ich um 7:15 Uhr am Bahnhof Paddington sein, Gleis 4, und nichts auf der Welt würde mich glücklicher machen, als wenn du den Mut fändest, mit mir zu gehen.
>
> Wenn du nicht kommst, werde ich wissen, dass das, was wir füreinander empfinden, nicht ganz ausreicht. Ich will dir keinen Vorwurf machen, Liebling. Ich weiß, die letzten Wochen haben dich unerträglich unter Druck gesetzt, und ich spüre diese Belastung deutlich. Ich verabscheue den Gedanken, ich könnte dich unglücklich machen.

Sie war zu ehrlich zu ihm gewesen. Sie hätte ihm ihre Verwirrung, die schlaflosen Nächte nicht eingestehen dürfen. Hätte er nicht gewusst, wie aufgewühlt sie war, hätte er es nicht für nötig befunden, so zu handeln.

Du sollst wissen, dass du mein Herz, meine Hoffnungen in deinen Händen hältst.

Und dann das: seine ungeheure Zärtlichkeit. Anthony, der den Gedanken nicht ertragen konnte, sie herabzusetzen, der sie vor ihren schlimmsten Gefühlen bewahren wollte, hatte ihr die beiden einfachsten Auswege aufgezeigt: Entweder konnte sie mit ihm gehen, oder schuldlos da bleiben, wo sie war, mit dem Wissen, dass sie geliebt wurde. Was hätte er sonst noch tun können?

Wie sollte sie in derart kurzer Zeit eine so weitreichende Entscheidung treffen? Sie hatte sich überlegt, zu ihm zu fahren, war sich aber nicht sicher, ob er da sein würde. Sie hatte daran gedacht, zur Zeitung zu gehen, hatte aber Angst, ein Klatschkolumnist könnte es mitbekommen und sie würde Aufmerksamkeit erregen, oder noch schlimmer, ihn in Verlegenheit bringen. Und außerdem, was könnte sie schon sagen, um ihn umzustimmen? Alles, was er gesagt hatte, war ja richtig. Es gab keinen anderen Ausweg. Keine Möglichkeit, es wieder in Ordnung zu bringen.

«Oh, und Mr. Stirling hat angerufen, um zu sagen, dass er Sie gegen Viertel vor sieben abholt. Es wird ein bisschen später im Büro. Er hat seinen Abendanzug schon von seinem Fahrer holen lassen.»

«Ja», sagte sie geistesabwesend. Plötzlich war ihr, als hätte sie Fieber, und sie musste sich am Treppengeländer festhalten.

«Mrs. Stirling, ist alles in Ordnung?»

«Mir geht es gut.»

«Sie sehen aus, als könnten Sie ein wenig Ruhe gebrauchen.» Mrs. Cordoza legte die Kleider sorgfältig über den Stuhl in der Diele und nahm Jennifer den Mantel ab. «Soll ich Ihnen ein Bad einlaufen lassen? Ich könnte Ihnen währenddessen eine Tasse Tee machen, wenn Sie wollen.»

Jennifer wandte sich an die Haushälterin. «Ja. Vielleicht. Viertel vor sieben, sagten Sie?» Sie ging ein paar Schritte die Treppe hinauf.

«Mrs. Stirling? Die Kleider? Welches?»

«Oh. Ich weiß nicht. Wählen Sie eins aus.»

Sie lag in der Badewanne, das heiße Wasser nahm sie kaum wahr, betäubt von allem, was ihr bevorstand. Ich bin eine gute Ehefrau, sagte sie sich. Ich werde heute Abend zu dem Dinner gehen, und ich werde unterhaltsam und fröhlich sein und mich nicht über Dinge auslassen, von denen ich nichts verstehe.

Was hatte Anthony einmal geschrieben? Dass es Spaß machen konnte, ein anständiger Mensch zu sein. *Auch wenn du es jetzt nicht spürst.*

Sie stieg aus der Wanne. Sie konnte sich nicht entspannen. Sie brauchte etwas, das sie auf andere Gedanken brachte. Sie wünschte sich plötzlich, sie könnte sich mit Medikamenten betäuben und die nächsten beiden Stunden durchschlafen. Die nächsten beiden Monate, dachte sie verzweifelt und griff nach dem Handtuch.

Sie öffnete die Badezimmertür. Auf dem Bett hatte Mrs. Cordoza die beiden Kleider ausgebreitet: links das mitternachtsblaue, das sie an Laurence' Geburtstag getragen hatte. Es war ein fröhlicher Abend im Casino gewesen. Bill hatte beim Roulette jede Menge Geld gewonnen und darauf bestanden, für alle Champagner auszugeben. Sie hatte zu viel getrunken, ihr war schwindelig gewesen, sie hatte nichts essen können. Jetzt, in dem stillen Raum, fielen ihr wieder die anderen Momente ein, die sie gehorsam ausgelassen hatte, wenn sie später von dem Abend erzählt hatte. Wie Laurence sie kritisiert hatte, weil sie zu viel Geld für Spielchips ausgab. Wie er ihr zugeraunt hatte, dass sie ihn blamiere – bis Yvonne ihn sanft ermahnte, nicht so mürrisch zu sein. *Er wird dich erdrücken, alles auslöschen, was dich ausmacht.* Ihr fiel ein, wie er am Morgen an der Küchentür gestanden hatte. *Das ist wohl kaum etwas für dich, oder? Ich hoffe, du kannst dich heute Abend etwas mäßigen.*

Sie betrachtete das andere Kleid auf dem Bett: blassgoldener Brokat mit kleinem Stehkragen und ärmellos. Das Kleid, das sie an dem Abend getragen hatte, als Anthony O'Hare sich geweigert hatte, mit ihr zu schlafen.

Ihr war, als hätte sich plötzlich ein dichter Nebel gelichtet. Sie ließ das Handtuch fallen und zog sich eilig etwas über. Dann begann sie, Sachen auf das Bett zu werfen. Unterwäsche. Schuhe. Strümpfe. Was um alles in der Welt packte man ein, wenn man für immer fortging?

Ihre Hände zitterten. Fast ohne zu wissen, was sie tat, zog sie ihren Koffer vom Schrank herunter und klappte ihn auf. Ohne Unterlass warf sie Sachen hinein, denn sie fürchtete, wenn sie auch nur für einen Augenblick aufhörte, um zu überlegen, was sie da tat, könnte sie der Mut verlassen.

«Wollen Sie irgendwohin, Madam? Soll ich Ihnen beim Packen helfen?» Mrs. Cordoza tauchte im Türrahmen auf, eine Tasse Tee in der Hand.

Jennifer zuckte zusammen. Sie drehte sich um und verbarg den Koffer halb hinter sich. «Nein – nein. Ich nehme nur ein paar Kleider mit zu Mrs. Moncrieff. Für ihre Nichte. Sachen, die ich leid bin.»

«Da sind noch ein paar Kleidungsstücke im Wäschezimmer,

von denen Sie sagten, sie passen nicht mehr. Soll ich sie raufholen?»

«Nein, das kann ich selbst.»

Mrs. Cordoza spähte an ihr vorbei. «Aber das ist ja Ihr goldenes Kleid. Das lieben Sie doch.»

«Mrs. Cordoza, *bitte*, würden Sie mich meine Garderobe selbst aussortieren lassen?», fuhr sie die Frau an.

Die Haushälterin zuckte zusammen. «Verzeihung, Mrs. Stirling», sagte sie und zog sich offensichtlich verletzt zurück.

Jennifer fing an zu weinen, schluchzte hemmungslos. Sie kroch auf das Bett, die Hände über dem Kopf, und heulte, denn sie wusste nicht, was sie tun sollte, nur dass sie an einem Scheidepunkt war. Sie hörte die Stimme ihrer Mutter, stellte sich ihr entsetztes Gesicht vor, wenn sie erfahren würde, welche Schande ihre Tochter über die Familie gebracht hatte, hörte das wohlig schockierte Wispern der Leute in der Kirche. Sie sah das Leben, das sie geplant hatte, die Kinder, die Laurence' Gefühlskälte bestimmt mildern und ihn zwingen würden, ein wenig nachzugeben. Sie sah eine winzige Mietwohnung, Anthony den ganzen Tag fort bei der Arbeit, sie selbst ohne ihn, ängstlich in einem fremden Land. Sie sah, wie er sie in ihrer glanzlosen Kleidung leid wurde, den Blick bereits auf andere verheiratete Frauen richtete.

Ich werde nie aufhören, dich zu lieben. Vor dir habe ich noch nie jemanden geliebt, und nach dir wird es auch niemanden geben.

Als sie sich aufrichtete, stand Mrs. Cordoza am Bett.

Jennifer wischte sich über die Augen, putzte sich die Nase und wollte sich schon entschuldigen, sie so angefahren zu haben, als sie sah, dass die ältere Frau ihren Koffer packte.

«Ich habe Ihre flachen Schuhe und die braune Hose eingepackt. Die muss nicht so oft gewaschen werden.»

Jennifer starrte sie an.

«Hier sind Unterwäsche und ein Nachthemd.»

«Ich … ich will nicht …»

Mrs. Cordoza packte weiter. Sie nahm Sachen aus dem Koffer, faltete sie neu, packte sie in Seidenpapier und legte sie wieder mit derselben ehrfürchtigen Sorgfalt zurück in den Koffer, die man einem Neugeborenen zukommen lassen würde. Jennifer war wie hypnotisiert von diesen Händen, die glätteten und ordneten.

«Mrs. Stirling», sagte Mrs. Cordoza ohne aufzublicken, «ich habe Ihnen das nie erzählt. In Südafrika, wo ich gelebt habe, ist es üblich, das Fenster mit Asche zu bedecken, wenn ein Mann stirbt. Als mein Mann starb, habe ich die Fenster sauber gelassen. Ich habe sie sogar geputzt, damit sie glänzten.»

Als sie sicher war, dass sie Jennifers Aufmerksamkeit hatte, fuhr sie mit dem Packen fort. Jetzt Schuhe, Sohle an Sohle in einen dünnen Baumwollbeutel, dann ordentlich unten in den Koffer, ein Paar weiße Tennisschuhe, eine Haarbürste.

«Ich habe meinen Mann durchaus geliebt, als wir jung waren, aber er war kein netter Mann. Als wir älter wurden, kümmerte es ihn immer weniger, wie er mich behandelte. Als er plötzlich starb, der Herr möge mir vergeben, hatte ich das Gefühl, als wäre ich endlich frei.» Sie zögerte und warf einen Blick in den halb gepackten Koffer. «Hätte mir vor vielen Jahren jemand die Möglichkeit dazu gegeben, wäre ich fortgegangen. Ich hätte ein anderes Leben führen können.»

Sie legte die letzten gefalteten Kleidungsstücke obenauf, klappte den Deckel zu und schloss die Schnallen.

«Es ist halb sieben. Mr. Stirling hat gesagt, er wird gegen Viertel vor sieben hier sein, nur falls Sie es vergessen haben.» Ohne ein weiteres Wort richtete sie sich auf und verließ das Zimmer.

Jennifer schaute prüfend auf ihre Armbanduhr und blickte mit einem Schulterzucken auf ihre übrige Kleidung. Sie durchquerte den Raum und schlüpfte in das nächstbeste Paar Schuhe. Sie ging an ihre Frisierkommode und kramte hinten in einer Schublade nach dem Notgroschen für Einkäufe, den sie immer in ein Paar Strümpfe gewickelt hatte, und steckte dann die Banknoten sowie eine Handvoll Ringe und Ketten aus ihrer Schmuckschatulle in ihre Tasche. Dann nahm sie ihren Koffer.

Mrs. Cordoza hielt ihr den Regenmantel hin. «In der New Cavendish Street haben Sie die größte Chance, ein Taxi zu bekommen. Normalerweise würde ich Portland Place vorschlagen, aber ich glaube, diese Strecke nimmt Mr. Stirlings Fahrer.»

«New Cavendish Street.»

Keine der beiden Frauen rührte sich, vielleicht verblüfft darüber, was sie getan hatten. Dann trat Jennifer vor und umarmte Mrs. Cordoza. «Vielen Dank. Ich –»

«Ich werde Mr. Stirling informieren, dass Sie meines Wissens auf einer Einkaufstour sind.»

«Ja. Ja, danke.»

Sie stand draußen in der Nachtluft. Vorsichtig ging sie die Stufen hinunter, suchte den Platz nach dem vertrauten gelben Licht eines Taxis ab. Als sie den Bürgersteig erreichte, machte sie sich im Laufschritt auf in die Dämmerung der Stadt.

Erleichterung überkam sie – sie musste nicht mehr Mrs. Stirling sein, ihr wurde nicht mehr vorgeschrieben, wie sie sich zu kleiden und zu benehmen, wie sie zu lieben hatte. Ihr wurde ganz leicht ums Herz bei dem Gedanken, nicht zu wissen, wer oder wo sie in einem Jahr sein mochte.

Die Straßen waren gedrängt voll von Fußgängern, in der einbrechenden Dämmerung gingen die Straßenlaternen an. Jennifer rannte, der Koffer schlug ihr gegen die Beine, ihr Herz klopfte. Es war fast Viertel vor sieben. Sie stellte sich vor, wie Laurence nach Hause kommen und gereizt nach ihr rufen würde. Eine weitere halbe Stunde würde es dauern, bis er sich richtig Sorgen machte, doch dann würde sie bereits am Bahnsteig stehen.

Ich komme, Anthony, ging es ihr durch den Kopf, und das Gefühl in ihrer Brust mochte Aufregung sein oder Angst oder eine berauschende Mischung aus beidem.

Das endlose Hin und Her der Menschen am Bahnsteig machte einen Überblick unmöglich. Ihre Formen verschwammen vor seinen Augen, verschmolzen miteinander und lösten sich wieder, er wusste schon nicht mehr, wonach er eigentlich Ausschau hielt. Anthony stand neben einer schmiedeeisernen Bank, die Koffer zu seinen Füßen, und schaute zum tausendsten Mal auf seine Uhr. Es war beinahe Viertel nach sieben. Wenn sie hätte kommen wollen, dann wäre sie doch bestimmt schon hier, oder?

Er warf einen Blick auf die Anzeigetafel, dann auf den Zug, der ihn zum Flughafen Heathrow bringen würde. Beruhige dich. Sie wird kommen.

«Nehmen Sie den um sieben Uhr fünfzehn, Sir?»

Der Schaffner stand neben ihm. «Der Zug fährt in ein paar Augenblicken ab, Sir. Wenn das Ihrer ist, dann würde ich Ihnen raten einzusteigen.»

«Ich warte noch auf jemanden.»

Er spähte am Bahnsteig entlang zur Absperrung. Eine alte Frau stand dort und wühlte nach einer längst verlorenen Fahrkarte. Sie schüttelte den Kopf, was vermuten ließ, dass ihre Handtasche nicht zum ersten Mal ein wichtiges Dokument verschluckt hatte. Zwei Kofferträger standen plaudernd beisammen. Sonst kam niemand durch.

«Der Zug wartet nicht, Sir. Der nächste geht um Viertel vor zehn, falls Ihnen das weiterhilft.»

Er begann zwischen den beiden schmiedeeisernen Bänken

hin und her zu gehen und versuchte, nicht noch einmal auf seine Uhr zu schauen. Er dachte an ihr Gesicht an dem Abend im Alberto's, als sie gesagt hatte, dass sie ihn liebte. Sie hatte es ohne jede Falschheit gesagt. Lügen lag ihr nicht. Er wagte sich nicht vorzustellen, wie es sich wohl anfühlen mochte, jeden Morgen neben ihr aufzuwachen, die Wonne, von ihr geliebt zu werden, und die Freiheit, ihre Liebe zu erwidern.

Der Brief, den er ihr geschickt hatte, das Ultimatum, das er enthielt, das war ein riskantes Glücksspiel gewesen, doch in jener Nacht war ihm klar geworden, dass sie recht hatte: Sie konnten so nicht weitermachen. Die schiere Macht ihrer Gefühle würde sich sonst in etwas Giftiges verwandeln. Sie würden es sich am Ende nicht verzeihen können, dass sie unfähig waren, zu tun, was sie sich so sehnlich wünschten. Sollte nun das Schlimmste eintreten, dann hatte er wenigstens ehrenhaft gehandelt. Doch irgendwie glaubte er nicht, dass das Schlimmste eintreten würde. Sie würde kommen. Alles an ihr sagte ihm das.

Wieder schaute er auf seine Armbanduhr und fuhr sich mit den Fingern durch die Haare. Sein Blick wanderte zu den wenigen Fahrgästen, die noch durch die Absperrung kamen.

«Der Umzug wird dir guttun», hatte Don zu ihm gesagt. «Er wird dich aus Schwierigkeiten raushalten.» Er hatte sich gefragt, ob der Redakteur insgeheim erleichtert war, ihn in einem anderen Teil der Welt zu wissen.

Kann schon sein, antwortete er ihm im Stillen und trat zur Seite, als eine Gruppe eifriger Geschäftsmänner sich an ihm vorbeischob und in den Zug stieg. *Mir bleibt noch eine Viertelstunde, um herauszufinden, ob es stimmt.*

Es war kaum zu glauben. Kurz nachdem sie die New Cavendish Street erreicht hatte, begann es zu regnen, der Himmel färbte sich in ein schmutziges Orange, dann wurde er schwarz. Wie auf eine stumme Anweisung hin waren alle Taxis besetzt. Jeder schwarze Umriss, den sie erblickte, hatte sein gelbes Licht ausgeschaltet; irgendein schemenhafter Fahrgast war bereits unterwegs zu seinem Ziel. Sie winkte, bis ihr beinahe der Arm abfiel. *«Seht ihr denn nicht, wie dringend es ist?»*, hätte sie am liebsten geschrien. *«Von dieser Fahrt hängt mein Leben ab!»*

Inzwischen stürzte der Regen sintflutartig vom Himmel, wie bei einem tropischen Gewitter. Immer wieder stieß sie gegen aufgespannte Regenschirme, während sie an der Bordsteinkante von einem Fuß auf den anderen trat. Binnen kurzem war sie komplett durchnässt.

Als der Minutenzeiger ihrer Armbanduhr sich der Sieben näherte, hatte sich ihre anfängliche freudige Erregung in Furcht verwandelt. Ihr blieb nicht mehr viel Zeit. Laurence konnte jeden Augenblick nach ihr suchen. Zu Fuß würde sie es nicht schaffen, selbst wenn sie ihren Koffer stehen ließ.

Angst überrollte sie wie eine Flutwelle, der Verkehr rauschte vorbei und warf hohe Wasserfontänen gegen die Beine der Passanten.

Plötzlich kam ihr eine Idee. Sie begann zu laufen, schob sich an den Menschen vorbei, die ihr im Weg standen, ausnahmsweise war es ihr gleichgültig, welchen Eindruck sie hinterließ. Sie lief durch die vertrauten Straßen, bis sie die fand, nach der sie gesucht hatte. Sie ließ ihren Koffer oben an der Treppe stehen und lief hinunter in den dunklen Club.

Felipe stand gerade an der Bar und polierte Gläser. Sonst war niemand da außer Sherrie, der Garderobenfrau. Der Club kam ihr überwältigend still, geradezu versteinert vor, obwohl leise Musik im Hintergrund spielte.

«Er ist nicht hier, Lady.» Felipe schaute nicht einmal auf.

«Ich weiß.» Sie war derart außer Atem, dass sie kaum sprechen konnte. «Aber es ist schrecklich wichtig. Haben Sie ein Auto?»

Sein Blick war nicht freundlich. «Schon möglich.»

«Könnten Sie mich zum Bahnhof bringen? Nach Paddington?»

«Sie wollen von mir gefahren werden?» Sein Blick glitt über ihre nassen Kleider und die am Kopf klebenden Haare.

«Ja. Ja! Ich habe nur noch eine Viertelstunde Zeit. Bitte.»

Er sah sie an. Jennifer fiel ein großes, halb leeres Glas Scotch auf, das vor ihm stand.

«Bitte! Ich würde Sie nicht fragen, wenn es nicht wichtig wäre.» Sie beugte sich vor. «Ich bin auf dem Weg zu Tony. Hören Sie, ich habe Geld …» Sie kramte in ihrer Tasche nach den Geldscheinen. Selbst die waren feucht.

Er griff hinter sich durch eine Tür und zog einen Schlüsselbund hervor. «Ich will Ihr Geld nicht.»

«Vielen Dank, oh, ich bin Ihnen so dankbar», sagte sie atemlos. «Bitte beeilen Sie sich! Wir haben keine fünfzehn Minuten mehr.»

Bis zu seinem Wagen war es ein kurzer Fußweg, und als sie dort ankamen, war auch Felipe durchnässt. Er hielt ihr die Tür nicht auf, sie zerrte am Griff, schleuderte ihren tropfnassen Koffer stöhnend auf den Rücksitz. «Bitte! Fahren Sie los!», sagte sie und wischte sich die nassen Strähnen aus dem Gesicht, Felipe aber saß reglos auf dem Fahrersitz. O Gott, bitte sei nicht betrunken, flehte sie ihn im Stillen an. Bitte sag mir jetzt nicht, dass du nicht fahren kannst, dass der Tank leer ist, dass du deine Meinung geändert hast. «Bitte. Wir haben nur noch so wenig Zeit.» Sie versuchte, sich ihren Zorn nicht anmerken zu lassen.

«Mrs. Stirling? Bevor ich Sie fahre …»

«Ja?»

«Ich muss wissen … Tony, er ist ein guter Mann, aber …»

«Ich weiß, dass er verheiratet war. Ich weiß Bescheid über seinen Sohn. Ich weiß alles», sagte sie ungeduldig.

«Er ist verletzlicher, als er zugibt.»

«Was?»

«Brechen Sie ihm nicht das Herz. Ich habe ihn noch nie so mit einer Frau erlebt. Wenn Sie sich nicht sicher sind, wenn Sie glauben, dass auch nur die leiseste Chance besteht, dass Sie wieder zu Ihrem Mann zurückgehen, bitte, tun Sie das hier nicht.»

Der Regen prasselte auf das Dach des kleinen Wagens. Sie streckte eine Hand aus und legte sie auf seinen Arm. «Ich bin nicht … ich bin nicht die, für die Sie mich halten. Wirklich.»

Er warf ihr einen Seitenblick zu.

«Ich … will einfach nur bei ihm sein. Ich gebe alles für ihn auf. Für mich gibt es nur ihn. Anthony», sagte sie, und bei diesen Worten hätte sie vor lauter Anspannung beinahe gelacht. «Und jetzt los! Bitte!»

«Okay», sagte er und wendete das Auto, dass die Reifen quietschten. «Wohin?»

Er steuerte den Wagen auf die Euston Road und drückte wiederholt auf einen Knopf, in dem Versuch, die Scheibenwischer in Gang zu bringen. Sie musste kurz an Mrs. Cordozas blitzblank geputzte Fenster denken, dann zog sie den Brief aus dem Umschlag.

Meine einzige, wahre Liebe,

was ich gesagt habe, war auch so gemeint. Ich bin zu dem Schluss gekommen, dass der einzige Weg nach vorn darin besteht, dass einer von uns eine kühne Entscheidung trifft …

Ich werde die Stelle annehmen. Am Freitagabend werde ich um 7:15 Uhr am Bahnhof Paddington sein, Gleis 4 …

«Bahnsteig vier», schrie sie. «Uns bleiben nur noch elf Minuten!»

Teil zwei

Nicht erwünscht STOP Komm nicht STOP

Mann an Frau, Kriegsbraut, per Telegramm

KAPITEL 12

Sommer 1964

Die Krankenschwester ging langsam durch die Station und schob einen Rollwagen vor sich her, auf dem sauber aufgereihte Pappbecher mit bunten Pillen standen. Die Frau in Bett 16c murmelte: «O Gott, nicht noch mehr …»

«Wir wollen hier doch keinen Aufstand machen, oder?» Die Schwester stellte ein Glas Wasser auf den Nachttisch.

«Wenn ich noch mehr von dem Zeug nehme, brauche ich bald eine Entziehungskur.»

«Ja, aber wir müssen den Blutdruck senken, oder?»

«*Wir* müssen? Mir war gar nicht klar, dass das ansteckend ist …»

Jennifer, auf dem Stuhl neben dem Bett, nahm das Glas und reichte es Yvonne Moncrieff, deren angeschwollene Bauchpartie sich kuppelförmig unter der Decke erhob, eigenartig losgelöst vom restlichen Körper.

Yvonne seufzte. Sie kippte die Tabletten in den Mund, schluckte folgsam und schenkte der jungen Krankenschwester ein sarkastisches Lächeln. Doch die war bereits auf dem Weg zur nächsten Patientin der Entbindungsstation. «Jenny, Schätzchen, du musst meinen Ausbruch organisieren. Ich glaube nicht, dass ich noch eine Nacht hier drinnen ertrage. Das Ächzen und Stöhnen – du glaubst es nicht.»

«Ich dachte, Francis hätte dich auf einer Privatstation untergebracht.»

«Nicht jetzt, wo ich vermutlich wochenlang hierbleiben muss. Du weißt, wie vorsichtig er mit Geld umgeht. ‹Wozu, Liebling, wenn wir auch kostenlos eine hervorragende Versorgung bekommen können? Außerdem ist es doch schön, mit den anderen Damen plaudern zu können.›» Sie schnaubte und deutete mit einer Kopfbewegung auf die große, sommersprossige Frau im Bett nebenan. «Weil ich ja so viel mit Lilo Lil da drüben gemeinsam habe. Dreizehn Kinder! Dreizehn! Ich dachte, unsere drei in vier Jahren wären schon schrecklich, aber gegen sie bin ich eine blutige Anfängerin.»

«Ich habe dir ein paar Zeitschriften mitgebracht.» Jennifer holte sie aus ihrer Tasche.

«Oh, die *Vogue*. Du bist ein Schatz, aber du musst sie wieder mitnehmen. Es wird Monate dauern, bis ich wieder in diese Sachen passe, und das bringt mich nur zum Weinen. Wenn das Kleine endlich da ist, werde ich gleich am nächsten Tag eine Anprobe für ein neues Mieder organisieren … Erzähl mir etwas Aufregendes.»

«Etwas Aufregendes?»

«Was hast du diese Woche noch vor? Du ahnst nicht, wie es ist, tagelang hier festzusitzen, sich wie ein Pottwal zu fühlen, mit Pudding zwangsernährt zu werden und sich zu fragen, was eigentlich in der Welt passiert.»

«Oh … es ist ziemlich langweilig. Heute Abend Drinks in irgendeiner Botschaft. Ich würde lieber zu Hause bleiben, aber Larry besteht darauf, dass ich mitkomme. In New York hat eine Konferenz über die gesundheitlichen Gefahren von Asbest stattgefunden, und er will hingehen und ihnen sagen, dass dieser Selikoff, der irgendetwas damit zu tun hat, seiner Ansicht nach nur ein Unruhestifter ist.»

«Aber Cocktails, hübsche Kleider …»

«Eigentlich wollte ich mich auf dem Sofa verkriechen und *Mit Schirm, Charme und Melone* gucken. Es ist zu warm, um sich feinzumachen.»

«Wem sagst du das. Ich fühle mich, als würde ich meinen eigenen kleinen Ofen mit mir herumtragen.» Sie tätschelte ihren Bauch. «Oh! Ich wusste doch, dass ich dir noch etwas sagen wollte. Mary Odin kam gestern vorbei. Sie hat mir erzählt, dass Katherine und Tommy Houghton sich scheiden lassen wollen. Und du errätst nicht, was sie vorhaben.»

Jennifer schüttelte den Kopf.

«Eine Hotelscheidung. Sie haben vereinbart, dass er sich mit einer anderen Frau in einem Hotel ‹erwischen› lässt, damit sie sofort geschieden werden können. Aber das ist noch nicht alles.»

«Nicht?»

«Mary sagt, die Frau, die eingewilligt hat, mit ihm fotografiert zu werden, ist tatsächlich seine Geliebte. Die ihm diese Briefe geschickt hat. Die arme Katherine glaubt, er bezahlt jemanden dafür. Sie benutzt sogar einen der Liebesbriefe als Beweis. Offenbar hat er Katherine erzählt, dass er sie von einer Freundin schreiben lässt, damit die ganze Sache authentisch wirkt. Ist das nicht schlimm?»

«Furchtbar.»

«Ich hoffe nur, dass Katherine mich nicht besuchen kommt. Ich weiß, ich würde mich verplappern. Arme Frau. Und alle außer ihr wissen davon.»

Jennifer nahm eine Zeitschrift und blätterte sie durch, gab zu diesem Rezept oder jenem Stoffmuster einen Kommentar ab.

Doch ihre Freundin hörte ihr nicht zu. «Ist alles in Ordnung mit dir?» Jennifer legte eine Hand auf die Bettdecke. «Kann ich dir etwas holen?»

«Halt die Augen für mich offen, ja?» Yvonnes Stimme war ruhig, aber ihre geschwollenen Finger klopften einen rastlosen Marsch auf das Laken.

«Wie meinst du das?»

«Francis. Pass auf, ob er unerwarteten Besuch bekommt. Frauenbesuch.» Sie hatte das Gesicht entschlossen zum Fenster gedreht.

«Oh, ich bin sicher, Francis –»

«Jenny? Tu es einfach für mich, ja?»

Für einen Augenblick schwiegen beide. Jennifer untersuchte einen verirrten Faden auf ihrem Rock. «Natürlich.»

«Wie auch immer», wechselte Yvonne das Thema, «erzähl mir, was du heute Abend anziehst. Ich kann es einfach nicht erwarten, wieder in ziviler Kleidung zu stecken. Wusstest du, dass meine Füße zwei Nummern größer geworden sind? Wenn es noch schlimmer wird, gehe ich in Gummistiefeln hier raus.»

Jennifer stand auf und nahm ihre Handtasche, die sie hinter sich auf den Stuhl gestellt hatte. «Fast hätte ich es vergessen. Violet hat gesagt, sie kommt nach dem Tee vorbei.»

«O Gott. Dann erfahre ich wohl das Neuste über die schrecklichen Verdauungsprobleme des kleinen Frederick.»

«Ich komme morgen, wenn ich kann.»

«Viel Spaß, Schätzchen. Ich würde alles darum geben, auf einer Cocktailparty zu sein, statt hier festzusitzen und mir Violets Gerede anzuhören.» Yvonne seufzte. «Und reich mir bitte das Exemplar von *Queen*, bevor du gehst. Was hältst du von Jean Shrimptons Frisur? Eine ähnliche hattest du doch bei diesem katastrophalen Abendessen bei Maisie Barton-Hulme.»

Jennifer ging in ihr Badezimmer, schloss die Tür hinter sich ab und ließ ihren Morgenmantel zu Boden fallen. Sie hatte die Kleidungsstücke herausgelegt, die sie an diesem Abend tragen würde: ein rohseidenes Etuikleid mit U-Ausschnitt, bordeauxrot, dazu ein seidenes Umhängetuch. Sie würde sich die Haare hochstecken und die Rubinohrringe anlegen, die Laurence ihr zum dreißigsten Geburtstag gekauft hatte. Er beschwerte sich, dass Jennifer sie nur selten trug. Seiner Meinung nach sollten die Leute es ruhig sehen, wenn er schon so viel Geld für sie ausgab.

Nachdem das erledigt war, wollte sie ein ausgiebiges Bad nehmen, bis sie sich die Fingernägel lackieren musste. Dann würde sie sich anziehen, und wenn Laurence nach Hause kam, ihr Make-up auffrischen. Sie drehte den Wasserhahn ab, betrachtete sich im Spiegel des Medizinschranks und wischte das Glas ab, das vom Dampf beschlagen war. Sie starrte ihr Spiegelbild an, bis es wieder vernebelte. Dann öffnete sie den Schrank und durchsuchte die braunen Fläschchen im oberen Regalfach, bis sie fand, was sie suchte. Sie schluckte zwei Valium und spülte sie mit Wasser aus dem Zahnputzbecher hinunter. Sie warf einen Blick auf das Fläschchen Phenobarbital, entschied aber, dass das zu viel wäre, wenn sie Alkohol trinken wollte. Und das wollte sie.

Sie stieg gerade in die Wanne, als sie hörte, wie die Haustür zuschlug, sicher Mrs. Cordoza, die aus dem Park zurückkehrte. Langsam ließ sie sich in das tröstende Wasser hinabgleiten.

Laurence hatte angerufen, um zu sagen, dass er sich wieder verspäten würde. Sie saß auf dem Rücksitz des Wagens, während Eric, der Fahrer, durch die heißen, staubigen Straßen fuhr und schließlich vor dem Bürogebäude ihres Mannes anhielt. «Warten Sie im Wagen, Mrs. Stirling?»

«Ja, danke.»

Sie schaute dem jungen Mann nach, der eilig die Treppe hinaufstieg und im Foyer verschwand. Sie hatte keine Lust mehr, das Büro ihres Mannes zu betreten. Hin und wieder tauchte sie zu besonderen Anlässen auf, wünschte der Belegschaft Frohe Weihnachten, wenn Laurence darauf bestand, doch die Räumlichkeiten flößten ihr Unbehagen ein. Seine Sekretärin betrachtete sie mit einer gewissen Verachtung, als hätte Jennifer ihr unrecht getan. Vielleicht war es so. Neuerdings fiel es oft schwer zu sagen, was sie falsch gemacht hatte.

Die Tür ging auf, und Laurence kam in seinem dunkelgrauen Tweedanzug heraus, gefolgt von seinem Fahrer. Auch wenn die Temperatur über zwanzig Grad lag, trug Laurence Stirling stets, was er für angemessen hielt. Er fand die neuen Modetrends für Männer unbegreiflich.

«Ah. Du bist hier.» Er rutschte neben sie auf den Rücksitz und brachte einen Schwall warmer Luft mit.

«Ja.»

«Zu Hause alles in Ordnung?»

«Alles bestens.»

«Hat sich der Junge gemeldet, der die Treppe reinigen soll?»

«Kurz nachdem du gegangen bist.»

«Ich wollte schon um sechs weg sein – verdammte transatlantische Telefonate. Die rufen immer später als angekündigt an.»

Sie nickte. Sie wusste, dass keine Antwort von ihr verlangt wurde.

Sie fädelten sich in den Abendverkehr ein. Auf der anderen Seite der Marylebone Road lag der Regent's Park. Gruppen von lachenden Mädchen gingen über den heißen Asphalt in Richtung des Parks, blieben stehen, um sich etwas zuzurufen. Neuerdings kam sie sich alt vor, wie eine Matrone, im Vergleich zu diesen jungen, sorglosen Frauen, die kein Mieder trugen, dafür aber sehr kurze Röcke und gewagt viel Make-up. Zwischen ihnen und ihr lagen wahrscheinlich nur zehn Jahre Altersunterschied, dachte Jennifer, aber sie hätte ebenso gut der Generation ihrer Mutter entstammen können.

«Oh. Du trägst *das* Kleid.» Seine Stimme war voller Missbilligung.

«Mir war nicht klar, dass es dir nicht gefällt.»

«Zu dem Kleid habe ich überhaupt keine Meinung. Ich hätte nur erwartet, dass du etwas anziehst, in dem du weniger … knochig aussiehst.»

Es nahm kein Ende. Sie hatte geglaubt, ihr Herz mit einer robusten Porzellanschale ummantelt zu haben, aber er fand immer einen Weg, ein Stück davon abzuschlagen.

Sie schluckte. «Knochig. Vielen Dank. Ich schätze, daran kann ich jetzt nicht mehr viel ändern.»

«Mach keinen Aufstand. Aber du könntest ein bisschen mehr darauf achten, wie du auftrittst.» Er wandte sich ihr kurz zu. «Und du könntest hier etwas mehr von dem auflegen, was du immer für dein Gesicht verwendest.» Er zeigte auf eine Stelle unter ihren Augen. «Du siehst ziemlich müde aus.» Er lehnte sich zurück und zündete eine Zigarre an. «Eric, fahr etwas schneller, ich möchte gegen sieben dort sein.»

Mit folgsamem Brummen schoss der Wagen nach vorn. Jennifer starrte hinaus auf die Straße und sagte nichts.

Liebenswürdig. Ausgeglichen. Ruhig. Das waren die Worte, die ihre Freundinnen, Laurence' Freunde und Geschäftskollegen verwendeten, um sie zu beschreiben. Mrs. Stirling, der Inbegriff weiblicher Tugenden, stets perfekt zurechtgemacht, nie anfällig für die schrille Hysterie anderer, weniger perfekter Frauen. Gelegentlich, wenn Laurence solche Bemerkungen mitbekam, sagte er: «Perfekte Frau? Wenn die wüssten. Oder, Liebling?»

Die Männer in seiner Nähe lachten dann pflichtschuldig, und auch sie setzte ein Lächeln auf. Häufig nahmen solche Abende ein schlimmes Ende. Wenn sie gelegentlich einen der flüchtigen Blicke bemerkte, die Yvonne und Francis nach einem von Laurence' bitteren Kommentaren austauschten, oder Bills Schamesröte, wurde ihr klar, dass ihre Beziehung tatsächlich Gegenstand heimlicher Spekulationen war. Aber niemand bedrängte sie. Das häusliche Leben eines Mannes war schließlich Privatsache. Sie waren gute Freunde, viel zu gut, um sich einzumischen.

«Und hier haben wir die reizende Mrs. Stirling. Sie sehen umwerfend aus.» Der südafrikanische Attaché ergriff ihre Hände und küsste sie auf die Wangen.

«Nicht zu knochig?», fragte sie unschuldig.

«Wie bitte?»

«Schon gut.» Sie lächelte. «Sie sehen phantastisch aus, Sebastian. Die Ehe tut Ihnen offensichtlich gut.»

Laurence klopfte dem jüngeren Mann auf den Rücken. «Trotz meiner Warnungen, was?»

Die beiden Männer lachten, und Sebastian Thorne strahlte stolz, wie es nur wirklich glücklich Verheiratete tun. «Pauline ist da drüben, Jennifer, falls Sie ihr guten Tag sagen wollen. Ich weiß, dass sie sich darauf freut, Sie zu sehen.»

«Das mache ich», sagte sie, dankbar, so schnell entkommen zu können. «Entschuldigt mich bitte.»

Vier Jahre waren seit dem Unfall vergangen. Vier Jahre, in denen Jennifer mit Trauer, Schuldgefühlen und dem Verlust einer Liebe gekämpft hatte, an die sie sich nur zur Hälfte erinnern konnte. Vier Jahre, in denen sie verzweifelt versucht hatte, die Beziehung zu retten, in die sie gehörte.

Ab und an, wenn sie daran zurückdachte, entschied sie, dass sie damals, als sie auf die Briefe gestoßen war, eine Art Wahn befallen haben musste. Sie erinnerte sich an ihre fieberhaften Bemühungen, Boots Identität herauszubekommen, wie falsch sie mit Reggie gelegen und wie rücksichtslos sie ihm nachgestellt hatte. Beinahe hatte sie das Gefühl, das alles wäre jemand anderem passiert. Sie konnte sich jetzt nicht mehr vorstellen, zu einer solchen Leidenschaft fähig zu sein. Sie konnte sich dieses intensive Verlangen nicht vorstellen. Lange Zeit war sie voller Reue gewesen. Sie hatte Laurence betrogen und konnte nur versuchen, es wiedergutzumachen. Das war das Mindeste, was er verlangen konnte. Sie hatte sich dieser Aufgabe gestellt und die Gedanken an den anderen verbannt. Die Briefe, die noch existierten, waren längst in einer Schuhschachtel verschwunden und hinten in ihrem Kleiderschrank versteckt worden.

Sie wünschte, sie hätte damals gewusst, dass Laurence' Wut derart zerstörerisch und dauerhaft sein würde. Sie hatte um Verständnis gebeten, um eine zweite Chance, und er hatte ein beinahe perverses Vergnügen daran gefunden, ihr alles ins Gedächtnis zu rufen, womit sie ihn gekränkt hatte. Er erwähnte ihren Betrug niemals ausdrücklich – damit würde er ja auch seinen eigenen Kontrollverlust eingestehen, und inzwischen war ihr klar, dass Laurence gern als jemand dastand, der sein Leben in jeder Hinsicht unter Kontrolle hatte. Aber er ließ sie jeden Tag spüren, wie unfähig sie war. Wie sie sich kleidete. Wie sie ihren Haushalt führte. Dass sie nicht in der Lage war, ihn glücklich zu machen. An manchen Tagen hatte sie den Eindruck, ihr Leben lang büßen zu müssen.

Seit etwa einem Jahr war er weniger aufbrausend. Sie vermutete, dass er eine Geliebte hatte. Diese Erkenntnis beunruhigte sie nicht; sie war sogar erleichtert. Sein Bedürfnis, sie zu bestrafen, war schwächer geworden. Seine Sticheleien kamen eher beiläufig, wie eine Angewohnheit, die er nicht aufgeben wollte.

Die Tabletten halfen, wie Mr. Hargreaves versprochen hatte.

Wenn sie sich dadurch auch eigenartig leer fühlte, dann war das wohl ein Preis, den es zu zahlen wert war. Ja, sie konnte langweilig sein, wie Laurence häufig betonte. Ja, es mochte sein, dass sie bei Dinnerpartys nicht mehr vor Charme sprühte, doch die Tabletten bewirkten auch, dass sie nicht mehr in unpassenden Momenten in Tränen ausbrach und dass sie überhaupt aus dem Bett kam. Sie fürchtete sich nicht mehr vor seinen Launen, und es machte ihr weniger aus, wenn er nachts zu ihr kam. Am wichtigsten war, dass der Schmerz über das, was sie verloren hatte oder für das sie verantwortlich gewesen war, nicht mehr alles überschattete.

Nein. Jennifer Stirling brachte ihre Tage würdevoll hinter sich, Frisur und Make-up perfekt, ein Lächeln im Gesicht. Die liebenswürdige, ausgeglichene Jennifer, die hervorragende Dinnerpartys veranstaltete, ein schönes Haus führte und die vornehmsten Leute kannte. Die perfekte Frau für einen Mann in seiner Position.

Und immerhin wurde sie entschädigt.

«Ich finde es einfach toll, unser eigenes Zuhause zu haben. Ging es Ihnen nicht auch so, als Sie und Mr. Stirling frisch verheiratet waren?»

«Das ist so lange her, ich kann mich nicht mehr erinnern.» Sie schaute zu Laurence hinüber, der mit Sebastian sprach und gerade an der allgegenwärtigen Zigarre zog. Über ihren Köpfen drehten sich gemächlich Ventilatoren, darunter standen die Frauen in Grüppchen zusammen und tupften sich hin und wieder mit feinen Batisttüchern den Hals ab.

Pauline Thorne holte Fotos von ihrem neuen Haus aus der Handtasche. «Wir haben uns für moderne Möbel entschieden. Sebastian hat mir freie Hand gelassen.»

Jennifer dachte an ihr eigenes Haus, das schwere Mahagoniholz, die überladene Ausstattung. Sie sah sich die Fotos an und bewunderte die weißen Stühle, glatt wie Eierschalen, die farbenfrohen Teppiche, die modernen Gemälde an den Wänden. Laurence fand, sein Haus solle ein Spiegelbild seiner selbst sein. Er wollte es prächtig, erfüllt vom Geist der Geschichte. Als sie diese Fotos vor sich sah, erkannte Jennifer, wie pompös und starr es ihr vorkam. Erdrückend. Sie ermahnte sich, nicht undankbar zu sein. *Viele Menschen würden liebend gern in einem Haus wohnen, wie sie es hatte.*

«Es wird nächsten Monat in *Your House* gezeigt. Sebs Mutter findet es abscheulich. Sie sagt, jedes Mal, wenn sie unser Wohnzimmer betritt, glaubt sie, von Außerirdischen entführt worden zu sein.» Die junge Frau lachte, und Jennifer setzte ein Lächeln auf. «Als ich sagte, ich würde eins der Schlafzimmer vielleicht in ein Kinderzimmer umwandeln, meinte sie, dass ich angesichts der restlichen Ausstattung wahrscheinlich ein Kind in einem Plastikei bekommen würde.»

«Wollen Sie Kinder?»

«Noch nicht. Noch lange nicht …» Sie legte ihre Hand auf Jennifers Arm. «Ich hoffe, Sie nehmen es mir nicht übel, wenn ich das sage, aber wir sind gerade erst aus den Flitterwochen zurück. Meine Mutter hat mich aufgeklärt, bevor wir aufgebrochen sind. Sie wissen schon – dass ich mich Seb unterwerfen muss, dass es ‹ein wenig unangenehm› werden könnte.»

Jennifer blinzelte.

«Sie hat wirklich gedacht, es würde mich traumatisieren. Aber es ist gar nicht so, nicht wahr?»

Jennifer nahm einen Schluck von ihrem Drink.

«Oh, bin ich jetzt schrecklich indiskret?»

«Ganz und gar nicht», erwiderte sie höflich. Sie vermutete, dass ihr Gesicht erschreckend ausdruckslos war. «Möchten Sie noch etwas trinken, Pauline?», fragte sie, als sie sich wieder gefasst hatte. «Ich glaube, mein Glas ist leer.»

Sie saß in der Damentoilette und öffnete ihre Handtasche. Sie schraubte die kleine braune Flasche auf und nahm noch eine Valiumtablette. Nur eine, und vielleicht noch ein Gläschen. Sie saß auf der Toilettenschüssel und wartete, bis ihr Herz wieder normal schlug, und öffnete dann die Puderdose, um eine Nase zu pudern, die es nicht nötig hatte.

Pauline hatte beinahe verletzt gewirkt, als sie gegangen war, als wäre sie zurückgewiesen worden. Pauline war mädchenhaft, aufgeregt, begeistert, dass sie nun Zutritt zu dieser neuen Welt der Erwachsenen bekommen hatte.

War es ihr mit Laurence je so gegangen?, fragte Jennifer sich dumpf. Manchmal ging sie an ihrem Hochzeitsbild in der Diele vorbei, und es war, als würde das Foto zwei Fremde zeigen. Meist versuchte sie, das Bild nicht zu beachten. Aber wenn sie in der falschen geistigen Verfassung war, und in der war sie laut Laurence oft, wollte sie die vertrauensselige junge Frau mit den großen Augen am liebsten anschreien, sie solle nicht heiraten. Viele Frauen entschieden sich heutzutage dagegen. Sie hatten einen Beruf, verdienten eigenes Geld und mussten nicht ständig darauf achten, ob das, was sie sagten oder taten, den Mann verärgerte, dessen Meinung offenbar die einzig gültige war.

Sie versuchte, sich Pauline Thorne nicht in zehn Jahren vorzustellen, wenn Sebastians schmeichelnde Worte längst vergessen waren, wenn die Anforderungen durch Arbeit und Kinder, die Geldsorgen oder die schiere Langeweile des Alltags ihr das Strahlen genommen hatten. Sie durfte nicht verbittert sein. Sollte die junge Frau ihre Zeit ruhig genießen. Ihre Geschichte könnte auch anders ausgehen.

Sie holte tief Luft und frischte ihren Lippenstift auf.

Als sie zur Party zurückkehrte, war Laurence zu einer anderen Gruppe hinübergegangen. Sie blieb an der Tür stehen und sah, wie er sich leicht verbeugte, um eine junge Frau zu begrüßen, die Jennifer nicht erkannte. Er hörte ihren Worten aufmerksam zu und nickte. Sie sagte noch etwas, und alle Männer lachten. Laurence flüsterte ihr etwas ins Ohr, und die Frau nickte lächelnd. Sie muss ihn äußerst charmant finden, dachte Jennifer.

Es war Viertel vor zehn. Sie wäre gern gegangen, hütete sich jedoch, ihren Mann zu drängen. Sie würden gehen, wenn er dazu bereit war.

Der Kellner kam zu ihr herüber. Er hielt ihr ein Silbertablett voller Champagnergläser hin. «Madam?» Ihr Zuhause war auf einmal schrecklich weit entfernt. «Danke», sagte sie und nahm ein Glas.

In diesem Moment erblickte sie ihn, halb verborgen hinter Palmen in Pflanzenkübeln. Zuerst sah sie beinahe geistesabwesend hin, und ein Teil ihres Unterbewusstseins stellte fest, dass sie einmal jemanden gekannt hatte, dessen Haar auch bis zum Kragen reichte, genau wie bei diesem Mann. Es hatte eine Zeit gegeben – vielleicht vor einem Jahr oder länger –, als sie diesen Mann überall gesehen hatte, wie ein Phantom, als sie seinen Körper, seine Haare, sein Lachen in anderen Männern wiedererkannt hatte.

Meine einzige, wahre Liebe.

Sein Begleiter lachte schallend und schüttelte den Kopf, als flehe er ihn an, nicht weiterzureden. Sie prosteten sich zu. Und dann drehte er sich um.

Jennifer blieb das Herz stehen. Alles im Raum schien zu erstarren und sich dann auf den Kopf zu stellen. Sie spürte nicht, wie das Glas ihren Fingern entglitt, war sich nur vage bewusst, wie das Klirren in dem großen Saal widerhallte, die Unterhaltungen kurz verstummten, ein Kellner mit schnellen Schritten zu ihr kam, um die Scherben zu beseitigen. Sie hörte Laurence ganz in ihrer Nähe etwas Herablassendes sagen. Sie stand wie angewurzelt da, bis der Kellner ihr eine Hand auf den Arm legte und sie bat: «Treten Sie zurück, Madam, bitte einen Schritt zurück.»

Der Raum füllte sich wieder mit Stimmen. Die Musik spielte weiter. Und der Mann mit dem dunklen Haar schaute ihr direkt in die Augen.

Ein kleiner Rat: Das nächste Mal, wenn du dich auf eine alleinerziehende Mutter einlässt, warte nicht monatelang, bis sie dir ihr Kind vorgestellt hat. Nimm das Kind nicht mit zum Fußball. Spiel nicht glückliche Familie in einer Pizzeria. Sag bloß nicht, wie viel Spaß es macht, wenn ihr alle zusammen seid – um dann zu verschwinden, weil du dir, wie du zu **** gesagt hast, NIE SICHER WARST, OB DU SIE WIRKLICH MAGST.

Frau an Mann, per Postkarte

KAPITEL 13

Ich weiß nicht. Ich dachte, du wärst mit diesem Teil der Welt fertig. Warum willst du dorthin zurück?»

«Es ist eine große Story, und ich bin dafür am besten geeignet.»

«Du machst deine Sache bei den Vereinten Nationen doch gut. Die da oben sind glücklich.»

«Aber die wahre Story spielt sich im Kongo ab, Don, das weißt du.» Trotz der umwälzenden Veränderungen, die stattgefunden hatten, trotz seiner Beförderung vom Leiter der Nachrichtenredaktion zum stellvertretenden Chefredakteur hatten sich weder Don Franklins Büro noch der Mann selbst groß verändert, seit Anthony O'Hare England verlassen hatte. Jedes Jahr war Anthony einmal hier gewesen, um seinen Sohn zu besuchen und sich in der Redaktion blicken zu lassen, und jedes Jahr waren die Fenster noch mehr von Nikotin verschmutzt, die riesigen Stapel aus Presseausschnitten schwankten noch chaotischer. «Mir gefällt das», sagte Don immer, wenn er darauf angesprochen wurde. «Warum zum Teufel sollte ich einen klaren Blick auf den traurigen Regen haben wollen?»

Doch Dons schmutziges Büro und der mit Papier übersäte Schreibtisch waren mittlerweile ein Relikt. Die *Nation* veränderte sich. Die Seiten waren gewagter und bunter, sprachen eine jüngere Leserschaft an. Es gab Schminktipps und Berichte über die neuesten Musikrichtungen, Leserbriefe zum Thema Empfängnisverhütung und Klatschkolumnen, die sich mit außerehelichen Affären beschäftigten. In den Büros der Zeitung gab es neben den Männern mit aufgerollten Hemdsärmeln auch junge Frauen in kurzen Röcken, die an den Fotokopierern standen oder auf den Fluren die Köpfe zusammensteckten. Sie brachen ihre Unterhaltungen ab und musterten ihn neugierig, wenn er vorbeikam. Die jungen Frauen Londons waren selbstbewusster und direkter geworden. Er blieb bei seinen Besuchen in der Stadt selten allein.

«Das weißt du so gut wie ich. Niemand hat meine Afrika-Erfahrung. Und es sind nicht nur die Beschäftigten des US-Konsulats, die jetzt als Geiseln genommen werden, es sind Weiße überall. Was man hört, ist schrecklich – die Anführer der Simba kümmert es nicht, was die Rebellen tun. Komm schon, Don. Du willst mir doch nicht erzählen, Phipps wäre für den Job besser geeignet? MacDonald etwa?»

«Ich weiß nicht, Tony.»

«Glaub mir, die Amerikaner mögen es nicht, dass ihr Missionar Paul Carlson als Druckmittel benutzt wird.» Er beugte sich vor. «Man spricht über einen Rettungseinsatz ... Der Name, der kursiert, ist Dragon Rouge.»

«Tony, ich weiß nicht, ob der Chefredakteur gerade jetzt jemanden da draußen haben will. Diese Rebellen sind verrückt.»

«Wer hat bessere Kontakte als ich? Wer weiß mehr über den Kongo, und auch mehr über die Vereinten Nationen? Ich war vier Jahre lang in diesem Kaninchenbau tätig, vier verdammte Jahre. Ihr braucht mich da draußen. Und ich muss da raus.»

Er konnte sehen, wie Dons Entschlossenheit ins Wanken

geriet. Das Ansehen, das Anthony sich in den Jahren außerhalb der Redaktion erworben hatte, und sein verbessertes Erscheinungsbild sprachen zu seinen Gunsten. Vier Jahre lang hatte er zuverlässig über das Hin und Her im Labyrinth der Vereinten Nationen berichtet.

Im ersten Jahr hatte er an nichts anderes gedacht, als morgens aufzustehen und dafür zu sorgen, dass er seine Arbeit erledigen konnte. Doch seither hatte er gegen die quälende Überzeugung angekämpft, dass die wahre Story, ja sein Leben, irgendwo weit entfernt von dem Ort stattfand, an dem er war. Jetzt drohte der Kongo, der sich seit der Ermordung von Lumumba am Abgrund bewegte, zu implodieren, und Anthony konnte nicht länger nur stumm aus der Ferne zusehen.

«Da draußen wird jetzt ein anderes Spiel gespielt», sagte Don. «Mir gefällt das nicht. Ich bin nicht sicher, ob wir jemanden dorthin schicken sollten, bevor sich die Lage ein wenig beruhigt hat.»

Doch Don wusste ebenso gut wie Anthony, dass das der Fluch der Krisenberichterstattung war: Sie gab einem ein klares Gefühl für richtig und falsch; das Adrenalin stieg an, man war erfüllt von Humor, Verzweiflung und Kameradschaftsgeist. Auch wenn einen das fertigmachte, jeder, der einmal dort gewesen war, hatte Schwierigkeiten, wieder ins «normale» Leben zu Hause zurückzufinden.

Jeden Morgen führte Anthony Telefonate, suchte in den Zeitungen nach den wenigen verfügbaren Informationen, und interpretierte, was vor sich ging. Es würde eine große Sache werden: Er spürte es. Er musste dort sein, es erleben und auf Papier bringen. Vier Jahre lang war er halb tot gewesen. Er wollte sich wieder lebendig fühlen.

Anthony beugte sich über den Schreibtisch. «Hör zu, Philmore hat mir erzählt, der Chefredakteur habe speziell nach mir gefragt. Willst du ihn enttäuschen?»

Don zündete sich noch eine Zigarette an. «Natürlich nicht. Aber er war nicht hier, als du …» Er streifte die Zigarette am Rand eines überquellenden Aschenbechers ab.

«Das ist es also? Du hast Angst, dass ich wieder durchdrehe?»

Dons verlegenes Lachen sagte ihm alles, was er wissen musste. «Ich habe seit Jahren keinen Alkohol mehr angerührt. Ich habe mich aus jedem Ärger rausgehalten. Ich werde mich gegen Gelbfieber impfen lassen, wenn dir das Sorgen bereitet.»

«Ich denke nur an dich, Tony. Es ist riskant. Was ist mit deinem Sohn?»

«Er spielt hier keine Rolle.» Zwei Briefe im Jahr, wenn er Glück hatte. Clarissa dachte natürlich nur an Phillip: Es war besser für ihn, nicht durch zu viele persönliche Begegnungen gestört zu werden. «Lass mich für drei Monate hingehen. Gegen Ende des Jahres wird es vorbei sein. Das sagen alle.»

«Ich weiß nicht …»

«Habe ich jemals eine Deadline verpasst? Habe ich nicht einige gute Storys reingeholt? Verdammt noch mal, Don, du brauchst mich da draußen. Die Zeitung braucht mich. Es muss jemand sein, der sich auskennt. Jemand mit Kontakten. Stell es dir vor.» Er fuhr mit dem Zeigefinger an einer imaginären Schlagzeile entlang. «‹Unser Mann im Kongo bei der Befreiung der weißen Geiseln›. Hör zu, tu es für mich, Don, und dann reden wir weiter.»

«Du hältst es wohl immer noch nicht lange am selben Ort aus, was?»

«Ich weiß, wo ich hingehöre.»

Don blies die Wangen auf wie ein menschlicher Hamster und stieß dann geräuschvoll die Luft aus. «Okay. Ich werde mit dem da oben reden. Versprechen kann ich nichts – aber ich werde mit ihm reden.»

«Danke.» Anthony stand auf und wollte gehen.

«Tony.»

«Was?»

«Du siehst gut aus.»

«Danke.»

«Ich meine es ernst. Lust auf einen Drink heute Abend? Du, ich und ein paar aus der alten Truppe? Im Miller's in der Stadt. Wir könnten uns ein Bier genehmigen – oder Mineralwasser, Cola, was auch immer.»

«Ich gehe mit Douglas Gardiner zu einem Empfang.»

«Ach?»

«In der südafrikanischen Botschaft. Muss meine Kontakte pflegen.»

Don schüttelte resigniert den Kopf. «Gardiner, wie? Richte ihm von mir aus, dass er nicht das geringste Talent zum Schreiben hat.»

Als Anthony das Büro verließ, stand Cheryl, die Sekretärin, neben ihrem Wandschrank und zwinkerte ihm zu. Sie *zwinkerte* ihm tatsächlich zu. Anthony O'Hare fragte sich, ob sich in seiner Abwesenheit mehr verändert hatte, als ihm klar gewesen war.

«Sie hat dir zugezwinkert? Tony, Alter, du kannst von Glück sagen, dass sie dich nicht in den verdammten Schrank gezerrt hat.»

«Ich war nur ein paar Jahre fort, Dougie. Es ist immer noch dasselbe Land.»

«Nein.» Douglas' Blick wanderte durch den Raum. «Nein, das ist es nicht. London liegt jetzt im Zentrum des Universums. Hier spielt sich alles ab, alter Freund. Die Gleichberechtigung von Männern und Frauen ist nur ein Teil davon.»

Er musste zugeben, dass Douglas recht hatte. Selbst das äußere Erscheinungsbild der Stadt hatte sich verändert: Viele der eleganten, aber schäbigen alten Fassaden, die von Nachkriegsarmut zeugten, waren verschwunden. An ihrer Stelle sah man jetzt Leuchtreklamen, Hochhäuser, Boutiquen mit Namen wie *Party Girl* oder *Jet Set* und ausländische Restaurants. Jedes Mal, wenn er wieder nach London kam, fühlte er sich fremder: Vertraute Wahrzeichen verschwanden, und die wenigen verbleibenden wurden überschattet vom Post Office Tower oder anderen futuristischen Beispielen moderner Architektur. Sein früheres Wohnhaus war abgerissen worden, an der Stelle stand jetzt etwas brutal Modernes. Alberto's Jazzclub war inzwischen ein Rock'n' Roll-Schuppen. Selbst die Kleidung der Leute war heller. Die ältere Generation, die noch Braun und Marineblau trug, wirkte dadurch altmodisch und rückständiger, als sie tatsächlich war.

«Und? Fehlt es dir, draußen an der Front zu sein?»

«Ach nein. Wir müssen doch alle unsere Stahlhelme eines Tages ablegen, oder nicht? Und immerhin sehen in diesem Job die Frauen besser aus. Wie ist New York? Was hältst du von Johnson?»

«Er ist nicht Kennedy, so viel steht fest ... Was machst du denn jetzt? Scharwenzelst durch die High Society?»

«Es ist nicht mehr so wie zur Zeit deiner Abreise, Tony. Niemand will mehr etwas über die Affären von Botschaftergattinnen lesen. Jetzt sind es die Popstars – die Beatles und Cilla Black. Es kommt nicht mehr darauf an, als was du geboren wurdest. In der Rubrik Gesellschaft ist alles egalitär.»

Das Klirren eines zerbrechenden Glases hallte durch den großen Saal. Die beiden Männer unterbrachen ihre Unterhaltung.

«Da hat wohl jemand zu viel getrunken», stellte Douglas fest. «Manche Dinge ändern sich eben doch nicht. Die Ladys vertragen immer noch nichts.»

«Ich glaube, einige der Frauen in der Redaktion könnten mich unter den Tisch trinken.»

«Bist du noch immer trocken?»

«Seit über drei Jahren.»

«Du würdest es nicht lange in diesem Job aushalten. Fehlt dir der Alkohol nicht?»

«An jedem verdammten Tag.»

Douglas hatte aufgehört zu lachen und schaute an Anthony vorbei, der daraufhin einen Blick über die Schulter warf. «Musst du mit jemandem sprechen?» Er trat ein Stück zur Seite.

«Nein.» Douglas kniff die Augen zusammen. «Ich dachte nur, eine Frau hätte mich angestarrt. Aber ich glaube, sie meint dich. Kennst du sie?»

Anthony drehte sich um – und sein Verstand setzte aus. Dann traf es ihn mit der brutalen Unvermeidlichkeit einer Abrissbirne. Natürlich war sie hier. Der einzige Mensch, an den er nicht hatte denken wollen. Die Frau, die er nie hatte wiedersehen wollen. Er war vor knapp einer Woche nach England zurückgekehrt, und da war sie. Am ersten Abend, an dem er ausging.

Er registrierte das dunkelrote Kleid, ihre beinahe perfekte Haltung, die sie von allen anderen Frauen im Raum abhob. Als sich ihre Blicke begegneten, schien sie zu schwanken.

«Nein. Du kannst es nicht gewesen sein», bemerkte Douglas. «Schau, sie ist auf dem Weg zum Balkon. Ich weiß, wer das ist. Das ist …» Er schnippte mit den Fingern. «Stirling. Die Frau von Dingsda Stirling. Dem Asbestmagnat.» Er neigte den Kopf zur Seite. «Was dagegen, wenn wir mal rübergehen? Vielleicht springt ein Artikel dabei raus. Vor ein paar Jahren war sie die angesagteste Gastgeberin der besseren Gesellschaft. Wahrscheinlich wird man stattdessen lieber etwas über Elvis Presley bringen, aber man kann nie wissen …»

Anthony schluckte. «Warum nicht.» Er zupfte seinen Kragen gerade, holte tief Luft und folgte seinem Freund durch die Menge zum Balkon.

«Mrs. Stirling.»

Sie stand mit dem Rücken zu ihm und schaute hinab auf die geschäftigen Londoner Straßen. Ihre Frisur war wie eine Skulptur aus glänzenden, locker fallenden Locken, um den Hals trug sie Rubine. Sie drehte sich langsam um und schlug dann eine Hand vor den Mund.

Es musste passieren, dachte er. Vielleicht würde es ihm sogar helfen, mit dieser Sache abzuschließen. Er hatte keine Ahnung, was er zu ihr sagen sollte. Würden sie sich auf eine höfliche Unterhaltung einlassen? Vielleicht würde sie sich entschuldigen und einfach an ihm vorbeigehen. War ihr das, was geschehen war, peinlich? Fühlte sie sich schuldig? Hatte sie sich in einen anderen verliebt? Seine Gedanken überschlugen sich.

Douglas reichte ihr seine Hand, die sie ergriff, ohne den Blick von Anthony abzuwenden. Jegliche Farbe war aus ihrem Gesicht gewichen.

«Mrs. Stirling? Douglas Gardiner, vom *Express*. Wir haben uns in Ascot kennengelernt, glaube ich, im Sommer?»

«Oh, ja», erwiderte sie. Ihre Stimme bebte. «Tut mir leid», flüsterte sie. «Ich … ich …»

«Ist alles in Ordnung mit Ihnen? Sie sehen furchtbar blass aus.»

«Ich … Tatsächlich ist mir ein wenig unwohl.»

«Soll ich Ihren Mann holen?»

«*Nein!*», sagte sie. «Nein.» Sie atmete tief durch. «Nur ein Glas Wasser, wenn Sie so nett wären.»

Douglas warf ihm einen flüchtigen Blick zu. *Was ist denn hier los?* «Tony … du bleibst kurz bei Mrs. Stirling, ja? Ich bin gleich wieder da.» Douglas ging hinein, und als sich die Tür hinter ihm schloss und die Musik leiser wurde, gab es nur noch sie zwei. Ihre Augen waren entsetzt aufgerissen. Sie schien nicht fähig zu sprechen.

«Ist es so schlimm, mich zu sehen?» Sein Tonfall war ein bisschen scharf – er konnte nicht anders.

Sie blinzelte, schaute zur Seite, dann wieder auf ihn, als wollte sie prüfen, ob er tatsächlich da war.

«Jennifer? Soll ich gehen? Es tut mir leid. Ich hätte dich nicht belästigt. Nur hat Douglas –»

«Man hat mir gesagt … man sagte mir, du … seist … tot.» Ihre Stimme klang wie ein Krächzen.

«Tot?»

«Der Unfall.» Sie schwitzte, ihre Haut war bleich und wächsern. Er fragte sich flüchtig, ob sie in Ohnmacht fallen würde. Er trat einen Schritt vor und führte sie an den Balkonsims, zog sein Jackett aus, damit sie sich darauf setzen konnte. Ihr Kopf sank in ihre Hände, und sie stöhnte leise auf. «Du kannst nicht hier sein.» Es war, als spräche sie mit sich selbst.

«Was? Das verstehe ich nicht.» War sie verrückt geworden?

Sie schaute auf. «Wir waren in einem Auto. Es hat einen Unfall gegeben … Du kannst es nicht sein! Es ist unmöglich.» Ihr Blick wanderte zu seinen Händen, als rechne sie beinahe damit, dass sie sich in Luft auflösen würden.

«Ein Unfall?» Er kniete neben ihr nieder. «Jennifer, das letzte Mal, als ich dich gesehen habe, waren wir in einem Club, nicht in einem Auto.»

Verständnislos schüttelte sie den Kopf.

«Ich habe dir einen Brief geschrieben …»

«Ja.»

«… in dem ich dich bat, mit mir wegzugehen.»

Sie nickte.

«Und ich habe am Bahnhof gewartet. Du bist nicht aufgetaucht. Ich dachte, du hättest dich dagegen entschieden. Dann habe ich deinen Brief erhalten, er wurde mir nachgeschickt, und darin hast du wiederholt darauf verwiesen, dass du verheiratet bist.»

Er konnte das so ruhig aussprechen, als hätte es keine größere Bedeutung gehabt, als hätte er nur auf einen alten Freund gewartet. Als hätte ihre Abwesenheit nicht vier Jahre lang sein Leben auf den Kopf gestellt, sein Glück zerstört.

«Aber ich war auf dem Weg zu dir.»

Sie starrten sich an.

Sie bedeckte ihr Gesicht mit beiden Händen, ihre Schultern zuckten. Er erhob sich, warf einen Blick in den erleuchteten Festsaal und legte ihr eine Hand auf die Schulter. Sie zuckte zusammen, als hätte sie sich verbrannt. Er war sich der Form ihres Rückens unter dem Kleid bewusst, und sein Atem stockte. Er konnte nicht klar denken. Er konnte überhaupt kaum denken.

«All diese Jahre», sie schaute zu ihm auf, Tränen in den Augen, «all diese Jahre … und du warst am Leben.»

«Ich habe gedacht … du wolltest einfach nicht mitkommen.»

«Schau!» Sie zog ihren Ärmel hoch und zeigte ihm die gezackte Narbe auf ihrem Arm. «Ich hatte das Gedächtnis verloren. Für Monate. Ich weiß noch immer wenig aus der Zeit. Er hat mir gesagt, du bist ums Leben gekommen. Er hat mir gesagt –»

«Aber hast du denn meinen Namen nicht in der Zeitung gelesen? Fast jeden Tag erscheint ein Artikel von mir.»

«Ich lese keine Zeitungen. Nicht mehr. Wozu auch?»

Das volle Ausmaß dessen, was sie gesagt hatte, drang allmählich zu ihm durch, und Anthony war ein wenig unsicher auf den Beinen. Sie drehte sich zur Balkontür, deren Glas inzwischen beschlagen war, und wischte sich dann mit den Fingern über die Augen. Er bot ihr sein Taschentuch an, das sie vorsichtig annahm, als hätte sie noch immer Angst, ihn zu berühren.

«Ich kann nicht hier draußen bleiben», sagte sie, als sie sich wieder gefangen hatte. Ihre Wimperntusche war verlaufen, und er widerstand dem Bedürfnis, die Spuren wegzuwischen. «Er wird sich fragen, wo ich stecke.» Neue Furchen der Anspannung hatten sich um ihre Augen gebildet. Das Mädchenhafte war einem unbestimmt wissenden Ausdruck gewichen. Er konnte nicht aufhören, sie anzuschauen. «Wie kann ich dich erreichen?», fragte er.

«Gar nicht.» Sie schüttelte den Kopf, als müsste sie ihn klar bekommen.

«Ich wohne im Regent», sagte er. «Ruf mich morgen an.» Er griff in seine Tasche und kritzelte etwas auf eine Visitenkarte.

Sie nahm sie entgegen und starrte darauf, als würde sie sich die Einzelheiten einprägen.

«Da bin ich wieder.» Douglas war zwischen sie getreten. Er hielt Jennifer ein Glas Wasser hin. «Ihr Mann ist ganz in der Nähe, er unterhält sich mit ein paar Leuten. Ich kann ihn holen, wenn Sie wollen.»

«Nein … nein, es geht schon.» Sie trank einen Schluck Wasser. «Vielen Dank. Ich muss gehen, Anthony.»

Wie sie seinen Namen ausgesprochen hatte. *Anthony*. Er merkte, dass er lächelte. Da war sie, nur wenige Zentimeter von ihm entfernt. Sie hatte ihn geliebt, um ihn getrauert. Sie hatte an jenem Abend versucht, zu ihm zu kommen. Ihm war, als wäre das Elend der letzten vier Jahre wie weggewischt.

«Ihr kennt euch?»

Anthony hörte Douglas reden wie aus weiter Ferne, sah, wie er zur Tür ging. Jennifer nippte an ihrem Glas, ohne den Blick von seinem Gesicht zu lösen. Er wusste, dass er in den kommenden Stunden alle Götter verfluchen würde, die sich einen Spaß daraus gemacht hatten, sie voneinander zu trennen. Er würde um die verlorene Zeit trauern. Doch in diesem Augenblick empfand er nur eine überschäumende Freude, dass man ihm etwas für immer verloren Geglaubtes zurückgegeben hatte.

Sie musste gehen. Jennifer stand auf und strich sich das Haar glatt. «Sehe ich … einigermaßen in Ordnung aus?»

«Du siehst –»

«Sie sehen wunderbar aus, Mrs. Stirling. Wie immer.» Douglas hielt ihr die Tür auf.

Es war nur ein kleines Lächeln, aber was es ihm sagte, zerriss Anthony das Herz. Als sie an ihm vorbeiging, berührte sie seinen Arm mit ihrer zarten Hand. Dann ging sie in den überfüllten Festsaal.

Douglas zog eine Augenbraue hoch, als die Tür hinter ihr zuging. «Jetzt sag bloß nicht, die gehört auch zu deinen Eroberungen? Du hast wirklich immer bekommen, was du wolltest.»

Anthonys Blick ruhte noch auf der Tür. «Nein», erwiderte er leise. «Nicht immer.»

Während der kurzen Heimfahrt schwieg Jennifer. Laurence hatte einem Geschäftskollegen angeboten, ihn mitzunehmen, was bedeutete, dass sie still dasitzen konnte, während die Männer sich unterhielten. «Natürlich hat Pip Marchant den gleichen Fehler gemacht wie immer und sein ganzes Kapital an ein Projekt gebunden.»

«Er hat sich einmal wieder völlig dem Zufall ausgeliefert. Sein Vater war genauso.»

«Ich bin sicher, irgendein Urahn von ihm war bereits 1720 in die Südseeblase verwickelt.»

«Ich glaube, in seinem Familienstammbaum finden Sie Opfer von mehr als einer Spekulationsblase! Alle mit heißer Luft gefüllt.»

Im Innenraum des großen schwarzen Wagens stand dichter Zigarrenrauch. Laurence war geschwätzig, selbstherrlich, wie so oft, wenn er von Geschäftskollegen umgeben war oder ordentlich Whisky getrunken hatte. Sie hörte ihn kaum, überwältigt von diesem neuen Wissen. Sie starrte hinaus auf die stillen Straßen, durch die der Wagen glitt, sah aber nichts von der Umgebung, sondern nur Anthonys Gesicht. Seine braunen Augen, die auf sie gerichtet waren, sein Gesicht mit etwas mehr Falten als früher, aber er sah besser aus, entspannter. Sie spürte die Wärme seiner Hand noch immer an ihrem Rücken.

Wie kann ich dich erreichen?

Am Leben, die vergangenen vier Jahre. Lebendig, atmend, Kaffee trinkend und Schreibmaschine tippend. Am Leben. Sie hätte ihm schreiben, mit ihm sprechen können. Zu ihm gehen.

Sie schluckte und versuchte, den Ansturm der Gefühle zu unterdrücken, der sich in ihr aufbaute. Sie würde noch Zeit genug haben, über all das nachzudenken, was dazu geführt hatte, dass sie nun in diesem Wagen saß mit einem Mann, der es nicht mehr für nötig hielt, ihre Anwesenheit überhaupt zu registrieren. Jetzt ging es nicht. Das Blut pulsierte in ihr. *Am Leben*, sang es.

Der Wagen hielt in der Upper Wimpole Street. Eric stieg aus und öffnete Laurence' Geschäftspartner die Wagentür. «Herzlichen Dank, Larry. Sind Sie diese Woche im Club? Ich lade Sie zum Essen ein.»

«Ich freue mich darauf.»

Der Mann ging schwerfällig auf seine Haustür zu, die sich öffnete, als hätte dahinter jemand auf seine Ankunft gewartet. Laurence schaute ihm nach, bis er hinter der Tür verschwunden war. «Nach Hause, bitte, Eric.» Sie spürte, wie er sie anschaute. «Du bist so still.» Bei ihm klang immer alles missbilligend.

«Ach ja? Ich hatte nicht den Eindruck, dass ich zu eurer Unterhaltung etwas hätte beitragen können.»

«Na ja. Kein schlechter Abend, alles in allem.» Er lehnte sich zurück und nickte.

«Stimmt», erwiderte sie leise. «Ganz und gar kein schlechter Abend.»

Sorry, aber ich muss mit dir Schluss machen. Mach dir keine Vorwürfe, es ist nicht deine Schuld. Dave hat gesagt, er würde es gern mal bei dir versuchen, falls das OK ist. Obwohl, bitte nicht, dann müsste ich dich ja weiterhin sehen.

Mann an Frau, per SMS

KAPITEL 14

Dein Hotel, 12 Uhr. J.

Anthony starrte auf die einzeilige Nachricht.

«Heute Morgen persönlich abgegeben.» Cheryl, die Redaktionssekretärin, stand vor ihm, einen Bleistift zwischen Zeige- und Mittelfinger. Ihr kurzes, erstaunlich blondes Haar war so dicht, dass er sich schon fragte, ob sie eine Perücke trug. «Ich wusste nicht, ob ich dich anrufen sollte, aber Don sagte, du würdest eh vorbeikommen.»

«Ja. Danke.» Er faltete die Notiz sorgfältig zusammen und steckte sie in die Tasche.

«Süß.»

«Wer – ich?»

«Deine neue Freundin.»

«Sehr witzig.»

«Das mein ich ernst. Sie sieht viel zu gut für dich aus.» Cheryl saß auf seiner Schreibtischkante und schaute ihn unter unwahrscheinlich schwarzen Wimpern an.

«Sie *ist* viel zu gut für mich. Und sie ist nicht meine Freundin.»

«Ach ja, hab ich glatt vergessen. So eine hast du ja schon in New York. Die hier ist verheiratet, stimmt's?»

«Sie ist eine alte Freundin.»

«Ha! Solche alten Freunde habe ich auch. Willst du mit ihr nach Afrika durchbrennen?»

«Dass ich nach Afrika gehe, steht noch gar nicht fest.» Er lehnte sich auf seinem Stuhl zurück und verschränkte die Finger hinter dem Kopf. «Und du bist äußerst neugierig.»

«Das hier ist eine Zeitung, falls du es noch nicht bemerkt hast. Neugier gehört zu unserem Geschäft.»

Er hatte kaum geschlafen, all seine Sinne waren überempfindlich. Um drei Uhr hatte er es aufgegeben, sich stattdessen in die Hotelbar gesetzt, Kaffee getrunken und war ihre Unterhaltung noch einmal durchgegangen. Er hatte versucht, dem Gesagten einen Sinn abzugewinnen. Gegen Morgen hatte er das Bedürfnis unterdrückt, ein Taxi zu ihrem Haus zu nehmen, um dann davor zu sitzen, in dem Wissen, dass sie nur wenige Meter entfernt war.

Ich war unterwegs zu dir.

Cheryl beobachtete ihn noch immer. Er trommelte mit den Fingern auf die Schreibtischplatte. «Tja», sagte er. «Wenn du mich fragst, sind hier alle ein bisschen zu sehr an großen Affären interessiert.»

«Also *ist* es eine Affäre. Der Korrektor nimmt schon Wetten darauf an.»

«Cheryl ...»

«Na ja, so früh am Morgen gibt es eben noch nicht viel zu korrigieren. Und was steht in dem Brief? Wo triffst du sie? Irgendwo, wo es nett ist? Führt sie dich aus? Ich meine, wo sie doch offensichtlich stinkreich ist?»

«Meine Güte!»

«Jedenfalls hat sie nicht viel Übung, was Affären anbelangt. Sag ihr, das nächste Mal, wenn sie einen Liebesbrief abgibt, sollte sie vorher ihren Ehering abziehen.»

Anthony seufzte. «Du, junge Dame, bist als Sekretärin verschwendet.»

Sie senkte die Stimme. «Wenn du mir sagst, wie sie heißt, werde ich den Wettgewinn mit dir teilen. Es ist eine beträchtliche Summe.»

«Schickt mich nach Afrika, bitte. Die Verhörspezialisten der kongolesischen Armee sind nichts gegen dich.»

Sie lachte kehlig und ging wieder an ihre Schreibmaschine.

Er faltete die Notiz auf. Allein der Anblick dieser schwungvollen Schrift versetzte ihn zurück nach Frankreich, erinnerte ihn an Briefe, die in einer idyllischen Woche vor unzähligen Jahren unter seiner Tür durchgeschoben worden waren. Im Grunde seines Herzens hatte er gewusst, dass sie sich mit ihm in Verbindung setzen würde. Er fuhr zusammen, als er merkte, dass Don hereingekommen war.

«Tony. Der Chefredakteur möchte mit dir sprechen. Oben.»

«Jetzt?»

«Nein. Dienstag in drei Wochen. Ja, jetzt. Er möchte mit dir über deine Zukunft reden. Und, nein, du stehst nicht auf der Abschussliste, leider. Ich glaube, er will dir auf den Zahn fühlen, ob er dich wieder nach Afrika schicken soll oder nicht.» Don knuffte Anthonys Schulter. «Hallo? Schwerhörig? Du musst den Eindruck erwecken, als wüsstest du, was du tust.»

Anthony hörte ihn kaum. Es war schon Viertel nach elf. Der Chefredakteur war kein Mann, der die Dinge gerne überstürzte, und es konnte durchaus sein, dass er eine gute Stunde bei ihm sitzen würde. Er wandte sich an Cheryl, als er aufstand. «Blondie, tu mir einen Gefallen. Ruf in meinem Hotel an. Sag ihnen, eine gewisse Jennifer Stirling will mich um zwölf treffen. Bitte jemanden, ihr auszurichten, dass ich später komme, aber sie soll nicht gehen. Ich werde da sein. Sie darf nicht gehen.»

Cheryl lächelte höchst zufrieden. «*Mrs.* Jennifer Stirling?»

«Wie gesagt, sie ist eine alte Freundin.»

Don trug das Hemd von gestern, stellte Anthony fest. Er trug immer das Hemd von gestern. Auch er schüttelte den Kopf. «Wieder diese Stirling? Du handelst dir wirklich gerne Ärger ein, was?»

«Sie ist nur eine Freundin.»

«Und ich bin Twiggy. Komm. Komm und erklär dem großen weißen Häuptling, warum man dich den Simba-Rebellen opfern soll.»

Sie war noch da, stellte er erleichtert fest, dabei war er über eine halbe Stunde zu spät. Sie saß an einem kleinen Tisch in dem extravaganten Salon, dessen Stuckdecke dem Zuckerguss auf einem reichlich verzierten Weihnachtskuchen ähnelte. An den meisten anderen Tischen saßen ältere Witwen, die sich in gedämpftem Ton entrüstet über die Schlechtigkeit der modernen Welt ausließen.

«Ich habe Tee bestellt», sagte sie, als er ihr gegenüber Platz nahm und sich zum fünften Mal entschuldigte. «Ich hoffe, das ist dir recht.»

Ihre Haare waren offen. Sie trug einen schwarzen Pullover und eine maßgeschneiderte, beigefarbene Hose. Sie war dünner als früher. Er schob es auf die Mode.

Anthony versuchte, gleichmäßig zu atmen. Er hatte sich diesen Augenblick so oft vorgestellt, wie er sie in die Arme schloss, ihre leidenschaftliche Wiedervereinigung. Jetzt fühlte er sich angesichts ihrer Selbstbeherrschung und der Förmlichkeit der Umgebung etwas gehemmt.

Eine Kellnerin kam mit einem Rollwagen, von dem sie eine Teekanne, Milch, ein paar präzise geschnittene Sandwichs, Tassen, Untertassen und Teller nahm. Von diesen Sandwichs würden wahrscheinlich vier auf einmal in seinen Mund passen.

«Vielen Dank.»

«Du nimmst … keinen Zucker.» Sie runzelte die Stirn, als versuche sie, sich zu erinnern.

«Nein.»

Sie tranken ihren Tee. Ein paarmal machte er den Mund auf, um etwas zu sagen, aber nichts kam heraus. Die vertraute Form ihrer Fingernägel. Ihrer Handgelenke. Die Art, wie sie sich immer wieder von der Taille her aufrichtete, als würde eine Stimme aus der Ferne ihr sagen, sie solle gerade sitzen.

«Das gestern war so ein Schock», sagte sie schließlich und stellte ihre Tasse auf die Untertasse. «Ich … muss mich für mein Benehmen entschuldigen. Auf dich muss das sehr eigenartig gewirkt haben.»

«Absolut verständlich. Man sieht nicht jeden Tag jemanden von den Toten auferstehen.»

Ein kleines Lächeln. «Genau.»

Ihre Blicke begegneten sich und wichen einander aus. Sie beugte sich vor und schenkte Tee nach. «Wo lebst du jetzt?»

«Ich war in New York.»

«Die ganze Zeit?»

«Es gab keinen Grund zurückzukommen.»

Wieder ein unangenehmes Schweigen, das sie unterbrach. «Du siehst gut aus. Sehr gut.»

Sie hatte recht. Man konnte nicht mitten in Manhattan leben und ungepflegt bleiben. Er war mit vielen guten Anzügen und einer Menge neuer Angewohnheiten nach England zurückgekehrt: warme Rasuren, geputzte Schuhe, Abstinenz. «Du siehst wunderbar aus, Jennifer.»

«Danke. Bist du länger in England?»

«Wahrscheinlich nicht. Vielleicht gehe ich wieder ins Ausland.» Er betrachtete ihr Gesicht, um zu sehen, welche Wirkung diese Neuigkeit auf sie haben würde. Aber sie griff nur nach der Milch. «Nein», sagte er und hob die Hand. «Danke.»

Ihre Hand hielt inne, als wäre Jennifer enttäuscht von sich, dass sie es vergessen hatte.

«Was hat die Zeitung denn mit dir vor?» Sie legte ein Sandwich auf einen Teller, den sie vor ihn hinstellte.

«Sie hätten gern, dass ich hierbleibe, aber ich möchte wieder nach Afrika. Im Kongo ist die Lage inzwischen sehr kompliziert.»

«Ist es dort nicht gefährlich?»

«Darum geht es nicht.»

«Du willst mittendrin sein.»

«Ja. Es ist eine wichtige Story. Außerdem finde ich es furchtbar, an den Schreibtisch gefesselt zu sein. Die letzten Jahre waren …» Er versuchte, einen Ausdruck zu finden, den er gefahrlos verwenden konnte. *Diese Jahre in New York haben mich davor bewahrt, verrückt zu werden? Mir ermöglicht, ohne dich zu existieren? Verhindert, dass ich mich in einem fremden Kriegsgebiet auf eine Granate werfe?* «… nützlich», sagte er schließlich, «damit der Chef mich in einem anderen Licht sieht. Aber ich möchte ein neues Kapitel aufschlagen. Wieder das tun, was ich am besten kann.»

«Und es gibt keine ungefährlicheren Orte, an denen du dieses Bedürfnis befriedigen könntest?»

«Sehe ich aus wie jemand, der Büroklammern hin und her schieben oder die Ablage machen will?»

Sie lächelte matt. «Und was ist mit deinem Sohn?»

«Ich sehe ihn kaum. Seiner Mutter ist es lieber, wenn ich mich von ihm fernhalte.» Er trank einen Schluck Tee. «Eine Versetzung in den Kongo würde keinen großen Unterschied machen, da wir ohnehin nur brieflich miteinander verkehren.»

«Das muss sehr hart sein.»

«Ja, das ist es.»

In der Ecke hatte ein Streichquartett zu spielen begonnen. Sie schaute sich kurz danach um, was ihm einen Moment Zeit verschaffte, sie ungehindert zu betrachten, ihr Profil, die leichte Neigung ihrer Oberlippe. Irgendetwas in ihm zog sich zusammen, und ihm kam die schmerzvolle Erkenntnis, dass er nie wieder jemanden so lieben würde wie Jennifer Stirling. Vier Jahre hatten ihn nicht befreit, und weitere zehn würden es auch nicht schaffen. Als sie sich ihm wieder zuwandte, war er sich bewusst, dass er nicht sprechen konnte, sonst würde er alles offenbaren, sein Inneres vor ihr vollständig nach außen kehren.

«Hat New York dir gefallen?», fragte sie.

«Es war wahrscheinlich besser für mich als hierzubleiben.»

«Wo hast du gewohnt?»

«Manhattan. Kennst du New York?»

«Nicht gut genug, um eine Ahnung davon zu haben, wovon du sprichst», gab sie zu. «Und bist du … wieder verheiratet?»

«Nein.»

«Hast du eine Freundin?»

«Es gibt da jemanden.»

«Eine Amerikanerin?»

«Ja.»

«Ist sie verheiratet?»

«Nein. Merkwürdigerweise nicht.»

Sie verzog keine Miene. «Ist es etwas Ernstes?»

«Das weiß ich noch nicht.»

Sie gestattete sich ein Lächeln. «Du hast dich nicht verändert.»

«Du dich auch nicht.»

«Doch», sagte sie leise.

Er wollte sie berühren. Er wollte das Geschirr von dem verdammten Tisch fegen, hinüberfassen und sie in die Arme nehmen. Plötzlich war er wütend, gehemmt von diesem lächerlichen Ort, der ganzen Förmlichkeit. Am Abend zuvor war sie eigenartig gewesen, aber wenigstens war ihre Aufgewühltheit echt gewesen. «Und du? War das Leben gut zu dir?», fragte er, als sie nichts sagte.

Sie trank ihren Tee, wirkte beinahe lethargisch. «Ob das Leben gut zu mir war?» Sie dachte über die Frage nach. «Gut und schlecht. Ich bin mir sicher, ich bin da nicht anders als alle anderen.»

«Und du verbringst noch immer Zeit an der Riviera?»

«Nicht, wenn es sich vermeiden lässt.»

Er wollte fragen: ‹Wegen mir?› Anscheinend war sie nicht bereit, freiwillig etwas preiszugeben. Wo war ihr Esprit? Die Leidenschaft? Früher hatte immer etwas in ihr geschwelt, das sie zwar zu unterdrücken versuchte, das aber jederzeit ausbrechen konnte, sei es in Form von unerwartetem Gelächter oder einer Serie von Küssen.

Sie wirkte leer, wie begraben unter den eisigen guten Manieren.

Das Streichquartett in der Ecke legte eine Pause ein. In Anthony machte sich Enttäuschung breit. «Jennifer, warum hast du mich hierhergebeten?»

Sie wirkte erschöpft, aber auch fiebrig, die Wangen gerötet.

«Es tut mir leid», fuhr er fort, «aber ich möchte kein Sandwich. Ich möchte nicht hier sitzen und mir verdammte Geigenmusik anhören. Ich finde, wenn ich schon vier Jahre lang tot war, dann habe ich mir zumindest das Recht verdient, nicht hier beim Tee sitzen und höfliche Konversation betreiben zu müssen.»

«Ich … wollte dich nur sehen.»

«Weißt du, als ich dich gestern auf der anderen Seite des

Raumes sah, war ich noch immer wütend auf dich. Die ganze Zeit hatte ich angenommen, du hättest dich für ihn entschieden – für einen Lebensstil – statt für mich. Ich habe in Gedanken mit dir gestritten, mit dir geschimpft, weil du auf meine letzten Briefe nicht geantwortet hast –»

«Bitte, hör auf.» Sie hob eine Hand und schnitt ihm das Wort ab.

«Und dann sehe ich dich, und du sagst mir, dass du versucht hast, mit mir zu kommen. Ich muss alles überdenken, was ich in den letzten vier Jahren geglaubt habe – alles, was ich für die Wahrheit hielt.»

«Lass uns nicht darüber reden, was hätte sein können, Anthony …» Sie legte die Hände vor sich auf den Tisch, wie jemand, der seine Karten aufdeckt. «Ich … kann das einfach nicht.»

Sie saßen einander gegenüber, sie aufrecht und makellos gekleidet, er steif und angespannt. Ihm kam kurz der böse Gedanke, dass sie für Außenstehende so unglücklich wie ein altes Ehepaar wirken mussten.

«Sag mir nur, warum stehst du so treu zu ihm? Warum bist du bei jemandem geblieben, der dich ganz offensichtlich nicht glücklich machen kann?»

Sie schaute zu ihm auf. «Weil ich so untreu war, schätze ich.»

«Meinst du, er ist dir treu?»

Einen Moment lang hielt sie seinem Blick stand und schaute dann auf ihre Armbanduhr. «Ich muss gehen.»

Er zuckte zusammen. «Tut mir leid. Ich sage nichts mehr. Ich muss nur wissen –»

«Es liegt nicht an dir. Ehrlich. Ich werde woanders erwartet.»

Er fasste sich. «Natürlich. Verzeih. Immerhin habe ich mich verspätet. Tut mir leid, wenn ich deine Zeit vergeudet habe.» Er konnte nichts gegen die Wut in seiner Stimme tun. Er verfluchte seinen Chef, weil er ihm die kostbare halbe Stunde genommen hatte, verfluchte sich selbst für die verpassten Gelegenheiten – und dafür, dass er etwas an sich herangelassen hatte, das noch immer die Kraft besaß, ihn zu verletzen.

Sie erhob sich, um zu gehen, ein Kellner kam und half ihr in den Mantel. Immer würde jemand da sein, der ihr half, dachte er geistesabwesend. So eine Frau war sie. Er war unfähig sich zu bewegen, klebte förmlich am Tisch.

Hatte er sie falsch verstanden? Hatte er die Intensität ihrer kurzen gemeinsamen Zeit falsch in Erinnerung? Der Gedanke, dass es so sein könnte, schmerzte. War es schlimmer, wenn die Erinnerung an etwas Perfektes ruiniert und durch etwas Unerklärliches und Enttäuschendes ersetzt wurde?

Der Kellner hielt ihren Mantel auf Schulterhöhe. Sie steckte die Arme nacheinander in die Ärmel, den Kopf gesenkt.

«Das war's?»

«Tut mir leid, Anthony. Ich muss wirklich gehen.»

Er stand auf. «Wir werden über nichts mehr reden? Nach all dem? Hast du *überhaupt* an mich gedacht?»

Bevor er noch mehr sagen konnte, hatte sie auf dem Absatz kehrtgemacht und war hinausgegangen.

Jennifer benetzte ihre geröteten, geschwollenen Augen zum fünfzehnten Mal mit kaltem Wasser. Im Badezimmerspiegel sah sie eine vom Leben gezeichnete Frau vor sich. Eine Frau, die so weit von der verwöhnten Ehefrau von vor fünf Jahren entfernt war, dass sie eine andere Person hätte sein können. Sie fuhr mit den Fingern an den dunklen Ringen unter ihren Augen entlang, den neuen Sorgenfalten auf ihrer Stirn, und fragte sich, was er gesehen hatte, als er sie anschaute.

Er wird dich erdrücken, alles auslöschen, was dich ausmacht.

Sie machte den Arzneischrank auf und betrachtete die sauber aufgereihten braunen Fläschchen. Sie konnte ihm nicht sagen, dass sie die doppelte Dosis Valium genommen hatte, weil sie vor dem Treffen mit ihm so große Angst gehabt hatte. Sie konnte ihm nicht sagen, dass sie ihn nur wie aus weiter Ferne gehört hatte, so losgelöst gewesen war von allem, was sie tat, dass sie kaum die Teekanne hatte halten können. Sie konnte ihm nicht sagen, wie seine Nähe, der Anblick jeder einzelnen Sehne auf seinen Händen und der Duft seines Rasierwassers sie gelähmt hatten.

Jennifer drehte den Warmwasserhahn auf, und das Wasser schoss in den Ausguss, spritzte vom Waschbecken hoch und hinterließ dunkle Flecken auf ihrer hellen Hose. Sie nahm das Valiumfläschchen aus dem oberen Fach und schraubte den Deckel auf.

Du bist stärker als ich, kannst ein Leben mit dieser Liebe ertragen, die wir niemals ausleben dürfen.

Sie hörte Mrs. Cordozas Stimme unten und schloss die Badezimmertür ab. Sie legte die Hände auf beide Seiten des Waschbeckens. *Kann ich das?*

Sie hob die Flasche, kippte den Inhalt in den Ausguss und sah zu, wie das Wasser die kleinen Tabletten fortspülte. Sie schraubte das nächste Fläschchen auf und hielt kaum inne, um hineinzuschauen. Ihre «kleinen Helfer». Alle benutzten die, hatte Yvonne unbekümmert gesagt, als Jennifer zum ersten Mal in ihrer Küche saß und gar nicht aufhören konnte zu weinen. Ärzte verschrieben sie nur allzu gern. Sie würden sie ein wenig ausgeglichener machen. Ich bin dermaßen ausgeglichen, dass nichts mehr von mir übrig ist, dachte sie und griff nach der nächsten Flasche.

Dann waren alle fort, das Schrankfach leer. Sie starrte sich im Spiegel an, während die letzten Tabletten gurgelnd im Abfluss verschwanden.

In Stanleyville gab es Unruhen. Eine Nachricht war aus der Auslandsabteilung der *Nation* gekommen, um Anthony darüber zu informieren, dass die kongolesischen Rebellen, die selbsternannte Simba-Armee, angefangen hatten, noch mehr weiße Geiseln ins Victoria Hotel zu treiben, als Vergeltungsschlag gegen die Truppen der kongolesischen Regierung und ihre weißen Söldner. «Pack die Koffer. Bewegende Story», stand da. «Chefredakteur erteilt dir Sondergenehmigung. Mit der Bitte, dich weder umbringen noch gefangen nehmen zu lassen.»

Zum ersten Mal eilte Anthony nicht ins Büro, um die neuesten Nachrichtentelegramme zu lesen. Er rief weder seine Kontaktpersonen bei den Vereinten Nationen noch bei der Armee an. Er lag auf seinem Hotelbett und dachte an eine Frau, die ihn so geliebt hatte, dass sie für ihn ihren Mann verlassen wollte, und dann für einen Zeitraum von vier Jahren verschwunden war.

Als es an seiner Tür klopfte, schrak er zusammen. Das Zimmermädchen schien jede halbe Stunde putzen zu wollen. Die Frau hatte die unangenehme Angewohnheit, bei der Arbeit zu pfeifen, sodass er ihre Gegenwart nie richtig ausblenden konnte. «Kommen Sie später wieder», rief er und drehte sich auf die Seite.

War es nur der Schock gewesen, ihn lebend zu sehen, der sie gestern so aus der Fassung gebracht hatte? War ihr heute klargeworden, dass die Gefühle, die sie einst für ihn gehegt hatte, nicht mehr da waren? Hatte sie sich mit ihm nur aus Höflichkeit unterhalten, wie mit einem alten Freund? Ihre Manieren waren immer einwandfrei gewesen.

Wieder klopfte es vorsichtig. Das war fast ärgerlicher, als

wenn das Mädchen einfach die Tür aufgemacht hätte und hereingekommen wäre. Wenigstens hätte er sie dann anbrüllen können. Er stand auf und ging an die Tür. «Ich würde lieber –»

Vor ihm stand Jennifer, den Gürtel eng um die Taille geschnürt. Sie sah ihn mit wachen Augen an. «Jeden Tag», sagte sie.

«Wie bitte?»

«Jeden Monat. Jeden Tag. Jede Stunde.» Sie hielt kurz inne und fügte dann hinzu: «Mindestens jede Stunde. Vier Jahre lang.»

Im Flur war es still.

«Ich habe gedacht, du wärst tot, Anthony. Ich habe um dich getrauert, um das Leben, das ich mir mit dir erhofft hatte. Ich habe deine Briefe immer wieder gelesen, so lange, bis sie auseinanderfielen. Als ich glaubte, ich wäre für deinen Tod verantwortlich, habe ich mich selbst so verabscheut, dass ich kaum den Tag überstand. Wäre da nicht …»

Sie korrigierte sich: «Und dann, bei einem Empfang, zu dem ich nicht einmal hatte gehen wollen, sah ich dich. *Dich.* Und du fragst mich, warum ich dich treffen wollte?» Sie holte tief Luft.

Am anderen Ende des Flurs waren Schritte zu hören. Er streckte eine Hand aus. «Komm rein», sagte er.

«Ich konnte nicht einfach zu Hause sitzen. Ich musste etwas sagen, bevor du wieder fortgehst. Ich musste es dir sagen.»

Er trat zurück, und sie ging an ihm vorbei in das großzügige Doppelzimmer, das er seiner verbesserten Position in der Zeitung verdankte. Er war froh, dass er es ausnahmsweise einmal aufgeräumt gelassen hatte, ein sauberes Hemd hing noch auf einer Stuhllehne, seine guten Schuhe standen an der Wand. Das Fenster war offen und ließ den Straßenlärm herein, er machte es zu. Sie stellte ihre Handtasche auf einen Stuhl und legte ihren Mantel darüber.

«Das hier ist schon ein Aufstieg», sagte er verlegen. «Als ich zum ersten Mal wieder nach London kam, wurde ich in einem Hostel in der Bayswater Road untergebracht. Möchtest du etwas trinken?» Er war eigenartig befangen, als sie sich an den kleinen Tisch setzte. «Soll ich etwas bringen lassen? Kaffee vielleicht?», fuhr er fort.

Er wollte sie so gern berühren.

«Ich habe nicht geschlafen», sagte sie und fuhr sich über das Gesicht. «Ich kann nicht klar denken, seitdem ich dich gesehen habe. Ich habe versucht, all das zu verstehen. Nichts ergibt einen Sinn.»

«An dem Nachmittag vor vier Jahren, warst du da bei Felipe im Auto?»

«Felipe?» Sie schaute ihn verständnislos an.

«Mein Freund aus dem Alberto's. Er ist um die Zeit gestorben, als ich wegging, bei einem Autounfall. Heute Morgen habe ich mir die Artikel angesehen. Eine nicht namentlich genannte Beifahrerin wird erwähnt. Nur so kann ich es mir erklären.»

«Ich weiß es nicht. Es gibt noch immer Dinge, an die ich mich nicht erinnern kann. Hätte ich deine Briefe nicht gefunden, dann hätte ich mich vielleicht nie an dich erinnert. Ich hätte nie erfahren –»

«Aber wer hat dir gesagt, ich sei tot?»

«Laurence. Sieh mich nicht so an. Er ist nicht grausam. Ich denke, er hat es wirklich geglaubt.» Sie wartete einen Augenblick. «Er wusste, dass es … jemanden gab, verstehst du. Er hatte deinen letzten Brief gelesen. Den Rest konnte er sich denken.»

«Meinen letzten Brief?»

«In dem du mich bittest, dich am Bahnhof zu treffen. Ich hatte ihn bei mir, als der Wagen verunglückte.»

«Das verstehe ich nicht – das war nicht mein letzter Brief –»

«Oh, lassen wir das», unterbrach sie ihn. «Bitte … Es ist zu –»

«Und was dann?»

Sie betrachtete ihn eingehend.

«Jennifer, ich –»

Sie trat so nah an ihn heran, dass er selbst bei der schwachen Beleuchtung jede noch so kleine Sommersprosse auf ihrem Gesicht sah, ihre Wimpern, wie kleine, scharfe Spitzen geformt, die das Herz eines Mannes durchbohren konnten. Sie war bei ihm und wirkte doch abwesend, als würde sie eine Entscheidung treffen.

«Boot», sagte sie leise, «bist du wütend auf mich? Noch immer?»

Boot.

Er schluckte. «Wie könnte ich?»

Mit beiden Händen fuhr sie an seinem Gesicht entlang, so sanft, dass ihre Fingerspitzen ihn kaum zu berühren schienen. «Haben wir das hier gemacht?»

Er starrte sie an.

«Davor?» Sie blinzelte. «Ich weiß es nicht mehr. Ich kenne nur deine Worte.»

«Ja.» Ihm brach die Stimme. «Ja, das haben wir.» Er spürte ihre kalten Finger auf der Haut und erinnerte sich an ihr Parfüm.

«Anthony», murmelte sie, und in der Art, wie sie seinen Namen aussprach, lag eine Zärtlichkeit, die all die Liebe und den Verlust ausdrückte, die auch er empfunden hatte.

Sie lehnte sich an ihn, er hörte sie seufzen, und dann spürte er ihren Atem auf seinen Lippen. Alles um sie herum stand still. Ihr Mund lag auf seinem, und etwas in seiner Brust öffnete sich. Er hörte sich nach Luft schnappen und merkte entsetzt, dass sich seine Augen mit Tränen füllten. «Entschuldige», flüsterte er beschämt, «entschuldige. Ich weiß nicht, warum …»

«Ich weiß», sagte sie. «Ich weiß.» Sie schlang die Arme um

seinen Hals, küsste die Tränen fort, die ihm über die Wangen liefen, und murmelte etwas. Sie klammerten sich aneinander, glücklich, verzweifelt, keiner von ihnen konnte wirklich begreifen, was passiert war. Die Zeit blieb stehen, die Küsse wurden drängender, die Tränen versiegten. Er zog ihr den Pullover über den Kopf, stand beinahe hilflos da, als sie sein Hemd aufknöpfte. Dann lag seine Haut an ihrer, sie waren auf dem Bett, eng umschlungen, drängend, fast ungeschickt vor Begierde.

Er küsste sie, wollte ihr zeigen, wie sehr er sie liebte. Auch als er sich in ihr verlor, ihr Haar auf seinem Gesicht spürte, seiner Brust, als ihre Lippen, ihre Finger über seine Haut strichen, wusste er, dass es Menschen gab, die füreinander geschaffen waren.

Sie war lebendig unter ihm; sie entflammte ihn. Er ignorierte ihren Widerstand und küsste die Narbe, die bis an ihre Schulter reichte. Und sie verstand, was er ihr sagen wollte: Diese silbrige Spur war in seinen Augen schön; sie sagte ihm, dass Jennifer ihn geliebt hatte. Sagte ihm, dass sie zu ihm hatte kommen wollen. Er küsste die Narbe, weil es keinen Teil von ihr gab, den er nicht heilen wollte, keinen Teil, den er nicht liebte.

Er spürte, wie das Verlangen in ihr wuchs, als wäre es ein gemeinsames Geschenk, er sah das Wechselspiel der Gefühle in ihrem Gesicht; sie war verletzlich, in sich selbst versunken, und als sie die Augen aufschlug, war er glücklich.

Als er kam, musste er wieder weinen, denn auch wenn er stets so getan hatte, als glaube er nicht daran, hatte er im Grunde seines Herzens immer gewusst, dass es etwas geben musste, das dieses Gefühl in ihm auslösen konnte. Und dass es erwidert wurde, war mehr, als er sich hatte wünschen können.

«Ich kenne dich», murmelte sie, ihre feuchte Haut an seiner, ihre Tränen nass an seinem Hals. «Ich kenne dich wirklich.»

Einen Moment lang konnte er nicht sprechen, sondern starrte an die Decke, empfand die Luft um sie herum als kühl. «Oh, Jenny», sagte er. «Gott sei Dank.»

Als ihre Atmung sich wieder normalisiert hatte, stützte sie sich auf den Ellbogen und schaute ihn an. Etwas an ihr hatte sich verändert: Ihre Gesichtszüge waren entspannter, die Sorgenfalten um ihre Augen verschwunden. Er schloss sie in die Arme und drückte sie so fest an sich, dass ihre Körper förmlich verschmolzen. Er spürte, wie er wieder hart wurde, und sie lächelte.

«Ich möchte etwas sagen», flüsterte er, «aber nichts scheint … bedeutsam genug.»

Ihr Lächeln war wunderbar: zufrieden, voller Liebe, staunend. «So habe ich mich im ganzen Leben noch nicht gefühlt», sagte sie.

Sie schauten sich an.

«Oder doch?», fragte sie.

Er nickte. Sie blickte in die Ferne. «Dann … danke ich dir dafür.»

Er lachte, und sie warf sich kichernd an seine Schulter.

Vier Jahre hatten sich in nichts aufgelöst. Mit neuer Klarheit sah er sein Leben vor sich. Er würde in London bleiben. Er würde Schluss machen mit Eva, der Freundin in New York. Sie war ein nettes Mädchen, aber er wusste jetzt, dass alle Frauen, auf die er sich in den vergangenen vier Jahren eingelassen hatte, nur ein blasser Abglanz der Frau neben ihm gewesen waren. Jennifer würde ihren Mann verlassen. Er würde für sie sorgen. Sie würden ihre Chance kein zweites Mal verpassen. Plötzlich sah er sie mit seinem Sohn vor sich, sie zu dritt auf einem Familienausflug. Die Zukunft war plötzlich so viel heller.

Die Zukunft.

Seine Gedanken wurden unterbrochen, als sie seine Brust küsste, seine Schulter, seinen Hals. «Dir ist doch klar», sagte er, rollte sie herum, sodass ihre Beine mit seinen verschränkt waren, ihr Mund nur wenige Zentimeter von seinem entfernt, «dass wir es noch einmal machen müssen. Nur um sicherzugehen, dass du dich erinnerst.»

Sie sagte nichts, schloss nur die Augen.

Diesmal ließ er sich Zeit. Sein Körper sprach mit ihrem. Er spürte, wie die Befangenheit von ihr abfiel, ihr Herz schlug an seinem. Unzählige Male sagte er ihren Namen, glücklich, dass er es konnte. Flüsternd gestand er ihr alles, was er für sie empfand.

Als sie ihm sagte, dass sie ihn liebte, geschah es mit einer solchen Intensität, dass ihm der Atem stockte. Die Welt drehte sich langsamer und wurde immer kleiner, bis nur noch sie beide da waren, ein Gewirr aus Laken, Gliedmaßen und Stöhnen.

«Du bist das Kostbarste …» Er sah zu, wie sie die Augen aufschlug und sich zaghaft wieder bewusst machte, wo sie war. «Ich würde das hier hundert Mal mit dir tun, nur um mich an deinem Gesichtsausdruck zu erfreuen.» Sie schwieg, und er konnte gar nicht genug von ihr bekommen. «Par procuration», sagte er plötzlich. «Weißt du noch?»

Später hätte er nicht sagen können, wie lange sie dort zusammen gelegen hatten, als wollte jeder von beiden den anderen in sich aufsaugen. Er vernahm die Geräusche der Straße, hin und wieder Schritte auf dem Flur vor dem Zimmer, eine ferne Stimme. Er spürte den Rhythmus ihres Atems an seiner Brust. Er küsste ihren Scheitel, seine Hand lag auf ihrem zerzausten Haar. Er war wunschlos glücklich, ruhig und zufrieden. Ich bin zu Hause, dachte er. Das ist es.

Sie bewegte sich in seinen Armen. «Lass uns etwas zu trinken bestellen», sagte er, küsste ihr Schlüsselbein, ihr Kinn, die Stelle zwischen Kiefer und Ohr. «Wir feiern. Tee für mich, Champagner für dich. Was meinst du?»

Da bemerkte er den Ausdruck in ihren Augen, ihre Gedanken schienen sich an einen Ort außerhalb des Zimmers zu verlagern.

«Oh», erwiderte sie und setzte sich auf. «Wie spät ist es?»

Er schaute auf seine Uhr. «Zwanzig nach vier. Warum?»

«O nein! Ich muss um halb fünf unten sein.» Schon war sie aus dem Bett und bückte sich nach ihren Sachen.

«Moment! Warum musst du unten sein?»

«Mrs. Cordoza …»

«Wer?»

«Ich treffe mich mit meiner Haushälterin. Wir wollten in die Stadt gehen.»

«Mrs. Cordoza kann warten. Ist Einkaufen wirklich so wichtig? Jennifer, wir müssen reden – uns überlegen, was wir als Nächstes tun. Ich muss meinem Chef mitteilen, dass ich nicht in den Kongo gehe.»

Nicht gerade elegant zog sie sich an, als ob es nur noch auf Schnelligkeit ankäme: BH, Hose, Pullover. Der Körper, den er genommen und sich zu eigen gemacht hatte, war nicht mehr zu sehen.

«Jennifer?» Er glitt aus dem Bett, griff nach seiner Hose, zog sie an und schloss den Gürtel. «Du kannst nicht einfach gehen.»

Sie stand mit dem Rücken zu ihm.

«Wir müssen doch darüber sprechen, wie wir alles klären.»

«Da gibt es nichts zu klären.» Sie öffnete ihre Handtasche, holte eine Bürste heraus und fuhr sich damit durch die Haare.

«Das verstehe ich nicht.»

Als sie sich zu ihm umdrehte, war ihr Gesicht verschlossen, als wäre eine Maske darüber gezogen worden. «Anthony, es tut mir leid, aber wir … wir können uns nicht mehr sehen.»

«Was?»

Sie holte eine Puderdose hervor und begann die verschmierte Wimperntusche unter ihren Augen wegzuwischen.

«Das kannst du nicht sagen, nach dem, was gerade passiert ist. Das kannst du nicht einfach ignorieren. Was zum Teufel geht hier vor?»

Sie versteifte sich. «Du wirst schon zurechtkommen. Wie immer. Hör zu, ich … ich muss gehen. Es tut mir sehr leid.»

Im Gehen schnappte sie sich ihre Handtasche und ihren Mantel. Die Tür fiel hinter ihr ins Schloss.

Anthony rannte ihr hinterher. «Tu das nicht, Jennifer! Verlass mich nicht wieder!» Seine Stimme hallte durch den bereits leeren Gang, prallte an den verschlossenen Zimmertüren ab. «Das hier ist kein Spiel! Ich werde nicht noch einmal vier Jahre auf dich warten!»

Er war starr vor Schreck, dann nahm er sich zusammen, fluchte und lief zurück in sein Zimmer, um Hemd und Schuhe anzuziehen.

Er ergriff sein Jackett und rannte mit rasendem Herzschlag in den Flur. Er hastete die Treppe hinunter, zwei Stufen auf einmal, ins Foyer. Die Aufzugtüren gingen auf, und da war sie, ihre Absätze klapperten über den Marmorboden, sie war gefasst, hatte kaum noch etwas gemein mit dem Menschen, der sie kurz zuvor noch gewesen war. Er wollte ihr schon etwas zurufen, als er den Aufschrei vernahm: «Mami!»

Jennifer ging in die Hocke, die Arme ausgebreitet. Eine Frau mittleren Alters kam auf sie zu, ein Kind riss sich von ihr los. Das Mädchen warf sich in Jennifers Arme und wurde hochgehoben, seine fröhliche Stimme schallte durch den Raum. «Gehen wir auch in die Spielzeugabteilung? Mrs. Cordoza hat es versprochen.»

«Ja, mein Schatz. Wir gehen gleich. Ich muss nur noch etwas an der Rezeption klären.»

Sie setzte das Kind ab und nahm es an die Hand. Vielleicht lag es an der Intensität seines Blicks, denn irgendetwas brachte sie dazu, sich umzudrehen, als sie zum Empfangstresen ging. Sie sah ihn. Ihre Blicke trafen sich, ihr Ausdruck war schuldbewusst.

Sie schaute zur Seite, schrieb etwas, wandte sich dann wieder an die Empfangsdame, die Handtasche auf dem Tresen. Ein paar Worte wurden gewechselt, und schon war sie durch die Glastür in den nachmittäglichen Sonnenschein hinausgetreten, das kleine Mädchen neben ihr.

Anthony hatte das Gefühl, den Boden unter den Füßen zu verlieren. Er wartete, bis sie außer Sichtweite war, dann warf er wie ein Mann, der aus einem Traum erwacht, sein Jackett über die Schulter.

Er wollte schon hinausgehen, als die Empfangsdame auf ihn zueilte. «Mr. Boot? Die Dame bat mich, Ihnen das hier zu geben.» Eine Nachricht wurde ihm in die Hand gedrückt.

Er faltete das kleine Stück Hotelbriefpapier auseinander.

Verzeih mir. Aber ich musste es wissen.

Wir erwägen in unserem Herzen nicht, einen Gatten zu nehmen, sondern empfehlen nachdrücklich das Leben als Alleinstehende.

Queen Elizabeth I. an Prinz Erik von Schweden, per Brief

KAPITEL 15

Moira Parker ging ins Schreibzimmer hinüber und schaltete das Transistorradio aus, das auf einem Stapel Telefonbücher balancierte.

«Hey!», protestierte Annie Jessop. «Ich wollte mir das anhören.»

«Es ist unangemessen, in einem Büro laute Musik laufen zu lassen», sagte Moira mit Nachdruck. «Mr. Stirling möchte von solchem Lärm nicht gestört werden. Das hier ist ein Arbeitsplatz.» Es war in dieser Woche das vierte Mal.

«Eher ein Bestattungsunternehmen. Nun komm schon, Moira. Wir stellen es leiser. Damit geht der Tag schneller vorbei.»

«Mit harter Arbeit geht der Tag schneller vorbei.»

Sie vernahm das spöttische Gelächter und schob das Kinn vor. «Ihr tätet gut daran, zu verstehen, dass ihr bei *Acme Mineral and Mining* nur mit professionellem Auftreten weiterkommt.»

«Und lockerem Gummiband im Schlüpfer», murmelte jemand hinter ihr.

«Wie bitte?»

«Nichts, Miss Parker. Sollen wir auf *Lieblingslieder aus der*

Kriegszeit umschalten? Wären Sie dann glücklich?» Erneut dröhnendes Gelächter.

«Ich stelle das Radio in Mr. Stirlings Büro. Vielleicht sollten wir ihn fragen, was *ihm* gefällt.»

Sie ignorierte das missmutige Raunen, als sie das Büro durchquerte. Je größer die Firma geworden war, umso tiefer war das Niveau der Beschäftigten gesunken. Heutzutage hatte niemand mehr Respekt vor den Vorgesetzten, der Arbeitsmoral oder Mr. Stirlings Leistungen. Ziemlich häufig war sie auf dem Heimweg so schlecht gelaunt, dass selbst ihre Häkelarbeit sie nicht beruhigen konnte. Manchmal hatte sie das Gefühl, als wüssten nur sie und Mr. Stirling – und vielleicht Mrs. Kingston aus der Buchhaltung –, wie man sich benahm.

Und dann die Kleidung! Dolly-Birds nannten sie sich, und das war auf grauenhafte Weise zutreffend. Herausgeputzt, geistlos und kindisch, wie sie waren, verbrachten die Mädchen im Schreibzimmer viel mehr Zeit damit, an ihr Aussehen zu denken, an ihre kurzen Röcke und ihr lächerliches Make-up, als an die Briefe, die sie zu tippen hatten. Am Nachmittag zuvor hatte sie drei zurückgeben müssen. Rechtschreibfehler, keine Datumsangabe, sogar ein «Mit freundlichen Grüßen», obwohl sie deutlich «Hochachtungsvoll» diktiert hatte. Als sie darauf hinwies, hatte Sandra nur die Augen verdreht.

Moira seufzte, klemmte sich das Radio unter den Arm, dachte kurz, dass Mr. Stirlings Tür mittags nur selten geschlossen war, drückte die Klinke hinunter und betrat sein Büro.

Marie Driscoll saß ihm gegenüber – und nicht auf dem Stuhl, den Moira benutzte, wenn sie ein Diktat aufnahm, sondern *auf seinem Schreibtisch*. Der Anblick war so verblüffend, dass sie eine Weile brauchte, um zu registrieren, dass er plötzlich zurückgetreten war, als sie hereinkam.

«Ah, Moira.»

«Verzeihung, Mr. Stirling. Ich wusste nicht, dass jemand bei Ihnen ist.» Sie warf der jungen Frau einen bösen Blick zu. Was um alles in der Welt bildete sie sich ein? Waren denn alle verrückt geworden? «Ich … ich habe dieses Radio mitgenommen. Die Mädchen hatten es in voller Lautstärke laufen. Ich dachte, wenn sie Ihnen Rede und Antwort stehen müssten, würde es sie zum Nachdenken bringen.»

«Verstehe.» Er setzte sich auf seinen Stuhl.

«Ich habe mir Sorgen gemacht, dass es Sie stören könnte.»

Es folgte ein längeres Schweigen. Marie machte keinerlei Anstalten, sich vom Fleck zu rühren, zupfte bloß an ihrem Rock, der den Oberschenkel nur halb bedeckte. Moira wartete darauf, dass sie ging.

Doch dann ergriff Mr. Stirling das Wort. «Ich bin froh, dass Sie gekommen sind. Ich wollte unter vier Augen mit Ihnen sprechen. Miss Driscoll, würden Sie uns einen Moment allein lassen?»

Mit offenkundigem Widerwillen rutschte das Mädchen vom Tisch und ging an Moira vorbei, ohne sie aus den Augen zu lassen. Sie hatte zu viel Parfüm aufgelegt, dachte Moira. Die Tür schloss sich hinter ihr, und dann waren sie allein. So, wie sie es mochte.

Mr. Stirling hatte in den Monaten nach jenem ersten Abend noch zwei weitere Male mit ihr geschlafen. Vielleicht war «mit ihr geschlafen» nicht ganz der richtige Ausdruck: Bei beiden Gelegenheiten war er sehr betrunken gewesen, es hatte noch kürzer gedauert als beim ersten Mal, und am nächsten Tag hatte er kein Wort darüber verloren.

Trotz ihrer Versuche, ihm zu verstehen zu geben, dass sie ihn nicht abweisen würde – die selbstgemachten Sandwichs, die sie auf seinen Schreibtisch gelegt hatte, ihre besonders hübsche Frisur –, war es nicht wieder passiert. Dennoch hatte sie gewusst, dass sie etwas Besonderes für ihn war, hatte es genossen, dieses Geheimnis zu haben, wenn ihre Kolleginnen in der Kantine über den Chef sprachen. Sie verstand, wie sehr ihn das Doppelspiel belastete, und auch wenn sie sich wünschte, die Dinge wären anders, respektierte sie seine bewundernswerte Zurückhaltung. Bei den seltenen Gelegenheiten, zu denen Jennifer Stirling vorbeikam, fühlte sie sich nicht mehr eingeschüchtert. *Wäre sie ihm eine richtige Frau gewesen, hätte er nicht zu mir kommen müssen.* Mrs. Stirling hatte nie sehen können, was direkt vor ihrer Nase war.

«Setzen Sie sich, Moira.»

Sie nahm auf viel schicklichere Weise Platz als Marie Driscoll, stellte die Beine ordentlich nebeneinander und bedauerte plötzlich, nicht ihr rotes Kleid angezogen zu haben. Er mochte es an ihr, hatte er mehrfach gesagt. Draußen hörte sie Gelächter und fragte sich zerstreut, ob sie irgendwie an ein anderes Radio gekommen waren. «Ich werde den Mädchen sagen, sie sollen sich zusammenreißen», murmelte sie. «Der Lärm muss ja schrecklich für Sie sein.»

Er schien sie gar nicht zu hören, sondern schob Unterlagen auf seinem Schreibtisch hin und her. Als er aufschaute, wich er ihrem Blick aus. «Ich versetze Marie mit sofortiger Wirkung.»

«Oh, das halte ich für eine sehr gute –»

«Sie wird meine persönliche Assistentin.»

Einen Moment lang sagte Moira nichts. Sie versuchte nicht zu zeigen, wie viel es ihr ausmachte. Das Arbeitspensum hatte zugenommen, sagte sie sich. Verständlicherweise hielt er da eine zweite Kraft für notwendig. «Aber wo soll sie sitzen?», fragte sie. «Im Vorzimmer hat nur ein Schreibtisch Platz.»

«Dessen bin ich mir bewusst.»

«Vermutlich könnten Sie Maisie umsetzen …»

«Das wird nicht nötig sein. Ich habe beschlossen, Ihr Pensum etwas zu reduzieren. Sie werden ... ins Schreibzimmer umziehen.»

Sie musste sich verhört haben. «Ins Schreibzimmer?»

«Ich habe die Lohnbuchhaltung angewiesen, dass Sie in derselben Gehaltsklasse bleiben, daher dürfte es eine willkommene Veränderung für Sie sein, Moira, die Ihnen vielleicht ein wenig mehr Zeit außerhalb des Büros lässt. Ein bisschen mehr Zeit für sich.»

«Aber ich will gar keine Zeit für mich.»

«Jetzt regen Sie sich nicht gleich auf. Wie gesagt, Sie werden in derselben Gehaltsklasse bleiben, und Sie werden die Dienstälteste im Schreibzimmer sein. Das werde ich den anderen Mädchen sehr deutlich zu verstehen geben. Wie Sie schon sagten, dort wird jemand gebraucht, der in der Lage ist, das Kommando zu übernehmen.»

«Aber ich verstehe nicht ...» Sie stand auf, das Radio so fest umklammert, dass ihre Knöchel weiß hervortraten. Panik machte sich in ihr breit. «Was habe ich falsch gemacht? Warum nehmen Sie mir meinen Job weg?»

Er wirkte verärgert. «Nichts haben Sie falsch gemacht. In jeder Firma werden hin und wieder Mitarbeiter versetzt. Die Zeiten ändern sich, und ich möchte hier ein bisschen frischen Wind hereinbringen.»

«Frischen Wind?»

«Marie ist dafür bestens geeignet.»

«Marie Driscoll soll meine Stelle übernehmen? Aber sie hat keine Ahnung, wie das Büro funktioniert. Sie kennt das rhodesische Lohnsystem nicht, die Telefonnummern, oder wie Ihre Flugtickets zu buchen sind. Sie kennt das Ablagesystem nicht. Sie verbringt die Hälfte der Zeit in der Damentoilette, um sich zu schminken. Und sie kommt zu spät! Dauernd! Diese Woche habe ich sie zwei Mal ermahnen müssen. Haben Sie die Stechkarten nicht gesehen?» Die Wörter sprudelten nur so aus ihr heraus.

«Ich bin mir sicher, dass sie lernfähig ist. Es ist doch nur ein Sekretariatsjob, Moira.»

«Aber –»

«Ich habe jetzt wirklich keine Zeit mehr, darüber zu diskutieren. Bitte räumen Sie heute Nachmittag Ihren Platz, und morgen fangen wir in der neuen Aufstellung an.»

Er griff in seine Zigarrenschachtel und signalisierte damit, dass die Unterhaltung beendet war. Moira stand auf und stützte sich mit einer Hand auf seinem Schreibtisch ab. Zorn stieg in ihr hoch, das Blut rauschte ihr in den Ohren. Ihr war, als würde das Büro über ihr zusammenbrechen und auf sie herunterstürzen, Stein für Stein.

Er steckte die Zigarre in den Mund, und sie hörte das scharfe Schnippen der Zigarrenschere, als er das Ende abschnitt.

Langsam ging sie zur Tür, machte sie auf und bemerkte die plötzlich eintretende Stille im Vorzimmer. Die anderen hatten es also vor ihr gewusst.

Sie sah Marie Driscolls ausgestreckte Beine. Spindeldürr in einer lächerlich farbigen Strumpfhose. Wer um alles in der Welt zog eine königsblaue Strumpfhose an und erwartete, damit ernst genommen zu werden?

Sie riss ihre Handtasche vom Schreibtisch und ging auf unsicheren Beinen durch das Büro zur Damentoilette, wobei sie die Blicke im Rücken spürte.

«Moira! Da kommt gerade dein Lied! ‹Can't get used to losing you› …»

«Oh, sei nicht so gemein, Sandra.» Wieder ertönte schallendes Gelächter, dann schloss sich die Toilettentür hinter ihr.

Jennifer stand in der Mitte des trostlosen kleinen Spielplatzes, beobachtete die frierenden Nannys, die über Kinderwagen hinweg miteinander plauderten, und lauschte dem Geschrei tobender Kinder.

Mrs. Cordoza hatte ihr angeboten, an ihrer Stelle mit Esmé auf den Spielplatz zu gehen, doch Jennifer hatte entgegnet, sie brauche die frische Luft. Achtundvierzig Stunden lang hatte sie nichts mit sich anzufangen gewusst, ihr Körper war noch sensibilisiert durch seine Berührung, innerlich aufgewühlt bei dem Gedanken an das, was geschehen war. Die Ungeheuerlichkeit ihres Verlusts erdrückte sie förmlich. Sie konnte sich nicht mit Valium betäuben: Es musste durchgestanden werden. Ihre Tochter würde sie stets daran erinnern, das Richtige getan zu haben. Sie hatte ihm so viel sagen wollen. Obwohl sie sich einredete, sie sei nicht darauf aus gewesen, ihn zu verführen, wusste sie, dass das gelogen war. Sie hatte ein kleines Stück von ihm haben wollen, eine schöne, kostbare Erinnerung. Woher hätte sie wissen sollen, dass sie die Büchse der Pandora öffnen würde? Schlimmer noch, wie hätte sie sich vorstellen sollen, dass es ihn dermaßen treffen, ihn zerstören würde?

An dem Abend in der Botschaft hatte er sehr gefasst gewirkt. Er konnte nicht so gelitten haben wie sie; er konnte nicht dasselbe empfunden haben wie sie. Er war stärker, hatte sie geglaubt. Jetzt aber konnte sie nicht aufhören, an ihn zu denken, an seine Verletzlichkeit, seine Pläne für ihre gemeinsame Zukunft. Und wie er sie angeschaut hatte, als sie durch das Hotelfoyer zu ihrem Kind gegangen war.

Sie hörte noch einmal seine Stimme, wütend und verwirrt, die durch den Flur hinter ihr hallte: *Tu das nicht, Jennifer! Ich werde nicht noch einmal vier Jahre auf dich warten!*

Vergib mir, bat sie ihn im Stillen, tausend Mal am Tag. Doch Laurence hätte nie zugelassen, dass ich sie mitnehme. Und gerade du könntest mich nicht bitten, sie zu verlassen. Vor allem du solltest es verstehen.

Immer wieder wischte sie sich über die Augenwinkel, schob es auf den Wind oder ein weiteres Sandkörnchen, das ihr auf rätselhafte Weise ins Auge geflogen war. Ihre Nerven lagen blank, sie spürte die geringsten Temperaturschwankungen, wurde gequält von ihren wechselnden Empfindungen.

Laurence ist kein schlechter Mann, sagte sie sich immer wieder. Er ist ein guter Vater, auf seine Art. Wenn er Schwierigkeiten hatte, nett zu ihr zu sein, wer wollte es ihm verübeln? Wie viele Männer konnten einer Frau verzeihen, dass sie sich in einen anderen verliebt hatte? Manchmal hatte sie sich gefragt, ob er ihrer vielleicht überdrüssig geworden wäre und sich entschieden hätte, sie gehen zu lassen, wenn sie nicht so kurz darauf schwanger geworden wäre. Aber sie glaubte es nicht: Auch wenn Laurence sie nicht mehr liebte, würde er nie die Möglichkeit in Erwägung ziehen, dass sie ein Leben ohne ihn führen könnte.

Und sie ist mein Trost. Sie stieß ihre Tochter auf der Schaukel an, sah zu, wie ihre Beine in die Höhe flogen, die hüpfenden Locken im Wind flatterten. Das ist viel mehr, als viele Frauen haben. Wie Anthony einmal zu ihr gesagt hatte: Es war tröstlich zu wissen, das Richtige getan zu haben.

«Mama!»

Dorothy Moncrieff hatte ihren Hut verloren, die Suche danach lenkte Jennifer kurz ab. Die beiden kleinen Mädchen gingen mit ihr um die Schaukeln herum, umkreisten das Karussell und spähten unter die Bänke, bis sie den Hut auf dem Kopf eines anderen Kindes entdeckten.

«Man darf nicht stehlen», erklärte Dorothy feierlich, während sie über den Spielplatz zurückgingen.

«Stimmt», sagte Jennifer, «aber ich glaube nicht, dass der

kleine Junge gestohlen hat. Wahrscheinlich wusste er nicht, dass es dein Hut ist.»

«Wer nicht weiß, was richtig und falsch ist, ist dumm», verkündete Dorothy.

«Dumm», wiederholte Esmé begeistert.

«Ja, das kann sein», erwiderte Jennifer. Sie zog den Schal ihrer Tochter fester und schickte sie wieder los, diesmal zum Sandkasten, mit der Anweisung, dass sie sich auf keinen Fall mit Sand bewerfen sollten.

Liebster Boot, schrieb sie in einem weiteren der tausend imaginären Briefe, die sie in den vergangenen beiden Tagen verfasst hatte, *bitte sei mir nicht böse. Du sollst wissen, dass ich mit dir gehen würde, wenn es nur irgendwie möglich wäre …*

Sie würde ihm keinen Brief schicken. Was gab es noch zu sagen, was nicht bereits gesagt wurde? Mit der Zeit wird er mir vergeben, sagte sie sich. Er wird ein gutes Leben haben.

Sie versuchte, sich die andere Frage nicht zu stellen: Wie würde sie leben? Wie konnte sie weitermachen mit dem Wissen, das sie jetzt besaß? Ihre Augen hatten sich wieder gerötet. Sie zog ihr Taschentuch hervor und tupfte sie noch einmal ab, wobei sie sich umdrehte, damit es niemandem auffiel. Vielleicht würde sie doch kurz bei ihrem Arzt vorbeischauen. Nur ein bisschen Hilfe, um die nächsten Tage zu überstehen.

Da bemerkte sie die Gestalt im Tweedmantel, die quer über den Rasen lief und auf den Spielplatz zusteuerte. Die Frau stapfte trotz des schlammigen Bodens entschlossen voran. Jennifer erkannte überrascht, dass es die Sekretärin ihres Mannes war.

Moira Parker ging direkt auf sie zu und blieb so dicht vor ihr stehen, dass Jennifer einen Schritt zurücktreten musste. «Miss Parker?»

Ihre Lippen waren fest zusammengepresst, ihre Augen

leuchteten vor Entschlossenheit. «Ihre Haushälterin hat mir gesagt, wo Sie sind. Darf ich kurz mit Ihnen sprechen?»

«Hm … ja. Natürlich.» Sie drehte sich kurz um. «Schätzchen? Dottie? Esmé? Ich bin hier drüben.»

Die Kinder schauten auf und gruben dann weiter im Sand.

Die beiden Frauen gingen ein paar Schritte, Jennifer blieb in Sichtweite der kleinen Mädchen. Sie hatte dem Kindermädchen der Moncrieffs versprochen, Dorothy gegen vier Uhr nach Hause zu bringen, und es war fast Viertel vor. Sie setzte ein Lächeln auf. «Was gibt es denn, Miss Parker?»

Moira griff in eine abgenutzte Handtasche und zog umständlich eine dicke Akte heraus.

«Die ist für Sie», sagte sie barsch.

Jennifer nahm die Akte entgegen. Sie schlug sie auf und legte sogleich eine Hand auf die Blätter, die der Wind fortzuwehen drohte.

«Passen Sie auf, dass Sie nichts verlieren.» Das war eine Anweisung.

«Verzeihung … ich verstehe das nicht. Worum handelt es sich?»

«Das sind die Leute, die er ausgezahlt hat.»

Als Jennifer sie verständnislos anschaute, fuhr Moira fort: «Pleuramesotheliom. Eine Lungenkrankheit. Das sind die Arbeiter, die er ausgezahlt hat, damit nicht publik wird, dass sie durch die Arbeit für ihn tödlich erkrankt sind.»

Jennifer hob eine Hand an den Kopf. «Wie bitte?»

«Ihr Mann. Die Seiten zu denen, die schon gestorben sind, liegen unten. Ihre Familien mussten eine Verzichtserklärung unterschreiben. Nur so haben sie das Geld bekommen.»

Jennifer hatte Mühe, die Worte der Frau zu verarbeiten. «Gestorben? Verzichtserklärungen?»

«Sie mussten sagen, dass er nicht verantwortlich ist. Er hat sie alle ausgezahlt. Die Südafrikaner haben fast nichts bekommen. Die Fabrikarbeiter hier waren teurer.»

«Aber Asbest schadet niemandem. Das behaupten nur Unruhestifter in New York, die versuchen, ihm die Schuld zu geben. Das hat Laurence mir gesagt.»

Moira schien sie gar nicht zu hören. Sie fuhr mit dem Finger an einer Liste auf dem oberen Blatt entlang. «Sie sind alle alphabetisch aufgeführt. Sie können mit den Familien sprechen, wenn Sie wollen. Er hat panische Angst davor, dass die Zeitungen davon Wind bekommen.»

«Das sind bloß die Gewerkschaften ... Er hat gesagt ...»

«Andere Firmen haben das gleiche Problem. Ich habe ein paar Telefonate mitgehört, die er mit *Goodasbest* in Amerika geführt hat. Sie finanzieren Untersuchungen, die belegen, dass Asbest harmlos ist.»

Die Frau redete so schnell, dass Jennifer der Kopf schwirrte. Sie warf einen Blick zu den Kindern hinüber, die sich jetzt mit Sand bewarfen.

«Ihnen ist doch klar, dass es ihn ruinieren würde, wenn bekannt wird, was er getan hat», sagte Moira Parks betont langsam. «Es wird am Ende herauskommen, verstehen Sie. Es muss einfach passieren. Alles kommt ans Licht.»

Jennifer hielt die Akte vorsichtig fest, als könnte auch sie verseucht sein. «Warum geben Sie mir das? Warum um alles in der Welt glauben Sie, ich wollte etwas unternehmen, was meinem Mann schaden würde?»

Moira Parkers Ausdruck veränderte sich und wurde beinahe schuldbewusst. Ihre Lippen waren eine schmale rote Linie. «Deshalb.» Sie zog ein zerknittertes Stück Papier hervor und drückte es Jennifer in die Hand. «Der Brief kam ein paar Wochen nach Ihrem Unfall. Vor vielen Jahren. Er weiß nicht, dass ich ihn behalten habe.»

Jennifer faltete das Blatt auseinander.

Ich habe geschworen, keinen Kontakt mehr zu dir aufzunehmen. Doch nach sechs Wochen geht es mir nicht besser. Ohne dich zu sein – Tausende Meilen von dir entfernt –, das hilft mir kein bisschen. Dass ich nicht mehr durch deine Nähe gequält werde oder dass ich nicht täglich damit konfrontiert bin, das Einzige, was ich wirklich will, nicht bekommen zu können, hat mich nicht geheilt. Es hat alles nur noch schlimmer gemacht. Meine Zukunft kommt mir vor wie eine öde, leere Straße.

Ich weiß nicht, was ich sagen will, liebste Jenny. Aber falls du das Gefühl haben solltest, die falsche Entscheidung getroffen zu haben, steht diese Tür immer noch weit offen.

Und wenn du meinst, deine Entscheidung war richtig, dann sollst du wenigstens eins wissen: dass irgendwo auf dieser Welt ein Mann ist, der dich liebt, dem klar ist, wie besonders und klug und freundlich du bist. Ein Mann, der dich immer geliebt hat und der leider vermutet, dass es ewig so bleiben wird.

Dein B

Jennifer starrte auf den Brief und wurde blass. Sie schaute auf das Datum. Vor fast vier Jahren. Gleich nach dem Unfall. «Und Laurence wusste davon?»

Moira Parker senkte den Kopf. «Er hat mir aufgetragen, das Postfach zu schließen.»

«Er wusste, dass Anthony noch lebte?» Sie zitterte.

«Von all dem weiß ich nichts.» Moira Parker schlug ihren Kragen hoch. Es gelang ihr, eine missbilligende Miene aufzusetzen.

Ein kalter Stein schien in Jennifers Brust zu liegen. Sie spürte, wie sich ihr Herz verhärtete.

Moira Parker klappte ihre Handtasche zu. «Wie auch immer,

machen Sie damit, was Sie wollen. Was mich anbelangt, mir kann er gestohlen bleiben.»

Sie murmelte noch immer vor sich hin, als sie ihren Rückweg durch den Park antrat. Jennifer sank auf eine Bank und achtete nicht auf die beiden Kinder, die sich inzwischen fröhlich Sand in die Haare rieben. Sie las den Brief noch einmal.

Sie brachte Dorothy Moncrieff zu ihrer Kinderfrau zurück und bat Mrs. Cordoza, mit Esmé zum Süßwarenladen zu gehen. «Kaufen Sie ihr einen Lutscher, und vielleicht ein Viertelpfund Naschwaren.» Sie stand am Fenster und sah ihnen hinterher, wie sie die Straße entlanggingen, ihre Tochter hüpfend vor Vorfreude. Als sie um die Ecke bogen, öffnete sie die Tür zu Laurence' Arbeitszimmer, ein Raum, den sie nur selten betrat und der Esmé verboten war, damit ihre forschenden kleinen Finger nur ja keinen der vielen wertvollen Gegenstände darin verrückten.

Danach wusste sie nicht genau, warum sie überhaupt hineingegangen war. Sie hatte den Raum immer verabscheut: Die düsteren Mahagoniregale, voll mit Büchern, die er nie gelesen hatte, der ständige Geruch von Zigarrenrauch, die Pokale und Urkunden für Leistungen, die sie nicht als solche anerkennen konnte – *Geschäftsmann des Jahres, Bester Schütze, Pirschjagd in Cowbridge 1959, Golfpokal 1962*. Er benutzte das Zimmer kaum: Es war eine Marotte, ein Ort, an dem man «den Frauen entkommen» konnte, wie er seinen männlichen Gästen oft erklärte, eine Zuflucht, in der er angeblich Frieden fand.

Zu beiden Seiten des Kamins standen zwei bequeme Sessel, deren Sitzflächen kaum eingedrückt waren. In acht Jahren war nie ein Feuer angezündet worden. Die geschliffenen Gläser auf dem Regalbrett waren nie mit dem edlem Whisky aus der Karaffe daneben gefüllt worden. An den Wänden hingen Fotos von Laurence, wie er Geschäftskollegen, Würdenträgern, dem südafrikanischen Handelsminister, dem Herzog von Edinburgh die Hand schüttelte. Es war ein Zimmer zum Herzeigen, ein Grund mehr für die Männer, ihn zu bewundern. *Laurence Stirling, der Glückspilz.*

Jennifer stand an der Tür neben der Golftasche mit den kostspieligen Schlägern, ein Jagdstock stand in der Ecke. Ein fester, harter Knoten saß in ihrer Brust. Sie merkte, dass sie nicht atmen konnte. Sie nahm einen Golfschläger zur Hand und ging in die Mitte des Raumes. Ein kleiner Laut entschlüpfte ihrer Kehle, wie das Keuchen eines Menschen, der ein langes Rennen beendet. Sie hob den Schläger über den Kopf, als wollte sie einen perfekten Schwung nachahmen, und schlug mit voller Wucht gegen die Karaffe. Glassplitter flogen durch das Zimmer, dann holte sie erneut aus, schlug gegen die Wände; die Bilderrahmen zerbrachen, die gravierten Pokale wurden von ihren Sockeln gestoßen. Sie attackierte die in Leder gebundenen Bücher, die schweren Kristallaschenbecher. Sie schlug grimmig zu, systematisch, ihre schlanke Gestalt von einer Wut angetrieben, die immer noch zunahm.

Sie schlug die Bücher aus ihren Regalen, entfernte mit einem Hieb die Bilder vom Kaminsims. Sie benutzte den Schläger wie eine Axt, ließ ihn mehrmals auf den schweren georgianischen Schreibtisch niedergehen, dass das Holz nur so splitterte, und schwang ihn dann wieder seitwärts durch die Luft. So machte sie weiter, bis ihre Arme schmerzten, ihr Körper in Schweiß gebadet war und ihr Atem in kurzen, heftigen Stößen ging. Schließlich, als nichts mehr heil war, stand sie in der Mitte des Raumes, zerbrochenes Glas knirschte unter ihren Schuhen, und sie strich sich eine feuchte Haarsträhne aus der Stirn. Sie betrachtete ihr Werk. *Die reizende Mrs. Stirling, die gutmütige Mrs. Stirling. Ausgeglichen, ruhig, beherrscht. Ihr Feuer gelöscht.*

Jennifer Stirling ließ den verbogenen Schläger fallen. Dann wischte sie sich die Hände am Rock ab, zog eine kleine Glasscherbe heraus, die sie ordentlich auf den Boden warf, verließ den Raum und schloss die Tür hinter sich.

Mrs. Cordoza saß mit Esmé in der Küche, als Jennifer verkündete, sie würden noch einmal nach draußen gehen. «Will die Kleine denn nichts essen? Sie wird Hunger haben.»

«Ich will nicht raus», jammerte Esmé.

«Es dauert nicht lange, Schatz», sagte Jennifer kühl. «Mrs. Cordoza, Sie können den Rest des Tages freinehmen.»

«Aber ich –»

«Wirklich. Es ist am besten so.»

Sie nahm ihre Tochter auf den Arm, den Koffer, den sie gerade gepackt hatte, in die Hand und griff nach der braunen Papiertüte mit den Süßigkeiten, ohne sich um die Verwirrung der Haushälterin zu kümmern. Dann war sie vor der Tür, ging die Stufen hinunter und rief ein Taxi.

Sie erblickte ihn schon beim Öffnen der Flügeltür. Er stand vor seinem Büro und sprach mit einer jungen Frau. Sie vernahm einen Gruß und ihre eigene überlegte Antwort darauf und war ein wenig überrascht, dass sie noch zu einem so gewöhnlichen Austausch von Höflichkeiten fähig war.

«Bist du aber groß geworden!»

Jennifer schaute auf ihre Tochter hinab, die mit ihrer Perlenkette spielte, dann auf die Frau, die gesprochen hatte. «Sie sind Sandra, nicht wahr?», fragte sie.

«Ja, Mrs. Stirling.»

«Würde es Ihnen etwas ausmachen, Esmé ein bisschen auf Ihrer Schreibmaschine tippen zu lassen, während ich kurz mit meinem Mann spreche?»

Esmé war begeistert von all der Aufmerksamkeit, mit der die Frauen sie sofort überschütteten – offensichtlich waren sie froh, eine Ablenkung von der Arbeit zu haben. Jennifer strich sich die Haare aus dem Gesicht und ging zu seinem Büro. Sie betrat das Vorzimmer, in dem er stand.

«Jennifer», er zog eine Augenbraue hoch. «Ich habe nicht mit dir gerechnet.

«Hast du kurz Zeit?», fragte sie.

«Ich muss um fünf Uhr weg.»

«So lange wird es nicht dauern.»

Er begleitete sie in sein Büro, schloss die Tür hinter ihnen und bedeutete ihr, sich auf den Stuhl zu setzen. Er schien etwas gereizt, als sie sich weigerte, und sank schwer in seinen Ledersessel. «Und?»

«Was habe ich getan, dass du mich so sehr hasst?»

«Wie bitte?»

«Ich weiß von dem Brief.»

«Von welchem Brief?»

«Den du vor vier Jahren aus meinem Postfach hast holen lassen.»

«Ach, der», sagte er wegwerfend. Er setzte eine Miene auf, als hätte sie ihn an eine Besorgung erinnert, die er vergessen hatte.

«Du hast es gewusst, und du hast mich glauben lassen, er sei tot. Du hast mich glauben lassen, ich sei dafür *verantwortlich.*»

«Ich bin ja selbst davon ausgegangen, dass er tot ist. Und das alles ist doch längst Geschichte. Ich sehe keinen Grund, es wieder ans Tageslicht zu zerren.» Er beugte sich vor und zog eine Zigarre aus der silbernen Schatulle auf seinem Schreibtisch.

Einen Moment lang dachte sie an die verbeulte gravierte Zigarrenkiste in seinem Arbeitszimmer, auf der nun Glasscherben glitzerten. «Der Punkt ist, Laurence, dass du mich Tag für Tag bestraft und zudem noch zugelassen hast, dass ich mich selbst bestrafe. Was habe ich getan, womit habe ich das verdient?»

Er warf ein Streichholz in den Aschenbecher. «Du weißt sehr wohl, was du getan hast.»

«Du hast mich in dem Glauben gelassen, ich hätte ihn *getötet*.»

«Was du geglaubt hast, ist doch nicht meine Sache. Jedenfalls ist es Geschichte, wie gesagt. Ich sehe wirklich nicht, warum –»

«Es ist eben nicht Geschichte. Weil er wieder da ist.»

Das ließ ihn aufhorchen. Sie hatte die leise Ahnung, dass seine Sekretärin draußen an der Tür lauschte, also sprach sie mit gesenkter Stimme. «Ganz recht. Und ich verlasse dich, um zu ihm zu gehen, und Esmé kommt natürlich mit.»

«Sei nicht albern.»

«Das ist mein Ernst.»

«Jennifer, kein Gericht im ganzen Land würde ein Kind bei einer Ehebrecherin lassen – bei einer Mutter, die nicht ohne eine ganze Ladung Tabletten über den Tag kommt. Mr. Hargreaves wird bezeugen, welche Mengen du einnimmst.»

«Sie sind nicht mehr da. Ich habe sie fortgeworfen.»

«Ach ja?» Er schaute prüfend auf seine Armbanduhr. «Herzlichen Glückwunsch, du hast es ganze vierundzwanzig Stunden ohne pharmazeutische Hilfe geschafft. Ich bin mir sicher, die Richter würden das bewundernswert finden.» Er lachte, zufrieden mit seiner Schlagfertigkeit.

«Meinst du, sie würden auch die Akte über die Lungenkrankheiten bewundernswert finden?»

Sein Gesicht wurde plötzlich starr, der Blick unsicher.

«Was?»

«Deine ehemalige Sekretärin hat mir die Akte gegeben. Ich habe den Namen jedes einzelnen deiner Angestellten, die in den vergangenen zehn Jahren erkrankt und gestorben sind.

Woran noch mal?» Sie sprach das Wort vorsichtig aus: «*Pleu-ra-me-so-the-liom.*»

Die Farbe wich so rasch aus seinem Gesicht, dass Jennifer schon Angst hatte, er könnte ohnmächtig werden. Er stand auf und ging an ihr vorbei zur Tür, öffnete sie, sah hinaus und schloss sie wieder. «Wovon redest du da?»

«Ich habe alle Informationen, Laurence. Ich habe sogar die Bankbelege für das Geld, das du ihnen gegeben hast.»

Er riss eine Schublade auf und durchwühlte sie. Als er sich aufrichtete, wirkte er erschüttert. Er kam einen Schritt auf sie zu, und sie war gezwungen, ihn direkt anzuschauen. «Wenn du mich ruinierst, Jennifer, ruinierst du dich selbst.»

«Meinst du wirklich, das macht mir etwas aus?»

«Ich werde mich nie von dir scheiden lassen.»

«Gut», sagte sie, ihre Entschlossenheit durch sein Unbehagen gestärkt. «So wird es laufen: Esmé und ich werden in deine Nähe ziehen, und du kannst sie besuchen. Wir beide werden nur dem Namen nach Mann und Frau sein. Du wirst mir eine vernünftige Unterhaltssumme zahlen, und als Gegenleistung dafür werde ich dafür sorgen, dass diese Papiere nie an die Öffentlichkeit gelangen.»

«Willst du mich erpressen?»

«Oh, ich bin viel zu begriffsstutzig, um so etwas zu tun, Laurence, wie du mir im Laufe der Jahre unzählige Male zu verstehen gegeben hast. Nein, ich sage dir nur, wie mein Leben ablaufen wird. Du kannst deine Geliebte behalten, dein Haus, dein Vermögen und … deinen *Ruf*. Keiner deiner Geschäftskollegen muss es erfahren. Aber ich werde nie wieder einen Fuß in dasselbe Haus setzen wie du.»

Ihm war offensichtlich nicht klar gewesen, dass sie von der Geliebten wusste. Ohnmächtige Wut spiegelte sich in seinen Gesichtszügen wider, vermischt mit wilder Angst. Dann versuchte er, ein versöhnliches Lächeln aufzusetzen. «Jennifer, du bist aufgebracht. Dass dieser Kerl wieder aufgetaucht ist, muss ein Schock gewesen sein. Geh nach Hause, und wir sprechen dort darüber, ja?»

«Ich habe die Unterlagen bei jemandem hinterlegt. Sollte mir etwas zustoßen, hat er seine Anweisungen.»

Noch nie hatte er sie so hasserfüllt angesehen. Sie packte ihre Handtasche fester.

«Du bist eine Hure», sagte er.

«Du hast mich dazu gemacht», sagte sie ruhig. «Denn aus Liebe bin ich sicher nicht bei dir geblieben.»

Es klopfte, und seine neue Sekretärin kam herein. Die Art und Weise, wie die beiden einander anblickten, sprach Bände. Dadurch wurde Jennifers Mut gestärkt. «Das ist alles, was ich dir zu sagen hatte. Ich gehe jetzt, Liebling», sagte sie. Jennifer trat zu ihm und küsste ihn auf die Wange. «Ich melde mich. Auf Wiedersehen, Miss …» Sie wartete.

«Driscoll», antwortete die junge Frau.

«Driscoll.» Sie schenkte ihr ein Lächeln. «Natürlich.»

Jennifer ging an ihr vorbei, holte ihre Tochter, öffnete mit wild pochendem Herzen die Flügeltür und rechnete schon fast damit, seine Stimme, seine Schritte hinter sich zu hören. Sie ging eilig die Treppe hinunter zum Taxi, das noch immer draußen wartete.

«Wohin fahren wir?», wollte Esmé wissen, als Jennifer sie auf den Sitz neben sich hob. Sie machte sich gerade über eine Handvoll Süßigkeiten her, die sie bei den Sekretärinnen ergattert hatte.

Jennifer beugte sich vor, öffnete das kleine Fenster zum Fahrer und erhob die Stimme, um den Verkehrslärm zu übertönen. Sie fühlte sich plötzlich leicht und siegestrunken. «Zum Regent Hotel, bitte. So schnell Sie können.»

Wenn sie später auf diese zwanzigminütige Fahrt zurückblickte, erinnerte sie sich daran, dass sie die überfüllten Straßen und die bunten Schaufenster mit den Augen einer Touristin betrachtet hatte, einer Auslandskorrespondentin, eines Menschen, der alles zum ersten Mal sah. Sie bemerkte nur wenige Details, nahm die Stimmung in sich auf, weil sie wusste, dass sie sie vielleicht nie wieder so erleben würde. Ihr Leben, wie sie es gekannt hatte, war vorbei, und am liebsten hätte sie vor Freude gesungen.

So verabschiedete sich Jennifer Stirling von ihrem früheren Leben, von den Tagen, an denen sie durch diese Straßen gegangen war, beladen mit Einkaufstüten, in denen Dinge steckten, die ihr, wenn sie nach Hause kam, bereits nichts mehr bedeuteten. Hier, in der Nähe der Marylebone Road, hatte sich ihr jeden Tag die Kehle zugeschnürt, sobald sie sich dem Haus näherte, das für sie kein Zuhause mehr war, sondern eine Stätte der Buße.

Da war der kleine Platz, an dem ihr stilles Haus stand, eine Welt, in der sie nichts sagen, nichts tun konnte, ohne sich der Kritik eines Mann auszusetzen, den sie so unglücklich gemacht hatte, dass er sie nur noch bestrafen wollte – mit Schweigen, mit Geringschätzung. Es herrschte in diesem Haus eine Atmosphäre, in der ihr immer nur kalt war, selbst im Hochsommer.

Ein Kind konnte davor schützen, aber nur bis zu einem gewissen Punkt. Und auch wenn die Menschen um sie herum sie für das verachten würden, was sie tat, konnte sie ihrer Tochter damit zeigen, dass es mehr als eine Art zu leben gab. Es gab auch noch ein Leben, in dem man sich nicht betäuben musste, sich nicht immer dafür entschuldigen musste, wer man war.

Sie sah das Fenster, hinter dem früher immer die Prostituierten gesessen hatten; die Mädchen waren verschwunden. Ich hoffe, ihr habt jetzt ein besseres Leben, dachte sie. Ich hoffe, ihr seid frei von dem, was euch dort festhielt. Jeder hat diese Chance verdient.

Esmé aß noch immer ihre Süßigkeiten und sah aus dem Fenster. Jennifer legte den Arm um das kleine Mädchen und zog es zu sich heran. «Mami, wohin fahren wir?»

«Wir treffen einen Freund, und dann erleben wir ein Abenteuer, mein Schatz», erwiderte sie, plötzlich aufgeregt. Sie hatte nichts, dachte sie. *Nichts.*

«Ein Abenteuer?»

«Ja. Ein Abenteuer, das schon vor langer Zeit hätte stattfinden sollen.»

Die Story über die Abrüstungsverhandlungen auf Seite vier taugte nicht als Aufmacher. Das dachte Don Franklin, während sein Stellvertreter Alternativvorschläge vor ihm ausbreitete. Er wünschte, seine Frau hätte keine rohen Zwiebeln auf sein Leberwurstbrot gelegt. Davon bekam er immer Blähungen. «Wenn wir die Zahnpastawerbung hierhin schieben, könnten wir den freien Platz mit dem Artikel über den tanzenden Priester füllen», schlug der Stellvertreter vor.

«Ich mag diese Story nicht.»

«Was ist mit der Theaterkritik?»

«Schon auf Seite achtzehn.»

«Achtung, Chef. Ärger im Anmarsch.»

Franklin rieb sich den Bauch und sah auf. Eine Frau eilte durch die Zeitungsredaktion. Sie trug einen kurzen schwarzen Trenchcoat und hatte ein blondes Kind an der Hand. Der Anblick eines kleinen Mädchens in der Redaktion erfüllte Don mit Unbehagen. Es war, als würde man einen Soldaten im Petticoat sehen. Verkehrte Welt. Die Frau blieb bei Cheryl stehen und fragte etwas, und Cheryl deutete auf ihn.

Er hatte den Bleistift in den Mundwinkel geklemmt, als sie

näher kam. «Tut mir leid, wenn ich Sie störe, aber ich muss mit Anthony O'Hare sprechen», sagte sie.

«Und Sie sind?»

«Jennifer Stirling. Ich bin eine Freundin von ihm. Ich komme gerade aus seinem Hotel, aber dort hieß es, er sei abgereist.» Ihr Blick war besorgt.

«Sie haben vor zwei Tagen einen Brief für ihn abgegeben», sagte Cheryl.

«Ja», erwiderte die Frau, «das habe ich.»

Er bemerkte die Art, wie Cheryl die Frau von Kopf bis Fuß musterte. Das Kind hatte einen Lutscher im Mund, der eine klebrige Spur am Ärmel der Mutter hinterlassen hatte. «Er ist unterwegs nach Afrika», sagte er.

«Was?»

«Afrika.»

Sie wurde vollkommen still, das Kind ebenso. «Nein.» Ihre Stimme brach. «Das kann nicht sein. Er hatte sich noch nicht einmal entschieden, ob er dorthin wollte.»

Don nahm den Bleistift aus dem Mund und zuckte mit den Schultern. «Er ist gestern abgereist, hat den ersten Flug genommen. Er wird die nächsten Tagen unterwegs sein.»

«Aber ich muss mit ihm sprechen.»

«Es gibt keine Möglichkeit, ihn zu erreichen.» Er fühlte, dass Cheryl ihn beobachtete. Zwei andere Sekretärinnen tuschelten miteinander.

Die Frau war blass geworden. «Aber man muss doch Kontakt mit ihm aufnehmen können? Er kann noch nicht lange fort sein.»

«Das ist der Kongo. Dort gibt es keine Telefone. Er wird telegraphieren, wenn er die Möglichkeit hat.»

«Kongo? Aber warum um alles in der Welt ist er so plötzlich aufgebrochen?» Ihre Stimme war nur noch ein Flüstern.

«Wer weiß?» Er sah sie direkt an. «Vielleicht wollte er weg.» Er war sich bewusst, dass Cheryl sich Zeit ließ und nur so tat, als müsste sie einen Stapel Unterlagen sortieren.

Die Frau konnte anscheinend keinen klaren Gedanken mehr fassen. Sie schlug die Hand vors Gesicht, und einen furchtbaren Moment lang dachte er, sie würde anfangen zu weinen. Es gab nur eine Sache, die noch schlimmer war als ein Kind in der Redaktion, und das war eine weinende Frau mit einem Kind in der Redaktion.

Sie holte tief Luft und fing sich wieder. «Wenn Sie mit ihm sprechen, würden Sie ihn bitten, mich anzurufen?» Sie griff in ihre Handtasche und zog eine Akte mit Dokumenten heraus, dann ein paar zerknitterte Briefumschläge. Sie zögerte und schob die Umschläge dann in die Akte. «Und geben Sie ihm das hier. Er wird wissen, was es zu bedeuten hat.» Sie kritzelte eine Nachricht, riss das Blatt aus ihrem Kalender, schob es unter den Deckel und legte die Akte vor ihn auf den Schreibtisch.

«Klar.»

Sie fasste ihn am Arm. Am Finger trug sie einen Diamanten von der Größe des Koh-i-Noor. «Sie sorgen dafür, dass er das bekommt? Es ist wirklich wichtig.»

«Verstehe. Und wenn Sie mich jetzt bitte entschuldigen wollen, ich muss weitermachen. Zu dieser Tageszeit haben wir hier am meisten zu tun. Wir haben Deadlines einzuhalten.»

«Es tut mir leid. Bitte, sorgen Sie nur dafür, dass er das bekommt. Bitte.»

Don nickte.

Sie wartete, den Blick unverwandt auf sein Gesicht gerichtet, vielleicht um sich zu vergewissern, ob er es ernst meinte. Dann schaute sie sich noch ein letztes Mal im Büro um, als wollte sie nachprüfen, ob O'Hare wirklich nicht da war, und nahm dann ihre Tochter an die Hand. «Entschuldigen Sie, wenn ich Sie gestört habe.»

Sie wirkte etwas kleiner als beim Hereinkommen, während sie langsam auf die Tür zuging. Diejenigen, die um den Schreibtisch versammelt waren, schauten ihr nach.

«Kongo», sagte Cheryl kurz darauf.

«Ich muss die Seite vier fertig kriegen.» Don starrte wie gebannt auf den Schreibtisch. «Lass uns den tanzenden Priester nehmen.»

Fast drei Wochen später dachte jemand daran, den Schreibtisch aufzuräumen. Unter alten Korrekturfahnen und dunklem Durchschlagpapier lag eine schäbige Akte.

«Wer ist B?» Dora, die Aushilfssekretärin, schlug sie auf. «Ist das etwas für Bentinck? Ist der nicht vor zwei Monaten gegangen?»

Cheryl, die gerade telefonierte, zuckte mit den Schultern, ohne sich umzudrehen, und legte ihre Hand über die Sprechmuschel. «Wenn du nicht feststellen kannst, wem das gehört, schick es ins Archiv. Da gebe ich alles hin, was niemandem zu gehören scheint. Dann kann Don dir nichts anhaben.» Sie überlegte einen Augenblick. «Na ja, doch. Aber nicht, weil du etwas falsch abgelegt hast.»

Die Akte landete auf dem für das Archiv bestimmten Rollwagen und später im tiefsten Inneren des Zeitungsgebäudes.

Fast vierzig Jahre sollte sie nicht wieder auftauchen.

Teil drei

Es ist aus.

Mann an Frau, per SMS

KAPITEL 16

2003

Dienstag, Red Lion? Okay? John x

Sie hat zwanzig Minuten gewartet, und als er endlich kommt, nur Ausflüchte und Entschuldigungen. Ein Radiointerview habe länger gedauert als erwartet. Er sei einem Toningenieur über den Weg gelaufen, den er aus Studienzeiten kannte. Es wäre unhöflich gewesen, ihn stehenzulassen.

Aber mich in einem Pub sitzenzulassen ist nicht unhöflich, denkt sie, doch sie will die Stimmung nicht verderben und lächelt.

«Du siehst wunderbar aus», sagt er und berührt ihre Wange. «Warst du beim Friseur?»

«Nein.»

«Ah. Dann ist es einfach nur deine natürliche Schönheit.» Und augenblicklich ist seine Verspätung vergessen.

Er trägt ein dunkelblaues Hemd, dazu ein khakifarbenes Jackett; sie hat ihn einmal damit aufgezogen, das sei die Uniform der Schriftsteller. Schlicht, dezent, teuer. Wenn sie an ihn denkt, dann sieht sie ihn in diesem Aufzug vor sich. «Wie war Dublin?»

«Hektisch. Stressig.» Er nimmt seinen Schal ab. «Ich habe diese neue PR-Frau, Ros, sie hält es anscheinend für ihre Pflicht, mir auch noch die letzten fünfzehn Minuten mit Interviews vollzupacken. Sie hat mir sogar Toilettenpausen zugeteilt.»

Sie lacht.

«Was trinkst du?» Er winkt einen Kellner herbei, nachdem er ihr leeres Glas gesehen hat.

«Weißwein.» Sie wollte eigentlich nichts mehr trinken: Sie hat sich vorgenommen, ihren Alkoholkonsum etwas einzuschränken, aber jetzt ist er hier, und in ihrem Magen hat sich ein Knoten gebildet, den nur Alkohol lösen kann.

Er erzählt weiter von seiner Reise, den verkauften Büchern, wie sich das Dubliner Hafenviertel verändert hat. Sie betrachtet ihn dabei. Sie hat irgendwo gelesen, dass man nur in den ersten fünf Minuten, nachdem man jemanden kennengelernt hat, in der Lage ist zu sehen, wie er wirklich aussieht. Danach wird man dadurch beeinflusst, was man von dem anderen denkt. Das tröstet sie, wenn sie morgens mit aufgedunsenem Gesicht aufwacht, weil sie zu viel getrunken hat, oder mit verquollenen Augen von zu wenig Schlaf. Für mich wirst du immer gut aussehen, sagt sie ihm in Gedanken.

«Du arbeitest heute also nicht?»

«Ich habe frei. Letzten Sonntag habe ich gearbeitet, weißt du noch? Aber ich werde trotzdem noch im Büro vorbeischauen.»

«Woran schreibst du gerade?»

«Oh, an nichts Aufregendem. Ich habe einen Brief gefunden und möchte im Archiv schauen, ob es noch mehr davon gibt.»

«Einen Brief?»

«Ja.»

Er zieht eine Augenbraue hoch.

«Da gibt es eigentlich nicht wirklich groß was zu erzählen.» Sie zuckt mit den Schultern. «Er ist alt. Von 1960.» Sie weiß nicht, warum sie so verhalten ist, aber sie will ihm den gefühlvollen Brief nicht zeigen. Er könnte denken, sie wolle ihm damit etwas sagen.

«Die gesellschaftlichen Einschränkungen waren damals so viel größer. Ich lasse meine Romane gern in dieser Zeit spielen. Sie ist so voller Konflikte.»

«Konflikte?»

«Zwischen dem, was wir wollen, und dem, was wir dürfen.»

Sie schaut auf ihre Hände. «Ja. Damit kenne ich mich aus.»

«All diese strengen Verhaltensregeln … Das Gefühl, Grenzen auszutesten.»

«Erzähl mir mehr darüber.» Sie begegnet seinem Blick.

«Oh nein», murmelt er grinsend. «Nicht in einem Restaurant. Böses Mädchen.»

Die Macht der Worte. Sie kriegt ihn jedes Mal.

Sie spürt den Druck seines Beines an ihrem. Später werden sie in ihre Wohnung gehen, und sie wird ihn mindestens eine Stunde lang für sich haben. Es ist nicht genug, das ist es nie, aber bei dem Gedanken daran wird ihr warm.

«Möchtest du … immer noch essen?», fragt sie langsam.

«Das hängt davon ab …»

Sie verschlingen sich gegenseitig mit den Augen. Für sie gibt es in der Bar nichts außer ihm.

«Oh, bevor ich es vergesse, ich werde ab dem Siebzehnten unterwegs sein.»

«Wieder eine Lesereise?» Unter dem Tisch schließen sich seine Beine um ihre. Sie kann sich nur mit Mühe darauf konzentrieren, was sie sagen will. «Dein Verlag hält dich wirklich auf Trab.»

«Nein», erwidert er beiläufig. «Urlaub.»

Kurze Pause. Und dann: Schmerz, wie ein Schlag in die Magengrube. Immer dorthin, wo es besonders weh tut.

«Schön für dich.» Sie zieht die Beine zurück. «Wohin geht es denn?»

«Barbados.»

«*Barbados.*» Sie kann ihre Überraschung nicht verbergen. Barbados. Nicht Zelturlaub in der Bretagne. Kein Ferienhaus im verregneten Devon. Barbados klingt nicht nach anstrengendem Familienurlaub. Eher nach Luxus, weißem Sand, einer Frau im Bikini. Barbados klingt, als würden sie sich etwas gönnen, es klingt nach einer Ehe, die beiden noch etwas wert ist. Es klingt nach Sex.

«Vermutlich wird es kein Internet geben, und telefonieren wird schwierig. Nur damit du Bescheid weißt.»

«Funkstille.»

«So etwas in der Art.»

Sie hat keine Ahnung, was sie sagen soll. Insgeheim ist sie wütend auf ihn, während ihr Verstand sagt, dass sie kein Recht dazu hat. Hat er ihr je etwas anderes versprochen?

«Aber mit kleinen Kindern gibt es eigentlich keinen Urlaub», sagt er und trinkt einen Schluck. «Nur Ortswechsel.»

«Ach ja?»

«Du hast ja keine Ahnung, wie viel Zeug man mitschleppen muss. Den verdammten Kinderwagen, Hochstühle, Windeln …»

«Du hast recht, davon habe ich keine Ahnung.»

Sie schweigen, bis der Wein kommt. Er schenkt ihr ein Glas ein. Das Schweigen zieht sich in die Länge, wird überwältigend, katastrophal.

«Ich kann nichts daran ändern, dass ich verheiratet bin, Ellie», sagt er schließlich. «Es tut mir leid, wenn es dich verletzt, aber ich kann unmöglich den Urlaub absagen, nur weil …»

«… es mich eifersüchtig macht», beendet sie seinen Satz. Sie findet, es klingt abscheulich. Hasst sich selbst dafür, wie ein schmollender Teenager dazusitzen. Aber sie muss die Bedeutung von Barbados erst noch verarbeiten. Zwei Wochen lang wird sie versuchen, sich nicht vorzustellen, wie er mit seiner Frau schläft.

An dieser Stelle sollte ich gehen, denkt sie und hebt ihr Glas. Das ist der Punkt, an dem jeder vernünftige Mensch seine restliche Selbstachtung zusammenraffen und verkünden würde, er habe Besseres verdient, um sich dann jemanden zu suchen, der ganz für ihn da ist und ihm quälend einsame Abende erspart.

«Möchtest du noch immer, dass ich mit zu dir komme?»

Er betrachtet sie eingehend, sein ganzes Gesicht eine einzige Entschuldigung. Er weiß, was er ihr antut, und es tut ihm leid. Dieser Mann. Dieses Minenfeld. «Ja», sagt sie.

In Zeitungsredaktionen gibt es eine Hierarchie, und Archivare rangieren darin ziemlich weit unten. Nicht ganz so weit wie die Kantinenbelegschaft oder die Wachleute, aber eben längst nicht auf einer Stufe mit den Kolumnisten, Redakteuren und Reportern, die das Gesicht der Zeitung darstellen. Archivare gehören zum Hilfspersonal, unsichtbar, unterschätzt, und müssen nach der Pfeife der Wichtigeren tanzen. Aber anscheinend hat das niemand dem Mann im langärmeligen T-Shirt erklärt. «Wir nehmen heute keine Anfragen entgegen.» Er zeigt auf ein handgeschriebenes Schild.

> *Sorry – bis Montag kein Zugang zum Archiv. Die meisten Anfragen können online beantwortet werden – bitte erst das versuchen, und im Notfall: Durchwal 3223.*

Als sie wieder aufschaut, ist er fort.

Sie könnte jetzt beleidigt sein, aber sie denkt noch an John, wie er den Kopf geschüttelt hat, als er vor einer Stunde sein

Hemd wieder anzog. «Wow», meinte er und steckte sich das Hemd in den Hosenbund. «Wütenden Sex hatte ich noch nie.»

«Mach dich nicht darüber lustig», erwiderte sie lachend, für einen Augenblick unbeschwert. Sie lag auf der Bettdecke und schaute durch das Oberlicht auf die grauen Oktoberwolken. «Immerhin besser als wütend und keinen Sex.»

«Mir hat es gefallen.» Er beugte sich zu ihr hinunter und küsste sie. «Mir gefällt der Gedanke, dass du mich benutzt. Als reines Mittel zum Zweck deiner Lust.»

Darauf warf sie ein Kissen nach ihm. Seine Züge waren sanfter als sonst. Ein Teil von ihm war noch bei ihr, bei der Erinnerung, was gerade zwischen ihnen passiert war. *Er gehörte ihr.*

«Meinst du, es wäre leichter, wenn der Sex nicht so gut wäre?», fragte sie.

«Ja. Und nein.»

Weil du nicht hier wärst, wenn es den Sex nicht gäbe?

Sie richtete sich auf, fühlte sich plötzlich unwohl. «Ach ja, richtig», erwiderte sie schroff. Sie küsste ihn auf die Wange und dann, als Zugabe, auf sein Ohr. «Ich muss ins Büro. Schließ die Tür, wenn du rausgehst.» Dann ging sie ins Bad.

Sie war sich seiner Überraschung bewusst, als sie die Tür hinter sich zumachte und das kalte Wasser aufdrehte, das lärmend in den Ausguss schoss. Sie hockte auf dem Rand der Wanne und lauschte, wie er durch das Wohnzimmer ging, vielleicht um seine Schuhe zu holen, dann stand er vor der Badezimmertür.

«Ellie? Ellie?»

Sie reagierte nicht.

«Ellie, ich bin dann weg.»

Sie wartete.

«Ich melde mich bald, Süße.» Er klopfte zwei Mal an die Tür und ging.

Nachdem die Wohnungstür ins Schloss gefallen war, saß sie noch fast zehn Minuten dort.

Der Mann taucht wieder auf, als sie schon gehen will. Er trägt zwei schwankende Kartons mit Ordnern, stößt mit seinem Po eine Tür auf und will wieder verschwinden. «Immer noch da?»

«Sie haben ‹Durchwahl› falsch geschrieben.» Sie deutet auf das Schild.

Er wirft einen Blick darauf. «Man bekommt heutzutage einfach kein anständiges Personal, nicht wahr?» Er dreht sich zur Tür um.

«Gehen Sie nicht! Bitte!» Sie beugt sich über den Empfangstresen und schwenkt die Akte, die sie von ihm bekommen hat. «Ich muss einen Blick in ein paar Zeitungen von 1960 werfen. Und ich wollte Sie etwas fragen. Können Sie sich daran erinnern, wo Sie die hier gefunden haben?»

«Nicht genau. Warum?»

«Ich … habe darin etwas entdeckt. Einen Brief. Ich dachte, dass ich vielleicht einen Artikel daraus mache.»

Er schüttelt den Kopf. «Tut mir leid – wir sind mit dem Umzug vollauf beschäftigt.»

«Bitte, bitte, bitte! Ich muss übers Wochenende etwas zusammenstellen. Ich weiß, Sie haben viel zu tun, aber Sie sollen es mir ja auch nur zeigen. Den Rest mache ich schon.»

Seine Haare sind strubbelig, und sein langärmeliges T-Shirt ist mit Staub bedeckt. Ein merkwürdiger Archivar – er sieht aus, als sollte er eher auf Büchern surfen, statt sie zu stapeln.

Er lässt den Karton auf den Tresen fallen. «Okay. Was für ein Brief?»

«Dieser hier.» Sie zieht den Umschlag aus der Tasche.

«Kaum Hinweise», sagt er mit einem Blick darauf. «Ein Postfach und ein Anfangsbuchstabe.»

Er ist kurz angebunden. Sie hätte sich den Hinweis auf den Rechtschreibfehler verkneifen sollen. «Ich weiß. Ich dachte nur, falls im Archiv noch weitere Briefe sind, könnte ich –»

«Ich habe keine Zeit, um –»

«Lesen Sie ihn», drängt sie. «Los. Lesen Sie ihn einfach …» Sie verstummt, als ihr einfällt, dass sie seinen Namen nicht kennt. Sie arbeitet seit zwei Jahren hier und kennt keinen einzigen Archivar mit Namen.

«Rory.»

«Ich bin Ellie.»

«Ich weiß, wer du bist.»

Sie zieht die Augenbrauen hoch.

«Wir hier unten wissen gern, welches Gesicht hinter welchem Artikel steckt. Ob du es glaubst oder nicht, auch wir unterhalten uns miteinander.» Er schaut auf den Briefumschlag. «Ich habe ziemlich viel zu tun – und Privatkorrespondenz wird normalerweise nicht aufgehoben. Ich weiß nicht einmal, wie der hier unten gelandet ist.» Er gibt ihn ihr zurück und schaut ihr in die Augen.

«Zwei Minuten.» Sie hält ihm den Umschlag wieder hin. «Bitte, Rory.»

Er nimmt ihn, zieht den Brief heraus und beginnt zögernd zu lesen. Als er fertig ist, schaut er zu ihr auf.

«Jetzt behaupte nicht, dass dich das nicht interessiert.»

Er zuckt mit den Schultern.

«Es interessiert dich.» Sie grinst. «Du bist auch neugierig.»

Er klappt den Empfangstresen hoch und winkt sie mit resigniertem Gesichtsausdruck durch. «In zehn Minuten bin ich mit deinen Zeitungen zurück. Das lose Zeug habe ich schon in Müllbeutel getan, um es wegzuschmeißen, aber komm mal mit. Du kannst alles durchsehen, vielleicht findest du ja, was du suchst. Nur sag es nicht meinem Chef. Und rechne nicht damit, dass ich dir helfe.»

Drei Stunden verbringt sie im Archiv. Sie vergisst den Zeitungsstapel von 1960, sitzt stattdessen in der Ecke des staubigen Kellers und nimmt kaum wahr, wie Männer Kartons mit Aufschriften wie *Wahl 67*, *Eisenbahnunglücke* oder *Juni–Juli 1982* an ihr vorbeitragen. Sie arbeitet sich durch die Müllsäcke, durchsucht stapelweise Papier, wird von Werbeanzeigen für Kaltwasserkuren, Stärkungsmittel und längst in Vergessenheit geratene Zigarettenmarken abgelenkt, und ihre Hände werden immer schwärzer. Sie hockt auf einer umgedrehten Kiste, häuft um sich herum Papier zu chaotischen Stapeln auf, sucht nach einem kleineren Format als A3, etwas Handschriftlichem. Sie ist derart vertieft, dass sie vergisst, auf ihr Handy zu schauen. Sie vergisst sogar beinahe die Stunde, die sie zu Hause mit John verbracht hat. Normalerweise hätte sie sich tagelang in ihre Vorstellung eingebrannt.

Über ihr poltert weiter das, was von der Redaktion noch übrig ist. Informationen werden verdaut und als Artikel wieder ausgespuckt, immer wieder wird alles umgestellt, ganze Artikel werden geschrieben und verworfen, je nach Nachrichtenlage. In den dunklen Fluren des Kellers ist sie so weit von all dem entfernt, dass sie auch auf einem anderen Kontinent sein könnte.

Kurz vor halb sechs taucht Rory mit zwei Plastikbechern Tee auf. Er reicht ihr einen, pustet in seinen eigenen und lehnt sich an einen leeren Aktenschrank. «Wie bist du vorangekommen?»

«Ich habe nichts gefunden. Außer jeder Menge Informationen über brandneue Stärkungsmittel und Kricketspiele zwischen obskuren Oxford-Colleges. Keine weiteren Liebesbriefe.»

«Es war auch sehr unwahrscheinlich.»

«Ich weiß. Ich hatte nur so eine …» Sie trinkt einen Schluck aus dem Becher. «Ich weiß nicht. Ich habe den Brief gelesen, und er hat mich nicht losgelassen. Ich wollte wissen, was passiert ist. Wie läuft der Umzug?»

Er setzt sich auf eine Kiste. Seine Hände sind voller Staub, und auf seiner Stirn ist ein schwarzer Streifen.

«Fast fertig. Nicht zu fassen, dass mein Boss das nicht den Fachleuten überlassen wollte.»

Der Archivleiter ist schon seit Ewigkeiten bei der Zeitung und besitzt die legendäre Fähigkeit, selbst anhand von äußerst vagen Beschreibungen genau zu bestimmen, in welcher Ausgabe sich ein gesuchter Artikel finden lässt.

«Und warum nicht?»

Rory seufzt. «Er war besorgt, dass sie etwas an die falsche Stelle bringen oder einen Karton verlieren könnten. Ich habe ihm immer wieder gesagt, dass am Ende ohnehin alles digital erfasst wird, aber du weißt ja, wie er ist …»

«Von wie vielen Zeitungsjahrgängen sprechen wir denn hier?»

«Ich glaube, es sind achtzig Jahrgänge von archivierten Zeitungsausgaben und ungefähr sechzig von einzelnen Ausschnitten. Und das Unheimliche ist, dass er bei jedem einzelnen Blatt weiß, wohin es gehört.»

Sie beginnt, einige Papiere zurück in die Müllsäcke zu stecken. «Vielleicht sollte ich ihm von diesem Brief erzählen. Er könnte mir wahrscheinlich sagen, wer ihn geschrieben hat.»

Rory verzieht das Gesicht. «Nur wenn du bereit bist, ihm den Brief zu überlassen. Er kann es nicht ertragen, etwas aus der Hand zu geben. Sachen, die weg sollen, müssen wir rausschmuggeln, nachdem er Feierabend hat. Ansonsten könnten wir noch ein paar Räume mehr füllen. Wenn er wüsste, dass ich dir die Akte gegeben habe, würde er mich wahrscheinlich feuern.»

«Dann werde ich es wohl nie erfahren», sagt sie theatralisch.

«Was?»

«Was mit den beiden Menschen passiert ist, deren Liebe unter einem schlechten Stern stand.»

Rory denkt darüber nach. «Sie hat Nein gesagt.»

«Du alter Romantiker.»

«Sie hatte zu viel zu verlieren.»

Sie legt den Kopf schief. «Woher willst du wissen, dass der Brief an eine Frau gerichtet war?»

«Frauen hatten damals keinen Job, oder?»

«Er stammt aus dem Jahr 1960. Nicht aus der Zeit der Suffragetten.»

«Gib mal her.» Er streckt eine Hand nach dem Brief aus. «Okay, vielleicht hatte sie einen Job. Aber da stand doch etwas über eine Zugfahrt. Es ist viel weniger wahrscheinlich, dass eine Frau für einen neuen Job umzieht.» Er liest den Brief noch einmal und zeigt auf die entsprechenden Zeilen. «Er bittet sie, ihm zu folgen. Eine Frau hätte einen Mann nicht gebeten, mit ihr zu kommen. Damals nicht.»

«Du hast ja sehr traditionelle Ansichten über Männer und Frauen.»

«Nein. Ich verbringe nur sehr viel Zeit hier, eingeschlossen in der Vergangenheit.» Er deutet auf seine Umgebung. «Und es war eine ganz andere Welt damals.»

«Vielleicht war er ja gar nicht an eine Frau gerichtet», sagt sie. «Vielleicht an einen anderen Mann.»

«Unwahrscheinlich. Homosexualität stand damals noch unter Strafe. Dann müsste es Hinweise auf Heimlichkeiten oder so etwas gegeben.»

«Aber die gibt es doch.»

«Es ist bloß eine Affäre», sagt er. «Ganz klar.»

«Und da sprichst du wohl aus Erfahrung?»

«Ha! Ich doch nicht.» Er gibt ihr den Brief zurück und trinkt einen Schluck Tee.

Er hat lange, kräftige Finger. Arbeitshände, nicht die eines Archivars, denkt sie abwesend. Aber wie sehen die Hände eines Archivars überhaupt aus? «Du hast dich also nie auf jemanden eingelassen, der verheiratet war?» Sie wirft einen Blick auf seinen Ringfinger. «Oder bist *du* etwa verheiratet und hast nie eine Affäre gehabt?»

«Nein. Und nein. Ich hatte nie eine Affäre. Ich habe mein Leben gern unkompliziert.» Er deutet mit einem Kopfnicken auf den Brief, den sie wieder in ihre Handtasche steckt. «Solche Sachen enden nie gut.»

«Also muss Liebe, die nicht unkompliziert ist, deiner Meinung nach immer tragisch enden?» Sie merkt, wie defensiv sie klingt.

«Das habe ich nicht gesagt.»

«Doch. Außerdem hast du vorhin gemeint, sie hätte Nein gesagt.»

Er leert seinen Teebecher, zerdrückt ihn und wirft ihn in den Müllsack. «Wir sind in zehn Minuten fertig. Du schnappst dir am besten, was du haben willst. Zeig mir, was du noch nicht durchsehen konntest, und ich versuche, es zur Seite zu stellen.»

Als sie ihre Sachen einsammelt, sagt er: «Ich persönlich denke tatsächlich, dass sie wohl Nein gesagt hat.» Sein Gesichtsausdruck ist unergründlich. «Aber warum muss das denn der schlechteste Ausgang sein?»

Ich liebe dich in jedem Fall – selbst wenn es kein Ich und keine Liebe und nicht einmal ein Leben geben sollte – ich liebe dich.

Zelda an F. Scott Fitzgerald, per Brief

KAPITEL 17

Ellie Haworth lebt ihren Traum. Das sagt sie sich zumindest gerne, wenn sie nach zu viel Wein verkatert und mit einem Anflug von Melancholie aufwacht, in ihrer perfekten kleinen Wohnung, die niemand in ihrer Abwesenheit in Unordnung bringt. (Insgeheim wünscht sie sich eine Katze, hat jedoch Angst, zu sehr zu einem Klischee zu werden.) Sie hat einen Job als Journalistin bei einer der wichtigsten Zeitungen des Landes, beneidenswert unkompliziertes Haar, einen Körper, der im Grunde an den richtigen Stellen kurvig oder schlank ist, und ist hübsch genug, um Aufmerksamkeit auf sich zu lenken, wobei sie immer noch so tut, als wäre ihr das unangenehm. Sie hat eine scharfe Zunge – ihrer Mutter zufolge zu scharf –, ist schlagfertig, besitzt mehrere Kreditkarten und ein kleines Auto, mit dem sie ohne männliche Hilfe zurechtkommt. Wenn sie Menschen trifft, die sie aus der Schulzeit kennt, und von ihrem Leben erzählt, spürt sie Neid: Sie hat noch nicht das Alter erreicht, in dem es als persönliches Versagen betrachtet werden könnte, wenn man weder Mann noch Kinder hat. Lernt sie Männer kennen, merkt sie, dass sie insgeheim Ellies Eigenschaften abchecken – toller Job, gute Figur, Sinn für Humor –, so als wäre sie eine Siegestrophäe.

Wenn sie neuerdings das Gefühl hat, der Traum sei ein wenig verschwommen, der Biss, für den sie im Büro einmal berühmt war, sei ihr abhandengekommen, seit sie John kennt, und wenn sie das Gefühl hat, die Beziehung, die sie einmal so elektrisierend fand, würde sie allmählich verschlingen, auf eine Art und Weise, die gar nicht so beneidenswert ist, dann verdrängt sie diese Gedanken wieder. Das ist einfach, wenn man von seinesgleichen umgeben ist, von Journalisten und Schriftstellern, die viel trinken, feiern, schmutzige, desaströse Affären haben und daheim unglückliche Partner, die sich am Ende auch auf Affären einlassen, weil sie es leid sind, vernachlässigt zu werden. Sie ist eine von ihnen, lebt ein Leben wie in Hochglanzmagazinen, das Leben, das sie angestrebt hat, seit sie zum ersten Mal den Wunsch verspürte, Journalistin zu werden. Sie ist erfolgreich, alleinstehend, egoistisch. Ellie Haworth ist so glücklich, wie sie nur sein kann. Wie überhaupt jemand sein kann, wenn man es recht bedenkt.

Und niemand bekommt alles, sagt sich Ellie, wenn sie hin und wieder aufwacht und versucht, sich daran zu erinnern, wessen Traum es eigentlich ist, den sie da lebt.

«Herzlichen Glückwunsch zum Geburtstag, du alte Schachtel!» Corinne und Nicky winken und klopfen auf einen freien Platz, als sie in das Café stürmt. «Du bist zu spät! Wir sollten schon längst bei der Arbeit sein.»

«Tut mir leid, ich bin aufgehalten worden.»

Sie werfen sich einen Blick zu, und sie sieht ihnen an, dass sie vermuten, sie sei mit John zusammen gewesen. Sie wird ihnen nicht sagen, dass sie auf die Post gewartet hat. Sie wollte wissen, ob er ihr etwas geschickt hat. Jetzt kommt sie sich albern vor, dass sie ihre Freundinnen zwanzig Minuten hat warten lassen.

«Wie fühlt es sich an, uralt zu sein?» Nicky hat sich die Haare geschnitten. Sie sind noch immer blond, jetzt aber kurz und strubbelig. Sie sieht aus wie ein Engel. «Ich hab dir einen fettarmen Latte macchiato bestellt. Ich gehe davon aus, dass du ab jetzt auf dein Gewicht achten musst.»

«Zweiunddreißig ist ja wohl nicht uralt. Wenigstens rede ich mir das ein.»

«Ich habe Angst davor», sagt Corinne. «Einunddreißig klingt irgendwie so, als wäre man knapp über dreißig, also praktisch noch in den Zwanzigern. Zweiunddreißig dagegen ist verdammt nah an fünfunddreißig.»

«Und von fünfunddreißig ist es nur ein kleiner Schritt bis vierzig.» Nicky prüft ihre Frisur in dem Spiegel hinter der Sitzbank.

«Und euch dann auch noch einen schönen Geburtstag», sagt Ellie.

«Ach komm! Wir lieben dich auch noch, wenn du schrumpelig, alt und einsam bist und in hautfarbenen weiten Hosen herumläufst.» Sie stellen zwei Tüten auf den Tisch. «Hier sind deine Geschenke. Und nein, du kannst sie nicht umtauschen.»

Sie haben die perfekten Geschenke ausgewählt, wie nur langjährige Freundinnen es können. Corinne hat ihr Kaschmirsocken in Taubengrau gekauft, so weich, dass Ellie sie am liebsten auf der Stelle anziehen würde. Nicky hat ihr einen Gutschein für einen wahnsinnig teuren Kosmetiksalon geschenkt. «Der ist für eine Anti-Aging-Gesichtsbehandlung», sagt sie. «Es gab nur zwei Alternativen: das oder Botox.»

«Und wir wissen ja, was du von Injektionen hältst.»

Zuneigung und Dankbarkeit erfüllen sie. An so vielen Abenden haben sie darüber gesprochen, dass sie füreinander wie eine Familie sind, und über ihre Angst, die anderen könnten zuerst einen Partner finden und sie allein zurücklassen. Nicky hat jemanden kennengelernt, der überraschenderweise Potenzial zu haben scheint: Er ist verlässlich, nett und schafft es trotzdem, interessant für sie zu bleiben. Zehn Jahre lang hat Nicky alle Männer gemieden, die sie gut behandelt haben.

Corinne hat gerade nach einem Jahr eine Beziehung beendet. Sie mochte ihn, sagt sie, aber sie haben wie Bruder und Schwester gelebt, «und mit so etwas rechne ich frühestens, wenn ich verheiratet und mehrfache Mutter bin».

Sie sprechen nicht ernsthaft über die Angst, der Zug könnte für sie abgefahren sein, wovor ihre Tanten und Mütter sie so gern warnen. Sie ignorieren, dass die meisten ihrer männlichen Freunde mittlerweile Beziehungen mit Frauen haben, die fünf bis zehn Jahre jünger sind als Ellie und ihre Freundinnen. Sie machen Witze über das Älterwerden. Sie vereinbaren mit schwulen Freunden, «in zehn Jahren» Kinder mit ihnen zu bekommen, falls alle Beteiligten dann noch Single sind, obwohl keiner wirklich glaubt, dass dieser Fall eintreten wird.

«Was hast du von ihm bekommen?»

«Von wem?», fragt Ellie unschuldig.

«Mr. Bestseller. Oder war sein Geschenk der Grund für deine Verspätung?»

«Sie hat ihre Injektion schon bekommen.» Corinne bricht in lautes Gelächter aus.

«Ihr seid furchtbar.» Ellie schlürft ihren lauwarmen Kaffee. «Ich … ich habe ihn noch nicht gesehen.»

«Aber er geht doch heute mit dir aus?», fragt Nicky.

«Ich glaube schon», erwidert sie. Plötzlich ist sie wütend auf ihre Freundinnen, weil sie weiß, dass sie sie durchschauen. Sie ist wütend auf sich selbst, weil sie sich keine Ausrede für ihn ausgedacht hat. Wütend auf ihn, weil er eine braucht.

«Hast du überhaupt etwas von ihm gehört, El?»

«Nein, aber es ist ja auch erst halb neun … O Gott, ich muss um elf zur Redaktionskonferenz und habe keine einzige gute Idee.»

«Scheiß auf ihn.» Nicky beugt sich vor und umarmt sie. «Wir besorgen dir einen kleinen Geburtstagskuchen, nicht wahr, Corinne? Bleib hier, ich hole einen Muffin mit Glasur.»

In diesem Augenblick ertönt ihr Handy. Sie klappt es auf.

Herzlichen Glückwunsch zum Geburtstag, meine Schöne.
Geschenk kommt später. x

«Er?», fragt Corinne.

«Ja.» Sie lächelt. «Mein Geschenk kommt später.»

«So wie er», sagt Nicky, die mit dem Muffin wieder am Tisch Platz nimmt. «Wohin führt er dich denn aus?»

«Äh … das steht da nicht.»

«Zeig her.» Nicky schnappt sich das Handy. «Was zum Teufel soll das denn heißen?»

«Nicky …» Corinnes Stimme hat einen warnenden Unterton.

«‹Geschenk kommt später.› Das ist verdammt unverbindlich, finde ich.»

«Sie hat Geburtstag.»

«Genau. Und deshalb sollte sie nicht beschissene, nichtssagende SMS von irgendeinem halbgaren Freund bekommen. Ellie – Schätzchen – was *machst* du da bloß?»

Ellie ist wie erstarrt. Nicky hat das ungeschriebene Gesetz gebrochen: Sie kritisieren nicht gegenseitig ihre Beziehungen, egal wie falsch sie sind. Sie sind solidarisch, und wenn sie sich Sorgen machen, bringen sie das zum Ausdruck durch das, was sie *nicht* sagen. Niemals sagen sie Dinge wie: «Was *machst* du da bloß?»

«Es ist alles in Ordnung», sagt sie. «Wirklich.»

Nicky schaut sie an. «Du bist zweiunddreißig. Du hast seit fast einem Jahr eine Beziehung mit diesem Mann – liebst ihn –, du verdienst Besseres als eine mickrige SMS, die eventuell bedeutet, dass ihr euch in unbestimmter Zukunft vielleicht seht. Sollten Geliebte nicht wenigstens teure Unterwäsche bekommen? Gelegentlich ein verrücktes Wochenende in Paris?»

Corinne zuckt zusammen.

«Tut mir leid, Corinne, aber ausnahmsweise sag ich mal, wie es ist. Ellie, Schätzchen, ich hab dich fürchterlich gern. Aber ehrlich, was bringt dir das alles?»

Ellie blickt auf ihren Kaffee. Die Freude an ihrem Geburtstag ist verflogen. «Ich liebe ihn», sagt sie schlicht.

«Und liebt er dich?»

Plötzlich hasst sie Nicky.

«Weiß er, dass du ihn liebst? Kannst du es ihm überhaupt sagen?»

Sie schaut auf.

«Keine weiteren Fragen, Euer Ehren», sagt Nicky.

Im Café wird es still. Vielleicht kommt es Ellie auch nur so vor.

Corinne funkelt Nicky noch immer wütend an, doch die zuckt nur mit den Schultern und hebt den Muffin hoch. «Trotzdem herzlichen Glückwunsch! Möchte noch jemand einen Kaffee?»

Sie gleitet auf den Stuhl vor ihrem Computer. Auf dem Schreibtisch ist nichts davon zu bemerken, dass es ihr Geburtstag ist. Keine Notiz macht sie auf einen Blumenstrauß aufmerksam, der am Empfang auf sie wartet. Keine Pralinen, kein Champagner. Achtzehn E-Mails sind in ihrem Posteingang, die Junkmails nicht mitgerechnet. Ihre Mutter, die sich im vergangenen Jahr einen Computer gekauft hat und noch immer jeden Satz in einer Mail mit einem Ausrufezeichen beendet, hat ihr eine Nachricht geschickt:

> Herzlichen Glückwunsch zum Geburtstag! Dem Hund geht es gut, nachdem er eine neue Hüfte bekommen hat! Die Operation war teurer als die von Grandma Haworth!!!

Von der Redaktionsassistentin stammt eine Erinnerung an die Konferenz an diesem Morgen. Und Rory, der Archivar, bittet sie in seiner Mail, später vorbeizuschauen, aber nicht vor sechzehn Uhr, da er bis dahin im neuen Gebäude sein wird. Nichts von John. Nicht einmal ein versteckter Gruß. Sie seufzt und fährt zusammen, als sie Melissa sieht, die bereits zu ihrem Büro schreitet, dicht gefolgt von Rupert.

Ihr wird klar, dass sie ein Problem hat. Hektisch durchwühlt sie ihren Schreibtisch. Sie hat sich von dem Brief derart gefangen nehmen lassen, dass sie für die Jubiläumsausgabe fast nichts zu präsentieren hat, kein einziges Kontrastbeispiel, worum Melissa gebeten hatte. Sie verflucht sich selbst dafür, so lange in dem Café gewesen zu sein, streicht sich das Haar glatt, schnappt sich den nächstliegenden Ordner – damit es wenigstens so aussieht, als hätte sie alles im Griff – und eilt zu der Konferenz.

«Also, die Gesundheitsseiten sind so weit unter Dach und Fach, ja? Und haben wir den Artikel über Arthritis? Ich wollte diesen Kasten am Rand mit den alternativen Heilmethoden. Gibt es Promis mit Arthritis? Das würde die Bilder aufpeppen. Die hier sind ein bisschen langweilig.»

Ellie macht sich an ihren Unterlagen zu schaffen. Es ist kurz nach elf. Was hätte es ihn gekostet, ihr ein paar Blumen zu schicken? Er hätte beim Blumenhändler bar bezahlen können, wenn er wirklich Angst hat, dass seine Kreditkartenabrechnung ihn verraten könnte; das hat er schon einmal so gemacht.

Vielleicht lassen seine Gefühle für sie nach. Vielleicht ist der Urlaub auf Barbados seine Art, sich mit seiner Frau auszusöhnen. Vielleicht wollte er ihr, als er davon erzählte, auf feige Art zu verstehen geben, dass sie ihm weniger wichtig ist als bisher. Sie scrollt die gespeicherten SMS auf ihrem Handy herunter, um zu sehen, ob im Ton seiner Mitteilungen eine Abkühlung zu erkennen ist.

Guter Artikel über die Kriegsveteranen. x

Zeit für Lunch? Bin gegen halb eins in der Gegend. J

Böses Mädchen. Kann heute Abend nicht reden. Schreib dir gleich morgen eine SMS. x

Eine Veränderung im Tonfall auszumachen ist fast unmöglich: Es gibt zu wenig Material. Ellie seufzt, verärgert über die Richtung, die ihre Gedanken nehmen, über die unverblümten Kommentare ihrer Freundin. Was zum Teufel macht sie bloß? Sie stellt so wenig Ansprüche. Und warum? Weil sie Angst hat, wenn sie um mehr bittet, könnte er sich in die Enge getrieben fühlen, und alles würde zusammenbrechen. Sie hat von Anfang an gewusst, wie die Abmachung lautete. Sie kann nicht behaupten, sie sei getäuscht worden. Aber mit wie wenig muss sie sich zufriedengeben, was darf man von ihr verlangen? Wenn man weiß, dass man leidenschaftlich geliebt wird und nur aufgrund äußerer Umstände voneinander getrennt ist, ist das eine Sache. Aber wenn es nicht einmal dafür irgendein Anzeichen gibt …

«Ellie?»

«Hm?» Sie schaut auf, und zehn Augenpaare sind auf sie gerichtet.

«Du wolltest mit uns die Ideen für die Jubiläumsausgabe durchgehen.» Melissas Blick ist ausdruckslos und durchdringend zugleich. «Die Damals-und-heute-Seiten?»

«Ja», erwidert sie und blättert durch den Hefter auf ihrem Schoß, um ihre Verlegenheit zu verbergen. «Ja … Nun, ich dachte, es wäre vielleicht interessant, die alten Seiten direkt zutage zu fördern. Es gab eine Kummerkastentante, daher dachte ich, wir könnten damals mit heute vergleichen und die Probleme einander gegenüberstellen.»

«Ja», sagt Melissa. «Darum habe ich dich letzte Woche gebeten. Du wolltest mir zeigen, was du gefunden hast.»

«Oh. Es tut mir leid. Die Seiten sind noch im Archiv. Die Archivare sind ein bisschen paranoid, sie wollen sicherstellen, dass sie wissen, wo alles ist, wegen des Umzugs», stammelt sie.

«Warum hast du keine Fotokopien gemacht?»

«Ich –»

«Ellie, das wird knapp. Ich dachte, du bist da schon seit Tagen dran und hast alles im Griff.» Melissas Stimme ist eisig. Die anderen halten den Blick gesenkt, sie wollen die unvermeidliche Enthauptung nicht mit ansehen. «Soll ich die Aufgabe jemand anderem geben? Einer Praktikantin vielleicht?»

Sie weiß, dass dieser Job schon seit Monaten nur ein Schatten auf dem Radarschirm meines Tagesablaufs ist, denkt Ellie. Sie merkt, dass ich in Gedanken woanders bin – in einem zerwühlten Hotelbett oder einem fremden Einfamilienhaus, und dass ich eine ständige Parallelunterhaltung mit einem Mann führe, der nicht da ist. Außer ihm existiert nichts, und sie hat mich durchschaut.

Melissa verdreht die Augen.

Ellie wird plötzlich klar, wie wackelig ihre Position ist.

«Ich, äh, hab hier noch etwas anderes», sagt sie auf einmal. «Ich dachte, dir würde das hier besser gefallen.» Der Umschlag steckt zwischen ihren Unterlagen, und sie schiebt ihn ihrer Chefin zu. «Ich habe versucht, ein paar Informationen darüber zu finden.»

Melissa liest den kurzen Brief und runzelt die Stirn. «Wissen wir, um wen es hier geht?»

«Noch nicht, aber ich arbeite daran. Ich dachte, es könnte ein toller Artikel werden, wenn ich herausbekomme, was aus den beiden Liebenden geworden ist. Ob sie am Ende zusammenkamen.»

Melissa nickt. «Ja. Das klingt nach Seitensprung. Skandal in den Sechzigern, was? Wir könnten es als Beispiel dafür verwenden, wie die Moral sich verändert hat. Wie lange dauert es noch, bis du sie gefunden hast?»

«Ich bin ihnen auf der Spur.»

«Finde heraus, was geschehen ist. Ob sie geächtet wurden.»

«Wenn die Ehe weiter bestanden hat, kann es sein, dass sie ihre Geschichte nicht veröffentlicht sehen wollen», bemerkt Rupert. «So etwas war damals eine viel größere Sache.»

«Du kannst ihnen ja Anonymität anbieten, wenn es sein muss», sagt Melissa, «aber im Idealfall hätten wir gern Bilder – wenigstens aus der Zeit, als der Brief geschrieben wurde. Damit dürfte es schwieriger sein, sie zu identifizieren.»

«Noch habe ich sie ja nicht gefunden.» Das war keine gute Idee, denkt Ellie.

«Aber du wirst sie finden. Falls du Hilfe brauchst, sprich jemanden aus der Nachrichtenredaktion an. Die sind gut bei solchen investigativen Geschichten. Und ja, das hätte ich gern nächste Woche. Aber zuerst sieh zu, dass du das mit dem Kummerkasten auf die Reihe bekommst. Ich hätte gern bis heute Abend Beispiele, die ich auf einer Doppelseite präsentieren kann. Okay? Wir sehen uns morgen wieder, um dieselbe Zeit.» Sie geht bereits mit langen Schritten auf die Tür zu, ihr perfekt frisiertes Haar wippt dabei wie in einer Shampoo-Werbung.

«Sieh an, Miss Rechtschreibung.»

Er sitzt in der Kantine. Als sie ihm gegenüber Platz nimmt, setzt er den Kopfhörer ab. Er liest einen Reiseführer über Südamerika. Ein leerer Teller deutet darauf hin, dass er schon gegessen hat.

«Rory, ich stecke in Schwierigkeiten.»

«Hast du ‹Antidiskriminierungsrichtlinien› mit neun ‹i› geschrieben?»

«Ich habe vor Melissa Buckingham nicht den Mund halten können, und jetzt muss ich einen Artikel schreiben über die größte Liebesgeschichte aller Zeiten.»

«Hast du ihr von dem Brief erzählt?»

«Sie hatte mich erwischt. Ich musste ihr irgendwas geben. Sie hat mich angeschaut, als wollte sie mich zu den Nachrufen versetzen.»

«Ich würde sagen, das wird interessant.»

«Ich weiß. Und davor muss ich noch alle Kummerkastenseiten in den Ausgaben der Sechzigerjahre durchgehen und ihr moralisches Gegenstück in der heutigen Zeit finden.»

«Das ist überschaubar, oder nicht?»

«Aber es erfordert Zeit, und ich habe noch jede Menge andere Dinge zu tun. Auch wenn ich nicht herausfinde, was mit unserem mysteriösen Liebespaar geschehen ist.» Sie lächelt hoffnungsvoll. «Du könntest mir nicht zufälligerweise dabei helfen?»

«Tut mir leid. Hab selbst alle Hände voll zu tun. Aber ich werde die Ordner mit den Zeitungen von 1960 für dich raussuchen, wenn ich wieder unten bin.»

«Das ist doch dein Job», protestiert sie.

Er grinst. «Genau. Und Schreiben und Recherchieren ist deiner.»

«Ich habe heute Geburtstag.»

«Dann Herzlichen Glückwunsch.»

«Du bist wirklich zu freundlich.»

«Und du bist zu sehr daran gewöhnt, zu bekommen, was du willst.» Er lächelt sie an und sammelt sein Buch und seinen MP3-Player ein. Salutierend begibt er sich zur Tür.

Du hast ja keine Ahnung, wie falsch du damit liegst, denkt sie, als er verschwunden ist.

> Ich bin 25 und habe eine ziemlich gute Stelle, aber nicht gut genug, um alles zu bekommen, was ich möchte – ein Haus, ein Auto und eine Frau.

«Weil man offensichtlich eine von denen zum Haus und zum Auto dazu erwirbt», murmelt Ellie über der vergilbten Zeitung. Obwohl eine Waschmaschine womöglich noch höher auf der Prioritätenliste stand.

> Mir ist aufgefallen, dass der Lebensstandard vieler meiner Freunde beträchtlich gesunken ist, nachdem sie geheiratet haben. Seit drei Jahren habe ich eine Freundin, und ich würde sie so gern heiraten. Ich habe sie gebeten, drei Jahre zu warten, bis wir nach einer Heirat unter besseren Bedingungen leben können, aber sie sagt, sie will sich nicht darauf einlassen.

Drei Jahre, überlegt Ellie. Ich kann es ihr nicht verübeln. Du vermittelst ihr nicht gerade den Eindruck, leidenschaftlich in sie verliebt zu sein, oder?

Entweder, wir heiraten dieses Jahr, oder sie will mich gar nicht heiraten. Ich finde, ihre Haltung ist unvernünftig, da ich ihr dargelegt habe, dass sie einen ziemlich niedrigen Lebensstandard haben wird.

Meinen Sie, es gibt noch ein Argument, das ich hinzufügen könnte?

«Nein, Freundchen», sagt Ellie laut und schiebt die nächste vergilbte Zeitungsseite unter den Deckel des Kopiergeräts. «Ich glaube, du hast dich ziemlich klar ausgedrückt.»

Sie geht wieder an ihren Schreibtisch, setzt sich und zieht den zerknitterten, handgeschriebenen Brief hervor.

Meine einzige, wahre Liebe ... Wenn du nicht kommst, werde ich wissen, dass das, was wir füreinander empfinden, nicht ganz ausreicht. Ich will dir keinen Vorwurf machen, Liebling. Ich weiß, die letzten Wochen haben dich unerträglich unter Druck gesetzt, und ich spüre diese Belastung deutlich. Ich verabscheue den Gedanken, ich könnte dich unglücklich machen.

Sie liest die Worte immer wieder. Sie enthalten Leidenschaft, Kraft, selbst nach so vielen Jahren noch. Warum sollte man sich den selbstgefälligen Satz «Ich habe ihr dargelegt, dass sie einen ziemlich niedrigen Lebensstandard haben wird» gefallen lassen, wenn man auch etwas haben könnte wie «Du sollst wissen, dass du mein Herz, meine Hoffnungen in deinen Händen hältst»? Sie wünscht der unbekannten Freundin des ersten Briefschreibers, dass sie glücklich davongekommen ist.

Ellie schaut halbherzig nach neuen E-Mails, dann nach SMS. Sie ist zweiunddreißig. Sie liebt jemanden, der mit einer anderen Frau verheiratet ist. Ihre Freundinnen haben ihr zu verstehen gegeben, dass die ganze Beziehung lächerlich ist, dass sie selbst lächerlich ist, weil sie es sich gefallen lässt. Sie hasst die beiden dafür, weil sie weiß, dass sie recht haben.

Sie kaut an einem Bleistift, nimmt die fotokopierte Kummerkastenseite in die Hand und legt sie wieder hin.

Dann öffnet sie eine leere Seite auf ihrem Bildschirm und tippt, bevor sie zu lange darüber nachdenken kann:

> Zu wissen, was ich dir bedeute, ist das Einzige, was ich mir wirklich zum Geburtstag wünsche. Wir müssen miteinander reden, und ich muss sagen können, was ich empfinde. Ich muss wissen, ob wir eine wie auch immer geartete gemeinsame Zukunft haben.

Sie fügt hinzu:

> Ich liebe dich, John. Ich liebe dich so, wie ich im Leben noch nie einen Menschen geliebt habe, und das macht mich allmählich wahnsinnig.

Ihre Augen haben sich mit Tränen gefüllt. Sie bewegt den Mauszeiger auf den Sende-Button zu. Das geschäftige Treiben im Büro tritt in den Hintergrund. Nur am Rande nimmt sie wahr, wie Caroline, die Redakteurin der Gesundheitsseiten, am benachbarten Schreibtisch telefoniert, wie der Fensterputzer draußen auf seinem wackligen Gerüst steht, oder wie der Chef der Nachrichtenabteilung sich irgendwo am anderen Ende des Büros mit einem seiner Reporter streitet. Sie sieht nur noch den blinkenden Cursor, ihre geschriebenen Worte, ihre Zukunft, offen dargelegt auf dem Bildschirm vor ihr.

> Ich liebe dich so, wie ich im Leben noch nie einen Menschen geliebt habe.

Wenn ich das jetzt abschicke, denkt sie, ist es für mich entschieden. So gewinne ich die Kontrolle zurück. Und wenn ich nicht die Antwort bekomme, die ich mir erhoffe, dann ist es wenigstens eine Antwort.

Ihr Zeigefinger ruht auf der linken Maustaste, nur noch ein Klick, und die Mail wird gesendet.

Und ich werde nie wieder dieses Gesicht berühren, diese Lippen küssen, diese Hände auf mir spüren. Ich werde nie mehr hören, wie er «Ellie Haworth» sagt, als wären die Silben an sich schon kostbar.

Das Telefon auf ihrem Schreibtisch klingelt.

Sie zuckt zusammen, wirft einen Blick darauf, als hätte sie vergessen, wo sie ist, dann fährt sie sich mit einer Hand über die Augen. Sie richtet sich auf und nimmt ab. «Hallo.»

«Hey, Geburtstagskind», sagt Rory, «begib dich nach Feierabend runter ins Verlies. Kann sein, dass ich etwas für dich habe. Und bring mir einen Kaffee mit, wenn du schon dabei bist. Das soll der Lohn für meine Mühen sein.»

Sie legt den Hörer auf, wendet sich wieder ihrem Computer zu und drückt auf «Löschen».

«Was hast du denn nun gefunden?» Sie reicht ihm einen Becher Kaffee. Feiner Staub hängt in seinen Haaren, und sie muss sich beherrschen, ihm nicht wie einem Kind über den Kopf zu streichen. Er hat sich schon einmal von ihr bevormundet gefühlt; sie möchte nicht riskieren, ihn ein zweites Mal zu kränken.

«Ist da Zucker drin?»

«Nein», antwortet sie. «Ich bin davon ausgegangen, dass du keinen nimmst.»

«Stimmt.» Er beugt sich über den Empfangstresen. «Hör mal – der Chef ist noch da. Ich muss diskret sein. Wann machst du hier Schluss?»

«Wann ich will», sagt sie. «Ich bin eh so gut wie fertig.»

Er fährt sich durch die Haare. Eine zarte Staubwolke hüllt ihn ein. «Ich komme mir vor wie der Typ bei den Peanuts. Wie heißt der noch?»

Sie schüttelt den Kopf.

«Pig Pen. Der immer von Dreck umgeben ist ... Wir räumen Kisten um, die seit Jahrzehnten nicht angerührt worden sind. Ich persönlich glaube ja nicht, dass wir jemals die Parlamentsprotokolle aus dem Jahr 1932 brauchen, da kann er sagen, was er will. Na ja. Im Black Horse? In einer halben Stunde?»

«Der Pub?»

«Ja.»

«Also eigentlich habe ich noch was vor ...» Am liebsten würde sie fragen: «Kannst du mir nicht einfach geben, was du gefunden hast?» Aber selbst sie sieht ein, wie undankbar das klingen würde.

«Es dauert nur zehn Minuten. Ich bin danach ohnehin noch mit ein paar Freunden verabredet. Aber ist schon in Ordnung, es kann ja auch bis morgen warten, wenn dir das lieber ist.»

Sie denkt an ihr Handy, das stumm und anklagend in der Gesäßtasche steckt. Welche Alternative hat sie? Auf schnellstem Weg nach Hause gehen und dann darauf warten, dass John sie anruft? Noch ein Abend vor dem Fernseher und mit dem Gefühl, dass das Leben draußen ohne sie stattfindet? «Ach – zum Teufel. Ein schneller Drink wäre großartig.»

«Ein kleines Bierchen vielleicht? Lebe gefährlich, sag ich immer.»

«Ein kleines Bierchen? Oha. Ich treffe dich dort in einer halben Stunde.»

Er grinst. «Ich bin dann daran zu erkennen, dass ich eine Akte mit der Aufschrift ‹Streng geheim› an mich drücke.»

«Ach ja? Und ich bin diejenige, die ruft: ‹Bestell mir was Ordentliches zu trinken, Geizkragen. Ich habe Geburtstag.›»

«Keine rote Nelke im Knopfloch? Damit ich dich auch erkenne?»

«Keine äußerlichen Erkennungszeichen. Dann kann ich mich leichter aus dem Staub machen, wenn du mir nicht gefällst.»

Er nickt anerkennend. «Klingt vernünftig.»

«Und du willst nicht einmal eine leise Andeutung machen, was du gefunden hast?»

«Dann wäre es ja keine Geburtstagsüberraschung mehr!» Mit diesen Worten lässt er sie stehen.

Die Damentoilette ist leer. Sie wäscht sich die Hände. Jetzt, da die Tage des Gebäudes gezählt sind, hält die Zeitung es offensichtlich nicht mehr für nötig, den Seifenspender oder den Tamponautomaten nachzufüllen. Nächste Woche wird man vermutlich sein eigenes Toilettenpapier mitbringen müssen.

Sie prüft ihr Gesicht im Spiegel, tuscht sich die Wimpern und tupft etwas Concealer auf die Ringe unter den Augen. Sie schminkt sich die Lippen und reibt den Lippenstift wieder ab. Sie sieht müde aus und sagt sich, das müsse an der grellen Beleuchtung liegen, nicht daran, dass sie wieder ein Jahr älter geworden ist. Dann setzt sie sich neben ein Waschbecken, holt das Handy aus der Tasche und tippt eine Nachricht.

> Nur damit ich Bescheid weiß – heißt «später» heute Abend?
> Versuche zu planen. E

Das klingt nicht klammernd, besitzergreifend oder gar verzweifelt. Damit deutet sie an, dass sie eine vielbeschäftigte Frau mit vielen Optionen ist, es sagt aber auch, dass sie ihm den Vorrang gibt, falls nötig. Sie feilt noch weitere fünf Minuten an der Formulierung und vergewissert sich, dass sie den Ton vollkommen richtig getroffen hat, dann schickt sie die SMS ab.

Die Antwort kommt beinahe umgehend. Ihr Herz tut einen Sprung, wie immer, wenn sie weiß, dass er es ist.

Schwer zu sagen im Moment. Rufe später an, wenn ich weiß, ob ich es schaffe. J

Plötzlich steigt Wut in ihr auf. Das ist alles?, will sie ihn anschreien. Mein Geburtstag, und dir fällt nichts Besseres ein als «Rufe später an, wenn ich weiß, ob ich es schaffe»?

Mach dir keine Umstände, tippt sie, und ihre Finger schlagen förmlich auf die kleinen Tasten ein, ich mache meine eigenen Pläne.

Und zum ersten Mal seit Monaten schaltet Ellie Haworth ihr Handy aus, bevor sie es in die Tasche steckt.

Sie sitzt länger als beabsichtigt an dem Artikel über die Kummerkastenseiten, bearbeitet ein Interview, das sie mit einer Frau geführt hat, deren Kind an einer Art Kinderarthritis leidet, und als sie ins Black Horse kommt, ist Rory schon da. Sie sieht ihn am anderen Ende des Raumes, seine Haare inzwischen staubfrei. Sie schlängelt sich durch die Menge und setzt schon zu einem «Tut mir leid, dass ich zu spät komme» an, als ihr klarwird, dass er nicht allein ist. Sie kennt die Leute nicht, die bei ihm stehen, sie sind nicht von der Zeitung. Er steht in ihrer Mitte und lacht. Ihn so vor sich zu sehen, aus seinem üblichen Kontext gerissen, macht sie sprachlos. Sie wendet sich ab, um sich zu fangen.

«Hey! Ellie!»

Sie setzt ein Lächeln auf und dreht sich wieder um.

Er hebt eine Hand. «Dachte schon, du kommst nicht.»

«Ich bin aufgehalten worden. Tut mir leid.» Sie stellt sich zu der Gruppe und sagt Hallo.

«Komm, ich gebe dir einen aus. Ellie hat heute Geburtstag. Was hättest du gern?» Sie nimmt Glückwünsche von Menschen entgegen, die sie nicht kennt und deren Lächeln verlegen wirkt. Sie wünscht sich, sie wäre nicht hier. Flüchtig fragt sie sich, ob sie gehen kann, aber Rory steht schon an der Bar und holt ihr einen Drink.

«Weißwein», sagt er, dreht sich um und reicht ihr das Glas. «Ich hätte ja Champagner genommen, aber –»

«Ich bekomme sowieso schon viel zu oft, was ich will.»

Er lacht. «Ja. Der Punkt geht an dich.»

«Jedenfalls vielen Dank.»

Er stellt sie seinen Freunden vor, nennt ihr Namen, die sie sofort wieder vergisst.

«Also …», sagt sie.

«Zurück zum Geschäftlichen. Entschuldigt uns kurz», sagt er, und sie begeben sich in eine Ecke, in der es ruhiger ist. Dort steht nur ein Stuhl, und er bedeutet ihr, sich zu setzen, während er sich neben ihr auf die Fersen hockt. Er macht den Reißverschluss an seinem Rucksack auf und zieht eine Akte hervor, auf der *Asbest/Fallstudien: Symptome* steht.

«Was soll ich denn damit?»

«Immer mit der Ruhe», sagt er und reicht ihr die Akte. «Ich habe über den Brief nachgedacht, den wir beim letzten Mal gefunden haben. Er lag bei einem Stapel Unterlagen über Asbest, richtig? Na ja, da unten gibt es haufenweise Material über Asbest – aber vor allem aus den letzten fünf Jahren. Ich habe beschlossen, noch ein Stück tiefer in der Vergangenheit zu graben, und habe viel älteres Material gefunden. Es stammt ungefähr aus derselben Zeit wie die Unterlagen, die ich dir beim letzten Mal gegeben habe. Ist wohl aus der ersten Akte aussortiert worden.» Er blättert durch die Seiten. «Und», sagt er, wobei er eine Klarsichthülle herauszieht, «ich habe das hier gefunden.»

Ihr bleibt fast das Herz stehen. Zwei Briefe. Dieselbe Handschrift. Dieselbe Adresse, ein Postfach beim Postamt in der Langley Street.

«Hast du sie gelesen?»

Er grinst. «Was denkst du denn? Natürlich habe ich sie gelesen.»

«Darf ich?»

«Nur zu.»

Der erste ist schlicht mit «Mittwoch» überschrieben.

Ich verstehe deine Angst davor, missverstanden zu werden, aber ich kann dir versichern, dass sie unbegründet ist. Ja, ich war an jenem Abend im Alberto's ein Idiot, und ich werde niemals ohne Scham an meinen Ausbruch denken können, aber nicht deine Worte haben ihn ausgelöst, sondern das, was du nicht gesagt hast. Verstehst du denn nicht, Jenny, dass ich nur das Beste in allem sehe, was du sagst, was du tust? Aber so, wie die Natur das Vakuum verabscheut, ergeht es auch dem menschlichen Herzen. Ich bin ein dummer, unsicherer Mann, und da wir beide offensichtlich nicht wissen, wohin diese Beziehung führt, ist alles, was mir bleibt, mich zu vergewissern, was sie bedeutet. Ich muss einfach hören, dass sie dir das Gleiche bedeutet wie mir: nämlich, alles.

Wenn dir jene Worte immer noch Angst machen, gebe ich dir eine einfachere Alternative. Antworte mir nur mit einem Wort: ja.

Der zweite Brief trägt ein Datum, aber keine Anrede. Die Handschrift ist zwar erkennbar, aber schwer leserlich, als hätte der Verfasser den Brief eilig abgeschickt, bevor er es sich anders überlegen konnte.

Ich habe geschworen, keinen Kontakt mehr zu dir aufzunehmen. Doch nach sechs Wochen geht es mir nicht besser. Ohne dich zu sein – Tausende Meilen von dir entfernt –, das hilft mir kein bisschen. Dass ich nicht mehr durch deine Nähe gequält werde oder dass ich nicht täglich damit konfrontiert bin, das Einzige, was ich wirklich will, nicht bekommen zu können, hat mich nicht geheilt. Es hat alles nur noch schlimmer gemacht. Meine Zukunft kommt mir vor wie eine öde, leere Straße.

Ich weiß nicht, was ich sagen will, liebste Jenny. Aber falls du das Gefühl haben solltest, die falsche Entscheidung getroffen zu haben, steht diese Tür immer noch weit offen.

Und wenn du meinst, deine Entscheidung war richtig, dann sollst du wenigstens eins wissen: dass irgendwo auf dieser Welt ein Mann ist, der dich liebt, dem klar ist, wie besonders und klug und freundlich du bist. Ein Mann, der dich immer geliebt hat und der leider vermutet, dass es ewig so bleiben wird.

Dein B

«Jenny», sagt er. «Sie ist nicht mit ihm gegangen.»

«Du hast recht gehabt.»

Er macht den Mund auf, als wollte er etwas sagen, aber vielleicht lässt ihr Gesichtsausdruck ihn verstummen.

Sie atmet hörbar aus. «Ich weiß nicht, warum», sagt sie, «aber das macht mich ein bisschen traurig.»

«Aber du hast deine Antwort. Und du hast einen Hinweis auf den Namen, falls du den Artikel wirklich schreiben willst.»

«Jenny», überlegt sie. «Damit lässt sich nicht sehr viel anfangen.»

«Aber es ist der zweite Brief, der in einer Akte über Asbest gefunden wurde, also hatte sie vielleicht eine Verbindung dazu. Kann sein, dass es sich lohnt, die beiden Akten durchzusehen. Nur für den Fall, dass da noch mehr ist.»

«Du hast recht.» Sie nimmt die Akte, schiebt den Brief vorsichtig wieder in die Klarsichthülle und steckt alles in ihre Tasche. «Danke», sagt sie. «Ehrlich. Du hast im Moment viel zu tun, und ich weiß das zu schätzen.»

Er betrachtet sie auf eine Weise, als würde er nach Informationen suchen. Wenn John sie ansieht, dann immer mit einem entschuldigenden Ausdruck – dafür, wer sie sind, was aus ihnen geworden ist. «Du siehst wirklich traurig aus.»

«Ach … Ich hatte halt nur auf ein Happy End gehofft.» Sie zwingt sich zu einem Lächeln. «Ich dachte, wenn du etwas findest, dann den Beweis, dass alles gut ausgegangen ist.»

«Nimm es nicht persönlich», sagt er und berührt ihren Arm.

«Das tue ich auch nicht», erwidert sie schroff, «aber der Artikel würde sich viel besser machen mit einem positiven Ausgang. Kann sein, dass Melissa nicht einmal will, dass ich ihn schreibe, wenn die Geschichte nicht gut endet.» Sie streicht sich eine Haarsträhne aus dem Gesicht. «Du weißt ja, wie sie ist. *Wir wollen heiter und optimistisch wirken … unsere Leser bekommen schon genug Elend auf den Politikseiten.*»

«Ich komme mir vor, als hätte ich dir den Geburtstag verdorben», sagt er, als sie sich durch den Pub schlängeln. Er muss sich vorbeugen und es ihr ins Ohr schreien.

«Das hast du nicht», ruft sie zurück. «Das Ende passt ziemlich gut zu dem Tag, der hinter mir liegt.»

«Komm doch noch mit uns», sagt Rory und hält sie am Ellbogen fest. «Wir gehen Schlittschuh laufen. Jemand ist ausgefallen, wir haben noch eine Karte übrig.»

«Schlittschuh laufen?»

«Es macht riesigen Spaß.»

«Ich bin zweiunddreißig! Ich kann doch nicht Schlittschuh laufen gehen!»

Jetzt ist es an ihm, sie fassungslos anzusehen. «Oh … Na ja, dann.» Er nickt verständnisvoll. «Wir können natürlich nicht riskieren, dass du über deinen Rollator stolperst.»

«Ich dachte, Schlittschuh laufen ist etwas für Kinder. Teenager.»

«Dann sind Sie eine sehr phantasielose Person, Miss Haworth. Trink aus und komm mit uns. Hab ein bisschen Spaß. Außer du hast andere Pläne?»

Sie tastet nach dem Handy in ihrer Tasche und ist versucht, es wieder einzuschalten. Aber sie möchte Johns Ausreden nicht lesen. Will sich nicht den Rest dieses Abends durch seine Abwesenheit, seine Worte, die Sehnsucht nach ihm verderben lassen.

«Wenn ich mir ein Bein breche», sagt sie, «bist du vertraglich verpflichtet, mich sechs Wochen lang zur Arbeit zu fahren.»

«Könnte interessant werden, denn ich besitze gar kein Auto. Kann ich dich auch Huckepack tragen?»

Er ist nicht ihr Typ. Er ist sarkastisch, wahrscheinlich ein paar Jahre jünger als sie. Sie vermutet, dass er wesentlich weniger verdient als sie und wahrscheinlich noch in einer WG lebt. Womöglich hat er nicht einmal einen Führerschein. Aber das ist das beste Angebot, das sie um Viertel vor sieben an ihrem zweiunddreißigsten Geburtstag bekommen hat. Ellie beschließt, dass Pragmatismus eine unterschätzte Tugend ist. «Und wenn mir die Finger von einem verirrten Schlittschuh abgefahren werden, musst du an meinem Schreibtisch für mich tippen.»

«Dafür braucht man nur einen Finger. Oder die Nase. Mein Gott, ihr Schreiberlinge seid wirklich aus Zucker», sagt er. «Also, auf geht's. Trinkt aus. Auf den Karten steht, wir sollen um halb acht da sein.»

Als er Ellie später von der U-Bahn nach Hause begleitet, merkt sie, dass der Schmerz in ihren Seiten nicht vom Schlittschuhlaufen kommt, sondern weil sie sich fast zwei Stunden lang ausgeschüttet hat vor Lachen. Das Schlittschuhlaufen hat Spaß gemacht. Als sie die ersten erfolgreichen Trippelschritte auf dem Eis hinter sich hatte, fiel ihr wieder ein, wie viel Freude es machen kann, einfach abzuschalten und sich auf simple körperliche Aktivität einzulassen.

Rory fuhr gut, wie die meisten seiner Freunde. «Wir kommen jeden Winter her», sagte er und deutete auf die Eisbahn, die von Flutlicht beleuchtet und von Bürogebäuden umgeben war. «Sie wird im November eingerichtet, und wir sind dann etwa alle vierzehn Tage hier. Leichter ist es, wenn man vorher ein bisschen getrunken hat. Dann entspannt man sich besser. Komm … mach dich locker. Beug dich nur ein wenig vor.» Er lief rückwärts vor ihr her und hatte die Arme ausgestreckt, damit sie sich festhalten konnte. Wenn sie hinfiel, lachte er einfach nur. Sie empfand es als befreiend, mit jemandem Zeit zu verbringen, dessen Meinung sie so wenig kümmerte: Wäre es John gewesen, hätte sie sich Sorgen darum gemacht, dass ihre Nase von der Kälte gerötet sein könnte. Und die ganze Zeit hätte sie überlegt, wann er wohl gehen musste.

Sie sind an ihrer Haustür angekommen. «Danke», sagt sie zu Rory. «Der Abend hat wirklich mies begonnen, aber am Ende hatte ich viel Spaß.»

«Das Mindeste, was ich tun konnte, nachdem ich dir deinen Geburtstag mit dem Brief versaut habe.»

«Ich werde drüber hinwegkommen.»

«Wer hätte das gedacht? Ellie Haworth hat ein Herz.»

«Das ist nur ein übles Gerücht.»

«Du bist nicht schlecht, weißt du», sagt er und lächelt. «Für dein Alter.»

Sie möchte ihn fragen, ob er das Schlittschuhlaufen meint, aber sie ist plötzlich unsicher. «Und du bist ein echter Charmeur.»

«Und du bist …» Er wirft einen Blick zurück in Richtung U-Bahn-Station.

Flüchtig fragt sie sich, ob sie ihn hereinbitten soll. Aber noch während sie überlegt, weiß sie, dass es nicht funktionieren würde. Ihr Kopf, ihre Wohnung, ihr Leben sind voll mit John. Für diesen Mann ist kein Platz. Wahrscheinlich sind ihre Gefühle für ihn rein freundschaftlich, und sie ist nur ein wenig verwirrt, weil er nicht unbedingt hässlich ist.

Er betrachtet ihr Gesicht, und sie hat den beunruhigenden Verdacht, dass ihre Überlegungen ihr ins Gesicht geschrieben stehen.

«Ich gehe dann mal», sagt er.

«Ja», sagt sie. «Noch mal vielen Dank.»

«Kein Problem. Wir sehen uns bei der Arbeit.» Er küsst sie auf die Wange, dreht sich um und läuft beinahe zur U-Bahn zurück. Sie schaut ihm nach und kommt sich eigenartig verlassen vor.

Ellie geht die Stufen hinauf und greift nach ihrem Schlüssel. Sie wird die Briefe noch einmal lesen und die Unterlagen nach Hinweisen durchsehen. Sie wird produktiv sein. Sie wird ihre Energie kanalisieren. Sie spürt eine Hand auf ihrer Schulter, fährt zusammen und kann gerade noch einen Aufschrei unterdrücken.

John steht auf der Stufe hinter ihr, eine Flasche Champagner in der Hand und einen absurd großen Blumenstrauß unter dem Arm. «Ich bin nicht hier», sagt er. «Ich bin in Somerset und halte einen Vortrag vor einer Gruppe Schriftsteller, die unbegabt sind und von denen mindestens einer ein grenzenloser Langweiler ist.» Sie holt tief Luft. «Du kannst ruhig etwas sagen – solange es nicht ‹Verschwinde› ist.»

Sie bleibt stumm.

Er stellt die Flasche Champagner auf die Treppe, legt die

Blumen daneben und umarmt Ellie. Sein Kuss ist warm. «Ich habe fast eine halbe Stunde in meinem Auto gesessen und gewartet. Ich habe schon fast befürchtet, du kommst gar nicht nach Hause.»

Sie schmilzt dahin, lässt die Tasche fallen, spürt seine Haut, sein Gewicht, seine Größe und lehnt sich an ihn. Er nimmt ihr kaltes Gesicht zwischen seine warmen Hände. «Herzlichen Glückwunsch zum Geburtstag», sagt er, als sie sich schließlich voneinander lösen.

«Somerset?», fragt sie, und ihr ist ein wenig schwindelig. «Soll das heißen …?»

«Die ganze Nacht.»

Sie hat Geburtstag, und der Mann, den sie liebt, ist da mit Champagner und Blumen und wird die ganze Nacht in ihrem Bett verbringen.

«Und, darf ich reinkommen?», fragt er.

Sie runzelt die Stirn, als wollte sie sagen: «Musst du das wirklich fragen?» Dann nimmt sie die Blumen und den Champagner und geht die Treppe hinauf.

Dienstag habe ich zu tun. Um ehrlich zu sein, habe ich auch keine so große Lust mehr, mich mit dir zu treffen … Ich vermute, direkt zu sein ist weniger kränkend, als sich noch mal zu treffen, um dann zu sagen, dass es das letzte Mal war.

Mann an Frau, per E-Mail

KAPITEL 18

Ellie? Kann ich dich kurz sprechen?»

Sie schiebt ihre Tasche unter den Schreibtisch, ihr Haar ist noch leicht feucht vom Duschen, und in Gedanken ist sie noch nicht bei der Arbeit. Melissas Stimme holt sie brutal ins echte Leben zurück.

«Natürlich.» Sie nickt und lächelt gehorsam. Jemand hat einen Kaffee für sie hingestellt; er ist lauwarm und hat offensichtlich eine Weile dort gestanden. Darunter liegt ein Zettel auf dem steht: «Hey Eisprinzessin, Mittagessen?»

Sie hat keine Zeit, das zu verarbeiten. Sie zieht ihren Mantel aus und geht in Melissas Büro, wobei sie beunruhigt feststellt, dass ihre Chefin noch steht. Sie setzt sich auf eine Stuhlkante und wartet, während Melissa langsam um ihren Schreibtisch herumgeht und ebenfalls Platz nimmt. Melissa trägt samtschwarze Jeans und ein schwarzes Polohemd, ihre Arme und ihr Bauch sind durchtrainiert wie bei jemandem, der mehrere Stunden am Tag Pilates macht. Ihre Kette würden Modezeitschriften als «Statement-Schmuck» bezeichnen, was, wie Ellie denkt, wohl nur ein hippes Wort für «groß» ist.

Melissa stößt einen kleinen Seufzer aus und schaut sie an. Ihre Augen sind verblüffend violett, und Ellie fragt sich, ob sie wohl getönte Kontaktlinsen trägt. Sie haben denselben Farbton wie ihre Halskette. «Glaub mir, ich bin nicht glücklich darüber, diese Unterhaltung führen zu müssen, Ellie, aber sie ist unvermeidlich geworden.»

«Oh?»

«Es ist fast Viertel vor elf.»

«Ah. Ja, ich –»

«Klar, wir sind eine der lockereren Redaktionen in dieser Zeitung, aber ich glaube, wir waren uns doch einig, dass der Zeitpunkt, an dem ich meine Mitarbeiter an ihren Schreibtischen haben will, spätestens Viertel vor zehn ist.»

«Ja, ich –»

«Ich gebe meinen Journalisten gern die Chance, sich auf Redaktionskonferenzen vorzubereiten, die Tagespresse zu lesen, die Webseiten zu checken, miteinander zu reden, zu inspirieren und inspiriert zu werden.» Sie dreht sich in ihrem Stuhl ein Stück zur Seite und liest nebenbei eine E-Mail. «An Redaktionskonferenzen teilzunehmen, Ellie, ist ein Privileg. Eine Chance, die viele andere Journalisten gern hätten. Ich kann mir nur schwer vorstellen, wie du dich überhaupt auf professionelle Art vorbereiten willst, wenn du hier erst Minuten vorher eintrudelst.»

Ellies Haut prickelt.

«Mit nassen Haaren.»

«Tut mir wirklich leid, Melissa. Ich musste auf den Klempner warten und –»

«Lassen wir das, Ellie», sagt sie ruhig. «Mir wäre lieber, wenn du meine Intelligenz nicht beleidigen würdest. Und solltest du mich nicht davon überzeugen können, dass du diese Woche fast jeden Tag einen Klempnertermin hattest, muss ich annehmen, dass du deinen Job nicht sehr ernst nimmst.»

Ellie schluckt.

«Unsere Präsenz im Internet bedeutet, dass man sich in dieser Zeitung nicht mehr verstecken kann. Die Qualität eines Journalisten wird nicht nur nach seiner Arbeit auf unseren gedruckten Seiten beurteilt, sondern auch nach der Anzahl der Abrufe, die seine Geschichten online vorweisen können. Deine Leistung, Ellie», sie zieht einen Zettel hervor, «hat im letzten Jahr um fast vierzig Prozent nachgelassen.»

Ellie kann nichts sagen. Ihre Kehle ist wie ausgetrocknet. Die anderen Redakteure versammeln sich vor Melissas Büro, übergroße Notizblöcke und Pappbecher in den Händen. Sie schauen durch die Glasscheibe, manche neugierig, andere leicht verlegen, als wüssten sie, was hier gerade geschieht. Sie fragt sich, ob ihre Leistung bereits allgemeines Gesprächsthema war, und fühlt sich gedemütigt.

Melissa beugt sich über den Schreibtisch. «Als ich dich eingestellt habe, warst du hungrig nach Erfolg. Du warst der Konkurrenz überlegen. Deshalb habe ich dich aus einer großen Zahl Bewerber ausgewählt, die, ehrlich gesagt, ihre Großmütter verkauft hätten, um deine Stelle zu bekommen.»

«Melissa, ich habe –»

«Ich will nicht wissen, was in deinem Leben gerade passiert, Ellie. Ich will nicht wissen, ob du persönliche Probleme hast, ob ein dir nahestehender Mensch gestorben ist, ob du Berge von Schulden hast. Ich will nicht einmal unbedingt wissen, ob du ernsthaft krank bist. Ich will nur, dass du den Job machst, für den du bezahlt wirst. Du musst inzwischen wissen, dass das Zeitungsgeschäft unerbittlich ist. Wenn du keine guten Storys an Land ziehst, bekommen wir keine Werbung und die Auflagenhöhe nimmt ab. Wenn das passiert, verlieren wir unsere Jobs, einige von uns früher als andere. Habe ich mich klar ausgedrückt?»

«Sehr klar, Melissa.»

«Gut. Ich glaube, es hat keinen Zweck, wenn du heute an der Redaktionskonferenz teilnimmst. Sieh zu, dass du mit dir selbst ins Reine kommst, dann sehen wir uns bei der Besprechung morgen. Wie geht es mit dem Artikel über die Liebesbriefe voran?»

«Gut. Ja.» Sie steht auf und versucht so auszusehen, als wüsste sie, was sie tut.

«Schön. Du kannst ihn mir morgen zeigen. Bitte sag den anderen, sie können hereinkommen.»

Kurz nach halb eins läuft sie die vier Treppen zum Archiv hinunter. Ihre Stimmung ist noch immer düster, der gestrige Abend vergessen. Das Archiv sieht aus wie ein leeres Warenlager. Die Regale um den Empfangstresen sind inzwischen ausgeräumt, der Zettel mit dem Schreibfehler abgerissen, nur zwei Stücke Tesafilm kleben noch dort. Dem Geräusch nach zu urteilen, werden hinter der zweiten Schwingtür Möbel geschoben. Der Archivleiter ist in eine Liste vertieft und fährt gerade mit dem Finger an einer Zahlenkolonne entlang, die Brille auf der Nasenspitze.

«Ist Rory da?»

«Der hat zu tun.»

«Würden Sie ihm bitte ausrichten, dass ich ihn nicht zum Mittagessen treffen kann?»

«Ich weiß nicht genau, wo er ist.»

Sie ist unruhig, da Melissa auffallen könnte, dass sie nicht am Schreibtisch sitzt. «Werden Sie ihn denn irgendwann sehen? Können Sie ihm ausrichten, dass ich wegen eines Artikels weg muss und nach Feierabend noch mal vorbeischaue?»

«Vielleicht sollten Sie ihm einen Zettel schreiben.»

«Aber Sie haben doch gesagt, Sie wissen nicht, wo er ist.»

«Tut mir leid, aber wir stecken in der Endphase des Umzugs.

Ich habe keine Zeit, Nachrichten weiterzugeben.» Er klingt ungehalten.

«Okay. Dann muss ich wohl in die Personalabteilung und deren Zeit vergeuden, indem ich nach seiner Handynummer frage. Nur damit ich ihn nicht versetze und dadurch *seine* Zeit verschwende.»

Er hebt eine Hand. «Ich werde es ihm sagen, wenn ich ihn sehe.»

«Oh, machen Sie sich bloß keine Umstände. Und entschuldigen Sie vielmals die Störung.»

Langsam dreht er sich zu ihr um und mustert sie mit einem Blick, den ihre Mutter altmodisch genannt hätte. «Wir hier im Archiv mögen für Sie und Ihresgleichen vielleicht bedeutungslos sein, Miss Haworth, aber in meinem Alter muss ich nicht mehr den Laufburschen für die da oben spielen. Verzeihen Sie, wenn das Ihr Sozialleben verkompliziert.»

Erschrocken fällt ihr ein, dass Rory behauptet hat, Archivare würden die Gesichter von allen Journalisten kennen. Sie weiß den Namen dieses Mannes nicht.

Ellie wird rot, als er durch die Schwingtür verschwindet. Sie ärgert sich über sich selbst, weil sie sich wie ein patziger Teenager verhalten hat, und über den alten Mann, weil er so wenig Entgegenkommen gezeigt hat. Sie ist wütend, weil sie wegen Melissa kein fröhliches Mittagessen draußen haben kann. Dabei hat der Tag so gut angefangen. John ist fast bis neun geblieben. Der Zug aus Somerset kam erst um Viertel vor elf, daher bestand kein Grund zur Eile. Sie hat ihm Rührei auf Toast zubereitet – fast das Einzige, was sie gut kochen kann –, hat neben ihm im Bett gesessen und glücklich ein paar Happen von seinem Teller stibitzt, während er aß.

Sie hatten erst einmal eine Nacht gemeinsam verbracht, zu Beginn ihrer Beziehung, als er behauptete, er sei wie besessen von ihr. Heute Nacht ist es wieder so gewesen wie damals: Er war zärtlich, liebevoll, als hätte ihn sein bevorstehender Urlaub ihr gegenüber besonders sensibel gemacht.

Sie hat nicht darüber gesprochen. Denn was sie in diesem vergangenen Jahr wirklich gelernt hat, ist, in der Gegenwart zu leben.

Sie hat sich in den Augenblick gestürzt und ihn sich nicht verderben lassen durch die Frage, welchen Preis sie dafür zahlen müsste. Der Absturz würde kommen – das war immer so –, aber für gewöhnlich hatte sie dann genug Erinnerungen, um ihn ein wenig abzufedern.

Sie steht auf der Treppe und denkt an seine nackten, sommersprossigen Arme, die er um sie geschlungen hat, sein schlafendes Gesicht auf ihrem Kissen. Es war perfekt. Perfekt. Eine kleine Stimme in ihr fragt sich, ob ihm wohl eines Tages klar werden wird, dass das ganze Leben so sein könnte.

Bis zum Postamt in der Langley Street ist es nur eine kurze Fahrt mit dem Taxi. Bevor sie das Büro verlässt, gibt sie Melissas Sekretärin ihre Handynummer und sagt: «Falls sie mich sprechen will.» Sie gibt sich Mühe, ihre Stimme ganz professionell und höflich klingen zu lassen. «Ich bin in ungefähr einer Stunde wieder da.»

Trotz der Mittagszeit ist im Postamt nicht viel los. Sie stellt sich in die nicht vorhandene Schlange und wartet gehorsam, bis die elektronische Stimme ruft: «Schalter vier, bitte.»

«Kann ich bitte mit jemandem über Postfächer sprechen?»

«Moment.» Die Frau verschwindet, taucht dann wieder auf und zeigt auf eine Tür. «Margie wird Sie dort abholen.»

Margie trägt ein Namensschild, eine große Goldkette mit einem Kruzifix und so hohe Pumps, dass Ellie sich fragt, wie sie darin stehen und auch noch einen ganzen Tag lang arbeiten kann. Die junge Frau lächelt, und Ellie fällt auf, wie selten man in der Stadt noch von jemandem angelächelt wird.

«Das klingt jetzt ein bisschen merkwürdig», fängt Ellie an, «aber gibt es eine Möglichkeit herauszufinden, wer vor vielen Jahren ein Postfach gemietet hat?»

«Die wechseln manchmal ziemlich häufig den Besitzer. Über welche Zeit sprechen wir denn?» Ellie weiß nicht, wie viel sie ihr erzählen sollte, doch Margie scheint nett zu sein. Sie greift in ihre Tasche und zieht die Briefe heraus, die in einer Klarsichthülle stecken. «Es geht um Liebesbriefe, die ich gefunden habe. Sie sind an ein Postfach hier adressiert, und ich möchte sie zurückgeben.»

Margie ist neugierig geworden. Wahrscheinlich freut sie sich, dass sie einmal eine Abwechslung von Sozialhilfezahlungen und Katalogrücksendungen hat.

«Postfach Nummer dreizehn.» Ellie zeigt auf den Brief.

«Dreizehn?»

«Wissen Sie etwas darüber?»

«Oh, ja.» Margie presst die Lippen zusammen, als ob sie überlegt, wie viel sie sagen darf. «Das Postfach hat seit fast vierzig Jahren nicht den Besitzer gewechselt. Das an sich ist noch nicht das Ungewöhnliche.»

«Aber?»

«Es war nie ein Brief darin. Nicht ein einziger. Wir haben die Besitzerin oft kontaktiert, um ihr die Möglichkeit zu geben, das Postfach zu schließen. Sie sagt, sie will es offen halten. Wir haben es ihr überlassen, ob sie ihr Geld zum Fenster rauswerfen will.» Sie wirft einen verstohlenen Blick auf den Brief. «Ein Liebesbrief, ja? Oh, wie traurig.»

«Können Sie mir ihren Namen geben?» Ellie spürt ein Ziehen in der Magengegend. Die Story könnte besser werden, als sie es sich erhofft hat.

Die Frau schüttelt den Kopf. «Tut mir leid, das geht nicht. Datenschutz und so.»

«Oh, bitte!» Sie stellt sich Melissas Gesicht vor, wenn sie mit dieser Schlagzeile zurückkommt: *Verbotene Liebe überdauert vierzig Jahre.* «Bitte. Sie haben ja keine Ahnung, wie wichtig das für mich ist.»

«Tut mir leid, ehrlich, aber damit riskiere ich meinen Job.»

Ellie flucht insgeheim und wirft einen Blick hinter sich auf die Schlange, die sich plötzlich gebildet hat. Margie dreht sich zur Tür.

«Trotzdem vielen Dank», sagt Ellie, die sich wieder an ihre Manieren erinnert.

«Kein Problem.» Hinter ihnen weint ein kleines Kind, das versucht, dem engen Kinderwagen zu entkommen.

«Moment noch.»

«Ja?»

Sie lächelt. «Könnte ich – Sie wissen schon – einen Brief darin hinterlassen?»

Liebe Jennifer,

bitte entschuldigen Sie die Aufdringlichkeit, aber ich bin zufällig auf persönliche Korrespondenz gestoßen, von der ich glaube, dass sie Ihnen gehört, und ich würde mich freuen, wenn ich sie Ihnen zurückgeben könnte.

Sie können mich unter der unten angegebenen Nummer erreichen.

Mit freundlichen Grüßen,

Ellie Haworth

Rory liest den Brief. Sie sitzen in dem Pub gegenüber der *Nation*. Selbst so früh am Abend ist es schon dunkel, und im Licht der Straßenlaternen sind noch immer Umzugswagen vor dem

Haupteingang zu sehen, Männer in Overalls gehen die breite Treppe hinauf und hinunter. Sie gehören jetzt schon seit Wochen zum Inventar.

«Was? Findest du, ich habe nicht den richtigen Ton getroffen?»

«Das nicht.» Er lehnt sich neben ihr auf der Bank zurück.

«Was ist denn? Du machst wieder so ein Gesicht.»

Er grinst. «Ich weiß nicht, frag mich nicht. Ich bin kein Journalist.»

«Komm schon. Was hat das Gesicht zu bedeuten?»

«Na ja, fühlst du dich dabei nicht ein bisschen ...»

«Was?»

«Ich weiß auch nicht ... Es ist so persönlich. Und du willst sie bitten, ihre schmutzige Wäsche in aller Öffentlichkeit zu waschen.»

«Vielleicht ist sie ja froh über diese Gelegenheit. Es kann ja sogar passieren, dass sie ihn auf diesem Wege wiederfindet.»

«Oder sie ist verheiratet, und sie haben vierzig Jahre lang versucht, über ihre Affäre hinwegzukommen.»

«Das bezweifle ich. Und woher willst du im Übrigen wissen, dass es schmutzige Wäsche ist? Vielleicht sind sie jetzt zusammen. Womöglich hat es ein glückliches Ende gegeben.»

«Und sie hat das Postfach vierzig Jahre behalten? Das hat kein glückliches Ende genommen.» Er gibt ihr den Brief zurück. «Vielleicht ist sie sogar geisteskrank.»

«Oh, für jemanden zu schwärmen, bedeutet also, dass man geisteskrank ist. Was auch sonst.»

«Ein Postfach vierzig Jahre lang zu behalten, ohne einen einzigen Brief zu bekommen, ist jedenfalls kein normales Verhalten.»

Da ist was dran, das muss sie zugeben. Doch der Gedanke an Jennifer und ihr leeres Postfach hat ihre Phantasie beflügelt. Noch wichtiger ist, dass daraus ein guter Artikel werden könnte. «Ich denke noch mal darüber nach», sagt sie und verschweigt, dass sie den Originalbrief bereits am Nachmittag an das Postfach geschickt hat.

«Und», fragt er, «hast du dich gestern Abend amüsiert? Keinen Muskelkater heute?»

«Wie?»

«Das Schlittschuhlaufen.»

«Oh. Ein bisschen.» Sie streckt die Beine, spürt die Anspannung in ihren Oberschenkeln und wird ein wenig rot, als sie dabei sein Knie streift. Sie haben schon Witze, die nur sie beide verstehen: Sie ist die Eisprinzessin, er der einfache Archivar, der nach ihrer Pfeife tanzen muss. Er schreibt ihr Nachrichten voller absichtlicher Fehler: *Op die kluge Ladie wol nacher vorbeikomt und ein Drink mit dem einfachn Achivar einimt?*

«Wie ich hörte, warst du unten bei uns und hast nach mir gefragt.»

Sie wirft ihm einen Blick zu, und er grinst wieder. Sie verzieht das Gesicht. «Dein Chef ist so ein Miesepeter. Ehrlich. Es war, als hätte ich ihn gebeten, seinen Erstgeborenen zu opfern. Dabei wollte ich bloß, dass er dir etwas ausrichtet.»

«Er ist eigentlich ganz in Ordnung», sagt Rory. «Er ist nur gestresst. So richtig. Das ist das letzte Projekt, bevor er in Rente geht, und er muss vierzigtausend Dokumente in der richtigen Reihenfolge verlagern, und dann noch alle, die für die digitale Lagerung eingescannt werden.»

«Wir haben doch alle zu tun, Rory.»

«Er will eben alles perfekt hinterlassen. Er ist noch von der alten Schule – verstehst du, alles zum Wohle der Zeitung. Ich mag ihn. Er gehört zu einer aussterbenden Art.»

Sie denkt an Melissa mit ihren kalten Augen und hohen Absätzen und muss ihm unwillkürlich zustimmen.

«Er weiß alles, was es über die Zeitung zu wissen gibt. Du solltest mal mit ihm reden.»

«Ja. Wo er mich offensichtlich so ins Herz geschlossen hat.»

«Ich bin mir sicher, er würde es tun, wenn du ihn nett darum bittest.»

«So wie ich mit dir spreche?»

«Nein. Ich habe gesagt: nett.»

«Wirst du dich um seine Stelle bewerben?»

«Ich?» Rory trinkt einen Schluck. «Nein. Ich möchte reisen – Südamerika. Das hier sollte nur ein Ferienjob für mich sein. Irgendwie sind am Ende achtzehn Monate daraus geworden.»

«Du bist seit achtzehn Monaten hier?»

«Soll das heißen, du hast mich nie bemerkt?» Er setzt eine beleidigte Miene auf, und sie wird erneut rot.

«Ich … ich dachte nur, ich hätte dich doch vorher schon mal sehen müssen.»

«Ach, ihr Schreiberlinge seht doch nur, was ihr sehen wollt. Wir sind die unsichtbaren Packesel, nur dazu da, um euch zu Diensten zu sein.»

Er lächelt und hat es nicht böse gemeint, aber sie weiß, dass in seinen Worten ein unerfreuliches Körnchen Wahrheit steckt. «Und ich bin wohl ein selbstsüchtiger Schreiberling, blind gegenüber den Bedürfnissen derjenigen, die wirklich arbeiten, und gemein zu einem anständigen alten Mann, der noch echte Arbeitsmoral besitzt.»

«So ungefähr.» Dann sieht er sie direkt an, und sein Gesichtsausdruck verändert sich. «Was wirst du tun, um Vergebung zu erlangen?»

Es fällt ihr erstaunlich schwer, ihm in die Augen zu schauen. Sie legt sich gerade eine Antwort zurecht, als sie ihr Handy summen hört. «Entschuldigung», murmelt sie und kramt in ihrer Handtasche. Sie klickt das kleine Umschlagsymbol auf dem Display an.

Wollte nur Hi sagen. Morgen Urlaub, melde mich, wenn zurück. Pass auf dich auf. J x

Sie ist enttäuscht. Er will «nur Hi sagen»? Und das nach gestern Abend?

Sie liest die Nachricht noch einmal. Er gibt nie viel über das Handy von sich, das weiß sie. Es sei zu riskant, falls seine Frau es zufällig in die Finger kriegt, bevor er eine verfängliche Botschaft löschen kann. Und «Pass auf dich auf» hat doch etwas Herzliches, oder? Er will, dass es ihr gutgeht. Oder redet sie sich da nur etwas ein? Liest eine Bedeutung in seine spärlichen Worte, die gar nicht existiert? Meistens glaubt sie, dass es in Ordnung ist, weil sie so verbunden miteinander sind. Sie versteht, was er eigentlich sagen will. Gelegentlich aber, so wie heute, bezweifelt sie, dass wirklich etwas hinter dem Stenogramm steckt.

Wie soll sie darauf antworten? Sie kann ihm wohl kaum einen «schönen Urlaub» wünschen, wenn sie eigentlich hofft, dass er eine furchtbare Zeit hat, dass seine Frau eine Lebensmittelvergiftung bekommt, seine Kinder unablässig nörgeln und dass das Wetter spektakulär versagt und sie alle griesgrämig nach drinnen verbannt. Sie möchte, dass er dort sitzt und sich nach ihr sehnt, nach ihr sehnt, nach ihr sehnt …

Pass du auch auf dich auf. x

Als sie aufschaut, ist Rorys Blick auf die Umzugswagen draußen gerichtet, als wäre er nicht daran interessiert, was neben ihm vorgeht.

«Entschuldigung», sagt sie und steckt ihr Handy wieder in die Tasche. «Hatte mit der Arbeit zu tun.» Warum sagt sie ihm nicht die Wahrheit? Er könnte ein Freund sein, ist im Grunde schon ein Freund: Warum erzählt sie ihm nichts von John?

«Wieso glaubst du, schreibt niemand mehr solche Liebesbriefe?», fragt sie ihn stattdessen. «Es gibt zwar SMS und E-Mails und so etwas, aber keiner benutzt mehr solche Worte, oder? Niemand drückt es mehr so aus wie unser unbekannter Liebhaber.»

Der Umzugswagen ist abgefahren. Die Front des Zeitungsgebäudes ist frei und leer, der Eingang im Licht der Straßenlaternen ein dunkler Rachen, im Innern ist die restliche Belegschaft damit beschäftigt, letzte Korrekturen an der Titelseite vorzunehmen.

«Vielleicht doch», sagt er, und der weiche Ausdruck ist aus seinem Gesicht verschwunden. «Es kann aber auch sein, dass die Männer einfach nicht mehr wissen, welche Worte denn von ihnen erwartet werden.»

Ihr Fitnessstudio liegt schon lange nicht mehr in der Nähe ihrer Wohnungen, die Ausrüstung dort ist regelmäßig kaputt und die Empfangsdame derart unfreundlich, dass sie sich fragen, ob sie von der Konkurrenz eingeschleust wurde. Aber weder sie noch Nicky haben Lust auf den Stress, ihre Mitgliedschaft zu kündigen und sich etwas Neues zu suchen. Sie treffen sich dort einmal in der Woche. Jahrelang haben sie nebeneinander auf den Heimtrainern gekeucht oder sich den Anweisungen mitleidiger zwanzigjähriger Trainer unterworfen. Mittlerweile drehen sie nur noch ein paar halbherzige Runden in dem kleinen Schwimmbecken und sitzen dann vierzig Minuten im Whirlpool oder in der Sauna, weil sie sich eingeredet haben, das sei «gut für die Haut».

Nicky kommt zu spät: Sie bereitet sich auf eine Konferenz in Südafrika vor und ist aufgehalten worden. Aber die beiden sind sich einig, dass das passieren kann. Durch den Job verursachte Verspätungen werden nicht kritisiert. Im Übrigen hat Ellie nie ganz verstanden, was Nicky beruflich macht.

«Wird es dort heiß sein?» Sie rückt ihr Handtuch auf der warmen Saunabank zurecht, während Nicky sich den Schweiß aus den Augen wischt.

«Ich glaube schon. Bin mir allerdings nicht sicher, wie viel Zeit ich haben werde, das zu genießen. Meine neue Chefin ist ein echter Workaholic. Ich hatte gehofft, eine Woche Urlaub dranhängen zu können, aber sie sagt, sie kann mich nicht entbehren.»

«Wie ist sie so?»

«Oh, ganz in Ordnung, sie spielt sich nicht auf oder so. Aber sie macht jede Menge Überstunden und erwartet das von uns anderen auch. Ich wünschte, wir hätten den alten Richard wieder. Ich mochte unsere ausgedehnten Mittagspausen freitags.»

«Ich kenne niemanden, der heutzutage noch eine richtige Mittagspause hat.»

«Bis auf euch Schreiberlinge. Ich dachte, ihr habt ständig feuchtfröhliche Mittagessen mit irgendwelchen Kontaktpersonen oder Interviewpartnern.»

«Ha. Nicht mit meiner Chefin auf den Fersen.» Sie berichtet von dem Gespräch am Morgen, und Nicky verdreht mitleidig die Augen.

«Sei bloß vorsichtig», sagt sie. «Das klingt, als hätte sie dich auf dem Kieker. Ist dieser Artikel, an dem du arbeitest, denn okay? Kannst du sie dir damit vom Hals halten?»

«Ich weiß nicht, ob überhaupt etwas daraus wird. Und ich habe auch so ein komisches Gefühl bei der Sache.» Sie reibt ihren Fuß. «Die Briefe sind wunderschön. Und richtig intensiv.

Hätte mir jemand so einen Brief geschrieben, würde ich nicht wollen, dass er an die Öffentlichkeit gelangt.»

Sie hört innerlich Rorys Stimme, als sie das sagt, und merkt, dass sie wirklich nicht mehr sicher ist, was sie davon hält. Es hat sie überrascht, dass ihm der Gedanke, die Briefe zu veröffentlichen, so missfallen hat. Sie ist davon ausgegangen, dass alle bei der *Nation* die gleiche Einstellung haben. *Zuerst die Zeitung*. Alte Schule.

«Ich würde wollen, dass die ganze Welt davon erfährt. Ich kenne niemanden, der noch Liebesbriefe bekommt», sagt Nicky. «Meine Schwester hat welche bekommen, in den Neunzigern, als ihr Verlobter nach Hongkong gezogen ist, mindestens zwei pro Woche. Sie hat sie mir einmal gezeigt.» Nicky schnaubt. «Stell dir vor, in den meisten ging es darum, wie sehr er ihr Hinterteil vermisst.»

Sie hören auf zu lachen, als eine Frau in die Sauna kommt. Sie lächeln sich höflich zu, die Frau breitet auf der höchsten Bank sorgfältig ihr Handtuch aus und nimmt Platz.

«Oh, letztes Wochenende habe ich Doug getroffen.»

«Wie geht es ihm? Ist Lena schon schwanger?»

«Er hat sich nach dir erkundigt. Macht sich Sorgen, er könnte dich verletzt haben. Er meinte, ihr hättet Streit gehabt.»

Schweiß ist Ellie in die Augen gelaufen, und die Reste ihrer Wimperntusche brennen. «Es war nichts Schlimmes. Er hat nur …» Sie wirft einen kurzen Blick auf die Frau über ihnen. «Er lebt in einer anderen Welt.»

«Eine, in der niemand jemals eine Affäre hat.»

«Er klang ein wenig … voreingenommen. Wir waren nicht einer Meinung, was Johns Frau betrifft.»

«Was ist mit ihr?»

Verlegen rutscht Ellie auf ihrer Bank hin und her.

«Machen Sie sich wegen mir mal keine Sorgen», kommt die

Stimme der Frau von oben. «Alles, was hier mitgehört wird, ist streng vertraulich.» Sie lacht, und sie lächeln folgsam zurück.

Ellie senkt die Stimme. «Es ging darum, inwieweit ich Rücksicht auf ihre Gefühle nehmen muss.»

«Ich denke doch, das ist Johns Job.»

«Ja. Aber du kennst Doug. Der netteste Mann der Welt.» Ellie streicht sich die Haare aus dem Gesicht. «Er hat recht, Nicky, aber ich kenne sie doch gar nicht. Für mich ist sie nicht real. Warum also sollte es mich kümmern, was mit ihr passiert? Sie hat das, was ich mir wünsche, das, was mich glücklich machen würde. Und so sehr kann sie ihn doch nicht lieben, wenn ihr gleichgültig ist, was er braucht? Ich meine, wenn die beiden glücklich miteinander wären, wäre er nicht mit mir zusammen, oder?»

Nicky schüttelt den Kopf. «Keine Ahnung. Als meine Schwester ihr Kind bekommen hat, stand sie ein halbes Jahr neben sich.»

«Sein Jüngstes ist fast zwei.» Sie ahnt Nickys Seufzen mehr, als dass sie es hört. Das ist die Kehrseite von guten Freundinnen. Sie lassen einen nicht so einfach davonkommen.

«Du weißt, Ellie», sagt Nicky, legt sich zurück auf die Bank und verschränkt die Hände hinter dem Kopf, «moralische Überlegungen liegen mir fern, aber du wirkst nicht glücklich.»

Abwehrhaltung. «Ich *bin* glücklich.»

Nicky zieht eine Augenbraue hoch.

«Na schön. Ich bin sowohl glücklicher als auch unglücklicher, als ich je zuvor mit jemandem war, wenn das einen Sinn ergibt.»

Im Gegensatz zu ihren beiden besten Freundinnen hat Ellie nie mit einem Mann zusammengelebt. Bis zu ihrem dreißigsten Geburtstag hatte sie *EheundKinder* – für sie immer ein Wort – zu den Dingen gerechnet, denen sie sich später einmal widmen würde, nachdem sie Karriere gemacht hatte – so etwas wie verantwortungsbewusster Umgang mit Alkohol oder die Rente. Sie wollte nicht so enden wie einige Mädchen aus der Schule, die mit Mitte zwanzig erschöpft Kinderwagen vor sich her schoben, finanziell abhängig von Männern, die sie anscheinend verachteten.

Ihr letzter Freund hatte sich beklagt, dass er ständig hinter ihr herlaufen müsse, während sie «in ihr Handy belle». Sie hatte das damals lustig gefunden, was ihn noch wütender gemacht hatte. Doch seit ihrem dreißigsten Geburtstag machte das alles nicht mehr so viel Spaß. Wenn sie ihre Eltern in Derbyshire besuchte, waren sie auffällig bemüht, dem Thema Beziehungen auszuweichen, so sehr, dass es Ellie noch mehr unter Druck setzte. Sie sei gern auf sich gestellt, sagt sie ihnen und anderen. Das stimmte auch, bis sie John kennenlernte.

«Ist er verheiratet?», fragt die Frau durch den Dampf.

Ellie und Nicky tauschen heimlich einen Blick.

«Ja», antwortet Ellie.

«Wenn es Ihnen damit bessergeht: Ich habe mich auch in einen verheirateten Mann verliebt, und nächsten Dienstag feiern wir unseren vierten Hochzeitstag.»

«Herzlichen Glückwunsch», sagen sie wie aus einem Mund.

«Wir sind so glücklich, wie man nur sein kann. Natürlich will seine Tochter nicht mehr mit ihm sprechen, aber das ist in Ordnung. Wir sind glücklich.»

«Wie lange hat es gedauert, bis er seine Frau verlassen hat?», fragt Ellie und richtet sich auf.

Die Frau fasst ihre Haare zu einem Pferdeschwanz zusammen. Sie hat winzige Brüste, denkt Ellie, und trotzdem hat er seine Frau für sie verlassen.

«Zwölf Jahre», erwidert die Frau. «Das bedeutete, dass wir keine Kinder haben konnten, aber wie gesagt, es hat sich gelohnt. Wir sind sehr glücklich.»

«Das freut mich für Sie», sagt Ellie. Die Frau steht auf, öffnet die Glastür und geht hinaus. Kalte Luft strömt herein, und dann sind sie wieder allein.

Für einen Augenblick schweigen beide.

«Zwölf Jahre», sagt Nicky und reibt sich mit dem Handtuch das Gesicht ab. «Zwölf Jahre, eine entfremdete Tochter und keine Kinder. Tja, ich wette, damit geht es dir jetzt viel besser.»

Zwei Tage später klingelt das Telefon. Es ist Viertel nach neun, und sie sitzt an ihrem Schreibtisch. Sie achtet darauf, dass ihre Chefin bemerkt, dass sie da ist und arbeitet. Um welche Zeit kommt Melissa wohl zur Arbeit? Allem Anschein nach ist sie als Erste in der Redaktion und geht als Letzte, dennoch sind Frisur und Make-up immer makellos, ihre Kleidungsstücke sorgfältig aufeinander abgestimmt. Ellie vermutet, dass sie jeden Morgen um sechs Uhr eine Stunde mit einem Personal Trainer verbringt, danach eine weitere bei einem exklusiven Friseur. Hat Melissa überhaupt ein Privatleben? Jemand hat einmal eine kleine Tochter erwähnt, aber das zu glauben, fällt Ellie schwer.

«Hallo», sagt sie in den Hörer und schaut dabei geistesabwesend in das gläserne Büro ihrer Chefin. Melissa telefoniert, geht auf und ab und streicht sich dabei mit einer Hand über das Haar.

«Spreche ich mit Ellie Haworth?» Eine kristallklare Stimme, Relikt aus einem vergangenen Zeitalter.

«Ja, die bin ich.»

«Ah. Ich glaube, Sie haben mir einen Brief geschickt. Mein Name ist Jennifer Stirling.»

Was habe ich getan? An jenem Donnerstag hast du gesagt, du willst nicht, dass ich gehe. Deine Worte, nicht meine. Und dann nichts. Ich habe schon gedacht, du hättest einen Unfall gehabt! S***** hat gesagt, du hast das schon einmal gemacht, und ich wollte ihr nicht glauben, aber jetzt komme ich mir vor wie eine Idiotin.

Frau an Mann, per Brief

KAPITEL 19

Sie eilt durch den Regen, den Kopf gesenkt, und verflucht sich selbst, weil sie nicht daran gedacht hat, einen Schirm mitzunehmen. Die Scheiben der Taxis und Busse sind beschlagen, Wasser spritzt in hohen Bögen über die Bordsteinkante. Sie ist an einem regnerischen Samstagnachmittag in St. John's Wood unterwegs und versucht, nicht an die weißen Sandstrände von Barbados zu denken, an eine große, sommersprossige Hand, die den Rücken einer Frau mit Sonnencreme einreibt. Dieses Bild taucht mit quälender Regelmäßigkeit in ihrem Kopf auf, seit John vor sechs Tagen abgereist ist. Vermutlich will sich das Universum mit dem Dauerregen über sie lustig machen.

Sie geht die drei Stufen bis zur Tür des Wohnhauses hinauf, drückt auf die Klingel und wartet ungeduldig.

«Hallo?» Die Stimme ist klar, klingt weniger alt, als sie es sich vorgestellt hat. Gott sei Dank hat Jennifer Stirling den heutigen Tag vorgeschlagen: Der Gedanke an einen Samstag ganz ohne Arbeit und ohne ihre Freundinnen, die anscheinend alle zu tun haben, hat ihr Angst gemacht. Wieder die sommersprossige Hand.

«Ellie Haworth. Ich bin wegen der Briefe hier.»

«Ah, kommen Sie herein. Ich wohne in der dritten Etage.

Kann sein, dass Sie eine Weile auf den Aufzug warten müssen. Er ist entsetzlich langsam.»

Sie ist nur selten in dieser Gegend und in Häusern wie diesem. Ihre Freundinnen wohnen in winzigen Neubauwohnungen mit Tiefgaragen oder in beengten Maisonettewohnungen in viktorianischen Reihenhäusern. Dieses Gebäude zeugt von altem Geld, es kümmert sich nicht darum, was gerade in Mode ist. Ihr fällt der Ausdruck «Witwe von Stand» ein – John würde ihn vielleicht benutzen –, und sie muss lächeln.

Die Eingangshalle ist mit einem Teppich in Dunkeltürkis ausgelegt, einer Farbe aus einer anderen Zeit. Dem Messinggeländer an den vier Marmorstufen ist anzusehen, dass es häufig poliert wird. Sie muss an ihren Hausflur denken mit den Stapeln vernachlässigter Post und den sorglos abgestellten Fahrrädern.

Der Aufzug fährt würdevoll hinauf in den dritten Stock, knarrend und rumpelnd, und sie tritt hinaus in einen gefliesten Flur.

«Hallo?» Ellie sieht die offene Tür.

Sie kann gar nicht so genau sagen, was sie erwartet hat: vielleicht eine gebeugte ältere Dame mit einem altmodischen Schal um den Hals, in einer Wohnung voller Porzellantiere. So ist Jennifer Stirling nicht. Sie mag über sechzig sein, aber sie ist schlank und hat eine aufrechte Haltung, nur ihr silbergraues Haar, zu einem Bob geschnitten, deutet auf ihr wahres Alter hin. Sie trägt einen dunkelblauen Kaschmirpullover und eine Strickjacke mit Gürtel über einer gutgeschnittenen Hose, die sicher nicht billig war. Um den Hals hat sie einen smaragdgrünen Schal geschlungen.

«Miss Haworth?»

Sie spürt, dass die Frau sie genau gemustert hat, bevor sie ihren Namen aussprach.

«Ja.» Ellie streckt die Hand aus. «Ellie, bitte.»

Das Gesicht der Frau entspannt sich ein wenig. Was für eine Prüfung es auch gewesen sein mag, Ellie hat sie anscheinend bestanden – vorerst zumindest. «Kommen Sie doch herein. Hatten Sie einen weiten Weg?»

Ellie folgt ihr in die Wohnung. Erneut stellt sie fest, dass ihre Erwartungen nicht der Wirklichkeit entsprechen. Kein Nippes steht herum. Der Raum ist groß, hell und spärlich möbliert. Zwei große Perserteppiche zieren die hellen Holzböden, und zwei mit Damast bezogene Sofas stehen einander gegenüber, dazwischen ein gläserner Couchtisch. Die einzigen zwei anderen Möbelstücke sind perfekt ausgewählt: ein teuer aussehender, moderner Stuhl im dänischen Design und ein kleiner antiker Tisch aus Walnussholz. Familienfotos, Porträts von kleinen Kindern.

«Was für eine schöne Wohnung», sagt Ellie, die sich nie besonders für Inneneinrichtung interessiert hat, aber plötzlich weiß, wie sie einmal leben möchte.

«Ja, nicht wahr? Ich bin … 1968 hier eingezogen, glaube ich. Damals war es ein ziemlich schäbiges altes Haus, aber ich dachte, es wäre für meine Tochter gut, hier aufzuwachsen. Von dem Fenster dort kann man den Regent's Park sehen. Darf ich Ihren Mantel nehmen? Möchten Sie einen Kaffee? Sie sehen schrecklich durchnässt aus.»

Ellie nimmt Platz, während Jennifer Stirling in der Küche verschwindet. An den in zartem Creme gehaltenen Wänden hängen ein paar große moderne Kunstwerke. Ellie betrachtet Jennifer Stirling, als sie wieder hereinkommt, und sie ist nicht überrascht, dass diese Frau in dem unbekannten Briefschreiber eine solche Leidenschaft entfacht hat.

Auf einem der Fotos ist eine sehr schöne junge Frau zu sehen, die wie für ein Porträt von Cecil Beaton posiert; ein weiteres Foto zeigt dieselbe Frau ein paar Jahre später, mit dem erschöpften, ehrfürchtigen und glücklichen Ausdruck, der allen frischgebackenen Müttern zu eigen ist. Obwohl sie gerade ein Kind zur Welt gebracht hat, sitzt ihre Frisur perfekt.

«Ich finde es nett von Ihnen, dass Sie sich diese Umstände machen. Ihr Brief hat mich sehr überrascht.» Jennifer Stirling reicht ihr eine Tasse Kaffee, setzt sich ihr gegenüber und benutzt einen kleinen, mit einer roten Emaillekaffeebohne verzierten Silberlöffel zum Umrühren. Ihre Taille ist tatsächlich schmaler als meine, denkt Ellie.

«Ich bin neugierig zu erfahren, um welche Korrespondenz es geht. Ich glaube, ich habe seit Jahren nichts versehentlich fortgeworfen. Alte Unterlagen zerschreddere ich. Mein Steuerberater hat mir letztes Jahr zu Weihnachten so ein infernalisches Gerät gekauft.»

«Na ja, eigentlich habe nicht ich sie gefunden. Ein Freund von mir arbeitet im Archiv der Zeitung *Nation* und ist auf eine Akte gestoßen.»

Jennifer Stirlings Haltung verändert sich.

«Und darin befanden sich diese hier.»

Ellie greift in ihre Tasche und zieht vorsichtig die Klarsichthülle mit den drei Liebesbriefen heraus. Sie beobachtet Mrs. Stirlings Gesicht, als sie die Umschläge an sich nimmt. «Ich hätte sie Ihnen ja geschickt», fährt sie fort, «aber ...»

Jennifer Stirling hält die Briefe ehrfürchtig in beiden Händen.

«Ich war mir nicht sicher, was ... – na ja, ob Sie die überhaupt sehen wollen.»

Jennifer sagt nichts. Ellie, die sich plötzlich sehr unwohl in ihrer Haut fühlt, trinkt einen Schluck Kaffee. Sie weiß nicht, wie lange sie so dasitzt, doch sie hält den Blick abgewandt, ohne zu wissen, warum.

«Oh, und ob ich die haben möchte.»

Als sie aufblickt, ist etwas mit Jennifers Miene passiert. Sie ist nicht gerade in Tränen aufgelöst, doch ihre Augen verraten, wie stark die Gefühle sind, die so unerwartet über sie hereingebrochen sind. «Ich nehme an, Sie haben sie gelesen.»

Ellie wird rot. «Es tut mir leid. Sie waren in einer Akte, die damit überhaupt nichts zu tun hatte. Ich wusste nicht, dass ich am Ende ihre Besitzerin finden würde. Ich fand sie wunderschön», fügt sie verlegen hinzu.

«Ja, nicht wahr? Tja, Ellie Haworth, in meinem Alter überrascht mich nicht mehr viel, aber Ihnen ist das heute gelungen.»

«Wollen Sie sie nicht lesen?»

«Das muss ich nicht. Ich weiß genau, was drinsteht.»

Ellie hat vor langer Zeit gelernt, dass die wichtigste Fähigkeit eines Journalisten darin besteht, zu wissen, wann man zu schweigen hat. Jetzt aber fühlt sie sich zunehmend unwohl, während sie eine alte Frau betrachtet, deren Gedanken an einem ganz anderen Ort zu sein scheinen. «Es tut mir leid», sagt sie behutsam, als die Stille erdrückend wird, «wenn ich Sie durcheinandergebracht habe. Ich war nicht sicher, was ich tun soll, weil ich nicht wusste, in welcher …»

«… in welcher Lage ich bin», sagt Jennifer. Sie lächelt, und Ellie denkt erneut, was für ein schönes Gesicht sie hat. «Das war sehr diplomatisch von Ihnen. Aber diese Briefe können keine Unannehmlichkeiten bereiten. Mein Mann ist vor vielen Jahren gestorben. Das ist etwas, was einem nie über das Altsein gesagt wird.» Sie lächelt bitter. «Dass die Männer so viel früher sterben.»

Eine Weile lauschen sie dem Regen, den quietschenden Bremsen der Busse draußen.

«Verraten Sie mir, Ellie», sagt Mrs. Stirling, «was Sie dazu bewogen hat, so viele Mühen auf sich zu nehmen, um mir die Briefe zurückzugeben?»

Ellie überlegt, ob sie den Artikel erwähnen soll oder nicht. Ihr Gefühl rät ihr davon ab.

«Ich habe noch nie so etwas gelesen …»

Jennifer Stirling sieht sie durchdringend an.

«Und … ich habe auch einen Geliebten», sagt Ellie, ohne zu wissen, warum.

«Einen ‹Geliebten›?»

«Er ist … verheiratet.»

«Ah. Also haben Sie sich in diesen Briefen wiedererkannt?»

«Ja. Es geht darum, etwas haben zu wollen, was man nicht haben kann. Darum, nie sagen zu können, was man wirklich fühlt.» Sie hat den Blick gesenkt. «Der Mann, mit dem ich ein Verhältnis habe, John … Ich weiß eigentlich nicht, was er denkt. Wir sprechen nicht darüber, was das zwischen uns ist.»

«Das ist nicht ungewöhnlich», bemerkt Mrs. Stirling.

«Aber Ihr Geliebter hat es getan. Boot hat es getan.»

«Ja.» Erneut ist sie in einer anderen Zeit gefangen. «Er hat mir alles gesagt. Erstaunlich, wenn man einen solchen Brief bekommt. Zu wissen, dass man so ganz und gar geliebt wird. Er konnte immer entsetzlich gut mit Worten umgehen.»

Der Regen wird zu einer Sintflut und trommelt gegen die Fensterscheiben.

«Mich hat Ihre Liebesbeziehung in ihren Bann gezogen, wenn das jetzt nicht zu eigenartig klingt. Ich wollte Sie beide unbedingt wieder zusammenbringen. Ich muss fragen, sind Sie … sind Sie je wieder zusammengekommen?»

Dieser moderne Ausdruck scheint falsch, unangemessen, und Ellie hat plötzlich Hemmungen. Die Frage hat etwas Schamloses, denkt sie. Sie ist zu weit gegangen.

Gerade als Ellie sich entschuldigen und gehen will, ergreift Jennifer wieder das Wort. «Möchten Sie noch einen Kaffee, Ellie?», fragt sie. «Es hat wohl keinen Zweck, wenn Sie aufbrechen, solange es dermaßen regnet.»

Jennifer Stirling sitzt auf dem mit Seide bezogenen Sofa, der Kaffee in der Tasse auf ihrem Schoß wird allmählich kalt, und sie erzählt die Geschichte einer jungen Frau in Südfrankreich und eines Ehemannes, der – wie sie es ausdrückt – wahrscheinlich nicht schlimmer war als andere damals. Er war ein Mann seiner Zeit: Gefühle zum Ausdruck zu bringen war für ihn ein Zeichen von Schwäche, es gehörte sich nicht. Und sie erzählt die Geschichte eines Mannes, der genau das Gegenteil war, ein mürrischer, eigensinniger, leidenschaftlicher Mann, der in seinem Leben viel durchgemacht hat und es schaffte, sie schon am ersten Abend aus der Fassung zu bringen, als sie ihn bei einer Dinnerparty im Mondschein kennenlernte.

Ellie hört ihr hingerissen zu, Bilder entstehen vor ihrem geistigen Auge, und sie versucht, nicht an das Aufnahmegerät in ihrer Handtasche zu denken, das sie eingeschaltet hat. Aber sie schämt sich nicht länger. Mrs. Stirling spricht, als hätte sie diese Geschichte schon seit Jahrzehnten erzählen wollen. Sie sagt, es sei eine Geschichte, die sie im Lauf der Jahre Stück für Stück zusammengesetzt hat, und Ellie, obwohl sie nicht alles versteht, will nicht unterbrechen, um nachzufragen.

Jennifer Stirling erzählt, wie ihr vergoldetes Leben plötzlich überschattet wurde: von den schlaflosen Nächten, ihren Schuldgefühlen, der beängstigenden, aber unwiderstehlichen Anziehungskraft eines Mannes, der verboten war, von der schrecklichen Ahnung, dass das Leben, das man führt, möglicherweise das falsche ist. Während sie spricht, kaut Ellie an ihren Fingernägeln und fragt sich, ob John auch so denkt, gerade in diesem Augenblick, an einem fernen, sonnigen Strand. Wie kann er seine Frau lieben und gleichzeitig mit ihr, Ellie, auf diese Art zusammen sein? Wie kann er diesen Sog nicht spüren?

Die Geschichte wird düsterer, die Stimme ruhiger. Jennifer erzählt von einem Autounfall auf einer nassen Straße, einem schuldlosen Mann, der dabei ums Leben kam, und den vier Jahren, die sie durch ihre Ehe schlafwandelte, aufrecht gehalten nur von Tabletten und der Geburt ihrer Tochter.

Sie bricht ab, greift hinter sich und reicht Ellie ein gerahmtes Foto. Eine große blonde Frau in Shorts steht barfuß neben einem Mann, der den Arm um sie gelegt hat. Zwei Kinder und ein Hund sind zu ihren Füßen zu sehen. Sie sieht aus wie aus einer Calvin-Klein-Werbung. «Esmé ist wahrscheinlich nicht viel älter als Sie», sagt Jennifer. «Sie lebt mit ihrem Mann, einem Arzt, in San Francisco. Sie sind sehr glücklich, soweit ich weiß.»

«Weiß sie über die Briefe Bescheid?» Ellie stellt den Rahmen vorsichtig auf den Couchtisch und versucht, der unbekannten Esmé nicht ihre spektakulären Erbanlagen zu missgönnen, ihr offenbar beneidenswertes Leben.

Diesmal zögert Mrs. Stirling mit der Antwort. «Ich habe diese Geschichte noch niemandem erzählt. Welche Tochter will schon hören, dass ihre Mutter jemand anderen als ihren Vater geliebt hat?»

Dann erzählt sie von einer zufälligen Begegnung Jahre später, dem wunderbaren Schock zu entdecken, dass sie war, wo sie sein sollte. «Können Sie das verstehen? Ich hatte so lange das Gefühl, fehl am Platz zu sein … und dann war Anthony da. Und ich habe hier gespürt …», sie tippt sich an die Brust, «… dass ich zu Hause war. Dass er es war.»

«Ja», sagt Ellie. Sie sitzt auf der Sofakante. Jennifer Stirlings Gesicht leuchtet. Plötzlich kann Ellie die junge Frau sehen, die sie einst war. «Ich kenne das Gefühl.»

«Das Schreckliche war natürlich, dass ich, nachdem ich ihn wiedergefunden hatte, nicht die Freiheit hatte, mit ihm zu gehen. Scheidung war damals noch eine viel größere Sache, Ellie. Furchtbar. Man zog dadurch seinen Namen in den Schmutz. Ich wusste, mein Mann würde mich vernichten, wenn ich es versuchte. Und ich konnte Esmé nicht verlassen. Er – Anthony – hatte sein eigenes Kind im Stich gelassen, und ich glaube, das hat er nie richtig verwunden.»

«Also haben Sie Ihren Mann tatsächlich nie verlassen?» Ellie spürt, wie Enttäuschung in ihr aufkeimt.

«Doch, dank der Akte, die Sie gefunden haben. Er hatte so eine komische alte Sekretärin, Miss ...» Sie verzieht das Gesicht. «Ich konnte mich nie an ihren Namen erinnern. Ich nehme an, sie war in ihn verliebt. Und dann hat sie mir aus irgendeinem Grund das Werkzeug in die Hand gegeben, mit dem ich ihn hätte zugrunde richten können. Sie wusste, dass er mir nichts antun konnte, sobald ich diese Akte hatte.»

Sie beschreibt ihre Begegnung mit der namenlosen Sekretärin, den Schock ihres Mannes, als sie ihm in seinem Büro offenbarte, was sie wusste.

«Die Asbest-Akte.» In Ellies Wohnung hatte sie so harmlos gewirkt.

«Natürlich wusste damals niemand etwas über Asbest. Wir hielten das für ein wunderbares Material. Festzustellen, dass Laurence' Firma so viele Menschenleben zerstört hatte, war ein furchtbarer Schock. Deshalb habe ich eine Stiftung gegründet, als er starb. Um den Opfern zu helfen. Hier.» Sie greift in eine Schublade und zieht eine Broschüre heraus. Darin wird über eine Prozesskostenhilfe für Menschen informiert, die infolge ihrer Arbeit an einem Pleuramesotheliom erkrankt sind. «Jetzt ist nicht mehr viel Geld in dem Fonds, aber wir bieten noch immer Rechtsbeistand an. Ich bin mit Anwälten befreundet, die in diesen Fällen kostenlos helfen, hier und im Ausland.»

«Sie haben trotz der Trennung das Geld Ihres Mannes bekommen?»

«Ja. Das war unsere Abmachung. Ich habe seinen Namen behalten und wurde zu einer jener ziemlich zurückgezogen lebenden Ehefrauen, die ihre Männer nie zu irgendetwas begleiten. Alle nahmen an, ich sei aus der Gesellschaft ausgeschieden, um Esmé großzuziehen. Damals war das nicht unüblich. Er hat einfach zu allen gesellschaftlichen Anlässen seine Geliebte mitgenommen.» Sie lacht und schüttelt den Kopf. «Die Doppelmoral damals war erstaunlich.»

Ellie stellt sich vor, wie sie bei einer Buchpräsentation an Johns Arm erscheint. Er hat bisher immer sorgfältig darauf geachtet, sie in der Öffentlichkeit nicht zu berühren, keinen Hinweis auf ihre Beziehung zu geben. Insgeheim hat sie sich manchmal fast gewünscht, man würde sie einmal beim Küssen erwischen oder dass ihre Leidenschaft so offensichtlich wäre, dass alle darüber tuscheln würden.

Sie schaut auf und stellt fest, dass Jennifer Stirling sie betrachtet. «Möchten Sie noch Kaffee, Ellie? Ich gehe davon aus, dass Sie es nicht eilig haben.»

«Nein. Kaffee wäre wunderbar. Ich möchte wissen, was passiert ist.»

Jennifers Ausdruck verändert sich. Das Lächeln verblasst. Kurzes Schweigen tritt ein.

«Er ist in den Kongo zurückgekehrt», sagt Jennifer. «Er reiste immer an die gefährlichsten Orte. Damals wurde den Weißen dort Schlimmes angetan, und ihm ging es nicht sonderlich gut …» Sie schien ihre Worte nicht mehr an Ellie zu richten. «Männer sind häufig viel zerbrechlicher, als sie scheinen, nicht wahr?»

Ellie versucht, die bittere Enttäuschung zu verdrängen, die diese Information in ihr geweckt hat. *Das ist nicht dein Leben*, sagt sie sich mit Nachdruck. *Das muss nicht deine Tragödie sein.* «Wie hieß er? Ich vermute, nicht Boot.»

«Nein. Das war unser kleiner Scherz. Haben Sie je Evelyn Waugh gelesen? Sein richtiger Name war Anthony O'Hare.

Eigentlich ist es merkwürdig, Ihnen das alles nach so langer Zeit zu erzählen. Er war die Liebe meines Lebens, dennoch habe ich keine Fotos von ihm, nur ein paar Erinnerungen. Wären seine Briefe nicht, könnte man denken, dass ich mir das Ganze nur eingebildet habe. Deshalb ist es so ein Geschenk, dass Sie sie mir zurückgebracht haben.»

Ellie spürt, wie ihre Kehle eng wird.

Das Telefon klingelt und reißt sie aus ihren Gedanken.

«Entschuldigen Sie bitte», sagt Jennifer. Sie geht in den Flur, hebt den Hörer ab, und Ellie hört sie antworten, ihre Stimme wird sofort ruhig, professionell, distanziert. «Ja. Ja, das machen wir noch immer. Wann wurde die Diagnose gestellt? … Es tut mir so leid …»

Ellie kritzelt den Namen auf ihren Notizblock und steckt ihn wieder in ihre Tasche. Sie prüft nach, ob ihr Aufnahmegerät noch läuft. Dann bleibt sie noch eine Weile sitzen und betrachtet die Familienfotos. Ihr ist klar, dass Jennifer eine Zeitlang brauchen wird. Jemanden zur Eile anzutreiben, der an einer Lungenkrankheit leidet, ist wohl nicht fair. Sie reißt eine Seite aus ihrem Block, kritzelt eine Notiz darauf und holt ihren Mantel. Sie tritt ans Fenster. Es hat aufgeklart, und die Pfützen auf dem Bürgersteig schimmern hellblau. Sie geht an die Tür und bleibt dort mit der Notiz in der Hand stehen.

«Entschuldigen Sie mich einen Augenblick», Jennifer hält eine Hand über die Sprechmuschel. «Tut mir leid», sagt sie. «Es wird eine Weile dauern.» Es ist offensichtlich, dass sie ihre Unterhaltung an diesem Tag nicht fortsetzen werden. «Da muss jemand Entschädigung beantragen.»

«Können wir uns noch einmal unterhalten?» Ellie reicht ihr den Zettel. «Meine Kontaktdaten stehen hier. Ich möchte wirklich gerne wissen …»

Jennifer nickt, mit halber Aufmerksamkeit schon wieder bei

ihrem Anrufer. «Ja, natürlich. Das ist das Mindeste, was ich tun kann. Und nochmals vielen Dank, Ellie.»

Ellie wendet sich zum Gehen, den Mantel über dem Arm. Als Jennifer den Hörer wieder ans Ohr führt, schaut Ellie sich noch einmal um. «Sagen Sie mir nur eins – ganz schnell noch. Als er – Boot – wieder gegangen ist, was haben Sie getan?»

Jennifer Stirling lässt die Hand mit dem Hörer sinken, ihr Blick ist klar und ruhig. «Ich bin ihm gefolgt.»

Da war nichts zwischen uns. Falls du etwas anderes behauptest, werde ich klarstellen, dass es nur in deiner Phantasie existiert hat.

Mann an Frau, per Brief, 1960

KAPITEL 20

Madam? Möchten Sie etwas trinken?»

Jennifer schlug die Augen auf. Der Flug nach Kenia war unruhig, und sie hielt seit fast einer Stunde die Armlehnen ihres Sitzes umklammert. Sie war nie gern geflogen, doch diesmal waren die Turbulenzen so heftig, dass selbst die routiniertesten Afrika-Reisenden angespannt wirkten. Sie zuckte zusammen, als sie ein Stück aus dem Sitz gehoben wurde, und im hinteren Teil des Flugzeugs schluchzte jemand. Der Rauch hastig angezündeter Zigaretten vernebelte die Kabine.

«Ja», antwortete sie. «Bitte.»

«Ich gebe Ihnen einen Doppelten», sagte die Stewardess augenzwinkernd. «Das wird ein holpriger Anflug.»

Sie trank die Hälfte in einem Zug. Nach einer Reise, die bereits fast achtundvierzig Stunden dauerte, brannten ihr die Augen. Vor ihrem Aufbruch hatte sie in London einige Nächte wachgelegen, ihre Gedanken hatten sich überschlagen, und sie hatte mit sich gerungen, ob das, was sie vorhatte, Wahnsinn war, wie alle anderen anscheinend dachten.

«Möchten Sie etwas davon?» Der Mann neben ihr hielt ihr eine kleine geöffnete Blechdose hin. Seine Hände waren groß, die Finger sahen aus wie getrocknete Würste.

«Danke. Was ist das? Pfefferminz?», fragte sie.

Die Maschine sackte wieder ab.

Er lächelte unter seinem dicken weißen Schnurrbart. «Nein.» Er sprach mit starkem Akzent, Afrikaans. «Die beruhigen die Nerven. Nachher sind Sie sicher froh darüber.»

Sie zog die Hand zurück. «Nein, danke. Mir hat einmal jemand gesagt, vor Turbulenzen brauche man keine Angst zu haben.»

«Stimmt. Es sind eher die turbulenten Ereignisse am Boden, vor denen man sich in Acht nehmen muss.»

Als sie darüber nicht lachte, sah er sie einen Moment lang forschend an. «Wo wollen Sie hin? Auf Safari?»

«Nein. Ich muss einen Anschlussflug nach Stanleyville bekommen. Dorthin gab es von London keinen Direktflug.»

«Kongo? Was wollen Sie denn dort, Gnädigste?»

«Ich versuche, einen Freund zu finden.»

Er war fassungslos. «Im *Kongo*?»

«Ja.»

Er schaute sie an, als wäre sie verrückt. Sie richtete sich ein wenig auf und lockerte vorübergehend den Griff um die Armlehnen.

«Lesen Sie denn keine Zeitung?»

«Gelegentlich, aber seit einigen Tagen nicht. Ich hatte ... sehr viel zu tun.»

«Viel zu tun? Meine Liebe, Sie sollten auf dem Absatz kehrtmachen und wieder nach England zurückfliegen.» Er lachte leise glucksend. «Ich bin mir ziemlich sicher, dass Sie nicht bis in den Kongo kommen.»

Sie wandte sich von ihm ab, um aus dem Fenster auf die Wolken zu schauen, die fernen, schneebedeckten Berggipfel unter sich, und einen Moment lang fragte sie sich, ob vielleicht die geringste Chance bestand, dass er sich in genau diesem Augenblick zehntausend Fuß unter ihr befand. Sie haben ja keine Ahnung, welch weiten Weg ich bereits hinter mir habe, antwortete sie im Stillen.

Zwei Wochen zuvor war Jennifer Stirling aus dem Büro der *Nation* getaumelt. Sie war auf der Eingangstreppe stehen geblieben, hatte die kleine, mollige Hand ihrer Tochter umfasst, und ihr war klargeworden, dass sie keine Ahnung hatte, was sie als Nächstes tun sollte. Der Wind hatte in den Rinnsteinen Blätter vor sich hergetrieben, deren ziellose Flugbahn sie an ihre eigene Situation erinnerte. Wie hatte Anthony verschwinden können? Warum hatte er keine Nachricht hinterlassen? Sie dachte an den Schmerz in seinen Augen, als er sie in der Empfangshalle des Hotels gesehen hatte, und fürchtete, die Antwort zu kennen. Die Worte des dicken Zeitungsmannes schwirrten ihr durch den Kopf. Die Welt schien zu schwanken, und einen Moment lang hatte sie das Gefühl, ohnmächtig zu werden.

Dann hatte Esmé geklagt, dass sie auf die Toilette müsse. Das unmittelbare Bedürfnis ihres kleinen Kindes hatte sie aus ihren Gedanken gerissen und wieder in die Wirklichkeit geholt.

Sie hatte sich im Regent eingemietet, wo er gewohnt hatte, vielleicht in der leisen Hoffnung, es könnte leichter für ihn sein, sie dort zu finden, falls er doch zurückkehrte. Sie brauchte diese Hoffnung. Er musste erfahren, dass sie endlich frei war.

Das einzige freie Zimmer war eine Suite in der dritten Etage, und sie war sofort einverstanden gewesen. Laurence würde es nicht wagen, sich um Geld zu streiten. Während Esmé glücklich vor dem großen Fernseher saß, ging Jennifer den ganzen Abend auf und ab und überlegte, wie man am besten eine Nachricht an einen Mann schickte, der irgendwo in Zentralafrika unterwegs war.

Schließlich war Esmé eingeschlafen, zusammengerollt unter der Hotelbettdecke neben ihr, den Daumen im Mund, und Jennifer betrachtete sie, lauschte auf die Geräusche der Stadt, kämpfte gegen Tränen der Ohnmacht an und fragte sich, ob sie ihm auf telepathischem Weg eine Botschaft zukommen lassen könnte, wenn sie sich nur genug konzentrierte. *Boot. Bitte, hör mich. Du musst zu mir zurückkommen. Ich schaffe das alles nicht allein.*

Am zweiten und dritten Tag konzentrierte sie sich tagsüber auf Esmé. Sie ging mit ihr ins National History Museum, und sie tranken Tee bei Fortnum & Mason. Sie kauften Kleidung in der Regent Street – sie hatte versäumt, das, was sie bei sich hatten, in die Wäscherei des Hotels zu geben –, und abends ließen sie sich Hühnchen-Sandwichs vom Zimmerservice bringen, serviert auf einem Silbertablett. Gelegentlich fragte Esmé nach Mrs. Cordoza oder ihrem Daddy, und Jennifer versicherte ihr, dass sie die beiden bald sehen würde. Sie war dankbar für die kleinen und meist erfüllbaren Wünsche ihrer Tochter, die Routine, zu der sie sie zwang. Doch sobald die Kleine eingeschlafen war, machte Jennifer die Tür zum Schlafzimmer zu und wurde von einer unbestimmten dunklen Furcht gepackt. *Was hatte sie getan?* Mit jeder Stunde, die verging, wurde ihr bewusster, wie ungeheuerlich – und vergeblich – diese ganze Aktion gewesen war. Sie hatte ihr Leben weggeworfen, war mit ihrer Tochter in ein Hotelzimmer gezogen – und wozu?

Sie rief noch zweimal bei der *Nation* an. Sie sprach mit dem griesgrämigen, dickbäuchigen Mann; sie erkannte jetzt seine Stimme, seine abgehackte Sprechweise. Er sagte ihr, ja, er werde die Nachricht an O'Hare weiterleiten, sobald er sich melden würde. Beim zweiten Mal spürte sie deutlich, dass er nicht die Wahrheit sagte.

«Aber er muss doch inzwischen dort sein. Sind nicht alle Journalisten am selben Ort? Kann ihm nicht jemand eine Nachricht zukommen lassen?»

«Ich bin nicht sein Privatsekretär. Ich habe Ihnen gesagt, dass ich Ihre Nachricht weitergebe, aber das da draußen ist Kriegsgebiet. Ich kann mir vorstellen, dass er andere Sorgen hat.»

Dann wurde die Verbindung unterbrochen.

Die Suite wurde zu einer Luftblase, die sie umschloss, ihre einzigen Besucher waren das Zimmermädchen und der Hotelpage. Sie wagte nicht, jemanden anzurufen, weder ihre Eltern noch ihre Freunde, da sie noch nicht wusste, wie sie es ihnen erklären sollte. Sie hatte Mühe, etwas zu essen, konnte kaum schlafen. Mit dem Schwinden ihres Selbstvertrauens wuchs ihre Angst.

Sie war zunehmend davon überzeugt, dass sie nicht allein bleiben konnte. Wie sollte sie überleben? Noch nie hatte sie etwas allein gemacht. Laurence würde dafür sorgen, dass man sie isolierte. Ihre Eltern würden sie enterben. Sie kämpfte gegen das dringende Bedürfnis an, sich etwas Alkoholisches zu bestellen, mit dem sie das wachsende Gefühl, vor einer Katastrophe zu stehen, eindämmen konnte. Und mit jedem Tag wurde die kleine Stimme in ihrem Kopf deutlicher: *Du könntest immer noch zu Laurence zurückkehren.* Welche andere Möglichkeit gab es für eine Frau wie sie, deren einzige Fähigkeit darin bestand, hübsch auszusehen?

So vergingen die Tage, eine unwirkliche Kopie des normalen Lebens. An Tag sechs rief sie bei sich zu Hause an, da sie vermutete, dass Laurence bei der Arbeit sein würde. Mrs. Cordoza nahm beim zweiten Klingelton ab, und Jennifer schämte sich angesichts der offensichtlichen Besorgnis der Frau.

«Wo sind Sie, Mrs. Stirling? Ich möchte Ihnen Ihre Sachen bringen. Lassen Sie mich Esmé sehen. Ich habe mir solche Sorgen gemacht.»

Jennifer war zutiefst erleichtert.

Innerhalb einer Stunde war die Haushälterin im Hotel und

hatte einen Koffer voller Sachen mitgebracht. Mr. Stirling, so sagte Mrs. Cordoza, habe ihr nur mitgeteilt, dass sie ein paar Tage lang niemanden im Haus erwarten solle. «Er bat mich, das Arbeitszimmer aufzuräumen. Und als ich einen Blick hineinwarf …», sie fuhr sich flüchtig mit der Hand über das Gesicht, «… wusste ich nicht, was ich davon halten sollte.»

«Alles ist in Ordnung. Wirklich.» Jennifer brachte es nicht über sich zu erklären, was vorgefallen war.

«Ich wäre froh, wenn ich Ihnen irgendwie helfen könnte», fuhr Mrs. Cordoza fort, «aber ich glaube nicht, dass er –»

Jennifer legte eine Hand auf ihren Arm. «Ist schon gut, Mrs. Cordoza. Glauben Sie mir, wir würden Sie gern bei uns haben. Aber das könnte schwierig werden. Und Esmé wird ihren Vater besuchen müssen, sobald sich alles ein wenig beruhigt hat, daher wird es wohl für alle besser sein, wenn Sie dort sind, um auf sie aufzupassen.»

Esmé zeigte Mrs. Cordoza ihre neuen Kleidungsstücke, kletterte auf ihren Schoß und ließ sich von ihr umarmen. Sie bestellten Tee, und die beiden Frauen lächelten verlegen, als Jennifer in Umkehr ihrer früheren Rollen ihrer Haushälterin einschenkte.

«Vielen Dank, dass Sie gekommen sind», sagte Jennifer, als Mrs. Cordoza aufstand, um zu gehen. Ein Gefühl des Verlusts überkam sie beim Abschied.

«Lassen Sie mich einfach wissen, wie es weitergeht», erwiderte Mrs. Cordoza und zog ihren Mantel an. Sie betrachtete Jennifer ruhig, den Mund besorgt zu einer dünnen Linie zusammengepresst, und Jennifer trat einem Impuls folgend einen Schritt vor und umarmte sie. Mrs. Cordoza schlang die Arme um sie und drückte sie fest an sich, als versuchte sie, Jennifer Kraft einzuflößen, und hätte verstanden, wie sehr ihr das gefehlt hatte. So blieben sie eine Weile in der Mitte des Raumes stehen. Dann löste sich die Haushälterin ein wenig verlegen von ihr. Ihre Nase war gerötet.

«Ich gehe nicht wieder zurück», sagte Jennifer und hörte, wie ihre unerwartet entschiedenen Worte die Stille durchdrangen. «Ich werde uns ein neues Zuhause suchen. Aber ich komme nicht wieder.»

Die ältere Frau nickte.

«Ich werde Sie morgen anrufen.» Jennifer kritzelte eine Notiz auf ein Stück Hotelbriefpapier. «Sie können ihm sagen, wo wir sind. Wahrscheinlich ist es am besten, wenn er es weiß.»

Am Abend, nachdem sie Esmé zu Bett gebracht hatte, rief sie bei allen Zeitungsredaktionen der Stadt an und fragte, ob sie eine Botschaft an ihre Korrespondenten schicken könnten, für den unwahrscheinlichen Fall, dass sie Anthony in Zentralafrika trafen. Sie telefonierte mit einem Onkel, der, wie ihr einfiel, früher einmal irgendwo dort gearbeitet hatte, und fragte ihn, ob er sich an Namen von Hotels erinnern könne. Sie hatte über die internationale Telefonvermittlung zwei Anrufe mit Hotels geführt, einem in Brazzaville, einem anderen in Stanleyville, und hatte Nachrichten bei den Empfangschefs hinterlassen. Der eine von ihnen teilte ihr bedauernd mit: «Madam, wir haben hier keine Weißen. In unserer Stadt herrschen Unruhen.»

«Bitte», sagte sie, «merken Sie sich nur seinen Namen. Anthony O'Hare. Sagen Sie ihm ‹Boot›. Er wird wissen, was es bedeutet.»

Sie hatte ihm einen weiteren Brief geschrieben:

Verzeih mir. Bitte komm zu mir zurück. Ich bin frei, und ich warte auf dich.

Sie hatte ihn am Empfang der Zeitung abgegeben und darum gebeten, dass er weitergeleitet wird. Mehr konnte sie nicht tun, sagte sie sich. Sie durfte nicht über seine Weiterbeförderung nachdenken, durfte sich in den nächsten Tagen und Wochen nicht vorstellen, wo er lag. Sie hatte getan, was sie konnte, und jetzt war es an der Zeit, sich darauf zu konzentrieren, ein neues Leben aufzubauen, damit sie für ihn bereit war, falls eine der vielen Botschaften ihn erreichte.

Mr. Grosvenor grinste schon wieder. Es schien ein Reflex zu sein, und sie versuchte, darüber hinwegzusehen. Es war der elfte Tag.

«Wenn Sie bitte hier unterschreiben würden», er zeigte mit einem manikürten Finger auf ein Dokument, «und auch noch dort. Dann brauchen wir natürlich die Unterschrift Ihres Mannes *hier.*» Erneut lächelte er, wobei seine Lippen ein wenig zuckten.

«Oh, das müssen Sie direkt an ihn schicken», sagte sie. Um sie herum im Café des Regent Hotels saßen Frauen, Rentner, Leute, die durch einen verregneten Mittwochnachmittag vom Einkaufen abgehalten wurden.

«Wie bitte?»

«Ich lebe nicht mehr mit meinem Mann zusammen. Wir kommunizieren brieflich.»

Jetzt war er sprachlos. Das Grinsen verschwand, und er griff hastig nach den Unterlagen auf seinem Schoß, als könnte er dadurch seine Gedanken ordnen.

«Ich glaube, seine Adresse habe ich Ihnen schon gegeben.» Sie zeigte auf einen der Briefe im Ordner. «Und wir können nächsten Montag einziehen, ja? Meine Tochter und ich sind es allmählich leid, im Hotel zu wohnen.»

Mrs. Cordoza war mit Esmé auf dem Spielplatz. Sie kam jetzt jeden Tag, wenn Laurence im Büro war. «Ohne Sie ist im Haus so wenig zu tun», hatte sie gesagt. Jennifer hatte gesehen, wie das Gesicht der älteren Frau sich aufhellte, wenn sie Esmé auf den Arm nahm, und sie spürte, dass Mrs. Cordoza viel lieber bei ihnen im Hotel war als in dem leeren Haus.

Mr. Grosvenor runzelte die Stirn. «Ähm, Mrs. Stirling, nur um das klarzustellen … Soll das heißen, dass Sie nicht zusammen mit Mr. Stirling in der Wohnung leben werden? Der Vermieter ist nämlich ein Mann von untadligem Ruf. Er ist davon ausgegangen, dass er an eine Familie vermietet.»

«Das tut er ja auch.»

«Aber Sie haben doch gerade gesagt –»

«Mr. Grosvenor, wir werden vierundzwanzig Pfund pro Woche für dieses befristete Mietverhältnis bezahlen. Ich bin eine verheiratete Frau. Ich bin mir sicher, dass ein Mann wie Sie mir zustimmen wird, dass es niemanden außer mich und meinen Mann etwas angeht, wie oft er sich in der Wohnung aufhält, wenn überhaupt.»

Versöhnlich hob er die Hand, während er über seinem Hemdkragen leicht errötete. Er setzte stammelnd zu einer Entschuldigung an: «Es ist nur –»

Er wurde von einer Frauenstimme unterbrochen, die Jennifers Namen rief. Sie drehte sich auf ihrem Stuhl um und sah Yvonne Moncrieff, wie sie sich durch das überfüllte Café drängte und ihren nassen Schirm schon einem überrumpelten Kellner in die Hand drückte. «Hier steckst du also!»

«Yvonne, ich –»

«Wo warst du? Ich hatte absolut keine Ahnung, was los war. Letzte Woche kam ich aus dem Krankenhaus, und deine verflixte Haushälterin wollte mir partout nichts sagen. Und dann erzählt Francis …» Sie hielt inne, als sie merkte, wie laut sie gesprochen hatte. Stille hatte sich über den Raum gelegt, und die Gesichter ringsum waren gespannt.

«Würden Sie uns bitte entschuldigen, Mr. Grosvenor? Ich denke, wir sind fertig», sagte Jennifer.

Er stand bereits, hatte seine Aktentasche genommen und ließ sie mit Nachdruck zuschnappen. «Ich werde diese Unterlagen heute Nachmittag zu Mr. Stirling bringen lassen. Und ich melde mich bei Ihnen.»

Als er fort war, legte Jennifer ihrer Freundin die Hand auf den Arm. «Tut mir leid», sagte sie. «Es gibt furchtbar viel zu erklären. Hast du Zeit, mit nach oben zu kommen?»

Yvonne Moncrieff hatte vier Wochen im Krankenhaus gelegen: zwei Wochen vor und zwei Wochen nach der Geburt der kleinen Alice. Als sie nach Hause kam, war sie dermaßen erschöpft gewesen, dass sie erst nach einer Woche merkte, wie lange sie Jennifer nicht mehr gesehen hatte. Zweimal hatte sie nebenan geklingelt, nur um zu erfahren, dass Mrs. Stirling zurzeit nicht da sei. Eine Woche später hatte sie beschlossen herauszufinden, was da vor sich ging. «Deine Haushälterin hat nur den Kopf geschüttelt und mir gesagt, ich müsse mit Larry sprechen.»

«Vermutlich hat er ihr verboten, etwas zu sagen.»

«Worüber?» Yvonne warf ihren Mantel auf das Bett und setzte sich auf einen gepolsterten Stuhl. «Warum um alles in der Welt wohnst du hier? Hattest du Streit mit Larry?»

Yvonne hatte tiefe Ringe unter den Augen, aber ihre Frisur saß makellos. Jennifer spürte eine Distanz zwischen sich und ihrer Freundin, als wäre diese ein Relikt aus einem anderen Leben. «Ich habe ihn verlassen», sagte sie.

Yvonne musterte Jennifer. «Larry hat sich vorgestern Abend bei uns betrunken. Und wie. Ich habe vermutet, dass es mit dem Geschäft zu tun hat, habe das Baby ins Bett gebracht und die Männer sich selbst überlassen. Als Francis nach oben kam, habe ich schon halb geschlafen, aber er hat noch gesagt, du hättest einen Liebhaber und seiest von allen guten Geistern verlassen. Ich dachte, ich hätte es geträumt.»

«Nun ja», sagte Jennifer langsam, «ein Teil davon ist wahr.»

Yvonne schlug die Hand vor den Mund. «O Gott, doch nicht etwa Reggie.»

Jennifer schüttelte den Kopf und brachte ein Lächeln zustande. «Nein.» Sie seufzte. «Yvonne, ich habe dich furchtbar vermisst. Ich wollte so gern mit dir reden …» Sie erzählte ihrer Freundin die Geschichte, wobei sie einige Details ausließ, den größten Teil der Wahrheit aber offenlegte. Immerhin war es Yvonne. Die schlichten Worte, die in dem stillen Raum widerhallten, konnten die Ungeheuerlichkeit dessen, was ihr in der vergangenen Woche passiert war, gar nicht zum Ausdruck bringen. Alles hatte sich verändert, alles. «Ich werde ihn wiederfinden. Das weiß ich. Ich muss nur mit ihm sprechen können.»

Yvonne hatte genau zugehört, und Jennifer stellte verblüfft fest, wie sehr sie die Freundin und ihre beißenden, direkten Bemerkungen vermisst hatte.

Schließlich lächelte Yvonne vorsichtig. «Ich bin mir sicher, er würde dir verzeihen», sagte sie.

«Was?»

«Larry. Ich bin mir sicher, er wird dir verzeihen.»

«Larry?» Jennifer sank zurück.

«Ja.»

«Aber ich will gar nicht, dass mir verziehen wird.»

«Das kannst du nicht machen, Jenny.»

«Er hat eine Geliebte.»

«Ach, die kannst du doch loswerden! Meine Güte, es ist doch bloß seine Sekretärin. Sag ihm, du willst von vorn anfangen. Sag ihm, das muss er auch tun.»

Jennifer stolperte fast über die Worte, als sie sagte: «Aber ich will ihn nicht, Yvonne. Ich will nicht mit ihm verheiratet sein.»

«Du willst lieber auf einen mittellosen Playboy-Reporter warten, der vielleicht nie zurückkehrt?»

«Ja, das möchte ich.»

Yvonne griff in ihre Handtasche, zündete sich eine Zigarette an und blies eine dicke Rauchwolke in den Raum.

«Was ist mit Esmé?»

«Was soll mit ihr sein?»

«Wie soll sie zurechtkommen, wenn sie ohne Vater aufwächst?»

«Sie wird einen Vater haben. Sie wird ihn die ganze Zeit sehen. Sie wird sogar dieses Wochenende bei ihm verbringen. Ich habe ihm geschrieben, und er hat es schriftlich bestätigt.»

«Du weißt, dass Kinder geschiedener Eltern in der Schule schrecklich aufgezogen werden. Dem Mädchen der Allsops geht es furchtbar.»

«Wir lassen uns nicht scheiden. Keine ihrer Schulkameradinnen muss etwas erfahren.»

Yvonne zog noch immer resolut an ihrer Zigarette.

Jennifers Tonfall wurde weich. «Bitte, versuch es zu verstehen. Es gibt keinen Grund, warum Laurence und ich nicht getrennt leben sollten. Die Gesellschaft ändert sich. Wir müssen nicht in etwas gefangen sein, das ... Ich bin mir sicher, dass Laurence ohne mich viel glücklicher sein wird. Und dadurch muss sich nichts ändern. Wirklich nicht. Zwischen dir und mir kann alles so bleiben, wie es ist. Ich habe mir gerade gedacht, dass wir doch diese Woche die Kinder zusammenbringen könnten. Mit ihnen zu Madame Tussaud's gehen. Ich weiß, dass Esmé ganz versessen darauf ist, Dottie zu sehen ...»

«Madame Tussaud's?»

«Oder Kew Gardens. Falls das Wetter –»

«Stopp.» Yvonne hob eine Hand. «Hör auf. Ich kann mir kein Wort mehr davon anhören. Du meine Güte. Du bist wirklich die selbstsüchtigste Frau, die ich kenne.»

Sie drückte ihre Zigarette aus, stand auf und nahm ihren

Mantel. «Wie stellst du dir das Leben bloß vor, Jennifer? Wie eine Art Märchen? Glaubst du denn, du bist die Einzige, die ihren Mann leid ist? Wie kannst du dich so verhalten und von uns erwarten, dass sich nichts ändert, während du dich herumtreibst, als ob – als ob du keine verheiratete Frau wärst? Wenn du in einem Zustand moralischer Verderbtheit leben willst, schön und gut. Aber du hast ein Kind. Einen Mann und ein Kind. Und du kannst von uns anderen nicht erwarten, dein Verhalten zu billigen.»

Jennifer öffnete den Mund.

Yvonne wandte sich ab, als könnte sie Jennifer nicht einmal mehr ansehen. «Und ich werde nicht die Einzige sein, der es so geht. Ich würde vorschlagen, du überlegst dir deinen nächsten Schritt genau.» Sie legte sich den Mantel über den Arm und ging.

Drei Stunden später hatte Jennifer ihre Entscheidung getroffen.

Zur Mittagszeit herrschte auf dem Flughafen Embakasi reges Treiben. Nachdem sie ihren Koffer von dem stockenden Transportband geholt hatte, machte Jennifer sich auf den Weg zu den Toiletten, spritzte sich dort kaltes Wasser ins Gesicht und zog eine saubere Bluse an. Sie steckte sich das Haar hoch, ihr Nacken war durch die Hitze bereits feucht. Als sie wieder herauskam, klebte ihre Bluse innerhalb weniger Sekunden an ihrem Rücken.

Auf dem Flughafen drängten sich die Menschen. Es wurde geschrien und gelärmt. Jennifer stand zunächst da wie gelähmt, beobachtete hellgekleidete Afrikanerinnen, die mit Koffern zu kämpfen hatten und große, mit Seilen zusammengebundene Stoffsäcke auf den Köpfen balancierten. Nigerianische Geschäftsmänner standen rauchend in den Ecken, ihre Haut glänzend vor Schweiß, während kleine Kinder zwischen den auf dem Boden Sitzenden hin und her liefen. Eine Frau schob sich mit einer kleinen Karre durch das Gedränge und verkaufte Getränke. Die Abflugtafeln gaben bekannt, dass mehrere Flüge verspätet waren, aber man bekam keinerlei Hinweis, wann man mit ihnen rechnen konnte.

Im Gegensatz zu dem Lärm im Flughafengebäude war es draußen friedlich. Das schlechte Wetter hatte sich verzogen, die Hitze verjagte die restliche Feuchtigkeit, und Jennifer konnte die purpurroten Berge in der Ferne sehen. Die Landebahn war leer, bis auf das Flugzeug, in dem sie gekommen war; darunter fegte ein einsamer Mann gedankenverloren den Boden. Auf der anderen Seite des glänzenden, modernen Gebäudes hatte jemand einen kleinen Steingarten angelegt, in dem lauter Kakteen und Sukkulenten wuchsen. Sie bestaunte die sorgfältig verteilten Felsbrocken und wunderte sich, dass jemand an einem derart chaotischen Ort so viel Mühe aufgewandt hatte.

Die Schalter von British Overseas und East African Airways waren geschlossen, weshalb sie sich wieder zurück in die Menschenmenge begab, an der Bar eine Tasse Kaffee bestellte, sich einen Tisch suchte und Platz nahm, eingezwängt zwischen fremden Koffern, geflochtenen Körben und einem unglücklichen Hahn, dem man die Flügel mit einer Krawatte an den Körper gebunden hatte.

Was würde sie Anthony sagen? Sie stellte sich vor, wie er in einem Club für Auslandskorrespondenten saß, vielleicht meilenweit entfernt vom eigentlichen Geschehen, wo Journalisten sich versammelten, um zu trinken und über die Ereignisse des Tages zu diskutieren. *Ob er trank?* Es sei eine eingeschworene, kleine Welt, hatte er ihr erzählt. In Stanleyville würde man ihn kennen. Jemand würde ihr sagen können, wo er sich aufhielt. Sie stellte sich vor, wie sie erschöpft im Club eintraf – an dieser

Vorstellung hatte sie sich in den vergangenen Tagen festgehalten. Sie sah ihn genau vor sich, er stand unter einem rotierenden Ventilator, plauderte vielleicht mit einem Kollegen, und dann seine Verwunderung, wenn er sie erblickte. Sie verstand seine Überraschung: Sie selbst hatte sich in den letzten achtundvierzig Stunden kaum wiedererkannt.

Nichts in ihrem Leben hatte sie auf das vorbereitet, was sie getan hatte; nie hätte sie auch nur vermutet, dass sie dazu überhaupt in der Lage war. Dennoch war sie von dem Augenblick an, als sie trotz ihrer Angst das Flugzeug bestiegen hatte, eigenartig beschwingt gewesen, als müsste das alles so sein: So war vielleicht das wahre Leben. Und sie fühlte sich auf eigenartige Weise mit Anthony O'Hare verwandt.

Sie würde ihn finden. Sie hatte die Dinge in die Hand genommen, anstatt sich von den Ereignissen herumstoßen zu lassen. Sie würde über ihre Zukunft selbst entscheiden. Sie verbannte die Gedanken an Esmé und sagte sich, dass sich alles gelohnt haben würde, wenn sie Anthony ihrer Tochter erst einmal vorstellen konnte.

Schließlich nahm ein junger Mann in schicker burgunderroter Uniform am Schalter von British Overseas Platz. Jennifer ließ ihren Kaffee stehen und rannte förmlich durch die Halle.

«Ich brauche ein Ticket nach Stanleyville», sagte sie und kramte in ihrer Handtasche nach Geld. «Für den nächsten Flug. Brauchen Sie meinen Pass?»

Der junge Mann starrte sie an. «Nein, Madam», sagte er und schüttelte energisch den Kopf. «Kein Flug nach Stanleyville.»

«Aber mir wurde gesagt, es gibt eine Direktverbindung.»

«Tut mir sehr leid. Alle Flüge nach Stanleyville wurden eingestellt.»

Sie sah ihn mit stummer Enttäuschung an, bis er seine Worte wiederholte, und zog dann ihren Koffer zum Schalter der East

African Airways hinüber. Von der jungen Frau dort bekam sie dieselbe Antwort. «Nein, Ma'am. Wegen der Unruhen gibt es keine Abflüge.» Sie rollte jedes R. «Nur Landungen.»

«Wann wird es wieder Flüge geben? Ich muss dringend in den Kongo.»

Die beiden Flughafenbediensteten wechselten schweigend einen Blick. «Keine Flüge in den Kongo», erwiderten sie.

Sie war doch nicht von so weit her gekommen, um sich mit leeren Blicken und Absagen abspeisen zu lassen. *Ich kann ihn jetzt nicht aufgeben.*

Der Mann draußen fuhr fort, das Flugfeld mit seinem abgenutzten Besen zu fegen.

Und dann sah sie einen Weißen, der mit schnellem Schritt durch die Flughafenhalle ging. Er hielt eine lederne Aktenmappe in der Hand, vielleicht ein Beamter. Schweiß hatte ein dunkles Dreieck auf den Rücken seines cremefarbenen Leinenjacketts gemalt.

Auch er hatte sie gleich erblickt. Er änderte die Richtung und kam auf sie zu. «Mrs. Ramsey?» Er streckte ihr eine Hand entgegen. «Ich bin Alexander Frobisher vom Konsulat. Wo sind Ihre Kinder?»

«Nein. Mein Name ist Jennifer Stirling.»

Er machte den Mund wieder zu. Sein Gesicht war aufgedunsen, was ihn vermutlich älter aussehen ließ, als er war.

«Ich brauche allerdings Ihre Hilfe, Mr. Frobisher», fuhr sie fort. «Ich muss in den Kongo. Wissen Sie, ob es einen Zug gibt, den ich nehmen kann? Mir wurde gesagt, es gebe keine Flüge. Tatsächlich ist niemand hier sehr auskunftsfreudig.» Sie war sich bewusst, dass ihr Gesicht vor Hitze glühte, dass ihr Haar bereits wieder unordentlich herunterhing.

Als er zu einer Antwort ansetzte, sprach er mit ihr, als wäre sie nicht ganz richtig im Kopf. «Mrs. …»

«Stirling.»

«Mrs. Stirling, niemand fährt jetzt in den Kongo. Wissen Sie denn nicht, dass dort –»

«Doch, ich weiß, dass es dort Unruhen gibt. Aber ich suche jemanden, einen Journalisten, der vor etwa zwei Wochen herkam. Es ist furchtbar wichtig. Sein Name ist ...»

«Madam, es sind keine Journalisten mehr im Kongo.» Er nahm seine Brille ab und führte Jennifer ans Fenster. «Haben Sie eine Ahnung, was passiert ist?»

«Ein wenig. Na ja, nein, ich bin gerade aus England angereist. Ich hatte eine ziemlich strapaziöse Reise.»

«Inzwischen sind die USA, ebenso wie wir und andere westliche Länder, in den Krieg hineingezogen worden. Bis vor drei Tagen steckten wir in einer schweren Krise, es gab dreihundertfünfzig weiße Geiseln, darunter Frauen und Kinder, die kurz davorstanden, von den Simba-Rebellen umgebracht zu werden. In den Straßen von Stanleyville kämpfen belgische Truppen. Bis zu einhundert Zivilisten sind bereits tot.»

Sie hörte ihn kaum. «Aber ich kann bezahlen – und ich werde jede Summe zahlen, die notwendig ist. Ich muss dorthin.»

Er nahm sie beim Arm. «Mrs. Stirling, ich sagte Ihnen doch gerade, dass Sie es nicht bis in den Kongo schaffen werden. Es gibt keine Züge, keine Flugzeuge, keine befahrbaren Straßen. Die Truppen wurden auf dem Luftweg transportiert. Selbst wenn es ein Transportmittel gäbe, könnte ich nicht zulassen, dass ein britischer Bürger – eine britische *Frau* – sich in ein Kriegsgebiet begibt.» Er kritzelte etwas auf seinen Schreibblock. «Ich werde Ihnen eine Unterkunft suchen und Ihnen helfen, den Rückflug zu buchen. Afrika ist kein Ort für eine Weiße ohne Begleitung.» Er seufzte schwach, als hätte sie seine Bürde gerade verdoppelt.

Jennifer dachte nach. «Wie viele sind tot?»

«Das wissen wir nicht.»

«Haben Sie ihre Namen?»

«Im Moment habe ich nur eine höchst unvollständige Liste.»

«Bitte.» Ihr war fast das Herz stehengeblieben. «Bitte, lassen Sie mich einen Blick darauf werfen. Ich muss wissen, ob er …»

Er zog eine zerknitterte Schreibmaschinenseite aus seiner Mappe.

Sie überflog die Liste; ihre Augen waren so müde, dass die alphabetisch angeordneten Namen darauf verschwammen. *Harper. Hambro. O'Keefwe. Lewis.* Sein Name war nicht dabei.

Sein Name war nicht dabei.

Sie schaute zu Frobisher auf. «Haben Sie die Namen der Geiseln?»

«Mrs. Stirling, wir haben keine Ahnung, wie viele englische Staatsbürger überhaupt in der Stadt waren. Schauen Sie.» Er holte noch ein Blatt Papier hervor und reichte es ihr, während er mit der freien Hand nach einem Moskito schlug, der auf seinem Nacken gelandet war. «Das ist die neueste Verlautbarung, die an Lord Walston geschickt wurde.»

Sie begann zu lesen:

> Fünftausend Tote allein in Stanleyville … Wir glauben, dass auf dem von Rebellen besetzten Gebiet noch siebenundzwanzig britische Staatsbürger sind … Wir können keine Angaben darüber machen, wann die Gebiete, in denen sich Briten aufhalten, erreicht werden; wir wissen nicht einmal genau, wo diese sich befinden.

«Belgische und amerikanische Truppen sind in der Stadt. Sie erobern Stanleyville zurück. Ein Transportflugzeug steht bereit, um alle zu retten, die sich retten lassen wollen.»

«Wie kann ich sicherstellen, dass er darunter ist?»

Er kratzte sich am Kopf. «Gar nicht. Manche Menschen wollen anscheinend nicht gerettet werden. Manche ziehen es vor, im Kongo zu bleiben. Sie haben wohl ihre Gründe.»

Plötzlich fiel ihr der dicke Redakteur ein. *Wer weiß? Vielleicht wollte er weg.*

«Wenn Ihr Freund rauswill, dann kommt er auch raus», sagte er. Er wischte sich mit einem Taschentuch über das Gesicht. «Wenn er bleiben will, kann es durchaus sein, dass er verschwindet – das geht im Kongo schnell.»

Sie wollte schon etwas sagen, wurde aber durch ein leises Raunen unterbrochen, das durch den Flughafen ging, als eine Familie durch die Ankunftstür trat. Zunächst kamen zwei kleine Kinder, stumm, Arme und Kopf bandagiert, ihre Gesichter vorzeitig gealtert. Eine blonde Frau, die ein Kleinkind an sich drückte, blickte wild um sich, ihre Haare waren ungewaschen, Anstrengung stand ihr ins Gesicht geschrieben. Bei ihrem Anblick riss sich eine ältere Frau von ihrem Mann los, der sie zurückhalten wollte, durchbrach die Barriere und zog die jüngere schluchzend an sich. Die Familie rührte sich kaum. Dann fing die junge Mutter heftig an zu weinen und ließ den Kopf an die Schulter der alten Frau sinken.

Frobisher stopfte seine Papiere wieder in die Mappe. «Die Ramseys. Entschuldigen Sie mich. Ich muss mich um sie kümmern.»

«Waren sie dort?», fragte Jennifer und beobachtete, wie der Großvater das kleine Mädchen in die Arme nahm. «Bei dem Massaker?» Der Ausdruck in den Gesichtern der Kinder hatte ihr das Blut in den Adern gefrieren lassen.

Frobisher sah sie beschwörend an. «Mrs. Stirling, bitte, Sie müssen jetzt gehen. Heute Abend geht noch ein Flug der East African Airways. Falls Sie keine engen Freunde in dieser Stadt haben, kann ich Ihnen nur dringend dazu raten, ihn zu nehmen.»

Zwei Tage brauchte sie, um wieder nach Hause zu kommen. Dort begann ihr neues Leben. Yvonne hielt sich an ihr Wort. Sie nahm keinen Kontakt mehr zu ihr auf, und als Jennifer einmal zufällig Violet über den Weg lief, fühlte die sich so offenkundig unwohl, dass Jennifer sie nicht bedrängen mochte. Ihr machte es weniger aus, als sie erwartet hatte: Die Freundinnen gehörten zu ihrem alten Leben, das sie kaum noch als ihr eigenes erkannte.

An den meisten Tagen kam Mrs. Cordoza in die neue Wohnung, fand Ausreden, um Zeit mit Esmé verbringen zu können oder im Haushalt zu helfen, und Jennifer stellte fest, dass sie sich mehr auf die Gesellschaft ihrer ehemaligen Haushälterin freute als früher auf die ihrer Freundinnen. An einem verregneten Nachmittag, während Esmé schlief, erzählte sie Mrs. Cordoza von Anthony, und Mrs. Cordoza offenbarte ein wenig mehr über ihren verstorbenen Ehemann. Dann sprach sie errötend von einem netten Mann, der ihr Blumen geschickt habe. «Ich hatte eigentlich nicht vor, ihn zu ermutigen», sagte sie leise beim Bügeln, «aber seitdem das alles passiert ist …»

Laurence benutzte Mrs. Cordoza als Botin für seine Nachrichten.

Ich würde Esmé am kommenden Samstag gern zur Hochzeit meiner Cousine in Winchester mitnehmen. Ich werde dafür sorgen, dass sie um 19 Uhr zurück ist.

Seine Briefe waren distanziert, förmlich, verhalten. Hin und wieder wunderte sich Jennifer beim Lesen, dass sie mit diesem Mann verheiratet war.

Jede Woche ging sie zum Postamt in der Langley Street, um festzustellen, ob etwas im Postfach war. Jede Woche kehrte sie nach Hause zurück und versuchte, sich durch das «Nein» der Postbeamtin nicht niederschmettern zu lassen.

Als Esmé in die Schule kam, nahm sie einen unbezahlten Job bei der städtischen Bürgerberatung an, der einzigen Organisation, der ihr Mangel an Erfahrung nichts ausmachte. Sie würde schon bei der Arbeit lernen, sagte ihr Vorgesetzter. «Und glauben Sie mir, Sie werden ziemlich schnell lernen.» Ein knappes Jahr später bot man ihr eine bezahlte Stelle im selben Büro an. Sie beriet Menschen in Notlagen, etwa wie man mit Geld umgeht, wie man sich gegen habgierige Vermieter zur Wehr setzt – es gab zu viele davon – oder wie man mit dem Zerbrechen einer Familie zurechtkommt.

Zunächst hatte sie diese nie enden wollende Abfolge von Problemen erschöpft, all das menschliche Leid, das sich wie eine Mauer vor ihr auftürmte. Doch allmählich wurde sie selbstsicherer und sah, dass sie nicht die Einzige war, die ihr Leben in Unordnung gebracht hatte. Sie sah sich selbst mit anderen Augen, stellte fest, dass sie dankbar war, dort zu sein, wo sie war, dankbar für das, was aus ihr geworden war, und sie empfand einen gewissen Stolz, wenn jemand wiederkam, um ihr zu sagen, dass sie ihm geholfen hatte.

Zwei Jahre später zogen sie und Esmé erneut um, in die Zweizimmerwohnung in St. John's Wood, gekauft mit Geld, das Laurence ihr zur Verfügung gestellt hatte, und der Erbschaft von einer Tante. Während die Wochen zu Monaten wurden und die Monate zu Jahren, nahm sie allmählich hin, dass Anthony O'Hare nicht zurückkehren würde. Er würde ihre Botschaften nicht beantworten. Einmal nur holte es sie ein, als die Zeitungen Einzelheiten über das Massaker in Stanleyvilles Victoria Hotel berichteten. Dann hörte sie auf, die Zeitungen zu lesen.

Sie hatte nur noch einmal bei der *Nation* angerufen. Eine Sekretärin hatte sich gemeldet, und als Jennifer ihren Namen nannte, in der Hoffnung, Anthony könnte diesmal zufällig dort sein, hatte sie im Hintergrund gehört, wie jemand fragte: «Ist das etwa diese Stirling?»

Und die Antwort: «Ist das nicht die, mit der er nicht sprechen wollte?»

Sie hatte aufgelegt.

Sieben Jahre dauerte es, bis sie ihren Ehemann wiedersah. Esmé sollte in ein Internat kommen, einen weitläufigen, roten Backsteinbau in Hampshire, der das herzlich-chaotische Flair eines Familienlandsitzes ausstrahlte. Jennifer hatte sich einen Nachmittag freigenommen, um ihre Tochter hinzufahren. Sie trug ein weinrotes Kostüm und hatte schon fast damit gerechnet, dass Laurence einen unfreundlichen Kommentar dazu abgeben würde, denn ihm hatte diese Farbe an ihr nie gefallen. *Bitte, tu es nicht, wenn Esmé dabei ist*, versuchte sie ihn kraft ihres Willens zu zwingen. *Bitte, lass uns höflich bleiben.*

Doch der Mann, der im Empfangsbereich des Internats saß, war ganz anders als der Laurence, den sie in Erinnerung hatte. Zunächst erkannte sie ihn nicht einmal. Seine Haut war grau, seine Wangen eingefallen; er schien um zwanzig Jahre gealtert.

«Hallo, Daddy.» Esmé umarmte ihn.

Er nickte Jennifer zu, reichte ihr aber nicht die Hand. «Jennifer», sagte er.

«Laurence.» Sie versuchte, ihren Schrecken zu verbergen.

Die Besprechung war kurz. Die Rektorin, eine junge Frau, sagte nichts dazu, dass sie an zwei verschiedenen Adressen lebten. Vielleicht ist das inzwischen bei mehreren Eltern der Fall, dachte Jennifer. In dieser Woche waren vier Frauen bei ihr im Büro gewesen, die ihren Mann verlassen wollten.

«Wir werden alles in unserer Macht Stehende tun, damit Esmé hier eine glückliche Zeit verbringt», sagte Mrs. Browning. Sie hat freundliche Augen, dachte Jennifer. «Es hilft sehr, wenn die Mädchen sich selbst entschieden haben, in ein Internat zu gehen, und soweit ich weiß, hat sie bereits Freundinnen hier, daher bin ich mir sicher, dass sie sich schnell eingewöhnen wird.»

«Sie liest ziemlich viel von Enid Blyton», sagte Jennifer. «Vermutlich glaubt sie, das Leben im Internat ist eine einzige Mitternachtsparty.»

«Oh, von denen gibt es hier auch einige. Unser Kiosk hat freitagnachmittags einzig und allein aus diesem Grund geöffnet. Wir drücken beide Augen zu, vorausgesetzt, es wird nicht allzu lebhaft. Wir möchten den Mädchen das Gefühl vermitteln, dass das Leben im Internat auch seine Vorteile hat.»

Jennifer entspannte sich. Laurence hatte die Schule ausgesucht, und ihre Befürchtungen schienen unbegründet. Die nächsten paar Wochen würden hart werden, aber sie war daran gewöhnt, dass Esmé regelmäßig bei Laurence war, und sie hatte ihre Arbeit, die sie ablenkte.

Die Rektorin stand auf und streckte eine Hand aus. «Vielen Dank. Wir werden natürlich anrufen, falls es Probleme geben sollte.»

Als die Tür sich hinter ihnen schloss, begann Laurence zu husten, ein trockener, bellender Laut, bei dem Jennifer die Zähne zusammenbiss. Sie wollte schon etwas sagen, aber Laurence hob eine Hand, um sie davon abzuhalten. Langsam gingen sie nebeneinander die Treppe hinunter, als wären sie sich nicht fremd. Sie hätte doppelt so schnell gehen können, was ihr jedoch grausam vorkam, da er so schwer atmete und es ihm offensichtlich nicht gutging. Als sie es schließlich nicht mehr ertrug, hielt sie ein vorbeigehendes Mädchen an und fragte, ob sie vielleicht ein Glas Wasser bekommen könnten. Kurz darauf kam das Mädchen zurück, und Laurence setzte sich schwerfällig auf einen Mahagonistuhl in dem getäfelten Flur.

Jennifer wagte es nun, ihn länger anzusehen. «Ist es ...?», fragte sie.

«Nein.» Er atmete unter Schmerzen tief ein. «Offensichtlich sind es die Zigarren. Ich bin mir der Ironie durchaus bewusst.»

Sie nahm neben ihm Platz.

«Ich habe sichergestellt, dass ihr beide versorgt seid. Das solltest du wissen.»

Sie warf ihm einen Seitenblick zu, doch er schien nachzudenken.

«Wir haben ein gutes Kind großgezogen», sagte er schließlich.

Durch das Fenster sahen sie Esmé, die auf dem Rasen mit zwei anderen Mädchen sprach. Wie auf ein stummes Signal hin rannten die drei plötzlich los und stürmten mit fliegenden Röcken über das Gras.

«Es tut mir leid», sagte sie und wandte sich wieder an ihn. «Alles.»

Er stellte das Glas neben sich ab und erhob sich mühsam. Er blieb eine Weile mit dem Rücken zu ihr stehen und konzentrierte sich auf die Mädchen draußen, dann drehte er sich zu ihr um und nickte ihr kurz zu, ohne ihr in die Augen zu sehen.

Mit steifen Schritten ging er zum Haupteingang hinaus zu seinem Wagen, in dem seine Freundin auf ihn wartete, Esmé hüpfte neben ihm her. Sie winkte begeistert, während der Chauffeur den Daimler die Auffahrt hinunterlenkte.

Zwei Monate später war Laurence tot.

Ich hasse dich und ich weiß du magst mich noch aber ich mag dich nicht und mir ist egal was deine dummen Freunde sagen du bringst mich mit blöden Tricks dazu deine Hände zu berühren du sagst du hast mich aus Versehen umarmt ich werd dich nie nie wieder mögen ICH HASSE DICH ICH HASSE DICH MEHR ALS ALLES AUF DIESER VERDAMMTEN WELTTTT ich würd mich eher mit einer Spinne oder einer Ratte verabreden als mit dir du bist sooo hässlich und fett!!!

Frau an Mann, per E-Mail

KAPITEL 21

Den ganzen Abend lang hat der Regen nicht aufgehört, die dunklen grauen Wolken ziehen über die Skyline der Stadt, bis sie von der Nacht verschluckt werden. Der unablässige Regen verbannt die Menschen in ihre Häuser und fegt die Straßen leer. Draußen ist nur hin und wieder das Rauschen von Autoreifen auf nasser Fahrbahn zu hören, das Gurgeln überfüllter Gullys oder die raschen Schritte von jemandem, der versucht, schnell nach Hause zu kommen.

Auf ihrem Anrufbeantworter sind keine Nachrichten, da ist kein blinkender Briefumschlag auf ihrem Handy, der eine SMS verspricht. Ihre E-Mails beschränken sich auf die Arbeit, Werbung für Viagra und eine Mail von ihrer Mutter, die berichtet, wie die Genesung des Hundes nach seiner Hüftoperation voranschreitet. Ellie sitzt im Schneidersitz auf dem Sofa, trinkt ihr drittes Glas Rotwein und liest noch einmal die Briefe durch, die sie kopiert hat, bevor sie alle zurückgab. Vor vier Stunden hat sie Jennifers Wohnung verlassen, aber ihr brummt noch immer der Schädel. Sie muss an den unbekannten Boot denken, der mit gebrochenem Herzen in den Kongo reiste, zu einer Zeit, in der weiße Europäer dort ermordet wurden. «Ich habe die Berichte über die Morde gelesen, in Stanleyville ein ganzes Hotel voller Opfer», hatte Jennifer gesagt, «und ich habe geweint vor Angst.» Ellie stellt sich vor, wie Jennifer Woche für Woche zum Postamt geht, um vergeblich nach einem Brief zu fragen, der nie eintrifft. Eine Träne fällt auf ihren Ärmel, sie schnieft und wischt sie ab.

Diese Liebe, denkt sie, hat etwas bedeutet. Boot hat sich der Frau, die er liebte, geöffnet; er hat versucht, sie zu verstehen und zu beschützen, auch vor sich selbst. Als er sie nicht haben konnte, ist er ans andere Ende der Welt geflohen und hat sich sehr wahrscheinlich geopfert. Und sie hat vierzig Jahre um ihn getrauert. Und was hat Ellie? Guten Sex, vielleicht einmal alle zehn Tage, und eine Menge unverbindlicher E-Mails. Sie ist zweiunddreißig Jahre alt, ihre Karriere geht den Bach runter, ihre Freundinnen wissen, dass sie emotional nur verlieren kann, und jeden Tag fällt es ihr schwerer, sich einzureden, dass dies das Leben ist, das sie sich selbst ausgesucht hat.

Es ist Viertel nach neun. Sie weiß, sie sollte nichts mehr trinken, aber sie ist wütend, schwermütig, nihilistisch. Sie schenkt sich noch ein Glas ein, weint und liest den letzten Brief noch einmal. Wie Jennifer hat sie mittlerweile das Gefühl, die Worte auswendig zu kennen. Sie haben einen schrecklichen Nachhall.

Ohne dich zu sein – Tausende Meilen von dir entfernt –, das hilft mir kein bisschen. Dass ich nicht mehr durch deine Nähe gequält werde oder dass ich nicht täglich damit konfrontiert bin, das Einzige, was ich wirklich will, nicht bekommen zu können, hat mich nicht geheilt. Es hat alles nur noch schlimmer gemacht. Meine Zukunft kommt mir vor wie eine öde, leere Straße.

Sie hat sich schon fast selbst in diesen Mann verliebt. Sie stellt sich John vor, hört die Worte aus seinem Mund, und der Alkohol lässt die beiden Männer ineinander verschwimmen. Wie erhebt man das eigene Leben aus dem Alltäglichen zu etwas Epischem? Sicher sollte man mutig genug sein, zu lieben? Sie zieht ihr Handy aus der Tasche, eine wilde Entschlossenheit macht sich in ihr breit. Sie klappt das Handy auf und schickt mit unbeholfenen Fingern eine Textnachricht.

Ruf bitte an. Nur ein Mal. Muss von dir hören. x

Sie drückt auf «Senden» und weiß bereits, dass sie einen riesigen Fehler gemacht hat. Er wird verärgert sein. Oder er wird nicht antworten. Sie weiß nicht genau, welches die schlimmere Variante ist. Ellie lässt den Kopf in die Hände sinken und weint um den unbekannten Boot, um Jennifer, um verpasste Chancen und ein vergeudetes Leben. Sie weint um sich selbst, weil niemand sie jemals so lieben wird, wie Boot Jennifer liebte, und weil sie ahnt, dass sie sich selbst ihr Leben ruiniert, das schön, wenn auch undramatisch sein könnte. Sie weint, weil sie betrunken ist und allein in ihrer Wohnung. Einer der wenigen Vorteile, wenn man allein lebt, ist, dass man jederzeit ungehindert heulen kann.

Sie fährt zusammen, als sie den Türsummer hört, hebt den Kopf und bleibt reglos sitzen, bis es wieder summt. Einen kurzen, verrückten Moment lang fragt sie sich, ob es John ist, als Reaktion auf ihre SMS. Plötzlich aufgeschreckt, eilt sie zum Spiegel im Flur, wischt sich wie verrückt über die roten Flecken im Gesicht und greift zum Hörer der Gegensprechanlage. «Hallo?»

«Okay, du Besserwisserin. Wie schreibt man ‹ungebetener Zufallsbesuch›?»

Sie blinzelt. «Rory.»

«Nein, so nicht.»

Sie beißt sich auf die Lippe und lehnt sich an die Wand. Kurzes Schweigen tritt ein.

«Hast du zu tun? Ich bin gerade zufällig vorbeigekommen.» Er klingt fröhlich, ausgelassen. «Okay … Sagen wir, ich war zufällig in der richtigen U-Bahn-Linie.»

«Komm rauf.» Sie hängt den Hörer auf, spritzt sich im Bad kaltes Wasser ins Gesicht und versucht, nicht allzu enttäuscht zu sein, denn dass es nicht John sein konnte, war klar.

Sie hört, wie er zwei Stufen auf einmal nimmt und dann die angelehnte Wohnungstür aufdrückt.

«Ich bin hier, um dich zu einem Drink zu überreden. Oh!» Er beäugt die leere Weinflasche und dann, etwas länger, ihr Gesicht. «Aha. Zu spät.»

Ihr Lächeln ist wenig überzeugend. «War kein toller Abend.»

«Ah.»

«Ist schon in Ordnung, wenn du wieder gehen willst.» Er trägt einen grauen Schal. Sieht nach Kaschmir aus. Sie hat nie einen Kaschmirpullover besessen. Wie kommt es, dass sie mit zweiunddreißig noch nie einen Kaschmirpullover besessen hat? «Ich bin wahrscheinlich keine gute Gesellschaft im Moment.»

Er wirft noch einen Blick auf die Weinflasche. «Na ja, Haworth», sagt er und wickelt sich den Schal vom Hals, «das hat mich noch nie abgehalten. Wie wär's, wenn ich den Kessel aufsetze?»

Er macht Tee und wirtschaftet in ihrer kleinen Küche herum, auf der Suche nach Teebeuteln, Milch, Löffeln. Sie denkt an John, der erst letzte Woche noch dasselbe getan hat, und wieder steigen ihr Tränen in die Augen. Dann setzt sich Rory und stellt den Becher vor sie hin. Während sie den Tee trinkt, erzählt er ungewöhnlich wortreich von seinem Tag, dem Freund, den er gerade auf einen Drink getroffen hat und der eine bestimmte

Route durch Patagonien vorgeschlagen hat. Der Freund – er kennt ihn seit der Kindheit – ist so etwas wie ein Konkurrent im Reisen geworden. «Kennst du solche Typen? Wenn du sagst, dass du nach Peru willst, dann sagt er: ‹Ach, vergiss den Weg zum Machu Picchu, ich habe drei Nächte bei den Pygmäen im Atacanta-Dschungel verbracht. Die haben mir einen ihrer Verwandten zu essen gegeben, als uns das Pavianfleisch ausging.›»

«Nett.» Sie hat sich auf dem Sofa zusammengekauert und umfasst den Teebecher mit beiden Händen.

«Ich mag den Kerl, aber ich bin mir einfach nicht sicher, ob ich es sechs Monate mit ihm aushalte.»

«So lange willst du wegbleiben?»

«Wenn alles gutgeht.»

Sie wird von einer weiteren Welle des Elends erfasst. Rory ist zwar nicht John, aber es war eine Art Ausgleich, einen Mann zu haben, den sie hin und wieder anrufen konnte, wenn sie abends ausgehen wollte.

«Also, was ist los?», fragt er.

«Ach … ich hatte einen komischen Tag.»

«Heute ist Samstag. Ich bin immer davon ausgegangen, dass Mädels wie du sich zum Kaffeeklatsch treffen und danach Schuhe kaufen gehen.»

«Wie schön, wenn man keine Vorurteile hat. Ich war bei Jennifer Stirling.»

«Bei wem?»

«Der Dame aus den Briefen.»

Sie sieht ihm seine Überraschung an. Er beugt sich vor. «Wow. Sie hat dich also tatsächlich angerufen. Was ist passiert?»

Plötzlich fängt sie erneut an zu weinen. «Tut mir leid», murmelt sie und kramt nach Taschentüchern. «Tut mir leid. Ich weiß auch nicht, warum ich mich so albern aufführe.»

Sie spürt seine Hand auf ihrer Schulter, er hat den Arm um

sie gelegt. Rory riecht nach Kneipe, Deodorant, sauberen Haaren und frischer Luft. «Hey», sagt er leise, «hey … das sieht dir gar nicht ähnlich.»

Woher willst du das wissen?, denkt sie. Niemand weiß, was mir ähnlich sieht. Ich bin mir nicht einmal sicher, ob ich es selbst weiß. «Sie hat mir alles erzählt. Die ganze Liebesgeschichte. Oh, Rory, es war herzzerreißend. Sie haben sich so sehr geliebt, und sie haben sich die ganze Zeit vermisst, bis er in Afrika ums Leben gekommen ist. Sie hat ihn nie wiedergesehen.» Sie schluchzt so heftig, dass ihre Worte fast nicht zu verstehen sind.

Er nimmt sie in den Arm und senkt den Kopf, um sie besser verstehen zu können. «Mit einer alten Dame zu sprechen hat dich so traurig gemacht? Eine gescheiterte Liebesbeziehung, die vierzig Jahre zurückliegt?»

«Du hättest dort sein müssen. Du hättest hören müssen, was sie gesagt hat.» Sie erzählt ihm ein wenig von der Geschichte und wischt sich über die Augen. «Sie ist so schön und anmutig und traurig …»

«Du bist schön und anmutig und traurig. Okay, anmutig vielleicht nicht.»

Sie legt den Kopf an seine Schulter.

«Ich hätte nie gedacht, dass du … Versteh das bitte nicht falsch, Ellie, aber ich bin überrascht. Ich hätte nie gedacht, dass dich diese Briefe derart mitnehmen könnten.»

«Es sind nicht nur die Briefe.» Sie schnieft.

Er wartet. Er lehnt sich auf dem Sofa zurück, doch seine Hand ruht noch immer leicht auf ihrem Nacken. Sie will nicht, dass er sie fortzieht. «Was dann?» Seine Stimme ist leise.

«Ich habe Angst …»

«Wovor?»

Ihre Stimme wird zu einem Flüstern: «Ich habe Angst, dass mich nie jemand so lieben wird.»

Der Alkohol hat sie leichtsinnig gemacht. Er betrachtet sie, sein Blick ist weich geworden, mitfühlend, und sie tupft sich kraftlos die Augen ab. Einen Moment lang glaubt sie, er werde sie küssen, doch stattdessen holt er einen Brief hervor und liest ihn laut vor:

Als ich heute Abend auf dem Weg nach Hause war, bin ich in eine Auseinandersetzung geraten, die sich vor einer Kneipe abspielte. Zwei Männer prügelten sich, angefeuert von den Betrunkenen ringsum, und plötzlich steckte ich mitten in diesem Chaos aus Flüchen, Fäusten und fliegenden Flaschen. In der Ferne ertönte eine Polizeisirene. Männer flohen in alle Richtungen, Autos wichen mit quietschenden Reifen dem Kampf aus. Und ich konnte nur daran denken, wie sich deine Mundwinkel kräuseln, wenn du lächelst. Und ich hatte das Gefühl, dass du genau in diesem Augenblick auch an mich gedacht hast.

Das klingt vielleicht abstrus; vielleicht hast du auch an ein Theaterstück gedacht oder an die Wirtschaftskrise oder ob du neue Vorhänge kaufen sollst. Doch plötzlich, mitten in dieser kleinen, verrückten Szene wurde mir klar, dass es ein wundervolles Geschenk ist, wenn man jemanden hat, der einen versteht, der einen begehrt, die beste aller Versionen in einem sieht. Auch wenn wir nicht zusammen sind, gibt es mir Kraft zu wissen, dass ich dieser Mann für dich bin.

Sie hat die Augen geschlossen und lauscht Rorys leiser Stimme. Sie stellt sich vor, wie es sich für Jennifer angefühlt haben muss, geliebt, bewundert, begehrt zu sein.

Ich weiß nicht genau, womit ich das verdient habe. Auch bin ich mir noch nicht einmal ganz sicher, dass es so ist. Doch allein die Möglichkeit, an dein schönes Gesicht zu denken, an dein Lächeln, und zu wissen, dass ein Teil davon vielleicht mir gehört, ist wahrscheinlich das Beste, was mir im Leben passiert ist.

Rory hat aufgehört zu lesen. Sie schlägt die Augen auf und stellt fest, dass er ein Stück von ihr abgerückt ist. «Für eine kluge Frau», sagt er, «bist du erstaunlich schwer von Begriff.» Er streckt eine Hand aus und wischt ihr mit dem Daumen eine Träne ab.

«Du weißt nicht …», hebt sie an. «Du verstehst nicht …»

«Ich glaube, ich weiß genug.» Bevor sie wieder sprechen kann, küsst er sie. Ellie zögert nur einen Moment, die sommersprossige Hand ist wieder da und quält sie. *Warum sollte ich jemandem treu sein, der wahrscheinlich gerade jetzt wilden Urlaubssex hat?*

Dann spürt sie seinen Mund auf ihrem, Rory umschließt ihr Gesicht, und sie erwidert seinen Kuss, schaltet entschlossen alle Gedanken ab, ihr Körper ist einfach dankbar für die Arme, die sie halten, seine Lippen auf ihren. *Radier alles aus*, fleht sie ihn insgeheim an. *Schreib diese Seite neu.* Sie schmiegt sich an ihn und ist leicht überrascht, dass sie trotz ihrer verzweifelten Sehnsucht durchaus in der Lage ist, diesen Mann auch wirklich zu wollen. Und dann kann sie an nichts anderes mehr denken.

Sie wacht auf und schaut auf zwei Reihen dunkler Wimpern. Was für dunkle Wimpern, denkt sie in den paar Sekunden, bevor sie wieder bei vollem Bewusstsein ist, Johns sind karamellfarben. Am äußeren Rand des linken Auges hat er eine weiße Wimper, und sie ist sich ziemlich sicher, dass die bisher noch niemandem außer ihr aufgefallen ist.

Vögel zwitschern. Draußen heult ein Motor auf. Auf ihrer nackten Hüfte liegt ein Arm. Er ist erstaunlich schwer, und als sie sich bewegt, schließt sich sofort eine Hand um ihren Po, wie im Reflex, sie nicht loslassen zu wollen. Sie starrt auf die Wimpern und erinnert sich daran, was am Abend zuvor geschehen ist. Sie und Rory auf dem Boden vor ihrem Sofa. Er holt die Bettdecke, als sie friert. Sein Haar, kräftig und weich zwischen ihren Fingern, sein erstaunlich breiter Körper über ihrem, ihr Bett, sein Kopf, der unter der Bettdecke verschwindet. Ein leichter Schauer überkommt sie bei der Erinnerung, doch sie kann noch nicht genau sagen, was sie davon hält.

John.

Eine SMS.

Kaffee, denkt sie und hält sich an dem Gedanken fest. Kaffee und Croissants. Sie löst sich aus seiner Umarmung, den Blick noch immer auf sein schlafendes Gesicht gerichtet. Sie hebt seinen Arm und legt ihn sanft auf das Laken. Er wacht auf, und sie erstarrt. In seinen Augen sieht sie sogleich ihre eigene Verwirrung widergespiegelt.

«Hey», sagt er mit rauer, verschlafener Stimme. Wie spät war es, als sie schließlich eingeschlafen sind? Vier? Fünf? Ihr fällt ein, dass sie gekichert haben, weil es draußen hell wurde. Er reibt sich das Gesicht und stützt sich auf einen Ellbogen. Seine Haare stehen an einer Seite ab, auf seinem Kinn ein Bartschatten. «Wie spät ist es?»

«Fast neun. Ich gehe mal eben raus und hole einen ordentlichen Kaffee.» Sie geht rückwärts zur Tür und ist sich ihrer Nacktheit in dem allzu hellen Morgenlicht bewusst.

«Bist du sicher?», ruft er, als sie verschwindet. «Soll ich nicht gehen?»

«Nein, nein.» Sie schlüpft in die Jeans, die sie vor der Wohnzimmertür entdeckt.

«Für mich bitte schwarz.» Als er zurück in die Kissen sinkt, hört sie, dass er vor sich hin murmelt, irgendetwas über seinen Kopf.

Ihr Slip liegt halb unter dem DVD-Player. Sie hebt ihn rasch auf und stopft ihn in eine Hosentasche. Sie streift sich ein T-Shirt über den Kopf, zieht sich eine Jacke über und eilt die Treppe hinunter, ohne in den Spiegel zu sehen. Rasch geht sie zum nächsten Coffee-Shop und tippt dabei bereits eine Nummer in ihr Handy ein.

Wach auf. Geh ans Telefon.

Inzwischen steht sie in der Schlange. Nicky nimmt beim dritten Klingelton ab.

«Ellie?»

«O Gott, Nicky. Ich hab was Schreckliches getan.» Sie senkt die Stimme und wendet sich von der Familie ab, die hinter ihr hereingekommen ist. Der Vater schweigt, die Mutter versucht, zwei kleine Kinder an einen Tisch zu lotsen. Ihre blassen Gesichter künden von einer schlaflosen Nacht.

«Bleib dran. Ich bin im Fitnessstudio. Lass mich das eben mit nach draußen nehmen.»

Fitnessstudio? Um neun Uhr an einem Sonntagmorgen? Im Hintergrund hört sie Straßenlärm. «Inwiefern schrecklich? Mord? Vergewaltigung eines Minderjährigen? Du hast doch nicht die Frau von Dingsbums angerufen, um ihr zu sagen, dass du seine Geliebte bist?»

«Ich habe mit dem Typen von der Arbeit geschlafen.»

Eine kurze Pause. Sie blickt auf und stellt fest, dass die Barista sie mit hochgezogenen Augenbrauen anstarrt. Sie legt die Hand über das Handy. «Oh. Zwei große Kaffee bitte, einen davon mit Milch, und Croissants. Zwei – nein, drei.»

«Der Typ aus dem Archiv?»

«Ja. Er kam gestern Abend vorbei, und ich war betrunken, und mir ging es ziemlich beschissen, dann hat er einen von den Liebesbriefen vorgelesen, und … ich weiß nicht …»

«Und?»

«Ich habe mit einem anderen geschlafen!»

«War es so schlimm?»

Rorys Augen, seine Lachfältchen. Sein Kopf, über ihre Brust gebeugt. Küsse. Endlose, endlose Küsse.

«Nein. Es war … ziemlich gut. Echt gut.»

«Und wo ist dein Problem?»

«Ich sollte nur mit John schlafen.»

Die Frau hinter der Theke wechselt Blicke mit dem erschöpften Vater. Ellie wird klar, dass die beiden ihrem Gespräch neugierig lauschen.

«Sechs Pfund dreiundsechzig», sagt die junge Frau mit einem Lächeln.

Auf der Suche nach Kleingeld greift Ellie in ihre Hosentasche und zieht plötzlich den Slip vom Vorabend heraus. Erschöpfter Vater hustet – es könnte auch ein Lachanfall gewesen sein. Sie entschuldigt sich mit hochrotem Gesicht, zahlt, geht ans Ende der Theke und wartet mit gesenktem Kopf auf ihren Kaffee.

«Nicky …»

«Ach, jetzt komm schon, Ellie. Du schläfst mit einem verheirateten Mann, der ziemlich sicher noch mit seiner Frau ins Bett geht. Er hat dir nichts versprochen, nimmt dich kaum irgendwohin mit, hat nicht vor, seine Frau zu verlassen –»

«Das weißt du nicht.»

«Doch. Tut mir leid, Süße, aber ich würde mein winziges, mit einer Hypothek belastetes Haus darauf verwetten. Und wenn du mir sagst, du hattest gerade tollen Sex mit einem netten Kerl, der Single ist und dich mag und anscheinend Zeit mit dir verbringen will, dann klingt das für mich wirklich nicht nach einer Katastrophe. Okay?»

«Okay», sagt Ellie leise.

«Und jetzt geh zurück in deine Wohnung, weck ihn auf und hab verrückten, heißen, animalischen Sex mit ihm, dann triffst du Corinne und mich morgen früh im Café und erzählst uns alles.»

Sie lächelt. Wie nett, wenn man feiern kann, mit jemandem zusammen zu sein, statt sich ständig für ihn rechtfertigen zu müssen.

Sie denkt an Rory, der in ihrem Bett liegt. Rory mit den sehr langen Wimpern und innigen Küssen. Wäre es so schlimm, den Morgen mit ihm zu verbringen? Sie nimmt den Kaffee und geht zurück in ihre Wohnung, überrascht, wie schnell ihre Beine sie tragen.

«Rühr dich nicht!», ruft sie, als sie die Schuhe abstreift. «Ich bringe dir das Frühstück ans Bett.» Sie stellt den Kaffee im Flur auf dem Boden ab und schlüpft ins Bad, wischt die Wimperntusche unter ihren Augen weg, spritzt sich kaltes Wasser ins Gesicht und trägt etwas Parfüm auf. Dann fällt ihr noch etwas ein, sie schraubt die Zahnpastatube auf und verteilt ein erbsengroßes Stück Zahncreme in ihrem Mund.

«Damit du mich nicht mehr für eine herzlose, egozentrische, Männer quälende Frau hältst. Und auch, damit du mir bei der Arbeit einen Kaffee schuldest. Morgen werde ich natürlich wieder zu meinem herzlosen, egoistischen Selbst zurückkehren.»

Sie verlässt das Bad, bückt sich nach dem Kaffee und betritt lächelnd das Schlafzimmer. Das Bett ist leer, die Decke zurückgeschlagen. Im Bad kann er nicht sein – da war sie gerade. «Rory?», fragt sie in die Stille hinein.

«Hier.»

Seine Stimme kommt aus dem Wohnzimmer. Sie tappt durch den Flur. «Du solltest im Bett bleiben», sagt sie. «Es ist wohl kaum ein Frühstück im Bett, wenn du …»

Er steht in der Mitte des Raumes und zieht sein Jackett an. Er ist vollständig angezogen, die Haare sind nicht mehr zerzaust.

Sie bleibt im Türrahmen stehen. Er sieht sie nicht an.

«Was machst du?» Sie hält ihm den Kaffee hin. «Ich dachte, wir frühstücken zusammen.»

«Tja. Ich glaube, ich sollte jetzt besser gehen.»

Ellie überläuft ein kalter Schauer. Hier stimmt etwas nicht.

«Warum?», fragt sie und versucht zu lächeln. «Ich war kaum eine Viertelstunde weg. Hast du wirklich an einem Sonntagmorgen um zwanzig nach neun eine Verabredung?»

Er schaut zu Boden und sucht offensichtlich in den Taschen nach seinen Schlüsseln. Er findet sie und dreht sie in der Hand. Als er schließlich aufblickt, ist sein Gesicht ausdruckslos. «Du hast einen Anruf bekommen, während du draußen warst. Er hat eine Nachricht hinterlassen. Ich wollte nicht lauschen, aber das ist in einer kleinen Wohnung ziemlich schwer.»

Ellies Magen verkrampft sich. «Rory, ich –»

Er hebt eine Hand. «Ich habe dir gesagt, dass ich es nicht kompliziert mag. Und es ist kompliziert, wenn ich mit einer Frau schlafe, die auch noch mit einem anderen schläft.» Er geht an ihr vorbei, ohne auf den Kaffee in ihrer Hand zu achten. «Bis dann, Ellie.»

Sie lauscht seinen leiser werdenden Schritten auf der Treppe. Er schlägt die Tür nicht zu, doch die Art, wie sie zufällt, hat etwas unangenehm Endgültiges. Ellie ist wie betäubt. Sie stellt den Kaffee vorsichtig auf den Tisch, dann geht sie zum Anrufbeantworter hinüber und hört die Nachricht ab.

Johns Stimme, leise und honigsüß, verbreitet sich im Raum. «Ellie, ich kann nicht lange sprechen. Wollte nur hören, ob bei dir alles in Ordnung ist. Bin mir nicht sicher, was du gestern Abend gemeint hast. Ich vermisse dich auch. Ich vermisse uns. Aber hör zu … schreib bitte keine SMS. Es ist …» Ein kurzer Seufzer. «Hör zu. Ich melde mich … sobald ich wieder zu Hause bin.» Es klickt.

Ellie lässt seine Worte in der stillen Wohnung nachhallen, sinkt auf das Sofa und verharrt dort reglos, während der Kaffee neben ihr kalt wird.

Sehr geehrter Mr. B…
Re: 48 T… Avenue

… um es noch einmal zu wiederholen: Wenn ich richtig verstanden habe, wird das Haus jetzt nur in Ihrem Namen gekauft, und ich soll keine weiteren Dokumente zum Unterschreiben an Ihre derzeitige Adresse schicken, bis Sie am 14. zurückkehren.

Brief, versehentlich von Frau geöffnet

KAPITEL 22

An: Phillip O'Hare, phillipohare@thetimes.co.uk
Von: Ellie Haworth, elliehaworth@thenation.co.uk

Entschuldigen Sie, dass ich Sie einfach so kontaktiere, aber ich hoffe, dass Sie als Kollege verstehen werden, warum ich es tue. Ich versuche, einen gewissen Anthony O'Hare ausfindig zu machen, der im selben Alter sein könnte wie Ihr Vater, und in einer Ihrer Kolumnen in der *Times* erwähnten Sie zufällig, dass Ihr Vater ebendiesen Namen trägt.

Der Anthony O'Hare, den ich suche, hat in den frühen sechziger Jahren einige Zeit in London verbracht, war aber auch viel im Ausland, besonders in Zentralafrika, wo er vermutlich gestorben ist. Ich weiß sehr wenig über ihn, nur dass er einen Sohn hatte, der genauso hieß wie Sie.

Wenn Sie es sind oder wenn Sie wissen, was aus ihm geworden ist, würden Sie mir bitte eine E-Mail schicken? Es gibt da eine gemeinsame Bekannte, die ihn vor vielen Jahren kannte und gern herausfinden würde, was ihm zugestoßen ist. Ich weiß, es ist kein ungewöhnlicher Name, aber ich versuche einfach mein Glück, ich kann jede Hilfe gebrauchen, die ich bekommen kann.

Mit besten Grüßen
Ellie Haworth

Das neue Gebäude liegt in einem Teil der Stadt, den Ellie nicht kennt – zumindest nicht, seitdem er nicht mehr nur eine Ansammlung schäbiger Lagerhäuser und billiger Imbissbuden ist, bei deren Anblick sie lieber verhungert wäre, als sich dort etwas zu kaufen. Das ganze Gebiet ist dem Erdboden gleichgemacht worden, die überfüllten Verkehrsstraßen sind großzügigen Plätzen und modernen Bürokomplexen gewichen, von denen viele noch eingerüstet sind.

Sie sind zu einer gemeinsamen Besichtigungstour hergekommen, um sich mit ihren neuen Schreibtischen, den neuen Computern und Telefonsystemen vertraut zu machen, bevor sie am Montag endgültig umziehen. Ellie folgt ihren Kollegen durch die verschiedenen Abteilungen, während der junge Mann mit dem Klemmbrett und einem Schild, das ihn als «Umzugskoordinator» ausweist, etwas über Herstellung, Informationszentren und Toiletten erzählt. Während ihnen jeder neue Raum erläutert wird, beobachtet Ellie die unterschiedlichen Reaktionen in ihrem Team, die Aufregung einiger jüngerer Kolleginnen, denen der glatte, moderne Stil des Büros gefällt. Melissa, die offenbar schon ein paarmal hier gewesen ist, unterbricht den Mann hin und wieder mit Informationen, die er ihrer Meinung nach ausgelassen hat.

«Hier kann man sich jedenfalls nirgendwo verstecken!», scherzt Rupert, während er sich in dem großen, offenen Raum umsieht. In seiner Bemerkung steckt ein Körnchen Wahrheit. Melissas Büro in der südöstlichen Ecke besteht vollkommen aus

Glas und überblickt die gesamte Redaktion. Niemand sonst aus der Abteilung hat ein eigenes Büro, eine Entscheidung, die offensichtlich einigen ihrer Kollegen und Kolleginnen zu schaffen macht.

«Und hier werdet ihr sitzen.» Alle Journalisten sind an einem riesigen ovalen Tisch untergebracht, aus dessen Mitte Kabel sprießen, die wie Nabelschnüre zu einer Reihe Flachbildschirme führen.

«Wer sitzt wo?», fragt eine der Kolumnistinnen. Melissa schaut auf ihrer Liste nach. «Das habe ich mir schon überlegt, obwohl einiges noch im Fluss ist. Du, Rupert, sitzt hier. Arianna dort. Tim, das ist dein Platz. Edwina …» Sie deutet auf einen freien Stuhl. Das erinnert Ellie an Korbball in der Schule; die Erleichterung, wenn man in eine Mannschaft gewählt wurde. Nur dass jetzt alle Plätze verteilt sind und sie noch steht.

«Äh … Melissa?», wagt sie sich vor. «Wo soll ich denn sitzen?» Melissa wirft einen Blick auf einen anderen Schreibtisch. «Ein paar werden springen müssen. Es ist nicht sinnvoll, allen dauerhaft einen eigenen Arbeitsplatz zuzuweisen.» Sie schaut Ellie dabei nicht an.

Ellie spürt, wie sich ihre Zehen in den Schuhen verkrampfen. «Soll das heißen, dass ich keinen eigenen Schreibtisch bekomme?»

«Nein, das soll heißen, dass sich einige einen Arbeitsplatz teilen werden.»

«Aber ich bin doch jeden Tag da. Ich verstehe nicht, wie das funktionieren soll.» Sie sollte Melissa beiseitenehmen und sie unter vier Augen fragen, warum Arianna, die kaum einen Monat da ist, bevorzugt wird und einen eigenen Arbeitsplatz bekommt. Sie sollte die Verärgerung aus ihrer Stimme verbannen. Sie sollte den Mund halten. «Ich verstehe nicht, warum ich die Einzige bin, die keinen –»

«Wie gesagt, Ellie, die Dinge sind noch im Fluss. Du wirst immer einen Platz haben, an dem du arbeiten kannst. Also, gehen wir weiter und schauen uns die Räume der Nachrichtenredaktion an. Die wird natürlich am selben Tag umziehen wie wir …» Und damit ist die Unterhaltung beendet.

Ellie wird klar, dass ihre Aktien viel tiefer gesunken sind, als sie gedacht hat. Sie spürt Ariannas Blick auf sich, aber als sie aufsieht, schaut die Neue rasch zur Seite, und Ellie tut so, als würde sie die neuen Nachrichten auf ihrem Handy checken, obwohl es gar keine gibt.

Das Archiv ist nicht mehr im Keller. Das neue «Zentrum für Informationsquellen» befindet sich im zweiten Stock, in einem Atrium, in dem lauter übergroße und verdächtig exotische Kübelpflanzen stehen. In der Mitte ist eine Insel, hinter der sie den grummeligen Archivleiter entdeckt, der leise mit einem viel jüngeren Mann spricht. Sie betrachtet die Regale, die nun ordentlich in die Bereiche «digitale quellen» und «druckwerke» aufgeteilt sind. Die Beschriftung in den neuen Büros ist ausnahmslos in Kleinbuchstaben, was dem Chefkorrektor vermutlich ein Magengeschwür eingebracht hat.

Der Unterschied zu den verwinkelten und staubigen Katakomben des alten Archivs mit ihrem muffigen Zeitungsgeruch könnte kaum größer sein, und plötzlich wird sie melancholisch.

Sie ist sich nicht ganz sicher, warum sie hierhergekommen ist, nur dass sie sich von Rory magnetisch angezogen fühlt. Vielleicht will sie herausfinden, ob er ihr zumindest teilweise verzeiht, oder sie will mit ihm über Melissas Schreibtischaufteilung sprechen. Ihr wird klar, dass er einer der wenigen Menschen ist, mit denen sie darüber reden kann. Der Archivar bemerkt sie.

«Verzeihung», sagt sie und hebt eine Hand. «Ich schaue mich nur um.»

«Wenn Sie zu Rory wollen», sagt er, «der ist im alten Gebäude.» Seine Stimme klingt nicht unfreundlich.

«Danke», erwidert sie und versucht, so etwas wie eine Entschuldigung anzudeuten. Ihr ist wichtig, nicht noch jemanden zu verstimmen. «Es sieht toll aus. Sie haben … großartige Arbeit geleistet.»

«Es ist fast fertig», sagt er und lächelt. Wenn er lächelt, wirkt er jünger, nicht so vergrämt. In seinem Gesicht sieht sie etwas, das ihr bislang noch nie aufgefallen ist: Erleichterung, aber auch Freundlichkeit. Wie man sich in Menschen doch täuschen kann, denkt sie.

«Kann ich Ihnen irgendwie helfen?»

«Nein, ich –»

Er lächelt wieder. «Wie schon gesagt, er ist im alten Gebäude.»

«Vielen Dank. Ich … ich lasse Sie dann mal wieder in Ruhe. Sie sind sicher beschäftigt.» Sie geht an einen Tisch, nimmt sich einen Zettel mit einer Anleitung, wie das Archiv zu nutzen ist, faltet ihn sorgfältig und steckt ihn beim Hinausgehen in die Handtasche.

Sie sitzt den ganzen Nachmittag an ihrem bald nicht mehr existierenden Schreibtisch und gibt Anthony O'Hares Namen wiederholt in eine Suchmaschine ein. Sie hat es schon oft gemacht und ist jedes Mal erstaunt, wie viele Anthony O'Hares es auf der Welt gibt: Jugendliche Anthony O'Hares in sozialen Netzwerken, längst verstorbene Anthony O'Hares, die auf Friedhöfen in Pennsylvania begraben sind und deren Lebensgeschichten von Hobby-Ahnenforschern untersucht werden. Einer ist Physiker und arbeitet in Südafrika, ein anderer veröffentlicht Fantasy-Romane im Selbstverlag, ein weiterer wurde Opfer eines Überfalls in einem Pub in Swansea. Sie studiert jeden Treffer genau, prüft das Alter, die Identität der Männer, nur um sicherzugehen.

Ihr Handy summt und kündigt eine Nachricht an. Sie sieht Johns Namen und verspürt eine flüchtige Enttäuschung, dass es nicht Rory ist, was sie verwirrt.

«Redaktionskonferenz.» Melissas Sekretärin steht an ihrem Schreibtisch.

Tut mir leid, konnte gestern Abend nicht lange reden. Wollte nur, dass du weißt, wie sehr du mir fehlst. Kann es kaum erwarten, dich zu sehen. J x

«Ja, sorry.» Die Sekretärin steht noch immer neben ihr. «Tut mir leid. Ich komme sofort.»

Sie liest die SMS noch einmal, pflückt jeden Satz auseinander, nur um sicherzugehen, dass sie ausnahmsweise nicht aus einer Mücke einen Elefanten macht. Aber da steht es: *Wollte nur, dass du weißt, wie sehr du mir fehlst.*

Sie sammelt ihre Unterlagen ein und betritt mit hochroten Wangen das Büro, knapp vor Rupert. Es ist wichtig, nicht die Letzte zu sein. Sie will nicht die einzige Journalistin sein, die weder in noch außerhalb von Melissas Büro einen Platz hat.

Schweigend sitzt sie da, während die Artikel der nächsten Tage diskutiert werden. Die Demütigung vom Morgen ist vergessen. Selbst die Tatsache, dass Arianna ein Interview mit einer notorisch zurückhaltenden Schauspielerin ergattert hat, stört sie nicht. In ihrem Kopf schwirren die Worte herum, die ihr unerwartet in den Schoß gefallen sind: *Wollte nur, dass du weißt, wie sehr du mir fehlst.*

Was hat das zu bedeuten? Sie wagt kaum zu hoffen, dass ihre Wünsche in Erfüllung gehen. Die sonnengebräunte Frau im Bikini ist aus ihren Gedanken verschwunden. Die sommersprossige Hand massiert nicht länger, sondern bleibt untätig. Sie stellt sich John und seine Frau vor, wie sie den ganzen Urlaub hindurch streiten, dabei sollte es der letzte Versuch sein, ihre Ehe zu retten. Sie sieht ihn erschöpft und wütend vor sich, insgeheim froh über ihre SMS, auch wenn er sie davor warnen muss, noch eine zu schicken.

Schraub deine Hoffnungen nicht zu hoch, ermahnt sie sich. Vielleicht bedeutet es nichts. Jeder ist seinen Partner am Ende eines Urlaubs leid. Vielleicht will er sich nur vergewissern, dass sie noch verfügbar ist. Doch sie weiß, welche Version sie glauben möchte …

«Und Ellie? Die Liebesbriefgeschichte?»

Oh, verdammt.

Sie raschelt mit dem Papier auf ihrem Schoß und bemüht sich um einen zuversichtlichen Ton. «Na ja, ich habe sehr viele Informationen bekommen. Ich habe die Frau getroffen. Es ist auf jeden Fall genug Stoff für eine Geschichte.»

«Gut.» Melissa zieht elegant die Augenbrauen hoch, als hätte Ellie sie überrascht.

«Aber …», Ellie schluckt, «… ich bin mir nicht sicher, wie viel wir verwenden sollten. Es scheint mir … ein bisschen heikel.»

«Leben sie beide noch?»

«Nein. Er ist tot. Zumindest glaubt sie es.»

«Dann ändere den Namen der Frau. Ich verstehe nicht, wo das Problem liegt. Du benutzt Briefe, die sie vermutlich längst vergessen hat.»

«Das glaube ich nicht.» Ellie wählt ihre Worte mit Bedacht. «Tatsächlich erinnert sie sich an sehr viel. Ich dachte, es wäre besser, wenn ich die Briefe als Aufhänger benutze, um die Sprache der Liebe zu untersuchen: wie sich Liebesbriefe im Laufe der Jahre verändert haben.»

«Ohne die vorliegenden Briefe einzubeziehen?»

«Ja.» Ellie ist erleichtert. Sie will Jennifers Briefe nicht veröffentlichen. Sie sieht sie vor sich, wie sie auf ihrem Sofa sitzt und mit lebhafter Miene die Geschichte erzählt, die sie jahrzehntelang für sich behalten hat. Sie will nicht zu ihrem Verlustgefühl beitragen. «Ich meine, vielleicht könnte ich ein paar andere Beispiele finden.»

«Bis Dienstag?»

«Na ja, es muss doch Bücher geben, Sammelwerke ...»

«Du willst, dass wir bereits veröffentlichtes Material bringen?»

Schweigen hat sich über den Raum gelegt. Es ist, als steckte sie mit Melissa in einer Giftblase. Sie ist sich bewusst, dass sie nichts tun kann, um diese Frau zufriedenzustellen.

«In der Zeit, die du bisher auf den Artikel verwendet hast, hätten die meisten Journalisten drei zu jeweils zweitausend Wörtern geschrieben.» Melissa tippt mit ihrem Bleistift auf den Schreibtisch. «Schreib ihn einfach, Ellie.» Ihre Stimme klingt frostig und matt. «Schreib ihn einfach zu Ende, halte ihn anonym, und dein Kontakt wird wahrscheinlich nie erfahren, über wessen Briefe du sprichst. Und angesichts des enormen Zeitaufwands gehe ich davon aus, dass es etwas ganz Außergewöhnliches wird.»

Ihr Lächeln, allen anderen im Raum vorbehalten, ist strahlend. «Gut. Machen wir weiter. Ich habe keine Liste aus dem Gesundheitsressort. Hat jemand eine bekommen?»

Sie sieht ihn, als sie das Gebäude verlässt. Er sagt etwas zu Ronald, dem Wachmann, geht mit federnden Schritten die Treppe hinunter und entfernt sich. Es regnet, und er trägt einen kleinen Rucksack auf dem Rücken, hält den Kopf gegen die Kälte gesenkt.

«Hey.» Im Dauerlauf holt sie ihn ein.

Er sieht sie kurz an. «Hey», erwidert er gleichmütig. Er ist auf dem Weg zur U-Bahn und wird nicht langsamer, als er die Treppe erreicht, die hinunterführt.

«Ich dachte … hättest du Lust etwas trinken zu gehen?»

«Ich habe zu tun.»

«Wohin willst du?» Sie muss lauter sprechen, um gegen den Lärm im U-Bahn-Tunnel anzukommen.

«Ins neue Gebäude.»

Sie sind umgeben von Pendlern. Ellies Füße werden beinahe vom Boden gehoben, während sie in der Menschenflut nach unten getragen wird. «Wow. Das muss ordentlich Überstunden geben.»

«Nein. Ich helfe dem Chef nur bei ein paar letzten Sachen, damit er sich nicht vollständig verausgabt.»

«Ich habe ihn heute gesehen.»

Als Rory nicht antwortet, fügt sie hinzu: «Er war nett zu mir.»

«Ja. Er ist ein netter Mann.»

Sie schafft es, neben ihm herzugehen, bis sie an die Absperrung kommen. Er tritt zur Seite, um andere Fahrgäste durchzulassen.

«Wirklich komisch», sagt sie. «Da geht man jeden Tag an Menschen vorbei, ohne einen blassen Schimmer –»

«Also schön, Ellie, was willst du?»

Sie beißt sich auf die Lippe. Die Menge der Pendler teilt sich vor ihnen wie Wasser, viele haben Kopfhörer auf den Ohren, schütteln missbilligend die Köpfe über die menschlichen Hindernisse in ihrem Weg. Sie fährt sich durch die Haare, die inzwischen feucht sind. «Ich wollte mich nur entschuldigen. Wegen gestern Morgen.»

«Schon okay.»

«Nein, es ist nicht okay. Aber es ist … Hör mal, was da passiert ist, hatte nichts mit dir zu tun, und ich mag dich wirklich gerne. Es ist nur so, das ist etwas, dass ich –»

«Weißt du was? Das interessiert mich gar nicht. Es ist schon gut, Ellie. Wir sollten es dabei belassen.» Er geht durch die Absperrung. Sie folgt ihm. Sie hat seinen Gesichtsausdruck gesehen, bevor er sich umgedreht hat, und er war schrecklich. Sie fühlt sich schrecklich.

Auf der Rolltreppe stellt sie sich hinter ihn. Kleine Wasserperlen sind auf seinem grauen Schal verteilt, und sie muss an sich halten, um sie nicht abzuklopfen. «Rory, es tut mir wirklich leid.»

Er starrt auf seine Schuhe. Dann schaut er sie an, sein Blick ist eisig. «Verheiratet, was?»

«Wie bitte?»

«Dein … Freund. Das wurde aus seinen Worten ziemlich deutlich.»

«Sieh mich nicht so an.»

«Wie denn?»

«Ich hatte nicht vor, mich zu verlieben.»

Er stößt ein kurzes, bitteres Lachen aus. Sie haben das Ende der Rolltreppe erreicht. Sie versucht, mit ihm Schritt zu halten, und muss dabei laufen. Die Luft im Tunnel riecht abgestanden und nach verbranntem Gummi. «Wirklich nicht.»

«Quatsch – du hast dich entschieden. Jeder trifft seine Entscheidungen.»

«Von dir hat also nie etwas Besitz ergriffen? Hast du nie diesen Sog verspürt?»

Er dreht sich zu ihr um. «Doch, natürlich. Aber wenn klar war, dass ich damit jemanden verletze, habe ich mich zurückgezogen.»

Ihr Gesicht brennt. «Weil du so wahnsinnig perfekt bist?»

«Nein. Aber du bist auch kein Opfer der Umstände. Vermutlich hast du gewusst, dass er verheiratet ist, und hast dich entschieden, trotzdem weiterzumachen. Du hattest die Möglichkeit, Nein zu sagen.»

«Ich konnte nicht.»

«‹Etwas, das stärker war als wir›», sagt er sarkastisch. «Ich glaube, diese Liebesbriefe haben dich mehr beeinflusst, als du denkst.»

«Wie schön für dich, dass du so vernünftig bist. Großartig, dass du deine Emotionen wie einen Wasserhahn auf- und zudrehen kannst. Ja, ich habe es zugelassen und mich hineingestürzt – okay? Unmoralisch, ja. Unvernünftig? Nun, deiner Reaktion zufolge schon. Aber für einen Moment habe ich etwas Magisches empfunden, und – und keine Sorge, ich habe seitdem teuer dafür bezahlen müssen.»

«Aber nicht nur du, oder? Jede Handlung hat Folgen, Ellie. Meiner Meinung nach teilt sich die Welt in Menschen, die das wissen und sich dementsprechend verhalten, und solche, die einfach danach gehen, was sich gerade gut anfühlt.»

«Mein Gott! Hast du überhaupt eine Ahnung, wie verdammt überheblich du klingst?» Sie schreit jetzt und nimmt kaum mehr die neugierigen Pendler wahr, die an ihnen vorbeiströmen.

«Ja.»

«Und in deiner Welt darf niemand einen Fehler machen?»

«Einmal», sagt er. «Man kann einmal einen Fehler machen.»

Er blickt in die Ferne, die Zähne zusammengebissen, als ob er überlegt, wie viel er sagen soll. Dann dreht er sich zu ihr um. «Ich war auf der anderen Seite, verstehst du, Ellie? Ich habe eine Frau geliebt, die einen anderen traf, dem sie nicht widerstehen konnte. Etwas, das ‹stärker war als sie›. Bis er sie natürlich fallenließ. Und ich habe sie wieder in mein Leben gelassen, und sie hat mich ein zweites Mal verletzt. Daher habe ich durchaus eine Meinung zu diesem Thema.»

Sie ist wie gelähmt. Mit lautem Rauschen und einem Schwall heißer Luft fährt die U-Bahn ein. Die Fahrgäste drängen vor.

«Weißt du was?», sagt er mit erhobener Stimme, um den Lärm zu übertönen. «Ich verurteile dich nicht dafür, dass du dich in diesen Mann verliebt hast. Wer weiß? Vielleicht ist er ja die Liebe deines Lebens. Kann sein, dass es seiner Frau ohne ihn wirklich bessergehen würde. Vielleicht seid ihr beide tatsächlich füreinander bestimmt. Aber du hättest Nein zu mir sagen können.» Plötzlich sieht sie etwas Unerwartetes, etwas Echtes und Ungeschütztes in seinem Gesicht. «Das macht mir zu schaffen. Du hättest Nein sagen können. Das wäre das Richtige gewesen.»

Mit einem großen Schritt springt er in den Waggon, bevor die Türen sich schließen. Die U-Bahn fährt mit ohrenbetäubendem Kreischen ab.

Sie schaut seinem Rücken hinter dem erleuchteten Fenster nach, bis er verschwindet. *Das Richtige für wen?*

Hey, Babe,

hab das ganze Wochenende an dich gedacht. Wie ist es an der Uni? Barry behauptet, alle Chicks, die zur Uni gehen, finden schließlich einen anderen, aber ich habe ihm gesagt, das ist Quatsch. Er ist nur eifersüchtig. Er ist am Dienstag mit diesem Mädchen aus dem Maklerbüro ausgegangen, und sie hat ihn nach dem Hauptgang sitzenlassen. Hat gesagt, sie muss zur Toilette, und ist verschwunden!!! Er meinte, er hat zwanzig Minuten dort gesessen, bevor es ihm klargeworden ist. Wir haben uns alle schlappgelacht …

Ich wünschte, du wärst hier, Babe. Die Nächte ohne dich sind lang. Schreib bald zurück. Clive xx

Ellie sitzt mitten auf ihrem Bett, einen staubigen Karton auf dem Schoß, die Briefe aus ihrer Teenagerzeit um sich herum verstreut. Es ist halb zehn, und sie sucht verzweifelt nach einer Möglichkeit, den Liebesbriefartikel für Melissa zu retten, ohne Jennifer der Öffentlichkeit preiszugeben. Sie denkt an Clive, ihre erste Liebe, Sohn eines Baumpflegers und auf derselben Schule wie sie. Sie hatten lange darum gerungen, ob Ellie zur Universität gehen sollte, und sich dann geschworen, dass es ihre Beziehung nicht verändern würde. Die Beziehung hatte noch ungefähr drei Monate gehalten, nachdem sie nach Bristol gezogen war. Sie weiß noch, wie erschreckend schnell der Anblick seines schrottreifen Minis auf dem Parkplatz vor ihrem Studentenwohnheim sich von etwas Wunderbarem zu etwas überaus Unangenehmem gewandelt hatte. Bald war er nicht mehr das Signal für sie, Parfüm aufzutragen und ihrem Freund entgegenzustürmen, sondern machte ihr ein schlechtes Gewissen, weil sie nichts mehr für Clive empfand – bis auf das Gefühl, von ihm in ein Leben zurückgezogen zu werden, das sie nicht mehr wollte.

Lieber Clive,

ich habe fast die ganze Nacht überlegt, wie ich das hier so machen kann, dass es uns beiden nicht allzu viel Schmerz zufügt. Aber es gibt keinen einfachen Weg zu

Lieber Clive,

es fällt mir sehr schwer, diesen Brief zu schreiben. Aber ich muss dir sagen, dass ich

Lieber Clive,

es tut mir wirklich leid, aber ich möchte nicht mehr, dass du herkommst. Danke für die gute Zeit. Ich hoffe, wir können trotzdem Freunde bleiben.

Ellie

Sie streicht über die verworfenen Versionen, die sie zwischen anderer Korrespondenz aufbewahrt hat. Nachdem er den endgültigen Brief erhalten hatte, fuhr er 212 Meilen, nur um ihr ins Gesicht zu sagen, dass sie eine Schlampe sei. Sie weiß noch, dass sie eigenartig ungerührt war, vielleicht, weil sie schon damit abgeschlossen hatte. An der Universität lernte sie ein neues Leben kennen, weit entfernt von der Kleinstadt ihrer Jugendzeit, weit entfernt von den Clives, den Barrys, den Samstagabenden im Pub. Ein Leben, in dem einen nicht jeder kannte und nicht jeder wusste, was man in der Schule gemacht hatte, welchen Beruf die Eltern ausübten oder wie man einmal im Chorkonzert gesungen hatte und einem dabei der Rock heruntergerutscht war. Man kann sich nur fern von zu Hause neu erfinden. Noch heute fühlt sie sich immer ein wenig erdrückt von diesem Kleinstadtleben, wenn sie ihre Eltern besucht.

Sie trinkt ihren Tee aus und fragt sich, was Clive wohl jetzt macht. Er wird verheiratet sein, denkt sie, wahrscheinlich glücklich; er war ein entspannter, unkomplizierter Typ. Er wird Kinder haben, und der Höhepunkt seines Wochenendes ist vermutlich nach wie vor der Samstagabend im Pub mit seinen Freunden, die er schon seit der Schulzeit kennt.

Heute würden die Clives dieser Welt natürlich keine Briefe mehr schreiben. Sie würden ihr eine SMS schicken. Alles klar, Babe? Hätte sie die Beziehung auch per SMS beendet?

Sie sitzt still da, die alten Briefe auf der Decke verteilt. Seit ihrer Nacht mit Rory hat sie keinen der Briefe an Jennifer mehr gelesen; sie sind irgendwie unangenehm mit seiner Stimme verbunden. Sie denkt an seinen Gesichtsausdruck im U-Bahn-Tunnel. *Du hättest Nein zu mir sagen können.* Ihr fällt Melissas Gesicht ein, und sie versucht, nicht an die Möglichkeit zu denken, dass sie in ihr altes Leben zurückkehren muss. Sie könnte scheitern. Sie könnte ernsthaft scheitern. Sie hat das Gefühl, über einem Abgrund zu balancieren. Eine Veränderung steht bevor.

Dann hört sie ihr Handy summen. Beinahe erleichtert streckt sie sich quer über das Bett, um danach zu greifen; ihr Knie drückt sich in den Stapel aus pastellfarbenem Papier.

Keine Antwort?

Sie liest es noch einmal und tippt:

Sorry. Dachte, ich soll dir keine SMS schreiben.

Die Umstände haben sich verändert. Du kannst jetzt schreiben, was du willst.

Sie murmelt die Worte in die Stille des kleinen Raums und kann es kaum glauben. So etwas passiert doch nur in romantischen Komödien? Kann wirklich das eintreten, von dem alle immer sagen, dass es nie passieren wird? Sie sieht sich mit Nicky und Corinne im Café sitzen und ihren Freundinnen erzählen: *Ja, natürlich wird er bei mir einziehen. Nur, bis wir etwas Größeres finden. Wir werden die Kinder jedes zweite Wochenende zu uns nehmen.* Sie stellt sich vor, wie er abends nach Hause kommt, seine Aktentasche fallen lässt und sie im Flur ausgiebig küsst. Das Szenario erscheint ihr so unwirklich, dass ihr schwindelig wird. Will sie das? Sie ärgert sich selbst über diesen Gedanken. Warum zweifelt sie? Natürlich will sie es. Sonst hätte sie dieses Gefühl nicht schon so lange.

Du kannst jetzt schreiben, was du willst.

Bleib cool, sagt sie sich. Vielleicht ist noch nicht alles geregelt. Außerdem hat er dich schon so oft enttäuscht.

Ihre Finger wandern zu den kleinen Tasten und verweilen darüber. Sie ist unentschlossen.

> Mach ich, aber nicht auf diesem Weg. Ich bin froh, dass wir miteinander sprechen werden.

Sie hält inne und gibt dann noch ein:

> Ich kann das noch nicht ganz fassen. Aber du hast mir auch gefehlt. Ruf mich an, sobald du wieder da bist. E xx

Sie will ihr Handy schon auf den Nachttisch legen, als es erneut summt.

> Liebst du mich noch?

Ihr stockt der Atem.

> Ja.

Sie schickt die SMS ab, ohne nachzudenken. Sie wartet zwei Minuten, aber es kommt keine Antwort. Nicht sicher, ob sie froh oder traurig darüber sein soll, sinkt Ellie zurück auf ihre Kissen. Sie schaut lange aus dem Fenster in den schwarzen Himmel, beobachtet die Flugzeuge, die in der Dunkelheit lautlos blinkend unbekannten Zielen entgegenfliegen.

Ich habe mir große Mühe gegeben, dir auf jener Fahrt von Padua nach Mailand begreiflich zu machen, was ich empfinde, aber du hast dich wie ein verwöhntes Kind verhalten, und ich wollte dich nicht weiter verletzen. Jetzt habe ich nur den Mut dazu, weil ich weit weg bin. Außerdem – und glaube mir, wenn ich sage, dass es auch für mich plötzlich kommt – rechne ich damit, bald verheiratet zu sein.

Agnes von Kurowsky an Ernest Hemingway, per Brief

KAPITEL 23

Rory spürt eine Hand auf seiner Schulter und zieht einen Kopfhörer aus dem Ohr.

«Tee.»

Er nickt, schaltet die Musik ab und steckt den MP3-Player in die Hosentasche. Die Umzugsunternehmer sind inzwischen fertig; nur die Transporter der Zeitung sind verblieben und fahren mit vergessenen Kisten und kleineren, für die Zeitung unverzichtbaren Ladungen hin und her. Es ist Donnerstag. Am Sonntag werden die letzten Kisten gepackt, auch die letzten Becher und Teetassen abtransportiert sein. Am Montag wird die *Nation* ihr neues Leben in den neuen Büros beginnen, und dieses Gebäude wird abgerissen werden. In einem Jahr wird eine schillernde Konstruktion aus Glas und Stahl an seiner Stelle stehen.

Rory setzt sich neben seinen Chef auf die Ladefläche des Lieferwagens. Der alte Archivar betrachtet die schwarze Marmorfront des Gebäudes nachdenklich. Das Symbol der Zeitung, eine Brieftaube, wird gerade von einer Säule oben am Treppenaufgang entfernt.

«Eigenartiger Anblick, nicht wahr?»

Rory pustet in seinen Tee. «Ist es komisch für Sie? Nach all der Zeit?»

«Eigentlich nicht. Alles hat schließlich ein Ende. Teilweise freue ich mich auch darauf, etwas anderes zu tun.»

Rory trinkt einen Schluck.

«Es ist eine merkwürdige Sache, seine Tage zwischen den Geschichten anderer Menschen zu verbringen. Ich hatte fast das Gefühl, meine eigene würde pausieren.»

Es ist, als würde ein Gemälde plötzlich anfangen zu sprechen. So unwahrscheinlich. So absolut fesselnd. «Sind Sie nicht versucht, selbst etwas zu schreiben?»

«Nein», antwortet sein Chef entschieden. «Schreiben ist nichts für mich.»

«Was werden Sie machen?»

«Das weiß ich nicht. Reisen vielleicht – mit dem Rucksack wie Sie.»

Bei dem Gedanken müssen sie beide lächeln. Sie haben monatelang fast schweigend zusammengearbeitet, nur das gesagt, was für die Arbeit notwendig war. Jetzt hat das bevorstehende Ende ihrer Aufgabe sie redselig gemacht.

«Mein Sohn findet, ich sollte das tun.»

Rory kann seine Überraschung nicht verbergen. «Ich wusste nicht, dass Sie einen Sohn haben.»

«Und eine Schwiegertochter. Und drei sehr schlecht erzogene Enkelkinder.»

Rory muss sein Bild über ihn korrigieren. Sein Chef gehört zu den Menschen, die Einsamkeit ausstrahlen, und Rory hat Mühe, ihn sich als Familienmensch vorzustellen.

«Und Ihre Frau?»

«Sie ist vor langer Zeit gestorben.»

Es scheint ihm nicht unangenehm zu sein, davon zu erzählen, doch Rory ist dennoch verlegen, als hätte er eine Grenze überschritten. Wäre Ellie hier, denkt Rory, würde sie ihn ohne Scheu fragen, was mit ihr passiert ist.

Wäre Ellie hier, hätte Rory sich in einen fernen Winkel des Archivs verzogen, statt mit ihr zu sprechen. Er blendet sie aus. Er will nicht an sie denken. Er will nicht an ihr Haar, ihr Lachen denken, an ihr Stirnrunzeln, wenn sie sich konzentriert. Wie sie sich unter seinen Händen angefühlt hat: ungewöhnlich sanft. Ungewöhnlich verletzlich.

«Und wann brechen Sie zu Ihrer Reise auf?»

Rory reißt sich von seinen Gedanken los und bekommt ein Buch in die Hand gedrückt, dann noch eins. Dieses Archiv ist wie die Tardis: Wie aus dem Nichts tauchen Sachen auf. «Ich habe gestern gekündigt. Ich muss nur noch nach Flügen schauen.»

«Werden Sie Ihre Freundin vermissen?»

«Sie ist nicht meine Freundin.»

«Dann hat der Eindruck getäuscht? Ich dachte, Sie mögen sie.»

«So war es auch.»

«Ich dachte immer, Sie beide hätten einen guten Draht zueinander.»

«Ich auch.»

«Und, wo liegt das Problem?»

«Sie ist … komplizierter, als sie wirkt.»

Der ältere Mann lächelt ironisch. «Ich habe noch nie eine Frau kennengelernt, auf die das nicht zutrifft.»

«Tja … Nun, ich mag keine Komplikationen.»

«Ein Leben ohne Komplikationen gibt es nicht, Rory. Am Ende schließen wir alle Kompromisse.»

«Ich nicht.»

Der Archivar zieht eine Augenbraue hoch und schmunzelt.

«Was?», sagt Rory. «Was ist? Sie werden mir doch jetzt keinen altväterlichen Vortrag darüber halten, dass man Chancen nicht verpassen darf und dass Sie wünschten, Sie hätten alles anders gemacht, oder?» Seine Stimme ist lauter, und er klingt bissiger als beabsichtigt, aber er kann nicht anders. Er beginnt, Kisten von einer Seite des Lieferwagens auf die andere zu schieben. «Es wäre ohnehin zwecklos. Ich gehe weg. Ich brauche keine Komplikationen.»

«Nein.»

Rory wirft ihm einen kurzen Seitenblick zu und bemerkt das Lächeln, das sich in sein Gesicht schleicht. «Jetzt werden Sie bloß nicht sentimental. Ich möchte Sie als miesepetrigen alten Kerl in Erinnerung behalten.»

Der miesepetrige alte Kerl lacht leise in sich hinein. «Das würde ich nicht wagen. Kommen Sie, wir werfen noch einen letzten Blick auf den Mikrofilmbereich und packen das Teezeug ein. Dann lade ich Sie zum Lunch ein. Und dabei erzählen Sie mir dann rein gar nichts darüber, was zwischen Ihnen und dieser Frau vorgefallen ist, die Sie offensichtlich nicht im Geringsten interessiert.»

Das graue Licht der Wintersonne fällt auf den Bürgersteig vor Jennifer Stirlings Haus. Ein Straßenkehrer arbeitet sich am Bordstein entlang, hebt geschickt mit einer Zange Abfälle auf. Ellie fragt sich, wann sie zum letzten Mal in ihrem Teil von London einen Straßenkehrer gesehen hat. Aber wahrscheinlich wäre es auch eine Sisyphusarbeit: Ihre Straße ist ein Durcheinander aus Imbissbuden und billigen Bäckereien, deren Papiertüten fröhlich in der Gegend herumflattern und von mittäglichen Orgien aus gesättigten Fetten und Zucker künden.

«Ich bin's, Ellie Haworth», ruft sie in die Sprechanlage, als Jennifer sich meldet. «Ich habe Ihnen eine Nachricht hinterlassen. Ich hoffe, es ist in Ordnung, wenn ich –»

«Ellie.» Sie scheint sich über den Besuch zu freuen. «Ich wollte gerade herunterkommen.»

Während der Aufzug gemächlich die Stockwerke hinuntergleitet, denkt Ellie an Melissa. Da sie nicht schlafen konnte, war sie schon um halb acht im Büro der *Nation*. Sie muss eine Lösung finden, um den Artikel über die Liebesbriefe zu retten. Nachdem sie Clives Briefe noch einmal gelesen hat, ist ihr klargeworden, dass sie auf keinen Fall in ihr früheres Leben zurückkehren kann. Sie wird diesen Artikel gut hinbekommen. Sie wird die restlichen Informationen von Jennifer Stirling bekommen und irgendwie zurechtbiegen. Sie ist wieder sie selbst, konzentriert, entschlossen. Daran zu denken, wie verwirrend ihr Privatleben geworden ist, hilft ihr nicht weiter.

Sie hat sich erschreckt, als sie Melissa bereits in ihrem Büro stehen sah. Ansonsten war die Redaktion leer, bis auf eine schweigende Putzfrau, die lustlos einen Staubsauger zwischen den verbleibenden Schreibtischen hindurchschob. Melissas Tür stand offen.

«Ich weiß, Schätzchen, aber Nina wird dich bringen.» Melissa zwirbelte nervös eine glänzende Haarsträhne zwischen den Fingern. Die Haare schlangen sich um ihre schlanken Finger, wurden gezogen, gedreht, wieder losgelassen.

«Nein, das habe ich dir am Sonntagabend gesagt. Weißt du noch? Nina wird dich hinbringen und danach abholen … Ich weiß … ich weiß … aber Mami muss arbeiten. Du weißt doch, dass ich arbeiten muss, Schätzchen …» Sie setzte sich und stützte kurz den Kopf in die Hand, sodass Ellie Mühe hatte, sie zu verstehen.

«Ich weiß. Und ich komme nächstes Mal mit. Aber weißt du noch, ich habe dir doch erzählt, dass wir mit dem Büro umziehen? Und dass es sehr wichtig ist? Und Mami kann nicht …»

Längeres Schweigen trat ein.

«Daisy, Süße, kannst du mir Nina geben? … Ich weiß. Gib mir Nina nur kurz … Ja, ich spreche hinterher wieder mit dir.

Gib mir …» Sie schaute auf und sah Ellie vor ihrem Büro. Ellie wandte sich rasch ab, verlegen, dass man sie beim Lauschen ertappt hatte, und griff nach ihrem Telefon, als wäre sie mit einem ähnlich wichtigen Anruf beschäftigt. Als sie wieder aufschaute, war Melissas Bürotür geschlossen. Aus der Entfernung war es schwer zu erkennen gewesen, aber es hatte ausgesehen, als hätte sie geweint.

«Na, das ist ja eine nette Überraschung.» Jennifer Stirling trägt eine glatte Leinenbluse über indigofarbenen Jeans.

Ich möchte auch Jeans tragen, wenn ich über sechzig bin, denkt Ellie. «Sie haben gesagt, ich könnte wiederkommen.»

«Aber sicher. Ich muss zugeben, es hat mir gutgetan, dass ich letzte Woche mein Herz ausschütten konnte. Außerdem erinnern Sie mich ein wenig an meine Tochter. Es ist schade, dass sie so weit entfernt lebt.»

Es ist albern, aber Ellie freut sich darüber, mit der Calvin-Klein-Frau auf dem Foto verglichen zu werden. Sie verdrängt den Grund, warum sie hier ist. «Solange ich Sie nicht belästige …»

«Überhaupt nicht. Solange das Gefasel einer alten Frau Sie nicht entsetzlich langweilt. Ich wollte gerade einen Spaziergang auf den Primrose Hill machen. Kommen Sie mit?»

Sie machen sich auf den Weg, sprechen ein wenig über die Gegend, die Orte, an denen sie gelebt haben, Ellies Schuhe, die Mrs. Stirling bewundert, wie sie gesteht. «Meine Füße sind grauenhaft», sagt sie. «Als ich in Ihrem Alter war, habe ich sie jeden Tag in High Heels gezwängt. Ihre Generation muss es so viel bequemer haben.»

«Ja, aber dafür sehen die Frauen in meiner Generation nicht so aus wie Sie damals.» Ellie denkt an das Bild von Jennifer als junger Mutter, das Make-up und die perfekte Frisur.

«Uns blieb eigentlich nichts anderes übrig. Es war eine furchtbare Tyrannei. Laurence – mein Mann – wollte nicht, dass ich mich fotografieren lasse, bevor ich nicht perfekt aussah.» Sie wirkt heute gelöster, nicht so sehr von Erinnerungen erdrückt. Sie geht zügig, als wäre sie deutlich jünger, und hin und wieder muss Ellie ein Stück laufen, um mitzuhalten. «Ich werde Ihnen etwas sagen. Vor ein paar Wochen bin ich zum Bahnhof gegangen, um mir eine Zeitung zu holen, und da stand eine junge Frau in ihrer Schlafanzughose und diesen riesigen Schafsfellstiefeln. Wie heißen die noch?»

«Uggs.»

«Genau. Die Dinger sehen grauenvoll aus. Ich habe beobachtet, wie sie einen halben Liter Milch gekauft hat, ihre Haare waren zerzaust, und ich habe sie entsetzlich um ihre Freiheit beneidet. Wie eine Geisteskranke habe ich sie angestarrt.» Sie lacht. «Danushka, die den Kiosk betreibt, hat ganz erstaunt gefragt, was mir das Mädchen angetan hat … Rückblickend denke ich, dass unser Leben damals schrecklich eingeengt war.»

«Kann ich Sie etwas fragen?»

Jennifers Mundwinkel zucken. «Ich vermute, Sie tun es ohnehin.»

«Haben Sie nach allem, was passiert ist, jemals ein schlechtes Gewissen gehabt? Ich meine, weil Sie eine Affäre hatten.»

«Wollen Sie damit fragen, ob ich es bereue, meinen Mann verletzt zu haben?»

«Kann sein.»

«Und ist das … Neugier? Oder die Bitte um Absolution?»

«Ich weiß es nicht. Wahrscheinlich beides.» Ellie kaut an einem Fingernagel. «Ich glaube, mein … John … steht womöglich kurz davor, seine Frau zu verlassen.»

Sie schweigen. Jennifer bleibt vor dem Tor des Parks stehen. «Kinder?»

Ellie schaut nicht auf. «Ja.»

«Das ist eine große Verantwortung.»

«Ich weiß.»

«Und Sie haben ein wenig Angst.»

Ellie findet die Worte, die sie sonst niemandem hat sagen können. «Ich wäre gern sicher, dass ich das Richtige tue. Dass sich der ganze Schmerz lohnt, den ich verursachen werde.»

Was hat diese Frau nur an sich, dass man nicht mit der Wahrheit hinterm Berg halten kann? Sie spürt Jennifers Blick und möchte in der Tat Absolution erhalten. Boots Worte fallen ihr ein: *Du weckst in mir den Wunsch, ein besserer Mensch zu werden.* Sie will ein besserer Mensch werden. Sie will nicht hier spazieren gehen und sich gleichzeitig darüber Gedanken machen, welche Teile des Gesprächs sie in der Zeitung veröffentlichen kann.

Die Jahre, in denen sie sich anderer Leute Probleme angehört hat, haben Jennifer offensichtlich die Fähigkeit verliehen, klug und sachlich mit allem umzugehen. Als sie schließlich spricht, merkt Ellie, dass sie ihre Worte sorgsam wählt. «Ich bin mir sicher, dass Sie das miteinander klären müssen. Sie müssen einfach nur ehrlich sein. So ehrlich, dass es weh tut. Und es kann sein, dass Sie nicht immer die Antworten bekommen, die Sie hören wollen. Daran habe ich mich erinnert, als ich Anthonys Briefe noch einmal las, nachdem Sie letzte Woche gegangen waren. Zwischen uns gab es keine Spielchen. Ich habe nie jemanden kennengelernt – weder davor noch danach –, mit dem ich so ehrlich sein konnte.»

Sie seufzt und winkt Ellie durch das Tor. Sie schlagen den Pfad ein, der auf den Hügel führt. «Aber für Menschen wie uns gibt es keine Absolution, Ellie. Sie werden in Ihrem zukünftigen Leben feststellen, dass Schuldgefühle eine viel größere Rolle spielen, als Ihnen lieb ist. Es heißt nicht ohne Grund, dass Leidenschaft brennt, und bei Affären sind es nicht nur die Protagonisten, die verletzt werden. Ich für meinen Teil fühle mich noch immer schuldig wegen des Schmerzes, den ich Laurence zugefügt habe ... Damals habe ich es vor mir selbst gerechtfertigt, aber ich sehe ein, dass das, was passiert ist ... uns alle verletzt hat. Aber ... in Bezug auf Anthony hatte ich immer die größten Schuldgefühle.»

«Sie wollten mir den Rest der Geschichte erzählen.»

Jennifers Lächeln verblasst. «Es ist kein glückliches Ende, Ellie.» Sie berichtet von einer erfolglosen Reise nach Afrika, einer langen Suche, dem offenkundigen Schweigen des Mannes, der ihr zuvor stets seine Gefühle offenbart hatte, und schließlich dem Beginn eines neuen Lebens in London, allein.

«Und das ist alles?»

«Die Kurzversion zumindest.»

«Und die ganze Zeit hatten Sie nie ... hat es nie einen anderen gegeben?»

Jennifer Stirling lächelt wieder. «Nicht ganz. Ich bin auch nur ein Mensch. Aber ich kann sagen, dass ich mich nie wieder emotional auf jemanden eingelassen habe. Nach Boot wollte ich eigentlich niemandem mehr nahestehen. Für mich hat es nur ihn gegeben. Das war mir ziemlich klar. Im Übrigen hatte ich ja Esmé.» Sie lächelt. «Ein Kind ist wirklich ein wunderbarer Trost.»

Sie sind oben angekommen. Der gesamte Norden Londons erstreckt sich zu ihren Füßen. Sie atmen tief ein, lassen den Blick über die Skyline schweifen, hören den Verkehr, die entfernten Rufe von Hundebesitzern und verirrten Kindern.

«Darf ich fragen, warum Sie das Postfach so lange behalten haben?»

Jennifer lehnt sich an eine schmiedeeiserne Bank und überlegt, bevor sie antwortet. «Vermutlich erscheint Ihnen das ziemlich albern, aber wir haben uns zweimal verpasst, verstehen Sie, beide Male um wenige Stunden. Ich habe es als meine Pflicht angesehen, jede Möglichkeit offenzulassen. Dieses Postfach zu schließen wäre das Eingeständnis gewesen, dass es endgültig vorbei ist.» Sie zuckt reumütig mit den Schultern. «Jedes Jahr habe ich mir gesagt, es sei an der Zeit aufzuhören. Die Jahre gingen ins Land, ohne dass ich wirklich realisierte, wie lange das alles schon her war. Und irgendwie habe ich es nicht fertiggebracht. Wahrscheinlich habe ich mir eingeredet, dass es ja bloß eine harmlose Schwelgerei sei.»

«Dann war das also tatsächlich das Ende? Sein letzter Brief?» Ellie deutet vage in die Richtung von St. John's Wood. «Haben Sie wirklich nie wieder von ihm gehört? Wie haben Sie es bloß ertragen, nicht zu wissen, was mit ihm passiert ist?»

«Es gibt nur zwei Möglichkeiten. Entweder ist er im Kongo umgekommen, ein Gedanke, den ich damals kaum ertragen konnte. Oder ich habe ihn zu sehr verletzt. Er hat geglaubt, dass ich meinen Mann niemals verlassen würde, vielleicht sogar, dass ich leichtfertig mit seinen Gefühlen umging. Ich denke, es hat ihn viel gekostet, mich ein zweites Mal in sein Leben zu lassen. Wie viel, habe ich erst erkannt, als es zu spät war.»

«Haben Sie nie versucht, ihn ausfindig zu machen? Einen Privatdetektiv einzuschalten? Zeitungsannoncen aufzugeben?»

«Oh, das hätte ich nie getan. Er wusste, wie er mich finden kann. Ich hatte ihm meine Gefühle offenbart. Und ich musste seine respektieren.» Sie betrachtet Ellie ernst. «Wissen Sie, man kann nicht erzwingen, wiedergeliebt zu werden. Ganz gleich, wie sehr man es sich wünscht. Manchmal hat man einfach den richtigen Zeitpunkt verpasst.»

Der Wind hier oben ist frisch: Er dringt in die Lücke zwischen Kragen und Hals, findet auch noch das letzte Stückchen nackte Haut. Ellie steckt die Hände in die Taschen. «Was, glauben Sie, wäre geschehen, wenn er Sie wiedergefunden hätte?»

Zum ersten Mal füllen sich Jennifer Stirlings Augen mit

Tränen. Sie starrt auf die Skyline und schüttelt ganz leicht den Kopf. «Die Jungen haben nicht das alleinige Recht auf ein gebrochenes Herz, wissen Sie.» Sie macht sich langsam auf den Rückweg, und ihr Gesicht ist nicht mehr zu sehen. Das Schweigen, bevor sie wieder spricht, geht Ellie unter die Haut. «Ich habe vor langer Zeit gelernt, dass ‹was wäre, wenn› ein gefährliches Spiel ist.»

Triff mich – J x

Benutzen wir die Handys? x

Ich habe dir viel zu erzählen. Ich muss dich einfach sehen. *Les Percivals* in der Derry Street. Morgen um 13h x

Percivals?!? Ungewöhnlich für dich …

Ich stecke neuerdings voller Überraschungen J x

Sie sitzt an dem mit weißem Leinen gedeckten Tisch und blättert in den Notizen, die sie in der U-Bahn gekritzelt hat. Im Grunde ihres Herzens weiß sie, dass sie diese Story nicht schreiben kann – und dass ihre Karriere bei der *Nation* vorbei ist, wenn sie es nicht tut. Mehrmals hat sie daran gedacht, zu der Wohnung in St. John's Wood zurückzulaufen und sich auf Gedeih und Verderb der alten Frau an den Hals zu werfen, sich zu erklären, sie anzuflehen, ihre verlorene Liebesaffäre schwarz auf weiß wiedergeben zu dürfen. Doch jedes Mal sieht sie dann Jennifer Stirlings Gesicht vor sich, hört ihre Stimme: *Die Jungen haben nicht das alleinige Recht auf ein gebrochenes Herz, wissen Sie.*

Sie starrt auf die glänzenden Oliven in der weißen Schale

auf dem Tisch. Sie hat keinen Appetit. Wenn sie diese Geschichte nicht schreibt, wird Melissa sie versetzen. Und wenn sie den Artikel schreibt, weiß sie nicht, ob sie jemals wieder in den Spiegel sehen kann. Erneut wünscht sie sich, sie könnte mit Rory sprechen. Er würde wissen, was sie tun soll. Sie hat das unangenehme Gefühl, dass es nicht das wäre, was sie tun will, aber sie weiß, er hätte recht. Ihre Gedanken drehen sich im Kreis, Für und Wider. *Jennifer Stirling liest die* Nation *wahrscheinlich nicht einmal. Es kann sein, dass sie nie erfährt, was du gemacht hast. Melissa sucht nach einem Vorwand, dich hinauszudrängen. Du hast eigentlich keine Wahl.*

Dann Rorys sarkastische Stimme: *Glaubst du das wirklich?*

Ihr Magen verkrampft sich. Sie kann sich schon nicht mehr daran erinnern, wann das zuletzt anders war. Ein Gedanke kommt ihr: Wenn sie herausfinden könnte, was mit Anthony O'Hare geschehen ist, müsste Jennifer ihr doch verzeihen? Mag sein, dass sie eine Zeitlang aufgebracht wäre, aber am Ende würde sie doch bestimmt einsehen, dass Ellie ihr ein Geschenk gemacht hat? Die Antwort ist ihr in den Schoß gefallen. Sie wird ihn suchen. Und wenn es sie zehn Jahre kostet, sie wird herausbekommen, was ihm zugestoßen ist. Es ist ein sehr dünner Strohhalm, an den sie sich klammert, aber es geht ihr damit ein wenig besser.

Brauche noch fünf Minuten. Bist du da? J x

Ja. Tisch im Erdgeschoss. Kaltes Getränk wartet. E x

Unbewusst fährt sie sich mit der Hand durchs Haar. Sie kann sich noch immer keinen Reim darauf machen, dass John nicht gleich in ihre Wohnung kommen wollte. Der alte John ist immer direkt dorthin gekommen. Es war, als könnte er nicht richtig mit ihr sprechen, sie nicht einmal ansehen, solange er die aufgestaute Anspannung nicht los war. In den ersten Monaten ihrer Beziehung hatte sie das als schmeichelhaft empfunden, später dann als ein wenig irritierend. Jetzt fragt sie sich, ob dieses Treffen im Restaurant bedeutet, dass ihre Beziehung endlich öffentlich wird. Alles scheint sich so dramatisch verändert zu haben, dass es sogar möglich erscheint, dass der neue John ihr eine Art Erklärung in aller Öffentlichkeit machen will. Sie bemerkt die teuergekleideten Menschen an den benachbarten Tischen, und bei dem Gedanken wird ihr ganz anders.

«Was bist du denn so nervös?», hat Nicky am Morgen gefragt. «Das ist es doch, was du immer wolltest, oder nicht?»

«Ich weiß.» Sie hat sie um sieben Uhr angerufen und ist heilfroh gewesen, dass ihre Freundinnen einen Liebesnotfall als legitimen Anlass akzeptieren, um sie aus dem Bett zu klingeln. «Es ist nur …»

«Du bist dir nicht mehr sicher, ob du ihn noch willst.»

«Doch!», hat sie in den Hörer gerufen. «Natürlich will ich ihn! Nur hat sich alles so schnell verändert, dass ich keine Möglichkeit hatte, es zu verarbeiten!»

«Das solltest du aber. Es ist durchaus möglich, dass er zum Lunch mit zwei Koffern und zwei schreienden Kindern im Schlepptau auftaucht.» Aus irgendeinem Grund amüsierte Nicky diese Vorstellung enorm, und sie hat so lange gekichert, bis Ellie sich darüber ärgerte.

Ellie hat das Gefühl, dass Nicky ihr noch immer nicht verziehen hat, mit Rory «alles vermasselt» zu haben, wie sie es bezeichnet hat. Die Geschichte mit Rory habe sich gut angehört, wiederholt sie ständig. «Er scheint wirklich jemand zu sein, mit dem ich gern in den Pub gehen würde.» Soll heißen: Mit John will Nicky nicht in den Pub gehen. Sie wird ihm nie verzeihen, dass er ein Mann ist, der seine Frau betrügt.

Ellie schaut auf ihre Armbanduhr und gibt dem Kellner ein Zeichen, dass sie noch ein zweites Glas Wein haben möchte. Jetzt ist John zwanzig Minuten überfällig. Bei jeder anderen Gelegenheit hätte sie vor Wut innerlich gekocht, doch inzwischen ist sie so nervös, dass sie sich fragt, ob sie sich wohl übergeben muss, wenn sie ihn sieht. Ja, das ist immer eine gute Begrüßung. Und dann blickt sie auf und stellt fest, dass auf der anderen Seite des Tisches eine Frau steht.

Ellie hält sie zunächst für eine Kellnerin und wundert sich, dass sie kein Glas Wein in der Hand hält. Dann wird ihr klar, dass die Frau nicht nur einen marineblauen Mantel statt der Uniform einer Kellnerin trägt, sondern sie auch anstarrt, ein wenig zu intensiv, wie jemand, der kurz davor ist, im Bus laut vor sich hin zu singen.

«Hallo, Ellie.»

Ellie blinzelt. «Verzeihung», sagt sie, nachdem sie in Gedanken ihr Rolodex mit den Kontakten der letzten Zeit durchgegangen ist und nichts gefunden hat. «Kennen wir uns?»

«Oh, ich denke schon. Ich bin Jessica.»

Jessica. Der Name sagt ihr nichts. Hübscher Haarschnitt. Schöne Beine. Sonnengebräunt. Und dann wird es ihr schlagartig bewusst: Jessica. *Jess.*

Die Frau nimmt ihr Erschrecken zur Kenntnis. «Ja, ich dachte mir, dass Sie meinen Namen kennen. Wahrscheinlich haben Sie ihm kein Gesicht geben wollen, nicht wahr? Wollten nicht zu sehr über mich nachdenken. Vermutlich war die Tatsache, dass John eine Frau hat, ein wenig unbequem für Sie.»

Ellie kann nicht sprechen. Vage ist sie sich der anderen Gäste bewusst, die zu ihr herüberschauen.

Jessica Armour geht die Textnachrichten auf einem Handy durch, das Ellie nur allzu vertraut ist. Ihre Stimme wird etwas lauter, als sie vorliest: «*Fühle mich heute richtig verrucht. Komm her. Egal, wie du es anstellst, aber komm. Es wird sich für dich lohnen.* Hmm, und hier ist noch eine gute. *Sollte ein Interview abtippen, muss aber immer wieder an letzten Dienstag denken. Böser Junge!* Oh, und meine persönliche Lieblingsnachricht. *War bei Agent Provocateur. Foto im Anhang …*» Als sie Ellie wieder anschaut, zittert ihre Stimme vor kaum unterdrückter Wut. «Ziemlich schwer, damit zu konkurrieren, wenn man zwei kranke Kinder pflegt und mit den Handwerkern zurechtkommen muss. Dienstag, der Zwölfte. Ich erinnere mich genau an diesen Tag. Er hat mir einen Strauß Blumen mitgebracht, als Entschuldigung, weil er so spät kam.»

Ellie hat den Mund aufgemacht, aber ihr kommen keine Worte über die Lippen. Ihr Gesicht brennt.

«Ich habe mir im Urlaub sein Handy angesehen. Ich hatte mich gefragt, wen er von der Bar aus angerufen hat, und dann fand ich Ihre SMS. *Ruf bitte an. Nur ein Mal. Muss von dir hören.*» Sie lacht bitter. «Wie anrührend. Er glaubt, das Handy wurde gestohlen.»

Ellie würde am liebsten unter den Tisch kriechen. Sie möchte verschwinden, sich in Luft auflösen.

«Ich würde Ihnen gerne wünschen, dass Sie als unglückliche einsame Frau enden. Aber eigentlich hoffe ich, dass Sie eines Tages Kinder haben, Ellie Haworth. Dann werden Sie erfahren, wie es sich anfühlt, verletzlich zu sein. Und kämpfen zu müssen, ständig wachsam zu sein, nur um sicherzugehen, dass Ihre Kinder mit einem Vater aufwachsen. Denken Sie das nächste Mal darüber nach, wenn Sie durchsichtige Unterwäsche kaufen, um meinem Mann zu gefallen, ja?»

Jessica Armour geht zwischen den Tischen hindurch, hinaus in den Sonnenschein. Mag sein, dass es im Restaurant still geworden ist; Ellie kann es nicht genau sagen, weil es in ihren Ohren so laut rauscht. Mit hochrotem Gesicht und zitternder

Hand gibt sie schließlich dem Kellner ein Zeichen, dass sie zahlen möchte.

Als er näher kommt, murmelt sie vor sich hin, sie müsse unerwartet aufbrechen. Sie weiß nicht genau, was sie sagt: Ihre Stimme scheint nicht mehr ihr zu gehören. «Die Rechnung bitte», sagt sie.

Er deutet auf die Tür und lächelt mitfühlend. «Nicht nötig, Madam. Die Dame hat für Sie gezahlt.»

Ellie geht zurück ins Büro, ohne auf den Verkehr zu achten, auf drängelnde Passanten, die vorwurfsvollen Blicke der Verkäufer von Obdachlosenzeitungen. Sie will in ihrer kleinen Wohnung sein, hinter verschlossener Tür, doch die Situation bei der Arbeit lässt das nicht zu. Sie durchquert das Büro und ist sich der Blicke bewusst, die ihr folgen. Sie ist sich sicher, dass alle ihr die Schande ansehen, dasselbe in ihr entdecken, was auch Jessica Armour gesehen hat.

«Alles klar, Ellie? Du bist furchtbar blass.» Rupert schaut hinter seinem Bildschirm hervor. Jemand hat einen Aufkleber mit der Aufschrift «Entsorgen» auf die Rückseite geklebt.

«Kopfschmerzen.» Ihre Stimme klingt wie ein Krächzen.

«Terri hat Tabletten – sie hat Pillen für alles, die Gute», sinniert er und verschwindet wieder hinter seinem Monitor.

Sie setzt sich an ihren Schreibtisch und fährt den Computer hoch, überprüft die E-Mails. Da ist sie.

> Handy verloren. Hole mittags neues. Werde dir die Nummer mailen. J x

Die E-Mail kam an, während sie Jennifer Stirling interviewte. Sie schließt die Augen und hat wieder das Bild vor sich, das sie in der letzten Stunde verfolgt hat: Jessica Armours zusammengebissene Zähne, das Gefühl, als würde dieser furchtbare Moment niemals enden, die Art, wie ihre Haare um ihr Gesicht flogen, während sie sprach, als wären sie von ihrer Wut, ihrem Schmerz elektrisch aufgeladen. Ein winziger Teil von ihr hatte registriert, dass ihr das Aussehen dieser Frau unter anderen Umständen gefallen hätte, dass sie vielleicht gern ihre Freundin gewesen wäre. Als sie die Augen wieder aufschlägt, will sie weder Johns Worte auf dem Bildschirm sehen, noch die Version ihrer selbst, die darin widergespiegelt wird. Ihr ist, als wäre sie aus einem besonders lebhaften Traum erwacht, der ein Jahr lang angedauert hat. Sie erkennt die Ausmaße ihres Fehlers. Sie löscht seine Nachricht.

«Hier.» Rupert stellt eine Tasse Tee auf ihren Schreibtisch. «Danach geht es dir vielleicht besser.»

Rupert macht nie jemandem Tee. Sie weiß nicht, ob sie gerührt sein soll über diesen seltenen Akt des Mitgefühls oder ob sie sich Sorgen machen sollte.

«Danke», sagt sie und nimmt den Becher.

Als er sich hinsetzt, entdeckt sie einen vertrauten Namen in ihrem E-Mail-Eingang: *Phillip O'Hare.* Ihr bleibt das Herz stehen, die Demütigung der vergangenen Stunde ist vorübergehend vergessen. Sie klickt die Mail an und sieht, dass sie von dem Phillip O'Hare ist, der für die *Times* arbeitet.

Hi – Bin ein bisschen verwirrt durch Ihre Nachricht. Können Sie mich anrufen?

Sie fährt sich über die Augen. Arbeit, sagt sie sich, ist die Antwort auf alles. Arbeit ist jetzt das Einzige. Sie wird herausfinden, was Jennifers Liebhaber zugestoßen ist, und Jennifer wird ihr verzeihen, was sie vorhat. Das muss sie einfach.

Sie ruft unter der Nummer an, die am Ende der Mail steht.

Ein Mann meldet sich nach dem zweiten Klingeln. Sie vernimmt das vertraute Brummen einer Zeitungsredaktion im Hintergrund. «Hi», sagt sie vorsichtig. «Ellie Haworth hier. Haben Sie mir eine Mail geschickt?»

«Ah, ja. Ellie Haworth. Moment bitte.» Er hat die Stimme eines Mannes über vierzig. Er klingt ein wenig wie John. Sie verdrängt diesen Gedanken, hört, wie eine Hand über den Hörer gelegt wird, seine gedämpfte Stimme, dann ist er wieder da. «Entschuldigung. Der übliche Termindruck. Ja, ich habe Ihnen eine Mail geschrieben. Danke, dass Sie zurückgerufen haben … hören Sie, ich wollte nur etwas überprüfen. Wo arbeiten Sie doch gleich? Bei der *Nation*?»

«Ja.» Ihr Mund ist trocken geworden. Sie fängt an zu plappern. «Aber ich möchte Ihnen versichern, dass sein Name nicht unbedingt in meinem Artikel verwendet wird. Ich möchte einfach nur herausfinden, was mit ihm passiert ist, für eine Freundin von ihm, die –»

«Die *Nation*?»

«Ja.»

Kurzes Schweigen tritt ein.

«Und Sie sagen, Sie wollen etwas über meinen Vater herausfinden?»

«Ja.»

«Und Sie sind Journalistin?»

«Tut mir leid», erwidert sie. «Ich verstehe nicht, worauf Sie hinauswollen. Ja, ich schreibe. Wie Sie. Soll das heißen, dass Sie ungern Informationen an die Konkurrenz weitergeben wollen? Ich habe Ihnen gesagt, dass –»

«Mein Vater ist Anthony O'Hare.»

«Ja. Das ist der, den ich –»

Der Mann am anderen Ende der Leitung lacht. «Ihr Spezialgebiet ist wohl nicht investigativer Journalismus, oder?»

«Nein.»

Er braucht eine Weile, um sich zu beruhigen. «Miss Haworth, mein Vater arbeitet bei der *Nation*. Bei Ihrer Zeitung. Seit über vierzig Jahren.»

Ellie sitzt reglos da. Sie bittet ihn zu wiederholen, was er gerade gesagt hat.

«Ich verstehe das nicht», sagt sie und steht auf. «Ich habe unter Verfassernamen recherchiert. Ich habe im Internet gesucht. Ohne Erfolg. Alles, was ich gefunden habe, ist Ihr Name bei der *Times*.»

«Das kommt daher, dass er nicht schreibt.»

«Aber was macht er –»

«Mein Vater arbeitet im Archiv. Seit … hm … 1964.»

… Tatsache bleibt, dass es sich nicht miteinander vereinbaren lässt, das Somerset-Maugham-Stipendium zu bekommen und mit dir Sex zu haben.

Mann an Frau, per Brief

KAPITEL 24

Und geben Sie ihm das hier. Er wird wissen, was es zu bedeuten hat.» Jennifer Stirling kritzelte eine Nachricht, riss das Blatt aus ihrem Kalender, schob es unter den Deckel und legte die Akte vor ihn auf den Schreibtisch.

«Klar», sagte Don.

Sie fasste ihn am Arm. «Sie sorgen dafür, dass er das bekommt? Es ist wirklich wichtig.»

«Verstehe. Und wenn Sie mich jetzt bitte entschuldigen wollen, ich muss weitermachen. Zu dieser Tageszeit haben wir hier am meisten zu tun. Wir haben Deadlines einzuhalten.» Don wollte, dass sie aus dem Büro verschwand, dass das Kind aus dem Büro verschwand.

Sie verzog das Gesicht. «Es tut mir leid. Bitte, sorgen Sie nur dafür, dass er das bekommt. Bitte.»

Er konnte ihr nicht in die Augen sehen.

«Entschuldigen Sie, wenn ich Sie gestört habe.»

Plötzlich schien sie sich bewusst zu werden, dass alle Aufmerksamkeit auf sie gerichtet war. Sie griff nach der Hand ihrer Tochter und machte sich fast widerstrebend auf den Weg zur Tür. Diejenigen, die um den Schreibtisch versammelt waren, schauten ihr nach.

«Kongo», sagte Cheryl kurz darauf.

«Ich muss die Seite vier fertig kriegen.» Don starrte wie gebannt auf den Schreibtisch. «Lass uns den tanzenden Priester nehmen.»

Cheryl ließ nicht locker. «Warum hast du behauptet, er sei in den Kongo gegangen?»

«Soll ich ihr etwa die Wahrheit sagen? Dass er sich ins Koma getrunken hat?»

Cheryl kaute auf ihrem Bleistift, ihr Blick wanderte zu der schwingenden Bürotür. «Aber sie hat so traurig ausgesehen.»

«Das sollte sie auch. Sie hat ihm schließlich den ganzen Ärger eingebrockt.»

«Aber du kannst doch nicht –»

Dons Stimme schallte durch die Redaktion. «Das Letzte, was der Mann jetzt braucht, ist, dass sie alles wieder durcheinanderbringt. Verstehst du? Ich tue ihm einen Gefallen.» Er riss die Notiz aus der Akte und warf sie in den Papierkorb.

Cheryl steckte sich den Bleistift hinter das Ohr, warf ihrem Chef einen vernichtenden Blick zu und stolzierte an ihren Schreibtisch.

Don holte tief Luft. «Gut, können wir uns jetzt von O'Hares verdammtem Liebesleben lösen und mit dieser scheiß Geschichte vom tanzenden Priester weitermachen? Ansonsten müssen wir morgen die Zeitungsjungen mit einer Ladung leerer Seiten rausschicken.»

Im Bett nebenan hustete ein Mann. Es hörte und hörte nicht auf, als steckte etwas in seiner Kehle fest. Sogar im Schlaf hustete er. Anthony O'Hare verbannte das Geräusch in einen fernen Bereich seines Bewusstseins, so wie alles andere auch. Inzwischen kannte er die Tricks. Wie man Dinge verschwinden ließ.

«Sie haben Besuch, Mr. O'Hare.»

Vorhänge wurden zurückgezogen, Licht flutete herein. Hübsche schottische Krankenschwester. Kühle Hände. Jedes Wort, das sie zu ihm sagte, klang, als würde sie ihm ein Geschenk überreichen. *Ich gebe Ihnen jetzt eine Spritze, Mr. O'Hare. Soll ich jemanden holen, der Sie zur Toilette begleitet, Mr. O'Hare? Sie haben Besuch, Mr. O'Hare.*

Besuch? Einen Moment lang wurde er von einer Welle der Hoffnung erfasst, dann hörte er Dons Stimme, und ihm fiel wieder ein, wo er war.

«Beachten Sie mich gar nicht, Schätzchen.»

«Das werde ich auch ganz bestimmt nicht», erwiderte sie bissig.

«Ausgeschlafen, ja?» Ein gerötetes Mondgesicht irgendwo am Fußende des Bettes.

«Sehr witzig.» Er murmelte in sein Kopfkissen und schob sich dann in eine aufrechte Haltung. Sein ganzer Körper tat weh. Er blinzelte. «Ich muss hier raus.»

Langsam konnte er wieder klar sehen. Don stand am Ende des Bettes, die Arme über dem Bauch verschränkt. «Du gehst nirgendwohin, Junge.»

«Hier kann ich nicht bleiben.» Seine Stimme ächzte und knarrte wie ein altes Wagenrad.

«Dir geht es nicht gut. Sie wollen deine Leberfunktion untersuchen, bevor sie dich gehen lassen. Du hast uns allen einen Schrecken eingejagt.»

«Was ist denn passiert?» Er konnte sich an nichts erinnern.

Don zögerte, vielleicht weil er abschätzen wollte, wie viel er sagen konnte. «Du bist nicht zu der großen Besprechung in Marjorie Spackmans Büro erschienen. Als bis sechs Uhr abends niemand etwas von dir gehört hatte, bekam ich ein ungutes Gefühl, habe Michaels das Zepter übergeben und bin zu dir ins Hotel geeilt. Hab dich am Boden gefunden, kein schöner Anblick. Du hast schlimmer ausgesehen als jetzt, und das will was heißen.»

Flashback. Die Bar im Regent Hotel. Die besorgten Blicke des Barkeepers. Schmerz. Laute Stimmen. Eine endlose, schlingernde Reise zurück in sein Zimmer. Er hält sich an Wänden fest, wankt Treppen hinauf. Gegenstände fallen zu Boden. Dann nichts mehr.

«Mir tut alles weh.»

«Kann ich mir denken. Weiß der Himmel, was sie mit dir gemacht haben. Du hast ausgesehen wie ein Nadelkissen, als ich gestern Abend zu Besuch war.»

Nadeln. Drängende Stimmen. Der Schmerz. O Gott, der Schmerz.

«Was zum Teufel ist los, O'Hare?»

Der Mann im Bett nebenan fing wieder an zu husten.

«War es diese Frau? Hat sie dich fertiggemacht?» Don war es sichtlich unangenehm, über Gefühle zu sprechen. Das merkte man daran, wie er von einem Bein aufs andere trat, wie er sich mit der Hand über das schüttere Haar fuhr.

Erwähn sie nicht. Lass mich nicht an ihr Gesicht denken. «So einfach ist das nicht.»

«Worum geht es denn dann, verdammt? Keine Frau ist das hier wert.» Don zeigte mit einer fahrigen Armbewegung auf das Bett.

«Ich … ich wollte nur vergessen.»

«Dann such dir eine andere. Eine, die du haben kannst. Du wirst schon darüber hinwegkommen.» Vielleicht würde es ja wahr werden, wenn man es nur laut genug betonte.

Anthonys Schweigen dauerte lange genug, um ihm darin zu widersprechen.

«Manche Frauen bedeuten einfach Ärger», fügte Don hinzu.

Verzeih mir. Aber ich musste es wissen.

«Motten ums Licht. Das haben wir alle schon einmal durchgemacht.»

Verzeih mir.

Anthony schüttelte den Kopf. «Nein, Don. Das hier ist anders.»

«Es ist immer ‹anders›, wenn es einen selbst –»

«Sie kann ihn nicht verlassen, weil er nicht zulassen würde, dass sie das Kind mitnimmt.» Anthonys Stimme hallte plötzlich klar und deutlich durch den Raum. Der Mann im Bett nebenan hörte für einen Augenblick auf zu husten. Anthony beobachtete, wie Don die Bedeutung des Satzes erfasste, sah sein mitfühlendes Stirnrunzeln.

«Das ist hart.»

«Ja.»

«Das bedeutet aber nicht, dass du versuchen musst, dich mit Alkohol umzubringen. Du weißt, was sie gesagt haben? Das Gelbfieber hat deine Leber versaut. Versaut, O'Hare. Noch so ein Saufgelage, und du …»

Anthony fühlte sich unendlich schwach. Er wandte sich auf seinem Kissen ab. «Keine Sorge. Das kommt nicht wieder vor.»

Nachdem er aus dem Krankenhaus zurück war, saß Don eine halbe Stunde lang an seinem Schreibtisch und dachte nach. Die Redaktion rings um ihn wurde allmählich lebendig, so wie jeden Tag, ein schlafender Riese erwachte zögernd zum Leben: Journalisten telefonierten, Storys erschienen auf der Agenda und verschwanden wieder, Seiten wurden aufgestellt und geplant, die erste landete als Rohlayout auf dem Schreibtisch der Herstellung.

Er rieb sich das Kinn und rief über die Schulter seiner Sekretärin zu: «Blondie. Besorg mir mal die Nummer von Dingsda Stirling. Dem Asbest-Heini.»

Cheryl schwieg und tat, was ihr aufgetragen wurde. Kurz darauf reichte sie ihm die Telefonnummer, die sie aus dem *Who's Who* herausgesucht hatte. «Wie geht es ihm?»

«Wie wohl?» Er klopfte ein paarmal mit dem Kugelschreiber auf seinen Schreibtisch, noch immer in Gedanken versunken. Als sie wieder an ihren Schreibtisch zurückging, griff er nach dem Hörer und bat die Vermittlung, ihn mit Fitzroy 2286 zu verbinden.

Er hüstelte, bevor er sprach, wie jemand, dem es unangenehm ist, das Telefon zu benutzen. «Ich hätte gern Jennifer Stirling gesprochen.»

Er spürte, wie Cheryl ihn beobachtete.

«Kann ich eine Nachricht hinterlassen? … Wie bitte? Sie ist nicht …? Oh. Verstehe.» Pause. «Nein, das spielt keine Rolle. Tut mir leid, wenn ich Sie gestört habe.» Er legte auf.

«Was ist passiert?» Cheryl stand neben ihm. In ihren neuen Pumps war sie größer als er. «Don?»

«Nichts.» Er richtete sich auf. «Vergiss, dass ich etwas gesagt habe, und hol mir ein Schinkensandwich, ja?»

Er zerknüllte den Zettel mit der Nummer zu einer Kugel und warf ihn in den Papierkorb.

Der Liebeskummer war schlimmer als die Trauer um einen Verstorbenen; nachts kam er in Wellen, unablässig und erstaunlich in seiner Gewalt, und höhlte ihn aus. Jedes Mal, wenn er die Augen schloss, sah er sie, ihre vor Wonne halb geschlossenen Augenlider, ihre schuldbewusste, hilflose Miene, als sie ihn in der Lobby des Hotels erblickte. Ihr Gesicht sagte ihm, dass sie verloren waren und dass sie wusste, was sie ihm antat.

Und sie hatte recht. Zunächst war er wütend gewesen, dass sie ihm Hoffnungen gemacht hatte, ohne ihm die Wahrheit über ihre Lage zu sagen. Dass sie sich ihren Weg zurück in sein

Herz erzwungen hatte, obwohl es keine Chance für sie gab. Wie sagte man noch? *Es ist die Hoffnung, die einen umbringt.*

Aber bald schlugen seine Gefühle um. Er verzieh ihr. Es gab nichts zu verzeihen. Sie hatte es getan, weil sie nicht anders konnte, genau wie er. Und weil sie ein Stück von ihm haben wollte, das einzige, was sie bekommen konnte. Ich hoffe, die Erinnerung daran hält dich aufrecht, Jennifer, denn mich hat sie zerstört.

Er kämpfte gegen die Gewissheit an, dass ihm diesmal wirklich nichts mehr blieb. Er fühlte sich körperlich geschwächt, ruiniert durch sein eigenes Verhalten. Sein scharfer Verstand war wie benebelt, stattdessen beherrschte das immer wiederkehrende Verlustgefühl seine Gedanken wie ein stetiger Puls – derselbe unaufhörliche Schlag, den er an jenem Tag damals in Léopoldville gespürt hatte.

Sie würde nie ihm gehören. Sie waren sich so nah gewesen, und sie würde nie ihm gehören. Wie sollte er mit dieser Erkenntnis weiterleben?

In den frühen Morgenstunden entwarf er tausend Szenarien. Er würde von Jennifer verlangen, dass sie sich scheiden ließ. Er würde alles in seiner Macht Stehende tun, um sie ohne ihr Kind glücklich zu machen, allein kraft seines Willens. Er würde den besten Anwalt anheuern. Er würde ihr mehr Kinder schenken. Er würde sich Laurence stellen – in seinen wilderen Träumen ging er ihm an die Kehle.

Doch ein Teil von ihm verstand, wie es sich für Laurence anfühlen musste: zu wissen, dass seine Frau einen anderen liebte. Und dann sein Kind dem Mann überlassen zu müssen, der sie ihm gestohlen hatte. Eben das hatte Anthony kaputtgemacht, dabei hatte er Clarissa nie so geliebt wie Jennifer. Er dachte an seinen traurigen, schweigenden Sohn, seine eigenen, quälenden Schuldgefühle und wusste: Wenn er das einer anderen Familie antäte, wäre all das Glück, dass sie gewinnen würden, davon belastet. Eine Familie hatte er schon zerstört; er konnte nicht verantworten, eine weitere zu zerstören.

Er rief seine Freundin in New York an und sagte ihr, dass er nicht zurückkehren würde. Er nahm ihre Überraschung und das kaum unterdrückte Schluchzen nur mit einem Ansatz von Schuldgefühl zur Kenntnis. Er konnte nicht dorthin zurück. Er konnte nicht zum gleichförmigen Rhythmus von New York zurückkehren, wo seine Tage getaktet waren durch die Fahrten zum UN-Gebäude und zurück, denn nun würde auch das durch Jennifer verdorben sein. Über allem würde Jennifer schweben, ihr Geruch, ihr Geschmack, die Erkenntnis, dass sie irgendwo war, lebte, atmete, ohne ihn. Zu wissen, dass sie ihn ebenso gewollt hatte wie er sie, machte alles nur noch schlimmer. Er konnte nicht die notwendige Wut gegen sie aufbringen, um sich von dem Gedanken an sie zu lösen.

Verzeih mir. Aber ich musste es wissen.

Er musste an einen Ort, an dem er nicht nachdenken konnte. Um zu überleben, musste er irgendwohin, wo das Überleben das Einzige war, woran er denken durfte.

Don holte ihn zwei Tage später ab. Das Krankenhaus hatte eingewilligt, ihn zu entlassen. Seine Leberwerte waren wieder halbwegs stabil, aber man warnte ihn eindringlich davor, was passieren würde, wenn er noch einmal Alkohol trank.

«Wohin fahren wir?» Don lud seinen kleinen Koffer hinten ins Auto, und Anthony kam sich wie ein Flüchtling vor.

«Du kommst mit zu mir.»

«Was?»

«Viv will es so.» Er wich Anthonys Blick aus. «Sie meint, du brauchst häusliche Fürsorge.»

Du meinst, man kann mich nicht allein lassen. «Ich glaube nicht, dass ich –»

«Keine Widerrede», sagte Don und stieg auf der Fahrerseite ein. «Aber mach mich nicht für das Essen verantwortlich. Meine Frau kennt hundertundeine Art, eine Kuh zu verbrennen, und soweit ich weiß, experimentiert sie noch immer.»

Arbeitskollegen zu Hause zu erleben, war immer befremdlich. Obwohl er Viv bei verschiedenen Anlässen getroffen hatte – sie war ebenso lebhaft, wie Don griesgrämig war –, hatte Anthony bei Don, mehr als bei jedem anderen, immer den Eindruck gehabt, dass er in der *Nation* wohnte. Er war immer da. Sein Büro mit den Papierstapeln, den gekritzelten Notizen und willkürlich an die Wand gehängten Landkarten war sein natürlicher Lebensraum. Don dagegen in seinem Haus, mit Samtpantoffeln, die Füße auf ein dickgepolstertes Sofa gelegt, Don, der Milch holt, das verstieß gegen die Regeln der Natur.

Abgesehen davon war es erholsam bei ihm. Die Doppelhaushälfte im nachgemachten Tudor-Stil am Stadtrand war so groß, dass er nicht das Gefühl hatte, jemandem im Weg zu sein. Die Kinder waren erwachsen und aus dem Haus, und bis auf einige gerahmte Fotos gab es nichts, was ihn daran erinnern konnte, wie sehr er selbst als Vater versagt hatte.

Viv begrüßte ihn mit Küssen auf beide Wangen und ging nicht darauf ein, woher er kam. «Ich habe mir gedacht, ihr Jungs wollt heute Nachmittag vielleicht Golf spielen», sagte sie.

Das taten sie. Don war darin hoffnungslos schlecht, und Anthony wurde hinterher klar, dass seinen Gastgebern nichts anderes eingefallen war, was Männer zusammen tun könnten, ohne dabei mit Alkohol in Berührung zu kommen. Don erwähnte Jennifer mit keinem Wort. Er machte sich noch immer Sorgen, das sah Anthony ihm an. Er sprach häufig darüber, dass es Anthony bald bessergehen würde und er wieder ihn seinen Alltag zurückkehren könnte, wie auch immer der aussehen mochte. Zu den Mahlzeiten gab es keinen Wein.

«Also, wie ist der Plan?» Er saß auf einem der Sofas. Sie hörten, wie Viv in der Küche abwusch und die Melodien aus dem Radio mitträllerte.

«Morgen geht es wieder an die Arbeit», sagte Don. Er rieb sich den Bauch.

Arbeit. Ein Teil von ihm wollte fragen, was das bedeutete. Aber er wagte es nicht. Er hatte die *Nation* schon einmal im Stich gelassen und hatte Angst, nun hören zu müssen, dass er es sich diesmal endgültig verscherzt hatte.

«Ich habe mit Spackman gesprochen.»

O Gott. Jetzt kommt es.

«Tony, sie weiß es nicht. Niemand in der Chefetage weiß es.»

Anthony blinzelte.

«Nur wir in der Redaktion. Ich, Blondie, ein paar der Korrektoren. Als wir dich ins Krankenhaus gebracht haben, musste ich sie anrufen, um ihnen zu sagen, dass ich nicht zur Arbeit komme. Sie werden den Mund halten.»

«Ich weiß nicht, was ich sagen soll.»

«Das ist ja mal was ganz Neues. Wie auch immer.» Don zündete sich eine Zigarette an. Er schaute Anthony beinahe schuldbewusst an. «Sie ist mit mir einer Meinung, dass wir dich wieder rausschicken sollten.»

Anthony brauchte einen Augenblick, um zu begreifen, was er da sagte.

«In den Kongo?»

«Du bist der Beste für den Job.»

Kongo.

«Aber ich muss wissen …» Don streifte seine Zigarette an einem Aschenbecher ab.

«Schon gut.»

«Lass mich ausreden. Ich muss wissen, dass du auf dich aufpassen wirst. Ich kann mir nicht die ganze Zeit Sorgen machen.»

«Kein Alkohol. Kein Leichtsinn. Nur meine Arbeit.»

«So habe ich es mir vorgestellt.» Aber Don glaubte ihm nicht – Anthony sah es an dem Seitenblick, den er ihm zuwarf. Eine kurze Pause trat ein. «Ich würde mich verantwortlich fühlen.»

«Ich weiß.»

Kluger Mann, Don. Doch Anthony konnte ihn nicht beruhigen. Wie auch? Er wusste nicht einmal, wie er die nächste halbe Stunde überstehen sollte, ganz zu schweigen davon, wie es ihm im Herzen Afrikas gehen würde.

Dons Stimme unterbrach seine düsteren Gedanken. Er drückte seine Zigarette aus. «Gleich läuft Fußball. Chelsea gegen Arsenal. Hast du Lust?» Er erhob sich mühsam aus seinem Sessel und schaltete den mit Mahagoni verkleideten Fernsehapparat ein. «Eine gute Nachricht habe ich für dich. Das verdammte Gelbfieber kannst du nicht mehr bekommen. Wenn man so krank war wie du, ist der Körper anscheinend immun dagegen.»

Anthony starrte auf den Bildschirm, ohne etwas zu sehen. *Und wie mache ich den Rest von mir immun?*

Sie saßen im Büro des Auslandsredakteurs. Paul de Saint, ein hochgewachsener Mann mit nach hinten gekämmtem Haar und der Ausstrahlung eines romantischen Dichters, betrachtete die Landkarte auf dem Schreibtisch. «Die große Story ist in Stanleyville. Da werden mindestens achthundert Ausländer als Geiseln gehalten, viele im Hotel Victoria, und vielleicht noch tausend mehr in der Umgebung. Alle diplomatischen Bemühungen, sie zu retten, sind bisher gescheitert. Die Rebellen kämpfen gegeneinander, sodass sich die Lage von Stunde zu Stunde ändert. Es ist fast unmöglich, ein genaues Bild zu bekommen. Da draußen ist es ziemlich verworren, O'Hare. Bis vor etwa sechs Monaten hätte ich noch gesagt, die Sicherheit eines Weißen ist garantiert, was auch immer mit den Eingeborenen passiert. Jetzt fürchte ich, sie haben sich *les colons* vorgenommen. Ein paar ziemlich grausame Geschichten sind ans Tageslicht gekommen. Zu schlimm, um sie in der Zeitung zu bringen.» Er hielt inne. «Vergewaltigung ist nur ein Teil davon.»

«Wie komme ich hin?»

«Das ist unser erstes Problem. Ich habe mit Nicholls gesprochen, und der beste Weg ist wohl der über Rhodesien – oder Sambia, wie die nördliche Hälfte jetzt heißt. Unser Mann dort versucht, eine Landroute für dich auszuarbeiten, aber viele Straßen wurden zerstört, und es wird Tage dauern.»

Während de Saint mit Don die Reiseroute besprach, stellte Anthony dankbar fest, dass nicht nur eine halbe Stunde vergangen war, in der er nicht an Jennifer gedacht hatte, sondern dass die Story ihn auch reizte. Er spürte, wie bei dem Gedanken an die Herausforderung, durch feindliches Gebiet zu kommen, Nervosität in ihm aufkam. Angst hatte er keine. Wie auch? Was konnte ihm schon Schlimmeres passieren?

Er blätterte durch die Unterlagen, die de Saints Assistent ihm ausgehändigt hatte. Der politische Hintergrund; die Unterstützung der Rebellen durch die Kommunisten, was die Amerikaner besonders wütend gemacht hatte; die Hinrichtung des amerikanischen Missionars Paul Carlson. Er las die Augenzeugenberichte über die Taten der Rebellen und biss die Zähne zusammen. Sie führten ihn zurück ins Jahr 1960 zu den Wirren während Lumumbas kurzer Herrschaft. Aber er konnte die Berichte mit Distanz lesen. Der Mann, der früher da draußen gewesen war – der Mann, der nach allem, was er dort mit angesehen hatte, am Boden zerstört war –, kam ihm jetzt vor wie ein Fremder.

«Dann werden wir also morgen Flüge nach Kenia buchen,

ja? Wir haben einen Insider bei Sabena, der uns Bescheid sagt, ob es von dort Flüge in den Kongo gibt. Wenn nicht, heißt es in Salisbury aussteigen und einen Weg über die rhodesische Grenze suchen.»

«Wissen wir, welche Korrespondenten es dorthin geschafft haben?»

«Es kommt nicht viel raus. Vermutlich ist die Kommunikationstechnik ein Problem. Aber Oliver hat heute einen Artikel in der *Mail*, und ich habe gehört, dass morgen im *Telegraph* etwas Großes erscheinen wird.»

Die Tür ging auf. Cheryl steckte ihren Kopf herein.

«Wir sind beschäftigt, Cheryl.» Don klang verärgert.

«Verzeihung», erwiderte sie, «aber Ihr Junge ist hier.»

Anthony brauchte ein paar Sekunden, bis er begriff, dass sie ihn anschaute. «Mein Junge?»

«Ich habe ihn in Dons Büro gebracht.»

Anthony stand auf, kaum in der Lage zu begreifen, was er gehört hatte. «Entschuldigt mich einen Augenblick», sagte er und folgte Cheryl quer durch die Redaktion.

Da war er wieder, der Schock, der ihn bei den seltenen Gelegenheiten ereilte, wenn er Phillip zu Gesicht bekam, eine tiefsitzende Erschütterung darüber, wie sehr sein Sohn sich seit dem letzten Treffen verändert hatte. Sein Wachstum war ein stetiger Vorwurf an den abwesenden Vater.

Innerhalb von sechs Monaten war sein Sohn merklich in die Höhe geschossen und hatte schon begonnen, sich zu einem jungen Mann zu entwickeln. Er saß vornübergebeugt wie ein Fragezeichen. Als Anthony den Raum betrat, schaute er auf, und sein Gesicht war blass, seine Augen rot.

Anthony blieb stehen, versuchte, den Grund für den Kummer herauszufinden, der seinem Sohn ins Gesicht geschrieben stand, und er fragte sich vage: Liegt es wieder an mir? Hat er herausbekommen, was ich mir angetan habe? Bin ich in seinen Augen so ein Versager?

«Es geht um Mutter», sagte Phillip. Er blinzelte entschlossen und fuhr sich mit der Hand über die Nase.

Anthony trat einen Schritt näher. Der Junge richtete sich auf und warf sich mit unerwarteter Heftigkeit in die Arme seines Vaters. Anthony spürte, wie Phillips Hände sich an sein Hemd klammerten, als wollte er ihn nie wieder loslassen, und Anthony legte sacht eine Hand auf den Kopf des Jungen, während der dünne Körper von Schluchzern geschüttelt wurde.

Der Regen auf dem Dach von Dons Wagen war so laut, dass er fast jeden Gedanken unmöglich machte. Fast, aber nicht ganz. In den zwanzig Minuten, die sie sich schon durch den Verkehr auf der Kensington High Street quälten, hatten die beiden Männer schweigend nebeneinandergesessen, Dons tiefe Züge an seiner Zigarette waren das einzige Geräusch.

«Unfall», sagte Don und starrte auf die Schlange der roten Rücklichter vor ihm. «Muss ein großer gewesen sein. Wir sollten in der Redaktion anrufen.» Er machte keine Anstalten, an einer der Telefonzellen zu halten.

Als Anthony nichts sagte, beugte Don sich vor und fummelte am Radio herum, bis das Rauschen ihn zwang aufzugeben. Er prüfte die Spitze seiner Zigarette, blies darauf und brachte sie wieder zum Glühen. «De Saint sagt, wir haben noch bis morgen Zeit. Ansonsten müssen wir vier Tage auf den nächsten planmäßigen Flug warten.» Er sprach, als wäre eine Entscheidung zu treffen. «Du könntest fliegen, und wenn ihr Zustand sich verschlechtert, holen wir dich wieder zurück.»

«Er hat sich bereits verschlechtert.» Clarissas Krebs hatte sich schockierend schnell ausgebreitet. «Man geht davon aus, dass sie keine vierzehn Tage mehr hat.»

«Verdammter Bus. Schau mal, der blockiert beide Spuren.» Don kurbelte sein Fenster herunter und warf die Zigarette auf die nasse Straße. Dann wischte er sich die Regentropfen vom Ärmel, als er das Fenster wieder schloss. «Wie ist denn eigentlich der Mann?»

«Hab ihn nur ein Mal getroffen.»

Ich kann nicht bei ihm bleiben. Bitte, Dad, zwing mich nicht, bei ihm zu bleiben.

Phillip hatte sich an seinen Gürtel geklammert wie an einen Rettungsring. Anthony spürte seine Finger noch an seiner Hüfte, lange nachdem er ihn wieder bei dem Haus in Parsons Green abgeliefert hatte.

«Es tut mir sehr leid», hatte er zu Edgar gesagt. Der Textilkaufmann, älter, als Anthony erwartet hatte, war misstrauisch gewesen, als hätte in seinen Worten eine versteckte Beleidigung gelegen.

«Ich kann nicht weg.» Jetzt waren die Worte ausgesprochen, was fast eine Erleichterung war. Als hätte er nach Jahren des Hoffens auf Begnadigung endlich die Todesstrafe erhalten.

Don seufzte. Ob aus Melancholie oder Erleichterung war nicht zu sagen. «Er ist dein Sohn.»

«Er ist mein Sohn.» Er hatte versprochen: *Ja, natürlich kannst du bei mir bleiben. Selbstverständlich. Alles wird gut.* Als er die Worte aussprach, hatte er noch nicht ganz begriffen, was er damit aufgab.

Der Verkehr hatte sich wieder in Bewegung gesetzt, zunächst im Schneckentempo, dann in Schrittgeschwindigkeit.

Sie waren bereits in Chiswick, als Don wieder das Wort ergriff. «Weißt du, O'Hare, das könnte funktionieren. Vielleicht ist es eine Art Geschenk. Der Himmel weiß, was dir da draußen hätte zustoßen können.»

Don schaute ihn von der Seite an. «Und wer weiß? Lass den

Jungen ein wenig zur Ruhe kommen … dann kannst du immer noch raus ins Feld ziehen. Vielleicht kann er dann bei uns bleiben. Lass Viv auf ihn aufpassen. Bei uns wird es ihm gefallen. Ihr fehlen Kinder im Haus.» Ihm kam ein neuer Gedanke. «Du musst dir selbst ein Haus suchen. Schluss mit dem Leben in Hotelzimmern.»

Er ließ Don weiterreden, dieses rätselhafte neue Leben vor ihm ausbreiten, als wäre es eine Geschichte, verheißungsvoll, beruhigend. Er beschrieb die Rolle des netten Familienvaters, die ihm helfen würde, über den Verlust hinwegzukommen. Sie könnte die Trommel, die noch immer irgendwo in der Tiefe seiner Seele schlug, zum Schweigen bringen.

Man hatte ihm zwei Wochen Sonderurlaub wegen eines Trauerfalls gegeben, damit er sich eine Bleibe suchen und seinem Sohn helfen konnte, den Tod seiner Mutter zu verarbeiten und die Beerdigung durchzustehen. Phillip hatte in seiner Gegenwart nicht wieder geweint. Er hatte höflich seine Freude über das kleine Reihenhaus im Südwesten Londons bekundet. Das Haus lag in der Nähe seiner Schule, nicht weit entfernt von Don und seiner Frau Viv, die sich mit Begeisterung in ihre Rolle als angehende Tante gestürzt hatte. Jetzt saß Phillip mit seinem kleinen Koffer da, als warte er auf eine Anweisung für die Zukunft. Edgar rief nicht an, um zu fragen, wie es ihm ging.

Es war, als würde er mit einem Fremden zusammenleben. Phillip war bestrebt, ihm alles recht zu machen, als habe er Angst, fortgeschickt zu werden. Anthony versuchte, ihm zu sagen, wie glücklich er darüber war, dass sie zusammenlebten, obwohl er insgeheim das Gefühl hatte, als hätte er jemanden betrogen, als hätte er etwas bekommen, das er nicht verdiente. Er war mit der überwältigenden Trauer des Jungen überfordert und gab sich Mühe, trotz seiner eigenen zu funktionieren.

Es war wie ein Schnellkurs im praktischen Leben. Er brachte ihre Kleidung in die Wäscherei, saß beim Friseur neben Phillip. Er konnte nicht viel mehr zubereiten als ein hartgekochtes Ei, daher gingen sie jeden Abend in ein Café am Ende der Straße und aßen riesige deftige Mahlzeiten aus Steak and Kidney Pie und zerkochtem Gemüse, dazu Pudding, der in Vanillesoße schwamm. Sie schoben das Essen lustlos auf ihren Tellern hin und her, und Abend für Abend erklärte Phillip, es sei «köstlich, vielen Dank», als hätte er die beste Mahlzeit seines Lebens genossen. Wieder zu Hause, stand Anthony dann vor der Schlafzimmertür seines Sohnes und fragte sich, ob er hineingehen sollte oder ob er alles noch schlimmer machen würde, wenn er Phillips Traurigkeit offen zur Kenntnis nahm.

Sonntags waren sie immer bei Don eingeladen, wo Viv ihnen einen Braten mit allem Drum und Dran vorsetzte und darauf bestand, dass sie nach dem Abwasch gemeinsam Brettspiele spielten. Wenn er sah, wie liebevoll sie den Jungen neckte und er darüber lächelte, wenn er beobachtete, wie sie ihn einbezog, versuchte, ihn in diese eigenartige Familie zu integrieren, wurde Anthony das Herz schwer.

Als sie in den Wagen stiegen und Phillip Viv zum Abschied winkte, während sie ihm Kusshände zuwarf, sah Anthony, wie dem Jungen eine einzelne Träne über die Wange lief. Er klammerte sich ans Lenkrad, wie gelähmt von der großen Verantwortung. Er wusste nicht, was er sagen sollte. Was hatte er Phillip zu bieten, wenn er sich doch ständig fragte, ob es nicht besser gewesen wäre, wenn Clarissa statt seiner überlebt hätte?

An diesem Abend saß er vor dem Kamin und sah im Fernsehen die ersten Bilder der befreiten Geiseln aus Stanleyville. Sie kletterten aus einem Militärflugzeug und drängten sich auf der Rollbahn zu Gruppen zusammen, standen ganz offensichtlich noch unter Schock. «Elitesoldaten der belgischen Armee brauchten nur wenige Stunden, um die Stadt zu sichern. Es ist noch zu früh um zu sagen, wie hoch die Zahl der Todesopfer ist, doch erste Berichte lassen vermuten, dass mindestens hundert Europäer umgekommen sind. Viele weitere werden noch vermisst.»

Er schaltete den Fernseher aus und starrte wie gebannt auf den Bildschirm, auch nachdem der weiße Punkt längst verschwunden war. Schließlich ging er nach oben, zögerte kurz vor der Tür seines Sohnes und lauschte dem unmissverständlichen gedämpften Schluchzen. Es war Viertel nach zehn.

Anthony schloss die Augen, öffnete sie dann wieder und stieß die Tür auf. Sein Sohn erschrak und schob etwas unter die Bettdecke.

Anthony machte Licht. «Sohn?»

Schweigen.

«Was ist los?»

«Nichts.» Der Junge fasste sich und wischte sich über das Gesicht. «Mir geht es gut.»

«Was hast du da?» Er behielt seinen sanften Ton bei und setzte sich auf die Bettkante. Phillips Kopf war heiß und nass. Er musste seit Stunden geweint haben. Seine eigene Unzulänglichkeit als Vater erdrückte Anthony.

«Nichts.»

«Komm. Lass mich sehen.» Sacht schlug er die Bettdecke zurück. Es war ein kleines, silbern gerahmtes Foto von Clarissa, deren Hände stolz auf den Schultern ihres Sohnes ruhten. Sie strahlte.

Der Junge erschauerte. Anthony legte eine Hand auf das Foto und strich mit dem Daumen die Tränen vom Glas. Ich hoffe, Edgar hat dich so zum Lächeln gebracht, sagte er insgeheim zu ihr. «Das ist ein schönes Foto. Möchtest du, dass wir es unten aufstellen? Auf den Kaminsims vielleicht? Irgendwo, wo du es immer sehen kannst?»

Er spürte Phillips fragenden Blick. Vielleicht erwartete sein Sohn einen bissigen Kommentar, einen Rest von Feindseligkeit gegenüber seiner Mutter, doch Anthonys Blick ruhte auf der Frau auf dem Foto, ihrem strahlenden Lächeln. Er konnte sie nicht sehen. Er sah Jennifer. Überall sah er sie. Er würde sie immer überall sehen.

Reiß dich zusammen, O'Hare.

Er gab das Foto seinem Sohn zurück. «Weißt du ... Es ist in Ordnung, traurig zu sein. Wirklich. Du darfst traurig sein, wenn du jemanden verlierst, den du lieb hast.» Es war jetzt so wichtig, keinen Fehler zu machen.

Seine Stimme war brüchig geworden, etwas stieg aus seinem tiefsten Innern auf, und seine Brust schmerzte von der Anstrengung, sich davon nicht überwältigen zu lassen. «Ich bin nämlich auch traurig», sagte er. «Furchtbar traurig. Jemanden zu verlieren, den man liebt, ist ... tatsächlich unerträglich. Das verstehe ich.»

Er zog seinen Sohn an sich, und er murmelte: «Aber ich bin so froh, dass du jetzt hier bist, weil ich glaube ... Ich glaube, dass wir beide das gemeinsam durchstehen können. Was meinst du?»

Phillips Kopf ruhte an seiner Brust, und ein dünner Arm legte sich um seine Hüfte. Er spürte, dass die Atmung seines Sohnes ruhiger wurde, und er drückte ihn an sich, während sie still in der Dämmerung beieinandersaßen, jeder in seinen Gedanken verloren.

Ihm war entgangen, dass in der Woche, in der er wieder zur Arbeit gehen musste, Schulferien waren. Viv bot an, Phillip in der zweiten Wochenhälfte zu sich nehmen, aber bis Mittwoch würde sie bei ihrer Schwester sein, daher musste Anthony für die ersten beiden Tage eine andere Lösung finden.

«Er kann doch mit uns ins Büro kommen», sagte Don. «Sich mit einer Teekanne nützlich machen.» Da Anthony wusste, was Don üblicherweise davon hielt, wenn sich Familienleben mit der *Nation* vermischte, wusste er das Angebot zu schätzen. Er wollte unbedingt wieder arbeiten, ein wenigstens annähernd normales Leben aufnehmen. Phillip war rührend erpicht darauf, sie zu begleiten.

Anthony setzte sich an seinen neuen Schreibtisch und überflog die Morgenzeitungen. Bei den Inlandsnachrichten war keine Stelle frei gewesen, daher war er «allgemeiner Berichterstatter» geworden. Diese Ehrenbezeichnung sollte ihm vermutlich versichern, dass er bald wieder dazugehören würde. Er trank einen Schluck Kaffee und zuckte zusammen bei dem vertraut scheußlichen Geschmack. Phillip ging von einem Schreibtisch zum anderen und fragte, ob jemand Tee haben wolle. Das Hemd, das Anthony am Morgen für ihn gebügelt hatte, lag glatt an seinem schmalen Rücken. Plötzlich fühlte er sich – voller Dankbarkeit – zu Hause. Jetzt begann sein neues Leben. Es würde schön werden. Ihnen würde es gutgehen. Er vermied es, in die Auslandsredaktion zu schauen. Er wollte noch nicht wissen, wen sie an seiner Stelle nach Stanleyville geschickt hatten.

«Hier.» Don warf ihm eine Ausgabe der *Times* zu, eine Story rot umrandet. «Schreib uns mal eben eine Neufassung über den Weltraumstart in den USA. Um diese Zeit wirst du keine neuen Zitate aus den Staaten bekommen, aber für eine kurze Nachricht auf Seite acht wird es reichen.»

«Wie viele Wörter?»

«Zweihundertfünfzig.» Dons Stimme klang entschuldigend. «Später habe ich etwas Besseres für dich.»

«Schon gut.» Es war in Ordnung. Sein Sohn lächelte, trug ein beladenes Tablett mit beinahe übertriebener Vorsicht vor sich her. Er warf seinem Vater einen Blick zu, und Anthony nickte anerkennend. Er war stolz auf den Jungen, stolz auf dessen Tapferkeit. Es war tatsächlich ein Geschenk, jemanden zu haben, den man liebte.

Anthony zog seine Schreibmaschine zu sich und legte Kohlepapier zwischen die Blätter. Eine Kopie für den Redakteur, eine für die Korrektoren, eine für seine Akten. Die Routine hatte etwas Beruhigendes. Er tippte seinen Namen auf den oberen Rand der Seite und vernahm zufrieden das Klappern der Lettern auf dem Papier.

Er las den Artikel in der *Times* immer wieder und machte sich ein paar Notizen. Er eilte hinunter ins Archiv der Zeitung, zog die Akte über Weltraummissionen heraus und überflog die neuesten Artikel. Er machte sich noch mehr Notizen. Dann legte er die Finger wieder auf die Schreibmaschinentasten.

Nichts.

Es war, als wollten seine Hände nicht arbeiten.

Er tippte einen Satz. Er war schlecht. Er riss die Seiten heraus und spannte neue ein.

Er tippte den nächsten Satz. Bedeutungslos. Er tippte noch einen. Er würde noch daran feilen. Aber die Wörter weigerten sich hartnäckig, an die Stellen zu rücken, an denen er sie haben wollte. Es war ein Satz, ja, aber nichts, was in einer überregionalen Zeitung funktionieren würde. Er rief sich die Pyramidenregel des Journalismus ins Gedächtnis: die wichtigste Information in den ersten Satz. Nur wenige Menschen lasen einen Artikel zu Ende.

Es klappte nicht.

Um Viertel nach zwölf tauchte Don neben ihm auf. «Bist du fertig?»

Anthony lehnte sich auf seinem Stuhl zurück, die Hände ans

Kinn gelegt, neben ihm auf dem Boden ein kleiner Berg zerknülltes Papier.

«O'Hare? Bist du fertig?»

«Ich kann es nicht, Don.» Seine Stimme war heiser vor Fassungslosigkeit.

«Was?»

«Ich kann es nicht. Ich kann nicht schreiben. Ich habe es verloren.»

«Sei nicht albern. Was soll denn das jetzt? Schreibblockade? Für wen hältst du dich – F. Scott Fitzgerald?» Er hob ein Stück Papier auf und strich es auf dem Schreibtisch glatt. Er hob noch eins auf, las es, las es noch einmal. «Du hast viel durchgemacht», sagte er schließlich. «Du brauchst wahrscheinlich Urlaub.» Er klang wenig überzeugt. Anthony hatte gerade Urlaub gehabt. «Es kommt wieder», sagte er. «Sag einfach nichts. Nimm es leicht. Ich werde das von Smith umschreiben lassen. Mach dir wegen heute keinen Kopf. Das kommt wieder.»

Anthony warf einen Blick zu seinem Sohn, der gerade für die Abteilung Nachrufe Bleistifte spitzte. Zum ersten Mal in seinem Leben trug er Verantwortung. Zum ersten Mal in seinem Leben war es wichtig, dass er jemanden versorgen konnte. Er spürte Dons Hand auf seiner Schulter wie ein schweres Gewicht. «Was zum Teufel soll ich tun, wenn es nicht wiederkommt?»

wenn ein irischer junge einem mädchen aus san diego nachjagt, ist das wie der versuch eine welle mit einer hand zu fangen … unmöglich … manchmal kann man bloß staunen und weitersegeln.

Mann an Frau, per SMS

KAPITEL 25

Ellie bleibt wach bis um vier Uhr morgens. Es macht ihr nichts aus: Zum ersten Mal seit Monaten ist ihr alles klar. Sie verbringt den frühen Abend am Telefon, klemmt den Hörer zwischen Wange und Schulter, während sie auf ihren Computerbildschirm schaut. Sie verschickt SMS, bittet um Gefallen. Sie bettelt, schmeichelt, gibt sich mit einem Nein nicht zufrieden. Als sie hat, was sie braucht, sitzt sie im Schlafanzug am Schreibtisch, steckt die Haare hoch und fängt an zu schreiben. Sie tippt rasch, die Wörter fließen leicht aus ihren Fingern. Ausnahmsweise weiß sie einmal genau, was sie sagen will. Sie überarbeitet jeden einzelnen Satz, bis sie zufrieden ist. Einmal muss sie weinen, während sie ihren Text durchliest, und mehrmals lacht sie laut auf. Sie entdeckt etwas in sich selbst wieder, vielleicht jemanden, den sie für eine Weile verloren hatte. Als sie fertig ist, druckt sie den Text zweimal aus und schläft den Schlaf der Gerechten.

Zwei Stunden lang. Dann steht sie auf, damit sie um halb acht im Büro sein kann. Sie will Melissa abfangen, bevor jemand anders da ist. Sie vertreibt ihre Müdigkeit mit einer erfrischenden Dusche, trinkt zwei doppelte Espressos und vergewissert sich, dass sie die Haare ganz trocken geföhnt hat. Sie strotzt vor Energie; das Blut pulsiert in ihren Adern. Sie ist schon an ihrem Schreibtisch, als Melissa, eine teure Handtasche über die Schulter gehängt, ihre Bürotür aufschließt. Als ihre Chefin Platz nimmt, sieht Ellie das kaum verhohlene Stutzen, als ihr auffällt, dass sie nicht allein ist.

Ellie trinkt ihren Kaffee aus. Sie huscht in die Damentoilette, um nachzusehen, dass nichts an ihren Zähnen klebt. Sie trägt eine glatte weiße Bluse, ihre beste Hose und High Heels. Ihre Freundinnen würden sie aufziehen und sagen, sie sehe ja geradezu erwachsen aus.

«Melissa?»

«Ellie.» Die Überraschung in ihrem Tonfall enthält tatsächlich einen leisen Vorwurf.

Ellie geht darüber hinweg. «Kann ich kurz mit dir sprechen?»

Melissa schaut auf ihre Armbanduhr. «Ganz kurz. Ich soll in fünf Minuten mit dem Büro in China telefonieren.»

Ellie setzt sich ihr gegenüber. Melissas Büro ist jetzt leer, bis auf die Unterlagen, die sie für die nächste Ausgabe braucht. Und ein Foto ihrer Tochter, das Ellie nie zuvor aufgefallen ist. «Es geht um diesen Artikel.»

«Du willst mir doch nicht etwa sagen, dass du ihn nicht schreiben kannst.»

«Doch.»

Es ist, als wäre sie darauf vorbereitet und kurz vor einem Wutausbruch. «Tja, Ellie, das wollte ich eigentlich nicht hören. Wir haben das arbeitsreichste Wochenende in der Geschichte der Zeitung vor uns, und du hast wochenlang Zeit gehabt für diesen Artikel. Du tust dir wirklich keinen Gefallen, wenn du jetzt zu mir kommst und –»

«Melissa – bitte. Ich habe herausgefunden, wer der Mann ist.»

«Und?» Melissa zieht die Augenbrauen in die Höhe.

«Und er arbeitet hier. Wir können den Namen nicht verwenden, weil er für uns arbeitet.»

Die Putzfrau schiebt den Staubsauger an Melissas Bürotür vorbei, und das dumpfe Dröhnen unterbindet kurz die Unterhaltung.

«Das verstehe ich nicht», sagt Melissa, als der Lärm abebbt.

«Der Mann, der die Liebesbriefe geschrieben hat, ist Anthony O'Hare.»

Melissa sieht sie verständnislos an. Beschämt wird Ellie klar, dass auch ihre Chefin keinen blassen Schimmer hat, wer er ist.

«Der Archivleiter. Er arbeitet unten. Das heißt, er hat dort gearbeitet.»

«Der mit den grauen Haaren?»

«Ja.»

«Oh.» Sie ist so überrascht, dass sie einen Moment lang vergisst, sich über Ellie zu ärgern. «Wow», sagt sie kurz darauf. «Wer hätte das gedacht?»

«Ja.»

Sie denken in beinahe einvernehmlichem Schweigen darüber nach, bis Melissa wieder zu sich kommt und anfängt, Papier auf ihrem Schreibtisch hin und her zu schieben. «So faszinierend das auch sein mag, Ellie, es löst nicht unser großes Problem. Wir haben jetzt eine Jubiläumsausgabe, die heute Abend in Druck gehen muss, mit einem Zweitausend-Wörter-Loch anstelle des Leitartikels.»

«Nein», erwidert Ellie. «Da ist kein Loch.»

«Nicht die Geschichte über die Sprache der Liebe. Ich lasse nicht zu, dass ein Artikel aus wiederverwertetem Material in unserer –»

«Nein», wiederholt Ellie. «Ich habe ihn selbst geschrieben und recherchiert. Zweitausend Wörter brandneu. Hier. Sag mir

Bescheid, ob er noch überarbeitet werden muss. Ist es dir recht, wenn ich für eine Stunde verschwinde?»

Sie hat sie verblüfft. Ellie übergibt ihr die Seiten, beobachtet, wie Melissa die erste überfliegt und ihre Augen zu leuchten beginnen, wie immer, wenn sie etwas liest, das sie interessiert. «Wie? Ja. Schön. Von mir aus. Sieh zu, dass du zur Konferenz wieder da bist.»

Als Ellie das Büro verlässt, muss sie den Wunsch unterdrücken, triumphierend die Fäuste in die Luft zu stoßen. Wobei das nicht allzu schwer ist: Sie findet es fast unmöglich, die Arme energisch zu bewegen, während sie auf High Heels balanciert.

Sie hat ihm am Abend zuvor eine E-Mail geschrieben, und er hat ohne Einwände zugestimmt. Eigentlich bevorzugt er Bars und schicke, diskrete Restaurants. Im Giorgio's, dem kleinen Café direkt gegenüber von der *Nation*, gibt es Eier mit Speck und Pommes für knapp drei Pfund.

Als sie eintrifft, sitzt er bereits an einem Tisch, wirkt in seiner Paul-Smith-Jacke und dem weichen hellen Hemd merkwürdig fehl am Platz zwischen all den Bauarbeitern. «Tut mir leid», sagt er, noch bevor sie sich hingesetzt hat. «Es tut mir wirklich leid. Sie hatte mein Handy. Ich dachte, ich hätte es verloren. Sie hat außerdem ein paar E-Mails entdeckt, die ich nicht gelöscht hatte, deinen Namen herausgefunden … und den Rest …»

«Sie würde eine gute Journalistin abgeben.»

Er wirkt kurz abgelenkt, winkt die Kellnerin herbei und bestellt noch einen Kaffee. Er ist in Gedanken woanders. «Ja. Ja, wahrscheinlich.»

Sie nimmt Platz und gestattet sich, den Mann ihr gegenüber genau zu betrachten, den Mann, der sie in ihre Träume verfolgt hat. Seine Sonnenbräune verbirgt nicht die dunklen Ringe unter seinen Augen. Abwesend fragt sie sich, was am Abend zuvor wohl passiert ist.

«Ellie, ich glaube, es wäre gut, wenn wir uns zurückhalten. Nur für ein paar Monate.»

«Nein.»

«Wie?»

«Das war's, John.»

Er ist nicht so überrascht, wie sie es erwartet hätte.

Er denkt über ihre Worte nach, bevor er antwortet. «Du willst … Soll das heißen, dass du Schluss machen willst?»

«Na ja, seien wir doch ehrlich, wir sind keine große Liebesgeschichte, oder?» Trotz allem trifft es sie, dass er nicht protestiert.

«Du bedeutest mir durchaus etwas, Ellie.»

«Aber nicht genug. Du bist nicht an mir interessiert, an meinem Leben. An unserem Leben. Ich glaube nicht, dass du überhaupt etwas von mir weißt.»

«Ich weiß alles, was ich wissen muss, um –»

«Wie hieß mein erstes Haustier?»

«Was?»

«Alf. Alf war mein Hamster. Wo bin ich aufgewachsen?»

«Ich weiß nicht, warum du mich das fragst.»

«Was hast du je von mir gewollt, außer Sex?»

Er schaut sich um. Die Bauarbeiter am Tisch hinter ihnen sind verdächtig still geworden.

«Wer war mein erster Freund? Was ist mein Lieblingsessen?»

«Das ist doch lächerlich.» Er presst die Lippen zusammen, ein Ausdruck, den sie noch nie bei ihm gesehen hat.

«Nein. Du hast kein Interesse an mir, bis auf die Frage, wie schnell ich mich ausziehen kann.»

«Glaubst du das wirklich?»

«Hat es dich je gekümmert, wie ich mich gefühlt habe? Was ich durchgemacht habe?»

Er hebt empört die Hände. «Du lieber Gott, Ellie, jetzt stell dich hier nicht als Opfer dar. Tu nicht so, als wäre ich ein bösartiger Verführer», sagt er. «Wann hast du je mit mir über Gefühle gesprochen? Wann hast du mir je gesagt, dass du es nicht so wolltest, wie es war? Du hast klargestellt, dass du eine moderne Frau bist. Sex auf Abruf. Karriere an erster Stelle. Du warst …» Er sucht nach dem richtigen Wort. «… undurchdringlich.»

Das Wort ist eigenartig verletzend. «Ich habe mich nur geschützt.»

«Und woher soll ich das wissen? Was hat das mit Ehrlichkeit zu tun?» Er scheint wirklich schockiert.

«Ich wollte einfach nur mit dir zusammen sein.»

«Aber tatsächlich wolltest du mehr – eine Beziehung.»

«Ja.»

Er betrachtet sie, als sähe er sie zum ersten Mal. «Du hast gehofft, ich würde meine Frau verlassen.»

«Natürlich. Letztendlich. Ich dachte, wenn ich dir sage, was ich wirklich fühle, würdest du – würdest du mich verlassen.»

Die Bauarbeiter hinter ihnen fangen wieder an zu reden. Sie sieht an ihren verstohlenen Blicken, dass sie das Thema ihrer Unterhaltung sind.

Er fährt sich mit der Hand durch das helle Haar. «Ellie», sagt er, «entschuldige. Hätte ich gedacht, dass du damit nicht klarkommst, hätte ich mich gar nicht erst darauf eingelassen.»

Jetzt ist die Wahrheit auf dem Tisch. Das, was sie ein ganzes Jahr lang vor sich selbst verborgen hat.

«Und darauf läuft es am Ende hinaus, oder?» Sie steht auf, um zu gehen. Die Welt ist zusammengebrochen, und sie steigt aus den Trümmern. Immer noch aufrecht. Unverwundet. «Du und ich …», sagt sie. «Wir haben uns eigentlich nie etwas mitzuteilen gehabt. Es ist fast ironisch, wenn man bedenkt, womit wir beide unseren Lebensunterhalt verdienen.»

Sie steht vor dem Café, fühlt die kalte Luft auf ihrer Haut, die Gerüche der Stadt steigen ihr in die Nase, und sie zieht ihr Handy aus der Tasche. Sie gibt eine Frage ein, schickt sie ab und überquert die Straße, ohne auf eine Antwort zu warten. Sie wirft keinen Blick zurück.

Melissa geht im Foyer an ihr vorbei, ihre hohen Absätze klappern auf dem polierten Marmorboden, wie es sich gehört. Sie spricht mit einem der Chefredakteure, unterbricht das Gespräch aber, als sie Ellie sieht. Sie nickt ihr zu, und ihre Haare wippen im Takt mit. «Er hat mir gefallen.»

Ellie atmet aus. Ihr ist nicht bewusst gewesen, dass sie die Luft angehalten hat.

«Ja, sehr sogar. Titelblatt, Sonntag auf Montag. Mehr davon, bitte.» Dann ist sie im Aufzug, wieder in ihre Unterhaltung vertieft, und die Tür schließt sich hinter ihr.

Das Archiv ist leer. Sie drückt die Schwingtür auf und stellt fest, dass nur noch ein paar staubige Regale übrig geblieben sind. Keine Zeitschriften, keine Magazine, keine abgenutzten Bände mit Parlamentsprotokollen. Sie lauscht dem Ticken der Heizungsrohre, die an der Decke entlanglaufen, dann klettert sie über den Empfangstresen und lässt ihre Tasche auf dem Boden liegen.

Der erste Raum, der fast ein Jahrhundert gebundener Ausgaben der *Nation* enthielt, ist vollständig leer, nur zwei Kartons stehen noch in der Ecke. Ellie kommt sich vor wie in einer Höhle. Ihre Schritte hallen auf dem gefliesten Boden wider.

Der Raum für die Zeitungsausschnitte A bis M ist auch leer, bis auf die Regale. Im Licht, das durch die Fenster zwei

Meter über dem Boden fällt, glitzern Staubpartikel, als sie sich bewegt. Obwohl hier keine Zeitungen mehr sind, ist die Luft erfüllt von dem trockenen Geruch nach altem Papier. In ihrer Phantasie hört sie förmlich den Widerhall vergangener Storys in der Luft, hunderttausend Stimmen, die nicht mehr vernommen werden. Leben, die das Schicksal verändert hat. Verborgen in Aktenordnern, in denen sie womöglich weitere hundert Jahre unentdeckt bleiben werden. Sie fragt sich, welche Anthonys und Jennifers noch zwischen diesen Seiten verborgen sind und darauf warten, durch einen Zufall wieder zu neuem Leben erweckt zu werden. Ein gepolsterter Bürosessel in der Ecke ist mit dem Schild «Digitalarchiv» versehen, sie geht zu ihm und dreht ihn hin und her.

Plötzlich ist sie unendlich müde, als wäre das Adrenalin, das sie in den letzten paar Stunden mit Energie versorgt hat, mit einem Schlag verschwunden. Sie lässt sich in der Wärme und Stille des Raums schwer auf den Stuhl fallen, und zum ersten Mal, seit sie denken kann, ist Ellie ruhig. Alles in ihr ist still. Sie atmet tief aus.

Sie weiß nicht, wie lange sie geschlafen hat, als sie das Geräusch der Tür hört.

Anthony O'Hare hält ihre Tasche hoch. «Gehört die Ihnen?»

Sie stemmt sich hoch, desorientiert und ein wenig benommen. Im ersten Moment weiß sie nicht genau, wo sie ist. «Du meine Güte. Entschuldigung.» Sie reibt sich das Gesicht.

«Sie werden hier nicht viel finden», sagt er und reicht ihr die Tasche. Er nimmt ihr derangiertes Äußeres wahr, ihre verschlafenen Augen. «Das ist jetzt alles im neuen Gebäude. Ich bin nur zurückgekommen, um die letzten Teebecher zu holen. Und den Stuhl da.»

«Ja … bequem. Zu gut, um ihn hierzulassen … O Gott, wie spät ist es?»

«Viertel vor elf.»

«Die Konferenz ist um elf. Das krieg ich hin. Konferenz um elf», murmelt sie vor sich hin und sieht sich suchend nach nicht vorhandenen Habseligkeiten um. Dann fällt ihr wieder ein, wo sie ist. Sie versucht, sich zu konzentrieren, aber sie weiß nicht, wie sie dem Mann sagen soll, was sie ihm mitteilen muss. Verstohlen schaut sie ihn an und sieht hinter dem Mann mit dem grauen Haar und den melancholischen Augen einen anderen. Sie sieht ihn jetzt durch seine Worte.

Sie nimmt ihre Handtasche an sich. «Hmm … ist Rory in der Nähe?»

Rory wird es wissen. Rory wird wissen, was zu tun ist.

Sein Lächeln ist wie eine stillschweigende Entschuldigung, eine Bestätigung dessen, was sie beide wissen. «Ich fürchte, er ist heute nicht da. Wahrscheinlich ist er zu Hause und trifft Vorbereitungen.»

«Vorbereitungen?»

«Für seine große Reise. Sie wissen doch, dass er fortgeht.»

«Ich hatte irgendwie gehofft, er würde nicht gehen. Noch nicht.» Sie greift in ihre Tasche und kritzelt eine Nachricht. «Vermutlich … kennen Sie seine Adresse nicht?»

«Wenn Sie mit in mein Büro kommen oder was davon übrig geblieben ist, werde ich sie für Sie heraussuchen. Ich glaube, er fliegt erst in einer Woche.»

Als er sich abwendet, holt sie tief Luft. «Eigentlich, Mr. O'Hare, wollte ich nicht nur Rory sehen.»

«Oh?» Sie sieht ihm seine Überraschung an, als sie seinen Namen nennt.

Ellie zieht die Akte aus ihrer Tasche und reicht sie ihm. «Ich habe etwas von Ihnen gefunden. Vor ein paar Wochen. Ich hätte es schon früher zurückgegeben, aber ich … ich habe erst gestern Abend erfahren, dass es Ihnen gehört.» Sie sieht zu, wie er die Kopien seiner Briefe anschaut. Sein Gesicht verändert sich, als er seine eigene Handschrift erkennt.

«Woher haben Sie die?», fragt er.

«Sie waren hier», erwidert sie vorsichtig, aus Angst, was diese Information bei ihm bewirken wird.

«Hier?»

«Vergraben. In Ihrem Archiv.»

Er schaut sich um, als könnten ihm die leeren Regale erklären, was sie sagt.

«Es tut mir leid. Ich weiß, sie sind … persönlich.»

«Woher wussten Sie, dass sie mir gehören?»

«Das ist eine lange Geschichte.» Ihr Herz rast. «Aber Sie müssen etwas erfahren. Jennifer Stirling hat ihren Mann verlassen, einen Tag nachdem Sie sie 1964 zuletzt sahen. Sie kam hierher in die Redaktion, wo man ihr sagte, Sie seien nach Afrika gegangen.»

Er ist so still. Er konzentriert sich mit aller Kraft auf ihre Worte.

«Sie hat versucht, Sie zu finden. Sie wollte Ihnen sagen, dass sie … frei ist.» Ellie bekommt ein wenig Angst vor der Wirkung, die diese Information anscheinend auf Anthony hat. Alle Farbe ist aus seinem Gesicht gewichen. Er setzt sich auf den Stuhl und atmet schwer. Aber sie kann jetzt nicht aufhören.

«Das ist alles …», fängt er an, und seine Miene ist düster, so anders als Jennifers offensichtliche Freude. «Das ist alles so lange her.»

«Ich bin noch nicht fertig», sagt sie. «Bitte.»

Er wartet.

«Das sind Kopien. Und zwar weil ich die Originale zurückgeben musste. Ich musste sie ihr zurückgeben.» Mit zitternder Hand hält sie ihm einen Zettel mit der Postfachnummer hin.

Kurz bevor sie ins Archiv hinunterging, hat sie eine SMS erhalten:

Nein, er ist nicht verheiratet. Was für eine Frage ist das denn?

«Ich weiß nichts über Ihre Lebenssituation. Vielleicht bin ich entsetzlich aufdringlich. Vielleicht mache ich einen furchtbaren Fehler. Aber das hier ist die Adresse, Mr. O'Hare», sagt sie. Er nimmt sie entgegen. «An die schreiben Sie.»

Ein weiser Mensch hat mir einmal gesagt, Schreiben sei gefährlich, weil man nicht sicher sein kann, dass die eigenen Worte so gelesen werden, wie man sie gemeint hat. Daher will ich es ganz einfach halten und es ohne Umschweife sagen. Es tut mir leid. So unendlich leid. Verzeih mir. Wenn es eine Möglichkeit gibt, wie ich deine Meinung über mich ändern kann, muss ich es wissen.

Frau an Mann, per Brief

KAPITEL 26

Liebe Jennifer?

Bist du es wirklich? Verzeih mir. Ich habe ein Dutzend Mal versucht, das hier zu schreiben, und ich weiß nicht, was ich sagen soll.

Anthony O'Hare

Ellie ordnet die Notizen auf ihrem Schreibtisch, schaltet den Computer aus, macht ihre Handtasche zu und verlässt die Redaktion, wobei sie sich lautlos von Rupert verabschiedet. Er sitzt über einen Text gebeugt; es ist ein Interview mit einem angeblich stinklangweiligen Autor, über den sich Rupert den ganzen Nachmittag lang beklagt hat. Sie hat darum gebeten, im Moment nicht für die Literaturseiten schreiben zu müssen. Sie hat eine Story über Leihmütter beendet, und morgen wird sie nach Paris reisen und dort die chinesische Mitarbeiterin einer Wohltätigkeitsorganisation interviewen, die nicht wieder in ihr Heimatland einreisen darf, weil sie sich in einem britischen Dokumentarfilm kritisch geäußert hat. Sie überprüft die Adresse und geht dann los, um den Bus zu bekommen. Als sie sich auf den Sitz zwängt, ist sie in Gedanken schon bei dem Artikel.

Später wird sie sich mit Corinne und Nicky in einem Restaurant treffen, das sie sich alle nicht leisten können. Douglas kommt auch. Er war so nett, als sie ihn am Tag zuvor angerufen hat – wie albern, dass sie so lange nicht miteinander gesprochen haben. Innerhalb weniger Sekunden war klar, dass er bereits wusste, was mit John passiert ist. Sollten sie je ihre Jobs kündigen, könnten Corinne und Nicky augenblicklich bei der *Nation* anfangen. «Und keine Sorge, ich werde dir nicht mit Mädchenkram in den Ohren liegen», hat sie gesagt, als er einverstanden war, sich mit ihr zu treffen.

«Gott sei Dank», sagte Douglas.

«Aber ich werde dir ein Abendessen spendieren. Um mich zu entschuldigen.»

«Kein Gelegenheitssex?»

«Nur wenn deine Freundin mitmacht. Sie sieht besser aus als du.»

«Ich wusste, dass du das sagen würdest.»

Grinsend hat sie den Hörer aufgelegt.

Lieber Anthony,

ja, ich bin es. Was immer dieses «ich» bedeutet, verglichen mit dem Mädchen, das du einst gekannt hast. Ich vermute, du weißt, dass unsere Freundin, die Journalistin, inzwischen mit mir gesprochen hat. Mir fällt es noch immer schwer zu begreifen, was sie mir erzählt hat.

Aber heute Morgen lag dein Brief im Postfach. Als ich deine Handschrift sah, fielen vierzig Jahre von mir ab. Ergibt das einen Sinn? Die Zeit, die vergangen ist, schrumpfte zu einem Nichts. Ich kann kaum glauben, dass ich in Händen halte, was du vor zwei Tagen geschrieben hast, kann kaum glauben, was es bedeutet.

Sie hat mir ein wenig von dir erzählt. Ich saß staunend da und wagte kaum daran zu denken, dass ich vielleicht die Möglichkeit haben werde, bei dir zu sitzen und mit dir zu sprechen.

Ich hoffe inständig, dass du glücklich bist.

Jennifer

Das ist der Vorteil bei Zeitungen: Die Aktien eines Journalisten können mindestens so schnell steigen wie fallen. Zwei gute Storys, und die Redaktion spricht von nichts anderem, man wird von allen Seiten bewundert. Die Story wird im Internet veröffentlicht, andere Zeitungen in New York, Australien, Südafrika kaufen und drucken sie. Der Artikel gefällt, genau für so etwas gibt es einen Markt, heißt es. Innerhalb von achtundvierzig Stunden hat sie E-Mails von Lesern, die ihre eigenen Geschichten erzählen. Ein Agent hat angerufen und gefragt, ob sie genug Material hat, um daraus ein Buch zu machen.

Was Melissa betrifft, kann Ellie nichts falsch machen. Sie ist die Erste, an die sich ihre Chefin in der Redaktionskonferenz wendet, wenn eine große Geschichte zu vergeben ist. In dieser Woche haben es zwei ihrer Artikel auf die Titelseite geschafft. In der Zeitungswelt ist das wie ein Sechser im Lotto. Sie ist präsent, sie ist gefragt. Überall sieht sie Storys. Sie ist wie ein Magnet: Kontakte, Leitartikel fliegen ihr zu. Sie sitzt um neun Uhr an ihrem Schreibtisch und arbeitet bis zum frühen Abend. Diesmal vergeudet sie die Zeit nicht.

Ihr Platz an dem großen ovalen Tisch ist glänzend und weiß, ein hochauflösender 17-Zoll-Bildschirm steht darauf und ein Telefon mit ihrer Durchwahl und ihrem Namen.

Rupert bietet nicht mehr an, ihr Tee zu machen.

Liebe Jennifer,

entschuldige die verspätete Antwort. Auf dich muss es gewirkt haben, als wollte ich dir nicht antworten. Verzeih. Aber ich habe seit vielen Jahren kein Wort mehr zu Papier gebracht, es sei denn, Rechnungen waren zu bezahlen oder eine Beschwerde einzureichen.

Ich glaube, ich weiß nicht, was ich sagen soll. Jahrzehntelang habe ich nur durch die Worte anderer Menschen gelebt; ich archiviere sie, kopiere sie und ordne sie ein. Ich bewahre sie sicher auf. Manchmal glaube ich, ich habe meine eigenen längst vergessen. Der Autor jener Briefe kommt mir wie ein Fremder vor.

Du klingst so anders als die junge Frau, die ich im Regent Hotel gesehen habe. Trotzdem bist du im besten Sinne ganz offensichtlich noch immer dieselbe. Ich bin froh, dass es dir gutgeht. Und ich bin froh, dass ich die Chance habe, dir das zu sagen. Ich würde dich gern fragen, ob wir uns treffen können, befürchte aber, dass ich weit entfernt von dem Mann bin, an den du dich erinnerst. Ich bin unsicher.

Verzeih mir.

Anthony

Vor zwei Tagen hat Ellie gehört, wie jemand ein wenig atemlos ihren Namen rief, als sie zum letzten Mal die Treppe des alten Gebäudes hinunterging. Sie drehte sich um und sah Anthony O'Hare oben auf dem Absatz. Er hielt ein Stück Papier in die Höhe, auf dem eine Adresse stand.

Sie ging wieder hinauf, um ihm weitere Mühen zu ersparen.

«Ich habe mir überlegt, Ellie Haworth», sagte er, und seine Stimme war voller Freude, Beklommenheit und Bedauern, «schicken Sie keinen Brief. Wahrscheinlich ist es besser, wenn Sie einfach zu ihm gehen.»

Liebster, liebster Boot,

meine Stimme ist in mir explodiert! Ich habe das Gefühl, ein halbes Jahrhundert gelebt zu haben, ohne sprechen zu können. Alles ist Schadensbegrenzung gewesen, der Versuch herauszufinden, was noch zu gebrauchen war und was zerstört, ruiniert. Meine eigene schweigende Buße für das, was ich getan habe. Und jetzt … jetzt?

Ich habe die arme Ellie Haworth in Grund und Boden geredet, bis sie mich verblüfft und schweigend ansah und ich ihre Gedanken lesen konnte: Wo ist die Würde dieser alten Frau? Wie kann sie klingen, als wäre sie vierzehn Jahre alt? Ich möchte mit dir reden, Anthony. Ich möchte mit dir sprechen, bis unsere Stimmen heiser sind. Ich habe vierzig Jahre Reden nachzuholen.

Wie kannst du sagen, du bist unsicher? Das kann keine Angst sein. Wie sollte ich enttäuscht von dir sein? Was könnte ich nach allem, was passiert ist, anderes als Freude darüber empfinden, dich einfach wiedersehen zu können? Meine Haare sind silbergrau, nicht mehr blond. Die Furchen in meinem Gesicht sind deutlich und nicht zu leugnen. Ich habe Schmerzen, stopfe mich mit Nahrungsergänzungsmitteln voll, und meine Enkel können nicht glauben, dass ich jemals etwas anderes als uralt war.

Wir sind alt, Anthony. Ja. Und uns bleiben keine weiteren vierzig Jahre mehr. Aber wenn du noch du selbst bist und wenn du bereit bist, mir zu erlauben, das Bild zu übermalen, das du vielleicht von dem Mädchen hast, das du einst kanntest, werde ich das liebend gern für dich tun.

Jennifer

Jennifer Stirling steht mitten im Raum, bekleidet mit einem Morgenrock, ihre Haare sind zerzaust. «Schauen Sie mich an», sagt sie verzweifelt. «Was für eine Vogelscheuche. Was für eine absolute Vogelscheuche. Ich konnte letzte Nacht nicht schlafen, dann bin ich irgendwann nach fünf eingedöst, habe den Wecker überhört und meinen Friseurtermin verpasst.»

Ellie starrt sie an. So hat sie Jennifer noch nie gesehen. Sie scheint schrecklich aufgeregt zu sein. Ohne Make-up sieht ihre Haut aus wie die eines Kindes, ihr Gesicht wirkt verletzlich. «Sie … Sie sehen gut aus.»

«Gestern Abend habe ich meine Tochter angerufen, und ich

habe ihr ein bisschen erzählt. Nicht alles. Ich habe ihr gesagt, ich werde einen Mann treffen, den ich einst geliebt und seit meiner Jugend nicht mehr gesehen habe. War das eine schlimme Lüge?»

«Nein», erwidert Ellie.

«Wissen Sie, was sie mir heute Morgen gemailt hat? Das hier.» Sie hält Ellie ein bedrucktes Blatt Papier hin, die Kopie eines Artikels aus einer amerikanischen Zeitung, über ein Paar, das nach fünfzig Jahren Trennung geheiratet hat. «Was soll ich damit anfangen? Haben Sie je so etwas Verrücktes gehört?» Ihre Stimme überschlägt sich vor Nervosität.

«Um wie viel Uhr treffen Sie ihn?»

«Um zwölf. Bis dahin werde ich nie fertig. Ich sollte absagen.»

Ellie erhebt sich und setzt den Wasserkessel auf. «Ziehen Sie sich an. Sie haben noch vierzig Minuten Zeit. Ich fahre Sie hin», sagt sie.

«Sie halten mich für verrückt, nicht wahr?» Zum ersten Mal erlebt sie Jennifer Stirling nicht als die gelassenste Frau des gesamten Universums. «Eine lächerliche alte Frau. Wie ein Teenager vor dem ersten Rendezvous.»

«Nein», sagt Ellie.

«Mir ging es gut, als es nur Briefe waren», sagt Jennifer, die kaum zuhört. «Ich konnte ich selbst sein. Ich konnte die Person sein, die er in Erinnerung hat. Ich war so ruhig und gelassen. Und jetzt … Der einzige Trost, den ich immer hatte, war das Wissen, dass es irgendwo einen Mann gibt, der mich geliebt hat, der nur das Beste in mir sah. Selbst bei unserer furchtbaren letzten Begegnung wusste ich, dass er in mir etwas sah, das er mich mehr als alles andere auf der Welt wollte. Wenn er mich nun anschaut und enttäuscht ist? Das wird schlimmer sein, als hätten wir uns nie wiedergesehen. Schlimmer.»

«Zeigen Sie mir den Brief», bittet Ellie.

«Ich kann das nicht. Meinen Sie nicht, dass es manchmal besser ist, etwas nicht zu tun?»

«Den Brief, Jennifer.»

Jennifer holt ihn von der Anrichte, hält ihn einen Moment fest und reicht ihn dann Ellie.

Liebste Jennifer,

dürfen alte Männer weinen? Ich sitze hier und lese deinen Brief immer und immer wieder, und mir fällt es schwer zu glauben, dass mein Leben eine so unerwartete, glückliche Wendung nimmt. Solche Dinge passieren doch uns nicht. Ich hatte gelernt, Dankbarkeit für die alltäglichsten Geschenke zu empfinden: meinen Sohn, seine Kinder, ein gutes, wenn auch ruhiges Leben. Überleben. O ja, immer das Überleben.

Und jetzt du. Deine Worte, deine Gefühle haben in mir eine Sehnsucht geweckt. Können wir so viel verlangen? Wage ich, dich wiederzusehen? Das Schicksal ist so unversöhnlich gewesen, und ein Teil von mir glaubt, dass wir uns nicht treffen können. Ich werde vorher von einer Krankheit dahingerafft, von einem Bus überfahren, vom ersten und einzigen Seeungeheuer in der Themse verschluckt. (Ja, ich denke noch immer in Schlagzeilen.)

In den vergangenen beiden Nächten habe ich deine Worte im Schlaf gehört. Ich höre deine Stimme, und dann möchte ich am liebsten vor Freude singen. Mir fallen Dinge ein, die ich vergessen glaubte. Ich lächle in unangemessenen Augenblicken und jage meiner Familie damit solche Angst ein, dass sie kurz davor sind, mich auf Demenz untersuchen zu lassen.

Die junge Frau, die ich zuletzt gesehen habe, war so gebrochen; zu wissen, dass du dir allein ein solches Leben aufgebaut hast, bedroht meine Sicht auf die Welt. Anscheinend ist sie doch ein gütiger Ort. Sie hat für dich und deine Tochter gesorgt. Du kannst dir nicht vorstellen, wie glücklich mich das macht. Par procuration.

Mehr kann ich nicht schreiben. Daher wage ich es, mit Beklommenheit: Postman's Park. Donnerstag. Zwölf Uhr?

Dein Boot

Ellie sind die Tränen gekommen. «Wissen Sie was?», sagt sie. «Ich glaube wirklich nicht, dass Sie sich Sorgen machen müssen.»

Anthony O'Hare sitzt auf einer Bank in einem Park, den er seit vierundvierzig Jahren nicht mehr aufgesucht hat, mit einer Zeitung, die er nicht lesen will, und er stellt überrascht fest, dass er sich an die Inschriften jeder einzelnen Gedenktafel erinnern kann.

Mary Rogers, Stewardess an Bord der *Stella*, hat sich geopfert, als sie auf ihren Rettungsring verzichtete und freiwillig mit dem sinkenden Schiff unterging.

William Drake hat sein Leben verloren, als er im Hyde Park eine Dame, deren Pferde nach dem Bruch der Deichsel durchgegangen waren, vor einem schweren Unfall bewahrte.

Joseph Andrew Ford hat sechs Menschen aus einem brennenden Gebäude in der Grays Inn Road gerettet, doch bei seiner letzten Heldentat fiel er dem Feuer zum Opfer.

Er sitzt hier seit zwanzig vor zwölf. Jetzt ist es sieben Minuten nach zwölf.

Er hebt seine Armbanduhr ans Ohr und schüttelt sie. Im Grunde seines Herzens hat er nicht geglaubt, dass das passieren könnte. Wie auch? Wenn man lange genug in einem Zeitungsarchiv verbracht hat, weiß man, dass sich dieselben Geschichten immer und immer wiederholen: Kriege, Hungersnöte, Finanzkrisen, verlorene Liebe, getrennte Familien. Tod. Gebrochene Herzen. Nur wenige Geschichten enden glücklich. Alles, was ich hatte, war eine Zugabe, sagt er sich mit Nachdruck, während die Minuten im Schneckentempo vergehen. Ein Satz, der ihm schmerzhaft vertraut ist.

Der Regen ist stärker geworden, und der kleine Park hat sich geleert. Nur er sitzt noch im Unterstand. In der Ferne sieht er die Hauptstraße, die vorbeirauschenden Autos, die alle vollspritzen, die nicht aufpassen.

Viertel nach zwölf.

Anthony O'Hare ruft sich alle Gründe ins Gedächtnis, warum er dankbar sein sollte. Sein Arzt ist erstaunt darüber, dass er überhaupt noch lebt. Anthony vermutet, dass er schon seit langem darauf wartet, ihn als mahnendes Beispiel für andere Patienten mit Leberschaden nutzen zu können. Seine robuste Gesundheit untergräbt sein ärztliches Urteil, die medizinische Wissenschaft. Er fragt sich, ob er vielleicht tatsächlich verreisen sollte. Er will nicht wieder in den Kongo, aber Südafrika würde ihn interessieren. Kenia vielleicht. Er wird nach Hause gehen und Pläne schmieden. Dann hat er etwas, worüber er nachdenken kann.

Er hört die quietschenden Bremsen eines Busses, den Schrei eines wütenden Fahrradkuriers. Zu wissen, dass sie ihn geliebt hat, reicht ihm. Dass sie glücklich war. Das müsste doch genug sein, oder? Angeblich ist das doch einer der Vorzüge des Alters, dass man die Dinge ins rechte Licht rücken kann. Er hat einst eine Frau geliebt, und am Ende hat sich herausgestellt, dass sie ihn mehr geliebt hat, als ihm bewusst war. So. Das sollte ihm reichen.

Zwanzig nach zwölf.

Dann, als er schon aufstehen will, sich die Zeitung unter den

Arm klemmt, um nach Hause zu gehen, sieht er, dass ein kleines Auto neben dem Parktor angehalten hat. Er wartet im Halbdunkel des kleinen Unterstands.

Es dauert einen Augenblick, dann öffnet sich die Tür, und ein Schirm schnappt hörbar auf. Er wird hochgehalten, und darunter erblickt er ein Paar Beine, einen dunklen Regenmantel. Die Gestalt duckt sich, um der Fahrerin etwas zu sagen, und dann gehen die Beine in den Park, über den schmalen Pfad, direkt auf den Unterstand zu.

Anthony O'Hare ertappt sich dabei, dass er aufsteht, über sein Jackett streicht und sich die Haare glättet. Er kann den Blick nicht von diesen Schuhen abwenden, diesem aufrechten Gang, der trotz des Regenschirms erkennbar ist. Er tritt einen Schritt vor, unsicher, was er sagen, was er tun soll. In seinen Ohren rauscht es. Die Beine, in dunkler Strumpfhose, bleiben vor ihm stehen. Langsam hebt sich der Schirm. Dann ist sie da, noch immer dieselbe, auf verblüffende Art und Weise dieselbe, ein Lächeln umspielt ihre Mundwinkel, während ihre Blicke sich begegnen. Er kann nichts sagen. Er kann sie nur anstarren, und ihr Name klingt laut in seinen Ohren.

Jennifer.

«Hallo, Boot», sagt sie.

Ellie sitzt im Wagen und wischt mit dem Ärmel über die beschlagene Scheibe auf der Beifahrerseite. Sie parkt im absoluten Halteverbot, womit sie zweifellos den Zorn der Parkgötter auf sich zieht, aber das ist ihr egal. Sie kann jetzt nicht wegfahren.

Sie beobachtet, wie Jennifer mit gleichmäßigen Schritten den Pfad entlanggeht, bemerkt das leichte Zögern, das ihre Angst verrät. Zweimal hat die ältere Frau darauf bestanden, wieder nach Hause zu fahren, sie werde zu spät kommen, alles sei verloren, nutzlos. Ellie hat sich taub gestellt. Hat so lange laut vor sich hin geträllert, bis Jennifer Stirling ihr mit ungewöhnlicher Schärfe sagte, sie sei ein «unglaublich albernes» Mädchen.

Jennifer schreitet unter ihrem Regenschirm langsam weiter, und Ellie hat Angst, dass sie sich umdrehen und weglaufen wird. Ihr ist klargeworden, dass das Alter keinen Schutz vor den Launen der Liebe darstellt. Sie hat Jennifers Worten gelauscht, die heftig zwischen Triumph und Katastrophe schwankten, und ihre eigenen endlosen Analysen von Johns Worten darin wiedererkannt, hat sich erinnert an ihr verzweifeltes Bedürfnis nach etwas, das viel zu offensichtlich falsch war, um funktionieren zu können. Sie hat Bedeutung aus Worten gelesen, über deren Sinn sie nur mutmaßen konnte.

Aber Anthony O'Hare ist anders.

Erneut wischt sie über das Fenster und sieht, wie Jennifer langsamer wird und stehen bleibt. Er tritt aus dem Schatten, wirkt größer, als er Ellie bisher erschienen ist, bückt sich leicht unter dem Eingang des Unterstands, bevor er aufrecht vor ihr steht. Sie stehen sich gegenüber, die schlanke Frau im Regenmantel und der Archivar. Selbst aus dieser Entfernung kann Ellie erkennen, dass sie den Regen jetzt vergessen haben und auch den ordentlichen kleinen Park, die neugierigen Blicke der Passanten. Sie sehen sich unverwandt an und stehen dort, als könnten sie tausend Jahre so verharren. Jennifer lässt ihren Schirm fallen, neigt den Kopf zur Seite, eine kleine Bewegung nur, und führt die Hand zärtlich an sein Gesicht. Auch Anthony hebt eine Hand und drückt ihre Handfläche an seine Wange.

Ellie Haworth schaut noch eine Weile zu und zieht sich dann vom Fenster zurück, das wieder beschlägt und ihr die Sicht nimmt. Sie rutscht auf den Fahrersitz, putzt sich die Nase und lässt den Motor an. Die besten Journalisten wissen, wann sie sich von einer Story zu verabschieden haben.

Das Haus befindet sich in einer Straße mit viktorianischen Reihenhäusern, Fenster und Türen sind von weiß getünchtem Mauerwerk umgeben, die nicht zusammenpassende Ansammlung von Rollläden und Vorhängen deutet auf die unterschiedlichsten Bewohner hin. Sie schaltet den Motor aus, steigt aus dem Wagen und geht zur Haustür. An der Klingel fürs Erdgeschoss steht nur sein Name. Sie ist ein wenig überrascht; sie hat nicht angenommen, dass er eine eigene Wohnung besitzt. Andererseits, was weiß sie schon über sein Leben? Gar nichts.

Der Artikel steckt in einem großen braunen Umschlag mit seinem Namen auf der Vorderseite. Sie schiebt ihn durch die Tür und lässt den Briefschlitz laut klappern. Dann setzt sie sich auf die Mauer vor dem Haus, den Schal bis zum Gesicht hochgezogen. Sie kann inzwischen sehr gut aussitzen. Sie hat festgestellt, dass es Spaß macht, den Dingen ihren Lauf zu lassen.

Auf der anderen Straßenseite winkt eine Frau einem Teenager nach. Er zieht die Kapuze über den Kopf, steckt die Stöpsel in die Ohren und schaut sich nicht nach ihr um. Ein Stück weiter lehnen zwei Männer an einem großen Auto, dessen Motorhaube geöffnet ist. Sie reden miteinander und schenken dem Motor wenig Beachtung.

«Du hast Ruaridh falsch geschrieben.»

Sie wirft einen Blick hinter sich, und da steht er im Türrahmen, die Zeitung in der Hand. «Ich habe viel falsch gemacht.»

Er trägt dasselbe langärmelige T-Shirt wie beim ersten Mal, als sie miteinander gesprochen haben, der Stoff ist weich vom jahrelangen Tragen. Es hat ihr schon immer gefallen, dass ihm ziemlich egal ist, was er trägt. Sie weiß, wie dieses T-Shirt sich anfühlt.

«Netter Artikel», sagt er und hält die Zeitung hoch. «*Eine Handvoll Worte. Letzte Briefe der Liebe aus fünf Jahrzehnten.* Wie ich sehe, bist du wieder auf der Erfolgsspur.»

«Vorerst», sagt sie. «Übrigens ist ein Brief dabei, den ich erfunden habe. Darin steht etwas, was ich hätte sagen wollen, wenn ich die Gelegenheit gehabt hätte.»

Es ist, als hätte er sie nicht gehört. «Und Jennifer hat zugelassen, dass du den ersten verwendest.»

«Anonym. Ja. Sie war großartig. Ich habe ihr alles erzählt, und sie war toll.» Sein Gesichtsausdruck ist ruhig, gleichmütig.

Hast du gehört, was ich gesagt habe?, fragt sie ihn in Gedanken. «Ich glaube, sie war ein wenig schockiert, das muss ich zugeben, aber nach allem, was passiert ist, denke ich, es macht ihr nichts aus, was ich getan habe.»

«Anthony war gestern hier. Er ist ein anderer Mensch. Ich weiß nicht, warum er gekommen ist. Ich glaube, er wollte nur mit jemandem reden.» Bei der Erinnerung nickt er vor sich hin. «Er trug ein neues Hemd und eine Krawatte. Und er war beim Friseur.»

Bei dem Gedanken muss sie unwillkürlich lächeln.

Sie schweigen, und Ruaridh streckt sich auf der Treppe, die Hände über dem Kopf verschränkt. «Da hast du etwas Gutes getan.»

«Das will ich hoffen», erwidert sie. «Mir gefällt der Gedanke, dass jemand ein Happy End bekommen hat.»

Ein alter Mann geht mit seinem Hund vorbei, seine Nasenspitze hat die Farbe roter Trauben, und alle drei murmeln einen Gruß. Als sie aufblickt, schaut Ruaridh zu Boden. Sie betrachtet ihn und fragt sich, ob sie ihn gerade zum letzten Mal sieht. Es tut mir leid, entschuldigt sie sich in Gedanken bei ihm.

«Ich würde dich ja reinbitten», sagt er, «aber ich packe gerade. Hab viel zu tun.»

Sie hebt eine Hand und versucht, sich ihre Enttäuschung nicht anmerken zu lassen. Sie klettert von der Mauer, wobei der Stoff ihrer Hose leicht an der rauen Oberfläche hängen bleibt, und wirft sich ihre Tasche über die Schulter. Sie spürt ihre Beine nicht.

«Und … wolltest du noch etwas? Etwas anderes als Zeitungsbotin spielen?»

Es wird kalt. Sie schiebt die Hände in die Taschen. Er schaut sie erwartungsvoll an. Sie hat Angst, etwas zu sagen, davor, was sie fühlen wird, wenn er Nein sagt. Deshalb hat sie Tage gebraucht, um hierherzukommen. Aber was hat sie schon zu verlieren? Sie wird ihn nie wiedersehen.

Sie holt tief Luft. «Ich wollte wissen … ob du mir vielleicht schreibst.»

«Dir schreiben?»

«Während du fort bist. Ruaridh, ich habe es vermasselt. Ich kann dich um nichts bitten, aber du fehlst mir. Wirklich. Ich … ich würde einfach gern glauben, dass das noch nicht alles war. Dass wir uns vielleicht …», sie ist unruhig und reibt sich die Nase, «… schreiben.»

«Schreiben.»

«Einfach … so. Was du machst. Wie alles läuft. Wo du bist.» Die Worte klingen schwach in ihren Ohren.

Er hat die Hände tief in den Hosentaschen vergraben und schaut die Straße hinunter. Er antwortet nicht. «Es ist kalt», sagt er schließlich.

Etwas Großes, Schweres hat sich in ihrer Magengrube festgesetzt. *Ihre Geschichte ist vorbei. Er hat ihr nichts mehr zu sagen.* Er wirft einen Blick auf die offene Tür. «Ich lasse die ganze Wärme aus dem Haus.»

Sie kann nicht sprechen. Sie zuckt mit den Schultern, als wäre sie einverstanden, und bringt ein Lächeln zustande, das vermutlich eher wie eine Grimasse aussieht. Als sie sich abwendet, hört sie wieder seine Stimme.

«Du könntest reinkommen und mir einen Kaffee machen,

während ich meine Socken sortiere. Eigentlich schuldest du mir auch noch einen Kaffee, wenn ich mich recht entsinne.»

Als sie sich wieder umdreht, hat sich sein Gesichtsausdruck verändert. Es ist noch nicht wieder so wie früher, aber auf jeden Fall besser. «Vielleicht kannst du ja einen Blick auf mein peruanisches Visum werfen, wenn du schon mal hier bist. Prüfen, ob ich alles richtig geschrieben habe.»

Sie sieht ihn an, seine Füße in Socken, sein braunes Haar, das zu lang ist, um ordentlich auszusehen. «Tja, wir wollen ja nicht, dass du Patallacta und Phuyupatamarca verwechselst», sagt sie.

Er verdreht die Augen und schüttelt langsam den Kopf. Und Ellie versucht, ihr strahlendes Lächeln zu verbergen, während sie ihm ins Haus folgt.

DANK

Jedem Kapitel dieses Buches ist ein echter letzter Brief, eine E-Mail oder andere Form der Korrespondenz vorangestellt, bis auf einen, den ich der Handlung des Buches entnommen habe.

In den meisten Fällen wurden sie mir großzügigerweise zur Verfügung gestellt, und in allen Fällen bisher unveröffentlichter Korrespondenz habe ich die Identität von Absender und Empfänger gleichermaßen unterschlagen, um die Unschuldigen (und die weniger Unschuldigen) zu schützen.

Es gibt jedoch ein paar Menschen, die mir geholfen haben, diese Korrespondenz zu sammeln und die erwähnt werden dürfen. Mein Dank geht in keiner besonderen Reihenfolge an Brigid Coady, Suzanne Parry, Kare Lord Brown, Danuta Kean, Louise McKee, Suzanne Hirsh, Fiona Veacock und an alle starken Seelen, die mir ihre eigenen Abschiedsbriefe zur Verfügung gestellt haben, aber lieber anonym bleiben wollen.

Außerdem möchte ich gern Jeanette Winterson danken, den Erben von F. Scott Fitzgerald und der University Press of New England, dass sie mir erlaubt haben, die literarische Korrespondenz wiederzugeben, die in diesem Buch verwendet wurde.

Danke wie immer an das wunderbare Team bei Hachette: an

meine Lektorin, Carolyn Mays, sowie an Francesca Best, Eleni Fostiropoulos, Lucy Hale, den gesamten Vertrieb und an Hazel Orme, deren Genauigkeit beängstigend ist.

Mein Dank geht ebenfalls an das Team bei Curtis Brown, besonders an meine Agentin Sheila Crowley. Des Weiteren an die British Newspaper Library in Colindale, eine wunderbare Möglichkeit für Schriftsteller, die in eine andere Welt eintauchen wollen.

Auch meinen Eltern, Jim Moyes und Lizzie Sanders, danke ich sowie Brian Sanders. Außerdem Dank an die Kollegen vom Writersblock-Forum für die ständige Unterstützung, Ermutigung und Ablenkung.

Mein größter Dank gilt meiner Familie, Charles, Saskia, Harry und Lockie.

Anhang

MATERIALIEN FÜR LESEKREISE

Auf den folgenden Seiten finden Sie weiterführende Informationen zu Jojo Moyes' Roman *Eine Handvoll Worte*. Außerdem haben wir für Sie Grundlagenmaterial für eine Diskussion im Lesekreis zusammengestellt.

Über das Buch

Als Jennifer Stirling 1960 in einem Londoner Krankenhaus erwacht, hat sie keine Erinnerung mehr daran, wer sie ist, und auch nicht an den Autounfall, der sie ins Krankenhaus brachte. Ihre Geschichte, die Jojo Moyes mit viel Geschick erzählt, pendelt zwischen den Ereignissen, die zu dem Unfall führten, und Jennifers Versuchen, in ein Leben zurückzukehren, das sie nicht mehr erkennt – und das sie, wie sie feststellen muss, nicht mehr führen will.

Bei der Suche nach Fragmenten ihrer früheren Existenz entdeckt Jennifer, versteckt in heimlichen Winkeln ihres Hauses, leidenschaftliche Briefe, die ihr ein Liebhaber geschrieben hat, an den sie sich nicht erinnern kann. Wer ist dieser Mann, der nur mit «B» unterschreibt? Wo ist er? Was ist mit ihrer Liebe passiert?

Zudem muss Jennifer langsam erkennen, wie es wirklich um ihre Ehe mit dem vermögenden und einflussreichen Laurence bestellt ist: Die glamourösen Empfänge und luxuriösen Häuser sind nur Fassade, dahinter verbergen sich eine unglückliche Ehe und ein Dasein ohne tieferen Sinn. Als es für Jennifer unmöglich wird, ihre Unzufriedenheit über ihr privilegiertes, aber einsames Leben noch länger zu unterdrücken, gibt Laurence zu, dass er alles über ihren mysteriösen Geliebten und die Ursache ihres Unfalls weiß.

Während Jennifer den Versuch unternimmt, ein Lebensglück zu finden, für das es vielleicht schon zu spät ist, springt Moyes mit dem Roman vierzig Jahre in die Zukunft und stellt ihren Leserinnen Ellie vor, die im Jahr 2003 als Nachwuchsjournalistin in London arbeitet. Ellie, die eine unbefriedigende Affäre mit einem verheirateten Mann hat und darum kämpft, beruflich Fuß zu fassen, macht eine Lebenskrise durch. Bei den Recherchen für eine Jubiläumsausgabe der Zeitung stößt sie im Archiv auf einen herzzerreißenden Brief. Die Worte berühren etwas in Ellie, außerdem hofft sie, daraus einen Artikel machen zu können, der ihre kritische Chefin beeindruckt. Daher versucht sie, herauszubekommen, an wen diese Briefe gerichtet sind und wer der geheimnisvolle Verfasser «B» ist. Ellies Suche nach den Spuren dieser vor langer Zeit gescheiterten Liebe führt dazu, dass sich sowohl Jennifers als auch Ellies Leben grundlegend verändert.

Eine Handvoll Worte überspannt mit seinem Erzählbogen vier Jahrzehnte und weitverstreute Handlungsorte. Jojo Moyes zeichnet darin ein nuancenreiches und realistisches Bild von Liebe, Ehe und Treue sowohl aus heutiger als auch aus der Sicht vergangener Generationen. Die Leidenschaft und Zärtlichkeit der Affäre Jennifers und «Bs» wird spürbar; dieses Liebespaar zieht sich durch einen erotischen und intellektuellen Magnetismus so stark an, dass beider Leben auf den Kopf gestellt wird. Dieser Roman ist ein Plädoyer für die immerwährende Macht und erlösende Kraft der Liebe, er ist mal zärtlich, mal traurig, mal Mut machend – und auf den letzten Seiten kann eine Packung Taschentücher in der Nähe nicht schaden.

Im Gespräch mit Jojo Moyes

1. **Wie haben Sie sich darauf vorbereitet, diesen Roman zu schreiben? Haben Ihnen Freunde oder Familienmitglieder von ihren eigenen Liebesbriefen erzählt?**

Ja, ich habe sogar ziemlich dreist versucht, Einblick in die Liebesbriefe anderer Leute zu bekommen. Ich habe in einer Zeitung eine Anzeige geschaltet und auf Internetseiten und bei Verwandten und Freunden darum gebeten, mir Briefe zur Verfügung zu stellen. Ich glaube, wenn es ums Schreiben geht, gibt es nichts Besseres als das echte Leben, um sich inspirieren zu lassen (und um zu begreifen, wie unberechenbar menschliche Gefühle sein können). Ich habe mir auch meine eigenen alten Liebesbriefe von vor zwanzig Jahren angesehen. Was mich dabei fasziniert hat, waren nicht nur die Leidenschaft und die emotionale Unbedingtheit, die aus jeder Zeile sprachen, sondern auch das Gefühl, etwas über das Leben eines Menschen zu lesen, den ich nicht mehr wiedererkannte.

2. **Wir leben heute in einem Zeitalter der E-Mails und SMS. Was hat sich Ihrer Meinung nach am Briefeschreiben (nicht nur von Liebesbriefen) verändert?**

Alles. Das ist mir zum ersten Mal aufgefallen, als mir eine junge Frau aus meiner Verwandtschaft erzählte, dass sie noch nie einen Liebesbrief bekommen hat; da wurde mir klar, dass es hier um eine Generationenfrage geht und dass meine Generation möglicherweise die letzte war, die ganz selbstverständlich Liebesbriefe geschrieben und erhalten hat. Ich glaube, dass eine große Gefahr der neuen Technologien darin besteht, sei es nun bei Facebook oder in E-Mails oder SMS, dass man zu viel zwischen den Zeilen liest. Ellie zum Beispiel unterstellt ihrem Geliebten alle möglichen Gefühle, die er gar nicht hat. Ich glaube, die neuen Technologien führen häufig dazu, dass die Sprache, in der romantische Gefühle ausgedrückt werden, nebulöser wird, nicht klarer.

3. Jennifer und Ellie bilden die großen Veränderungen in der gesellschaftlichen Stellung der Frau während der letzten vierzig Jahre ab. Worin bestehen Ihrer Meinung nach die wichtigsten Unterschiede zwischen Ellie und Jennifer, sowohl in den Erwartungen, die ihre jeweilige Gesellschaft an sie stellt, als auch in den Erwartungen, die sie an ihr eigenes Leben haben?

Ellie hat ihre Freiheit: Sie hat die Freiheit, zu schlafen, mit wem sie will, ohne sich dafür schämen zu müssen, die Freiheit, ihr eigenes Geld zu verdienen und ihre eigenen Fehler zu machen. Jennifers Leben könnte beneidenswert erscheinen, mit all ihrem Geld und dem Luxus, aber sie ist nur dazu da, um, wie sie es ausdrückt, «schmückendes Beiwerk» zu sein. Es ist nicht nur so, dass sich ihr Ehemann nicht für ihre Meinung interessiert, sondern er drückt auch deutlich aus, dass sie ihre Meinungen für sich behalten soll. Das in Frage zu stellen, kommt ihr erst in den Sinn, als sie Boot kennenlernt. Beide Frauen entdecken, dass man aus Arbeit eine echte Befriedigung ziehen kann, daraus, auf sich selbst stolz sein zu können und sich selbst höhere Ziele zu stecken.

4. Durch populäre Fernsehserien wie *Mad Men* stehen die frühen 1960er zurzeit ziemlich hoch im Kurs, zum Beispiel bei der Wohnungseinrichtung oder in der Mode. Warum übt diese Zeit eine so große Anziehungskraft aus?

Ich glaube, das liegt hauptsächlich an den Zwängen, die damals herrschten. Beim Erzählen ergeben sich starke Motive immer aus dem, was man nicht haben kann, viel mehr als aus dem, was man haben kann – zum Beispiel also aus den Bedingungen, die Menschen (und Liebende) voneinander trennen –, das kann durch die Gesellschaft verursacht sein, die vorherrschende Moral, das Schamgefühl oder auch politische Umstände wie einen Krieg.

An den 1960ern ist unheimlich interessant, dass in dieser Zeit die Moralvorstellungen einer vergangenen Zeit gelten und mit den neuen Freiheiten der sechziger Jahre kollidieren. Es war eine Übergangsgesellschaft. Wenn Jennifer zehn Jahre später mit Boot hätte durchbrennen wollen, hätten sie vermutlich beide nicht gezögert.

5. Sie spielen in diesem Roman mit den Zeitebenen und der traditionellen Erzählstruktur, indem Sie nicht nur zwischen Jennifers und Ellies Leben springen, sondern auch Jennifers Geschichte vor und nach dem Unfall miteinander verweben, um langsam Bs Identität zu enthüllen. Warum haben Sie sich für diese Erzählweise entschieden? Und: War es schwer, den Roman auf diese Weise zu schreiben?

Ja! Außerdem musste ich sehr darauf vertrauen, dass meine Leser mir auf diesem Weg folgen werden. Was mir selbst beim Lesen immer gefällt, ist, wenn mir die Autoren genügend Intelligenz zutrauen, um selbst einige Schlüsse ziehen zu können.

Als ich so frei mit der Erzählstruktur umgegangen bin, hatte ich das Gefühl, dieses Vorgehen bis an die Grenze auszutesten. Glücklicherweise hat sich herausgestellt, dass diese Erzählform eines der Elemente des Romans ist, die den Lesern am besten gefallen.

Das Komplizierte daran war, die Kapitel so stark unterscheidbar zu gestalten, dass die Sprünge zwischen den Zeitebenen und den Handlungsorten nicht zu verwirrend sind; dabei hat es mir geholfen, unterschiedliche Figuren in den Fokus zu nehmen (z. B. Boot statt Jennifer).

6. Der Roman bietet eine faszinierende Sicht auf Paarbeziehungen der Vergangenheit und der Gegenwart. Heute wird häufig betont, dass die Hälfte aller Ehen geschieden wird. In Jennifers Zeit war Scheidung noch ein Tabu. Warum, glauben Sie, hat sich die Einstellung dazu verändert? Welche Reaktionen würde das Arrangement, das Jennifer und Laurence am Ende treffen, heute auslösen? Halten Sie die gestiegene Scheidungsrate für eine bessere Alternative als die Einstellung früherer Zeiten, in denen man zusammengeblieben ist, ganz gleich, wie unglücklich die Ehe war?

Ich glaube, dass sich die allgemeine Einstellung verändert hat, weil so viele Menschen so unglücklich waren. Aber auch, weil die individuelle Freiheit heute so viel höher eingeschätzt wird, manchmal vielleicht sogar zu hoch.

Ich bin seit dreizehn Jahren verheiratet, und ich würde trotzdem niemals behaupten, Expertin für Ehefragen zu sein. Aber was ich sagen würde, ist, dass man sich, wenn man in problematischen Phasen die Zähne zusammenbeißt und durchhält, statt seinem ersten Impuls zu folgen und zu gehen, nach einem Jahr in einer gefestigteren und intensiveren Beziehung wiederfindet, als man es sich je hätte vorstellen können. Ich denke, dass viele, die das sinkende Schiff verlassen, nicht an diese Möglichkeit glauben, und das ist wirklich schade. Was Ihre Frage angeht, denke ich, dass es vermutlich für die meisten Menschen eine Art goldenen Mittelweg gibt. Wenn der Partner Missbrauch übt, muss man gehen, das ist klar. Aber für die meisten Paare, ganz besonders, wenn Kinder da sind, lohnt es sich meiner Meinung nach, jeden nur möglichen Versuch der gemeinsamen Krisenbewältigung zu unternehmen.

7. Sie haben für Jennifer und Ellie eine ganze Welt mit vielen Freunden, Kollegen und Angestellten erschaffen. Welche von diesen Nebenfiguren mögen Sie am liebsten, und warum?

Es hat mir sehr viel Spaß gemacht, über Don, Boots Chef, zu schreiben, vor allem, weil ich selbst mit einem Redakteur wie ihm zusammengearbeitet habe; einem Witzbold und trotzdem unglaublich loyal gegenüber seinen Mitarbeitern. Zwischen ihm und Anthony ist es echte Liebe. Ich hatte auch eine Schwäche für Moira Parker. Sie ist ein so typisches Kind ihrer Zeit, und es ist klar, dass sie eine Enttäuschung erleben muss. Ich konnte sie mir schon vorstellen, bevor ich angefangen hatte, über sie zu schreiben.

8. Wie viel von Ihrer eigenen Erfahrung als Journalistin ist in die Szenen eingeflossen, die Ellie in der Redaktion zeigen? Und nachdem Sie sich jetzt hauptsächlich als Romanautorin betätigen – fehlt Ihnen der Redaktionsalltag? Welche Lehren konnten Sie aus dem Journalismus für Ihre Romane ziehen?

Ich glaube, nachdem ich mich ganz für ein Leben als Autorin entschieden hatte, habe ich noch ein gutes Jahr gebraucht, bis mir der Adrenalinkick der Zeitungsredaktion nicht mehr gefehlt hat. Und es ist bis heute so: Wenn es eine große Meldung gibt, muss ich mich beherrschen, um nicht anzurufen und zu fragen, ob in der Redaktion vielleicht Unterstützung gebraucht wird. Deshalb habe ich jetzt in einem Städtchen nicht weit von zu Hause einen Schreibtisch in einer Bürogemeinschaft; das bedeutet nämlich, dass ich sowohl alle Klatschgeschichten mitbekomme als auch einen Grund habe, mir morgens etwas Ordentliches anzuziehen.

Und ja, viele meiner Erfahrungen bei der Zeitungsredaktion sind in den Roman eingeflossen. Aber ich war auch im britischen Zeitungsarchiv und habe mich in die Lektüre der Zeitungen von damals gestürzt, um ein Gefühl für die Berichterstattung, die Sprache und die Werbung dieser Jahre zu bekommen. Der Asbest-Handlungsstrang stammt von einer riesigen Anzeige für «Asbestos, das Wundermineral», die ich während meiner Recherchen gefunden habe.

Bei der Arbeit als Journalistin habe ich vieles gelernt, was ich als Romanautorin nutzen kann. Erstens: überall Geschichten zu entdecken; der Journalismus lehrt einen, zuzuhören und Fragen zu stellen – «Warum steht dieses Fenster ständig offen?», «Ist dieses Wundermineral wirklich so gut, wie es den Anschein hat?», «Warum fährt Mrs. Smith aus Nummer 42 jedes Mal mit Vollgas weg, sobald ihr Ehemann das Haus verlassen hat?»

Der Journalismus hat mich auch gelehrt, dass ich dafür verantwortlich bin, die Leser bei der Stange zu halten. Wenn die Leser nicht über den ersten Abschnitt hinaus durchhalten, ist man selber schuld. Ich denke, hier besteht kein Unterschied zu Romantexten. Aber vor allem hat der Journalismus mich gelehrt – zur großen Freude meines Verlags –, niemals einen Abgabetermin zu verpassen.

9. Der erste und der letzte Satz eines Romans haben immer eine besondere Wirkung auf die Leser. Woher wissen Sie als Autorin, ob Ihnen solch ein Satz gelungen ist?

Ich weiß nicht, ob man da je sicher sein kann, abgesehen von dem, was einem das Bauchgefühl sagt. Ich bastle und feile jedenfalls so lange herum, bis ich das Gefühl habe, es passt. Und oft genug so lange, bis ich selbst weinen muss. Wenn mich meine eigenen Romanszenen nicht berühren, glaube ich, dass sie auch niemand anderen berühren. Also schreibe ich viele Szenen so oft um, bis ich selber heulen muss.

Schreiben ist schon ein seltsamer Beruf.

Diskussionsfragen

1. Welche Ähnlichkeiten bestehen zwischen Ellie und Jennifer? Auf welche Art spiegeln ihre jeweiligen Erfahrungen die Zeit, in der sie leben? Welche der beiden Frauen ist Ihnen sympathischer? Mit welcher können Sie sich stärker identifizieren?

2. Haben Sie schon einmal einen Liebesbrief verschickt oder einen erhalten? Haben Sie schon einmal eine Liebes-E-Mail oder eine Liebes-SMS verschickt? Glauben Sie, dass die elektronische Kommunikation unsere Ausdrucksweise verändert hat? Glauben Sie, dass in einem Liebesbrief mehr Gefühle vermittelt werden können als in einem direkten Gespräch?

3. Liebt Laurence Jennifer? Versetzen Sie sich in seine Lage. Warum hat er Jennifer belogen, als es um O'Hares Tod ging?

4. Wie hat sich Ihre Einstellung O'Hare gegenüber im Verlauf des Romans geändert? Ist er ein typischer romantischer Held?

5. Wenn Jennifer und O'Hare zusammen durchgebrannt wären: Wie wäre ihr Leben verlaufen?

6. Jennifers Freunde und ihre Mutter sind sehr zurückhaltend, wenn es darum geht, Jennifer etwas von ihrem Leben vor dem Unfall zu erzählen. Sie drängen sie stattdessen dazu, sich auf die Zukunft zu konzentrieren. Warum? Glauben Sie, dass Jennifers Freunde und ihre Mutter etwas von Jennifers Affäre wussten?

7. Warum reagiert Yvonne so, wie sie es tut, auf Jennifers Entscheidung, Laurence zu verlassen?

8. Denken Sie über Jennifers unterschiedliche Rollen als Mutter, Tochter, Ehefrau, Geliebte und Freundin nach. Ist es überhaupt möglich, so viele Rollen gleichzeitig zu erfüllen? Sollte nicht eine dieser Rollen Vorrang haben, und wenn ja, welche?

9. Überdenken Sie die Frauenfreundschaften des Romans, besonders die Beziehungen zwischen Ellie und ihren Freundinnen. Wenn Sie Ellies Freundin gewesen wären: Welchen Rat hätten Sie ihr gegeben, was John angeht? Was hätten Sie zu John gesagt?

10. Rory argumentiert, dass Verliebtsein niemanden von der Verantwortung für sein Handeln freispricht, dass «jeder seine Entscheidungen trifft», die Möglichkeit hat, Nein zu sagen. Ellie ist anderer Meinung, sie glaubt, dass man von seinen Gefühlen mitgerissen werden kann. Was glauben Sie?

11. Waren Sie mit dem Ausgang des Romans zufrieden? Was werden Jennifer und Ellie als Nächstes erleben?

WEITERE TITEL VON JOJO MOYES

Das Haus der Wiederkehr
Der Klang des Herzens
Die Frauen von Kilcarrion
Die Tage in Paris
Ein Bild von dir
Ein ganz besonderer Ort
Eine Handvoll Worte
Im Schatten das Licht
Kleine Fluchten
Mein Leben in deinem
Nächte, in denen Sturm aufzieht
Über uns der Himmel, unter uns das Meer
Weit weg und ganz nah
Wie ein Leuchten in tiefer Nacht
Zwischen Ende und Anfang
Zwölf Geschichten vom Hoffen und Wünschen

LOU

Ein ganzes halbes Jahr
Ein ganz neues Leben
Mein Herz in zwei Welten
Auf diese Art zusammen